The Three Body

삼체

The Three Body Problem

삼체

1부 삼체문제

류츠신 지음 | 이현아 옮김

자음과모음

'초석' 앞에 쓰다

'초석.'

그리 특별할 것 없는 평범한 단어지만 중국 SF계를 개척하겠다는 우리의 신념과 열정을 이보다 더 정확하게 표현하는 말은 없을 것이기에 이 시리즈의 제목을 '초석'으로 정했다.

최근 10년간 중국 문학에서 SF계는 비약적인 발전을 이루었다. 왕진캉(王晉康), 류츠신(劉慈欣), 허훙웨이(何宏偉), 한쑹(韓松) 등 여러 작가들이 SF를 발표해 독자들에게 큰 사랑을 받았다. 그들이 발표한 작품 모두 SF계의 개척과 탐색이라는 중요한 의미를 지닌 수작들이다. SF계의 선봉에 선 잡지 『SF 세계』가 여러 독자층을 아우르는 시리즈 간행물로 확대되었고, 대형서점마다 SF 코너가 개설될 만큼 SF시장이 성장했다는 점도 고무적이다.

중국 SF가 미국 SF와는 여전히 큰 격차를 보인다고 지적하는 사람도 적지 않다. 하지만 분명히 말할 수 있는 것은 10년 전에 비하면 상황이 사뭇 달라졌다는 사실이다. 미국 SF와의 비교를 동서양 취향 차이로 논할 수 있을 만큼 커다란 진전을 이룬 작품이 많이 발표되었다(더 이상 문학적 기교와 색채, 상상력은 찾아볼 수 없는 유치한 소설뿐이라고 혹평할 수 없다). 물론 차이는 분명하게 존재하지만 우열을 가릴 수 있는 것이 아니라 취향의 차이라고 해야 더 정확할 것이다. 취향의 문제를 논한다는 것 자체가 중국 SF가 성숙해지고 있음을 의미한다.

미국 SF와의 격차란 궁극적으로 시장성의 차이다. 미국의 SF는 잡지에서 단행본, 영화, 게임, 완구에 이르기까지 완전한 산업을 형성하고 있다. 반면 중국에서는 단행본 출간조차 독자들은 독자들대로 만족하지 못하고 출판사는 출판사대로 수천 부밖에 안 되는 판매 부수에 한숨을 짓는 것이 현실이다. 결과적으로 낮은 인세도 감수한 채 그저 열정 하나로 창작에 매진하는 작가들만이 SF계에서 버티고 있다. 물론 출판사들도 이런 상황이 계속되는 것을 결코 바라지 않는다.

'SF세계'는 중국에서 가장 영향력 있는 SF 전문 출판사로서 중국 SF계의 발전을 위해 많은 노력을 기울여왔다. SF 출판도 그 사업의 중요한 일부분이다. 현재 중국 SF계에서 가장 시급한 일은 원대한 안목을 가지고 시장성을 높이기 위해 노력하는 것이다. 우리는 먼 미래를 내다보며 이 시작점에 '초석'들을 놓고자 한다.

특별히 밝혀두고 싶은 것은 초석의 종류든 형태든 그 무엇에도 제한을 두지 않았다는 점이다. 큰 건물을 짓기 위해서는 다양한 석재가 필요한 법이다. 우리는 언젠가 중국 문학계는 물론 전체 문화계에 우뚝 솟게 될 이 건물에 무한한 기대를 품고 있다.

야오하이쥔(姚海軍)

'SF세계' 편집장

차례

-
-
-

일러두기

1. 이 책은 重京出版社에서 출간된 劉慈欣의 소설 三體(2007)를 한국어로 옮긴 것입니다.
2. 과학 용어의 표기는 표준국어대사전 등재어를 기준으로 했으며, 등재되어 있지 않은 용어의 경우에는 두산백과사전을 참고했습니다. 과학 용어는 감수자의 감수를 거쳤습니다.
3. 옮긴이의 주는 따로 표시하였고, 그 외 모든 주는 지은이의 것입니다.

물리학은 존재하지 않는다

왕먀오(汪淼)는 자신을 찾아온 네 사람의 조합이 참 이상하다고 생각했다. 경찰 두 명에 군인 두 명. 그런데 군인들이 인민 무장경찰대가 아니라 육군 장교였기 때문이다.

경찰은 첫눈에도 호감이 가지 않았다. 제복 차림의 젊은 경찰은 예의 바르게 행동해서 그나마 나았다. 그러나 옆에 있는 사복경찰은 거대한 체격에 얼굴은 누렇고 가죽 재킷을 걸친 몸에서는 담배에 절은 냄새가 진동했고 큰 목소리로 아무 말이나 함부로 내뱉는, 왕먀오가 가장 혐오하는 부류의 사람이었다.

"왕먀오?"

단도직입적으로 이름을 묻는 태도도 거슬렸다. 사복경찰은 왕먀오를 쳐다보지도 않고 담배에 불을 붙이기까지 했다. 왕먀오가 대답하기도 전에 그는 옆에 있는 젊은 경찰에게 고갯짓을 했고, 젊은 경찰이 경찰증을 보여주었다. 그는 불을 붙인 담배를 물고 곧장 집 안으로 들어왔다.

"제 집에서 담배는 안 됩니다."

왕먀오가 그를 가로막았다.

"아, 죄송합니다, 왕 교수님. 이쪽은 스창(史强) 대장입니다."

젊은 경찰이 웃는 얼굴로 스창이라는 경찰에게 눈치를 주었다.

"오케이, 그럼 복도에서 말하자고."

스창은 말하면서 담배 연기를 깊이 들이마셨다. 손가락 사이에 낀 담배가 거의 반으로 줄었다. 그러나 연기를 내뿜지는 않았다.

"자네가 물어봐."

그가 다시 젊은 경찰에게 고갯짓을 했다.

"왕 교수님, 뭐 하나만 묻겠습니다. 최근 '과학의 경계' 회원과 접촉한일이 있죠?"

"'과학의 경계'는 국제적으로 영향력 있는 학술 단체입니다. 회원은 모두 저명한 학자들이고요. 명성 높은 합법적인 단체와 접촉하면 안 됩니까?"

스창이 큰 소리로 말했다.

"이봐, 선생! 우리가 지금 그 학회가 불법인지 아닌지 따지러 온 줄 알아? 당신이 접촉한 적이 있는지 여부를 묻는 거 아니오."

그가 입을 열자 방금 들이마신 담배 연기가 왕먀오의 얼굴로 뿜어져 나왔다.

"그건 내 사생활이니 당신들에게 대답할 이유가 없습니다."

"뭐든 사생활이라고 갖다 붙이는군. 당신같이 저명한 학자가 말이야, 공공안전에 대한 책임 의식이 있어야지."

스창은 들고 있던 담배를 휙 버리더니 담뱃갑에서 새 담배를 꺼냈다.

"나는 대답하지 않을 권리가 있으니 마음대로 하십시오."

왕먀오는 몸을 돌려 집 안으로 들어가려고 했다.

"잠깐만!"

스창은 날카로운 목소리로 왕먀오를 불러 세웠다. 그러고는 옆에 있던 젊은 경찰에게 손짓했다.

"왕 교수에게 주소와 전화번호를 주고 오후에 오라고 해."

"뭣들 하는 겁니까?"

왕먀오의 분노에 찬 목소리에 옆집 사람이 현관문을 열고 나왔다.

"스 대장님! 지금 정말……."

화가 난 젊은 경찰이 스창을 한쪽으로 세게 밀쳤다. 갑자기 거칠게 바뀐 태도에 왕먀오는 적응이 되지 않았다.

소령 계급장을 단 장교가 급히 앞으로 나왔다.

"왕 교수님, 오해하지 마십시오. 오후에 중요한 회의가 있습니다. 학자 몇 분과 전문가들이 참석합니다. 지휘관께서 교수님을 모셔 오라고 했습니다."

"오후에는 바쁩니다."

"저희도 잘 알고 있습니다. 그래서 저희 지휘관께서 나노연구센터의 센터장님께 이미 연락을 취했습니다. 교수님이 빠지면 안 되는 중요한 회의입니다. 정말 곤란하시다면 저희는 회의를 미룰 수밖에 없습니다."

경찰들은 더 이상 아무 말도 하지 않고 건물 아래로 내려갔다. 그들이 멀어지자 남은 두 장교는 안도하는 것 같았다.

소령이 동료에게 말했다.

"저 사람은 도대체 왜 저 모양이야."

"악명 높잖아. 몇 년 전 인질사건 때도 인질의 생사는 아랑곳하지 않고 독단적으로 행동해서 결국 일가족 세 명이 범인 손에 죽었지. 조직폭력배와도 연루됐다는 말이 있던데. 조직 하나를 소탕하려고 다른 조직을 이용했다고 하더군. 작년에는 자백을 받으려고 고문한 용의자가 불구가 되어서 정직 처분까지 받았고……."

"그런 사람이 어떻게 작전센터에 들어왔지?"

"지휘관이 직접 지명했다고 하더군. 남보다 뛰어난 점이 있겠지. 그래서 제한을 많이 뒀잖아. 공안 관련 일 아니면 그 사람한테 거의 아무것도 알려주지 않는 것 같던데."

작전센터? 작전센터가 뭐지? 왕먀오는 어리둥절한 표정으로 두 장교를 쳐다봤다.

왕먀오를 태운 차량이 도시 외곽에 있는 한 건물로 들어갔다. 주소와 기관명이 새겨진 명패도 없었다. 왕먀오는 이곳이 경찰 본부가 아니라 군 본부라는 것을 알았다.

회의는 홀에서 진행되었다. 홀에 들어간 왕먀오는 어수선한 분위기에 놀랐다. 컴퓨터 설비로 내부는 어지러웠다. 탁자 위가 넘치자 아예 바닥에 내려놓았고, 전선과 랜선이 뒤엉켜 있었다. 인터넷 공유기도 서버 위에 대충 놓여 있었다. 홀 여기저기에 다른 각도로 아무렇게나 세워져 있는 프로젝터 영사막은 마치 집시의 천막 같았고, 담배 연기가 안개처럼 짙게 깔렸다. 왕먀오는 이곳이 아까 그 장교들이 말한 작전센터인지 가늠할 수는 없었지만 적어도 이곳에선 사람들이 다른 생각을 할 수 없다는 것은 알 수 있었다.

임시로 붙여놓은 회의 탁자 위에도 각종 문서와 잡다한 물건이 가득했다. 참석자들은 몹시 피곤한 표정이었고 구겨진 옷에 넥타이를 풀어 헤친 모습이 철야를 한 것 같았다. 회의를 주관하는 사람은 창웨이쓰(常偉思)라는 육군 소장이었고 참석자 중 절반이 군인이었다. 간단한 소개가 끝나자 왕먀오는 군인과 경찰 몇 명을 빼고는 모두 그와 마찬가지로 과학 전문가와 학자라는 것을 알게 되었다. 그중 몇 명은 기초과학 분야에서 유명한 이들이었다.

왕먀오는 참석자 가운데 외국인이 네 명이나 있다는 것에 놀랐다. 더욱이 그들 중 한 명은 미국 공군 대령이었고 한 명은 영국 육군 대령이었다. 그들은 북대서양조약기구(NATO)의 연락장교였다. 나머지 두 명은 미국 중앙정보국(CIA) 요원으로 이곳에 참관인 자격으로 온 듯했다. 그들은 '지쳤으니 얼른 끝내자!'라는 표정이었다.

스창도 있었다. 무례한 모습은 지우고 왕먀오에게 먼저 인사를 했다. 멍청한 웃음을 짓는 그의 표정을 보니 왕먀오는 기분이 좋지 않았다. 왕먀오는 스창 옆에 앉을 생각이 전혀 없었지만 빈자리가 그곳밖에 없었다. 그렇지 않아도 담배 연기로 가득한 홀 안에 새로운 담배 연기가 더해졌다.

서류를 나눠 주면서 스창이 왕먀오에게 바짝 다가왔다.

"왕 교수님, 당신이 무슨 신소재를 연구한다던데?"

"나노 소재입니다."

왕먀오는 간단하게 대답했다.

"아, 나도 들어본 적이 있어. 그게 강도가 아주 높다던데, 범죄에 이용될 일은 없겠지요?"

비웃듯 씩 웃는 스창의 표정에서 왕먀오는 그 말이 농담이 아니라고 느꼈다.

"무슨 뜻입니까?"

"하하, 듣자 하니 머리카락 굵기만 한 것 하나로 대형 트럭을 들어 올릴 수도 있다던데. 만일 범죄자가 그것을 훔쳐 칼을 만든다면 자동차를 두 동강 낼 수도 있지 않나?"

"참 나, 칼로 만들 필요도 없습니다. 머리카락 100분의 1 굵기의 줄 하나로 지나가는 자동차가 치즈처럼 반토막이 날 겁니다. 뭘 범죄에 이용하지 못하겠습니까? 마음만 먹으면 생선 비늘 벗기는 칼도 가능하지 않겠습니까?"

스창은 앞에 있는 문서 봉투에서 서류를 절반 정도 뺐다가 다시 집어넣었다. 흥미를 잃은 것 같았다.

"맞습니다. 생선도 범죄에 이용할 수 있지요. 내가 맡은 살인사건 중에 어떤 여자가 남편 거시기를 잘라버린 사건이 있었지. 뭘 가지고 그런 줄 아쇼? 바로 냉장고에 있던 생선이었다니까! 생선을 꽝꽝 얼리면 등에 있는 지느러미가 예리한 칼처럼 되거든……."

"그런 일엔 관심 없어요. 그것 때문에 회의에 참석하라고 한 겁니까?"

"생선? 나노 소재? 아니, 아니. 그것과는 아무 관계 없어요."

스창은 왕먀오에게 바짝 다가와 귓속말을 했다.

"저 사람들에게 친절하게 대하지 마쇼. 저들은 우리를 무시해. 우리한테 정보나 빼가려고 하지. 정작 우리한테는 아무것도 알려주지 않는다니까. 여기에서 한 달 넘게 일했지만 나도 당신처럼 아는 게 아무것도 없단 말이야."

창웨이쓰 장군이 회의의 시작을 알렸다.

"동지 여러분, 회의 시작하겠습니다. 전 세계 작전 지역 중 이곳이 핵심지가 되었습니다. 우선 현 상황을 여러 동지들에게 설명드리겠습니다."

'작전 지역'이라는 심상치 않은 단어에 왕먀오는 어리둥절했다. 지휘관은 새로 온 사람에게 그동안의 상황을 설명해주지 않을 모양이었다. 이 점은 스창의 말이 맞았다. 창 장군은 간단한 인사말에서 '동지 여러분'이라는 말을 두 번이나 사용했다. 왕먀오는 맞은편에 앉은 나토 장교 두 명과 CIA

요원 두 명을 보면서 장군이 '신사 여러분'을 빼먹었다고 생각했다.

"저들도 동지지. 어쨌거나 이곳에 있는 사람은 모두 그렇게 부르거든."

스창이 낮은 목소리로 말하며 손에 들고 있던 담배로 네 명의 외국인을 가리켰다. 왕먀오는 어리둥절했지만 스창의 관찰력에 놀랐다.

"스창, 담배 끄세요. 담배 연기는 이미 충분한 것 같습니다."

창웨이쓰 장군은 그렇게 말하고는 고개를 숙이고 다시 서류에 집중했다.

스창은 방금 불을 붙인 담배를 들고 주위를 살피다가 재떨이가 보이지 않자 찻잔에 담배를 껐다. 그러고는 이때가 기회라는 듯 손을 들어 발언권을 요구했다. 장군의 동의도 없이 그는 큰 소리로 말했다.

"장군님, 요구 사항이 있습니다. 예전에도 말했던 겁니다. 정보 평등!"

창웨이쓰 장군이 고개를 들었다.

"정보가 평등한 군사행동은 없습니다. 이 점은 회의에 참석하신 전문가 여러분도 양해해주시기 바랍니다. 이보다 더 많은 배경 자료와 정보를 여러분께 제공할 수 없습니다."

스창이 말했다.

"경찰은 다르잖소. 우리는 작전센터 설립 초기부터 계속 참여했어요. 그런데 지금까지 이 기관이 도대체 뭘 하는 곳인지조차 몰라. 게다가 당신들은 우리 경찰을 배척하고 있잖소. 당신들은 우리의 정보를 다 알아낸 다음 한명 한명 내쫓고 있잖아요."

회의에 참석한 다른 경찰들이 작은 목소리로 스창을 제지했다. 창웨이쓰 같은 직급의 지휘관에게 이런 말을 하다니, 왕먀오는 적잖이 놀랐다. 그러나 창웨이쓰 장군의 반격은 더 날카로웠다.

"스창, 지금 보니 당신의 고질병이 고쳐지지 않은 것 같습니다. 당신이 경찰 대표요? 당신은 자신의 경솔한 행동으로 몇 달씩이나 정직을 당했고 지금 당장이라도 공안 부대에서 제외될 수 있습니다. 내가 당신을 이곳에 불러온 것은 당신의 경험을 높이 샀기 때문입니다. 이건 흔치 않은 기회라는 걸 알아야 해요."

스창이 굵고 낮은 목소리로 말했다.

"그러니까 공을 세워 속죄라도 하라는 겁니까? 당신들은 내 경험이 모두 부적절하다고 하지 않았나?"

창웨이쓰 장군이 스창에게 고개를 끄덕였다.

"그러나 쓸모는 있지요. 지금은 이것저것 따질 때가 아닙니다. 전쟁 중이니."

CIA 요원이 유창한 중국어로 말했다.

"아무것도 따질 수가 없지. 우리는 더 이상 일반적인 방식으로 생각해서는 안 됩니다."

영국 육군 대령 역시 중국어를 알아듣는 듯이 고개를 끄덕이며 "투 비 오어 낫 투 비(To be or not to be)"라고 말했다.

스창이 왕먀오에게 물었다.

"저 사람이 뭐라고 하는 거요?"

"아무것도 아닙니다."

왕먀오가 기계적으로 대답했다. 여기 있는 사람들은 꿈이라도 꾸고 있는 것일까, 전쟁이라니? 어디서 전쟁이 일어났다는 말인가? 왕먀오는 고개를 돌려 유리창을 바라보았다. 창문으로 저 멀리 도시가 보였다. 봄 햇살 속, 거리는 차로 가득했고 잔디밭 위에는 개를 산책시키는 사람들과 아이 몇몇이 뛰놀고 있었다.

이쪽과 저 바깥쪽, 둘 중 어느 곳이 진짜인가?

창웨이쓰 장군이 입을 열었다.

"최근 적의 공격이 더 강력해졌습니다. 그들의 타깃은 과학계 고위층입니다. 일단 자료에 있는 명단을 보십시오."

왕먀오는 자료 첫 장을 펼쳤다. 큰 글씨로 된 명단은 급하게 작성한 것 같았고, 중문과 영문으로 되어 있었다.

"왕 교수님, 이 명단에서 어떤 인상을 받았습니까?"

"명단에 있는 사람 중 세 명을 압니다. 모두 물리학계에서 매우 유명한 학자입니다."

왕먀오는 대답하면서도 정신은 딴 곳에 있었다. 그의 시선이 맨 마지막에 있는 이름에 꽂혔다. 위에 있는 이름들과는 색이 달랐다. 어떻게 여기에 그녀의 이름이 있지? 그녀가 뭘 어쨌기에?

"아는 사람?"

스창이 담배에 찌든 누런 손가락으로 그녀의 이름을 가리키며 물었다. 왕먀오가 별 반응이 없자 스창이 빠르게 덧붙였다.

"아, 잘 알지는 못하나 보군. 아니면 알고 싶은 건가?"

이제 왕먀오는 창웨이쓰 장군이 어째서 이 왕년의 전사를 이곳으로 데려왔는지 알 것 같았다. 거친 외모와 행동의 이 사내는 눈썰미가 칼처럼 매서웠다. 그는 좋은 경찰은 아닌 것 같았지만 확실히 사냥꾼 기질이 있었다.

1년 전, 왕먀오는 '중화 2호' 고에너지 가속기 프로젝트의 나노 부품 분야 책임자였다. 어느 날 오후, 량샹(良湘) 현장에서 잠깐 쉬던 왕먀오는 눈앞 풍경의 구도에 매료되었다. 풍경 사진 애호가인 왕먀오에게는 현실 풍경이 종종 예술적인 구도로 보였다. 왕먀오를 매료시킨 것은 그들이 설치하고 있던, 공정이 절반쯤 진행된 3층 높이의 초전도 코일이었다. 그것은 마치 거대한 금속 덩어리와 초저온 냉각제 관이 엉킨 괴물 같았다. 아니면 대공업 시대의 폐기물처럼 비인간적인 기술의 냉혹함과 강철의 야만적인 모습을 형상화한 것 같았다. 이 금속 괴물 앞에 여성의 가녀린 그림자가 드리웠다. 그러자 빛의 분포가 절묘하게 바뀌었다. 금속 괴물은 임시로 설치한 지붕 그늘에 가려져 냉혹하고 거친 질감이 더 두드러졌고, 지붕에 난 구멍으로 쏟아져 들어온 금빛 석양이 여자의 머리칼과 업무용 가운 깃 위로 드러난 하얀 목덜미를 부드럽고 따뜻하게 비추었다. 마치 한바탕 소나기를 맞은 거대한 금속 폐허 위에 아름다운 꽃이 핀 것 같았다.

"뭘 그렇게 뚫어져라 보세요, 일하세요!"

깜짝 놀라 정신을 차리고 둘러보니 나노연구소 주임이 젊은 엔지니어에게 한 소리였다. 그도 그 그림자를 멍하니 보고 있었나 보다. 예술 속에서 현실로 돌아온 왕먀오는 그 여성이 일반 직원이 아니라는 것을 알게 되었다. 수석 엔지니어가 그녀를 수행하면서 정중한 태도로 무엇인가를 설명하고 있었다.

왕먀오가 주임에게 물었다.

"저분은 누구죠?"

주임은 손으로 원을 크게 그리며 말했다.

"아실 겁니다. 200억이 투자된 이 가속기가 완공되면 제일 처음으로 할 프로젝트가 바로 저분이 주장한 초끈 이론* 모형실험일 겁니다. 연공서열을 따지는 이론 연구계의 관례대로라면 불가능했겠지만, 원로들이 체면을 구길까 봐 먼저 나서지 않는 바람에 저분 차지가 된 것이죠."

"응? 양둥(楊冬)이 여자였나?"

---

* 우주를 구성하는 최소 단위를 끊임없이 진동하는 끈으로 보고 우주와 자연의 궁극적인 원리를 밝히려는 이론으로, 일반 상대성 이론과 양자역학 사이의 모순을 해결할 수 있을 것으로 생각되는 이론 후보 중 하나이다.

"그렇습니다. 우리도 그제 직접 만나고서야 알았습니다."

주임이 대답하자 엔지니어가 말했다.

"저 사람 정신적 장애가 있는 것 아니에요? 그렇지 않으면 어떻게 언론에 한 번도 안 나올 수가 있어요? 첸중수(錢鐘書)*처럼 죽을 때까지 사람들에게 모습을 드러내지 않으려고 했나?"

왕먀오가 말을 툭 던졌다.

"그래도 첸중수는 성별이라도 알았잖아. 어렸을 때 무슨 독특한 경험을 해서 자폐증에라도 걸렸나 보지."

양둥과 수석 엔지니어가 그들 곁을 지나갔다. 그녀는 지나가면서 그들에게 엷은 미소를 지으며 고개를 끄덕였다. 한마디도 하지 않았지만 왕먀오는 그녀의 맑고 투명한 눈과 마주쳤다.

그날 밤, 왕먀오는 서재에 앉아 자신이 가장 좋아하는 풍경 사진을 보았다. 그의 눈길은 만리장성 이북의 눈 덮인 황량한 산골짜기에 머물러 있었다. 절반은 뽕나무인 고목들이 사진의 3분의 1을 차지했다. 왕먀오는 머릿속에 맴돌던 그림자를 화면에 중첩시켜 그녀를 산골짜기 깊숙한 곳에 놓았다. 그녀는 아주 작았다. 그러자 마치 사진 속 세상이 그 그림자를 알아보는 듯, 이 모든 것이 마치 그녀를 위해 존재해왔다는 듯, 화면 전체가 살아 움직였다. 그는 다시 그녀의 그림자를 다른 사진에 대어보았다. 때로는 그녀의 두 눈을 사진 속 끝없는 창공의 배경으로 삼았다. 그러면 그 화면 역시 살아 움직이면서 왕먀오가 한 번도 상상하지 못했던 아름다움이 펼쳐졌다. 왕먀오는 늘 자신의 사진 작품에 영혼이 결여되어 있다고 생각했다. 이제야 그는 결여된 것이 바로 그녀였다는 것을 알았다.

---

* 옮긴이 주: 중국의 유명 작가, 문학 연구가, 번역가.

"명단 속 물리학자들은 최근 두 달 사이에 차례로 자살했습니다."

창웨이쓰 장군의 말에 왕먀오는 청천벽력을 맞은 듯 머릿속이 텅 비었다. 그리고 그 텅 빈 공간에서 자신이 찍은 흑백 풍경 사진이 떠올랐다. 사진 속 대지에서 그녀의 그림자가 사라졌고, 하늘에서 그녀의 눈이 지워졌다. 한 세계가 죽었다.

왕먀오가 여전히 멍한 채로 물었다.

"언…… 언제?"

창웨이쓰 장군이 대답했다.

"두 달도 채 되지 않았습니다."

왕먀오 옆에 앉아 있던 스창이 의미심장하게 물었다.

"마지막 사람 말하는 거요? 그녀가 가장 최근에 자살한 사람이오. 그제 밤에 수면제 과다 복용으로, 고통 없이 죽었지."

스창이 목소리를 낮춰 설명해주었다. 순간 왕먀오는 스창에게 조금 고마운 마음이 들었다.

"이유가 뭐였습니까?"

왕먀오의 머릿속에 사진 속 죽은 풍경들이 슬라이드처럼 반복적으로 떠올랐다.

"현재 확실하게 말할 수 있는 것은 단 한 가지입니다. 그들이 같은 이유로 자살했다는 겁니다. 그 이유를 이 자리에서 분명하게 밝히기는 어렵습니다. 우리 같은 비전문가들은 정확하게 말할 수도 없고요. 서류에 그들의 유서 중 일부를 첨부했으니 회의가 끝나고 각자 살펴보시기 바랍니다."

왕먀오는 유서 사본을 넘겨보았다. 대부분 매우 길었다.

"딩이(丁儀) 박사님, 양둥의 유서를 왕 교수님께 보여주시겠습니까? 그녀의 것이 제일 간단하면서 함축적입니다."

창웨이쓰 장군의 말에 고개를 숙인 채 침묵하고 있던 사람이 한참 만에 반응을 보였다. 그는 하얀색 편지 봉투를 탁자 너머에 있는 왕먀오에게 건넸다.

스창이 옆에서 작은 목소리로 말했다.

"저 사람은 양둥의 남자 친구."

그제야 왕먀오는 량샹의 고에너지 가속기 건설 현장에서 딩이를 본 기억이 났다. 그는 이론 쪽 팀원으로 구전(球電) 연구 중 굉원자(宏原子)*를 발견해 유명해진 인물이다. 왕먀오는 편지 봉투에서 맑은 향기를 풍기는 무언가를 꺼냈다. 종이가 아니라 자작나무 껍질이었다. 거기 단정한 글씨가 적혀 있었다.

모든 것의 모든 것이 모두 하나의 결과를 향하고 있다. 물리학은 존재한 적이 한 번도 없었고 앞으로도 존재하지 않을 것이다. 이것이 무책임한 행동이라는 것은 알지만 다른 방법이 없다.

유서에 서명조차 남기지 않고 그녀는 떠났다.

"물리학이…… 존재한 적이 없다?"

왕먀오는 망연자실한 표정으로 주위를 둘러보았다.

창웨이쓰 장군이 서류철을 덮으며 말했다.

"이것은 전 세계에 있는 신규 고에너지 가속기 3기가 건설된 뒤 얻은 실

---

* 2004년 출간된 저자의 소설 『구상섬전(球狀閃電)』에서 허구로 정립한 구전(球電)에 대한 해석이다. 굉원자는 원자의 일반적인 특성을 지니며, 관찰자가 없는 상태에서는 양자 상태이고 위치는 확률로만 서술할 수 있는 확률운이다.

험 결과와 일부 관련이 있습니다. 매우 전문적이므로 이 자리에서는 언급하지 않겠습니다. 우리가 우선 조사해야 할 것은 '과학의 경계'라는 학회입니다. 유네스코(UNESCO)는 2005년을 '세계 물리의 해'로 정했습니다. 이 조직은 바로 그해 국제 물리학계의 학술회의와 교류 활동 속에서 자연스럽게 생겨난 국제적 학술 단체입니다. 딩 박사님, 전공이 이론물리학이시니 '과학의 경계'에 대해 좀 더 설명해주시겠습니까?"

딩이가 고개를 끄덕이곤 설명을 시작했다.

"저는 '과학의 경계'와 직접적인 관련은 없습니다. 그러나 이 단체는 학술계에서 유명합니다. 그들의 취지는 이렇습니다. 지난 세기 후반부터 물리학 고전 이론의 간결함이 점차 사라지고 있다. 이론 모델은 갈수록 복잡하고 모호하며 불확실해져 실험으로 증명하는 것 역시 점점 어려워지고 있다. 이는 물리학이 거대한 장벽에 부딪혔음을 의미한다. '과학의 경계'는 새로운 사고의 길을 열고자 한다. 간단히 말해 과학적 방법으로 과학의 한계성을 찾고, 과학이 자연계를 인식함에 있어 깊이와 정확도상의 한계가 존재하는지 확인하는 것이다. 그 너머는 과학이 진입할 수 없다. 현대물리학은 어렴풋하게나마 이 한계에 다다른 것 같다."

창웨이쓰 장군이 말했다.

"아주 좋습니다. 자살한 학자들은 대부분 '과학의 경계'와 접촉한 적이 있는 것 같습니다. 일부는 그 단체의 회원이었고요. 그러나 정신이 통제당했다거나 불법 약물 사용 등과 같은 범죄 행위는 없었습니다. 그러니까 '과학의 경계'가 그들에게 어떤 영향을 주었다 해도 그것은 합법적인 학술교류의 방법을 통해서였다는 것입니다. 왕 교수님, 최근 그들이 교수님에게 연락해 온 적 있습니까? 상황 파악을 위해 필요합니다."

창웨이쓰 장군의 말이 끝나기가 무섭게 스창이 거칠게 말을 쏟아냈다.

"연락한 사람 이름, 만난 장소와 시간, 대화 내용. 만일 문서를 교환했다거나 이메일을 주고받았다면……."

"스창!"

창웨이쓰 장군이 그를 제지했다.

"당신이 벙어리가 아니라는 건 잘 알고 있소!"

옆에 있던 경관 한 명이 스창에게 몸을 숙이며 낮은 소리로 말했다. 그러고는 탁자 위의 찻잔을 들었으나 그 안에 담배꽁초가 있는 것을 발견하고는 다시 내려놓았다.

스창은 왕먀오에게 다시 한번 목에 파리가 낀 것 같은 불쾌함을 안겨주었다. 조금 전의 고마움은 흔적도 없이 사라졌다. 왕먀오는 화를 꾹 참고 대답했다.

"'과학의 경계'와의 접촉은 선위페이(申玉菲)를 알고부터 시작되었습니다. 그녀는 중국계 일본 물리학자로 현재 일본계 회사에 다니며 이 도시에 살고 있습니다. 미쓰비시전자의 한 실험실에서 나노 소재 연구를 하고 있지요. 우리는 올해 초 기술 심포지엄에서 알게 되었습니다. 그녀를 통해 물리학 전공자들을 몇몇 알게 되었고요. 모두 '과학의 경계' 회원이었고 국내외에 있습니다. 그들과 교류하면서 나눴던 대화는…… 어떻게 말해야 할까요, 모두 궁극적인 문제였습니다. 딩 박사가 방금 말한 것처럼 과학의 마지노선에 관한 문제였습니다. 처음에는 이 문제에 별다른 흥미가 없었습니다. 그저 심심풀이였지요. 저는 응용연구를 하는 사람이기 때문에 이 분야에 대한 지식이 많지 않습니다. 그래서 주로 그들의 토론과 논쟁을 들었습니다. 그들의 사상은 매우 깊이가 있었고 관점도 새로웠습니다. 그들과 교류하니 생각의 폭이 훨씬 넓어진 것 같았고 점점 거기에 빠져들었습니다. 그러나 토론의 주제는 그것뿐이었습니다. 모두 순수한 이론이었지 특별한 것은 없었습니다. 그들은 '과학의 경계'에 가입할 것을 권했지만 그렇게 되면 그런 심포지엄에 참가하는 것이 의무가 될 것 같아 정중하게 사양했습니다."

창웨이쓰 장군이 말했다.

"왕 교수님, 우리는 교수님이 그들의 권유를 수락해 '과학의 경계' 학회에 가입하시길 원합니다. 이것이 바로 오늘 교수님을 모신 이유입니다. 우리는 교수님을 통해 이 단체의 내부 정보를 알고 싶습니다."

왕먀오가 불안한 듯 물었다.

"나보고 스파이 노릇을 하라는 말입니까?"

스창이 큰 소리로 웃었다.

"으하하하! 스파이!"

창웨이쓰 장군은 질책하듯 스창을 한번 째려보고는 왕먀오에게 말했다.

"그저 정보를 조금 제공해달라는 것입니다. 우리에게는 다른 방법이 없습니다."

왕먀오가 고개를 저으며 말했다.

"미안합니다, 창 장군님. 저는 할 수 없습니다."

"왕 교수님, '과학의 경계'는 세계 최고의 학자로 구성된 단체입니다. 그 단체를 조사하는 것은 매우 복잡하고 민감한 일이지요. 요즘 정말 살얼음판 위를 걷는 것 같습니다. 학계의 도움이 없으면 우리는 조사를 전혀 진행할 수 없습니다. 그래서 이렇게 무례한 부탁을 하는 것이니 이해해주십시오. 그래도 교수님이 못 하겠다고 하시면 어쩔 수 없지요. 이해합니다."

"나는…… 일도 바쁘고 시간도 없습니다."

왕먀오가 핑계를 대자, 창 장군이 고개를 끄덕였다.

"알겠습니다, 왕 교수님. 그러면 우리도 이제 교수님의 시간을 그만 뺏겠습니다. 회의에 참석해주셔서 감사합니다."

왕먀오는 몇 초 동안 멍해졌다가 자신이 떠나야 한다는 것을 깨달았다.

창웨이쓰 장군은 정중하게 왕먀오를 회의실 문 앞까지 바래다주었다. 그때 스창이 큰 소리로 말했다.

"잘하셨소. 난 도대체 이 방안에 동의할 수가 없다니까. 책상물림이 벌써 몇 명이나 죽었는데 아직도 이러고 있어?"

왕먀오는 몸을 돌려 스창에게 다가가 최대한 화를 삭이며 말했다.

"당신은 정말 제대로 된 경찰이 아니군."

"원래부터 아니었다니까."

"학자들이 자살한 이유가 아직 정확하게 밝혀지지 않은 상황에서 그런 말투로 그들을 언급하다니. 그들은 자신의 지혜로 인류 사회에 공헌한, 그 누구도 대신할 수 없는 사람들입니다."

스창은 의자에 앉은 채로 고개를 들어 왕먀오를 쳐다보았다.

"그러니까 교수님 말은 그들이 나보다 강하다? 나는 누가 몇 마디 한다고 자살하지 않는데."

"그렇다면 나는 그럴 것 같다는 말입니까?"

"어쨌든 나는 당신의 안전에 책임이 있으니까."

스창은 왕먀오를 보면서 가식적이고 멍청해 보이는 웃음을 지었다.

"그런 상황에서라면 내가 당신보다 훨씬 안전할 겁니다. 사람의 상황 파악 능력은 지식과 정비례한다는 것을 꼭 알아두시오."

"꼭 그런 것은 아니지. 당신처럼……."

창웨이쓰 장군이 불호령을 내렸다.

"스창, 한마디만 더 하면 이곳에서 끌어내겠소!"

"괜찮습니다. 말하게 하세요."

왕먀오는 창 장군을 향해 몸을 돌리고는 이렇게 덧붙였다.

"생각이 바뀌었습니다. 장군께서 말한 대로 '과학의 경계'에 들어가겠습니다."

스창이 고개를 끄덕이며 말했다.

"좋았소. 가입하면 영리하게 처신해야 할 거요. 그렇지만 손쉽게 할 수 있는 일도 있지. 이를테면 그들의 컴퓨터를 슬쩍 보고 이메일 주소나 웹사이트 주소를 외운다든지……."

"그만! 됐소! 뭔가 착각하나 본데, 나는 스파이가 되겠다는 것이 아닙니다. 그저 당신이 무지하고 어리석다는 것을 증명하려는 것뿐이오!"

"시간이 지나도 당신이 여전히 살아 있다면 자연스럽게 증명되겠지. 하지만 아마도…… 히히히."

스창의 멍청한 웃음이 섬뜩하게 변했다.

"당연히 계속 살 겁니다. 하지만 당신 같은 사람은 다시는 안 만났으면 좋겠군요!"

창웨이쓰 장군은 왕먀오를 계단 아래까지 배웅하고 돌아갈 차량도 내주었다. 그가 떠나려고 하자 창 장군이 입을 열었다.

"원래 저런 사람입니다. 그래도 경험이 풍부한 형사이자 대테러 전문가입니다. 20여 년 전에는 우리 중대에서 제일가는 전사였지요."

차 앞에 이르자 창웨이쓰 장군이 다시 말했다.

"왕 교수님, 묻고 싶은 게 많을 겁니다."

"방금 말한 일들이 군과는 어떤 관계가 있습니까?"

"전쟁과 군은 당연히 관계가 있습니다."

왕먀오는 뭐가 뭔지 모르겠다는 듯이 아름다운 봄날의 풍경으로 가득한 주위를 둘러보았다.

"어디에서 전쟁이 났다는 말입니까? 전 세계를 통틀어도 분쟁 지역 하나 없지 않습니까? 역사적으로 가장 평화로운 시대가 아닌가요?"

창웨이쓰 장군은 알 수 없는 미소를 지었다.

"교수님도 곧 모든 것을 알게 될 겁니다. 모든 사람이 알게 되겠지요. 왕 교수님, 교수님은 인생에서 중대한 이변을 경험한 적이 있습니까? 교수님의 인생을 단숨에 송두리째 바꿔버리고 세상이 하루아침에 완전히 달라지는 일 말입니다."

"없습니다."

"그렇다면 교수님의 삶은 일종의 우연입니다. 세상에 변화무쌍한 요소가 이렇게 많은데 교수님의 인생에는 이변이 없었다니요."

왕먀오는 한참을 생각했지만 그 말을 이해할 수가 없었다.

"대부분의 사람들이 그렇지 않습니까?"

"그렇다면 대부분의 사람들의 인생이 모두 우연인 것이지요."

"하지만…… 여러 세대가 모두 이렇게 평탄하게 살아왔습니다."

"모두 우연입니다."

왕먀오는 고개를 저으며 웃음을 터뜨렸다.

"제 이해력이 떨어진다는 것을 인정해야겠군요. 장군님의 말씀은……."

"그렇습니다. 인류 전체의 역사 역시 우연입니다. 석기 시대부터 현재까지 중대한 이변이 없었으니 운이 아주 좋았지요. 하지만 행운도 결국엔 끝나는 날이 있습니다. 아니, 끝났습니다. 마음의 준비를 단단히 하세요. 지금 제가 교수님께 드릴 수 있는 말은 이게 전부입니다."

왕먀오는 묻고 싶은 말이 더 있었지만 창 장군이 악수를 청하는 바람에 더 이상 묻지 못했다.

차에 오르자 기사가 왕먀오의 집 주소를 물었다. 주소를 알려주고 아무 생각 없이 기사에게 물었다.

"아, 아까 나를 데리러 온 사람이 아니군요? 차는 그대로인 것 같은데."

"네, 아닙니다. 저는 딩 박사님을 모시러 갔었습니다."

왕먀오는 정신이 확 들었다. 기사에게 딩이의 주소를 묻자 그가 대답해주었다. 그날 저녁, 왕먀오는 딩이를 찾아갔다.

반중력 당구공

세련된 인테리어가 돋보이는 딩이의 집에 들어서는 순간 술 냄새가 풍겼다. 딩이는 소파에 앉아 있었다. 텔레비전은 켜져 있었지만 딩이의 두 눈은 천장을 바라보고 있었다. 왕먀오는 집 안을 둘러보았다. 별다른 장식도 없고 가구나 장식품도 없어 넓은 거실이 텅 빈 것처럼 느껴졌다. 가장 먼저 눈에 띈 것은 거실 한쪽에 놓인 당구대였다.

연락도 없이 불쑥 찾아왔지만 딩이는 불쾌한 기색을 보이지 않았다. 그도 말할 상대가 필요한 것 같았다.

딩이가 먼저 입을 열었다.

"석 달 전에 산 집입니다. 집을 사면 뭐 합니까? 그녀가 돌아오기나 한답니까?"

술기운이 역력한 딩이가 쓴웃음을 지으며 고개를 저었다.

"당신들……."

왕먀오는 양둥의 모든 것을 알고 싶었지만 어떻게 말을 시작해야 할지 알 수가 없었다.

"그녀는 별 같았습니다. 그렇게 늘 멀리 있었고 늘 차가운 빛으로 나를 비췄습니다."

딩이는 창가로 걸어가 이미 떠나버린 별을 찾는 듯 밤하늘을 보았다.

왕먀오도 침묵했다. 이상하게 지금 이 순간 양둥의 목소리가 듣고 싶었다. 1년 전 그날 석양이 지던 그때, 그를 쳐다보던 그녀는 아무 말도 하지 않았고 이후로도 그녀의 목소리를 들어본 적이 없었다.

딩이는 슬픈 생각에서 벗어나려는 듯, 무언가를 쫓아내는 것처럼 손을 내저었다.

"왕 교수님, 당신이 맞습니다. 군과 경찰에 엮이지 마세요. 자기가 최고라고 생각하는 백치들이에요. 물리학자들의 자살과 '과학의 경계'는 아무 관련이 없습니다. 그들에게 설명했지만 정확하게 이해시키지는 못했나 봅니다."

"그들도 조사를 해본 것 같던데요."

"네, 게다가 전 세계적인 조사였지요. 하지만 자살한 학자들 중에 적어도 두 명은 '과학의 경계'와 관계가 없다는 것을 그들도 알아야 합니다. 그 두 명 중 한 사람이 양둥입니다."

딩이는 양둥의 이름을 말하는 것이 매우 힘들어 보였다.

"딩이, 당신도 알다시피 나도 이제 이 사건에 휘말리게 되었습니다. 그 때문에 양둥이 이런 선택을 한 이유를 알고 싶습니다. 당신은 알고 있을 것이라고 생각합니다."

왕먀오는 자신의 진심을 감추려고 다소 어눌하게 말했다.

"알고 나면 더 깊이 관여하게 될 겁니다. 지금은 일을 도와주는 정도지만, 알고 나면 정신까지 휘말리게 됩니다. 그러면 일이 커져요."

"저는 응용연구를 하는 사람이라 이론 학자들처럼 예민하지 않습니다."

"그럼 됐습니다. 혹시 당구 쳐보신 적 있습니까?"

딩이가 당구대 앞으로 걸어갔다.

"학교 다닐 때 몇 번 쳐봤습니다."

"저와 그녀는 당구를 꽤나 즐겼습니다. 당구는 가속기 속의 입자 충돌을 연상시키거든요."

딩이는 흑과 백, 두 개의 공을 들어 검은 공은 구멍 옆에, 흰 공은 검은 공에서 겨우 10센티미터 떨어진 곳에 놓았다.

"검은 공을 넣을 수 있겠습니까?"

"그럼요, 이렇게 가까운 거리라면 누구나 넣을 수 있지요."

"해보세요."

왕먀오가 큐로 흰 공을 가볍게 치자 검은 공이 구멍으로 들어갔다.

"좋습니다. 그럼, 우리 당구대의 위치를 바꿔봅시다."

딩이는 어리둥절해하는 왕먀오에게 당구대 한쪽을 들라고 했다. 그러고는 무거운 당구대를 거실 창가 쪽으로 옮겼다. 그리고 방금 왕먀오가 넣은 검은 공을 꺼내 구멍 옆에 놓고 흰 공을 다시 검은 공에서 10센티미터 떨어진 곳에 놓았다.

"이번에도 공을 넣을 수 있겠습니까?"

"물론입니다."

"해보시죠."

이번에도 왕먀오는 검은 공을 가볍게 집어넣었다.

"옮깁시다."

두 사람은 다시 당구대를 들어 거실의 세 번째 구석에 놓았다. 딩이는 공 두 개를 아까와 같은 자리에 놓았다.

"쳐보세요."

"저는, 우리가……."

"치세요."

왕먀오는 어쩔 수 없다는 듯 다시 한번 검은 공을 구멍에 넣었다.

그들은 두 번이나 더 당구대를 옮겼다. 한 번은 거실 문 옆의 구석이었고 마지막에는 원위치였다. 딩이는 다시 두 개의 공을 구멍 앞에 놓았고 왕먀오는 검은 공을 구멍에 넣었다. 당구대가 원래 위치에 왔을 때에는 두 사람 모두 땀에 젖어 있었다.

딩이는 담배를 꺼내 불을 붙였다.

"좋습니다. 실험이 끝났습니다. 그러면 이제 결과를 분석해봅시다. 우리는 총 다섯 번의 실험을 했습니다. 그중 네 번은 다른 위치와 시간에서 했고 두 번은 위치는 같지만 시간이 달랐습니다. 선생은 이 결과가 놀랍지 않습니까?"

딩이가 과장되게 두 팔을 벌리고 다시 말했다.

"다섯 번, 우리가 충돌 실험을 다섯 번이나 했는데도 모두 같은 결과가 나온 겁니다!"

"도대체 무슨 말을 하고 싶은 겁니까?"

"이 믿을 수 없는 결과를 한번 설명해보시겠습니까? 물리학 언어로요."

"음…… 다섯 번의 실험에서 공 두 개의 질량에는 변화가 없었습니다. 위치는, 당구대 면을 기준으로 삼는다면 역시 변화가 없었습니다. 흰 공이 검은 공을 치는 속도 벡터 역시 기본적으로는 변화가 없었습니다. 또 공 사이의 운동량 교환도 변화가 없었습니다. 따라서 다섯 번의 실험에서 검은 공은 당연히 구멍에 들어간 것입니다."

딩이는 바닥에 아무렇게나 놓인 브랜디를 집어 들고 더러운 잔 두 개에 술을 가득 따라 한 잔을 왕먀오에게 건넸다. 왕먀오는 정중하게 사양했다.

"우리가 위대한 법칙을 발견했는데 당연히 축하해야지요. 물리 법칙은 시간과 공간상에서 균일하다. 아르키메데스의 원리에서 끈 이론까지 인류 역사상의 모든 물리학 이론은, 지금까지의 모든 과학 발전과 사상과 성과는 모두 이 위대한 법칙의 부산물입니다. 우리와 비교하면 아인슈타인과 호킹이야말로 응용연구를 한 보통 사람이지요."

"무슨 말인지 잘 모르겠습니다."

"다른 결과를 상상해봅시다. 첫 번째, 흰 공이 검은 공을 부딪쳐 구멍에 넣는다. 두 번째, 검은 공이 빗나간다. 세 번째, 검은 공이 천장으로 날아오른다. 네 번째, 검은 공이 놀란 참새처럼 집 안을 어지럽게 날아다니다가 결국 선생의 호주머니 속으로 들어간다. 다섯 번째, 검은 공이 광속에 가까운 속도로 날아 당구대 옆을 뚫고 다시 벽을 뚫은 다음 지구 밖 태양계로 날아간다. 마치 아시모프가 묘사한 것처럼 말입니다.* 선생은 이것을 어떻게 생각합니까?"

딩이가 왕먀오를 응시했다. 왕먀오는 오랜 침묵 끝에 되물었다.

"그런 일이 정말 발생한 것입니까?"

딩이는 고개를 들어 술 두 잔을 모두 입에 털어 넣었다. 그리고 당구대를 마치 마귀라도 본 듯 물끄러미 쳐다보았다.

"네, 발생했습니다. 최근 기초 이론 연구의 실험 증명 여건이 점점 좋아져 매우 비싼 '당구대' 세 개가 건설되었습니다. 하나는 북미에, 하나는 유럽에, 그리고 나머지 하나는 선생도 알다시피 중국 량샹에. 선생이 있는 나노센터는 그 덕분에 돈을 제법 많이 벌었지요. 어쨌든, 이들 고에너지

---

* 아이작 아시모프는 1967년 단편소설 「반중력 당구공(The Billiard Ball)」에서 완전히 중력에 반하는 기계 장치를 묘사했다.

가속기는 실험 중의 입자 충돌 에너지를 10배는 끌어 올렸습니다. 이것은 과거 인류가 도달하지 못했던 것입니다. 그런데 새로운 충돌 에너지 준위(準位)에서 입자, 충돌 에너지, 실험 조건 등이 모두 같은 상황인데도 결과가 다르게 나타났습니다. 다른 가속기에서는 물론, 같은 가속기에서 시간대만 다르게 한 실험에서도 모두 다른 결과가 나왔습니다. 물리학자들은 당황했지요. 같은 조건으로 초고에너지 충돌 실험을 계속 진행했지만 매번 다른 결과가 나왔고 규칙도 없었습니다."

"그게 어떤 의미입니까?"

왕먀오가 물었지만 딩이는 왕먀오를 뚫어져라 쳐다볼 뿐 아무 말도 하지 않았다.

"아, 저는 나노를 연구하는 사람입니다. 물질의 미세 구조는 접해봤지만 선생에 비하면 일천합니다. 그러니 설명을 좀 해주십시오."

"물리 법칙이 시간과 공간상에서 균일하지 않다는 뜻입니다."

"그것은 또 무슨 의미입니까?"

"그다음은 선생도 추론해낼 수 있을 겁니다. 그 장군도 생각해냈으니까요. 정말 똑똑한 사람이더군요."

왕먀오는 창밖을 보며 생각에 잠겼다. 찬란하게 빛나는 도시의 불빛에 밤하늘의 별이 모두 잠식되어 하나도 보이지 않았다.

"우주의 보편적인 물리 법칙이 존재하지 않는다. 그렇다면 물리학은…… 물리학 역시 존재하지 않는다."

왕먀오는 창밖에서 시선을 거두며 말했다.

"이것이 무책임한 행동이라는 것은 알지만 다른 선택이 없다."

딩이가 이어서 말했다.

"이 말은 그녀의 유서 뒷부분입니다. 선생은 방금 무의식중에 그것의 앞부분을 말했습니다. 이제 그녀를 조금은 이해하시겠지요."

왕먀오는 당구대에서 방금 자신이 다섯 번 쳐 넣었던 흰 공을 들어 만져보고는 내려놓았다.

"첨단 이론 연구자에게는 확실히 큰 재난이겠군요."

"물리학 이론 분야에서 업적을 남기려면 종교에 가까운 집착이 필요합니다. 그 때문에 쉽게 심연에 빠지기도 합니다."

헤어질 때 딩이는 왕먀오에게 주소를 하나 건네주었다.

"시간 있을 때 양둥의 어머니를 찾아가보세요. 양둥은 늘 어머니와 함께 있었습니다. 그분께 딸은 삶의 전부였는데 이제 혼자가 되셨으니 안타까울 뿐이죠."

"선생이 아는 것이 분명 나보다 많을 겁니다. 좀 더 알려주시면 안 되겠습니까? 당신은 정말 물리 법칙이 시간과 공간상에서 균일하지 않다고 믿습니까?"

"저는 아무것도 모릅니다……."

딩이는 왕먀오를 한참 동안 뚫어지게 쳐다보았다. 그리고 마침내 입을 열었다.

"바로 그게 문제지요."

왕먀오는 그가 회의장에서 영국 육군 대령이 말한 '죽느냐 사느냐'의 문제를 이어서 말한 것뿐이라는 걸 알았다.

저격수와 농장주

다음 날은 주말이었지만 왕먀오는 아침 일찍 일어나 카메라를 들고 자전거를 몰고 집을 나섰다. 사진 애호가인 그가 제일 좋아하는 장소는 인적이 드문 황야였다. 그러나 중년이 되고 나니 그런 호사를 부릴 기운이 없어 대부분 도시에서 풍경을 찍었다. 그는 의식적으로 혹은 무의식적으로 도시에서도 황량한 분위기가 풍기는 곳을 선택했다. 이를테면 공원의 말라버린 호수 바닥이나 건설 현장의 파헤쳐진 땅, 시멘트를 뚫고 자란 들꽃과 풀 같은 것이다. 배경으로 보이는 화려하고 통속적인 도시 분위기를 없애기 위해 그는 흑백필름만 사용했다. 그런데 이것이 그의 스타일이 되어점점 유명세를 탔고, 큰 사진전에서 두 번이나 입선하고 사진가 협회에도 가입하게 되었다. 사진을 찍으러 나갈 때면 늘 이렇게 자전거를 타고 마음내키는 대로 도시를 돌아다니며 자신이 찾는 구도와 영감을 포착했다. 때로는 하루 종일 돌아다니기도 했다.

오늘은 여느 때와는 느낌이 조금 달랐다. 그의 사진은 고전적 풍격의안정감과 묵직함이 장점이었는데 오늘은 이런 구도를 찾기 어려웠다. 아침 햇살 속에서 막 깨어나고 있는 이 도시가 마치 모래 위에 건설된 것 같았고 비현실적으로 느껴졌다. 지난밤, 당구공 두 개가 긴 꿈속에 계속해서 나타났다. 그것은 검은색 공간에서 규칙 없이 어지럽게 날아다녔다. 검은색 배경에서 검은 공은 보이지 않았고 우연히 흰색 공에 가려질 때에만 비로소 자신의 존재를 드러냈다.

물질의 근원은 정말 법칙이 없는 것일까? 정말로 세상의 안정과 질서는 그저 우주의 한구석에서 잠깐 동안 유지되는 동태적 균형일까? 그저 혼란의 급류 속에서 생겨났다 사라지는 소용돌이인 것일까?

그는 어느새 새로 건설된 중국중앙텔레비전방송국(CCTV) 건물 앞까지 온 자신을 발견했다. 왕먀오는 자전거를 세우고 길옆에 앉아 A자 모양의 우뚝 솟은 건물을 쳐다보며 안정감을 회복하려고 했다. 떠오르는 태양 아래 반짝이는 건물 꼭대기를 따라 깊이가 보이지 않는 파란 창공을 바라봤다. 갑자기 머릿속에 두 단어가 떠올랐다. 저격수(Sniper)와 농장주(Farmer).

'과학의 경계' 학자들은 토론할 때 SF라는 단어를 자주 사용했다. 그들이 사용하는 SF는 과학소설(Science Fiction)의 약자가 아니라 앞에서 말한 두 단어의 영문 약자였다. 이것은 두 가지 가설에서 출발하며 모두 우주 규칙의 본질과 관련된다.

'저격수 가설'은 저격수가 과녁에 10센티미터 간격으로 구멍을 뚫어놓았다는 설정에서 출발한다. 이 과녁의 평면에 2차원 지능의 생물이 살고 있다고 가정해보자. 그들 중 과학자가 자신의 우주를 관찰한 결과 '우주에는 10센티미터마다 구멍이 하나씩 있다'는 위대한 법칙을 발견했다. 그들은 저격수가 잠깐 흥에 겨워 아무렇게나 한 행위를 우주의 절대적인 규칙으로 믿은 것이다.

'농장주 가설'은 공포스러운 색채를 띤다. 한 농장에 칠면조 무리가 있다. 농장주는 매일 오전 11시에 그들에게 먹이를 주었다. 칠면조 중 과학자가 이 현상을 꾸준히 관찰한 결과 1년여 동안 예외가 없다는 것을 알아냈다. 그래서 '매일 오전 11시에는 먹이가 있다'는 위대한 법칙을 발견했다고 생각하고는 추수감사절 새벽에 칠면조들에게 이 법칙을 공표한다. 그러나 그날은 오전 11시가 되어도 먹이가 나타나지 않고 농장주가 들어와 그들을 모두 잡아 죽인다.

발밑에서 길이 모래처럼 미끄러지고 A자 모양의 건물이 흔들리는 것 같았다. 그는 황급히 눈길을 거뒀다.

불안을 떨치기 위해 왕먀오는 카메라에 남은 필름을 다 써버리고 점심 전에 집으로 돌아왔다. 아이와 외출한 아내는 점심때가 되어도 돌아오지 않았다. 여느 때라면 왕먀오는 서둘러 필름을 인화했을 것이다. 그러나 오늘은 전혀 흥미가 없었다. 간단히 점심을 먹고 잠을 청했다. 지난밤 잠을 못 자서인지 일어나 보니 오후 5시가 다 되었다. 그제야 그는 오전에 찍은 사진이 생각나서 인화하기 위해 벽장을 개조해 만든 작은 암실로 들어갔다.

사진은 금세 인화되었다. 확대할 사진이 있는지 살펴보다가 그는 이상한 것을 발견했다. 쇼핑몰 밖의 작은 잔디밭을 찍은 사진의 하단 정중앙에 흰색 얼룩 같은 것이 있었다. 자세히 보니 '1200:00:00'이라는 숫자였다.

두 번째 사진에는 1199:49:33이라고 찍혀 있었다.

숫자는 필름에 찍힌 모든 사진의 하단에 있었다.

세 번째에는 1199:40:18, 네 번째에는 1199:32:07, 다섯 번째에는 1199:28:51, 여섯 번째에는 1199:15:44, 일곱 번째에는 1199:07:38, 여덟 번째에는 1198:53:09…… 서른네 번째에는 1194:50:49, 서른여섯 번째, 그러니까 마지막 장에는 1194:16:37.

왕먀오는 필름에 문제가 있는 것이 아닐까 생각했다. 그가 사용하는 카메라는 1988년에 생산된 라이카 M2로 완전 수동이라 필름에 날짜가 찍힐 수 없었기 때문이다.

사진을 한 장씩 다시 살펴보던 왕먀오는 곧 숫자의 특이한 점을 발견했다. 숫자가 배경의 밝기에 자동으로 반응하고 있었다. 즉, 배경이 어두우면 숫자는 밝게, 배경이 밝으면 어둡게 변해 관찰자가 최대한 잘 볼 수 있게끔 되어 있었다. 열여섯 번째 사진을 본 순간 왕먀오는 심장박동이 빨라지면서 암실의 냉기가 등을 타고 올라오는 것 같은 느낌이 들었다.

그 사진은 오래된 벽 앞에 서 있는 고목을 찍은 것이었다. 벽이 얼룩덜룩해서 원래 위치라면 숫자가 무슨 색이든 똑똑히 보이지 않았을 것이다. 그러나 숫자는 고목의 짙은 기둥과 가지 부분을 구불구불 타고 올라갔다. 언뜻 보면 고목에 붙어 있는 희고 가느다란 뱀 같았다.

왕먀오는 이 숫자들의 수학적 관계를 고민하기 시작했다. 처음에는 모종의 일련번호라고 생각했지만, 그렇다고 보기에는 각 숫자의 간격이 달랐다. 그는 곧 이것이 시간, 분, 초 단위로 이루어져 있다는 것을 깨달았다. 왕먀오는 촬영 노트를 꺼냈다. 촬영 노트 상단에 각 사진을 찍은 시간을 분 단위까지 정확히 기록해놓았기 때문이다. 그는 두 장의 사진에 표시된 시간 간격이 실제 촬영한 시간 간격과 일치한다는 것을 발견했다. 현실과 같은 속도로 시간이 흐르고 있는 게 분명했다.

카운트다운이었다.

1200시간부터 시작한 카운트다운은 이제 1194시간 남아 있었다.

지금? 아니다. 마지막 사진을 찍은 그 순간이다. 카운트다운은 여전히 계속되고 있을까? 왕먀오는 암실에서 나와 카메라에 새 흑백필름을 넣고 집 안을 돌아다니며 아무렇게나 사진을 찍었다. 마지막으로 베란다로 나와 실외 풍경을 몇 컷 담았다. 필름을 다 쓰고 곧바로 암실로 들어가 인화했다. 모든 사진에 숫자가 유령처럼 찍혀 있었다. 첫 장에 *1187:27:39*가 나타났다. 아까 필름의 마지막 장과 이번 필름의 첫 장을 찍은 시간 간격이 정확하게 일치했다. 그 후 사진의 촬영 간격은 *1187:27:35, 1187:27:31, 1187:27:27, 1187:27:24*…… 삼사 초 차이로 빠르게 찍은 시간 간격 그대로였다.

카운트다운은 여전히 계속되고 있었다.

왕먀오는 카메라에 다시 새 필름을 넣고 정신없이 사진을 찍어댔다. 몇 장은 일부러 렌즈 뚜껑을 닫고 찍기도 했다. 다 찍은 필름을 카메라에서 꺼냈을 때 아내와 아이가 돌아왔다. 암실로 들어가기 전 그는 라이카 카메라에 세 번째 필름을 넣어 아내에게 건네주었다.

"여보, 이것 좀 찍어봐."

"뭘 찍어요?"

아내가 놀란 듯이 남편을 바라보았다. 평소 남편은 다른 사람이 자신의 카메라에 손대는 것을 무척 싫어했기 때문이다. 물론 그녀와 아이도 그 카메라에 흥미가 없었다. 그들이 보기에 라이카 카메라는 2만 위안이 넘는, 비싸지만 재미없는 골동품에 불과했기 때문이다.

"아무거나 괜찮아. 마음대로 찍어봐."

왕먀오는 아내 손에 카메라를 쥐여주었다.

"그럼, 아들, 엄마가 사진 찍어줄게."

아내가 아들을 향해 카메라를 들이댔다.

그 순간, 왕먀오의 머릿속에 유령 같은 숫자가 쭉 펴진 밧줄처럼 아이의 얼굴에 찍힌 모습이 떠올랐다. 온몸에 소름이 돋았다.

"아니, 아이는 찍지 말고. 다른 거 아무거나 찍어봐."

찰칵하는 셔터 소리와 함께 아내가 첫 장을 찍었다.

"이거 왜 안 눌러져?"

"필름을 이렇게 돌려줘야 해."

왕먀오는 아내에게 필름 감는 법을 알려주었다. 그러고는 암실로 들어 갔다.

"정말 번거롭네."

의사인 아내는 1000만 화소급 디지털카메라가 보편화된 시대에 이렇게 시대에 뒤떨어지고 비싸기까지 한 골동품을, 게다가 흑백필름까지 사용하는 것을 이해하지 못했다.

필름을 인화해서 암실의 붉은 등에 비춰 보니 유령 같은 카운트다운은 여전히 계속되고 있었다. 아무렇게나 찍은 어지러운 사진과 렌즈 뚜껑을 닫고 찍은 사진에도 *1187:19:06, 1187:19:03, 1187:18:59, 1187:15:56* ……의 숫자가 뚜렷하게 찍혀 있었다.

아내가 암실 문을 노크하면서 다 찍었다고 말했다. 암실에서 나와 카메라를 받아 들고 필름을 빼는 왕먀오의 손이 눈에 띄게 떨렸다. 이상하다는 듯 보는 아내의 눈빛을 외면하고 다시 암실로 들어가 문을 걸어 잠갔다. 왕먀오는 현상액과 정착액에 필름을 허둥지둥 담가 사진을 인화했다. 그는 두 눈을 꼭 감고 '제발, 뭐가 됐든 나타나지 마라. 제발 내 앞에는 나타나지 마라……' 하고 기도했다.

왕먀오는 축축한 사진을 루페(lupe)로 들여다보았다. 카운트다운은 사라졌다. 사진에는 아내가 찍은 실내 모습만 있었다. 비전문가인 아내가 저속 셔터로 찍어 화면은 흐릿했지만 왕먀오는 이 사진이 지금까지 자신이 본 것 중에서 제일 괜찮게 느껴졌다.

왕먀오는 암실에서 나와 길게 한숨을 내쉬었다. 온몸이 땀으로 뒤범벅되어 있었다. 아내는 주방에서 식사를 준비하고 있었고 아들은 자기 방에서 놀고 있었다. 왕먀오는 혼자 소파에 앉아 냉정하게 생각해보았다.

우선, 시간의 흐름을 정확하게 기록하고 배경에 맞춰 색이 변하는 숫자를 필름에 미리 남겨둘 수는 없을 터였다. 분명 어떤 힘에 의해 감광되었을 것이다. 그렇다면 그 힘은 무엇일까? 카메라 문제인가? 자신도 모르는 사이 카메라에 어떤 장치를 해놓은 것일까? 왕먀오는 렌즈를 떼고 카메라를 열어 돋보기로 내부를 샅샅이 살펴보았다. 먼지 하나 없이 깨끗한 부속들을 다 점검했지만 이상한 점을 발견하지 못했다. 그렇다면 렌즈 덮개를 씌우고 찍은 사진의 감광원은 외부의 침투력이 강한 어떤 광선일 가능성이 제일 높았다. 그렇다면 광선은 어디에서 발사된 것인가? 어떻게 조준했을까? 물론 기술적으로 불가능한 일이었다.

현대 기술에서 이런 힘은 초자연적인 것이다.

유령 같은 카운트다운이 사라졌다는 것을 확인하기 위해 왕먀오는 카메라에 다시 필름을 넣고 아무렇게나 사진을 찍었다. 필름을 인화하자 조금 진정되었던 그는 다시 미칠 것 같은 상태가 되었다. 카운트다운이 또다시 나타난 것이다. 사진에 나타난 시간을 보니 카운트다운은 멈춘 적이 없었다. 그저 아내가 찍은 필름에만 나타나지 않았다.

1186:34:13, 1186:34:02, 1186:33:46, 1186:33:35……

왕먀오는 암실에서 뛰쳐나와 현관문을 박차고 나가 옆집 현관문을 두드렸다. 퇴직한 장 교수가 문을 열었다.

"선생님, 댁에 혹시 카메라 있습니까? 디지털카메라 말고 필름카메라요!"

"프로 사진작가께서 우리 집에서 카메라를 빌려? 2만 위안짜리 카메라는 고장 났나? 우리 집에는 디지털카메라밖에 없는데……. 어디 불편한가? 안색이 안 좋아."

"그럼, 그거라도 빌려주세요."

장 교수는 아주 평범한 코닥 디지털카메라를 가지고 나왔다.

"여기 있네. 안에 있는 사진 몇 장은 지워도 되네."

"고맙습니다!"

왕먀오는 카메라를 들고 집으로 돌아왔다. 사실 집에도 필름카메라 세 대와 디지털카메라 한 대가 있었지만 왕먀오는 다른 집 카메라가 더 믿을 수 있다고 생각했다. 그는 소파 위에 있는 카메라 두 대와 흑백필름 몇 통을 보며 잠시 생각하다가 라이카 카메라에 다시 필름을 넣었다. 그리고 집에 있던 디지털카메라를 부엌에서 음식을 차리고 있는 아내에게 주었다.

"여보, 아까 한 것처럼 몇 장 찍어봐."

"뭐 하는 거예요? 당신 안색이……. 도대체 무슨 일이에요?"

아내가 깜짝 놀라 왕먀오를 쳐다보았다.

"별일 아니니까 어서 찍어."

놀란 아내는 쟁반을 내려놓고 주방에서 나와 걱정스러운 눈빛으로 왕먀오를 바라보았다.

왕먀오는 밥을 먹으러 나온 여섯 살 난 아들에게 옆집에서 빌려 온 코닥 카메라를 쥐어주었다.

"자, 아빠 좀 도와주렴. 여길 누르면 돼. 옳지, 그러면 찍히는 거야. 다시 눌러봐. 옳지, 옳지. 그렇게 계속 누르면 돼. 아무거나 다 찍으렴."

아들은 카메라에 빨리 익숙해졌다. 꼬마 녀석은 신이 났는지 아주 빠르게 사진을 찍었다. 왕먀오도 자신의 라이카 카메라를 들고 사진을 찍기 시작했다. 번쩍번쩍 터지는 플래시 속에서 아내가 어쩔 줄 몰라 하며 눈물을 흘리는 것도 모른 채 왕먀오 부자는 찰칵찰칵 미친 듯이 사진을 찍어댔다.

"여보, 요즘 일 때문에 스트레스 많이 받는다는 건 알지만, 그래도……."

왕먀오는 라이카 카메라의 필름을 다 쓰자 아들에게 디지털카메라를 달라고 했다. 그는 아내와 아들을 피해 침실로 들어가 디지털카메라로 사진을 몇 장 찍었다. 액정 화면을 확인하지 않은 채 뷰파인더만 보며 사진을 찍었다. 결과를 즉시 보고 싶지 않아서였다.

그는 라이카 카메라에서 필름을 꺼내 암실로 들어가 문을 걸어 잠갔다. 인화한 다음 원판을 자세히 봤다. 손이 너무 떨려 두 손으로 루페를 간신히 붙잡았다. 유령 같은 카운트다운은 계속되고 있었다.

왕먀오는 암실에서 나와 디지털카메라의 사진을 살펴보았다. 액정 화면을 확인하자 방금 아들이 찍은 부분에는 카운트다운이 없었지만 자신이 찍은 부분에는 카운트다운이 선명하게 찍혀 있었다.

왕먀오가 다른 카메라로 사진을 찍은 이유는 카메라나 원판에 문제가 있을 가능성을 배제하기 위해서였다. 그러나 아들이 찍은 것과 그 전에 아내가 찍은 사진을 보자 다른 카메라와 다른 필름으로 찍어도 다른 사람이 찍은 것은 모두 정상이고, 유령 같은 카운트다운은 자신이 찍은 사진에만 나타난다는 이상한 결과가 나왔다.

왕먀오는 인화한 사진을 절망적으로 움켜쥐었다. 숫자들은 마치 한데 엉켜 있는 뱀 같기도, 벗어나기 어려운 밧줄 같기도 했다. 그는 이 문제가 혼자만의 힘으로 해결할 수 있는 것이 아님을 깨달았다. 그렇다면 누구를 찾아가야 한다는 말인가? 대학과 연구소 동료들은 아니었다. 그들은 자신과 마찬가지로 기술적 사유를 하는 사람이었다. 왕먀오는 이 사건이 기술을 초월한 일이라는 것을 직감적으로 느꼈다. 딩이가 떠올랐다. 그러나 지금은 그 역시 정신적인 위기에 놓인 상태였다. 마지막으로 '과학의 경계'가 떠올랐다. 회원들은 사상이 심오하고 적극적으로 활동하는 사람들이었다. 왕먀오는 선위페이에게 전화를 걸었다. 그리고 긴박하게 말했다.

"선 박사님, 저한테 문제가 좀 생겼습니다. 당신을 만나야겠습니다."

"오세요."

선위페이는 이 한마디만 하고 전화를 끊었다.

왕먀오는 깜짝 놀랐다. 선위페이는 평소에도 매우 간결하게 말해서 '과학의 경계' 회원들 중에는 그녀를 '여자 헤밍웨이'라고 부르는 이도 있었다. 그러나 이번에는 무슨 일인지조차 묻지 않았다. 왕먀오는 다행이라고 생각해야 할지 더 불안해야 할지 알 수가 없었다.

왕먀오는 필름들을 가방에 쓸어 담은 뒤 디지털카메라를 들고 아내의 걱정 어린 눈빛을 외면한 채 집을 나섰다. 차를 몰 수도 있었지만 휘황찬란한 불빛이 번쩍이는 도시를 혼자 달리고 싶지 않아 택시를 잡았다.

선위페이는 지하철 1호선 신청(新城) 라인 근처의 고급 빌라 단지에 살고 있었다. 빌라 단지에는 가로등이 드문드문 켜져 있었고 낚시를 할 수 있는 호수도 있었다. 저녁이 되니 전원적인 분위기가 풍겼다. 선위페이는 매우 부유해 보였다. 그러나 왕먀오는 그녀가 어떻게 재산을 모았는지 알 수 없었다. 예전 그녀의 연구 수준이나 현재 회사에서의 직위로는 이렇게 많은 돈을 벌 수 없을 터였다. 하지만 그녀의 빌라 자체는 사치스러움이 전혀 느껴지지 않는 '과학의 경계' 집회 장소였다. 집에는 회의실 분위기가 나는 작은 도서관이 있었다.

거실에서 왕먀오는 선위페이의 남편 웨이청(魏成)을 만났다. 마흔 살 정도로 보이는 그는 성격이 유한 지식인 같았다. 왕먀오는 그의 이름만 알고 있었다. 선위페이가 남편을 소개할 때 이름만 말해주었기 때문이다. 그는 마치 직업이 없는 사람처럼 하루 종일 집에 있었다. '과학의 경계' 토론에도 흥미가 없어 보였고 집에 빈번히 드나드는 학자들에게도 관심이 없는 듯했다.

그러나 그는 아무 일도 안 하는 것이 아니라 집에서 무엇인가를 연구하는 것 같았다. 하루 종일 생각에 잠긴 채 누구를 만나든 건성으로 인사하고 위층에 있는 방으로 들어갔다. 그는 하루 중 대부분의 시간을 그곳에서 보냈다. 한번은 왕먀오가 위층에서 반쯤 열려 있는 방문을 무심코 쳐다봤다가 놀라운 것을 발견했다. HP 소형 컴퓨터였다. 잘못 본 것이 아니었다. 왕먀오가 근무하는 나노연구센터에도 그것과 똑같은 4년 전 출시된 검정 케이스의 RX8620이 있었기 때문이다. 한 대에 100만 위안이 넘는 설비를 집 안에 놓은 것이 이상했다. 웨이청은 날마다 그 컴퓨터로 도대체 무엇을 하는 것일까?

"위페이는 위층에서 일하고 있으니 잠깐 기다리십시오."

이렇게 말하고 웨이청은 위층으로 올라갔다. 왕먀오는 가만히 앉아 있을 수가 없어서 그를 따라 올라갔다. 소형 컴퓨터가 있는 방으로 들어가려던 웨이청은 왕먀오를 보고도 반감을 느끼는 것 같지 않았다. 손으로 맞은편 방을 가리키며 "바로 그 방에 있으니 들어가보십시오" 하고 말했다.

왕먀오는 노크를 했다. 문이 조금 열려 있었다. 문틈으로 보니 선위페이가 컴퓨터 앞에서 게임을 하고 있었다. 놀랍게도 그녀는 'V 장비'를 착용하고 있었다. 그것은 최근 게이머들 사이에서 유행하는 것으로 360도를 다 볼 수 있는 헬멧과 센서가 달린 옷으로 구성되어 있었다. 그 옷을 착용하면 게임 속에서 실행되는 공격, 칼로 찌르기나 불타기 등의 감각을 똑같이 느낄 수 있고 폭염과 추위를 느낄 수 있으며 눈보라도 실제처럼 느낄 수 있었다. 왕먀오는 그녀의 뒤로 걸어갔다. 입체적인 그래픽은 헬멧 안에서 구현되기 때문에 모니터에는 아무것도 보이지 않았다. 바로 그때 왕먀오는 스창이 웹페이지 주소나 이메일 주소를 기억해두라고 한 것이 생각났다. 그는 무의식적으로 모니터를 쳐다보았다. 모니터에 떠워진 게임 로그인 화면의 영문명이 특이했다.

선위페이는 헬멧과 센서 옷을 벗고 얼굴에 비해 조금 큰 듯한 안경을 썼다. 무표정한 얼굴로 왕먀오를 향해 고개를 끄덕이더니 아무 말 없이 왕먀오가 말하기를 기다렸다. 왕먀오는 필름 뭉치를 꺼내 자신에게 일어난 이상한 일을 이야기했다. 선위페이는 주의 깊게 들으면서 필름을 대충 훑어보았다. 자세히 살펴보지 않는 모습에 왕먀오는 깜짝 놀랐다. 선위페이는 이 일에 대해 뭔가 알고 있는 게 분명했다. 충격을 받은 왕먀오는 말을 멈추었다. 선위페이가 계속하라고 몇 차례 고개를 끄덕이고 나서야 왕먀오는 그 일을 전부 말할 수 있었다. 그제야 선위페이는 처음으로 입을 열었다.

"당신이 주도하고 있는 나노 프로젝트는 어떻게 됐습니까?"

엉뚱한 질문에 당황한 왕먀오는 필름을 가리키며 되물었다.

"나노 프로젝트요? 그것과 이 일이 무슨 관계가 있습니까?"

선위페이는 아무 말도 하지 않고 그저 왕먀오를 조용히 쳐다보며 그가 자신의 질문에 대답하기를 기다렸다. 이것이 바로 그녀의 대화 스타일이었다. 불필요한 말은 단 한마디도 하지 않았다.

줄곧 침묵하고 있던 선위페이가 말했다.

"연구를 중단하세요."

"뭐라고요?"

왕먀오는 자신이 잘못 들은 것이 아닌가 의심했다.

"지금 뭐라고 했습니까?"

선위페이는 자신이 한 말을 반복하지 않았다.

"중단하라고요? 그것은 국가 중점 프로젝트입니다!"

선위페이는 차분한 눈빛으로 말없이 그를 쳐다볼 뿐이었다.

"왜 그래야 하는지 이유를 설명해봐요!"

"멈춰보세요."

"당신이 알고 있는 것이 도대체 뭡니까? 말 좀 해봐요!"

"제가 지금 말해줄 수 있는 것은 이게 다입니다."

"프로젝트는 멈출 수 없어요, 불가능하다고요!"

"한번 멈춰보세요."

유령 같은 카운트다운에 대한 대화는 여기까지였다. 왕먀오가 아무리 재촉해도 선위페이는 그것과 관련된 말은 한마디도 하지 않고 그저 '멈춰 보세요'라는 말만 되풀이했다.

"이제야 알겠습니다. '과학의 경계'는 당신들이 주장하는 것처럼 기초 이론을 토론하는 학술 교류 단체가 아니었군요. '과학의 경계'와 현실의 관계는 내가 생각했던 것보다 훨씬 복잡하군요."

"그 반대입니다. 당신이 그렇게 생각하는 이유는 '과학의 경계'가 다루는 것이 당신이 상상하는 것보다 더 기초적이기 때문입니다."

절망한 왕먀오는 작별 인사도 하지 않고 몸을 일으켜 걸어 나왔다. 선위페이가 조용히 대문까지 따라 나와 그가 택시에 오르는 것을 바라보았다. 바로 그때, 다른 차 한 대가 질주해 들어와 문 앞에 급정거했다. 차에서 한 남자가 내렸다. 빌라에서 나오는 불빛을 통해 왕먀오는 그가 누구인지 한눈에 알아보았다.

그는 '과학의 경계'에서 가장 유명한 인물 중 한 명인 판한(潘寒)이었다. 생물학자인 그는 유전자 변형 식품을 장기적으로 섭취해 일어난 후대의 유전 기형을 예언하는 데 성공했고, 유전자 변형 작물이 일으킬 수 있는 생태 재난도 예언했다. 내용 없이 겁만 주는 학자들과는 달리 그의 예언은 구체적이고 자세했으며, 하나하나 정확하게 현실로 나타났다. 깜짝 놀랄 정도로 정확해서 그가 미래에서 왔다고 하는 사람이 있을 정도였다.

그가 유명해진 또 다른 계기는 국내에서 처음으로 건설된 실험 사회 때문이었다. 자연으로 회귀하자는 서양의 유토피아 커뮤니티와 달리 그의 '중화전원(中華田園)'은 황야가 아닌 가장 큰 도시에 자리를 잡았다. 실험 사회에 속한 사람들은 돈 한 푼 들이지 않고 식료품을 포함한 모든 일용품을 도시의 쓰레기에서 조달했다. 실패할 거라는 사람들의 예상을 깨고 중화전원은 살아남았을 뿐 아니라 빠르게 확대되어 고정 회원만 3000여 명에 달했다. 비정기적으로 실험 사회에 참여해 생활을 체험하는 사람은 수없이 많았다.

이 두 가지 성공에 힘입어 판한의 주장은 사회적으로 점차 영향력을 가지게 되었다. 그는 과학기술 혁명은 인류 사회의 병변(病變)으로, 기술이 폭발적으로 발전하면 암세포가 급속히 퍼지는 것처럼 유기체의 양분을 다 소모시키고 기관을 파괴해 결국 유기체를 죽음에 이르게 할 것이라고 주장했다. 그리고 화석에너지와 원자력에너지 같은 '거친 기술'을 폐기하고 태양열과 소형 수력발전 같은 '온화한 기술'을 보전해야 한다고 주장했다. 또한 대도시를 해체해 자급자족할 수 있는 소도시로 만들어 인구를 고르게 분포시키고 '온화한 기술'을 기반으로 한 '신농업 사회'를 건설해야 한다고 주장했다.

판한은 빌라 2층을 가리키며 물었다.

"안에 있습니까?"

선위페이는 대답하지 않고 그의 앞을 가로막았다. 그러자 판한이 차갑게 말했다.

"그에게 경고하려고 왔지만 당신도 물론 해당되지. 우리를 압박하지 마시오!"

선위페이는 아무 말도 하지 않았다. 그리고 택시에 탄 왕먀오에게 "가세요, 아무 일도 아닙니다" 하고 말한 다음 기사에게 출발하라고 손짓했다. 택시가 출발하는 바람에 왕먀오는 그들의 대화를 더 이상 들을 수 없었다. 뒤를 돌아보니 가로등 아래에서 선위페이가 판한을 여전히 가로막고 있었다.

집에 도착했을 때는 이미 깊은 밤이었다. 왕먀오가 집 앞에 내리자 검은색 산타나가 바로 뒤에 멈추었다. 차창이 열리고 담배 연기가 뿜어져 나왔다. 스창이었다. 건장한 체격 때문에 운전석이 꽉 찼다.

"왕 교수, 이틀 동안 잘 지내셨나?"

"날 미행한 거요? 이것참!"

"오해하지 마셔. 그냥 지나갈걸, 괜히 예의 차린다고 인사했더니 악의로 받아들이네."

스창은 무뢰한 같은 특유의 멍청한 웃음을 지었다.

"어땠소? 그곳에서 뭐 쓸 만한 정보도 좀 얻고, 교류도 좀 하셨나?"

"내가 말하지 않았습니까. 나는 당신네들과 아무 상관 없다고. 앞으로 다시는 나를 미행하지 마시오!"

스창은 차에 시동을 걸었다.

"오케이! 이틀 동안 한 야근이랑 외근 수당이나 청구해야겠군. 이런, 축구 시합 놓쳤네."

집에 들어오니 아내와 아들은 자고 있었다. 아내가 침대에서 불안하게 몸을 뒤척이며 잠꼬대하는 소리가 들렸다. 오늘 남편의 이상 행동 때문에 악몽을 꾸는 것인지도 몰랐다. 왕먀오는 수면제 두 알을 먹고 침대에 누웠다. 한참이 지나서야 잠이 들었다.

어지러운 꿈들이 뒤죽박죽 이어졌다. 하지만 변하지 않는 것이 있었다. 바로 유령 같은 카운트다운이었다. 꿈속에서도 카운트다운이 계속될 것이라고 생각했다. 꿈속에서 왕먀오는 공중에 떠 있는 카운트다운 숫자들을 미친 듯이 공격했다. 물어뜯고 찢고 별짓을 다 했지만 공격은 허무하게 숫자들을 통과했다. 숫자들은 꿈 한가운데를 굳건하게 흐르고 있었다. 카운트다운 때문에 극도로 초조해진 왕먀오는 결국 꿈에서 깨어났다.

왕먀오는 눈을 뜨고 흐릿한 천장을 바라보았다. 커튼 사이로 도시의 불빛이 새어 들어왔다. 그러나 꿈속부터 현실로 그를 따라온 것이 있었다. 유령 같은 카운트다운이었다. 카운트다운 숫자들이 그의 눈앞에 뚜렷하게 떠올랐다. 숫자는 가늘었지만 매우 밝은 흰빛을 내뿜었다.

1180:05:00, 1180:04:59, 1180:04:58, 1180:04:57……

고개를 돌려 침실을 둘러보며, 잠에서 깼어도 카운트다운은 사라지지 않았다는 것을 확인했다. 두 눈을 다시 감았지만 카운트다운은 흑조의 깃털 끝에서 수은이 반짝이는 것처럼, 캄캄한 시야 속에 여전히 떠 있었다. 눈을 비벼보기도 했지만 그래도 사라지지 않았다. 시선을 어디에 두든 숫자는 시야의 정중앙에 박혀 있었다.

갑자기 알 수 없는 공포가 밀려와 왕먀오는 벌떡 일어났다. 숫자들이 그를 집요하게 따라왔다. 침대에서 내려와 커튼을 젖히고 창문을 열었다. 창밖 잠든 도시의 불빛은 여전히 찬란했고, 카운트다운 숫자는 광활한 도시를 배경으로 영화 속 자막처럼 떠 있었다.

그 순간 숨이 턱 막혀 자기도 모르게 비명을 질렀다. 그 소리에 놀라서 깬 아내의 괜찮냐는 말에 왕먀오는 그제야 자신을 진정시키며 아무 일도 아니라고 말했다. 그리고 다시 침대에 누워 눈을 감고 유령 같은 카운트다운 숫자가 번쩍이는 가운데 남은 밤을 힘겹게 보냈다.

새벽에 일어난 왕먀오는 가족에게 평소처럼 보이기 위해 노력했다. 그러나 아내는 그가 이상하다는 것을 알아채고 "눈이 어떻게 됐어요? 앞이 잘 안 보여요?" 하고 물었다.

아침을 먹고 왕먀오는 나노센터에 휴가를 내고 병원으로 향했다. 가는 길에도 유령 같은 카운트다운 숫자는 매정하게도 그의 눈에 비치는 세계에 자꾸 나타났다. 게다가 밝기가 자동으로 조절되어 배경에 따라 또렷하게 바뀌었다. 강렬한 빛을 보면 혹시 사라질까 해서 떠오르는 태양을 똑바로 쳐다보았다. 그러나 마귀 같은 숫자는 태양 위에서도 보였다. 밝게 빛나는 것이 아니라 검은색으로 변해 더 공포스러웠다.

진료 접수가 어려워 아내의 친구를 직접 찾아갔다. 아내의 친구는 유명한 안과 전문의였다. 왕먀오는 증상은 말하지 않고 일단 의사에게 자신의 눈을 검사해달라고 했다. 왕먀오의 두 눈을 꼼꼼히 검사한 의사는 이상 소견은 없고 매우 정상이라고 말했다.

"눈에 계속 뭔가가 보입니다. 어디를 봐도 그게 있어요."

그렇게 말함과 동시에 숫자 열이 의사의 얼굴 앞에 펼쳐졌다.

1175:11:34, 1175:11:33, 1175:11:32, 1175:11:31……

의사가 처방전을 쓰면서 말했다.

"비문증(飛蚊症)이네요. 우리 나이에는 흔한 안과 질환입니다. 유리체가 혼탁해져서 그렇죠. 치료는 잘 안 됩니다만 그렇다고 크게 신경 쓸 필요는 없습니다. 요오드 물약과 비타민 D를 처방해드리겠습니다. 없어질 수도 있지만 크게 나아지지는 않을 겁니다. 눈앞에 보이는 것들을 무시하는 습관을 들이면 됩니다. 시력에는 영향을 미치지 않고요."

"선생님이 말씀하신 비문증은, 눈앞에 어떤 모양이 떠다니는 겁니까?"

"사람에 따라 다릅니다. 어떤 사람은 작은 점이라고도 하고, 어떤 사람은 올챙이처럼 보인다고도 합니다."

"숫자 열이 보이는 경우는요?"

처방전을 쓰던 의사가 손을 멈추었다.

"숫자 열이 보인다고요?"

"네, 시야 중심에 가로로 보입니다."

의사는 종이와 펜을 치우더니 친절한 표정으로 왕먀오를 바라보았다.

"들어올 때부터 매우 피곤해 보였어요. 지난번 동창회에서 리야오(李瑤) 말이 당신이 받는 업무 스트레스가 상당하다더군요. 우리 나이가 되면 건강에 주의해야 합니다."

"그러니까 제 증상이 정신적인 것이라는 말입니까?"

의사는 고개를 끄덕였다.

"보통 환자라면 정신과에 가보라고 하겠지만 사실 그럴 필요는 없습니다. 그냥 너무 피곤해서 그런 거예요. 며칠 쉬세요. 부인과 아이와 함께 며칠 여행이라도 다녀오십시오. 안심하세요, 곧 좋아질 테니."

1175:04:02, 1175:04:01, 1175:04:00, 1175:03:59……

"제 눈에 뭐가 보이는지 말씀드리겠습니다. 카운트다운이에요! 1초 1초 정확하게 흘러갑니다! 이게 정신적인 이유 때문이라고요?"

의사가 웃으며 말했다.

"정신적인 이유가 시력에 어느 정도까지 영향을 미치는지 알고 싶으신가요? 지난달 열대여섯 살 정도 된 소녀가 내원했습니다. 교실에 있는데 갑자기 아무것도 안 보였다고 했습니다. 실명한 것처럼 말입니다. 그러나 검사 결과 눈은 생리적으로는 완전히 정상이었습니다. 정신과 전문의가 한 달 동안 심리치료를 하자 정상 시력으로 돌아왔습니다."

왕먀오는 이곳에 더 있는 것이 시간 낭비일 뿐이라는 것을 깨달았다. 진료실을 나가면서 마지막으로 물었다.

"알겠습니다. 제 눈은 차치하고, 하나만 물어봅시다. 어떤 외부의 힘이 원격조종으로 사람에게 뭔가를 보게 할 수 있습니까?"

의사는 곰곰이 생각하더니 대답했다.

"있습니다. 예전에 선저우(神舟) 19호 의료팀에 참가했을 때 한 우주비행사가 우주선 밖에서 일하다가 섬광을 봤다고 했습니다. 국제우주정거장(ISS)에 있는 우주비행사에게서도 비슷한 사례가 있었습니다. 그들은 모두 태양 활동이 격렬할 때 우주의 고에너지 소입자가 망막에 부딪혀 만들어낸 섬광을 보게 된 것입니다. 하지만 선생님은 숫자가 보인다고 하셨지 않습니까? 게다가 카운트다운을요. 그건 절대 그런 이유 때문이 아닐 겁니다."

왕먀오는 얼떨떨한 채로 병원에서 나왔다. 숫자는 여전히 그의 눈앞에 떠 있었다. 마치 카운트다운에 맞춰 걷는 듯했다. 자신에게 달라붙은 유령을 따라 걷는 기분이었다. 왕먀오는 몽유병 환자처럼 초점을 잃은 자신의 눈을 가리기 위해 선글라스를 사서 썼다.

나노센터 메인 실험실에 들어가기 전 왕먀오는 선글라스 벗는 것을 잊지 않았다. 그런데도 그를 본 동료들은 하나같이 그를 걱정했다.

왕먀오는 실험실 중앙에서 여전히 운행 중인 반응 블랙박스를 바라보았다. 이 거대한 설비의 몸통은 수많은 관이 한곳으로 연결된 구체였다. '비도(飛刀)'라는 이름의 초강도 나노 소재는 이미 생산되었다. 그러나 분자 건축술로 만들었기에 양산할 수 없었다. 분자 건축술은 분자 탐침(探針)으로 재료 분자를 벽돌처럼 쌓아 올리는 기술인데 이런 공정은 자원을 대규모로 소모했다. 그 때문에 이 제품은 세계에서 가장 귀한 보물이라고 할 수 있었다.

실험실에서는 일종의 촉매반응을 통해 분자 건축술을 대체하려는 시도를 하고 있었다. 즉, 촉매반응을 이용해 대량의 분자를 동시에 쌓는 것이었다. 실험은 반응 블랙박스 안에서 진행되었다. 방대한 양의 경우의 수를 조합해 반응 실험을 진행하는 설비였다. 수작업으로는 100년이 걸려도 다 못 하겠지만 반응 블랙박스가 있어 자동으로 빠르게 진행할 수 있었다. 이 설비 또한 실제 반응과 디지털 시뮬레이션이 일체화되어 합성이 어느 정도로 진행되면 컴퓨터가 반응의 단계별 결과에 따라 합성 반응의 숫자 모델을 구축하고 남은 반응은 디지털 시뮬레이션으로 대체해 실험 효율을 크게 높였다.

실험 주임이 왕먀오를 보고 황급히 다가와 반응 블랙박스에 나타난 고장을 보고했다. 최근에 자주 있는 일이었다. 1년 넘게 반응 블랙박스를 운행하다 보니 센서 반응이 떨어져 오차가 커지는 바람에 기계를 멈추고 유지 보수를 해야 했다. 하지만 프로젝트의 수석 과학자인 왕먀오가 세 번째 합성 조합을 완료한 다음 기계를 멈추자고 고집했기 때문에 엔지니어들은 반응 블랙박스에 수정 장치를 더 많이 보강하는 수밖에 없었다. 이제는 수정 장치 자체를 수정해야 할 판이어서 프로젝트팀 전체가 몹시 지쳐 있었다. 그러나 주임은 설비를 멈추고 실험을 잠시 중단하자는 말을 꺼내지 못했다. 예전에도 몇 번 말을 꺼냈다가 왕먀오에게 호되게 야단을 맞았기 때문이다. 그는 그저 어려움을 토로할 뿐이었다. 하지만 의도는 분명했다.

왕먀오는 고개를 들어 반응 블랙박스를 쳐다보았다. 그것은 마치 자궁 같았다. 엔지니어들이 그것을 둘러싸고 분주하게 일하면서 정상 운행을 겨우 유지하고 있었다. 이 장면 앞에 카운트다운 숫자들이 겹쳐 보였다.

1174:21:11, 1174:21:10, 1174:21:09, 1174:21:08······.

'한번 멈춰보세요.' 왕먀오의 머릿속에 갑자기 선위페이의 말이 울려 퍼졌다.

왕먀오가 물었다.

"외부 센서 시스템을 전면 교체하려면 얼마나 걸리지?"

"사오일 정도 걸립니다."

실험 주임은 갑자기 희망이 생겼다고 생각했는지 급하게 한마디 덧붙였다.

"빨리하면 사흘이면 됩니다. 제가 보장하겠습니다!"

절대 굴복한 것이 아니다. 이 설비는 정말 보수가 필요하다. 그래서 잠시 멈추는 것일 뿐 다른 일과는 전혀 상관이 없다. 왕먀오는 속으로 자신에게 말했다. 그리고 주임을 향해 돌아서서 카운트다운 숫자 너머에 있는 그를 보았다.

"실험을 멈추게. 설비를 멈추고 시설을 정비하도록 하지. 자네가 말한 일정에 따라서 말이야."

주임이 흥분해서 말했다.

"알겠습니다. 설비 정비 방안을 곧 올리겠습니다. 오후에는 설비를 멈출 수 있을 겁니다!"

"지금 바로 멈추자고."

실험 주임은 못 알아들었다는 듯이 왕먀오를 쳐다봤지만 곧 흥분 상태로 되돌아왔다. 이 기회를 잃어버릴까 봐 재빨리 전화기를 들어 설비 정지 명령을 내렸다. 그러자 지쳐 있던 프로젝트팀의 연구원과 엔지니어들이 일제히 흥분해서 프로세스에 따라 수백 개의 스위치를 끄기 시작했다. 모니터 화면이 하나둘 꺼졌고 마지막으로 주 모니터 스크린에 정지 상태를 알리는 표시가 떴다.

그와 동시에 왕먀오의 눈앞에 있던 카운트다운도 멈추었다. 숫자는 1174:10:07에 고정되었다. 그리고 몇 초 뒤 숫자는 몇 번 깜박거리더니 사라졌다.

유령 같은 카운트다운 숫자들이 없는 현실이 다시 눈앞에 펼쳐지자 왕먀오는 길게 한숨을 내쉬었다. 마치 깊은 물속 바닥에서 어렵게 수면 위로 나온 것 같았다. 왕먀오는 의자에 털썩 주저앉았다. 그는 옆에서 누군가 자신을 지켜보고 있다고 느꼈다.

왕먀오가 실험 주임에게 말했다.

"시스템 점검은 설비부 일이니 실험팀 사람들은 며칠 푹 쉬도록 하게. 모두 고생 많았네."

"많이 피곤해 보이십니다. 실험실에는 장 수석 엔지니어가 있으니 돌아가셔서 푹 쉬세요."

"그래야겠어. 많이 피곤하군."

왕먀오는 힘없이 말했다. 주임이 돌아간 뒤 그는 전화기를 들어 선위페이의 전화번호를 눌렀다. 통화음이 한 번 울리고 그녀가 전화를 받았다. 왕먀오가 물었다.

"당신들 뒤에 누가 있습니까?"

그는 최대한 냉정한 목소리로 말하려고 했지만 그럴 수가 없었다.

"……"

"카운트다운의 끝은 무엇입니까?"

"……"

"지금 듣고 있습니까?"

"네."

"고강도 나노 소재가 어떻다고요? 이것은 고에너지 가속기가 아니라 그저 응용연구일 뿐인데 이렇게까지 주목할 이유가 있습니까?"

"주목할 가치가 있는지의 여부는 우리가 판단하는 것이 아닙니다."

"됐어요!"

왕먀오는 버럭 소리 질렀다. 공포와 절망이 그 순간 참을 수 없는 화로 변했다.

"이따위 술수로 나를 속일 수 있다고 생각합니까? 기술의 진보를 멈출 수 있다고 생각해요? 내가 지금은 이 현상을 기술적으로 설명할 수 없다는 것을 인정합니다. 하지만 그건 내가 그 파렴치한 마술사의 배후를 밝혀내지 못했기 때문일 뿐입니다!"

"당신 말은, 더 높은 차원에서 카운트다운을 보고 싶다는 말입니까?"

선위페이의 말에 왕먀오는 순간 멍해졌다. 그 질문에 대한 준비가 되어 있지 않았기 때문이다. 그는 계략에 빠지지 않기 위해 간신히 냉정을 되찾았다.

"수작 그만 부리시죠. 높은 차원에서 뭘 어쩌겠다는 말입니까? 당신들은 모두 마술을 부릴 수 있잖습니까! 하늘에 홀로그램을 띄울 수도 있고요. 지난번 전쟁에서 나토가 한 것처럼 말입니다. 강력한 레이저로 달 표면 전체에 홀로그램을 띄울 수도 있겠지요! 저격수와 농장주는 인류의 힘이 닿지 못하는 더 높은 차원에서 놀 수 있어야 하지 않나요? 예를 들어 카운트다운 숫자들을 태양 표면에 나타나게 할 수 있습니까?"

말을 마친 왕먀오는 놀라서 입을 다물지 못했다. 방금 금기 단어 두 개를 무심코 내뱉었기 때문이다. 그러나 더 금기시되는 그것은 말하지 않아 다행이었다. 왕먀오는 주도권을 뺏기지 않기 위해 이어서 말했다.

"내가 아직 생각하지 못한 가능성이 더 있다면, 당신들의 그 파렴치한 마술사는 태양을 가지고도 마술을 부릴 수 있을 겁니다. 그런 힘을 진정으로 납득시키려면 더 높은 차원에서 사람들에게 보여줘야 할 겁니다."

"문제는 당신이 감당할 수 있느냐의 여부입니다. 우리는 친구입니다. 나는 당신이 양둥과 같은 길을 가지 않도록 돕고 싶습니다."

그 이름을 듣자 왕먀오는 자기도 모르게 부르르 떨었다. 하지만 그와 동시에 분노가 일어 아무것도 생각할 수 없었다.

"받아들이겠습니까?"

"네."

왕먀오의 목소리에서 힘이 빠졌다.

"옆에 인터넷이 가능한 컴퓨터가 있습니까? 좋아요. 주소 입력창에 http://www.qsl.net/bg3tt/zl/mesdm.htm을 입력하세요. 열었습니까? 페이지를 출력해서 가지세요."

모니터 화면에 모스부호 대조표가 한 장 나타났다.

"도대체 모르겠군요. 이것은……."

"이틀 안에 우주배경복사*를 관측할 수 있는 곳을 찾으세요. 구체적인 건 나중에 이메일로 알려드리겠습니다."

"이건…… 대체 뭡니까?"

"나노 연구 프로젝트가 중단되었다는 걸 알고 있습니다. 다시 가동할 건가요?"

"물론입니다. 사흘 뒤에 재가동할 겁니다."

---

* 옮긴이 주 : 특정한 천체에서가 아니라 우주 공간의 배경을 이루며 모든 방향에서 같은 강도로 들어오는 전파이다. 0.1밀리미터~20센티미터의 마이크로파로, 2.7K의 흑체복사를 나타낸다.

"그러면 카운트다운은 계속됩니다."

"나는 앞으로 어떤 차원에서 그것을 보게 됩니까?"

오랜 침묵이 이어졌다. 인간의 이해력을 초월한 힘의 대변인은 냉정하게도 왕먀오의 모든 출구를 막아버렸다.

"사흘 뒤, 그러니까 14일 새벽 1시에서 5시까지, 우주 전체가 당신을 위해 반짝일 것입니다."

삼체, 주 문왕, 긴 밤

딩이가 전화를 받고 나서야 왕먀오는 지금이 새벽 1시가 넘었다는 것을 깨달았다.

"왕먀오입니다. 밤늦은 시간에 전화해서 정말 미안합니다."

"괜찮습니다. 어차피 불면증인데요."

"제가…… 그러니까 저한테 무슨 일이 생겼는데, 도움이 필요합니다. 국내에서 우주배경복사를 관측할 수 있는 기관을 아시는지요?"

왕먀오는 다 털어놓고 싶다는 기분에 휩싸였지만 곧 유령 같은 카운트 다운을 많은 사람이 알아서는 안 될 것 같은 생각이 들었다.

"우주배경복사? 왜 거기에 흥미가 생겼습니까? 정말 무슨 일이 생겼나 보군요……. 혹시 양둥 어머니를 찾아가 뵈었습니까?"

"아! 죄송합니다. 잊고 있었습니다."

"괜찮습니다. 요즘 과학계 사람들이 모두…… 당신처럼 어떤 일이 생겨 정신이 딴 데 가 있지요. 하지만 양둥의 어머니를 찾아가는 게 가장 좋은 방법입니다. 연세가 많으신데 가정부 고용은 마다하시니 가서 힘쓸 일이 있으면 좀 도와드리세요. 아, 그리고 우주배경복사에 관한 일도 양둥의 어머니께 물어보는 것이 좋겠군요. 퇴직하기 전에 천체물리학자셨습니다. 그러니 선생께서 말한 연구기관을 잘 알고 계실 겁니다."

"네, 오늘 퇴근 후에 꼭 찾아뵙겠습니다."

"감사합니다. 저는 정말 양둥과 관련된 것과 대면할 자신이 없습니다."

전화를 끊은 왕먀오는 컴퓨터 앞에 앉아 인터넷 페이지에 있는 간단한 모스부호 대조표를 출력했다. 냉정을 되찾은 그는 카운트다운에 대한 생각에서 벗어나 '과학의 경계'와 선위페이의 일을 생각했고, 그녀가 하던 인터넷게임을 떠올렸다. 선위페이에 관해 그가 유일하게 확신할 수 있는 것은 그녀가 게임할 사람이 아니라는 것이었다. 말도 전보처럼 간단히 하는 그녀에게 받은 유일한 인상은 차가움이었다. 그것은 다른 여성의 차가움과는 달랐다. 가면이 아니라 내면에서 뿜어져 나오는 것이었다.

왕먀오는 그녀가 예전에 사라진 도스(DOS) 운영 시스템과 비슷하다는 생각이 들었다. 아무것도 없는 까만 화면에 단순하기 짝이 없는 'C:>' 프롬프트가 깜박이고 사용자가 입력하는 대로 출력하는. 한 글자도 더 많아지지 않고 변화가 생기지도 않는다. 이제 그는 'C:>' 프롬프트 뒤에 사실은 무한한 심연이 있다는 것을 알았다.

그녀가 정말 게임에 흥미가 있는 것일까? 게다가 V 장비를 하고? 그녀는 아이가 없으므로 V 장비는 자신이 사용하려고 산 것이 틀림없었다. 정말 알 수 없는 일이었다.

왕먀오는 브라우저 주소 창에 기억하기 쉬웠던 게임 주소 'www.three body.com'을 입력했다. 인터넷 페이지에 이 게임은 V 장비 방식만을 지원한다는 안내가 나타났다. 나노센터 직원 휴게실에 V 장비가 있었던 것이 생각난 왕먀오는 텅 빈 메인 실험실에서 나와 당직실에 비치된 열쇠를 가

저다가 휴게실 문을 열었다. 그리고 휴게실에 들어가 당구대와 헬스 기구를 지나 한 컴퓨터에서 V 장비를 발견했다. 어렵게 센서 옷을 입고 헬멧을 쓴 다음 컴퓨터를 켰다.

게임을 시작했다. 그는 여명이 밝아오는 황야에 서 있었다. 천지가 온통 어두컴컴한 암갈색이라 자세히 보이지는 않았다. 멀리 지평선에서 서광이 비쳤고 하늘에는 수많은 별이 반짝이고 있었다. 거대한 소리와 함께 저 멀리 대지 위로 붉은빛을 발하는 산봉우리 두 개가 무너져 내리면서 황야 전체에 붉은빛이 퍼졌다. 하늘과 해를 가렸던 먼지가 가라앉고 나서야 왕먀오는 하늘 높이 우뚝 솟은 글자를 볼 수 있었다.

'삼체(三体).'

그다음 로그인 화면이 나왔다. 아이디를 '해인(海人)'으로 입력하니 바로 로그인이 되었다.

여전히 황야였다. 센서 옷의 압축기가 가동되면서 왕먀오는 오싹한 한기를 느꼈다. 앞에 길을 가는 두 사람의 그림자가 보였다. 서광 속에서 그들은 검은 실루엣으로만 보였다. 왕먀오는 그들을 쫓아갔다. 두 사람 모두 남자였고 낡은 도포 위에 더러운 가죽옷을 입고 청동기 시대의 넓고 짧은 칼을 들고 있었다. 그중 한 사람은 자신의 키 반만 한 길고 가는 나무 상자를 메고 있었다. 그 사람이 고개를 돌려 왕먀오를 봤다. 그의 얼굴은 입고 있는 가죽옷처럼 더럽고 주름졌지만 두 눈에는 생기가 있고 눈동자에서는 빛이 났다.

그가 말했다.

"춥네요."

왕먀오가 대답했다.

"네, 정말 춥네요."

"이곳은 전국 시대고 나는 주(周)의 문왕(文王)이오."

"주 문왕은 전국 시대 사람이 아니지 않습니까?"

상자를 메지 않은 사람이 옆에서 말했다.

"이 사람은 지금까지 계속 살아 있었습니다. 은(殷) 주왕(紂王)도 살아 있는걸요. 나는 주 문왕의 추종자요. 내 아이디가 '주 문왕 추종자'지. 그는 천재라니까."

왕먀오가 말했다.

"제 아이디는 해인입니다. 등에 메고 있는 것은 무엇입니까?"

주 문왕은 직사각형 나무 상자를 내려 한쪽 입구를 열었다. 나무 상자 안은 다섯 개의 층으로 나뉘어 있었다. 새벽 미광으로 보니 각 층에는 높이가 다른 고운 모래가 있었다. 모래는 위층에서 아래층으로 가늘게 흘러내리고 있었다.

주 문왕이 설명했다.

"여덟 시간짜리 모래시계지. 세 번 뒤집으면 하루가 지나. 하지만 나는 뒤집는 것을 자주 잊어 추종자가 알려준다네."

"보아하니 당신들은 장거리 여행을 하는 것 같은데 이렇게 무거운 시계를 메고 다닐 필요가 있습니까?"

"그러면 시간을 어떻게 알지?"

"소형 해시계, 아니면 해만 있어도 대략의 시간을 알 수 있지 않습니까?"

주 문왕과 추종자는 서로 얼굴만 쳐다볼 뿐 아무 말도 하지 않았다. 그리고 백치라도 본 듯 왕먀오를 똑바로 쳐다보았다.

"해? 해를 본다고 어떻게 시간을 아나? 지금은 난세기(亂世紀)인데."

왕먀오가 그 이상한 단어의 뜻을 물어보려 하자 추종자가 끼어들었다.

"정말 춥군. 추워 죽겠어!"

왕먀오도 추웠다. 하지만 마음대로 센서 옷을 벗을 수 없었다. 일반적인 상황에서 그렇게 하면 게임에서 아이디가 자동으로 삭제되기 때문이다.

왕먀오가 말했다.

"해가 떠오르면 따뜻해질 겁니다."

"당신 지금 선지자를 사칭하는 거요? 주 문왕도 선지자가 아닌데!"

추종자는 왕먀오에게 달려들려다가 그럴 만한 가치가 없다는 듯 고개를 저었다.

왕먀오가 하늘을 가리키며 말했다.

"선지자가 필요합니까? 한두 시간 후면 해가 뜬다는 것은 누구나 다 알 수 있습니다."

추종자가 다시 말했다.

"지금은 난세기라니까!"

"난세기가 뭡니까?"

"항세기(恒世紀)를 제외하면 모두 난세기요."

주 문왕이 무지한 아이의 질문에 답하듯 말했다.

과연, 하늘에 나타났던 서광이 어두워지더니 금세 사라졌다. 어둠의 장막이 모든 것을 뒤덮고 하늘에는 별만 반짝였다.

왕먀오가 물었다.

"지금이 새벽이 아니라 황혼이었습니까?"

"새벽이지. 새벽이라고 꼭 해가 뜨는 건 아니야. 지금은 난세기니까."

추위가 왕먀오를 더욱 괴롭혔다. 그는 덜덜 떨면서 모호한 지평선을 가리키며 말했다.

"보아하니 해는 오랜 시간 이후에나 뜰 것 같습니다."

"당신은 어떻게 그런 생각을 할 수 있지? 그것도 알 수 없소. 지금은 난세기요."

추종자가 이렇게 말하고 주 문왕에게 돌아서서 "희창(姬昌),* 내게 어포를 좀 주세요"라고 말했다.

주 문왕이 단호하게 거절했다.

"안 돼! 나도 겨우 버티고 있는데. 조가(朝歌)**에 가야 할 사람은 네가 아니라 나야."

대화가 오가는 사이 왕먀오는 다른 방향의 지평선에서 서광이 비치는 것을 발견했다. 동서남북 분명한 방향은 알 수 없었지만 아까와는 분명 방향이 달랐다. 서광이 점점 강해지더니 얼마 뒤 이 세계에 태양이 떠올랐다. 푸른색의 작은 태양은 마치 강한 밝기의 달 같았다. 그래도 왕먀오는 조금 따뜻하다고 느꼈고 그제야 대지를 자세히 볼 수 있었다. 그러나 이 낮도 오래가지 않았다. 태양은 지평선 위를 가볍게 가르며 져버렸고 어둠과 한기가 다시 대지를 뒤덮었다.

세 사람은 한 고목 앞에서 멈추었다. 주 문왕과 추종자는 청동 검을 꺼내 장작을 팼고 왕먀오는 장작들을 한곳으로 모았다. 추종자가 부싯돌을 꺼내 몇 번 탁탁 치자 불길이 솟았다. 왕먀오의 센서 옷 가슴 부분이 따뜻해졌다. 그러나 등은 몹시 추웠다.

추종자가 말했다.

"탈수자(脫水者)를 태워야 불이 세질 것 같습니다."

"입 다물라! 그것은 주왕의 일이야!"

* 옮긴이 주: 주 문왕의 이름.
** 옮긴이 주: 중국 은 주왕 때의 수도.

"길에 흩어져 저렇게 망가져서 물에 담가도 어차피 살아나지 못할 텐데요. 우리 이론이 정말 통한다면 땔감이 문제가 아니라 먹어도 괜찮을 것 같은데요. 그 이론대로라면 목숨 몇 개가 뭐 그리 대단하다고."

"헛소리 마! 우리는 학자야!"

모닥불이 다 꺼지자 세 사람은 다시 길을 나섰다. 세 사람의 대화가 끊기자 시스템이 게임 시간을 빨리 흐르게 했고 주 문왕은 등에 멘 모래시계를 여섯 번 뒤집었다. 눈 깜짝할 사이에 이틀이 흘렀고 태양은 한 번도 뜨지 않았다. 하늘에는 서광의 그림자조차 보이지 않았다.

"해가 안 뜰 것 같습니다."

왕먀오가 말하는 순간 게임 인터페이스에 자신의 HP(생명치)가 표시되었다. 추위 때문에 HP가 급격히 감소했다.

추종자가 말했다.

"또 위대한 선지자처럼 구는군."

그와 동시에 왕먀오가 나머지 말을 외쳤다.

"지금은 난세기!"

얼마 뒤, 하늘에서 서광이 나타나 빛이 빠르게 커지더니 잠깐 사이에 해가 떴다. 이번에는 매우 큰 태양이었다. 태양이 반 정도 뜨자 지평선의 5분의 1을 차지했다. 따뜻한 기운이 몰려오면서 왕먀오는 기분이 좋아졌다. 그러나 주 문왕과 추종자는 악마가 강림이라도 한 듯 두려워하는 모습이었다.

"어서, 그늘을 찾아!"

추종자의 외침에 왕먀오도 그들을 따라 나는 듯이 달려 낮은 암석 뒤에 쪼그리고 앉았다. 암석의 그림자가 점점 작아지고 주위의 대지가 마치 백열등처럼 밝아져 눈이 부셨다. 발아래 강철같이 단단하게 얼어붙은 땅이 빠르게 녹아 온통 진창이 되었고 열기가 넘실댔다. 금세 땀이 났다. 큰 태양이 머리 바로 위로 향하자 세 사람은 짐승 가죽으로 머리를 가렸다. 그래도 날카로운 화살 같은 강렬한 빛이 가죽 틈새로 파고들었다. 세 사람은 방금 나타난 암석의 다른 쪽 그늘로 이동했다.

태양은 이내 졌지만 공기는 여전히 뜨거웠다. 세 사람은 땀투성이가 되어 암석 위에 앉았다.

추종자가 서글픈 듯이 말했다.

"난세기에 여행하는 건 지옥을 걷는 것 같다니까. 정말 못 참겠다. 그리고 나는 아무것도 못 먹었잖아. 당신이 어포도 나눠 주지 않고 탈수자도 못 먹게 하니, 쳇!"

"그럼 탈수하는 수밖에."

주 문왕은 짐승 가죽으로 부채질하면서 말했다.

"탈수해도 나를 버리지 않을 거죠?"

"물론이지. 내 자네를 조가까지 가지고 가겠다고 약속하지."

추종자는 땀에 전 도포를 벗고 알몸으로 진흙 바닥에 누웠다. 석양 속에서 왕먀오는 추종자의 몸에서 갑자기 땀이 솟아나는 것을 보았다. 그러나 곧 그것이 땀이 아니라는 것을 알아차렸다. 추종자 몸의 수분이 모두 배출되면서 흘러나와 모랫바닥 위에서 작은 개울 몇 줄기를 형성했다. 추종자의 몸은 마치 녹아버린 양초처럼 얇게 변했다. 10분 후에는 수분이 다 배출되었고 그의 몸은 인간 모양의 얇은 가죽이 되어 꼼짝도 하지 않았다. 눈, 코, 입도 모호해졌다.

왕먀오가 물었다.

"그는 죽었습니까?"

그 순간 그는 길 위에서 이런 인간 모양의 부드러운 가죽을 본 기억이 났다. 어떤 것은 전부 훼손되어 있었다. 그것이 바로 얼마 전 추종자가 땔감으로 쓰자고 했던 탈수자였다.

"아니."

주 문왕은 추종자가 변한 부드러운 가죽을 들어 밑에 묻은 흙을 털어내고 암석 위에 놓은 다음 그를―그것을―돌돌 말았다. 그것은 마치 바람 빠진 공 같았다.

"물에 담그면 원래 상태로 살아나지. 마른 버섯을 물에 담그면 불어나는 것처럼."

"뼈도 물렁하게 변한 겁니까?"

"물론이지. 모두 마른 섬유로 변한 거야. 그래야 휴대하기 편하지."

"이 세계 사람은 모두 자신을 탈수할 수 있습니까?"

"물론, 당신도 가능. 그러지 않으면 난세기에서 살아남지 못해."

주 문왕은 돌돌 만 추종자를 왕먀오에게 건넸다.

"자네가 들고 가게. 땅에 떨어뜨리면 다른 사람이 주워서 태우거나 먹어버릴지도 모르니 조심하게."

왕먀오는 부드러운 가죽을 건네받았다. 작고 가벼운 두루마리로 변한 추종자는 팔 사이에 끼어도 부피나 무게가 잘 느껴지지 않았다.

탈수된 추종자를 팔에 낀 왕먀오와 모래시계를 멘 주 문왕은 다시 험난한 여정에 올랐다. 며칠 전과 마찬가지로 이 세계의 태양은 불규칙하게 운행되었다. 며칠 동안 혹한의 긴 밤이 이어지다가 갑자기 무더운 낮이 계속되었고, 때로는 그 반대이기도 했다. 게임 시간을 빠르게 해서 30분 만에 한 달을 보낼 수 있어 그나마 난세기 여정을 참아낼 수 있었다.

그날도 긴긴밤이 모래시계 기준으로 일주일 정도 계속되고 있었다. 주 문왕이 갑자기 밤하늘을 가리키며 환호했다.

"비성(飛星)! 비성이다! 두 개의 비성이다!"

사실 왕먀오는 그 전부터 그 이상한 천체를 주의 깊게 보고 있었다. 그것은 별보다 컸고 탁구공만 한 원반 형태로 운행 속도가 매우 빨랐으며 별이 가득한 하늘을 이동하는 게 육안으로도 보였다. 그런데 이번에는 두 개가 나타난 것이다.

주 문왕이 설명해주었다.

"두 개의 비성이 나타나면 곧 항세기가 시작되지!"

"예전에도 나타났던 것 같은데."

"그건 한 개였지."

"최대 두 개입니까?"

"아니, 세 개까지 나타나. 그 이상은 없어."

"세 개의 비성은 더 좋은 세기를 예고하는 것입니까?"

주 문왕이 공포스러운 눈빛으로 왕먀오를 쳐다보았다.

"무슨 소리야! 세 개의 비성은…… 그것이 나타나지 않도록 기도하게."

주 문왕의 말이 맞았다. 그들이 열망했던 항세기가 시작되어 일출과 일몰이 규칙적으로 변하기 시작했다. 낮과 밤이 열여덟 시간 정도로 점차 고정되었고 밤낮이 규칙적으로 교차되자 날씨가 한결 따뜻해졌다.

왕먀오가 물었다.

"항세기는 얼마나 지속됩니까?"

"하루 또는 한 세기. 얼마나 지속될지는 아무도 몰라."

주 문왕은 모래시계 위에 앉아 정오의 태양을 바라보았다.

"기록에 서주(西周)*는 2세기에 걸쳐 항세기가 지속됐다고 해. 그 시대에 살았던 사람은 복받은 것이지."

"그렇다면 난세기는 얼마나 계속됩니까?"

"말하지 않았나. 항세기를 제외하면 모두 난세기라고. 둘은 톱니바퀴처럼 서로 맞물려 있지."

"그러니까 규칙이 전혀 없는 혼란한 세계라는 겁니까?"

"그렇다네. 문명은 온난한 기온이 오랫동안 유지되는 항세기에만 발전할 수 있지. 대부분의 시간 동안 인류는 단체로 탈수돼 저장되어 있다가 비교적 긴 항세기가 되면 다시 단체로 물에 담겨 부활한 후 생산과 건설을 시작하지."

"항세기가 시작되는 때와 지속 기간은 어떻게 예견합니까?"

"그건 알 수 없네. 한 번도 맞혀본 적이 없어. 항세기를 맞으면 대왕이 국민의 입수(入水)를 직감으로 결정하지. 입수해서 부활한 다음 농작물을 심고 도시를 재건하고 생활을 막 시작하려 할 때 항세기가 끝나 혹한과 폭염이 모든 것을 파괴해버리곤 했어."

여기까지 말한 주 문왕은 한 손으로 왕먀오를 가리켰다. 그의 두 눈은 생기가 넘치고 빛이 났다.

"좋아, 이제 당신은 이 게임의 목표를 눈치챘을 걸세. 바로 우리의 지능과 깨달음으로 각종 현상을 연구하고 분석해서 태양의 운행 규칙을 파악하는 것이지. 문명의 생존이 바로 여기에 달려 있네."

"태양 운행은 규칙이 전혀 없어 보입니다."

"당신이 세계의 본질을 깨닫지 못해서 그런 것이네."

"당신은 깨달았습니까?"

"물론이지. 그래서 조가에 가는 거야. 나는 주왕에게 정확한 만세력(萬

---

* 옮긴이 주 : 기원전 11세기에 세워져 기원전 771년 수도를 시안(西安)에서 동쪽 뤄양(洛阳)으로 옮기기 전까지의 주나라.

歲曆)을 바칠 계획이네."

"하지만 여행하면서 당신의 능력을 보지 못했습니다."

"태양 운행 규칙을 예측하는 것은 조가에서만 가능해. 음양이 교차하는 곳으로 그곳에서 얻은 괘라야 정확하지."

두 사람은 혹독한 난세기에 오랫동안 여행했다. 그사이 짧은 항세기가 한 차례 지나갔다. 그리고 마침내 조가에 도착했다.

조가에 도착하자 천둥 같은 굉음이 끊임없이 들려왔다. 그 소리는 조가의 대지 위에 있는 수많은 이상한 물건들이 내는 소리였다. 소리의 근원은 지름이 몇십 미터는 족히 되는 거대한 단진자들이었다. 높은 석탑 사이에 놓인 구름다리에 거대한 바위로 된 진자가 굵은 밧줄에 매달려 있었다. 단진자는 좌우로 진동하고 있었다. 그것을 움직이게 하는 것은 갑옷을 입고 투구를 쓴 병사들이었다. 그들은 이상한 구령을 외치며 거대한 바위 진자에 묶여 있는 밧줄을 힘껏 끌어당겨 진자를 움직였다. 왕먀오는 거대한 단진자들이 동시에 진동하는 이상한 광경에 매료되었다. 대지에 우뚝 서 있는 움직이는 시계 같기도 하고 하늘에서 내려온 거대하고 추상적인 부호 같기도 했다.

거대한 단진자로 둘러싸인 곳에 거대한 피라미드가 있었다. 어둠의 장막 속에서 그것은 마치 우뚝 솟은 검은 산 같았다. 그곳이 바로 주왕의 궁전이었다. 왕먀오는 주 문왕을 따라 피라미드에 있는 문으로 들어갔다. 문 옆에는 보초병 몇 명이 어둠 속에서 유령처럼 소리 없이 왔다 갔다 하고 있었다. 왕먀오와 주 문왕은 좁고 긴 터널을 따라 걸어 들어갔다. 드문드문 햇불이 걸려 있었다.

주 문왕은 걸어가며 왕먀오에게 설명해주었다.

"난세기가 되면 온 나라가 탈수 상태에 들어가지. 주왕만 깨어서 이 생기 없는 국토를 지키는 거야. 생존하려면 이렇게 벽이 두꺼운 건축물에서 살아야 해. 그래야 혹한과 폭염을 피할 수 있어."

한참을 가서야 주왕이 머무는 피라미드 중심에 위치한 대전에 도착했다. 대전은 크지 않았고 마치 동굴 같았다. 짐승 가죽으로 된 옷을 입고 높은 곳에 앉아 있는 사람이 주왕 같았다. 그러나 왕먀오의 눈길을 잡아끈 것은 검은 옷을 입은 사람이었다. 그의 검은 옷은 대전을 감싸는 짙은 그늘과 하나가 되어 창백한 얼굴만 공중에 떠 있는 것 같았다.

"이 사람은 복희(伏羲)네."

주왕은 이제 막 들어온 주 문왕과 왕먀오에게 검은 옷을 입은 사람을 소개했다. 마치 그들이 계속 이곳에 있었고 검은 옷을 입은 사람이 새로 온 듯했다.

"복희는 태양이 괴팍한 성격을 지닌 신으로 깨어 있으면 기쁨과 화가 수시로 바뀌는 난세기이고, 잠에 빠지면 고르게 숨을 쉬는 항세기라고 했네. 복희가 밖에 저 거대한 단진자를 세워 밤낮으로 진동하게 하면 태양신이 강력한 최면에 걸려 긴 잠에 빠질 수 있다고 했어. 하지만 태양은 지금까지 선잠을 몇 번 잤을 뿐 계속 깨어 있었지."

주왕이 손을 들자 한 사람이 항아리를 들고 와 복희 앞에 있는 작은 돌단에 놓았다. 왕먀오는 나중에야 그것이 조미료라는 것을 알았다. 복희는 장탄식을 하고 항아리를 들어 내용물을 마셨다. 꿀걱꿀걱하는 소리가 깊은 어둠 속에서 심장이 뛰는 소리 같았다. 반 정도 마신 복희는 남은 조미료를 몸에 붓고 항아리를 던졌다. 그리고 대전 구석에 매달린 커다란 청동솥으로 걸어가 솥 옆으로 기어 올라가더니 그 속으로 뛰어들었다. 복희가 솥 안으로 빠지자 김이 솟아올랐다.

주왕이 큰 솥을 가리키며 말했다.

"희창, 앉게. 조금 뒤에 연회가 시작될 거야."

주 문왕은 큰 솥을 힐끗 쳐다보며 경멸하듯 내뱉었다.

"어리석은 주술사 같으니라고."

주왕이 물었다.

"태양에 대해 무엇을 깨달았는가?"

그의 눈에 불빛이 일렁거렸다.

"태양은 신이 아닙니다. 태양은 양(陽)이고 어두운 밤은 음(陰)입니다. 세계는 음과 양의 균형 속에 운행됩니다. 이것은 우리가 통제할 수 없지만 예측할 수는 있습니다."

주 문왕은 말하면서 청동 검을 꺼내 횃불이 비치는 바닥에 큰 음양어(陰陽漁) 한 쌍을 그렸다. 그리고 놀라운 속도로 주위에 64괘를 그렸다. 그것은 마치 불빛 속에 일렁이는 커다란 나이테 같았다.

"대왕, 이것이 바로 우주의 비밀입니다. 이것을 통해 저는 대왕의 왕조를 위해 정확한 만세력을 만들어 올리겠습니다."

"희창, 내가 알고 싶은 것은 다음 긴 항세기가 언제 시작되느냐다."

"제가 바로 점을 쳐보겠습니다."

주 문왕은 음양어 중앙으로 걸어가 가부좌를 틀고 고개를 들어 대전 천장을 바라보았다. 그의 눈빛은 두꺼운 피라미드 너머 하늘을 꿰뚫어 보는 것 같았다. 동시에 그의 열 손가락이 부산하게 움직였다. 적막함 속에서 큰 솥의 탕만 부글부글 소리를 내며 끓었다. 그 소리는 마치 탕 속의 주술사가 잠꼬대하는 것 같았다.

주 문왕이 일어나 고개를 들고 말했다.

"난세기가 41일 동안 이어지고 그다음 5일간 항세기가 나타날 것입니다. 그다음 23일간의 난세기와 18일의 항세기가 이어질 것입니다. 그리고 8일 동안 난세기가 나타날 것입니다. 이 난세기가 끝나면 대왕께서 기다리는 긴 항세기가 시작될 것입니다. 이 항세기는 3년 9개월 동안 계속될 것입니다. 그때가 바로 기후가 따뜻한 황금기입니다."

주왕이 담담하게 말했다.

"그렇다면 우선 자네가 말한 앞부분의 예측을 증명해야겠군."

우레 같은 소리가 나더니 대전 천장의 석판이 열리고 정사각형의 문이 나타났다. 문은 피라미드 밖으로 연결되어 있었다. 사각형 통로 끝에서 왕먀오는 반짝이는 별 몇 개를 보았다.

게임의 시간이 빨라졌다. 주 문왕이 가지고 온 모래시계가 몇 초에 한 번씩 뒤집어졌다. 여덟 시간이 흘렀다는 뜻이다. 천장 밖 하늘이 불규칙적으로 환해졌다 어두워졌다. 때로는 난세기의 햇빛이 대전으로 들어왔고 때로는 달빛처럼 은은하게 비치기도 했다. 때로는 바닥에 내리비추는 강렬한 빛이 백열등처럼 횃불을 무색하게 했다. 왕먀오는 모래시계가 뒤집어지는 횟수를 셌다. 백스무 번 정도 뒤집었을 때 태양이 비추는 시간 간격이 규칙적으로 변했다. 주 문왕이 예측한 첫 번째 항세기가 시작된 것이다. 모래시계가 다시 열다섯 번 뒤집어지자 천장의 반짝임이 다시 어지러워졌다. 난세기가 또 시작된 것이다. 그 뒤 다시 항세기, 다시 난세기가 나타났다. 그것들의 시작과 지속 시간에는 미세한 오차가 있었지만 주 문왕이 예측한 것과 거의 비슷했다. 마지막으로 8일 동안의 난세기가 끝나자 주 문왕이 예언한 긴 항세기가 시작되었다. 왕먀오는 모래시계가 뒤집힌 숫자를 셌다. 20일이 지나도 대전으로 들어오는 햇빛은 정확한 리듬을 유지했다. 이때, 게임 시간의 흐름이 정상으로 조정되었다.

주왕은 주 문왕에게 고개를 끄덕였다.

"희창, 자네를 위해 큰 비석을 세워주지. 이 궁전보다 더 큰 비석을!"

주 문왕이 허리를 굽혀 절하며 말했다.

"나의 대왕이시여! 대왕의 왕조를 깨어나게 하소서, 번영하소서!"

주왕이 석좌에서 일어나 전 세계를 품에 안으려는 것처럼 두 팔을 활짝 펴고 노래 부르듯이 외쳤다.

"입수."

명령이 떨어지자 대전 안의 사람들이 모두 동굴 입구를 향해 뛰었다. 주 문왕을 따라 왕먀오도 피라미드 밖으로 걸어 나갔다. 동굴 밖으로 나오자 정오의 하늘에 태양이 고요하게 대지를 비추고 있었다. 불어오는 미풍에 봄기운이 느껴지는 듯했다. 주 문왕과 왕먀오가 피라미드에서 멀지 않은 호숫가에 도착했을 때 호수를 덮고 있던 얼음은 이미 다 녹아 잔잔한 물살이 햇빛에 반짝거렸다.

먼저 도착한 사병이 외쳤다.

"입수! 입수!"

그러자 모두가 곡식창고처럼 생긴 거대한 석조건물로 달려갔다. 이곳으로 오는 길에도 이런 건물이 많이 있었다. 주 문왕은 그것이 '간창(幹倉)'으로, 탈수된 사람들을 보관하는 대형 창고라고 말했다. 사병들이 간창의 돌문을 열고 그 속에서 먼지가 쌓인 가죽 두루마리를 꺼내 왔다. 한 사람이 가죽 두루마리를 몇 개씩 짊어지고 가서 호수에 던졌다. 두루마리들은 물에 닿자마자 좍 펴졌다. 일순간 호수 위에 가위로 오려낸 것 같은 얇은 인간 형태가 가득 떠다녔다. 조각들은 점점 부풀어 올랐고 반들반들한 육체로 변했다. 이들 육체는 매우 빠르게 생명을 되찾아 허리 깊이의 호수에서 일어나려고 애썼다. 그들은 막 잠에서 깬 듯한 눈으로 바람이 불고 햇빛이 반짝이는 세계를 둘러보았다.

"입수!"

누군가 큰 소리로 외치자 거대한 환호성이 울려 퍼졌다.

"입수! 입수!"

사람들은 호숫가에서 나와 알몸으로 간창으로 뛰어가 더 많은 가죽 두루마리를 가져다 호수에 넣었다. 부활한 사람들이 한 무리씩 호수에서 뛰쳐나왔다. 이런 광경은 저 멀리 있는 호수와 연못에서도 일어났다. 전 세계가 부활하고 있었다.

"아, 이런! 내 손가락!"

소리 나는 곳을 쳐다보니 막 부활한 사람이 호수에 서서 자신의 손을 치켜든 채 울부짖고 있었다. 손에 중지가 없었고 그 자리에서 피가 흘러나와 호수로 떨어졌다. 다른 부활한 사람들이 그의 곁을 지나갔지만 기쁨에 차서 아무도 그에게 주의를 기울이지 않았다.

지나가던 사람이 말했다.

"됐어, 겨우 손가락 한 개인데. 팔다리 전체가 없는 사람도 있고 머리가 없어진 사람도 있다니까. 지금 입수하지 않았으면 우리도 난세기 때 쥐에게 다 갉아 먹혔을지 몰라!"

다른 부활한 사람이 물었다.

"우리가 얼마나 오랫동안 탈수돼 있었지?"

"대왕의 궁전 위에 쌓인 먼지 두께를 보면 알 수 있을 거야. 방금 들었는데 지금의 대왕은 탈수 전의 대왕이 아니래. 그의 아들인지 손자인지 모르겠어."

입수는 장장 8일 동안 계속되고서야 끝이 났다. 모든 탈수자가 부활했고 세상은 다시 한번 새 생명을 얻었다. 그 8일 동안 하루가 스물 몇 시간씩 이어졌고 일출과 일몰이 정확한 주기로 반복되었다. 봄기운에 흠뻑 취한 사람들은 태양과 우주를 주재하는 여러 신을 진심으로 찬양했다. 8일째 되는 날 밤, 대지의 모닥불이 하늘의 별보다 많았고 긴 난세기 속에서 황폐해진 도시가 다시 불빛과 떠들썩함으로 가득 찼다. 이전 문명과 마찬가지로 입수한 모든 이가 밤새 마음껏 즐기며 앞으로 다가올 새로운 생활을 맞이하려고 했다.

그러나 태양은 다시 뜨지 않았다.

온갖 시계가 일출 시간이 이미 지났음을 알렸지만 모든 방향의 지평선은 여전히 어두웠다. 다시 열 시간이 흘렀지만 태양의 그림자는커녕 미약한 아침 햇살조차 보이지 않았다. 하루가 지났다. 밤이 계속됐다. 이틀이 지났다. 추위가 거대한 손바닥처럼 어두운 대지를 짓눌렀다.

주 문왕이 주왕이 앉아 있는 석좌 아래에서 무릎을 꿇고 간청했다.

"대왕, 저를 믿으십시오. 이것은 그저 일시적인 현상입니다. 제가 우주의 양기가 모이는 것을 봤습니다. 태양은 반드시 뜰 것이고 항세기와 봄이 계속될 것입니다!"

주왕이 한숨을 쉬면서 말했다.

"솥을 올려라."

"대왕! 대왕!"

대신 하나가 동굴 문으로 휘청거리며 달려 들어와 흐느끼며 외쳤다.

"하늘에, 하늘에 세 개의 비성이 떴습니다!"

대전에 있던 사람들이 모두 놀라 숨을 멈추었다. 공기도 굳어버린 듯했다. 주왕만이 여전히 담담했다. 주왕은 줄곧 상대조차 하지 않았던 왕마오에게 몸을 돌렸다.

"너는 세 개의 비성이 무엇을 뜻하는지 아느냐? 희창, 그에게 알려주어라."

"그것은 길고 긴 혹한을 의미한다. 너무 추워 돌도 얼어 가루가 되는."

주 문왕이 길게 한숨을 내쉬며 말했다.

"탈수……."

주왕은 노래를 부르는 것처럼 다시 외쳤다. 대지에 있는 사람들은 길고 긴 밤을 지내기 위해 벌써 탈수한 상태였다. 운 좋은 사람은 다시 간창에 들어갔지만 많은 탈수자들이 광야에 버려졌다. 주 문왕은 천천히 일어나 불 위에 걸려 있는 청동 솥으로 걸어 올라갔다. 뛰어들기 전, 그는 몇 초 멈춰 있었다. 푹 삶아진 복희의 얼굴이 탕 속에서 그를 향해 웃고 있는지도 몰랐다.

"약한 불로."

주왕이 힘없이 말했다. 그리고 사람들을 향해 돌아섰다.

"EXIT 할 사람은 EXIT 하도록. 게임이 여기까지 오면 더 이상 놀거리가 없지."

피라미드 입구 위에 EXIT 표시가 붉게 빛났다. 사람들은 그곳을 향해 갔다. 왕먀오도 사람들을 따라갔다. 긴 통로를 지나 피라미드 밖으로 나오자 어두운 밤하늘에 폭설이 내리고 있었다. 살을 에는 듯한 한기에 왕먀오는 몸서리를 쳤다. 게임 시간이 다시 빨라지고 있었다.

열흘 뒤에도 여전히 눈이 내렸다. 눈송이는 마치 응결된 암흑 같았다.

"이것은 드라이아이스야."

누군가 왕먀오의 귀에 대고 말했다. 고개를 돌려 보니 주 문왕의 추종자였다.

다시 열흘이 지났다. 눈은 그치지 않았다. 그러나 눈꽃은 얇고 투명하게 변했다. 피라미드 입구에서 초월한 듯 횃불의 옅은 푸른빛이 흘러 나왔다. 그것은 마치 무수히 흩날리는 운모(雲母) 조각 같았다.

"이 눈송이는 응고된 산소와 질소야. 절대영도가 되어 대기층이 사라지고 있어."

피라미드가 눈에 묻히기 시작했다. 제일 아랫부분은 물로 된 눈, 중간층은 드라이아이스로 된 눈, 위층은 고체 상태의 산소와 질소로 된 눈이었다. 밤하늘이 이상할 정도로 맑았고 별 무리는 은색 불꽃 같았다. 밤하늘을 배경으로 글이 나타났다.

— 이 밤은 48년 동안 계속되었다. 제137호 문명은 혹한 속에 멸망했다. 이 문명은 전국(戰國) 단계로 진화한다.

문명의 씨앗은 여전히 살아 있다. 그것은 다시 살아나 삼체 세계의 운명은 알 수 없는 진화를 시작할 것이다.

— 다시 로그인하십시오.

로그아웃하기 전에 밤하늘에 떠 있는 세 개의 비성이 왕먀오의 주의를 끌었다. 가까운 거리에서 돌고 있는 세 개의 비성은 서로를 보면서 우주의 심연 속에서 기이한 춤을 추고 있었다.

예원제

V 장비를 벗은 왕먀오는 그제야 속옷이 식은땀으로 흠뻑 젖었다는 것을 알아챘다. 지독한 악몽에서 깨어난 것 같았다. 그는 나노센터에서 나와 차를 타고 딩이가 준 주소대로 양둥의 어머니 집으로 향했다.

'난세기, 난세기, 난세기…….'

이 단어가 머릿속에서 맴돌았다. 왜 그 세계의 태양은 규칙적으로 운행하지 않을까? 입자 형태의 행성이라면 운행 궤도가 원형이든 긴 타원형이든 항성을 도는 운동은 주기성을 띠게 마련이다. 완전히 불규칙한 운행은 불가능하다……. 왕먀오는 갑자기 자기 자신에게 화가 났다. 그는 힘껏 고개를 내저어 머릿속을 떠도는 모든 생각을 쫓아내려고 했다. 그저 게임에 불과하지 않은가. 하지만 그는 실패했다.

'난세기, 난세기, 난세기……. 없어져라! 그만 생각해! 왜 자꾸 생각나는 거지? 왜?'

곧 답을 찾아냈다. 그는 오랫동안 컴퓨터게임을 하지 않았다. 최근 들어 컴퓨터게임은 소프트웨어와 하드웨어 기술 모두 발전했다. 가상현실

배경과 특수효과는 그가 학교에 다니던 시절과는 비교할 수도 없었다. 그러나 왕먀오는 삼체의 진실은 이것이 아니라는 것을 알았다. 대학교 3학년 때 들은 정보 과목에서 교수는 강의실에 큰 그림 두 장을 걸었다. 하나는 내용이 많고 정밀한 〈청명상하도(淸明上河圖)〉*였고 다른 하나는 광활한 하늘 사진이었다. 텅 빈 푸른 하늘에는 보일 듯 말 듯 한 구름 한 점이 있을 뿐이었다. 교수는 두 그림 중에 어떤 것이 더 많은 정보를 담고 있는지 아느냐고 물었다. 정답은 후자였다. 후자가 전자에 비해 백배는 많은 정보를 담고 있었다.

삼체가 바로 그랬다. 수많은 정보가 깊숙한 곳에 숨겨져 있다는 것을 알 수 있었지만 뭐라고 표현하기는 어려웠다. 특이한 점은 삼체의 설계자가 여느 게임과는 다른 방법을 쓰고 있다는 것이었다. 일반적인 게임 설계자는 보이는 정보를 최대한 늘려서 현실감을 주려고 하는 반면, 삼체의 설계자는 정보를 최대한 압축해 어떤 거대한 진실을 감추려는 것 같았다. 광활한 하늘 사진처럼 말이다.

왕먀오는 생각의 고삐를 늦추고 생각이 삼체 세계로 자연스럽게 흘러가도록 했다.

'비성! 핵심은 눈에 잘 띄지 않는 비성이다. 한 개의 비성, 두 개의 비성, 세 개의 비성……. 그것은 각각 무엇을 의미하는 것일까?'

이런 생각에 빠져 있는 동안 차가 빌라 단지 앞에 도착했다.

건물 입구에서 왕먀오는 커다란 장바구니를 들고 힘겹게 계단을 오르는 마른 체형에 머리칼은 희고 안경을 쓴 예순 정도의 여성을 보았다. 왕

* 옮긴이 주 : 중국 청명절에 도성 내외의 번화한 정경을 묘사한 그림.

먀오는 그녀가 자신이 찾는 사람일 것이라고 생각했다. 물어보니 역시 양 둥의 어머니 예원제(葉文潔) 선생이었다. 왕먀오가 방문한 이유를 들은 선 생은 감동받은 듯한 표정을 지었다. 그녀는 왕먀오가 흔히 봐오던 원로 지 식인이었다. 세월의 풍상 속에서 고집과 열정은 사그라지고 물 같은 부드 러움만 남아 있었다.

왕먀오는 장바구니를 건네받아 그녀와 함께 계단을 올라갔다. 집 안은 그가 생각했던 것처럼 쓸쓸하지 않았다. 아이 세 명이 놀고 있었던 것이 다. 제일 큰 아이는 다섯 살 남짓, 작은 아이는 이제 막 걷기 시작한 것 같 아 보였다. 양둥의 어머니는 모두 이웃집 아이라고 말했다.

"애들이 여기에서 노는 걸 좋아해. 오늘은 일요일인데 아이들 부모가 출근을 해야 한다잖아. 그래서 여기에 데려다 놓고 갔지. 난난, 그림 다 그 렸니? 오, 잘 그렸구나. 제목을 붙여보자! 태양 아래의 새끼 오리, 좋네. 할 머니가 제목을 써줄게. 그리고 6월 9일, 난난 작품이라고도 쓰고……. 점 심에 뭐 먹고 싶니? 양양은? 가지볶음? 그래, 좋아. 난난은? 어제 먹었던 완두콩? 좋아. 미미, 너는? 고기? 안 돼. 네 엄마가 소화 안 된다고 고기 너 무 많이 먹지 말라고 했잖아. 생선 어때? 할머니가 사 온 커다란 생선 좀 보렴……."

그녀는 손자나 손녀를 바랐을 것이다. 하지만 양둥이 살아 있었다 해도 아이를 낳았을까? 양둥의 어머니가 아이들과 대화를 나누는 모습을 보면 서 왕먀오는 생각했다.

양둥의 어머니는 장바구니를 주방에 갖다 놓고 나왔다.

"왕먀오, 나는 우선 채소를 물에 좀 담가놓고 오겠네. 요즘 채소는 농약 을 너무 많이 쳐서 아이들에게 먹이려면 적어도 두 시간 이상 담가놔야 해. 그동안 자네는 양둥의 방을 둘러봐도 좋아."

무의식적으로 한 그녀의 마지막 말이 왕먀오를 긴장과 불안으로 몰아넣었다. 그녀는 왕먀오의 마음속 깊은 곳에 있는 진짜 목적을 꿰뚫은 것 같았다. 말을 마친 양둥의 어머니는 왕먀오를 쳐다보지 않고 바로 주방으로 들어갔다. 그래서 그의 난처한 표정을 보지 못했다. 사람의 마음을 세심하게 헤아리는 그녀의 태도에 왕먀오는 감동했다.

왕먀오는 즐겁게 놀고 있는 아이들을 지나쳐 양둥의 어머니가 알려준 방으로 걸어갔다. 그는 문 앞에서 잠시 멈춰 섰다. 갑자기 꿈 많던 소년 시절로 돌아간 것 같은 이상한 느낌이 들었다. 새벽이슬이 반짝이는 것처럼 어떤 기억이 떠올랐다. 그 안에는 최초의 슬픔과 아픔이 있었지만 모두 장밋빛이었다.

왕먀오는 가만히 문을 열었다. 문을 열자 생각지도 못한 향기가 코끝으로 밀려왔다. 그것은 숲 향기였다. 마치 삼림감시원의 숲속 오두막에 들어온 것 같았다. 벽은 갈색 나무껍질로 뒤덮여 있었고 나뭇등걸로 만든 소박한 의자가 세 개 있었다. 책상 역시 나뭇등걸 세 개를 짜 맞춰 만든 것이었고 침대 위에는 오랍초(烏拉草)*가 깔려 있었다. 이 모든 것이 거칠고 자유롭게 놓여 있었지만 의도하지 않은 아름다움이 느껴졌다. 양둥의 지위라면 수입이 많았을 테고 고급 주택단지 어디에라도 집을 살 수 있었을 텐데, 그녀는 계속 어머니와 이곳에서 살았다.

책상 위는 깨끗했다. 학술 관련 물건이나 여성 관련 물건은 하나도 없었다. 아마 벌써 다 치웠을지도, 아니면 원래부터 여기에 있었던 적이 없는지도 몰랐다. 나무 테두리로 된 거울에 꽂혀 있는 흑백사진이 왕먀오의 눈길을 사로잡았다. 모녀가 함께 찍은 사진이었다. 사진 속 양둥은 어렸고

---

* 옮긴이 주: 둥베이 지방의 특산물로, 중국에서는 방한을 위해 오랍초를 넣어 신을 만든다.

어머니는 무릎을 꿇어 그녀와 키를 맞췄다. 바람이 세게 불었는지 두 사람의 머리카락이 바람에 날렸다. 그런데 사진의 배경이 좀 이상했다. 하늘에 격자 모양이 나타났던 것이다. 굵고 큰 철강 구조로 추측하건대 파라볼라 안테나*와 비슷했지만 너무 커서 끝이 화면에서 잘렸다.

사진 속 어린 양둥의 큰 눈에는 사진 밖 세계에 대한 공포가 서린 듯해 왕먀오는 가슴이 서늘해졌다. 두 번째로 시선을 끈 물건은 책상 한쪽에 놓여 있는 두껍고 큰 공책이었다. 공책 재질이 그를 매혹시켰다. 겉면에 서툰 글씨체로 '양둥의 자작나무 껍질 공책'이라고 쓰여 있었다. 그제야 이 공책이 자작나무 껍질로 만들어졌다는 것을 알았다. 시간은 은백색 나무 껍질을 누렇게 만들어놓았다. 왕먀오는 공책으로 손을 뻗었지만 잠시 망설이다가 다시 손을 거뒀다.

양둥의 어머니가 문가에서 말했다.

"봐도 돼. 양둥이 어릴 적에 그린 그림이야."

왕먀오는 자작나무 껍질 공책의 책장을 가볍게 넘겼다. 그림마다 날짜가 적혀 있었다. 아까 집에 들어왔을 때 본 것처럼 어머니가 딸을 위해 써준 것이 틀림없었다. 그림에 적혀 있는 날짜를 보니 양둥이 세 살이 넘은 때였다. 그 정도의 아이는 보통 사람이나 물체의 형상을 비교적 분명하게 그릴 줄 알았다. 그러나 양둥의 그림은 아무렇게나 선을 휘갈겼다. 왕먀오는 그림에서 강렬한 분노와 절망을 느꼈다. 그것은 무언가 표현하고 싶지만 표현할 수 없는 분노와 절망이었다. 이런 감정은 그 나이대의 보통 아이가 가질 수 없는 것이었다.

---

* 옮긴이 주: 마이크로파 통신에 널리 사용되는 안테나. 포물면(抛物面) 안테나라고도 한다. 포물면형 반사경과 그 초점에 있는 안테나 소자로 이루어지며, 강한 지향성(指向性)이 있다.

예원제가 침대에 걸터앉았더니 넋 나간 눈빛으로 왕먀오가 들고 있는 공책을 바라보았다. 그녀의 딸이 바로 여기에서 편안히 잠을 자다가 숨을 거두었다. 왕먀오는 양둥의 어머니 옆에 앉았다. 그는 여태까지 한 번도 이처럼 강렬하게 다른 사람의 고통을 나누고 싶다는 생각을 해본 적이 없었다.

그녀는 왕먀오의 손에 있는 공책을 가져다가 가슴에 품었다.

"멋모르고 양둥을 가르쳤지. 그래서 추상적이고 궁극적인 것을 너무 일찍 접하게 했어. 그 애가 처음으로 추상 이론에 흥미가 있다고 했을 때 나는 그 세계는 여자들이 진입하기엔 너무 어렵다고 했지. 퀴리 부인은 들어가지 않았냐고 묻더군. 그래서 내가 말했지. 퀴리 부인은 들어간 적이 없다고. 그녀의 성공은 노력과 끈기 때문이었다고. 퀴리 부인이 아니었다면 그 일은 다른 사람이 해냈을 거야. 우젠슝(吳健雄)* 같은 여성은 비교적 멀리까지 나아갔지만 그래도 여성의 세계라고 할 수는 없어. 여성의 사고방식은 남성과 달라. 두 사고방식 중 어느 것이 낫다고 할 수는 없어. 세상에는 둘 다 꼭 필요하지. 양둥은 내 말에 반박하지 않았어. 나중에 나는 그 아이에게서 특별한 점을 발견했지. 예를 들어 내가 어떤 공식을 알려주면 다른 아이들은 '이 공식은 정말 절묘해요' 같은 말을 하는데 양둥은 '이 공식은 정말 아름다워요' 하고 말했어. 정말 아름다운 꽃을 보는 듯한 표정이었지. 그 애 아버지가 음반을 많이 남겼는데 이것저것 듣더니 결국 바흐를 골라 반복해서 듣는 거야. 바흐는 아이, 특히 여자아이가 빠져들 만한

---

* 옮긴이 주: 당대 가장 걸출한 물리학자 중 한 명으로 실험물리학에서 위대한 성과를 거두었다. 리정다오(李政道)와 양전닝(楊振寧)이 약한 상호작용에서의 대칭성 깨어짐을 예측하자 1957년 방사성 동위원소인 코발트 60의 베타 붕괴를 관찰해 이들의 이론이 옳음을 입증했다.

음악은 아니지. 처음에는 아무 음악이나 골랐겠지 싶었는데 느낌을 물어보니 글쎄, 거인이 크고 복잡한 집을 짓는 것 같다지 뭐야. 거인이 조금씩 조금씩 쌓아서 음악이 완성되고 그렇게 큰 집이 완성된다는 거야……."

왕먀오가 말했다.

"따님 교육을 성공적으로 정말 잘 시키셨습니다."

"아니, 실패했네! 그 아이의 세계는 너무 단순했어. 변화무쌍한 이론밖에 없었지. 그것이 무너지자 그 아이의 삶을 지탱해줄 수 있는 게 아무것도 없었어."

"예 선생님, 하지만 선생님 생각은 맞지 않는 것 같습니다. 현재 우리가 상상할 수 없는 일이 일어나고 있습니다. 전대미문의 이론 재난이지요. 그런 선택을 하는 과학자가 그녀 혼자만이 아닙니다."

"하지만 여자는 그 애 하나뿐이지 않은가. 여자는 어떤 곳도 흘러갈 수 있는 물 같아야 해."

"……"

작별할 때에야 왕먀오는 이곳에 온 또 다른 목적이 생각났다. 그래서 양둥 어머니에게 우주배경복사를 관측할 수 있는 곳을 물었다.

"아, 그거. 국내에는 두 곳이 있지. 하나는 우루무치(烏魯木齊) 관측기지로 중국 과학원 공간환경관측센터의 프로젝트를 진행하고 있을 거야. 다른 한 곳은 가까워. 베이징 근교의 전파천문관측기지로 중국 과학원과 베이징대학교가 공동으로 천체물리센터를 운영하고 있지. 우루무치에서는 실제 지면에서 관찰하고 베이징에서는 위성 데이터를 받아서 하지. 그래도 데이터가 전반적으로 더 정확해. 더 정확하고 전반적이야. 그곳에 내 제자가 있으니 연락해주지."

양둥의 어머니는 전화번호를 찾아 제자에게 전화를 걸었다. 매우 순조로워 보였다.

전화기를 내려놓으며 양둥의 어머니가 말했다.

"주소 여기 있네. 지금 바로 가도 돼. 제자의 이름은 사루이산(沙瑞山)이고 마침 내일까지 당직이라는군…… 그런데 자네는 이 분야 전공이 아닌 것 같은데?"

"저는 나노를 연구합니다. 이건…… 다른 일 때문입니다."

왕먀오는 양둥의 어머니가 추궁할까 봐 걱정스러웠지만 그녀는 그러지 않았다.

양둥의 어머니가 친절하게 말했다.

"얼굴색이 왜 그리 안 좋아? 몸이 허한 것 같군."

"아닙니다, 원래 그렇습니다."

왕먀오는 말을 흐렸다.

"잠깐 기다리게."

양둥의 어머니는 캐비닛에서 작은 나무 상자를 꺼내 왔다. 상자 겉면을 보니 인삼이었다.

"예전에 기지에서 함께 일하던 동료가 그제 다녀가면서 이걸 주더군…… 아니, 아니, 가져가게. 재배 인삼이니 그렇게 귀한 물건은 아니야. 나는 혈압이 높아서 소용이 없어. 얇게 썰어서 차로 끓여 마시면 좋을 거야. 자네 얼굴에 혈색이 부족해 보여. 젊은 사람이 자기 몸을 아껴야지."

왕먀오의 가슴속에서 따뜻한 기운이 올라오더니 두 눈가가 촉촉해졌다. 이틀 동안 긴장해서 오그라들었던 심장이 부드러운 벨벳 위에 놓인 것 같았다.

왕먀오가 나무 상자를 받아 들며 말했다.

"예 선생님, 자주 찾아뵙겠습니다."

우주의 반짝임 1

왕먀오는 차를 몰고 징미로(京密路)를 따라 미윈현(密雲縣)으로 가서 다시 헤이룽탄(黑龍潭)으로 돌아가 판산로(盤山路)로 갔다. 그러자 중국 과학원 국가천문관측센터의 전파천문관측기지가 나타났다. 지름 9미터의 파라볼라 안테나 28개가 마치 철제 식물처럼 보였다. 2006년 건설된 지름 50미터의 전파망원경 두 대가 9미터짜리 안테나 끝에 있었다. 가까이서 보니 양둥 모녀가 함께 찍은 사진의 배경이 떠올랐다.

그러나 예 선생의 학생은 전파망원경과는 관계없는 일을 하고 있었다. 사루이산 박사의 실험실에서는 1989년 11월 발사되어 곧 폐기될 우주배경복사 탐사선 코비(COBE), 2001년에 발사된 윌킨슨 초단파 비등방 탐사선 더블유맵(WMAP), 2009년 유럽우주기구가 발사한 고정밀 우주배경복사 위성 플랑크(Planck), 이 세 위성의 관측 데이터 받는 일을 주로 했다.

우주 전체의 우주배경복사 주파수 스펙트럼은 온도 2.726K의 흑체복사* 스펙트럼과 매우 정확하게 부합해 고도의 등방성(等方性)을 보인다. 그러나 다른 부분에는 100분의 5 정도의 등락 폭이 존재한다. 사루이산의 업무는 위성이 탐측한 데이터에 따라 더 정밀한 전체 우주배경복사도를 만드는 것이었다. 실험실은 위성 데이터를 수신하는 설비로 가득했고 단말기 세 대가 세 위성에서 보내오는 데이터를 각각 보여주었다.

사루이산은 적막한 곳에서 일하는 사람이 오랜만에 손님을 만났을 때처럼 반가운 표정으로 왕먀오를 맞았다. 그러고는 어떤 관측 데이터를 알고 싶으냐고 물었다.

"우주배경복사의 전체 파동을 알고 싶습니다."

"조금 더 구체적으로 말씀해주시겠습니까?"

왕먀오를 보는 사루이산의 눈빛이 조금 이상해졌다.

"그러니까 3K 우주배경복사**의 전체적인 등방성 파동을 보고 싶습니다. 진폭은 100분의 1에서 100분의 5 정도로요."

사루이산은 미소를 지었다. 21세기 초에 미원 전파천문기지는 외화를 벌기 위해 관광객에게 기지를 개방했었다. 당시 사루이산은 종종 가이드나 강좌를 했는데 이 미소는 관광객—그는 끔찍한 과학 문맹들에게 이미 적응했다—의 질문에 대답할 때 짓는 표정이었다.

"왕 선생님, 이쪽 전공이 아니시죠?"

"네, 저는 나노 소재를 연구하고 있습니다."

"아, 그렇군요. 3K 우주배경복사에 대해 얼마나 알고 계십니까?"

"많이는 모릅니다. 현재 우주 기원 이론에서는 우주가 약 140억 년 전 대

* 옮긴이 주: 흑체란 모든 복사를 흡수했다가 재방출하는 가상의 완전 복사체로, 흡수한 에너지와 방출하는 에너지가 평형(열적 평형)을 이루어 일정한 온도를 유지한다. 일정한 온도를 가진 흑체 내부에 존재하는 대전된 입자는 이에 해당하는 열운동을 하게 되는데 이에 따라 열복사가 방출된다. 이를 흑체복사라 한다.
** 옮긴이 주: 흑체복사 스펙트럼 중에서 3K(켈빈, 절대온도의 단위) 정도의 온도를 나타내는 복사. 1965년 미국의 펜지어스와 윌슨이 발견했다.

폭발로 탄생했다고 보고 있습니다. 탄생 초기 우주의 온도는 매우 높았지만 이후 냉각되기 시작했고 우주배경복사라는 '잔해'를 남겼습니다. 우주 전체에 가득한 잔류 배경복사는 센티미터파 주파수대에서 관측할 수 있습니다. 1960 몇 년인가, 미국인 두 명이 고정밀 위성안테나를 테스트하다가 우주배경복사를 우연히 발견한 것으로 알고 있습니다."

사루이산은 손을 들어 왕먀오의 말을 잘랐다.

"그 정도면 충분합니다. 선생님이 아셔야 할 것은 우리가 관측하는 다른 부분의 미세한 불균일과는 달리 우주 전체의 배경복사 파동은 우주가 팽창하면서 우주의 시간 척도상에서 천천히 변화했다는 것입니다. 플랑크 위성의 정밀도라고 해도 100만 년 뒤에도 이런 변화를 관측할 수 있을지 장담할 수 없습니다. 그런데 오늘 그것의 100분의 5 파동을 발견하겠다고요? 그게 무슨 뜻인지 아십니까? 그건 우주가 고장 난 형광등처럼 반짝거린다는 겁니다!"

게다가 나를 위해 반짝이는 거지. 왕먀오가 속으로 중얼거렸다.

사루이산이 고개를 저으며 말했다.

"예 선생님도 참, 무슨 농담을 하시는 건지."

"정말 농담이었으면 좋겠습니다."

왕먀오는 예 선생은 자세한 내용을 모른다고 밝히려다 그가 거절할까 두려워 그만두었다.

"뭐, 예 선생님의 부탁이니 관측하세요. 힘든 일도 아닌데요. 100분의 1 정밀도라면 골동품인 코비로도 가능하겠네요."

말을 마친 사루이산이 기계를 이것저것 조작하자 스크린에 평평한 녹색 선이 나타났다.

"보세요, 이게 바로 현재 우주 전체 배경복사의 실시간 수치 곡선이에요. 아, 직선이라고 해야 맞겠네요. 수치는 2.726±0.010K고요, 오차는 은하계 운동으로 생산되는 도플러 효과*로 이미 걸러냈어요. 만일 선생님이 말한 100분의 1 진폭을 초과한 파동이 발생하면 이 선이 붉은색으로 변하고 흔들릴 겁니다. 제가 장담하는데 세계가 멸망하는 날까지 그것은 녹색 직선일 거예요. 육안으로 볼 수 있는 변화가 나타나려면 태양이 파괴되는 모습을 보는 것보다 더 오래 기다려야 될걸요."

"이것이 당신의 일에 영향을 끼치지는 않겠지요?"

"물론이죠. 정밀도가 떨어지는 코비로 관찰한 데이터 조각은 충분합니다. 오케이, 지금부터 시작하세요. 그 위대한 파동이 나타나면 수치는 컴퓨터에 자동으로 보관될 겁니다."

"새벽 1시까지 기다려야 합니다."

"와, 그렇게 정확해요? 괜찮아요. 어차피 당직이니까. 식사하셨어요? 그럼 제가 선생님께 기지를 소개해드리죠."

달도 뜨지 않은 밤에 두 사람은 길게 이어진 안테나를 따라 걸었다.

사루이산이 안테나를 가리키며 말했다.

"장관이죠? 그런데 안타깝게도 모두 귀머거리의 귀예요."

"왜요?"

"건설된 이후 관측 주파수 구간을 놓고 간섭이 끊이질 않았어요. 1980년대 말의 무선호출교환국에서부터 지금의 무섭게 발전하는 이동통신까지요. 이 미터파 구경 합성 전파망원경으로 할 수 있는 가변 전파원, 초신성 흔적 연구 등의 프로젝트는 대부분 정상적으로 진행되지 못했습니다. 국

---

* 옮긴이 주:파동을 일으키는 파원과 파동을 관측하는 관측자의 상대적인 운동 속도에 따라 진동수와 파장이 달라지는 현상. 1842년 도플러가 발견했다.

가무선관리위원회를 여러 번 찾아갔지만 소용없었습니다. 차이나모바일, 차이나유니컴, 차이나넷컴 등 통신사와 할 수 있지 않느냐고요? 돈이 없으면 우주의 비밀 따위는 개뿔도 아니에요! 그래도 제 프로젝트는 위성 데이터라 '관광지'와는 무관하니 다행이지요."

"최근 들어 상업적 운영에 성공한 기초 연구 사례도 많습니다. 고에너지 물리처럼요. 관측기지를 도시에서 먼 지역에 건설하면 더 낫지 않습니까?"

"그것도 돈 문제와 연결돼요. 지금은 그저 기술적인 간섭만 막을 수 있어요. 아, 예 선생님이 계시면 좋겠어요. 선생님은 이 분야에 조예가 깊으시거든요."

그들은 관광객을 위해 24시간 운영하는 바로 갔다. 맥주를 연거푸 마신 사루이산은 말이 더 많아졌다. 화제가 예원제 선생으로 넘어갔다. 왕먀오는 이곳 학생 시절부터 그녀의 인생 전반부를 알게 되었다.

광란의 시대

중국, 1967년.

홍색연합이 4·28 병단(兵團) 본부 건물을 연이틀 공격했다. 건물 주위에서 펄럭이는 그들의 깃발은 마치 마른 장작을 갈구하는 불씨 같았다. 홍색연합 지휘관은 마음이 조급했다. 건물 안을 지키고 있는 200여 명의 4·28 전사들이 두려운 게 아니었다. 그들은 1966년 초에 탄생해 대검열(大檢閱)*과 대천련(大串聯)**을 겪은 홍색연합에 비하면 미숙하기 짝이 없었다. 그가 두려워하는 것은 건물 안에 있는 10여 개의 큰 용광로였다. 그 안에는 강력한 폭탄이 가득했고 전자 뇌관으로 연결되어 있었다. 폭탄을 본 것은 아니지만 지휘관은 본능적으로 알아차렸다. 스위치를 누르면 모든 것이 날아갈 터였다. 4·28의 어린 홍위병들은 충분히 그러고도 남았다. 산전수전

* 지도자 앞에서 부대를 사열하고 검열받는 것.
** 문화대혁명 시기에 지방 학생들과 베이징 학생들의 혁명 교류 활동.

다 겪은 1세대 홍위병에 비해 새로 조직된 조반파(造反派)*는 불붙은 장작 위의 이리 떼처럼 미친 듯이 날뛰었다.

건물 옥상에 작고 여리여리한 그림자가 나타났다. 4·28 깃발을 흔드는 아름다운 소녀의 출현은 어지러운 총성을 불러왔다. 총은 제각각이었다. 오래된 미국식 카빈총, 체코식 기관총, 38식 보병총은 물론 최신식 보병총과 자동소총까지. 후자는 군대에서 훔쳐 온 것으로 긴 창과 큰 칼처럼 화약을 사용하지 않는 무기와 더불어 근현대사를 구성했다. 4·28 대원들은 이전에도 여러 차례 이런 게임을 벌였다. 옥상 위로 올라온 사람은 깃발을 흔들고 때로는 메가폰에 대고 구호를 외치거나 건물 아래로 전단지를 뿌리다가 총알 세례가 쏟아지면 몸을 숨겨 자신의 숭고한 영예를 쟁취했다. 이번에 나온 소녀 역시 자신에게도 그런 행운이 따르리라 생각했을 것이다. 그녀는 깃발을 흔들며 자신의 청춘을 불살랐다. 적들이 불꽃 속에서 잿더미가 되고 이상 세계의 내일이 자신의 피 끓는 열정 속에서 탄생하리라 생각했을 것이다. 그녀가 이런 선홍빛 몽상에 빠져 있을 때 소총의 총알이 그녀의 가슴을 관통했다. 열다섯 살 소녀의 부드러운 살을 뚫고 들어간 총알은 속도가 줄지 않은 채 몸을 관통했다. 어린 홍위병은 들고 있던 깃발과 함께 옥상에서 떨어졌다. 그 가벼운 몸은 마치 하늘에 미련이 남은 작은 새처럼 깃발보다 더 늦게 떨어졌다. 그래도 다른 사람들에 비해 그녀는 행운이었다. 적어도 자신의 이상을 위해 목숨을 바쳤고 장렬한 열정 속에서 죽었기 때문이다.

도시 전체에서 이런 상황이 벌어졌다. 무수한 병행연산을 하는 CPU처럼, '문화대혁명'은 하나의 공동체를 이루었다. 광란은 형체 없는 홍수처

---

* 문화대혁명 중기 이후 스스로를 '조반'이라 부르며 일반 군중으로부터 자생한 혁명 조직.

럼 도시를 휩쓸어 미세한 틈과 부분까지 파고들었다.

도시 변두리에 있는 유명 대학 운동장에서 몇천 명이 참가한 비판 투쟁 집회가 두 시간 넘게 진행되었다. 온갖 파벌이 난무하던 시대였으므로 복잡하게 얽힌 대립파들이 서로 격투를 벌였다. 교정에는 홍위병, 문혁공작조, 공선대(工宣隊)*와 군선대(軍宣隊)**가 첨예하게 충돌하고 있었다. 파벌 내부에서도 시시각각 새로운 대립파로 분리되어 각자 다른 배경과 강령을 수호하며 참혹하게 힘겨루기를 했다. 그러나 반동 학계 권위자에 대한 비판은 어떤 파도 이견이 없는 투쟁 목표였고 반동 학계 권위자들은 각 파벌의 참혹한 공격을 모두 감수해야 했다.

하지만 다른 비판 대상자들과 달리 학계 권위자들은 특징이 있었다. 그들은 초기에는 고상함과 완고함을 유지했다. 이때, 그들의 사상률은 제일 높았다. 그들은 죄를 인정하지 않아 산 채로 맞아 죽거나 자살의 방식으로 자신의 존엄을 지켰다.

이 단계에서 다행히 살아남았다고 해도 지속적이고 참혹한 공격에 정신이 점점 마비되었다. 이것은 일종의 보호막으로, 그들의 정신이 붕괴되는 것을 막았다. 비판 투쟁 집회에서 그들 대부분은 반수면 상태로 있다가 위협을 하면 비로소 깨어나 죄를 인정하는 말을 기계적으로 반복했다. 그리고 그들 중 일부는 제3단계로 들어갔다. 오랫동안 계속된 비판으로 지식과 이성으로 구축된 사상 체계가 철저하게 무너진 그들은 자신에게 진

---

* 옮긴이 주: 마오쩌둥이 3만 명의 노동자를 중심으로 조직한 '수도 노동자 마오쩌둥 사상 선전대'를 가리킨다. 마오쩌둥은 이들을 칭화대학교 백일 전쟁에 투입해 무력투쟁을 제지하고자 했다.
** 옮긴이 주: 공선대가 칭화대학교의 모든 권력을 물려받도록 하기 위해 지도자 간부로 조성한 지원대. 후에 공선대와 권력 다툼을 벌인다.

짜 죄가 있고 자신이 위대한 사업에 해를 끼쳤다고 생각해 통한의 눈물을 흘렸다. 그들의 참회는 지식인이 아닌 보통의 사람들보다 더 절실하고 진실하기까지 했다. 그러나 홍위병들에게는 뒤의 두 단계에 들어선 비판 대상이 제일 흥미가 없었다. 첫 번째 단계에 있는 비판 대상자만이 극도로 흥분된 그들의 신경에 자극을 줄 수 있다. 마치 투우사가 들고 있는 붉은 천처럼. 그러나 그런 대상은 점점 줄었고 이 대학에는 딱 한 명만 남았다. 그는 그 존재 자체로 매우 귀했기 때문에 비판 대회 맨 마지막까지 남겨졌다.

예저타이(葉哲泰)는 문화대혁명이 시작되고 지금까지 살아남았고 아직도 제1단계에 있었다. 그는 죄를 인정하지도, 자살을 하지도, 정신이 마비되지도 않았다. 이 물리학 교수는 비판대에 끌려 나오면서도 분명한 목소리로 "나에게 더 무거운 십자가를 달라!"라고 외쳤다.

홍위병은 그에게 확실히 더 무거운 것을 주었다. 그러나 십자가는 아니었다. 다른 비판 대상자들에게 씌우는 고깔모자는 대나무 줄기로 엮어 만들었지만 그에게는 굵은 철사를 용접해서 만들어 씌웠다. 그리고 목에 거는 널판도 다른 사람들 것은 나무로 만들었지만 그의 것은 실험실 오븐에서 떼어낸 철로 된 문짝에 검은색으로 눈에 띄게 그의 이름을 쓰고 대각선으로 커다랗게 X를 그려 넣었다.

예저타이를 비판대로 압송하는 홍위병의 수는 다른 비판 대상보다 배가 많은 여섯 명이었다. 남자 두 명에 여자 네 명. 남자 둘은 힘 있고 굳건한 발걸음이 마치 청년 볼셰비키 같았다. 그들은 물리학과 이론물리학 4학년생으로 예저타이는 한때 그들의 스승이었다. 여자 넷은 훨씬 어렸고, 대학 부속중학교 2학년 학생이었다. 군복을 입고 장교용 무기를 허리에 찬 어린 전사들은 녹색 불꽃 네 겹이 둘러싸고 있는 것처럼 예저타이를 압박했다. 예저타이의 등장은 단상 아래의 군중을 흥분시켰다. 방금까지 힘이 빠진 채 구호를 외치던 목소리에 힘이 들어갔고 새로운 파도처럼 다시 고조되어 모든 것을 집어삼켰다.

홍위병 중 한 명이 단상 위로 올라가 인내심을 가지고 구호 소리가 가라앉기를 기다렸다가 비판 대상을 향해 소리쳤다.

"예저타이, 당신은 각종 역학에 정통하다. 당신이 지금 저항하고 있는 이 위대한 힘이 얼마나 강한지 똑똑히 봐두어라. 계속 고집부리면 죽음뿐이다! 지난번 대회에 이어 계속하겠다. 쓸데없는 말은 안 하는 것이 좋다. 다음 물음에 사실대로 대답해라. 제62~65차 기초과목 내용에 당신이 독단적으로 상대성 이론을 추가했지?"

예저타이가 대답했다.

"상대성 이론은 물리학의 고전 이론이다. 기초과목에서 어떻게 그것을 강의하지 않겠는가?"

옆에 있던 여자 홍위병 한 명이 날카롭게 소리쳤다.

"헛소리하지 마! 아인슈타인은 반동 학계 권위자다. 그는 기회주의자야! 미국 제국주의에 빌붙어 원자폭탄을 만들었어! 혁명적인 과학을 이룩하려면 상대성 이론으로 대표되는 자산 계급 이론의 검은 깃발을 타도해야 한다!"

예저타이는 침묵했다. 그는 머리에 씌워진 철제 모자와 가슴 앞에 달린 철판이 주는 고통을 참으며 대답할 가치가 없다는 듯 침묵했다. 그의 뒤에 있던 그의 예전 제자가 살짝 미간을 찌푸렸다. 말하고 있는 여자아이는 중학생 홍위병 네 명 중 제일 똑똑해 보였고 단단히 준비하고 나온 것 같았다. 단상에 오르기 전 그녀는 비판 원고를 달달 외웠지만 예저타이 앞에서는 상대가 되지 않았다. 그를 위해 준비한 신무기를 공개하기로 결정했는지 그들 중 한 명이 단상 아래를 향해 손을 들었다.

예저타이의 부인이자 같은 학과 물리학 교수인 사오린(紹琳)이 맨 앞줄에서 일어나 단상으로 올라왔다. 그녀는 홍위병 군복과 색을 비슷하게 맞추려고 녹색 옷을 입은 것 같았다. 그러나 사오린을 잘 아는 사람이라면 예전에 아름다운 치파오를 입고 강의하던 그녀의 모습이 떠올라 어색하게 느껴졌을 것이다.

사오린이 남편을 가리키며 소리쳤다.

"예저타이!"

그녀는 이런 장소에 적응이 안 된 듯 한껏 목소리를 높였다. 목소리의 떨림도 같이 커졌다.

"내가 나와서 당신을 폭로할 줄은 몰랐겠지? 그래, 나는 당신에게 속았어. 당신은 자신의 반동적인 세계관과 과학관으로 나를 기만했다! 나는 이제 깨달았다. 혁명 소장들의 도움으로 나는 혁명의 편에, 인민의 편에 서기로 했다!"

그녀는 단상 아래를 향해 몸을 돌리고는 다시 소리쳤다.

"동지 여러분, 혁명 소장 여러분, 혁명 교직원 여러분, 우리는 아인슈타인의 상대성 이론의 반동 본질을 알아야 합니다. 그 본질은 일반 상대성 이론에 가장 잘 나타나 있습니다. 그는 정적 우주론*을 제기해 물질의 운동 본성을 부정한 반변증법을 주장했습니다! 우주가 유한하다고 했으니 철두철미한 반동 유심주의입니다……."

* 옮긴이 주 : 1917년 아인슈타인이 발표한 우주론. 우주는 팽창하지도 수축하지도 않는다는 주장.

아내의 계속되는 연설에 예저타이는 쓴웃음을 지었다.

린, 내가 당신을 기만했다고? 사실 당신은 줄곧 내 마음속의 미스터리였어. 한번은 내가 당신 아버지께 당신의 천부적 재능을 칭찬했지. 아버님이 일찍 돌아가셔서 이 재난을 피할 수 있어 다행이야. 그때 아버님은 고개를 흔들며 내 딸은 학술계에서 공적을 세우기 어렵다고 하셨어. 그리고 앞으로의 내 인생에 매우 중요한 말씀을 하셨지. "린은 너무 똑똑해. 기초 이론을 하려면 미련해야 해."

이후 수많은 세월 동안 나는 이 말의 깊은 뜻을 끊임없이 깨달았어. 린, 당신은 정말 너무 똑똑해. 몇 년 전 당신은 일찌감치 지식계에 불어오는 정치적 변화를 간파하고 행동을 시작했지. 당신은 수업하면서 물리 법칙과 계수 이름 대부분을 바꿨어. 옴의 법칙*은 전기 저항 법칙으로, 맥스웰 방정식**은 전자 방정식, 플랑크 상수***는 양자 상수라고 했지. 그리고 학생들에게 과학적 성과는 모두 대다수 노동자 인민의 지혜의 결정체이고 자산 계급의 학술 권위자는 그들의 지혜를 훔친 것이라고 말했어. 하지만 그렇게 했어도 당신은 혁명 주류에 끼지 못했어. 지금의 당신을 한번 봐. 당신의 소매에는 '혁명 교직원'이라는 붉은 완장이 없잖아. 당신은 마오 주석의 어록을 들 자격조차 안 되어 빈손으로 올라왔어. 누가 당신을 중국의 대단한 가정에서 태어나게 했으며 당신의 부모는 또 왜 그렇게 유명한 학자였는지.

---

* 옮긴이 주: 독일의 과학자 옴이 발견한 법칙으로, 전류의 세기는 두 점 사이의 전위차(電位差)에 비례하고, 전기 저항에 반비례한다는 법칙.

** 옮긴이 주: 전자기 현상의 모든 면을 통일적으로 기술하고 있는, 전자기학의 기초가 되는 방정식. 이 방정식을 기본으로 맥스웰이 전자기장 이론을 확립하였다.

*** 옮긴이 주: 양자역학의 기본 상수 중 하나. 1900년 플랑크가 도입한 상수로 h로 표시한다.

아인슈타인만 해도, 나보다 당신이 설명해야 할 것이 더 많을 텐데. 1922년 겨울, 아인슈타인이 상하이를 방문했을 때 당신의 아버지는 독일어를 잘한다는 이유로 그의 수행원 중 한 명으로 선발되었지. 당신은, 당신 아버지가 아인슈타인의 가르침으로 물리학자의 길을 걷게 되었다고 여러 번 말했어. 그리고 물리학을 선택한 것 역시 아버지의 영향이었다고. 그러니 아인슈타인 역시 당신의 간접적인 스승이라 할 수 있고 그것을 무한한 자부심과 행복으로 여긴다고 했었어.

나중에야 나는 아버님이 당신에게 선의의 거짓말을 했다는 것을 알았어. 그는 아인슈타인과 아주 짧은 대화를 나누었을 뿐이었어.

1922년 11월 13일 오전, 당신의 아버지는 아인슈타인을 수행하고 난징로(南京路)를 산책했어. 위유런(於右任) 상하이대학교 총장과 차오구빙(曹谷冰) 대공보(大公報) 경리 등이 함께했지. 길을 걷다가 아인슈타인이 돌 깨는 일을 하고 있던 소년을 발견하고 그 옆에 가서 추운 날씨에도 다 떨어진 옷에 손이 온통 검게 변한 아이를 묵묵히 쳐다보다가 당신 아버지에게 "저 아이는 하루에 얼마나 버느냐?"라고 물었지. 당신 아버지는 아이에게 물어본 다음 "5편(分)"*이라고 대답했어. 이것이 바로 아버님과 세상을 바꾼 위대한 과학자와의 유일한 교류였지. 물리학도 상대성 이론도 없고 그저 냉혹한 현실만 있었지. 당신 아버지는 아인슈타인에게 대답한 다음에도 말없이 그곳에 한참 서 있었다고 했어. 아이의 무감각한 노동을 보면서 들고 있던 담배가 다 타들어가도록 말이야. 그 일을 말하면서 당신 아버지는 "중국에서는 아무리 자유로운 사상이라도 결국에는 모두 탁, 하고 땅에 떨어져버리지. 현실의 인력이 너무 무거워"라고 탄식했어.

---

* 옮긴이 주 : 화폐 단위. 1위안(元)의 100분의 1.

"고개 숙여!"

남자 홍위병 한 명이 큰 소리로 명령했다. 그것은 선생에 대한 일종의 동정이었다. 비판받는 사람은 모두 고개를 숙여야 했다. 예저타이가 고개를 숙이면 머리에 쓰고 있는 철제 고깔모자가 떨어질 것이고, 그가 계속 고개를 숙이고 있으면 그 무거운 모자를 다시 씌울 이유가 없을 것이었다. 그러나 예저타이는 계속 고개를 쳐들고 여윈 목으로 그 무거운 철제 고깔모자의 무게를 버티고 있었다.

"고개 숙이라고! 이 반동분자야!"

옆에 있던 여자 홍위병이 허리띠를 풀어 예저타이를 향해 휘둘렀다. 황동 버클이 그의 이마를 강타했고 이마에 버클 모양이 찍히면서 시퍼렇게 멍이 들었다. 그는 휘청거렸지만 다시 일어났다.

남자 홍위병 한 명이 나와 예저타이를 추궁했다.

"양자역학 수업에서 당신은 반동적인 언사를 많이 했지!"

그는 말을 마치고 사오린에게 고개를 끄덕여 계속하라고 했다.

사오린은 급히 말을 이어갔다. 그녀는 곧 무너질 것 같은 자신의 정신이 철저하게 붕괴되지 않도록 하기 위해서라도 끊임없이 말해야 했다.

"예저타이, 이건 부인하지 못할걸! 당신은 반동적인 코펜하겐 해석*을 여러 차례 학생들에게 강의했어!"

"그것은 현재 공인된 실험 결과에 가장 부합하는 해석이야."

---

* 옮긴이 주: 양자역학에 대한 다양한 해석 중 하나로 닐스 보어와 베르너 하이젠베르크 등에 의한 정통 해석으로 알려져 있다. 입자의 상태는 파동함수에 의해 결정되며, 파동함수는 측정되기 전에는 여러 가지 상태가 확률적으로 겹쳐 있는 것으로 표현된다. 그러나 관측자가 입자에 대한 측정을 시행하면 파동함수의 붕괴가 일어나 입자는 하나의 상태로 결정된다.

심한 공격을 받았어도 예저타이의 말투는 여전히 침착했다. 이 점에 사오린은 매우 놀랐고, 두렵기까지 했다.

"코펜하겐 해석에서는 외부의 관측이 파동함수*의 붕괴를 일으킨다고 하잖아. 이것은 반동 유심론(唯心論)**의 또 다른 표현이고 가장 만연한 학설이지!"

"철학이 실험을 이끄는가, 실험이 철학을 이끄는가?"

예저타이가 물었다. 갑작스러운 반격에 비판자들은 한순간 어쩔 줄 몰라 했다.

남자 홍위병이 말했다.

"당연히 정확한 마르크스주의 철학이 과학 실험을 이끌지!"

"그 말은 정확한 철학은 하늘에서 떨어졌다는 것과 같은 소리다. 실험으로 얻은 참된 지식에 반대하는 것은 마르크스주의가 자연계를 인식한 원칙에 위배되는 것이다."

사오린과 대학생 홍위병은 아무 말도 하지 못했다. 그들은 중학생과 사회에 있는 홍위병과는 달리 무슨 말이든 해야 했다. 그러나 부속중학교에서 온 네 명은 '격파하지 못할 강적은 없다'라는 그들만의 혁명 방식이 있었다. 방금 예저타이에게 폭행을 가한 여자아이가 예저타이의 허리띠를 빼 들었다. 나머지 세 여자아이 역시 가죽 허리띠를 빼 들었다. 동료와 함께 혁명을 할 때 그들은 반드시 더 혁명적인 모습을 보여야 했다. 아니면 적어도 똑같은 모습을 보여야 했다. 남자 홍위병 두 명은 끼어들지 못했

---

* 옮긴이 주: 물질 입자인 전자, 양성자, 중성자 등의 상태를 공간좌표 x의 함수 $\psi(x)$라는 식으로 표시하는 함수. 입자의 입자성과 파동성을 함께 표시할 수 있다.
** 옮긴이 주: 사물의 모든 현상을 의식, 정신, 심리 등을 기초로 해결하려는 입장으로, 유물론과 대립된다.

다. 참견했다가는 혁명적이지 않다는 혐의를 받을 것이기 때문이었다.

남자 홍위병 한 명이 화제를 바꿨다.

"빅뱅 이론을 가르친 적도 있지? 그건 모든 과학 이론 중에서도 가장 반동적인 것이야!"

"앞으로 그 이론이 전복될 수도 있지만 이번 세기 우주학의 2대 발견인 허블의 법칙*과 3K 우주배경복사에 의거, 빅뱅 이론은 현재까지 가장 믿을 수 있는 우주 기원 이론이다."

"헛소리!"

샤오린이 소리쳤다. 그리고 빅뱅에 대해 길게 설명을 늘어놓았다. 물론 그 안에서 반동 본질을 끄집어내는 것도 잊지 않았다. 그러나 네 명의 소녀 중 가장 똑똑한 한 명이 이 이론에 빠져들어 자기도 모르게 물었다.

"그러면 시간도 모두 특이점에서 시작됐다는 말인가? 그러면 특이점 이전에는?"

"아무것도 없지."

예저타이가 말했다. 그는 마치 평범한 소녀의 질문에 대답하는 것처럼 고개를 돌려 자상한 표정으로 그녀를 바라보았다. 중상을 입은 데다 철제 고깔모자를 쓴 그의 움직임은 매우 힘들어 보였다.

"뭐라고…… 아무것도 없다고? 반동! 반동분자!"

그 여자아이는 공포스러운 듯이 큰 소리를 지르며 샤오린에게 도움을 청했다.

샤오린이 여자아이를 향해 고개를 끄덕이고는 말했다.

---

* 옮긴이 주: 외부 은하의 스펙트럼에서 나타나는 적색 이동이 그 거리에 비례한다는 법칙. 1929년 허블이 발견했다.

"그것은 신이 존재할 수 있다는 여지를 주지."

어린 홍위병은 즉시 혼란한 생각을 추스른 뒤 가죽 허리띠를 손에 단단히 쥐고 예저타이를 가리켰다.

"신이 있다고 말하는 거야?"

"나는 모른다."

"무슨 말이야!"

"모른다고 말했네. 만일 신이 우주 이외의 초의식이라면 나는 그것이 존재하는지 안 하는지 모르겠네. 서로 상반되는 양쪽 모두 과학은 확실한 증거를 내놓지 못했지."

사실 이 악몽 같은 시간을 생각하면 예저타이는 신이 존재하지 않는다는 쪽으로 기울었다.

이 말에 대회장이 술렁거렸다. 단상에 있던 홍위병 한 명이 주도하자 사람들이 구호를 외치기 시작했다.

"반동 학술 권위자 예저타이를 처단하라!"

"모든 반동 학술 권위를 처단하라!"

"모든 반동 학설을 처단하라!"

구호가 끝나자 그 여자아이가 큰 소리로 말했다.

"신은 존재하지 않아. 모든 종교는 지배 계급이 인민의 정신을 마비시키기 위해 만들어낸 도구야!"

예저타이가 차분하게 말했다.

"그런 생각은 단편적인 거야."

부끄럽고 분한 어린 홍위병은 눈앞의 이 위험한 적에게는 어떠한 말도 의미가 없다고 판단했다. 그녀는 예저타이를 향해 가죽 허리띠를 휘둘렀다. 옆에 있던 동지 세 명도 합류했다. 예저타이는 키가 컸기 때문에 이 네 명의 열네 살짜리 어린아이는 절대 숙이지 않는 그의 머리를 때리기 위해서는 허리띠를 휘두를 수밖에 없었다. 공격이 몇 번 이어지자 그의 머리를 보호하던 철제 고깔모자가 떨어졌다. 이어서 황동 버클이 달린 넓은 가죽띠가 비 오듯 그의 머리와 온몸에 쏟아졌다. 그는 결국 쓰러졌다. 그러자 어린 홍위병들은 더 흥분해 '숭고한' 전투에 몰입했다. 그들은 신념과 이상을 위해 싸웠다. 그들은 역사가 자신들에게 부여한 영광스러운 사명감에 도취되었고 자신의 용감함에 자부심을 느꼈다.

"최고의 지시는 말과 글로 하는 문투(文鬪)지 무장 투쟁이 아니다!"

예저타이의 제자였던 두 학생이 마침내 결심했는지 이렇게 외쳤다. 그리고 동시에 달려들어 반 미친 상태에 빠진 네 명의 여자아이를 떼어냈다.

그러나 이미 늦었다. 물리학자는 조용히 바닥에 누워 있었다. 반쯤 뜬 두 눈이 이마에서 흘러나온 피를 응시하고 있었다. 광란의 대회장이 순식간에 쥐 죽은 듯 조용해졌다. 핏줄기만이 유일하게 움직였다. 그것은 마치 붉은 뱀처럼 천천히 구불구불 기어가다 단상 끝에서 한 방울씩 아래에 있는 빈 상자 위로 똑똑 소리를 내며 떨어졌다. 마치 멀어지는 발걸음 소리 같았다.

갑자기 괴상한 웃음소리가 적막을 깼다. 그것은 정신이 철저하게 무너진 사오린이 내는 소리였다. 공포스러운 웃음소리에 사람들이 하나둘 흩어지더니 허겁지겁 도망치기 시작했다. 모두가 빨리 이 장소를 벗어나고 싶어 했다. 곧 대회장은 텅 비었고 단상 아래 단 한 사람만 남았다.

예저타이의 딸 예원제였다.

여자아이 네 명이 아버지에게 폭력을 가해 그의 생명을 앗아갈 때 그녀는 단상으로 뛰어오르려 했다. 그러나 곁에 있던 학교 직원이 그녀의 팔을 꼭 붙들고는 그녀의 귓가에 대고 "너도 죽고 싶으냐"고 말했다. 대회장은 광란과 흥분에 휩싸여 있었기 때문에 그녀가 나섰다면 더 많은 폭도가 뛰쳐나왔을 것이다. 그녀는 목이 터져라 울부짖었지만 그녀의 목소리는 대회장의 구호와 함성에 묻혀버렸다. 모든 것이 조용해졌을 때는 그녀에게서도 아무 소리가 나오지 않았다. 그녀는 단상 위에 놓인, 이미 생명이 빠져나간 아버지의 몸을 응시할 뿐이었다. 울음으로도 외침으로도 나오지 않은 것들이 그녀의 핏속에 가득 퍼지고 용해되어 평생 동안 그녀와 함께했다.

사람들이 다 떠난 뒤에도 그녀는 그곳에 서 있었다. 그녀의 사지는 직원들이 그녀를 잡고 있을 때 그대로 화석처럼 굳어 움직이지 않았다. 한참 뒤에야 그녀는 허공에 떠 있는 팔을 내리고 단상 위로 천천히 올라가 아버지의 시신 옆에 앉았다. 그리고 이미 차가워진 아버지의 두 손을 잡고 넋을 잃은 채 먼 곳을 바라보았다. 아버지의 시신이 옮겨질 때 예원제는 주머니에서 아버지의 담배 파이프를 꺼내 아버지 손에 쥐여주었다.

예원제는 아무 말 없이 텅 빈 운동장에서 나와 집으로 돌아갔다. 그녀가 사택 건물 아래에 도착했을 때 2층 자신의 집에서 실성한 듯한 웃음소리가 들려왔다. 그것은 한때 자신이 엄마라고 불렀던 여인의 소리였다. 예원제는 몸을 돌려 두 다리가 이끄는 곳으로 묵묵히 걸어갔다.

침묵의 봄

2년 뒤, 다싱안링(大興安嶺).*

"넘어간다……."

맑게 울리는 구호에 따라 파르테논신전의 거대한 기둥 같은 낙엽송이 쿵 하고 넘어갔다. 예원제는 대지가 떨리는 것을 느꼈다. 그녀는 도끼와 짧은 톱을 들고 쓰러진 나무로 가서 잔가지를 쳐냈다. 이 일을 할 때마다 그녀는 거인의 시신을 정리하는 듯한 기분이었다. 그리고 그 거인이 바로 자신의 아버지처럼 느껴지기도 했다. 2년 전 처참했던 그날 밤, 영안실에서 아버지의 시신을 수습하면서 느꼈던 감정이 다시 찾아왔다. 거송의 갈라진 나무껍질은 마치 아버지의 몸을 겹겹이 싸고 있던 상처 같았다.

네이멍구(內蒙古) 생산 건설 병단의 여섯 개 사단 41개 연대 10만여 명

* 옮긴이 주: 헤이룽장(黑龍江) 유역의 네이멍구 자치구 동북부와 헤이룽장성 북부에서 시작하여 북동에서 남서 방향으로 뻗어 있는 대산맥.

이 광활한 삼림과 초원에 분포되어 있었다. 도시를 떠나 이 낯선 세계에 갓 도착한 병단의 많은 청년들이 소련 수정주의 제국주의의 탱크가 중국과 몽골 국경을 넘으면 신속하게 무장을 하고 자신의 피와 살로 공화국의 첫 번째 보호벽이 되겠다는 낭만적인 기대를 품고 있었다. 사실 그것은 병단을 조직할 때 전략적으로 고려한 부분이기도 했다. 그러나 그들이 고대하던 전쟁은 가까워 보이지만 실제로는 먼 초원에 있는 산처럼, 눈앞으로 다가오지는 않았다. 그래서 그들은 황무지를 개간하고 방목하고 벌목하는 수밖에 없었다. 대천련에서 청춘을 불살랐던 청년들은 이 광활한 대지에 비하면 아무리 내륙 최대 도시라 해도 양 우리에 불과하다는 것을 금세 알아차렸다. 그리고 이 차갑고 무한한 초원과 숲속에서 '불사르는 것'은 의미가 없다는 것도 깨달았다. 뜨거운 피는 소똥보다 더 빨리 식었고 소똥보다 가치가 없었다. 하지만 불사르는 것이 그들의 운명이었다. 그들은 불살랐던 세대였다. 그래서 그들은 불사르듯 전기톱으로 울창한 숲을 벌목해 황폐한 민둥산으로 만들어버렸다. 그들의 트랙터와 콤바인 아래 광활한 초원은 밭으로 변했고 나중에는 사막이 되었다.

예원제가 본 벌목은 광란이라는 말로 표현할 수 있었다. 우람하고 곧게 뻗은 다싱안링의 낙엽송, 사계절 늘 푸른 장자송, 우아하게 솟은 자작나무, 하늘까지 뻗은 사시나무, 시베리아 전나무와 박달나무, 상수리나무, 느릅나무, 들메나무, 양버들 등 보이는 것은 닥치는 대로 베어버렸다. 전기톱 몇백 개가 강철 메뚜기 떼처럼 숲을 공격하는 바람에 그녀가 속한 연대가 지나가는 곳마다 나뭇등걸만 남았다.

낙엽송은 정리가 끝나면 트랙터에 실어 보냈다. 나무통 옆에서 예원제는 톱 절단면을 가볍게 어루만졌다. 그녀는 무의식적으로 그렇게 했다. 나무의 절단면은 거대한 상처 같았고 그곳에 손을 대면 나무의 고통이 전해지는 듯했다. 멀지 않은 곳에서 역시 잘린 나무의 단면을 가볍게 어루만지는 손이 눈에 들어왔다. 그 손에서 전해지는 마음의 떨림이 그녀와 공명을 이루었다. 그 손은 매우 하얗고 가늘었지만 남자의 손이라는 것은 알 수 있었다. 예원제는 고개를 들어 나뭇등걸을 어루만지고 있는 바이무린(白沐霖)을 보았다. 마른 몸집에 안경을 쓴 그는 그제 연대로 취재하러 온 병단 신문『다성찬바오』기자였다. 예원제는 그가 쓴 글을 본 적이 있었다. 필치가 좋았고 이런 열악한 환경에는 어울리지 않는 섬세함과 예민함이 느껴져 기억에 남았다.

"마강, 이리 좀 와보지."

바이무린이 가까운 곳에 있던 청년에게 소리쳤다. 그 청년은 방금 그가 벤 낙엽송처럼 건장했다. 그가 다가오자 바이무린 기자가 물었다.

"이 나무가 몇 살인지 아나?"

마강이 등걸의 나이테를 세며 말했다.

"세보면 되죠."

"내가 이미 세어봤어. 330살이 넘었더군. 이걸 베는 데 얼마나 걸렸지?"

"10분도 안 걸렸죠. 제가 이 연대에서 제일가는 톱질 선수거든요. 우리는 늘 영예의 붉은 깃발을 받죠."

마강은 매우 흥분한 것처럼 보였다. 바이무린 기자가 관심을 보이는 사람은 모두 그랬다.『다성찬바오』의 통신보도에 얼굴이 한 번이라도 나오면 큰 영광이었기 때문이다.

"300여 년이면 저 나무가 싹이 돋았을 무렵은 명나라 때군. 그 긴 시간 동안 얼마나 많은 비바람을 겪었고 또 얼마나 많은 것을 봤을까. 자네는 그것을 단 몇 분 만에 베어버렸는데 정말 아무 느낌이 없나?"

마강은 어리둥절한 표정을 지었다.

"제가 뭘 느껴야 하는데요? 그냥 나무일 뿐이에요. 그리고 여기 널린 게 나무고요. 저 나무보다 오래된 것도 많아요."

"가서 일 보게."

바이무린은 고개를 저으며 등걸에 앉아 가볍게 한숨을 내쉬었다. 마강 역시 고개를 내저었다. 기자가 자신을 보도하는 게 아니라는 사실에 실망한 것 같았다.

"지식분자는 쓸데없는 생각이 많단 말이야."

그는 이렇게 말하면서 근처에 있는 예원제에게 눈길을 주었다. 그의 말에는 그녀도 포함되어 있는 듯했다.

큰 나무가 끌려갔다. 지면의 돌과 등걸에 걸려 나무껍질이 벗겨졌다. 거대한 몸의 피부가 찢기고 살이 터지는 것 같았다. 나무가 원래 있던 자리에는 두껍게 쌓여 있던 낙엽 부식층이 눌리면서 고랑이 만들어졌고 그곳에서 물이 흘러나왔다. 오랫동안 부식된 낙엽에서 나오는 물은 암홍색이었고 그것은 마치 피 같았다.

"예원제, 잠시 쉬었다 해요."

바이무린이 빈 등걸을 가리키며 말했다. 마침 예원제도 너무 힘들었던 탓에 공구를 놓고 기자와 등을 마주하고 앉았다.

오랜 침묵 끝에 바이무린이 갑자기 입을 열었다.

"당신 기분, 알 수 있어요. 이곳에서 우리 둘만 그럴 겁니다."

예원제는 계속 침묵했다. 바이무린은 그녀가 대답하지 않을 것임을 알았다. 예원제는 평소에 말이 거의 없었고 사람들과 어울리지도 않았다. 그래서 갓 이곳에 온 사람들은 그녀에게 장애가 있는 것으로 오해하기도 했다.

바이무린은 혼잣말처럼 말을 이어갔다.

"1년 전 선발대로 이곳에 온 적이 있습니다. 마침 정오여서 우리를 마중 나온 사람들이 생선 요리를 하겠다고 했지요. 나무껍질로 만든 집에서 주위를 둘러보니 솥에 물을 올려놓기는 했는데 생선이 없더군요. 물이 끓기 시작하자 밥하던 사람이 밀방망이를 들고 나가더니 집 앞에 있던 작은 개울에 들어가 팡팡 물을 몇 번 후려쳤어요. 그랬더니 큰 생선 몇 마리가 물 위로 떠올랐어요. 그렇게 풍요로웠는데 다시 와서 그 개울을 보니 흙탕물 구덩이로 변해버렸더군요. 지금 전체 병단의 개발 방침이 생산을 하자는 건지 파괴를 하자는 건지 정말 모르겠어요."

"어떻게 그런 생각을 하게 되었죠?"

예원제가 작은 소리로 물었다. 자신의 말에 찬성하는지 반대하는지 목소리에서는 아무 감정도 느껴지지 않았지만 그녀가 입을 열었다는 것만으로도 바이무린은 감격스러웠다.

"최근에 책을 한 권 봤는데, 생각할 만한 것이 많았습니다. 영어 읽을 줄 압니까?"

예원제가 고개를 끄덕이자 바이무린이 가방에서 파란색 표지로 된 책을 꺼내 건넸다. 그는 자기도 모르게 주위를 둘러보았다.

"1962년에 출판된 책이에요. 서방의 영향을 많이 받은 책이죠."

예원제는 몸을 돌려 책을 받았다. 레이첼 카슨의 『침묵의 봄』이었다.

그녀가 작은 소리로 물었다.

"어디서 났어요?"

"상사들이 이 책에 관심을 가져 내부 참고용으로 쓰겠다고 했습니다. 저는 숲과 관계된 부분의 번역을 맡았고요."

책을 펼친 예원제는 책에 빠르게 빨려들어갔다. 짧은 머리말에서 작가는 살충제 중독으로 조용히 죽어간 마을을 묘사했다. 소박한 언어 뒤에 걱정의 마음이 엿보였다.

바이무린이 말했다.

"나는 중앙정부에 건설 병단의 이 무책임한 행동을 알리는 편지를 쓸 생각입니다."

예원제는 책에서 시선을 떼고 한참을 생각한 뒤에야 그의 말뜻을 깨달았다. 그러나 아무 말도 하지 않고 다시 고개를 숙여 책을 보았다.

"보고 싶으면 가져가서 보세요. 하지만 다른 사람 눈에 띄지 않게 조심하세요. 당신도 알다시피……."

바이무린은 말을 하면서 계속 주위를 둘러보다 황급히 자리를 떠났다.

38년 뒤, 예원제는 마지막 순간에 『침묵의 봄』이 자신의 인생에 미친 영향을 떠올렸다. 그 전까지는 인간의 사악한 면이 그녀의 젊은 영혼에 치유할 수 없는 거대한 상처를 남겼지만 이 책은 인간의 악에 대해 처음으로 이성적인 사고를 하게 해주었다. 폭넓은 주제를 다루지도 않고, 그저 살충제 남용이 환경에 미치는 위해에 대해 말하고 있는 책이었지만 작가의 시각이 예원제를 뒤흔들었다. 레이철 카슨이 쓴 인간의 행위, 즉 살충제 사용은 예원제가 보기에 정당하고 정상적이며 적어도 중립적인 행위였다. 그러나 대자연의 시각에서 보면 이 행위는 문화대혁명과 별 차이가 없었다. 우리 세계에 끼치는 폐해는 마찬가지로 심각했다. 그렇다면 자신이 보기에 정상이거나 심지어 정의라고 생각되는 인간의 행위 중 사악한 것이 얼마나 된단 말인가?

그런 추론이 그녀를 두렵게 했고 공포의 심연으로 빠져들게 했다. 아마도 인간과 악의 관계는 대양과 그 위에 떠 있는 빙산의 관계로, 둘은 동일한 물질로 구성되어 있을 것이다. 그러나 빙산이 눈에 잘 띄는 이유는 그저 형태가 다르기 때문이고, 그것의 실체는 거대한 물 중 아주 작은 일부분일 뿐이다. 중이 제 머리 못 깎듯 인간 스스로 도덕적 자각을 하는 것은 불가능하다. 그렇게 하려면 인간 이외의 힘을 빌려야만 한다.

이 생각이 예원제의 일생을 결정했다.

나흘 뒤, 예원제는 책을 돌려주러 갔다. 바이무린은 연대의 유일한 초대소에 묵고 있었다. 예원제가 방에 들어갔을 때 그는 온몸에 진흙과 나무 부스러기를 묻힌 채 피곤에 지쳐 침대에 누워 있었다. 예원제를 본 그가 급하게 침대에서 일어났다.

예원제가 물었다.

"오늘 일했어요?"

바이무린이 말했다.

"이렇게 오랫동안 연대에 머무르는데 아무 일도 안 하고 돌아다니기만 할 수는 없지요. 삼결합(三結合)* 아닙니까. 아, 레이더봉에 가서 일했어요. 그곳은 나무가 정말 빽빽하더군요. 썩은 나뭇가지가 무릎까지 쌓여 있어서 장독(瘴毒)에 걸리는 줄 알고 걱정했다니까요."

"레이더봉이요?"

이 단어를 듣고 예원제는 매우 놀랐다.

"네. 연대에 레이더봉 주위의 경계 지대를 벌목하라는 긴급 임무가 내려졌어요."

* 옮긴이 주: 세 계층이 협력하여 혁명사업을 수행하는 조직 형태. 문화대혁명 때 중국 지도 기관 내부 인력 구성과 운영 방식을 형성한 특정한 용어로 그 내부적 의미는 여러 차례 변화를 거쳤고, 중국 지도 체제 발전에 큰 영향을 미쳤다.

레이더봉은 신비한 곳으로, 이름이 없던 험준한 기봉 정상에 거대한 파라볼라 안테나가 세워지면서 붙여진 이름이었다. 하지만 상식이 조금만 있다면 그것이 레이더 안테나가 아니라는 것을 알아차릴 수 있었다. 안테나 방향이 매일 바뀌었지만 지속적으로 회전한 적은 없었다. 안테나는 바람 속에서 낮고 묵직하게 웅웅 소리를 냈다. 그 소리는 멀리서도 들렸다. 연대 사람들은 그곳이 군사기지라는 것만 알았다. 현지 사람들은 3년 전 기지를 건설할 때 많은 사람들이 동원되어 산봉우리에 고압선을 가설하고 봉우리 정상으로 향하는 도로를 만들어 많은 물자를 실어 날랐다고 말했다. 그러나 기지가 완공되자 차량 한 대가 겨우 지나갈 정도의 작은 길만 남기고는 도로를 다 철거했고, 대신 헬기가 이착륙했다.

안테나를 늘 볼 수 있는 것은 아니었다. 바람이 강하게 불면 안테나는 접혀 들어갔다. 안테나가 올라오면 이상한 일이 생겼다. 숲속 동물들이 불안해 날뛰었고 새들도 놀라 날아갔으며 사람들도 어지럽고 구역질이 나는 등 이상한 증상이 나타났다. 레이더봉 근처에 사는 사람들은 특히 머리카락이 쉽게 빠졌다. 현지인들은 이것이 모두 안테나가 생긴 뒤부터 일어난 일이라고 말했다.

레이더봉과 관련한 신기한 말들이 떠돌았다. 한번은 큰 눈이 내렸는데 그 안테나가 세워지자 주변 몇 킬로미터의 눈이 즉시 비로 변했다고 했다. 엄동설한에 내린 비는 얼음으로 변해 나무에 온통 커다란 얼음 열매가 열려 숲 전체가 수정궁이 되었고, 얼음 열매가 열린 나뭇가지가 툭툭 부러지는 소리와 열매가 땅으로 탁탁 떨어지는 소리가 끊이지 않았다. 안테나가 세워지면 맑은 하늘에 천둥과 번개가 치고 밤하늘에서 이상한 빛이 나타나기도 했다.

레이더봉은 경계가 삼엄했다. 건설 병단의 연대가 주둔한 뒤 연대장이 제일 먼저 한 일이 바로 부대원들에게 레이더봉 근처에 가지 말라고 경고하는 것이었다. 함부로 다가가면 기지의 초소 대원들이 경고 없이 바로 총을 쏠 수 있다고 했다. 지난주에는 연대의 사냥 병단 소속 대원 두 명이 사슴을 쫓다 자신들도 모르는 사이에 레이더봉 아래까지 들어갔다가 산 중턱에 있는 초소 대원들에게 총알 세례를 받았다. 다행히 빽빽한 나무 덕분에 두 사람은 상처 하나 없이 돌아왔지만 그중 한 사람은 너무 놀란 나머지 바지에 오줌을 지렸다. 다음 날 연대에서 회의가 열렸고 두 사람은 경고 처분을 받았다. 그 이유 때문에 기지는 주위 숲에 경계 지대를 만들기로 결정했고 병단 인력을 차출한 것이다. 이로 미루어보아 레이더봉의 기밀 등급이 높다는 것을 알 수 있었다.

바이무린은 책을 받아 조심스럽게 베개 아래에 넣었다. 그리고 베개 밑에서 빽빽하게 쓴 종이 몇 장을 꺼내 예원제에게 건넸다.

"이게 편지 초고예요. 한번 볼래요?"

"편지?"

"당신에게 말했었죠. 중앙에 보낼 편지 말이에요."

글씨를 갈겨써서 예원제는 겨우겨우 읽었다. 논점이 신중하고 내용이 풍부했다. 과거 타이항산(太行山)의 식물이 파괴되어 풍요로웠던 산이 오늘날 척박한 민둥산이 된 것부터 오늘날 황허의 진흙과 모래 함량이 급속하게 증가한 것까지 예로 들면서 네이멍구 건설 병단의 황무지 개간이 심각한 결과를 가져올 것이라는 결론을 내렸다. 예원제는 그제야 그의 필치가 『침묵의 봄』과 정말 비슷하다는 것을 알았다. 소박하고 정확하지만 시적인 정취를 품고 있어 이과 출신인 그녀도 편안하게 읽을 수 있었다.

그녀는 진심으로 말했다.

"참 잘 썼네요."

바이무린은 고개를 끄덕였다.

"그럼, 이제 옮겨 쓴 다음 편지를 부쳐야겠군요."

그는 새 원고지를 꺼내 옮겨 쓰려고 했다. 그러나 손이 너무 떨려 한 글자도 쓸 수가 없었다. 전기톱을 처음 사용하면 모두 그랬다. 손이 떨려서 수저를 들 힘도 없었고, 글씨는 두말할 필요도 없었다.

"내가 대신 옮겨 적어줄게요."

예원제는 바이무린에게 종이와 펜을 받아 옮겨 적기 시작했다.

"글씨체가 참 예쁩니다."

예원제가 원고지에 첫 줄을 쓰는 것을 보고 바이무린이 말했다. 그는 예원제에게 물을 따라주었다. 손이 떨려 물을 많이 쏟았고 예원제는 급하게 원고지를 치웠다.

바이무린이 물었다.

"물리학 전공입니까?"

"천체물리학 전공이에요. 지금은 소용없지만."

예원제는 고개를 들지 않고 대답했다.

"항성에 대해 연구하는 것이지요? 왜 소용이 없어요? 이제 대학도 모두 강의를 시작했어요. 대학원생은 아직 모집하지 않았지만. 당신처럼 훌륭한 인재가 이런 곳에서 썩고 있다니……."

예원제는 대답하지 않고 계속 옮겨 적었다. 그녀는 자신이 건설 병단에 들어올 수 있었던 것만도 아주 큰 행운이라는 것을 바이무린에게 말하고 싶지 않았다. 현실에 대해 그녀는 아무것도 말하고 싶지 않았다.

방 안에는 적막이 내려앉았고 종이 위에서 펜이 사각사각 움직이는 소리만 들렸다. 예원제는 곁에 있는 기자의 몸에서 톱밥 냄새를 맡을 수 있었다. 아버지가 처참하게 돌아가신 이후 처음으로 느껴보는 따뜻한 감정이었고, 처음으로 온몸의 긴장이 사라져 잠시 세상에 대한 경계를 풀었다.

한 시간쯤 뒤 편지를 다 옮겨 적었다. 그리고 바이무린이 말한 주소와 수신인을 봉투에 쓰고 예원제는 인사를 하고 일어났다. 문에 다다랐을 때 그녀는 고개를 돌리고 말했다.

"외투 주세요. 제가 빨아드릴게요."

말을 하고 나서야 그녀도 자신의 행동에 크게 놀랐다.

"아닙니다. 아니에요!"

바이무린이 손사래를 쳤다.

"건설 병단의 여전사도 남성 동지와 똑같이 일하는데 어서 가서 쉬어야 지요. 내일 아침 6시부터 산에 가야 하잖아요. 예원제, 저는 내일모레 사단 으로 돌아갑니다. 내가 당신의 상황을 상급자에게 말해볼게요. 도움이 될 지도 모릅니다."

예원제가 달빛에 비치는 다싱안링의 흐릿한 숲을 보며 말했다.

"고맙습니다. 하지만 저는 이곳이 좋습니다. 아주 조용하거든요."

"무언가로부터 도피하려는 겁니까?"

"이만 가보겠습니다."

예원제는 조용히 말하고 그곳을 떠났다.

바이무린은 그녀의 가녀린 그림자가 달빛 속으로 사라지는 것을 보았 다. 그리고 고개를 들어 예원제가 방금 봤던 숲을 바라보았다. 저 멀리 레 이더봉에서 거대한 안테나가 천천히 세워지면서 금속성의 차가운 빛이 반짝이는 것이 보였다.

3주 뒤 어느 날 오후, 벌목장에 있던 예원제는 연대 본부로 긴급히 소환 되었다. 사무실에 들어선 순간 그녀는 분위기가 심상치 않음을 느꼈다. 연대장과 지도원이 모두 있었고 냉랭한 표정을 한 낯선 사람도 있었다. 그 앞에 있는 책상에는 검은색으로 된 서류가방이 있었고 옆에 놓인 물건 두 개는 서류가방에서 꺼낸 듯했다. 편지 한 통과 책 한 권이었다. 편지는 뜯겨 있었고 책은 그녀가 봤던 『침묵의 봄』이었다.

그 시대 사람들은 정치 상황에 매우 민감했다. 예원제는 특히 더했다. 그녀는 주위 세계가 주머니처럼 순간적으로 수축되어 자신을 압박해오는 것을 느꼈다.

지도원이 낯선 사람을 가리키며 말했다.

"예원제, 이분은 정치부에서 나오신 장 주임이시다. 협조해주기 바라네. 사실만 말하도록."

장 주임이 편지 봉투에서 편지를 꺼내며 물었다.

"이 편지 당신이 썼나?"

예원제가 손을 뻗어 편지를 받으려 했지만 장 주임은 주지 않고 자신이 직접 한장 한장 넘기며 그녀에게 보여주었다. 마침내 그녀가 보고 싶던 마지막 장에는 발신인 이름 대신 '혁명 군중'이라는 네 글자가 쓰여 있었다.

"아니요, 제가 쓴 것이 아닙니다."

예원제는 질겁해서 고개를 흔들었다.

"당신 필적인데?"

"그렇습니다만, 다른 사람을 대신해 옮겨 적어준 것입니다."

"누굴 도왔지?"

평소 예원제는 연대에서 어떤 일에 부딪히든 변명하는 일이 거의 없었다. 모든 손해를 묵묵히 감수했고 억울함도 감내했다. 다른 사람을 연루시키는 일은 더더욱 하지 않았다. 그러나 이번에는 달랐다. 그녀는 이것이 무엇을 의미하는지 똑똑히 알았다.

"지난주에 연대로 취재 나왔던 『다성찬바오』 기자를 도왔습니다. 그 사람 이름은⋯⋯."

장 주임의 검은 두 눈이 마치 총구처럼 그녀를 겨눴다.

"예원제! 경고하는데 다른 사람을 모함하면 당신의 문제가 더 심각해진다는 것을 명심하도록. 우리는 벌써 바이무린 동지를 다 조사했네. 그는 그저 당신의 부탁으로 후허하오터(呼和浩特)*에 가서 편지를 부쳤을 뿐 내용은 전혀 모른다고 했어."

"그 사람이⋯⋯ 그렇게 말했습니까?"

예원제는 눈앞이 캄캄해졌다.

장 주임은 그녀의 말에 대답하지 않고 책을 들었다.

"당신이 이 편지를 쓴 것은 이 책의 영향을 받아서지?"

그는 책을 연대장과 지도원에게도 보여주었다.

"이 『침묵의 봄』은 1962년 미국에서 출판된, 자본주의의 영향을 많이 받은 책이지."

그는 서류가방에서 흰 표지에 검은 글씨가 쓰인 다른 책을 꺼냈다.

"이것은 이 책의 중국어 번역본으로 관련 부처가 내부 참고용으로 발행한 것이다. 비판용으로 말이야. 현재 상급 기관은 이 책의 성격을 명확하게 규정했어. 이 책은 반동의 독초야. 유심 사관에서 출발해 말세론을 선동하고 환경문제를 들어 자본주의 세계의 부패와 몰락의 평계를 대고 있지."

예원제는 힘없이 말했다.

"하지만 이 책은⋯⋯ 제 것이 아닙니다."

"바이무린 동지는 상부에서 지정한 번역자 중 한 명이야. 그가 이 책을

* 옮긴이 주 : 중국 네이멍구 자치구의 주도(主都).

소지하는 것은 합법적인 일이지. 물론 그에게도 보관의 책임이 있어. 하지만 그가 노동하는 틈을 타 책을 훔치면 결코 안 돼. 당신은 이 책에서 사회주의를 공격할 사상적 무기를 찾아냈어."

예원제는 침묵했다. 그녀는 자신이 이미 함정 밑바닥까지 떨어져 아무리 발버둥 쳐도 소용없다는 것을 깨달았다.

후에 사람들이 잘 알고 있는 역사 기록과는 달리 바이무린은 예원제를 고의로 모함한 것이 아니었다. 그는 아마도 순수한 책임감을 느껴 중앙에 그 편지를 보냈을 것이다. 당시 다양한 목적을 가지고 직접 중앙에 편지를 쓰는 사람이 많았다. 편지 중 대다수가 돌이 바다에 가라앉듯 자취를 감추었지만 소수는 채택되어 편지를 쓴 당사자가 하루아침에 벼락출세를 하거나 치명적인 재난을 당하기도 했다. 당시 정치의 신경계는 매우 복잡했다. 기자였던 바이무린은 자신이 이 신경 시스템의 방향과 민감한 곳을 잘 알고 있다고 생각했다. 하지만 그는 자신을 지나치게 믿었다. 그의 편지는 그가 예전에 몰랐던 지뢰밭을 건드렸다. 상황을 알게 된 그는 공포에 압도된 나머지 예원제를 희생시켜 자신을 보호하기로 한 것이다.

반세기 후, 역사학자들은 1969년 발생한 이 사건이 이후 인류 역사의 전환점이었다고 의견을 모았다.

바이무린은 자기도 모르는 사이에 상징적이고 핵심적인 역사적 인물이 되었지만 이 사실을 알 기회가 없었다. 역사학자들은 그의 평범한 여생에 실망했다. 바이무린은 1975년까지 『다성찬바오』에서 일하다가 그해 네이멍구 건설 병단이 해체되자 둥베이 지역에 있는 도시의 과학기술협회로 발령을 받아 1980년대 초까지 일했고, 그 뒤 캐나다로 이주해 오타와의 한 중국어 학교에서 1991년까지 교사로 일하다 폐암으로 사망했다. 그는 어느 누구에게도 예원제에 대해 말한 적이 없었고, 그가 자책이나 속

죄를 했는지도 알 수가 없었다.

"예원제, 연대는 자네를 최대한 배려했어."

연대장은 신장(新疆) 지역 특산 담배인 모하옌(莫合煙) 연기를 내뿜으며 말했다.

"자네의 출신과 가정 배경이 모두 좋지 않지만 우리는 자네를 포기하지 않았네. 군중에서 이탈하고 적극적으로 진보하려 하지 않는 성향을 고쳐주려고 나와 지도원이 여러 차례 자네와 이야기를 했지. 그런데 이렇게 심각한 잘못을 저지를 줄 누가 상상이나 했겠나!"

지도원이 이어서 말했다.

"나는 자네가 문화대혁명에 저항하는 생각이 뿌리 깊다는 것을 진작 알고 있었어."

장 주임이 아무 표정 없이 말했다.

"오후에 자네와 이 증거를 같이 사단으로 보낼 거야."

같은 감시실에 있던 여자 죄수 세 명이 잇달아 나가고 예원제 혼자만 남았다. 감시실 구석에 있는 석탄을 다 썼지만 채워주는 사람은 아무도 없었다. 금세 난로가 꺼졌고 냉기가 돌아 예원제는 이불을 둘러썼다.

해 지기 전 두 사람이 왔다. 그중 한 명은 나이가 많아 보이는 여간부였다. 수행한 사람이 그녀를 중급 법원 군관회(軍管會)*의 군 대표라고 소개했다.

"청리화(程麗華)."

여간부가 자신을 소개했다. 마흔 살 정도 되어 보이는 그녀는 군복을

* 옮긴이 주: 군사관제위원회.

입고 뿔테 안경을 썼다. 부드러운 얼굴선으로 보아 젊었을 때는 아름다웠을 것 같았다. 미소 띤 얼굴이 친근한 느낌을 주었다. 예원제는 이런 직급의 사람이 심사를 기다리는 죄인을 보러 감시실까지 오는 것은 보통 일이 아니라는 것을 잘 알았다. 예원제는 신중한 태도로 청리화에게 고개를 끄덕이고는 좁은 침대에 그녀가 앉을 공간을 만들어주었다.

"이런, 상당히 춥군. 난로는?"

청리화는 문 앞에 서 있는 구치소 소장을 못마땅한 듯 쳐다보고는 예원제에게 다시 고개를 돌렸다.

"음, 젊군요. 내가 생각했던 것보다 훨씬 더."

청리화는 이렇게 말하고 침대에 앉았다. 그녀는 예원제와 매우 가까운 곳에서 서류가방을 열면서 고개를 숙인 채 할머니처럼 계속 중얼거렸다.

"예원제, 이렇게 명청할 수가. 젊은 사람들은 모두 그렇지. 공부를 많이 할수록 더 그렇다니까. 이런, 이런……"

그녀는 찾으려는 것을 꺼낸 다음 가슴에 안았다. 그리고 고개를 들어 인자한 눈빛으로 예원제를 쳐다보며 말을 이었다.

"하지만 젊으니까 그렇지. 실수 한 번 안 한 사람이 어디 있겠어? 나도 그랬는걸. 제4야전군 문화선전공작단에 있었을 때였지. 내가 소련 가곡을 잘 불렀거든. 한번은 정치 학습회에서 우리가 소련에 편입되어 소비에트 사회주의 연방의 새로운 공화국이 되어야 한다고 말했지. 그렇게 하면 국제 공산주의의 힘이 더 강대해질 것이라고……. 유치했지. 하지만 누구에게나 유치한 시절은 있어. 그래도 사상적 부담을 가질 필요는 없어. 잘못을 인정하고 고친 다음 계속 혁명에 임하면 되지 않겠어?"

청리화의 말은 예원제와 그녀 사이의 거리감을 다소 줄여주었다. 그러나 예원제는 재난 속에서 신중함을 배웠다. 그녀는 이런 사치스러운 선의를 함부로 받아들일 수가 없었다.

청리화는 문서를 예원제 앞에 놓으며 펜을 건넸다.

"자, 우선 서명부터 하지. 그리고 다시 이야기를 나누면서 자네의 사상적 매듭을 풀어보자고."

그녀는 마치 어린아이를 달래 우유를 먹이려는 엄마처럼 말했다.

예원제는 묵묵히 그 문서를 보았다. 문서도 펜도 받지 않고 가만히 있었다.

청리화는 너그러운 미소를 지었다.

"나를 믿어도 돼. 내 인격을 걸고 장담하건대 이 문서 내용은 네 안건과는 관련이 없어. 그러니 서명해."

옆에 서 있던 수행원이 말했다.

"예원제, 청 대표는 너를 도와주려는 거야. 요 며칠 너를 위해 얼마나 애쓰셨는지 알아?"

청리화가 손을 들어 그의 말을 끊었다.

"이해할 수 있어. 이 아이가 놀라서 그래. 요즘 수준 낮은 사람들이 많아서 말이야. 건설 병단이든 법원이든 방법이 너무 단순하고 거칠어. 좋아, 예원제. 문서를 한번 꼼꼼하게 살펴봐."

예원제는 문서를 받아 감시실의 흐릿한 불빛 아래에서 읽었다. 청리화는 그녀를 속이지 않았다. 문서는 그녀의 안건과 무관한, 돌아가신 그녀의 아버지와 관계된 것이었다. 문서에는 아버지가 어떤 사람들과 교류한 상황과 대화 내용이 적혀 있었고, 문서 제공자는 예원제의 여동생 예원쉐(葉文雪)였다. 가장 급진적인 홍위병이었던 예원쉐는 주도적으로 아버지를 고발했고, 다량의 고발 자료를 작성하기도 했다. 그중에는 아버지의 비참한 죽음을 직접적으로 야기한 문서도 있었다. 그러나 그것은 한눈에 봐도 동생이 쓴 것이 아니었다. 동생 원쉐가 아버지를 고발한 문서는 문장이 매우 격렬해 한줄 한줄 읽을 때마다 연발 폭죽이 터지는 것 같았다. 하지만 이 문서는 매우 냉정했고 주도면밀했으며 내용이 상세하고 정확했다. 누가 모월 모일에 어디에서 누구와 만났고 또 무슨 이야기를 나누었는지 적혀 있었다. 모르는 사람이 보면 평범한 서술인 줄 알겠지만 그 속에 숨겨진 살의는 예원쉐 같은 어린아이가 서술할 수 있는 것이 아니었다.

문서 내용은 잘 알 수 없었으나 중대한 국방 공정과 관계있다는 것을 어렴풋이 알 수 있었다. 물리학자의 딸인 예원제는 그것이 1964년 시작되어 세계를 놀라게 했던 중국 양탄(兩彈) 공정*이라고 추측했다. 그 시절에는 지위가 높은 사람을 무너뜨리려면 그가 관리한 각 분야에서 그에 관한 뒷자료가 있어야 했다. 그러나 음모가들에게 양탄 공정은 매우 까다로운 분야였다. 이 공정은 중앙정부의 중점적인 보호를 받아 문화대혁명의 비바람을 피할 수 있었고, 때문에 그들이 손을 쓰기가 어려웠다.

아버지는 정치 심사에서 출신이 문제되어 양탄 연구 제작에 직접 참여하지는 않고 외부에서 이론 작업을 도왔다. 그러니 아버지를 이용하는 것이 양탄 공정의 핵심 인물들을 이용하는 것보다 훨씬 쉬웠다. 예원제는 문서 내용이 진짜인지 거짓인지는 몰랐지만 위에 쓰여 있는 문장부호와 글이 모두 치명적인 정치적 살상력을 지니고 있다는 것은 확신했다. 이것은 최종 공격 대상 외에도 수많은 사람의 운명을 처참하게 짓밟았을 것이다. 문서 끝에는 동생의 서명이 있었고 예원제는 추가 증인으로 되어 있었다.

---

* 옮긴이 주: 양탄의 최초 의미는 원자폭탄과 미사일이었으나 나중에 원자폭탄과 수소폭탄을 의미하게 되었다. 중국은 양탄 공정을 통해 1964년 10월 16일 최초의 원자폭탄 폭발에 성공했고, 1967년 6월 17일 수소폭탄 공중폭발 실험에 성공했다.

그녀는 추가 증인 세 명이 이미 서명한 것을 발견했다.

예원제는 문서를 원래 자리에 놓고 조용히 말했다.

"아버지가 이 사람들과 이런 말을 했는지 모르겠습니다."

"어떻게 모를 수가 있지? 그중 많은 대화가 네 집에서 오갔는데. 네 여동생도 아는데 너는 모른다고?"

"저는 정말 모릅니다."

"하지만 이 대화 내용은 진짜야. 조직을 믿어."

"저는 진짜가 아니라고 말하지 않았습니다. 저는 정말 모르기 때문에 서명할 수 없습니다."

"예원제."

수행원이 한발 앞으로 나서며 소리쳤지만 청리화가 제지했다. 청리화는 예원제에게 더 가까이 다가와 그녀의 차가운 손을 잡으며 말했다.

"예원제, 내가 솔직하게 말하지. 네 경우는 유연성이 크게 작용하지. 가볍게 보자면 지식 청년이 반동 서적에 잠깐 현혹된 것에 지나지 않아. 사법 절차도 필요 없이 학습반에 가서 반성문 몇 번 잘 쓰면 병단으로 돌아갈 수 있어. 하지만 무겁게 보자면, 예원제, 너도 알다시피 반혁명 현행범 판결도 가능해. 현재 공안기관, 검찰청, 인민 법원 모두 전자를 택하지 후자를 택하지는 않아. 전자는 방법 문제고 후자는 노선 문제인데 최종적인 큰 방향은 군관회에서 결정하지. 물론 이 말은 우리끼리만 사적으로 하는 말이고."

수행원이 말했다.

"청 대표는 정말 너를 위해서 이러는 거야. 너도 봤겠지만 이미 세 명이나 증인으로 서명했어. 네가 서명을 하든 안 하든 큰 의미는 없어. 예원제, 멍청하게 굴지 마."

"맞아, 너처럼 똑똑한 사람이 이렇게 무너지는 걸 보니 가슴이 아파! 나는 정말 너를 도와주고 싶어. 그러니 협조해주면 좋겠어. 나를 봐, 내가 너를 해칠 것 같니?"

예원제는 청리화를 보지 않았다. 그녀의 눈앞에 아버지의 피가 떠올랐기 때문이다.

"청 대표님, 저는 문서 내용을 정말 모르겠습니다. 그렇기 때문에 서명할 수 없습니다."

청리화는 침묵했다. 그리고 한참 동안 예원제를 바라보았다. 차가운 공기가 얼어붙어버린 것 같았다. 그녀는 문서를 서류가방에 천천히 넣고 일어났다. 인자한 표정은 여전했지만 석고 가면을 쓴 듯 딱딱하게 굳어 있었다. 그녀는 그렇게 인자한 표정으로 벽 구석으로 가서 세면용 물이 담긴 통을 들어 예원제에게 절반을 뿌리고 절반은 침대 매트리스에 부었다. 일련의 동작을 침착하게 마친 뒤 통을 집어 던졌다. 그리고 문을 나서면서 한마디 내뱉었다.

"완고한 년!"

구치소 소장이 마지막으로 물에 흠뻑 젖은 예원제를 한번 쳐다보더니 쾅, 하고 문을 닫아걸었다.

네이멍구의 엄동설한의 냉기가 젖은 옷 속으로 파고들었다. 마치 거대한 손바닥이 그녀를 꽉 움켜쥐는 듯했다. 그녀는 자신의 이가 탁탁 부딪치는 소리를 들었다. 그러나 나중에는 그 소리도 사라졌다. 뼛속까지 파고드는 한기에 눈앞이 우윳빛으로 변했다. 우주 전체가 거대한 얼음으로 변했고 자신은 이 얼음 세계 속 유일한 생명체였다. 얼어 죽어가는 소녀의 손에는 성냥조차 없었다. 환각만 계속 이어질 뿐이었다.

예원제가 있는 얼음 세계가 점점 투명하게 변하더니 눈앞에 커다란 건물이 나타났다. 건물 위에서 여자아이 하나가 대형 깃발을 흔들고 있었다.

그녀의 작은 몸이 거대한 깃발과 선명한 대비를 이루었다. 그것은 동생 예원쉐였다. 예원제는 반동 학술 권위 가정과 결별하고 집을 떠난 동생의 소식을 다시는 듣지 못했다. 얼마 전에야 동생이 2년 전 무력투쟁에서 비참하게 죽었다는 소식을 들었다. 깃발을 흔드는 사람의 모습이 바이무린으로 바뀌었다. 그의 안경에 건물 아래에서 일렁이는 불빛이 반사되었다. 이어 그 사람은 군 대표인 청리화로 바뀌었다가 어머니 사오린으로 바뀌었고 다시 아버지 예저타이로 바뀌었다. 기수는 끊임없이 바뀌었지만 깃발은 계속 흩날렸다. 마치 영원히 멈추지 않는 시계추처럼 얼마 남지 않은 그녀의 생명을 헤아리는 것 같았다.

깃발이 점점 흐릿해졌다. 모든 것이 흐릿해졌다. 우주에 가득한 얼음넝어리가 다시 그녀를 중앙에 가두었다. 이번엔 얼음이 온통 검은색이었다.

홍안 1

────────

시간이 얼마나 흘렀을까, 예원제는 무거운 굉음을 들었다. 그 소리는 사방에서 들려왔다. 의식은 여전히 흐릿했고, 어떤 거대한 기계가 그녀가 있는 얼음덩어리를 뚫거나 톱으로 잘라내는 것 같았다. 세상은 여전히 암흑이었지만 굉음은 점점 현실감 있게 다가왔다. 그녀는 마침내 그 소리가 나는 곳이 천국도 지옥도 아니라는 것을 깨달았다. 그녀는 자신이 여전히 눈을 감고 있다는 것을 알았다. 그래서 있는 힘을 다해 무거운 눈꺼풀을 들어 올렸다. 제일 먼저 전등이 눈에 들어왔다. 천장 내부에 박혀 있는 전등은 충돌 방지용 철사망에 가려 어둡게 빛났다. 천장은 금속인 것 같았다.

그녀는 어떤 남자가 조용히 자신의 이름을 부르는 소리를 들었다. 그 사람이 말했다.

"고열에 시달렸습니다."

예원제가 힘없이 물었다. 자신의 목소리가 아닌 것 같았다.

"여기가 어디예요?"

"비행기 안입니다."

예원제는 힘이 쑥 빠지는 듯한 느낌과 함께 다시 의식을 잃었다. 몽롱한 가운데서도 굉음이 계속 그녀를 따라왔다. 얼마 뒤 그녀는 또다시 깨어났다. 이번에는 무감각이 사라지고 통증이 밀려왔다. 머리와 사지 관절이 다 아팠다. 숨을 쉴 때마다 뜨거운 기운이 느껴졌고 목구멍도 아파 침을 삼키면 숯을 넘기는 것처럼 쓰라렸다.

예원제는 고개를 돌렸다. 옆에 청 대표와 군용 점퍼를 입은 사람이 두 명 있었다. 다른 점은 그들이 쓰고 있는 군모에 박힌 붉은 오성과 벌어진 점퍼 사이로 보이는 붉은 금장뿐이었다. 그중 한 사람은 안경을 쓰고 있었다. 예원제는 자신이 군용 점퍼를 덮고 있다는 것을 알았다. 따뜻했다.

몸을 일으키려고 힘을 주자 의외로 쉽게 몸이 움직였다. 그녀는 한쪽 창을 보았다. 창밖으로 천천히 이동하는 운해(雲海)가 햇빛에 반짝이며 눈을 찔렀다. 그녀는 황급히 눈길을 거뒀다. 좁은 비행기에 국방색 철제 상자가 가득 쌓여 있었고 다른 쪽 창으로 프로펠러 그림자가 보였다. 그녀는 자신이 헬리콥터 안에 있다는 것을 깨달았다.

안경 쓴 군인이 그녀를 다시 눕히고 점퍼로 덮어주었다.

"누워 있는 게 좋겠습니다."

다른 군인이 영문 잡지를 펼쳐 그녀 눈앞에 보여주었다.

"예원제, 이 논문 당신이 쓴 것입니까?"

그 글의 제목은 「태양 복사층 내에 존재하는 에너지 계면과 반사 특성」이었다. 그는 잡지 표지도 그녀에게 보여주었다. 1966년도 『천체물리학』 잡지였다.

"네, 이것도 증명해야 합니까?"

안경 쓴 군인이 잡지를 치우고 자신들을 소개했다.

"이분은 홍안(紅岸) 기지의 레이즈청(雷誌成) 정치위원입니다. 저는 양웨이닝(楊衛寧)이고 기지 총엔지니어입니다. 도착하려면 조금 더 있어야 하니 쉬세요."

양웨이닝? 예원제는 말은 하지 않고 그저 놀란 눈으로 그를 쳐다보았다. 아무렇지도 않은 표정을 보니 옆에 있는 사람에게 그녀와 그가 아는 사이라는 것을 알리고 싶지 않은 듯했다. 양웨이닝은 예저타이의 대학원 제자로 그가 졸업할 때 예원제는 대학에 갓 입학했었다. 예원제는 아직도 양웨이닝이 처음 집에 왔을 때를 똑똑히 기억했다. 그가 대학원에 합격하고 얼마 뒤 지도교수인 예저타이와 연구 방향을 의논하기 위해 왔었다. 그는 기초 이론과는 거리가 먼 실험과 응용적인 주제를 연구하고 싶다고 했다. 아버지는 반대하지는 않지만 그래도 이론물리학 전공인데 그러는 이유가 있느냐고 물었다. 그는 시대에 투신해 실질적인 공헌을 하고 싶다고 대답했다. 아버지는 이론은 응용의 기초로, 자연법칙을 발견하는 것이 시대에 가장 큰 공헌이 아니겠냐고 말했다. 양웨이닝은 잠시 주저하다가 마침내 속내를 털어놓았다. 이론을 연구하면 사상적인 잘못을 범하기 쉽다고. 이 말에 아버지는 침묵했다.

양웨이닝은 재능 있는 사람이었다. 수학적 기초도 튼튼하고 머리 회전도 빨랐다. 그러나 길지 않았던 대학원 생활에서 지도교수와의 관계는 가깝지도 그렇다고 멀지도 않은, 공경하되 친애하지는 않는 거리를 유지했다. 당시 예원제는 양웨이닝과 자주 마주쳤지만 아버지의 영향 때문이었는지 그를 주의 깊게 보지 않았다. 그가 자신을 눈여겨봤는지도 알 수 없었다. 아무튼 양웨이닝은 순조롭게 졸업했고 얼마 뒤 지도교수와 연락을 끊었다.

예원제는 다시 힘없이 눈을 감았다. 두 사람도 그녀 곁에서 떨어져 상자 뒤로 가서 낮은 목소리로 대화를 나누었다. 기내는 매우 좁았다. 예원제는 웅웅거리는 엔진 소리 속에서도 그들의 대화를 들을 수 있었다.

레이즈청의 목소리였다.

"나는 여전히 이 일이 적절하지 않다고 생각하네."

양웨이닝이 반문했다.

"그러면 정상적인 방법으로 우리에게 필요한 사람을 구할 수 있나요?"

"나도 할 만큼 했어. 이런 전공은 군대 안에서는 찾을 수가 없다고. 다른 곳에서 찾으려면 문제가 더 많아지지. 이 프로젝트의 기밀 등급을 알지 않나. 우선 군인이어야 하고, 더 큰 문제는 기밀 조례에 있는 기지에서 격리되어 작업하는 기간이야. 그렇게 긴 시간 동안 가족은 어떻게 하나? 그들도 기지에서 지내야 하는데 누가 그러겠어. 어렵게 찾아낸 후보자 두 명도 차라리 5·7 간부학교*에 가지 여기는 안 오겠다고 했어. 물론 강제로 발령을 낼 수도 있지만 이 직업의 특성상 여기에 전념하지 못하면 아무것도 해낼 수 없어."

"그러니까 이 방법밖에 없는 거 아닙니까?"

"하지만 관례에서 너무 벗어나."

"이 프로젝트 자체가 원래 상식을 벗어난 것 아닙니까. 일이 생기면 제가 책임지겠습니다."

"이봐, 자네가 책임질 수 있을 것이라고 생각하나? 기술적인 면만 신경 써서 뭘 모르나 본데 '홍안'은 다른 국방 중점 프로젝트와는 달라. 기술 외적인 게 더 복잡하다고."

"당신 말이 맞습니다."

---

* 옮긴이 주: 문화대혁명 기간에 마오쩌둥의 '5·7 지시'를 관철하고 간부들에게 농촌 재교육을 시키기 위해 당정기관 간부, 과학기술 인력, 대학교수 등을 농촌으로 보내 노동하게 한 곳.

착륙했을 때는 이미 저녁이었다. 예원제는 양웨이닝과 레이즈청의 부축을 거절하고 혼자서 힘겹게 헬기에서 내렸다. 프로펠러가 회전하면서 날카로운 소리와 강한 바람을 일으켜 하마터면 넘어질 뻔했다. 바람을 따라 익숙한 숲 냄새가 풍겨왔다. 바람도 익숙했다. 다싱안링의 바람이었다.

그녀는 다른 소리도 들었다. 낮고 힘 있게 울려 퍼지는 윙윙대는 소리가 마치 세상 전체의 배경음악처럼 깔렸다. 멀지 않은 곳에 있는 파라볼라 안테나가 바람 속에서 내는 소리였다. 안테나 앞에 가서야 그 거대함을 실감할 수 있었다. 예원제의 인생은 한 달간 큰 원을 한 바퀴 그리고 다시 이곳으로 돌아왔다. 그녀는 지금 레이더봉에 있었다.

예원제는 자기도 모르게 자신이 복무했던 건설 병단 연대가 있는 방향으로 눈길을 돌렸다. 황혼 속에서 숲만 흐릿하게 보였다.

헬기는 그녀 외에도 화물을 싣고 온 듯했다. 군인 몇 명이 기내에서 국방색 화물 상자를 날랐다. 그들은 그녀 곁을 지나쳐 갔지만 눈길을 주는 사람은 없었다. 그녀와 레이즈청, 양웨이닝 세 사람은 계속 앞으로 걸어갔다. 레이더봉 정상은 꽤 넓었다. 안테나 아래에는 하얀색 건물들이 있었다. 안테나에 비하면 건물은 정밀한 블록 장난감 같았다. 그들은 보초 두 명이 지키고 있는 기지 정문을 향해 걸었다. 그리고 문 앞에서 멈춰 섰다.

레이즈청이 예원제에게 돌아서서 정중하게 말했다.

"예원제, 당신의 반혁명 죄는 증거가 확실해서 곧 다가올 재판에서도 그 죗값을 받을 겁니다. 그러나 지금, 당신 눈앞에 죄를 씻을 정도의 공을 세울 기회가 있습니다. 받아들여도, 거절해도 됩니다."

그는 안테나 방향을 가리키며 말을 이었다.

"저건 국방과학연구기지입니다. 현재 진행하고 있는 연구 프로젝트 중 당신의 전문 지식이 필요한 부분이 있습니다. 더 구체적인 사항은 양 총엔지니어가 설명해줄 테니 신중하게 생각하세요."

말이 끝나자 레이즈청은 양웨이닝에게 고개를 끄덕이고는 뒤를 따르던 군인과 함께 기지로 들어갔다.

사람들이 떠나고 나자 양웨이닝은 예원제를 데리고 조금 먼 곳으로 갔다. 보초병이 그들의 대화를 들을까 봐 염려하는 것 같았다. 그제야 그는 예원제와 아는 사이임을 드러냈다.

"예원제, 분명하게 말하는데 이것은 기회가 아닙니다. 법원 군관회에서 알아봤는데, 청리화가 무거운 처벌을 내리자고 주장해도 형기는 최장 10년이에요. 감형을 생각하면 6~7년 정도지요. 하지만 최고 기밀 등급 연구 프로젝트라서 당신 신분으로 저 문을 들어가면……."

그는 기지 방향으로 고개를 돌리고는 한참 동안 말을 잇지 못했다. 바람 속에서 안테나가 울리는 소리에 자신의 감정을 싣고 싶었는지도 모른다.

"평생 못 나올 수도 있습니다."

예원제가 작은 소리로 말했다.

"들어가겠습니다."

그녀의 빠른 대답에 양웨이닝은 놀란 듯했다.

"성급하게 결정할 필요 없습니다. 헬기가 세 시간 뒤에 이륙하니까 우선 헬기로 돌아가서 생각해봐도 됩니다. 거절한다면 내가 데려다주겠습니다."

"전 안 돌아갑니다. 들어가요."

예원제의 목소리는 작았지만 단호했다. 지금 눈앞에 다른 세상이 있었다. 그녀가 가장 가고 싶었던 곳이 이렇게 세상과 격리된 곳이었다. 이곳에서 그녀는 오랜만에 안전함을 느꼈다.

"신중하게 생각하세요. 그게 무엇을 뜻하는지 생각해봐야 합니다."

"여기서 평생 살 수 있어요."

양웨이닝은 고개를 숙이고 침묵했다. 먼 곳을 쳐다보는 모습이 마치 예원제에게 강제로 생각할 시간을 주려는 듯했다. 예원제 역시 침묵했다. 바람 속에서 군용 점퍼를 꽉 쥐고 먼 곳을 바라봤다. 다싱안링은 이미 짙은 어둠 속으로 사라지고 없었다. 혹한 속에서 오랫동안 서 있을 수는 없었다. 양웨이닝은 마침내 결심했는지 정문 방향으로 걷기 시작했다. 예원제를 따돌리려는 것처럼 매우 빠른 걸음이었다. 그러나 예원제는 그에게 바짝 따라붙어 훙안 기지 정문으로 들어갔다. 그들이 통과하자 보초병 두 명이 철문을 굳게 걸어 잠갔다.

한참을 걷던 양웨이닝이 걸음을 멈추고 안테나를 가리키며 말했다.

"이것은 대형 무기 연구 프로젝트입니다. 만약 성공한다면 원자폭탄과 수소폭탄보다 더 큰 의미가 있을 겁니다."

양웨이닝은 기지에서 가장 큰 건물로 곧장 문을 열고 들어갔다. 예원제는 문 앞에서 '발사 주 통제실'이라는 글자를 봤다. 문을 열고 들어가자 윤활유 냄새를 띤 열기가 확 몰려왔다. 넓은 공간에 측정 설비가 가득 놓여 있었고 각종 표시등과 오실로스코프*의 도형들이 빛을 발하며 복잡하게 어우러졌다. 군복을 입은 사람 10여 명이 매설한 듯 줄지어놓은 측정기 앞에 앉아 있었다. 그 모습이 마치 깊게 파인 참호에서 잠복근무를 하는 것처럼 보였다. 조작 구령이 여기저기에서 들렸다. 긴장되고 혼란스러웠다.

"여기가 좀 더 따뜻할 겁니다. 일단 잠시 기다리세요. 당신이 있을 곳을

---

* 옮긴이 주: 관측 신호가 시간이 지나며 어떻게 변하는지 조사하는 장치. 1897년 브라운이 개발했다.

배정받아 오겠습니다."

양웨이닝이 그녀에게 문 앞 탁자 옆에 있는 의자를 가리키며 앉아 있으라고 했다. 예원제는 그 탁자 앞에 보초병이 권총을 차고 앉아 있는 것을 보았다.

그녀는 걸음을 멈추며 말했다.

"밖에서 기다리겠습니다."

양웨이닝이 선량하게 웃었다.

"앞으로 당신도 기지에서 일하는 사람입니다. 일부 지역 외에는 어디든 가도 됩니다."

말을 마친 그의 얼굴에 불안한 표정이 스쳤다. 그 말의 다른 의미를 의식한 것 같았다. '당신은 다시는 이곳을 떠날 수 없습니다.'

예원제가 다시 말했다.

"그래도 밖에서 기다리겠습니다."

"그렇다면…… 알겠습니다."

양웨이닝은 예원제를 이해한다는 듯 그들에게 전혀 신경 쓰지 않는 보초병을 쳐다보고는 주 통제실에서 그녀를 데리고 나갔다.

"바람을 피해 있어요. 몇 분 뒤면 돌아올 겁니다. 방에 불을 좀 지펴놓고 오겠습니다. 기지 여건이 별로 좋지 않아 히터가 없어요."

말을 마친 그는 빠른 걸음으로 멀어졌다.

예원제는 주 통제실 입구에 서 있었다. 뒤에 우뚝 솟은 거대한 안테나가 밤하늘 절반을 차지했다. 그곳에 서 있으니 안에서 말하는 소리가 똑똑히 들렸다. 갑자기 분주했던 조작 구령이 사라졌다. 주 통제실이 고요해졌다. 가끔 측정 설비에서 나는 버저 소리만 어렴풋하게 들려왔다. 곧이어 이 모든 것을 압도하는 남자의 목소리가 들렸다.

"중국인민해방군 제2포병대, 홍안 공정 제147차 공식 발사, 권한 위임 확인 완료, 30초 카운트다운!"

"목표 유형 갑 3, 좌표 순번 BN20197F, 위치 대조 완료, 25초 카운트다운!"

"발사 문건 번호 22, 부가 무, 재전송 무, 문건 최후 대조 확인, 20초 카운트다운!"

"에너지 정상!"

"신호 정상!"

"전력 증폭기 정상!"

"검측 교란 허용 범위 내!"

"순서 변경 불가, 15초 카운트다운!"

다시 고요해졌다. 10여 초 뒤 경고음이 울리더니 안테나의 붉은 등이 반짝거리기 시작했다.

"발사 시작! 각 부분 검측에 주의!"

예원제는 얼굴이 조금 간지러워지는 것을 느꼈다. 거대한 전기장이 생성되었다는 것을 깨달았다. 그녀는 고개를 들어 안테나가 가리키는 방향을 바라보았다. 어두운 하늘에 구름이 옅은 푸른빛을 발산했다. 그 빛은 아주 미약했다. 처음에 그녀는 자신이 착각한 줄 알았다. 하지만 구름이 하늘로 흩어지자 구름의 미광도 사라졌다. 다른 구름이 그곳으로 흘러들어오자 그 구름 역시 같은 색으로 빛났다. 주 통제실에서 다시 한번 구령 소리가 들렸다. 그녀는 어렴풋하게 들려오는 몇 마디만 들을 수 있었다.

"전력 증폭기 고장, 3호 마그네트론 전소!"

"예비 설비 투입 정상!"

"중지 1, 연결 정상!"

푸다닥하는 소리가 나더니 산 아래 숲에서 어두운 그림자가 밤하늘로 속속 떠올라 빙빙 돌았다. 그녀는 엄동설한 숲속에 그렇게 많은 새들이 있다는 것에 놀랐다. 이어 공포스러운 광경이 펼쳐졌다. 새 떼가 안테나가 향한 곳으로 날아들더니 희미하게 빛나는 구름을 배경으로 후드득 추락하기 시작했다.

약 15분 뒤, 안테나의 붉은 등이 꺼졌고 피부의 가려움증도 사라졌다. 하지만 주 통제실의 어지러운 구령 소리는 여전했고, 우렁찬 남자의 목소리도 멈추지 않았다.

"홍안 공정 제147차 발사 완료, 발사 시스템 잠금, 홍안 검측 상태로 진입. 검측부 시스템 통제권 받고 중단된 데이터를 올리도록."

"각 조는 발사 일지를 충실하게 작성하고 각 조 조장은 발사 정기 회의에 참석하도록. 이상."

고요가 내려앉았다. 안테나가 바람에 흔들리는 소리만 여전했다. 밤하늘의 새들도 숲으로 돌아갔다. 그녀는 다시 안테나를 쳐다보았다. 그것은 마치 하늘을 향해 활짝 벌린 거대한 손바닥 같았고, 이 세계를 초월한 힘을 지니고 있는 것 같았다. 그녀는 '손바닥'이 향하고 있는 밤하늘을 바라보았지만 그것의 공격 목표인 BN20197F호는 보지 못했다. 옅은 구름 뒤에는 1969년의 추운 밤하늘만 있었다.

우주의 반짝임 2

사루이산은 왕먀오에게 예원제가 1990년대 초에야 이 도시로 돌아와 부친이 일했던 대학에서 천체물리학을 가르치다가 퇴직했다고 말했다.

"예 선생님이 20년 넘게 홍안 기지에 있었다는 것은 저도 최근에야 알았어요."

왕먀오는 사루이산의 말에 너무 놀란 나머지 한참 뒤에야 반응했다.

"설마 그 전설이······."

"대부분 사실인 거죠. 홍안 자체 해석 시스템 개발자 중 한 명이 유럽으로 이민 가서 작년에 책을 냈어요. 당신이 말한 전설 대부분이 그 책에서 나온 거예요. 내가 아는 바로는 사실이에요. 홍안 공정 참여자들은 대부분 아직 살아 있습니다."

"그것은 정말······ 전설이군!"

"특히 그 시대에 일어난 일이니, 전설 중의 전설이죠."

전파 안테나들을 비추던 등은 꺼진 지 오래였다. 밤하늘 속에서 안테나는 단순한 검은색 2차원 도안으로 변했다. 그 모습이 마치 추상적인 부호들이 같은 각도로 우주를 향해 빽빽하게 서서 무엇인가를 기다리는 것 같았다. 마치 삼체 게임의 대형 진자 같아 등골이 오싹했다.

실험실로 돌아오니 딱 새벽 1시였다. 그들이 모니터로 눈을 돌린 순간 파동이 나타나기 시작했다. 직선이 곡선으로 바뀌었고 불규칙한 간격으로 날카로운 파구(波丘)가 나타나면서 붉은색으로 바뀌었다. 겨울잠에서 깨어난 뱀이 충혈된 채 꿈틀거리는 것 같았다.

사루이산은 공포스럽다는 듯 곡선을 보면서 말했다.

"분명 코비 위성 고장일 겁니다!"

왕먀오가 침착하게 말했다. 그는 이런 일이 생겼을 때 자신을 통제하는 법을 조금 배웠다.

"고장이 아닙니다."

"금방 알 수 있을 거예요!"

사루이산이 단말기 두 대를 빠르게 조작했다. 그는 금세 다른 두 개의 위성 더블유맵과 플랑크의 우주배경복사 실시간 데이터를 불러냈다. 하지만 그것들도 곡선을 이루고 있었다.

세 개 곡선이 동시에 진동했다. 똑같았다.

사루이산은 이번에는 노트북을 꺼내 정신없이 시스템을 켜고 인터넷을 연결한 다음 우루무치에 있는 전파관측기지에 전화를 걸고 잠시 기다렸다. 그는 왕먀오에게 어떤 설명도 해주지 않고 모니터만 주시했다. 왕먀오는 그가 거칠게 숨을 내쉬는 소리를 들었다. 몇 분 뒤, 브라우저에 좌표 창이 떴다. 붉은색 곡선이 창에 나타났고 다른 세 개의 선도 정확히 동시에 움직였다.

이렇게 위성 세 개와 지상 관측 설비가 모두 한 가지 사실을 증명해주었다.

'우주가 반짝이고 있다!'

왕먀오가 물었다.

"곡선을 인쇄해줄 수 있습니까?"

사루이산은 이마의 식은땀을 닦으며 고개를 끄덕였다. 그리고 마우스를 움직여 인쇄 버튼을 눌렀다. 왕먀오는 레이저 프린터가 출력한 첫 장을 재빨리 집어 들어 연필로 곡선을 나누고 파구 간 거리와 자신이 가져온 모스부호 대조표를 꺼내 대조했다.

단장장장장, 단장장장장, 장장장장장, 장장장단단, 장장장단단단, 단단장장장, 단장장장장, 장장장단단단, 단단단장장, 장장단단단, 이것은 *1108:21:37*이었다.

단장장장장, 단장장장장, 장장장장장, 장장장단단, 장장장단단단, 단단장장장, 단장장장장, 장장장단단단, 단단단장장, 장단단단단, 이것은 *1108:21:36*이었다.

단장장장장, 단장장장장, 장장장장장, 장장장단단, 장장장단단단, 단단장장장, 단장장장장, 장장장단단단, 단단단장장, 단단단단단, 이것은 *1108:21:35*이었다.

카운트다운이 우주적 차원에서 계속되고 있었다. 아직 1108시간이 남은 것인가?

사루이산은 초조한 듯이 천천히 왔다 갔다 하더니 왕먀오 뒤에 서서 그가 써놓은 숫자들을 보았다. 그는 더 이상 못 참겠다는 듯 큰 소리로 물었다.

"도대체 지금 무슨 일이 벌어지고 있는 건지 사실대로 말해줄 수 없습니까?"

"사 박사, 나를 믿어요. 이것은 짧은 시간에 다 설명할 수 있는 문제가 아니오."

왕먀오는 인쇄한 파동 곡선 종이를 펼치고 카운트다운 숫자를 보면서 다시 말했다.

"위성 세 개와 지상관측기지가 모두 고장이 났나 보지요."

"그건 불가능하다는 것을 선생님도 아시잖아요!"

"누군가 고의로 고장을 냈다면?"

"그것도 불가능해요. 위성 세 개와 지상관측기지의 데이터를 동시에 바꾼다고요? 그러면 그것은 초자연적인 힘이지요."

왕먀오는 고개를 끄덕였다. 우주가 반짝였다는 것보다는 차라리 초자연적인 힘이 작용했다고 믿고 싶었다. 그러나 사루이산은 왕먀오가 품고 있던 유일한 희망의 불씨마저 꺼버렸다.

"이 모든 것을 증명하는 건 사실 간단해요. 우주배경복사가 이런 폭으로 파동했다는 것은 우리가 육안으로도 알아차릴 수 있을 만큼 커졌다는 거예요."

"무슨 말입니까? 당신은 지금 상식에서 벗어난 말을 하고 있어요. 배경복사의 파장은 7센티미터로 가시광선에 비해 10^7~10^8이나 큰데 어떻게 볼 수 있다는 말입니까?"

"3K 안경을 사용하면 돼요."

"3K 안경?"

"수도 천문관에서 사용하려고 제작한 보급용 안경이에요. 현대 기술은 아노 펜지어스와 로버트 윌슨이 40여 년 전에 3K 배경복사에 사용했던 6미터짜리 나팔형 안테나를 안경 크기로 만들 수 있어요. 게다가 그 안경에는 전환 장치도 있어 받아들인 배경복사의 파장을 10^7으로 압축시켜

7센티미터파를 붉은빛으로 전환해줍니다. 어두운 밤에 이 안경을 쓰면 육안으로 직접 우주의 3K 배경복사를 볼 수 있는 거죠. 지금도 물론 우주가 반짝이는 것을 볼 수 있고요."

"그게 어디에 있습니까?"

"천문관에 20개 있어요."

"5시 이전에 그게 꼭 필요합니다."

사루이산은 전화기를 들고 번호를 눌렀다. 한참 뒤에야 상대가 전화를 받았다. 사루이산이 오랫동안 설득하고 나서야 한밤중에 잠이 깬 상대가 한 시간 뒤에 천문관에서 왕먀오를 기다리겠다고 했다.

천문관으로 떠나는 왕먀오에게 사루이산이 말했다.

"저는 함께 가지 않겠습니다. 방금 본 것만으로도 충분해요. 이런 증명은 필요 없어요. 하지만 적당한 때가 되면 어떻게 된 일인지 사실대로 말해주세요. 이 현상에서 어떤 연구 성과가 나오면 저는 당신을 잊지 않겠습니다."

왕먀오가 차 문을 열며 말했다.

"반짝임은 새벽 5시에 멈출 겁니다. 그 이후에는 깊이 파고들지 마세요. 저를 믿으세요. 아무 성과도 없을 겁니다."

사루이산이 왕먀오를 한참 쳐다보더니 고개를 끄덕였다.

"알겠습니다. 지금 과학계에 일이 생겼지요……."

"그렇습니다."

왕먀오가 대답하면서 차에 올라탔다. 그에 관한 이야기는 더 이상 하고 싶지 않았다.

"우리에게까지 차례가 돌아올까요?"

"적어도 나한테는 왔습니다."

말을 마친 왕먀오가 차에 시동을 걸었다.

한 시간 뒤 시내에 진입한 왕먀오는 천문관 앞에 차를 세웠다. 도시의 어둠을 밝히는 가로등 불이 거대한 유리 건축물의 투명한 유리 외벽을 통과해 내부 구조를 어렴풋하게 비추고 있었다. 천문관을 설계한 건축가가 우주의 느낌을 표현하고 싶었다면 성공했다는 생각이 들었다. 투명한 것일수록 더 신비하다. 우주 자체는 투명하므로 시력이 미친다면 보고 싶은 만큼 볼 수 있다. 하지만 보면 볼수록 더 신비하다.

잠이 덜 깬 듯한 천문관 직원은 미리 문 앞에 나와 왕먀오를 기다리고 있다가 슈트케이스 같은 가방을 그에게 건넸다.

"3K 안경 다섯 개가 들어 있습니다. 충전은 다 되어 있고요. 왼쪽 버튼이 전원, 오른쪽은 광도 조절이에요. 저는 들어가서 자겠습니다. 문 옆의 저 방이에요. 아, 사 박사, 정말 미친 거 아니야?"

직원은 어두운 천문관 안으로 들어갔다.

왕먀오는 자동차 의자에 상자를 놓은 다음 3K 안경을 꺼냈다. 이것은 V 장비의 헬멧 모니터와 비슷했다. 그는 차에서 내려 안경을 썼다. 안경을 통해 보이는 도시의 야경은 변화가 없었다. 그저 컴컴했다. 그제야 그는 전원 버튼을 안 눌렀다는 것을 깨닫고 버튼을 눌렀다. 그러자 도시가 몽롱한 빛무리로 변했다. 대부분 밝기가 비슷했고 반짝이거나 움직이는 것도 있었다. 빛무리 중심에는 송신원이 있었다. 파장 때문에 형태는 분명하게 보이지 않았다.

고개를 드니 암홍색 미광을 띤 하늘이 보였다. 이렇게 그는 우주배경복사를 보았다. 저 붉은빛은 100억여 년 전 것으로 빅뱅의 연장이고 창세기 때부터 남아 있는 온기이다. 별은 보이지 않았다. 가시광선 주파수대가 보이지 않는 대역으로 밀려났기 때문이다. 별은 흑점으로 나타났으며 센티미터파의 굴절이 모든 형태와 사소한 부분을 삼켜버렸다.

눈이 이 모든 것에 적응하자 붉은빛을 띤 하늘이 미세하게 반짝이는 것을 발견했다. 우주 전체가 하나가 되어 동시에 반짝거렸다. 마치 바람 속에 홀로 켜져 있는 등불 같았다.

반짝이는 하늘 아래 서 있으니 갑자기 우주가 작다는 느낌이 들었다. 너무 작아서 혼자만 그 속에 갇힌 것 같았다. 우주는 심장이나 자궁이었고 자욱하게 깔린 붉은빛은 그 안을 채우는 반투명한 혈액이며 그는 혈액 속에 둥둥 떠 있는 듯했다. 불규칙적으로 반짝이는 붉은빛은 심장이나 자궁이 박동하는 것 같았다. 그는 거기에서 인류의 지혜로는 영원히 이해할 수 없는 기이하고 거대한 존재를 느꼈다.

왕먀오는 3K 안경을 벗고 자동차 바퀴에 힘없이 기대앉았다. 가시광선이 드러내는 현실적인 도시의 밤 풍경이 눈에 들어왔다. 그러나 눈길을 옮기자 다른 물체가 포착되었다. 맞은편 동물원 정문 옆에 있는 네온사인 중하나가 고장 났는지 불규칙적으로 반짝거렸다. 근처에 있는 나무의 나뭇잎이 밤바람에 흔들리면서 가로등 불빛을 반사시켜 불규칙적으로 빛났다. 멀리 있는 베이징 전람관의 러시아식 뾰족지붕 위의 오각별도 도로를 달리는 자동차 불빛을 반사해 불규칙적으로 반짝거렸다.

왕먀오는 모스부호에 따라 이 반짝임을 해독하려고 했다. 심지어 바람에 날리는 깃발의 주름, 도로 옆에 고인 물 표면의 잔잔한 물결도 그에게 모스부호를 전하는 것 같았다. 그는 열심히 해독하면서 유령 같은 카운트다운이 흘러가는 것을 느꼈다.

얼마나 지났을까, 천문관 직원이 나와 왕먀오에게 다 봤느냐고 물었다. 왕먀오의 모습을 본 직원은 잠이 싹 달아난 듯한 표정이었다. 3K 안경을 챙겨 가방에 넣은 직원은 왕먀오를 몇 초 쳐다보더니 빠른 걸음으로 돌아갔다.

왕먀오는 휴대전화를 꺼내 선위페이에게 전화를 걸었다. 그녀는 금방 전화를 받았다. 그녀 역시 불면의 밤을 보낸 모양이었다.

왕먀오가 힘없이 물었다.

"카운트다운의 끝은 뭡니까?"

"모릅니다."

이렇게 간단한 말만 남기고 그녀는 전화를 끊었다.

뭐가 있을까? 어쩌면 양둥처럼 자신도 죽을 것이다. 몇 년 전 인도양에서 발생한 쓰나미 같은 대재난이 일어날 수도 있다. 어느 누구도 그 일을 자신의 나노 연구 프로젝트와 연관시키지 못할 것이다. 이전의 모든 대재난이, 두 차례의 세계대전을 포함해서, 그때그때의 유령 카운트다운의 끝은 아니었을까? 그리고 그런 일들은 그 누구도 아닌, 자신과 같은 사람이 책임을 져야 하지 않았을까. 어쩌면 전 세계가 철저하게 파괴될 수도 있다. 이 변화하는 우주에서 그것은 오히려 해탈일 수 있겠지만……. 유령 카운트다운의 끝에 무엇이 있든, 남은 1000여 시간 동안 온갖 추측이 악마처럼 끈질기게 그를 괴롭혀 그의 정신을 철저히 붕괴시킬 것이 확실했다.

왕먀오는 차에 올라 천문관을 벗어났다. 목적지도 없이 차를 몰았다. 새벽이 되기도 전이어서 도로는 텅 비어 있었다. 그러나 차를 빨리 몰 수 없었다. 차를 빨리 몰면 카운트다운도 빨라질 것 같았기 때문이다. 동쪽에서 여명이 밝아오자 그는 도로 옆에 차를 세우고 차에서 내렸다. 마찬가지로 목적지는 없었다. 텅 빈 머릿속에는 오로지 카운트다운만 암홍색 배경복사 위에서 반짝거리며 움직였다. 그는 자신이 단순한 시간 기록계가 된 것 같았고, 누구를 위해 울리는지 모르는 조종(弔鐘) 같았다. 날이 밝아왔고 발걸음도 무거워졌다. 그는 벤치에 앉았다. 고개를 들어 무의식적으로 걸어온 곳을 본 순간 자기도 모르게 몸서리를 쳤다.

그는 왕푸징(王府井) 성당 앞에 앉아 있었다. 여명이 빛나는 창백한 하늘 아래 서 있는 세 개의 로마네스크 양식 첨탑은 어두운 우주 속 무언가를 가리키는 거대한 검은 손가락 같았다.

왕먀오가 일어나 가려는 순간, 성당에서 흘러나오는 성가 소리가 그를 붙들었다. 오늘은 일요일이 아니니 부활절을 준비하며 성가대가 연습하는 것일 터였다. 성가의 장엄함 속에서 왕먀오는 다시 한번 우주가 작아져 이 성당으로 변하고 우주배경복사에서 반짝이는 붉은빛은 돔형 지붕에 숨고 자신은 이 거대한 성당 바닥 타일 틈새의 한 마리 작은 개미가 된 것 같았다. 자신의 떨리는 영혼을 보이지 않는 거대한 손이 어루만져주는 듯한 느낌이 들면서 순간 연약하고 나약한 어린 시절로 돌아간 것 같았다. 의식 깊은 곳에서 가까스로 지탱하고 있던 무엇인가가 양초처럼 말랑말랑하게 변하더니 무너졌다. 그는 두 손으로 얼굴을 감싸고 울음을 터뜨렸다.

"하하하, 또 한 명이 무너졌군!"

뒤에서 들리는 웃음소리에 왕먀오는 울음을 그쳤다. 고개를 돌려 보니 스창이 하얀 담배 연기를 내뿜으며 서 있었다.

불가사의한 일 뒤에는
반드시 귀신이 있다

　스창이 왕먀오 옆에 털썩 앉으며 차 열쇠를 건넸다.

　"둥단(東單)* 입구에 아무렇게나 차를 세우다니. 내가 조금만 늦었어도 견인됐을 거야."

　스창, 당신이 나를 줄곧 따라다니는 줄 알았으면 조금 위안이 되었을 텐데. 왕먀오는 속으로 이렇게 생각했지만 입 밖으로 내지는 않았다. 그는 스창이 건넨 담배에 불을 붙였다. 담배를 피운 건 몇 년 만에 처음이었다.

　"어때, 힘들지? 내가 당신은 안 된다고 했잖아. 이래도 할 수 있는 척할 텐가?"

　왕먀오가 담배를 맹렬하게 몇 모금 빨면서 말했다.

　"당신은 몰라요."

---

* 옮긴이 주 : 베이징 둥청구(東城區)의 창안가(長安街), 둥단북대가(東單北大街), 젠궈먼내대가(建國門內大街) 사이에 있는 사거리. 과거 이곳에 패방(牌坊)이 있어 둥단이라고 불리게 됐다.

"당신은 너무 잘 알고. 오케이, 밥이나 먹으러 가자고."

"밥 생각 없습니다."

"그래? 그러면 술이나 마시러 가자고, 내가 살 테니!"

왕먀오는 스창의 차를 타고 근처에 있는 작은 식당으로 갔다. 시간이 이른 탓인지 식당은 텅 비어 있었다.

"천엽볶음 2인분, 이과두주 한 병!"

고개도 안 들고 소리치는 품이 이곳에 자주 오는 것 같았다.

큰 쟁반에 거뭇한 것이 담겨 오는 것을 보자 왕먀오의 빈 위장이 요동을 치더니 하마터면 토할 뻔했다. 왕먀오는 스창이 시켜준 콩국과 유빙(油餅)*을 억지로 조금 먹었다. 그리고 스창과 한잔 한잔 술잔을 주고받았다. 왕먀오는 몸이 가벼워지고 말이 많아지는 것을 느꼈다. 그는 지난 사흘 동안 있었던 일을 스창에게 전부 말했다. 물론 그도 스창이 다 알고 있다는 것을, 어쩌면 자신보다 더 많이 알고 있다는 것을 알고 있었다.

스창이 국수를 먹듯 천엽볶음 반을 삼키고는 고개를 들어 물었다.

"그러니까, 우주가 당신을 향해 눈을 깜박거렸다는 말이지?"

"참 적절한 비유로군요."

"허튼소리."

"당신이 두렵지 않은 것은 무지하기 때문이죠."

"그것도 허튼소리. 자, 건배!"

그 잔을 마시자 세상이 자기를 중심으로 빙글빙글 도는 것 같았다. 앞에 앉아서 천엽을 먹는 스창만이 안정적이었다.

"스창, 당신은 궁극의 철학 문제를 생각해본 적 있습니까? 아, 예를 들

* 옮긴이 주: 베이징 사람들이 아침으로 먹는 밀가루 반죽을 얇게 튀긴 빵.

어 인간은 어디에서 와서 어디로 갈까, 우주는 또 어디에서 와서 어디로 갈까 하는 것 말입니다."

"없어."

"한 번도요?"

"응, 한 번도."

"당신은 살면서 계속 밤하늘을 봤잖아요. 그런데 경외심이나 호기심이 안 생깁니까?"

"밤에는 하늘 안 봐."

"어떻게 그럴 수가 있지? 밤 근무 자주 하잖아요."

"이봐, 밤에 잠복하면서 하늘을 보다가 내가 감시하던 놈이 도망가면 어떻게 하나?"

"우린 정말 말이 안 통하는군요. 건배!"

"사실 말이지, 나는 하늘의 별을 봐도 당신이 말한 궁극의 철학 같은 것은 생각 안 해. 신경 써야 할 일이 한두 가지가 아니거든. 집도 얻어야지, 애들 대학도 보내야지, 한도 끝도 없는 사건들은 말할 것도 없고……. 나는 척 보면 입부터 똥구멍까지 다 보이는 솔직한 사람이야. 그러니 상사의 환심을 살 수가 없지. 퇴역하고도 얼마나 뒹굴었는데 아직도 이 모양이니. 일이라도 안 했으면 진작 차였지. 이렇게 생각할 게 많은데 무슨 마음으로 별을 보며 철학을 생각하겠나?"

"그것도 그렇네요. 자, 건배!"

"그래도 말이야, 내가 정말 궁극의 이치를 발견했지."

"말해봐요."

"불가사의한 일 뒤에는 반드시 귀신이 있다."

"무슨…… 헛소리!"

"여기서 '귀신이 있다'는 것은 누군가 음모를 꾸민다는 거야."

"당신이 기본적인 과학 상식만 있었어도 누군가가 이런 일을 할 수 있을 거라곤 상상할 수 없었을 겁니다. 특히 나중에 일어난 일은요. 우주 전체의 차원에서 보면 인간의 현재 과학기술로도 설명할 수 없고 심지어 과학 외의 다른 일이라고 생각할 수조차 없습니다. 초자연도 아니에요. 무엇을 초월하는지도 모르겠어요……."

"또 허튼소리! 불가사의한 일은 나도 숱하게 봤어!"

"그럼, 하나만 물어봅시다. 이제 나는 어떻게 해야 합니까?"

"계속 마셔. 그리고 다 마시면 자."

왕먀오는 차까지 어떻게 돌아왔는지 모르겠지만 자동차 뒷좌석에 누워 꿈도 안 꾸고 푹 잤다. 시간이 얼마 지나지 않은 듯 싶었는데 눈을 떠보니 태양이 도시 서쪽으로 넘어가고 있었다. 차에서 내렸다. 술은 아침에 마셨는데 아직도 온몸이 노곤했다. 그러나 기분은 한결 좋아졌다. 왕먀오는 자신이 자금성 근처에 있다는 것을 알았다. 석양이 오래된 황궁을 비추고 해자에 금빛이 출렁였다. 세상이 다시 옛 모습과 안정을 되찾았다. 왕먀오는 하늘이 어두워지고 익숙한 검정 산타나가 거리의 차량 행렬 속에서 튀어나와 그에게 돌진해 멈추고 스창이 내릴 때까지 오랜만의 고요함을 즐겼다.

스창이 거친 목소리로 물었다.

"잘 잤나?"

"네. 이제 어떻게 해야 합니까?"

"누구? 당신? 가서 저녁 먹고 술을 마신 다음 또 자는 거지."

"그다음은요?"

"그다음? 내일은 출근해야지."

"카운트다운이 이제…… 1091시간 남았습니다."

"빌어먹을 카운트다운! 지금은 일단 똑바로 서기나 해. 넘어지지 말고. 그래야 다른 이야기를 하든가 하지."

"스창, 정말 사건의 진상을 알려주면 안 되나요? 부탁입니다."

스창이 왕먀오를 잠시 쳐다보더니 하늘을 보며 웃었다.

"그 말은 내가 창웨이쓰에게 늘 하던 말인데. 우리 둘은 난형난제군. 솔직히 말하지. 나도 아는 게 없어. 직급이 낮으니 알려주지 않더군. 때로 진상을 안다는 것은 악몽 같은 거야."

"그래도 나보다는 아는 것이 많잖습니까."

"좋아. 그러면 내가 왕 교수보다 더 알고 있는 것을 말해주지."

스창이 해자 근처를 가리켰다. 두 사람은 해자 근처로 가서 적당한 곳을 찾아 앉았다. 하늘은 이미 어두웠고, 등 뒤로 지나가는 자동차 불빛에 따라 그들의 그림자가 강물 위에 길고 짧게 변했다.

"내가 하는 일은 말이지, 서로 아무 관계가 없어 보이는 일들을 엮어내는 거야. 그러면 진상을 밝힐 수 있지. 앞서 일어난 여러 사건들, 과학 연구기관과 학술계 범죄가 급증한 것은 여태까지 없었던 일이야. 량샹 가속기 현장의 폭발사건, 노벨상을 수상한 학자의 피살사건 등 범죄 동기가 모두 이상해. 돈이나 복수를 위해서도 아니고 정치적 배경도 없고, 그저 단순히 파괴가 목적이야. 그리고 범죄 외의 일들, 예를 들어 '과학의 경계' 학자들의 자살 같은. 최근 환경보호론자들의 활동이 지나치게 활발해지고, 댐과 원자력발전소 건설을 막는 집회가 열리고, 무슨 자연으로 회귀하는 실험 사회 같은 것을 만들고…… 그리고 또 별것 아닌 것 같은 일들. 최근에 영화 봤나?"

"안 봤습니다."

"요즘 나온 블록버스터 몇 편은 전부 촌티가 좔좔 흘러. 어느 시대인지 알 수 없지만 우거진 숲과 맑은 물을 배경으로 잘생긴 청년과 예쁜 아가씨가 나오지. 그곳에서 남자는 밭을 갈고 여자는 베틀을 짜면서 아주 행복하게 살아. 감독의 말을 빌리자면 과학기술에 의해 폭행당하기 전의 아름다운 생활을 표현한 거래. 그 〈무릉도원〉이라는 영화도 만들어봐야 아무도 안 볼 게 뻔한데 몇억 위안을 쏟아붓는 사람이 있단 말이야. 그리고 과학소설 공모전은 1등 상금이 500만 위안이나 하지. 미래를 더 암담하게 그린 사람이 상을 받는다니까. 게다가 수억 위안을 들여 그 소설을 영화로 만들고…… 괴상한 사교(邪敎)들이 성행하고 돈을 번 교주들은 점점 흉악해지고 말이야……"

"그게 당신이 앞에서 말한 것들과 관계가 있습니까?"

"그것들을 연관시켜서 볼 필요가 있어. 물론 예전에는 이런 것에 신경 쓸 필요가 없었지. 그러나 강력반에서 작전센터로 옮긴 다음에는 이것들이 내 일이 됐단 말이야. 나는 그것들을 연결시킬 수 있지. 그게 바로 내 전공이거든. 창웨이쓰도 인정하는 바고."

"그래서 결과는요?"

"이 모든 것의 배후는 딱 하나야. 그들은 과학 연구를 철저하게 무너뜨리려고 해."

"누가?"

"모르지, 정말 모르겠어. 하지만 그들의 계획은 알 수 있을 것 같아. 매우 도전적이고 전면적인 계획이야. 과학 연구 시설을 파괴하고 과학자를 죽이는 거지. 아니면 그들을 자살하게 하거나 미치게 만들거나……. 하지만 더 큰 목적은 당신들이 잘못된 쪽으로 생각하게 만드는 거야. 그렇게 되면 당신들은 보통 사람보다 더 멍청해지니까."

"마지막 말은 정말 정확하네요."

"또한 사회가 과학을 우습게 생각하도록 유도하지. 물론 예전에도 이런 짓을 하는 자가 있었지만 이번에는 정말 조직적이야."

"당신 말을 믿겠습니다."

"흥, 지금도 봐봐. 당신 같은 과학 엘리트들이 보지 못하는 걸 전문학교를 졸업한 나 같은 무식쟁이가 파악했잖아? 이 말을 하고 상사나 학자들에게 적잖이 비웃음을 당했지."

"나한테 했다면 절대 비웃지 않았을 겁니다. 사이비 과학을 알고 있지요? 사이비 과학자들이 가장 두려워하는 사람이 누구인지 압니까?"

"과학자겠지."

"아닙니다. 세상에는 사이비 과학에 속아 놀아나는 일류 학자들이 많습니다. 그들을 위해 깃발을 흔들며 구호를 외치기도 합니다. 믿기 어렵겠지만 사이비 과학자가 제일 두려워하는 사람은 마술사예요. 사이비 과학의 많은 속임수가 마술사에 의해 폭로되었습니다. 과학계의 책벌레에 비해 경찰로 오랫동안 일하면서 사회적 경험을 많이 쌓은 당신이 이런 대규모 범죄를 관찰해내는 능력이 더 뛰어난 거죠."

"사실 나보다 똑똑한 사람은 많아. 상부에선 벌써 이 일을 알아챘는걸. 내가 비웃음을 산 이유는 내 주제 파악을 정확히 하지 못했기 때문이야. 나중에 창웨이쓰가 작전센터로 부른 것도 그저 심부름이나 시키려고 한 것이고……. 됐어, 내가 당신보다 더 많이 알고 있는 것은 여기까지야."

"궁금한 것이 있습니다. 이 일이 군과는 어떤 관계가 있습니까?"

"나도 답답해. 그들에게 물으면 무슨 전쟁이 일어났다고만 대답하거든. 전쟁은 물론 군대의 일이지. 나도 당신과 마찬가지로 처음에는 그들이 무슨 헛소리를 하나 싶었는데, 그들은 농담하는 게 아니야. 현재 군은 정말 임전 상태야. 이곳 같은 작전센터가 전 세계에 20여 곳이 더 있어. 위에 또 한 단계가 더 있지만 그게 뭔지는 아무도 몰라."

"적은 누굽니까?"

"몰라. 나토 장교가 총참모부 작전실에 와 있고 펜타곤에도 인민해방군 이 가 있어. 제길, 누가 적인지 알 게 뭐야?"

"정말 이상하군요. 당신이 말한 게 모두 사실인 거죠?"

"내가 군대에 있을 때 알았던 전우 중 상당수가 장군이 됐지. 그래서 조 금 알게 된 거야."

"이렇게 큰일을 어째서 언론 매체는 전혀 다루지 않을까요?"

"그것도 참 대단한 현상이야. 모든 국가가 동시에 비밀을 유지하다니, 그것도 이렇게 철저히 말이야. 분명한 건 적이 아주 악랄해서 상부에서도 두려워한다는 점이야! 내가 창웨이쓰를 좀 알거든. 그는 하늘이 무너져도 두려워하지 않을 인간이지. 그런데 지금은 무너진 게 하늘만이 아닌 것 같 아. 다들 놀랐고, 적을 이길 수 있다는 자신감이 전혀 없는 것 같아."

"그렇다면 정말 무서운 일이군요."

"하지만 누구나 두려운 게 있는 법이지. 적도 마찬가지일 테고. 대단한 놈일수록 더 치명적인 약점이 있을 거야."

"그러면 적이 두려워하는 것은 뭡니까?"

"당신들이지, 과학자들. 게다가 이상한 점은 자네들이 연구하는 것이 실용성이 떨어질수록, 현실과 거리가 멀수록, 그들은 더 두려워하지. 양동 처럼 말이야. 그들의 두려움은 당신이 우주가 당신에게 눈을 깜박인 것을 두려워하는 것보다 더 커. 그래서 그렇게 악랄하게 손을 쓴 거야. 당신들 을 죽이는 게 유용했다면 벌써 다 죽였을걸. 하지만 가장 효과적인 방법은 당신들의 생각을 교란하는 거지. 사람을 죽이면 다른 사람이 나타나겠지만 생각을 교란시키면 과학은 끝이거든."

"당신 말은 그들이 기초과학을 두려워한다는 말입니까?"

"응, 기초과학."

"나와 양둥의 연구 분야는 매우 다릅니다. 나노 소재는 기초과학이 아니에요. 그저 고강도 소재일 뿐인데 어떻게 그들을 위협할 수 있다는 말입니까?"

"왕 교수는 정말 특별 케이스야. 당신처럼 응용연구를 하는 사람은 방해하지 않는데 말이야. 아마도 당신이 연구하는 그 소재에 그들이 두려워하는 무엇인가가 있는지도 몰라."

"그러면 저는 어떻게 해야 합니까?"

"출근해서 계속 연구해. 그게 바로 가장 큰 공격이야. 그 빌어먹을 카운트다운 같은 것은 신경 쓰지 말고. 퇴근하고 긴장을 풀고 싶으면 그 게임을 계속하는 것도 좋아. 게임에 정통할수록 좋지."

"게임요? 삼체 말입니까? 그게 이것과 무슨 관계가 있다고요?"

"관계가 있지. 작전센터의 많은 전문가가 그 게임을 하더라고. 그건 보통 게임이 아니야. 나같이 무식한 사람은 하지도 못해. 당신처럼 지식이 있는 사람이나 가능하지."

"다른 건 없습니까?"

"없어. 있으면 말해주지. 휴대전화 계속 켜놓게. 이봐, 정신 차리고 있어야 해! 두려울 때마다 내가 알려준 그 궁극의 이치를 떠올려."

왕먀오가 고맙다는 말을 하기도 전에 스창은 차에 올라타 가버렸다.

삼체, 묵자, 화염

왕먀오는 집으로 돌아가는 길에 게임 가게에 들러 V 장비를 사는 것을 잊지 않았다. 집에 도착하자 아내가 회사 사람이 하루 종일 그를 찾았다고 했다. 왕먀오는 꺼놓은 지 하루가 지난 휴대전화를 켜고 나노센터에 전화해 내일부터 출근하겠다고 했다. 스창의 말대로 술을 마셨지만 잠이 오지 않았다. 아내가 잠이 들자 왕먀오는 컴퓨터 앞으로 가서 새로 산 V 장비를 입고 삼체에 로그인했다.

새벽 여명이 밝아오는 황야, 왕먀오는 주왕의 피라미드 앞에 서 있었다. 피라미드를 덮었던 눈은 사라진 지 오래였고 피라미드의 돌은 풍화되어 움푹움푹 패어 있었다. 대지는 다른 색이었다. 저 멀리 거대한 건물이 몇 개 보였다. 왕먀오는 그것이 간창이라는 것을 알았지만 형태가 지난번에 봤던 것과는 전혀 달랐다. 이 모든 것으로 미루어봤을 때 오랜 시간이 흘렀음을 알 수 있었다.

하늘에 퍼지는 아침 햇살을 빌려 왕먀오는 피라미드 입구를 찾았다.

지난번 입구는 돌로 봉쇄되었고, 옆에 새로 긴 돌계단이 생겨 피라미드 꼭대기까지 연결되어 있었다. 왕먀오는 고개를 들어 피라미드의 정상을 바라보았다. 하늘까지 쭉 뻗어 있던 정상은 평평하게 깎여 제단이 되었고, 피라미드 형태도 이집트식에서 아즈텍식으로 바뀌었다.

돌계단을 따라 정상에 오르자 고대 천문대 같은 곳이 나타났다. 제단 한쪽에 몇 미터 높이의 천문망원경이 있었고 그 옆에 작은 망원경이 몇 개 더 있었다. 다른 한쪽에는 고대 중국의 혼천의처럼 생긴 기묘한 형태의 측정 기구도 몇 개 있었다. 가장 눈길을 끄는 것은 제단 중앙에 놓인 직경 2미터 정도의 대형 구리 공이었다. 복잡한 기계 위에 놓여 있는 구리 공은 크기가 다른 수많은 톱니바퀴 위에 놓여 천천히 회전하고 있었다. 왕먀오는 그것의 회전 방향과 속도가 계속 바뀌고 있다는 것을 알아차렸다. 기계 아래에는 사각형 구덩이가 있었고 어두운 불빛 아래서 노예처럼 보이는 몇 사람이 회전판을 돌려 위쪽 기계에 동력을 공급하고 있었다.

누군가 왕먀오에게 다가왔다. 지난번 주 문왕을 만났을 때와 마찬가지로 이 사람도 서광을 등지고 있어 어둠 속에서 밝게 빛나는 두 눈만 보였다. 그는 키가 크고 말랐으며 검은 도포를 입고 머리를 아무렇게나 묶어 남은 머리가 바람에 흩날렸다.

그가 자신을 소개했다.

"안녕하시오. 나는 묵자(墨子)요."

"저는 해인입니다. 안녕하십니까."

묵자가 흥분해서 말했다.

"아, 당신을 압니다! 137호 문명에서 당신은 주 문왕을 추종했지요."

"그와 함께 이곳에 왔던 건 맞지만 그의 이론은 믿지 않습니다."

"그랬지요."

묵자는 정중하게 고개를 끄덕이고 왕먀오에게 다가왔다.

"그거 아시오. 당신이 떠나고 36만 2000년 동안 삼체 세계는 문명이 네 번 바뀌고 난세기와 항세기가 불규칙적으로 교차하면서 힘겹게 성장했소. 가장 짧았던 때에는 겨우 석기 시대의 반을 갔을 뿐이오. 하지만 139호 문명이 기록을 세웠지. 증기 시대까지 갔지 뭐요!"

"그러면 그 문명 중에서 태양의 운행 규칙을 찾아낸 사람이 있단 말입니까?"

묵자는 크게 웃으며 고개를 저었다.

"아니오. 없소. 운이 좋았을 뿐이오."

"하지만 계속 노력하고 있지요?"

"물론이오. 이리 와보시오. 지난 문명의 노력을 보여드리리다."

묵자는 왕먀오를 천문대 한쪽으로 데리고 갔다. 대지가 마치 세월의 풍파를 겪은 낡은 가죽처럼 아래쪽에서 뻗어 나왔다. 묵자는 소형 망원경으로 대지 위의 목표를 조준하더니 왕먀오에게 보라고 했다. 왕먀오가 망원경을 들여다보니 이상한 것이 보였다. 해골이었다. 아침 햇살 속에 하얗게 모습을 드러낸 해골은 구조가 매우 정교해 보였다. 해골은 놀랍게도 아주 우아하고 고상한 모습으로 서 있었다. 한 손을 턱에 대고 있는 모습이 이미 존재하지 않는 수염을 쓰다듬는 것 같았고, 머리를 약간 들어 올린 모습은 하늘에 무엇인가를 묻고 있는 것 같았다.

묵자가 그쪽을 가리키며 말했다.

"공자(孔子)요. 그는 모든 것이 예(禮)에 부합한다고 생각했지. 우주 만물도 예외가 아니고. 그래서 그는 우주 의식 시스템을 창조해 그것을 근거로 태양의 운행을 예측하려 했지."

"결과를 짐작할 수 있겠군요."

"그렇소. 그는 태양이 그 의식에 따를 때 항세기가 5년 동안 계속된다고 예측했지. 그때 정말 한 달이나 계속됐소."

"그 후에, 어느 날 태양이 다시 떠오르지 않았군요?"

"아니, 그날도 태양이 떴소. 하늘 정중앙에 떠올랐지. 그러나 갑자기 소멸했소."

"네? 소멸했다고요?"

"그렇소. 처음에는 천천히 어두워지더니 작아지고 그다음에는 갑자기 소멸했소! 어둠의 장막이 내려앉았지. 그 추위에 공자는 선 채로 얼음 기둥이 되어 지금까지 저렇게 있지."

"아무것도 없었습니까? 그러니까 제 말은 소멸 이후에 태양은?"

"그 위치에서 마치 태양의 영혼처럼 비성이 나타났지."

"태양이 갑자기 소멸하고 비성이 나타난 게 확실합니까?"

"그렇소. 갑자기 사라지고 비성이 나타났소. 일지 자료실에 가서 찾아보시오. 기록이 틀리지 않을 것이오."

"아······."

왕먀오는 한참을 생각했다. 그는 삼체 세계의 비밀에 대해 어렴풋하게 가설을 세워두었기 때문이다. 하지만 묵자가 말한 사건은 그의 생각을 뒤엎었다.

그는 괴로운 듯 중얼거렸다.

"어떻게······ 갑자기?"

"지금은 한(漢)나라요. 서한인지 동한인지는 나도 잘 모르겠소."

"당신도 지금까지 계속 산 겁니까?"

"나에게는 태양의 운행을 정확히 관측해야 할 사명이 있소. 주술사나 현학자, 도학가들은 다 무용지물이오. 책만 읽을 줄 알았지 실제로 일은 할 줄 모른다니까. 손을 놀려 실험할 줄은 모르고 그저 자신의 상상 속에만 빠져 있지. 하지만 나는 다르오. 나는 실제적인 것을 만들어냈거든!"

그는 제단 위에 있는 측정기들을 가리켰다.

왕먀오는 측정기, 특히 신비한 대형 구리 공을 가리키며 말했다.

"저것들로 당신의 목표를 이룰 수 있습니까?"

"나도 이론이 있소. 그러나 형이상학은 아니오. 수많은 관측을 통해 도출한 것이지. 당신은 우주가 무엇인지 아시오? 우주는 기계요."

"그게 무슨 말입니까?"

"좀 더 구체적으로 말해주겠소. 우주는 불바다에 떠 있는 속이 빈 커다란 공이오. 공에는 수많은 작은 구멍과 하나의 큰 구멍이 있지. 불바다의 빛이 그 구멍을 통해 들어오는 것이오. 작은 구멍은 별이고 큰 구멍은 태양이오."

왕먀오는 대형 구리 공을 보며 말했다. 그것이 무엇인지 대충 알 것 같았다.

"흥미로운 모형이군요. 하지만 거기에는 허점이 있습니다. 태양이 뜰 때와 질 때 우리는 태양과 별들이 상대 운동을 하는 것을 봅니다. 그러니까 대형 공에 있는 모든 구멍의 상대 위치는 고정되어 있어야 합니다."

"맞소. 그래서 나는 수정된 모형을 내놓았지. 우주의 공은 두 개 층의 껍질로 구성되어 있소. 우리가 보는 하늘은 안쪽 껍질이오. 바깥쪽 껍질에 큰 구멍이 하나 있고 안쪽 껍질에 수많은 작은 구멍이 있지. 바깥쪽 껍질에 있는 큰 구멍으로 들어오는 빛이 두 층 사이의 공간에서 반사와 난반사를 해서 빛이 가득하게 하지. 이 빛이 작은 구멍으로 들어오면 우리는 별을 보는 거요."

"그럼 태양은요?"

"바깥쪽에 있는 큰 구멍이 안쪽 껍질 위를 투사하면 광도가 높은 백반이 생기지. 우리는 마치 달걀 껍데기에 빛을 비추면 안쪽까지 비치는 것처럼 태양을 보는 거요. 백반 주위의 난반사광이 강해서 안쪽까지 비추는 것이 바로 우리가 낮에 보는 맑은 하늘이오."

"어떤 힘이 두 개 층의 껍질을 불규칙적으로 회전하게 하는 겁니까?"

"우주 밖 불바다의 힘이오."

"하지만 시간에 따라 태양의 크기와 밝기가 다릅니다. 당신의 두 층의 껍질 모형에서 태양의 크기와 밝기는 항상 일정해야 합니다. 만일 외부의 불바다가 불균형하다고 해도 최소한 크기는 항상 일정해야 합니다."

"당신은 이 모형을 너무 단순하게 생각하는군. 외부 불바다의 변화에 따라 우주의 바깥쪽 껍질 크기도 팽창하거나 수축하지. 이것이 태양의 크기와 밝기의 변화를 일으키는 것이오."

"그러면 비성은요?"

"비성? 당신은 어째서 자꾸 비성 이야기를 하는 거요? 그것은 그저 우주라는 공 안에서 어지럽게 날아다니는 먼지요."

"아닙니다. 저는 비성이 중요하다고 생각합니다. 그리고 당신의 모형으로 공자 시대의 태양이 공중에서 소멸한 것을 어떻게 설명할 수 있습니까?"

"그것은 보기 드문 예외요. 우주 밖 불바다 속의 검은 반점이나 검은 구름이 바깥쪽의 큰 구멍을 마침 지나고 있던 것이겠지요."

왕먀오는 대형 구리 공을 가리키며 물었다.

"저것이 당신의 우주 모형이지요?"

"그렇소. 내가 만들어낸 우주 기계요. 공을 회전시키는 복잡한 톱니바퀴는 외부 불바다가 공에 작용하는 것을 본뜬 것이오. 이 작용의 규칙은, 즉 외부 불바다의 화염의 분포와 유동 규칙은 내가 몇백 년의 관측을 통해 도출한 것이오."

"이 공은 팽창과 수축이 가능합니까?"

"물론이오. 지금도 천천히 수축하고 있소."

왕먀오는 제단 옆 난간에 고정되어 있는 구리 공을 자세히 살펴보았다. 묵자의 말이 사실이었다.

"이 공에도 안쪽 껍질이 있습니까?"

"물론이오. 안팎의 껍질 사이는 복잡한 기관을 통해 동력이 전달되지."

왕먀오는 진심으로 감탄했다.

"정말 정교한 기계군요! 바깥 껍질에서는 안쪽 껍질에 빛이 투사되는 백반의 큰 구멍을 볼 수 없습니까?"

"구멍은 없소. 나는 바깥 껍질의 내벽에 광원(光源)을 설치했지. 큰 구멍의 모형인 셈이오. 그 광원은 반딧불이 몇십만 마리에서 추출해낸 형광물질로 만들어져 차가운 빛을 발산하지. 안쪽 껍질의 반투명 석고 층의 열전도가 좋지 않기 때문이오. 이렇게 하면 일반적인 열 광원이 공 안에 온도가 밀집되는 것을 막아 기록원이 안에서 장기간 머무를 수 있소."

"공 안에 사람이 있습니까?"

"그렇소. 밑바닥 부분의 도르래 선반에 기록원이 서 있소. 구체의 중심 위치를 유지하면서 말이오. 모형 우주를 현실 우주의 어떤 상태로 설정하면 그 후의 운행은 미래의 우주 상태를 정확하게 도출할 거요. 물론 태양의 운행 상태도 도출해낼 수 있지요. 기록원이 그것을 기록하면 정확한 만세력이 만들어질 것이오. 이것은 과거 100여 개의 문명이 꿈에 그리던 것이지. 당신, 마침 잘 왔소. 모형 우주가 방금 4년에 달하는 항세기가 곧 시작될 것이라고 예측했소. 한무제도 내 예측에 따라 입수를 명했으니 우리 함께 일출을 기다립시다."

묵자가 게임 페이지를 옮겨 시간의 흐름을 빠르게 했다. 붉은 태양이 지평선 위로 떠오르자 호수가 녹기 시작했다. 얼어붙은 수면 위로 먼지가 쌓여 대지처럼 보였던 호수가 하나씩 반짝이는 거울로 변했다. 마치 대지의 무수한 눈이 눈을 뜨는 것 같았다. 왕먀오의 높이에서는 입수하는 모습은 잘 보이지 않았고 그저 봄이 오자 개미들이 땅굴에서 기어 나오는 것처럼 호숫가에 사람이 점점 많아지는 것만 보였다. 세상이 다시 한번 부활했다.

묵자는 생기를 되찾은 대지를 가리키며 왕먀오에게 말했다.

"내려가서 이 아름다운 삶에 몸을 던져보지 않겠소? 갓 부활한 여성은 사랑을 제일 갈망한다오. 당신이 여기에 더 머무르는 것은 의미가 없소. 게임은 이미 끝났소. 내가 최후의 승자지."

"당신의 모형 우주는 확실히 정교한 기계입니다. 하지만 그것이 예측한 결과는…… 당신의 망원경으로 천체 현상을 좀 봐도 되겠습니까?"

묵자가 큰 망원경을 가리켰다.

"물론이지. 보시오."

망원경 앞으로 간 왕먀오는 즉시 문제를 발견했다.

"태양을 보려면 어떻게 해야 합니까?"

묵자가 나무 상자에서 검정 원형 필터를 꺼냈다.

"연기에 그을린 필터를 끼워야 하오."

묵자는 말하면서 망원경 접안렌즈 앞에 필터를 끼웠다.

왕먀오는 망원경으로 공중에 뜬 태양을 보았다. 묵자의 상상력에 자신도 모르게 감탄했다. 태양은 확실히 끝없는 불바다로 향해 뚫려 있는 구멍처럼 보였고 더 큰 존재의 작은 부분 같았다. 하지만 좀 더 자세히 보니 현실 경험에서 본 태양과 조금 달랐다. 그것에는 작은 핵이 있었다. 태양을 눈이라고 한다면 태양 핵은 눈동자 같았다. 태양 핵은 작았지만 밝고 촘촘했다. 그것을 둘러싼 외층은 실제감이 다소 떨어지고 요동치는 기체 상태 같았다. 그 두꺼운 외층을 통과해 내부 태양 핵을 볼 수 있다는 것은 외층이 투명 또는 반투명 상태고 그것이 발산하는 빛은 태양 핵 빛의 난반사일 가능성이 컸다.

태양 이미지의 실제감과 정교함에 왕먀오는 매우 놀랐다. 그는 게임 개발자가 겉으로 보기엔 간단한 이미지 속에 의도적으로 수많은 세부 내용을 숨겨놓고, 게임 플레이어가 그것을 찾아내기를 바라고 있다고 다시 한번 확신했다.

왕먀오는 몸을 펴고 이 태양의 구조가 내포하는 의미를 생각했다. 그리고 곧 흥분했다. 게임 시간이 빨라져 태양은 이미 서쪽으로 지고 있었다. 왕먀오는 망원경을 조절해 다시 태양을 조준하고 태양이 지평선 아래로 지는 것을 따라갔다. 땅거미가 지고 대지 위에 횃불과 밤하늘에 가득한 별이 서로를 비추었다. 왕먀오는 망원경에 낀 검정 필터를 빼고 하늘을 계속 관찰했다. 그가 관심 있는 것은 비성이었다. 그는 금세 두 개를 찾았다. 그중 하나를 대략적으로 관찰했을 때 하늘이 또 밝았다. 그래서 필터를 끼고 다시 태양을 관찰했다. 왕먀오는 이렇게 10여 일 넘게 천문을 관측하면서 발견의 즐거움을 누렸다. 시간의 흐름을 빠르게 한 것이 천문 관측에 유리했다. 그렇게 하면 천체의 운행과 변화를 더 명확하게 볼 수 있기 때문이다.

항세기가 시작된 뒤 17일, 일출이 다섯 시간이나 지났지만 대지는 여전히 어둠으로 가득했다. 피라미드 아래는 인산인해를 이뤘고 무수한 불빛이 차가운 바람 속에 흔들렸다.

왕먀오가 이 세계의 첫 만세력을 편찬한 묵자에게 말했다.

"태양은 뜨지 않을 것입니다. 137호 문명의 끝과 같을 겁니다."

묵자는 수염을 어루만지며 자신 있게 웃었다.

"안심하시오. 태양은 곧 뜰 테니. 항세기는 계속될 거요. 나는 이미 우주 기계의 운행 원리를 다 파악했소. 나의 예측은 틀리지 않을 것이오."

묵자의 말을 증명이라도 하듯 하늘에서 정말 서광이 비쳤고 피라미드 아래 있던 사람들이 환호성을 질렀다.

은빛 서광이 빠른 속도로 퍼졌다. 태양은 마치 일출이 늦어진 것을 보충하려는 것 같았다. 서광이 빠르게 하늘의 반을 채워 태양이 다 뜨기도 전에 대지는 지난날의 대낮처럼 밝아졌다. 왕먀오는 서광이 나타난 곳을 바라보았다. 눈을 찌르듯 지평선에서 발산되는 강렬한 빛을 발견했다. 그것은 위를 향해 곡선 형태로 솟아오르더니 시야를 가로지르며 완벽한 활 모양을 이루었다. 왕먀오는 곧 그것이 지평선이 아니라 태양의 가장자리라는 것을 알아차렸다. 지금 떠오르는 것은 거대한 태양이었다! 눈이 강렬한 빛에 적응하자 지평선이 원래 위치에 나타났다. 왕먀오는 저 먼 곳에서 검은 물체가 솟아나는 것을 보았다. 밝은 태양을 배경으로 매우 또렷하게 보였다. 그곳이 불타서 생긴 연기였다. 태양이 떠오르는 방향에서 말 한 마리가 피라미드를 향해 달려왔다. 말이 일으킨 먼지가 대지 위에 뚜렷한 선을 그렸고 사람들은 서둘러 길을 터주었다. 왕먀오는 말 위에 앉은 사람이 기진맥진한 채 크게 외치는 소리를 들었다.

"탈수! 탈수!"

그의 뒤를 따라 소와 말 등 다른 동물이 달려왔다. 그들은 몸에 화염을 달고 와서 대지는 순식간에 움직이는 불 카펫이 되었다.

거대한 태양이 지평선 위로 절반가량 떠올라 하늘의 반을 차지했다. 대지가 찬란하고 거대한 담 아래로 서서히 잠기는 것 같았다. 왕먀오는 태양 표면의 세부적인 부분을 똑똑히 볼 수 있었다. 화염의 바다에는 세찬 파도와 소용돌이가 가득했고 태양 흑점이 유령처럼 불규칙한 노선을 따라 떠다녔다. 코로나가 금빛 긴소매처럼 천천히 펼쳐졌다.

탈수한 사람들과 아직 탈수하지 못한 사람들 모두 불에 타기 시작했다. 마치 난로 속에 던져지는 땔감 같았다. 그 화염의 빛은 난로 속에서 타는 숯불보다 더 밝았다. 하지만 금방 소멸되었다.

거대한 태양이 빠르게 솟아올라 금세 하늘 정중앙에 떠오르며 하늘 대부분을 가렸다. 왕먀오는 고개를 들었다. 그런데 이상한 느낌이 들었다. 예전에는 그가 위를 쳐다보았는데 지금은 마치 아래를 보고 있는 것 같았다. 거대한 태양 표면은 화염의 대지를 형성했고 왕먀오는 자신이 이 찬란한 지옥으로 떨어지고 있는 것 같았다!

대지 위의 호수가 증발하기 시작했다. 하얀 김이 버섯구름처럼 높이 솟아올랐다가 사방으로 퍼져 호수 옆 인간의 유골을 덮었다.

"항세기는 계속될 것이다. 우주는 기계다. 내가 이 기계를 만들어냈다. 항세기는 계속될 것이다. 우주는……."

왕먀오가 고개를 돌렸다. 타들어가고 있는 묵자의 외침이었다. 그는 주황색 불기둥에 휩싸여 피부가 오그라들고 숯처럼 변했지만 두 눈은 그를 집어삼킨 화염과는 전혀 다른 빛을 발산했다. 다 타버려 숯 막대기가 된 두 손에서 명주로 된 재가 흩날렸다. 그것은 만세력이었다. 왕먀오 자신도 타들어갔다. 그는 두 개의 횃불로 변한 두 손을 보았다.

거대한 태양이 빠르게 서쪽 지평선 아래로 사라졌다. 사라지는 속도도 매우 빨랐다. 대지는 그 빛의 담장을 따라 다시 솟아나는 것 같았다.

눈부신 노을이 순식간에 사라지고 어둠이 거대한 손으로 검은 커튼을 치듯 잿더미로 변한 세계를 뒤덮었다. 방금 화상을 입은 대지가 어둠 속에서 검붉은 빛을 뿜어댔다. 난로 속에서 갓 끄집어낸 석탄 같았다. 왕먀오는 밤하늘에 별이 나타난 것을 보았다. 그러나 금세 수증기와 연기가 하늘을 가렸고 붉게 타오르는 대지의 모든 것을 가렸다. 세계는 암흑의 혼돈 속으로 빠졌다. 붉은색으로 된 문장이 나타났다.

— 제141호 문명은 화염 속에서 멸망했다. 이 문명은 동한(東漢) 단계로 진화한다.

문명의 씨앗은 여전히 살아 있다. 그것은 다시 살아나 삼체 세계의 운명은 알 수 없는 진화를 시작할 것이다.

— 다시 로그인하십시오.

왕먀오는 V 장비를 벗었다. 정신적 충격이 조금 가라앉자 삼체는 가상 세계로 위장했지만 그 안에는 거대하고 깊은 진실이 있다는 것을 다시 한 번 느꼈다. 그에 비해 눈앞의 현실 세계는 복잡한 것 같지만 사실은 단순하고 얄팍한 〈청명상하도〉 같았다.

다음 날 왕먀오는 나노센터에 출근했다. 어제 그가 출근하지 않아 생긴 작은 혼란 외에는 모든 것이 정상이었다. 그는 일이 효과적인 마취제라는 것을 깨달았다. 일에 빠져 있으면 그 악몽에서 잠시 벗어날 수 있었다. 일부러 하루 종일 바쁘게 일하다 어두워져서야 실험실을 떠났다.

나노센터 빌딩을 벗어나자 다시 악몽 같은 느낌이 따라왔다. 별이 가득한 밤하늘이 마치 모든 것을 뒤덮은 돋보기 같았고 자신은 그 아래 벌거

벗은 조그만 벌레 같았다. 그러나 도망갈 곳이 없었다. 그는 무엇인가 해야 했다. 양둥의 어머니 예원제를 다시 찾아가야 한다는 생각에 그녀의 집으로 차를 몰았다.

예원제는 집에 혼자 있었다. 왕먀오가 갔을 때 그녀는 소파에 앉아 책을 보고 있었다. 그제야 왕먀오는 그녀가 노안에 근시라는 것을 알았다. 책을 볼 때와 먼 곳을 볼 때 각각 안경을 바꿔 써야 했다. 예원제는 왕먀오를 보자 매우 기뻐하며 안색이 먼저보다 좋아졌다고 말했다.

왕먀오가 웃으며 말했다.

"모두 선생님이 주신 인삼 덕분입니다."

그녀는 고개를 저었다.

"그렇게 좋은 것도 아니었는데, 뭘. 옛날에는 기지 주변에서 좋은 산삼을 캘 수 있었는데 말이야. 이렇게 큰 것도 캔 적이 있었어……. 지금은 어떤지 모르겠군. 이제는 사람이 없다고 들었는데 말이야. 아이고, 늙었어. 요즘에는 늘 옛날 생각만 한다니까."

"문화대혁명 시기에 고생을 많이 하셨다고 들었습니다."

"사루이산이 말했군?"

노인은 마치 앞에 있는 거미줄을 털어내듯이 가볍게 손을 흔들며 말을 이었다.

"과거야, 다 옛날이야기지……. 어제 사루이산이 전화를 했어. 허둥대면서 뭔가를 말하는데 도통 알아들을 수가 있어야지. 그저 자네에게 무슨 일이 생겼다는 말만 알아들었지. 왕먀오, 자네도 내 나이가 되면 그때는 하늘이 무너져 내리는 것 같은 일도 사실 아무것도 아니었다는 걸 알게 될 거야."

"고맙습니다."

왕먀오는 다시 따뜻함을 느꼈다. 이제, 지금 눈앞에 있는 온갖 역경을 다 겪어내고 담담해진 노인과 아무것도 모르는 스창만이 무너질 것 같은 자신의 정신 세계를 지탱하는 두 기둥이 되었다.

"문화대혁명을 이야기하자면 그래도 나는 운이 좋았지. 딱 죽었구나 싶었을 때 살 수 있는 곳으로 갔으니 말이야."

"홍안 기지를 말씀하시는 겁니까?"

예원제는 고개를 끄덕였다.

"정말 생각지도 못했던 일입니다. 저는 전설인 줄로만 알았습니다."

"전설이 아니야. 알고 싶다면 내가 겪었던 일들을 이야기해주지."

그녀의 말에 왕먀오는 조금 긴장했다.

"예 선생님, 단지 호기심일 뿐입니다. 불편하시다면 괜찮습니다."

"아, 괜찮네. 그저 누군가에게 말하고 싶은 것뿐이야. 요즘에는 정말 누군가를 붙잡고 말하고 싶다는 생각이 들어."

"노인복지관 같은 곳에 가셔도 좋을 텐데요. 많이 움직이고 활동하면 외롭지 않을 겁니다."

"은퇴한 노인들 대부분이 대학 동기들이야. 하지만 그들과는 늘 어울리지 못했어. 동기들은 옛날 일을 기억하며 떠드는 것을 좋아하지만 자기 얘기를 들어주기 바라지 남의 말은 들으려고 안 해. 자네, 홍안 이야기에 관심이 있지 않은가?"

"그래도 말하기 불편하지 않으세요?"

"그렇지도 않아. 기밀에 속하기는 하지만 말이야. 하지만 그 책이 출판된 이후 직접 경험한 사람들이 다 말을 하잖아. 공개된 비밀이지. 그 책을 쓴 사람은 책임감이 없어. 왜 그 책을 썼는지 문제 삼지 않더라도 책 속의 많은 부분이 사실과 다르니 수정하는 게 당연하지."

예원제는 왕먀오에게 아직 잊히지 않은 과거를 털어놓기 시작했다.

홍안 2

홍안 기지에 갓 들어갔을 때 예원제는 고정적인 일을 하지 않고 감시원의 감시하에 기술적인 자질구레한 일들만 했다.

대학 2학년 때 예원제는 나중에 대학원 지도교수가 될 교수님을 알게 되었다. 교수님은 예원제에게 천체물리학을 연구하겠다는 사람이 실험 기술을 모르고 관찰 능력이 없으면 이론이 아무리 좋아도 소용없다고 말했다. 적어도 국내에서는 그렇다고 조언해주었다. 그것은 그녀 아버지의 관점과는 매우 달랐지만 예원제는 그 생각에 동의하는 편이었다. 그는 아버지가 너무 이론에 치우쳤다고 생각했다. 지도교수는 국내 전파천문학 창시자 중 한 명으로 그의 영향을 받아 예원제도 전파천문학에 깊은 관심을 갖게 되었고 그 때문에 전자공학과 컴퓨터과학을 독학했다.* 이것은 실험과 관측의 기초였다. 대학원 2년 차에 그녀는 지도교수와 국내 첫 소형 전파망원경을 테스트해 이 분야의 경험을 많이 쌓았다. 그 지식을 홍안 기

* 당시 대부분의 대학에서 이 두 전공은 통합되어 있었다.

지에서 사용하게 될 줄은 생각지도 못했다.

초반에 예원제는 발사부에서 설비 유지 보수와 점검을 했지만 곧 발사부에서 없어서는 안 될 기술 인력이 되었다. 그녀는 그 점이 이해되지 않았다. 그녀는 기지에서 유일하게 군복을 입지 않은 사람이었고 그녀의 신분 때문에 모든 사람이 그녀와 거리를 두었다. 그래서 그녀는 외로움을 잊기 위해 모든 정력을 일에 쏟아부었다. 하지만 이것도 문제를 설명하기엔 부족했다. 명색이 국방 중점 사업인데 기술 인력이 어떻게 이처럼 평범한 사람들로 채워질 수 있고, 업무 역시 공과 출신도 아니고 현장 경험도 없는 자신으로 쉽게 대체할 수 있는지 이해가 안 되었다.

그녀는 곧 그 이유를 알게 되었다. 겉보기와는 달리 기지에는 인민해방군 제2포병대에서 제일 우수한 기술 장교가 배치되어 있었다. 그들의 전자 및 컴퓨터 엔지니어링 실력은 그녀가 평생을 배워도 따라가지 못할 정도였다. 그러나 기지가 워낙 외진 곳에 있고 환경도 열악한 데다 주요 연구 제작 작업도 이미 끝났고 운영과 유지만 남아 있어 기술적으로 성과를 낼 기회가 없기 때문에 그들은 전혀 만족해하지 않았다. 또한 이런 특급 기밀 프로젝트에서 기술 핵심 위치에 오르면 빠져나가기 어렵다는 것을 알았기 때문에 그들은 일부러 자신의 능력을 낮추었다. 그렇다고 너무 뒤떨어지면 안 되었으므로 상사가 동쪽을 가리키면 그들은 있는 힘을 다해 서쪽으로 갔고 못 알아듣는 척하면서 상사가 '이 사람이 열심히 하긴 하지만 능력이 모자라 여기 남겨두면 방해만 되겠군' 하고 생각하기를 바랐다.

많은 사람이 이런 식으로 기지를 떠났다. 이런 상황에서 예원제는 자기도 모르게 기지의 주요 기술 인력이 되었다. 하지만 그녀가 그 위치에 오를 수 있었던 또 다른 이유는 홍안 기지에서 적어도 그녀가 담당하는 영역에는 진정한 의미의 선진 기술이 없었기 때문이다. 그녀는 이것도 이해할 수 없었다.

기지에 들어온 후 예원제는 주로 발사부에서 일했지만 시간이 흐르면서 그녀에 대한 제한도 점차 느슨해졌고 늘 따라다니던 감시원도 없어졌다. 그녀는 홍안 시스템 대부분의 구조에 접근할 수 있었고 관련 기술 자료도 볼 수 있게 되었다. 물론 접근이 금지된 것도 있었다. 예를 들어 컴퓨터 통제 부분은 그녀가 절대 접근할 수 없었다. 그러나 홍안 시스템에서 그 부분이 차지하는 역할이 그녀가 예전에 상상한 것만큼 크지 않다는 것도 알게 되었다. 가령 발사부의 컴퓨터는 DJS130보다 낙후된 설비로 육중한 코어기억장치와 종이테이프 입력 방식을 사용하고 있었다. 고장 없이 가장 오래 가동된 시간이 열다섯 시간을 넘지 않았다. 홍안 시스템의 조준 부분도 정밀도가 매우 낮아 대포의 조준 장비보다 못할 것 같았다.

어느 날 레이즈청 정치위원이 예원제를 불렀다. 이제 예원제의 눈에 양웨이닝과 레이즈청의 위치가 바뀌었다. 그 시절에 최고 기술 지도자인 양웨이닝은 정치적 지위가 높지 않았다. 기술 외에는 권위가 없어 부하에게도 조심스럽게 대하고 심지어 보초병에게도 공손히 대했다. 그러지 않으면 지식분자의 '삼결합'과 사상 개조 태도에 문제가 되었다. 그 때문에 업무적으로 거슬리는 일이 생기면 예원제가 그의 화풀이 대상이 되었다. 그러나 예원제가 기술 분야에서 점점 중요한 위치가 되자 레이즈청은 초반의 냉담했던 태도를 바꾸어 점차 상냥하게 대했다.

레이즈청이 물었다.

"예원제, 발사 시스템에 익숙해졌죠? 이것은 홍안 시스템의 공격 부분에 해당합니다. 이 시스템에 대해 어떻게 생각합니까?"

그들은 레이더봉 절벽 앞에 앉아 이야기를 나누었다. 기지에서 제일 외진 곳이었다. 바닥이 보이지 않는 수직 절벽이 처음에는 무서웠지만 지금은 혼자서 즐겨 오는 곳이 되었다.

레이즈청의 질문에 예원제는 어떻게 대답해야 할지 알 수 없었다. 그녀는 그저 설비의 유지 보수를 맡고 있어 홍안 시스템의 작용 방식이나 공격 목표 등을 포함한 전체 상황은 전혀 몰랐기 때문이다. 게다가 그녀가 아는 것이 허용되지도 않았다. 정규 발사 때마다 그녀는 현장에 있을 수 없었다. 그녀는 말하려다 멈추었다.

레이즈청이 옆에 있는 풀을 손으로 뜯으며 말했다.

"솔직하게 말해보세요. 괜찮습니다."

"그것은…… 그저 무선 발사기 아닙니까?"

레이즈청이 만족스러운 듯 고개를 끄덕였다.

"그래요, 무선 발사기지요. 전자레인지 알아요?"

예원제는 고개를 저었다.

"서방 자산 계급의 사치품인데 극초단파를 흡수해서 생기는 열로 음식을 가열하는 겁니다. 예전에 내가 있던 연구소에서 어떤 부품의 고온 노화를 정밀 실험하기 위해 외국에서 한 대 들여왔습니다. 업무가 끝나면 거기에 만두를 찌거나 감자를 구워 먹었지요. 아주 재미있습니다. 속이 먼저 가열되어 안은 뜨거워도 겉은 차갑지요."

레이즈청은 일어서서 왔다 갔다 했다. 그가 절벽 가까이 갔을 때는 예원제도 긴장이 되었다.

"홍안 시스템은 전자레인지라고 할 수 있습니다. 가열 목표는 우주에 있는 적의 우주선입니다. 제곱센티미터당 0.1~1와트의 극초단파 에너지 복사에 도달하면 위성통신, 레이더, 항법장치 등 시스템의 극초단파 전자 설비를 무력화하거나 태워버릴 수 있습니다."

예원제는 문득 깨달았다. 홍안 시스템은 전파 발사기이지만 평범한 것이 아니었다. 그녀가 가장 놀란 점은 홍안 시스템의 발사 일률이 25메가와트에 달한다는 것이었다! 이것은 모든 통신 발사 일률보다 훨씬 높았고 레이더 발사보다 컸다. 홍안 시스템은 방대한 축전기가 발사 에너지를 제공했다. 일률이 크다 보니 발사 회로도 일반적인 것과는 달랐다. 예원제는 그제야 이런 초대형 발사 일률의 용도를 알게 되었다. 그러나 곧바로 문제 하나가 떠올랐다.

"시스템이 발사하는 전파는 변조를 거치는 것 같았습니다."

"그렇습니다. 하지만 변조는 일반 무선통신과는 전혀 다릅니다. 정보를 담기 위해서가 아니라 변화되는 주파수와 진폭으로 적의 차폐 방어 기능을 파괴하려는 것입니다. 물론 모두 시험 중입니다."

예원제는 고개를 끄덕였다. 마음속에 품었던 많은 의문들이 풀렸다.

"최근 주취안(酒泉)에서 발사한 표적 위성 두 대를 홍안 시스템으로 공격하는 실험이 성공했습니다. 목표물을 명중시켜 위성 내부를 1000도에 가까운 고온에 이르게 해서 탑재된 측정기와 촬영 설비가 전부 파손됐습니다. 앞으로 실전에서 홍안 시스템은 적의 통신과 정찰 위성을 효과적으로 공격할 수 있을 겁니다. 미국 제국주의의 현재 주력 정찰 위성인 KH-8과 앞으로 발사할 KH-9, 소련 수정주의의 궤도가 낮은 정찰 위성은 더 말할 것도 없지요. 필요하면 소련 수정주의의 살류트 우주정거장과 미국 제국주의가 내년에 발사 예정인 스카이랩을 공격할 수도 있습니다."

"정치위원, 지금 그녀에게 무슨 말을 하는 겁니까?"

누군가가 예원제 뒤에서 말했다. 돌아보니 양웨이닝이었다. 레이즈청을 쏘아보는 눈빛이 매서웠다.

"일 때문이오."

레이즈청은 이 한마디를 내뱉고 가버렸다. 양웨이닝도 말없이 예원제를 한번 쳐다보고는 사라져 예원제 혼자 덩그러니 남게 되었다.

'자기가 기지에 데려왔으면서 아직도 나를 믿지 못하는군.'

예원제는 조금 서글펐고 레이 정치위원이 걱정되었다. 기지에선 레이즈청이 양웨이닝보다 권력이 커서 주요 사안에 대한 최종 결정권을 갖고 있었다. 그러나 방금 황급히 떠나는 모습으로 미루어 보아 총엔지니어 앞에서 뭔가 잘못을 한 모양이었다. 그래서 예원제는 레이 정치위원이 홍안의 실제 용도를 말해준 것은 개인적인 결정이라고 확신했다. 이것이 그에게 어떤 나쁜 결과를 가져올까? 레이 정치위원의 건장한 뒷모습을 보면서 예원제는 감격스러웠다. 그녀에게 있어 신뢰는 감히 꿈도 꿀 수 없는 사치품이었기 때문이다. 양웨이닝보다 레이즈청이 예원제가 생각하는 진정한 군인에 가까웠다. 그는 군인의 솔직함과 진실함이 있었다. 반면 양웨이닝은 그녀가 수없이 보아온 소심하고 신중하고 자신의 안녕만 추구하는 이 시대의 전형적인 지식인이었다. 예원제는 그를 이해했지만 이로써 원래 멀었던 그와의 거리가 더 멀어졌다.

다음 날, 예원제는 발사부에서 감청부로 이동했다. 그녀는 이것이 어제의 일과 관련이 있으며 자신을 홍안의 핵심 부서에서 멀어지게 하려는 의도인 줄 알았다. 그러나 감청부에서 일해보니 이곳이 홍안의 핵심에 더 가까웠다. 두 부서는 같은 안테나를 사용하는 등 설비 시스템이 중복되는 부분이 있었지만 감청부의 기술 수준은 발사부보다 훨씬 높았다.

감청부에는 매우 선진적인 전자파 수신 시스템이 있었다. 대형 안테나 수신기에서 받은 신호는 루비 진행파 메이저(maser)*를 통해 확대되었

* 옮긴이 주: 마이크로파 영역의 전자기파를 발진·증폭하는 장치.

다. 시스템 자체의 교란을 억제하기 위해 수신 시스템의 핵심 부분을 영하 269도의 액체 헬륨에 담갔다. 액체 헬륨은 헬기가 정기적으로 운송해 와 보충했다. 그것이 시스템의 민감도를 유지시켜 아주 미약한 신호도 수신할 수 있게 했다. 예원제는 이 설비를 전파천문 연구에 쓴다면 얼마나 좋을까 하고 생각했다.

감청부의 컴퓨터 시스템은 발사부보다 훨씬 방대하고 복잡했다. 예원제는 기계실에 들어갔을 때 일렬로 늘어선 음극선관 스크린에 계속 올라오는 프로그램 코드를 보고 깜짝 놀랐다. 그것은 키보드를 통해 편집과 테스트가 가능했다. 그녀가 대학에서 사용한 컴퓨터는 칸이 쳐진 코딩 용지에 코드를 쓴 다음 타자기로 종이테이프에 쳐야 했다. 키보드와 모니터로 입력한다는 말은 들었지만 직접 눈으로 본 것은 처음이었다. 더 놀라운 것은 이곳의 소프트웨어 기술이었다. 그녀는 포트란*이라는 것을 알고는 있었지만 자연 언어에 가까운 코드로 프로그래밍할 수 있고 수학 공식을 직접 코드로 쓸 수 있다는 것에 놀랐다! 그것의 프로그래밍 효율은 기계어, 어셈블리언어**보다 몇 배가 높은지 알 수 없을 정도였다. 그리고 데이터베이스라 부르는 것으로는 방대한 데이터를 마음대로 제어할 수 있었다.

이틀 뒤, 레이즈청 정치위원이 또다시 예원제를 불렀다. 이번에는 감청부 기계실의 초록빛이 반짝이는 컴퓨터 모니터 앞이었다. 양웨이닝은 그와 멀지 않은 곳에 앉았다. 두 사람의 대화에 끼고 싶지 않지만 안심하고 떠날 수도 없는 것 같았다. 그것이 예원제를 불편하게 했다.

레이즈청이 말했다.

* 과학적인 계산을 하기 위해 만들어진 1세대 프로그래밍 언어.
** 옮긴이 주: 프로그래밍 언어 중 하나로 기계어와 일대일로 대응한다.

"예원제, 감청부의 업무 내용을 설명해주겠습니다. 간단히 말해 적의 우주 활동을 감시하는 것입니다. 여기엔 적의 우주선이 지상과 우주선 간의 통신을 감청하는 것이 포함됩니다. 우리 우주 비행 관측부와 협력해 적우주선의 궤도 위치를 놓치지 않고 홍안 시스템의 작전에 필요한 데이터를 제공하는 것입니다. 홍안의 눈이라고 할 수 있지요."

양웨이닝이 끼어들었다.

"레이 정치위원, 제 생각에 좋지 않은 결정 같습니다. 그녀에게 말할 필요가 정말 없습니다."

예원제는 양웨이닝을 쳐다보며 불안하게 말했다.

"정치위원님, 제가 아는 것이 적절하지 않다면……."

"아니, 아닙니다."

레이즈청은 한 손을 들어 예원제의 말을 가로막았다. 그리고 양웨이닝에게 말했다.

"또 그 말인가. 예원제가 자신의 역량을 더 잘 발휘하도록 하기 위해서야. 그녀도 알아야 할 것은 알아야 하지 않겠나."

양웨이닝이 일어서며 말했다.

"그러면 상부에 보고하겠습니다."

레이즈청이 담담하게 말했다.

"물론 그건 자네 권리지. 하지만 양 총엔지니어, 안심하게. 이 일은 내가 다 책임질 테니."

양웨이닝은 화가 나서 나갔다.

"신경 쓰지 마세요. 양 총엔지니어는 늘 저러니까. 너무 신중해서 때로는 대담하지 못해."

레이즈청은 웃으며 고개를 절레절레 흔들었다. 그리고 예원제를 똑바로 쳐다보며 정중하게 말했다.

"예원제, 애초에 당신을 기지로 데려온 이유는 단순했습니다. 홍안 감청 시스템이 태양 폭발과 흑점 활동으로 생긴 전자기복사의 교란을 자주 받았어요. 그 와중에 우연히 당신의 논문을 봤고 당신이 태양 활동을 비교적 깊이 연구했다는 것을 알게 되었습니다. 국내에서 당신이 제기한 예측 모형이 가장 정확했습니다. 그래서 이 문제를 해결하는 데 도움을 주었으면 했던 겁니다. 하지만 기술적으로도 뛰어난 능력을 보여주어 당신에게 중요한 일을 더 많이 맡기기로 결정했어요. 나는 당신이 우선 발사부에서 일하고 그다음 감청부에서 일하면서 홍안 시스템을 전체적으로 파악하고 숙지하도록 했습니다. 그다음에 무슨 일을 맡길 것인지는 고려 중입니다. 물론 저항이 있다는 것을 당신도 알 겁니다. 하지만 나는 당신을 믿습니다. 예원제, 이 신뢰는 아직까지는 나 혼자만의 생각이지만 앞으로 당신이 더 열심히 일해서 조직의 신뢰를 얻기 바랍니다."

레이즈청이 예원제의 어깨에 손을 얹었다. 그녀는 그의 손에서 전해지는 따뜻함과 힘을 느꼈다.

"예원제, 내 간절한 희망을 말하겠습니다. 언젠가 당신을 예원제 동지라고 부를 수 있기를 바랍니다."

말을 마친 레이즈청은 일어나 군인다운 안정적인 발걸음으로 나갔다. 예원제의 두 눈에 눈물이 가득 고이더니 주르륵 쏟아졌다. 모니터의 코드들이 출렁이는 화염으로 변했다. 아버지가 돌아가신 뒤 처음 흘리는 눈물이었다.

예원제는 감청부 일에 적응해나갔다. 그러나 곧 이곳에서 일하는 것이 발사부에서처럼 순조롭지 않다는 것을 알게 되었다. 그녀가 가진 컴퓨터 지식은 낙후된 지 오래여서 소프트웨어 대부분을 처음부터 다시 배워야 했다. 레이즈칭의 신뢰가 있었지만 그녀에 대한 제한은 엄격했다. 예원제는 프로그램 소스 코드는 볼 수 있었지만 데이터베이스에 접근하는 것은 금지되었다.

일상 업무 중에 예원제는 양웨이닝의 지시를 받아야 하는 상황이 빈번해졌다. 그는 그녀에게 더 거칠게 대했고 걸핏하면 화를 냈다. 레이 정치위원이 여러 차례 주의를 주었지만 소용없었다. 그는 예원제를 보면 이유 없이 불안한 것처럼 보였다.

예원제는 일을 하면서 이해할 수 없는 것이 점점 많아졌다. 홍안 공정은 그녀가 생각했던 것보다 훨씬 복잡했다.

어느 날, 감청부 시스템이 가치 있는 정보를 수신해 컴퓨터로 해독했다. 그것은 위성사진 몇 장이었는데 매우 모호했다. 총참모부 측량국에 보내 판독한 결과 중국의 주요 목표물로, 그중에는 칭다오(靑島) 군사 항구와 연해 지역에서 멀리 떨어진 중남, 서남 일대인 3선 지역의 주요 방위 산업체의 사진도 있었다. 분석 결과, 이 사진들은 미국의 KH-9 정찰 위성에서 나온 것으로 확인되었다. 첫 번째 KH-9는 갓 시험 발사를 완료했고 필름을 금속통에 담아 회수하는 방식으로 정보를 전달했다. 더 발전된 무선 디지털 전송 시험을 하고 있었는데 기술이 미숙하고 전송 주파수가 낮아 정보 유출이 비교적 많아서 홍안 시스템이 수신할 수 있었던 것이다. 또한 기밀 등급이 비교적 낮아 해독할 수 있었다. 이것은 가장 중요한 감시 대상임이 틀림없었고 미국 우주 정찰 시스템을 알 수 있는 좋은 기회였다. 그러나 사흘째 되는 날, 양웨이닝이 감청 주파수와 방향을 바꾸라고 명령해 목표물을 잃어버렸다. 예원제는 도저히 이해할 수가 없었다.

다른 한 가지 일이 그녀를 더 놀라게 했다. 그녀는 감청부에서 일했지만 발사부에 일이 생기면 가서 처리해주었다. 한번은 앞으로 발사될 주파

수 설정을 우연히 보게 되었다. 304, 318, 325차 발사에 설정된 발사 주파수가 극초단파 범위보다 낮았다. 그럴 경우 목표에 어떠한 열효과도 생성할 수 없었다.

그날 장교 한 명이 예원제에게 기지 본부 사무실로 오라고 통보했다. 장교의 말투와 표정에서 그녀는 심상치 않은 기운을 느꼈다.

사무실로 들어가자 익숙한 풍경이 펼쳐졌다. 기지의 주요 지도자가 모두 배석했고 모르는 장교 두 명이 더 있었다. 한눈에도 그들이 상급 부서에서 왔다는 것을 알 수 있었다. 모든 사람이 냉랭한 눈빛으로 그녀를 쏘아보았다. 그러나 오랫동안 풍파를 겪으면서 터득한 예감으로 오늘 운수가 안 좋은 사람은 자신이 아니고, 그저 순장품에 불과하다는 것을 알 수 있었다. 그녀는 레이즈청 정치위원이 어두운 표정으로 한쪽에 앉아 있는 것을 보았다. 결국 자신을 신뢰한 대가를 치르는구나 하는 생각이 제일 먼저 들었다. 그녀는 레이 정치위원을 끌어들이지 않기 위해 모든 일을 자기가 덮어쓰기로 결심했다. 거짓말을 하더라도 말이다. 그러나 뜻밖에도 처음으로 말을 시작한 사람은 레이 정치위원이었고 그의 말은 그녀의 예상을 완전히 뒤엎는 것이었다.

"예원제, 우선 말해두겠는데 나는 이렇게 하는 것에 전혀 동의하지 않소. 다음의 결정은 모두 양 총엔지니어가 상부에 요청해서 이루어진 것이고 앞으로의 결과는 모두 그가 책임질 것이오."

말을 끝낸 레이즈청은 양웨이닝을 쳐다봤고 양웨이닝이 고개를 끄덕였다.

"홍안 기지에서 당신이 자신의 능력을 더 발휘하도록 하기 위해 양 총엔지니어가 상부에 여러 차례 요청했고, 병과 정치부에서 그 요청을 받아들여 동지들을 파견해 당신의 업무 상황을 파악했소."

그는 두 명의 장교를 가리킨 뒤 말을 이었다.

"상부의 동의를 얻어 홍안 기지의 진짜 임무를 당신에게 말해주겠소."

한참 뒤에야 예원제는 레이 정치위원의 말뜻을 알아들었다. 그는 계속 그녀를 속이고 있었던 것이다!

레이즈청은 예원제를 똑바로 쳐다보며 준엄하게 말했다. 예원제가 알던 것과는 전혀 다른 모습이었다.

"당신이 이 기회를 귀하게 여겨 열심히 일해 공을 세워 속죄하기 바라오. 앞으로 기지에서는 성실함만 용납될 뿐 경거망동은 용납되지 않습니다. 반동 행위를 할 경우 가장 혹독한 벌을 받을 것이오. 알아들었습니까? 그럼, 좋소. 양 총엔지니어가 당신에게 홍안 공정의 상황을 소개해줄 것이오."

사람들이 하나둘 나가고 사무실에는 양웨이닝과 예원제만 남았다.

양웨이닝이 말했다.

"당신이 동의하지 않는다면 지금이라도 늦지 않았습니다."

예원제는 이 말의 무게를 알았다. 그리고 요 며칠 자신을 보면서 초조해했던 그를 이해할 수 있었다. 기지에서 그녀의 재능을 발휘하도록 하려면 홍안 공정의 내막을 알려주어야 했다. 그러나 이것은 또한 예원제가 레이더봉을 떠날 수 있는 마지막 희망이 사라진다는 것을 뜻했다. 홍안 기지가 그녀 인생의 귀착점이 되는 것이었다.

예원제는 작지만 결연한 목소리로 말했다.

"동의합니다."

초여름의 황혼에서, 초대형 안테나가 바람에 웅웅거리는 소리와 멀리 다싱안링의 소나무 숲이 우는 소리를 배경으로 양웨이닝은 예원제에게 홍안 공정의 진짜 설립 목적을 말해주었다. 그것은 레이즈청의 거짓말보다 더 믿기 어려운 시대의 신화였다.

홍안 3

홍안 공정 일부 문건.

이들 문건은 예원제가 왕먀오에게 홍안의 내막을 말하고 3년 뒤에 기밀이 해제되었다.

〈Ⅰ. 세계 기초과학 연구 추세 중 간과된 중요한 문제〉

출처 「내부 참고」 196□년 □월 □일

【개요】 근현대사에서 봤을 때 과학 기초 이론 연구 성과가 응용기술로 전환되는 데에는 두 가지 모델이 있다. 점진형과 돌연변이형.

점진형: 기초 이론 성과가 점진적으로 응용기술로 전환된다. 기술이 조금씩 축적되다가 결국 비약적인 발전을 이룬다. 최근의 예는 우주 항공 기술의 발전이다.

돌연변이형 : 기초 이론 성과가 빠르게 응용기술로 전환되어 기술에 돌연변이가 생긴다. 최근의 예는 핵무기의 출현이다. 1940년대까지 가장 우수한 물리학자들도 원자력을 방출하는 것은 불가능한 일이라고 주장했다. 그러나 핵무기는 매우 짧은 시간 내에 갑자기 나타났다. 기초과학이 응용기술로 전환되는 폭은 매우 크고 시간은 매우 짧다. 우리는 이를 기술의 돌연변이라고 정의한다.

현재, 나토와 바르샤바조약기구의 기초 연구가 전례 없이 활발해 막대한 투자가 이루어지고 있다. 때문에 하나 또는 여러 개의 기술 돌연변이가 언제든 발생할 수 있다. 이것은 우리의 전략 계획에 중대한 위협이 될 것이다.

보고서에서는 우리가 현재 기술의 점진형 발전에는 주목하고 있지만 기술의 돌연변이에 대해서는 충분히 관심을 갖고 있지 않다고 보았다. 전략적 관점에서 정책과 원칙을 제정해 기술 돌연변이가 발생할 경우 정확하게 대응하도록 해야 한다.

보고서에서 열거한 기술 돌연변이가 발생할 가능성이 있는 분야는 다음과 같다.

1. 물리학 : (생략)

2. 생물학 : (생략)

3. 컴퓨터과학 : (생략)

4. 외계 문명 탐사 : 기술 돌연변이가 일어날 가능성이 있는 것 중 변수가 가장 많은 분야로 돌발적인 거대한 변화가 일어날 가능성이 높다. 이 분야에서 기술 돌연변이가 일단 발생하면 그 영향력은 위 세 분야의 기술 돌연변이의 합을 능가할 것이다.

【전문】생략

【소견】이 글을 인쇄 하달해 적당한 범위 내에서 토론한다. 보고서의 관점이 마음에 들지 않는 사람도 있겠지만 무조건 비난해서는 안 된다. 핵심은 보고서 작성자의 장기적인 관점이다. 일부 동지는 현재 부분적인 현상에 미혹되어 전체를 보지 못하고 있다. 그것은 환경적 원인일 수도 있고 자기만 옳다고 생각해서인 경우도 많다. 그러나 전략적 시야의 사각지대는 위험하다. 나는 보고서에서 제시한 기술 돌연변이가 일어날 수 있는 4개 분야 중 마지막 분야가 우리가 가장 소홀했던 부분이고 관심을 기울일 만하다고 생각한다. 체계적인 연구가 필요하다.

【서명】□ □ □   196□년 □월 □일

<Ⅱ. 외계 문명 탐사 기술 돌연변이 가능성 연구 보고>

1. 현재 국제 연구 동향【개요】

(1) 미국과 기타 나토 국가 : 외계 문명 탐사의 과학성과 필요성이 폭넓게 인정받고 있고 학술 분위기가 짙다. 오즈마(OZMA) 계획 : 1960년 미국 웨스트버지니아주 그린뱅크에 있는 미국 국립전파천문대에서 직경 26m의 전파망원경을 사용해 외계 문명을 탐사했다. 싱글 채널로 수신하고 주파수는 1420MHz, 탐사 목표는 고래자리 τ(타우) 별과 에리다누스강자리 ε(엡실론) 별로 탐사 시간은

약 200시간이다. 1963년 푸에르토리코에 아레시보 망원경이 건설되었다. 이것은 외계 문명 탐사에 큰 의미가 있다. 이 망원경이 수집하는 에너지는 약 $90000m^2$에 달해 세계 다른 전파망원경이 수집하는 에너지 총면적보다 많다. 컴퓨터 시스템과 연결해 6만 5000개 주파수를 동시에 감시할 수 있고 초대형 일률의 발사 기능이 있다. (1972년 오즈마 2 계획이 실시되어 탐사 목표와 주파수 범위가 확대되었다. 같은 해 파이어니어 10호와 파이어니어 11호 탐사선을 발사했다. 각 탐사선에 지구 문명 정보를 담은 금으로 된 명판을 실었다. 1977년 보이저 1호와 보이저 2호 탐사선을 발사했고 '지구의 소리'라는 금속 기록 장치를 탑재했다.)

(2) 소련: 정보원이 적지만 이 분야에 막대한 투자를 하고 있는 조짐이 보인다. 나토 국가에 비해 더 체계적이고 장기적으로 연구하고 있다. 산발적인 정보 채널을 통해 획득한 정보에 따르면 현재 세계적 차원에서 우주 측지 기술인 초장기선 전파간섭계 기술에 기반한 구경 합성 전파망원경 시스템을 계획하고 있다. 이 시스템이 일단 구축되면 현재 세계에서 가장 강력한 대우주 탐사 능력을 갖게 된다.

2. 유물 사관을 활용한 외계 문명 사회 형태 기본 분석【생략】

3. 외계 문명의 인류 사회 정치 경향에 대한 기본 분석【생략】

4. 외계 문명과의 접촉이 현대 세계 판도에 미치는 영향 기본 분석

(1) 단방향 접촉(외계 문명이 보낸 신호만 수신)【생략】

(2) 쌍방향 접촉(외계 문명과 교류, 직접 접촉 발생)【생략】

5. 초대형 국가가 외계 문명과 먼저 접촉하고 접촉을 독점할 경우의 위험과 결과

(1) 미국 제국주의와 나토가 외계 문명과 먼저 접촉하고 접촉을 독점할 경우의 결과 분석(기밀 미해제)

(2) 소련 수정주의와 바르샤바조약기구가 외계 문명과 먼저 접촉하고 접촉을 독점할 경우의 결과 분석(기밀 미해제)

【소견】 보고서 읽음. 다른 나라들이 이미 지구 밖으로 목소리를 내기 시작했다. 외계 사회가 하나의 목소리만 듣는 것은 위험하다. 우리도 우리의 목소리를 내야 한다. 그래야 그들이 인류 사회의 전체 목소리를 들을 수 있다. 한쪽 의견만 들으면 편견이 생기고, 여러 의견을 들어야 사리 분별이 밝아지지 않겠는가. 이 일은 해야 하고, 서둘러 해야 한다.

【서명】 □ □ □   196□년 □월 □일

<Ⅲ. 홍안 공정 전기 연구 보고>

196□년 □월 □일

극비, 원본 복사본 수 : 2

내용 개요 문건 : 중발□자□□□문, 국방과학기술공업위원회, 중국과학원 관련 부처 전달, 국가계획위원회 국방사 전달, □□□□□□□회의 및 □□□□□□□□□회의 전달, □□□□□□□□□회의에 부분 전달.

프로젝트 번호 : 3760

국방 코드 : 홍안

1. 총칙【개요】

존재 가능한 외계 문명 탐사, 연락 및 교류 시도

2. 홍안 공정 이론 연구【개요】

(1) 감청 수색

감청 주파수 범위 : 1000~40000MHz

감청 주파수 수 : 15000

주요 감측 : 수소 원자 주파수 1420MHz, 수산기 분자 복사 주파수 1667MHz, 물 분자 복사 주파수 22000MHz

감청 목표 범위 : 1000광년 반경, 항성 수 약 2000만 개. 목표 목록 부록 1 참조.

(2) 정보 발송

발송 주파수 : 2800MHz, 12000MHz, 22000MHz

발송 일률 : 10~25MW

발송 목표 : 1000광년 반경, 항성 수 약 10만 개. 목표 목록 부록 2

참조.

(3) 홍안 자체 해석 시스템 연구 제작

지도 부처 : 우주 간에 통용되는 기본 수학과 물리 원리로 기본적인 언어 소스 코드 시스템을 구축해 기초 대수와 유클리드기하학, 기초 물리학 법칙을 아는 문명이 이해할 수 있게 한다.

이상의 소스 코드 시스템을 기반으로 저해상 도형 실례를 보조로 사용해 언어 체계를 구축한다.

언어 종류 : 중국어, 에스페란토어

시스템 전체 정보량 680KB. 2800MHz, 12000MHz, 22000MHz 주파수대에서의 발송 시간은 각각 1183분, 224분, 132분.

3. 홍안 공정 시행 방안

(1) 홍안 수색 감청 시스템 기본 설계 방안(기밀 미해제)

(2) 홍안 정보 발송 시스템 기본 설계 방안(기밀 미해제)

(3) 홍안 수색 감청 기지 및 정보 발송 기지 부지 선정 기본 방안(생략)

(4) 제2포병대 홍안 부대 건설 기본 구상(기밀 미해제)

지구 행성 개요(3.1KB), 지구 생명 시스템 개요(4.4KB), 인류 사회 개요(4.6KB), 세계 역사 기본 정보(5.4KB), 전체 정보량 17.5KB. 전체 정보는 자체 해석 시스템을 거친 다음 발사한다. 2800MHz, 12000MHz, 22000MHz 주파수대에서의 발송 시간은 각각 31분, 7.5분, 3.5분이다.

발송 정보는 여러 학과의 엄격한 검열을 거친다. 은하계에서 태양계의 좌표 정보를 담아서는 안 된다. 3개 발사 주파수 중에서 12000MHz,

22000MHz의 고주파수대의 발사를 가능한 한 줄여 위치 노출 가능성을 줄인다.

<Ⅳ. 외계 문명에 발송할 정보>

제1고【전문】

이 정보를 받은 세계는 주의하십시오. 당신들이 받은 정보는 지구의 혁명 정의를 대표하는 나라가 발송한 것입니다! 과거 당신들은 같은 방향에서 온 정보를 받았을 것입니다. 그것은 지구의 제국주의 초대국이 보낸 것으로 그들은 지구의 다른 초대국과 세계의 패권을 다투며 인류 역사를 후퇴시키려고 합니다. 당신들이 그들의 거짓말을 듣지 않고 정의의 편에, 혁명의 편에 서기를 바랍니다!

【소견】읽음. 당치 않은 글이다! 대자보는 땅에서나 붙이면 되지 우주에까지 보낼 필요 없다. 문혁지도조는 앞으로 홍안에 개입하지 않도록 한다. 이렇게 중요한 편지는 정중한 내용으로 초안을 잡아야 한다. 전담 팀을 구성하고 정치국 회의에서 토론해 통과시키는 것이 가장 좋다.

【서명】□ □ □   196□년 □월 □일

제2고【생략】

제3고【생략】

제4고【전문】

이 정보를 받을 세계에 축복을 기원합니다.

다음 정보를 통해 당신들은 지구 문명에 대해 기본적으로 이해할 수 있게 될 것입니다. 인류는 길고 긴 노동과 창조를 거쳐 찬란한 문명을 건설했고 다양한 문화를 탄생시켰습니다. 또한 자연계와 인류 사회 운영·발전의 규칙을 기본적으로 이해했습니다. 우리는 이 모든 것을 소중하게 여깁니다.

그러나 우리의 세계에는 여전히 큰 단점이 있습니다. 원한과 편견, 전쟁이 존재합니다. 생산력과 생산 관계의 모순, 부의 심각한 불균형으로 많은 인류 구성원이 빈곤과 어려움 속에서 생활하고 있습니다.

인류 사회는 현재 우리가 직면한 각종 어려움과 문제를 열심히 해결하고 있으며 지구 문명의 아름다운 미래를 창조하기 위해 노력하고 있습니다. 이 정보를 발송하는 나라가 하는 사업이 바로 이런 노력의 일부분입니다. 우리는 모든 인류 구성원의 노동과 가치가 충분히 존중받고, 모든 사람의 물질과 정신 수요가 충분히 만족되며, 지구 문명이 더욱 아름다운 문명이 되는 이상적인 사회를 건설하기 위해 노력하고 있습니다.

우리에게는 아름다운 꿈이 있습니다. 우주의 다른 문명 사회와 연락을 하고 당신들과 함께 광활한 우주에서 더 아름다운 삶을 창조하기를 바랍니다.

<Ⅴ. 관련 정책 및 전략>

1. 외계 문명 정보 수신 후의 정책 및 전략 연구【생략】

2. 외계 문명과 연락 관계 구축 후의 정책 및 전략 연구【생략】

【소견】 바쁜 다음에는 한 걸음 쉬었다 가는 것이 필수적이다. 이 공정은 우리에게 많은 것을 생각하게 했다. 이런 일은 새로운 각도에서 봐야 이해할 수 있다. 그런 측면에서 홍안은 이미 큰 의의가 있다. 우주에 정말 다른 인간과 사회가 있다면 좋지 않은가. 우리가 하는 일의 공로와 죄는 후대가 평가할 것이다.

【서명】□□□   196□년 □월 □일

홍안 4

―――――――――

"예 선생님, 궁금한 게 하나 있습니다. 당시 외계 문명을 찾는 것은 비주류 기초 연구였는데 홍안 공정은 기밀 등급이 왜 그렇게 높았습니까?"

예원제의 말을 다 들은 왕먀오가 물었다.

"그 문제는 홍안 공정 최초 단계에서도 제기한 사람이 있었고 홍안의 마지막까지 계속됐지. 이제는, 자네도 알겠지. 우리는 홍안 공정 최고 결정자의 생각이 매우 앞서갔다는 것에 탄복할 따름이지."

왕먀오가 고개를 끄덕이며 말했다.

"네, 그렇습니다. 매우 앞서갔어요."

외계 문명과의 접촉이 일단 성공하면 인류 사회는 어떠한 그리고 어느 정도의 영향을 받을 것인가 하는 엄숙한 과제가 체계적으로 연구된 것은 최근의 일이다. 그러나 이 연구가 급격히 활발해져 얻어낸 결론은 놀라웠다. 과거 천진한 이상주의자들의 바람은 철저히 무너졌다. 학자들은 대다수 사람들이 가진 낭만적인 바람과는 달리 인류는 통합된 하나의 주체로 외계 문명과 접촉할 수 없다는 것을 알아냈다. 이런 접촉이 인류 문화에 일으키는 효과와 반응은 융합이 아니라 분열이며 인류의 다른 문명 간 충돌이 해소되는 것이 아니라 격화될 것이다. 결론적으로 일단 접촉하면 지구 문명의 내부적 차이는 더 벌어지고 그 결과는 재난이다. 가장 놀라운 결론은 이런 효과는 접촉 정도와 방식(한 방향 또는 쌍방향), 접촉한 외계 문명의 형태와 진화 정도와는 전혀 관계가 없다!

이것은 랜드(LAND)*의 사회학자 빌 매슈가 『10만 광년 철의 장막: 세티** 사회학』에서 제기한 '접촉 부호' 이론이다. 그는 외계 문명과의 접촉은 부호 또는 스위치로, 내용이 어떻든 같은 효과와 반응이 나타난다고 주장했다. 만일 외계 문명의 존재만 증명하고 실질적인 내용은 없는 접촉이 발생했다면, 매슈는 이것을 '첫 접촉'이라고 정의했다. 그 효과와 반응은 인류의 심리와 문화 렌즈를 통해 증폭되어 문명의 진행 과정에 막대한 영향을 줄 수 있다. 이런 접촉이 어떤 국가나 정치적 힘에 의해 독점되면 경제적, 군사적 의의는 상상을 초월한다.

왕먀오가 물었다.

"홍안 공정의 끝은 어떻게 됐습니까?"

"예상할 수 있을 텐데."

왕먀오는 또 한 번 고개를 끄덕였다. 물론 그는 알았다. 홍안이 성공했다면 세계는 지금의 세계가 아니었을 터였다. 그는 위로의 말을 건넸다.

"사실 성공 여부는 아직 알 수 없죠. 홍안이 보낸 전파는 지금도 우주를 날아가고 있을 테니까요."

---

* 옮긴이 주: 국제 과학기술 정책을 논의하기 위해 민간 차원에서 설립한 싱크탱크 기구.
** 옮긴이 주: SETI(Search for Extra Terrestrial Intelligence), 외계의 지적 생명체를 찾기 위한 활동. 전파망원경으로 외계에서 보내는 전자기파를 찾고 분석하는 작업을 한다.

예원제는 고개를 저었다.

"전파 신호는 멀어질수록 약해져. 우주에는 교란이 너무 많아 외계 문명이 수신할 가능성은 적지. 우주에 있는 외계 문명이 우리의 전파 신호를 수신하게 하려면 발사 일률이 중등 항성의 복사 일률 정도는 되어야 한다는 연구 결과가 나왔어. 소련의 천체물리학자 카르다셰프는 우주의 다른 문명이 통신에 사용하는 에너지에 따라 세 종류로 분류했지. 1형 문명은 지구의 전체 출력 일률에 해당하는 에너지를 통신에 사용할 수 있어. 당시 그는 지구의 일률을 10^{15}~10^{16}와트로 계산했지. 2형 문명은 항성의 일률에 해당하는 10^{26}와트를 통신에 사용할 수 있어. 3형 문명이 통신에 사용하는 일률은 10^{36}와트로 은하계 전체의 일률로 출력하는 것과 같아. 현재 지구 문명은 약 0.7형에 머물러 있어. 1형에도 아직 미치지 못했지. 그런데 훙안이 발사한 일률은 겨우 지구가 모을 수 있는 출력 일률의 1000만분의 1이었으니 광활한 하늘에서 모기 한 마리가 웽웽대는 것이나 다름없지. 누가 들을 수 있겠어!"

"하지만 그 소련 사람이 말한 2나 3형 문명이 정말 존재한다면 우리는 그들의 목소리를 들을 수 있겠네요."

"훙안 20여 년 동안 우리는 아무것도 듣지 못했어."

"그렇습니다. 훙안과 세티를 생각해보면 이 모든 노력이 하나의 사실을 증명하는 것 아닐까요? 우주에서 오직 지구에만 문명을 가진 생명체가 존재한다는?"

예원제가 가볍게 한숨을 쉬었다.

"이론적으로 보면 그건 영원히 결론이 나지 않는 문제야. 하지만 느낌으로 말하자면, 나와 훙안에 있었던 사람들은 모두 그 점에 동의해."

"훙안 공정이 취소된 것은 정말 안타깝습니다. 이왕 건설했으니 계속 운영하면 좋았을 텐데요. 그것은 정말 위대한 사업인데 말입니다!"

"홍안은 점점 쇠퇴했지. 1980년대 초에 대규모 개선 작업이 진행됐어. 주로 발사와 감청 부분의 컴퓨터 시스템을 업그레이드했어. 발사 시스템은 자동화되었고 감청 시스템에도 IBM 중형 컴퓨터를 두 대 들여놔 데이터 처리 능력이 많이 향상되어 주파수 4만 개를 동시에 감청할 수 있게 되었지. 하지만 나중에 시야가 넓어지면서 사람들도 외계 문명 탐사의 어려움을 확실히 알게 되었고 상급 기관은 홍안 공정에 점차 흥미를 잃었어. 가장 먼저 나타난 변화는 기지 기밀 등급이 내려간 것이었어. 당시 홍안에 높은 기밀 등급을 유지하는 것은 작은 문제를 크게 확대하는 것이라는 인식이 보편적이었지. 그래서 기지 경비 병력도 중대 규모에서 한 조로 줄었고 나중에는 다섯 명으로 이뤄진 경비팀만 남았지. 그 개혁 이후 홍안은 계속 제2포병대 소속이었지만 과학 연구 관리는 중국 과학원 천문소로 이관되었지. 그래서 외계 문명 탐사와 관계없는 프로젝트를 맡게 됐고."

"선생님의 많은 성과가 그때 나온 것이군요."

"홍안 시스템이 제일 처음 맡은 것은 전파천문관측 프로젝트였어. 당시 홍안 기지는 국내에서 제일 큰 전파망원경을 보유하고 있었지. 나중에 다른 전파천문관측기지가 건설되면서 홍안은 태양 자기장 활동 관측과 분석을 주로 했고 이 연구를 위해 태양망원경을 설치했어. 우리가 만든 태양 자기장 활동의 수학모델은 당시 그 분야에서 꽤 앞선 것이었고 실제로 응용도 많이 됐지. 이런 연구와 성과 덕분에 홍안의 막대한 투자 비용을 조금씩 회수할 수 있었어. 사실 이 모든 것은 레이 정치위원의 공이 컸다고 할 수 있지. 물론 그는 개인적인 목적이 있었어. 당시 그는 기술부대에서 정치 공작 요원을 하면 전망이 밝지 않다는 것을 알았지. 그도 입대하기 전에 천체물리학을 전공했었거든. 그래서 과학 연구로 돌아오려 했던 거야. 홍안 기지가 나중에 하게 된 외계 문명 탐사 외의 프로젝트는 모두 그가 노력한 결과지."

"전공으로 돌아오기가 어디 그리 쉽습니까? 당시 선생님은 명예 회복 전이었으니 제 생각에는 선생님의 성과를 그가 가로챘을 것 같습니다."

예원제는 너그러운 미소를 지었다.

"레이즈청이 없었으면 홍안 기지는 진작 문을 닫았을 거야. 홍안이 군에서 민간 범위 내로 전환된 이후 군 쪽에서는 완전히 포기했고 중국 과학원도 기지의 운영 비용을 대지 못해 결국 모든 것이 끝났지."

예원제는 홍안 기지의 생활에 대해서는 많은 말을 하지 않았고 왕먀오도 묻지 않았다. 기지에 들어간 지 4년째 되는 해 그녀는 양웨이닝과 가정을 꾸렸다. 모든 것이 자연스레 이루어졌고 평범했다. 후에 기지에 사고가 발생해 양웨이닝과 레이즈청이 함께 세상을 떠났고 양둥은 유복자로 태어났다. 모녀는 1980년대 홍안 기지가 마지막으로 철수할 때에야 비로소 레이더봉을 떠났다. 예원제는 후에 모교에서 천체물리학을 가르치다가 퇴직했다. 이 이야기는 미윈 전파천문기지에서 사루이산에게 들은 것이다.

예원제는 아이에게 옛날이야기를 들려주는 것 같은 아련한 말투로 말했다.

"외계 문명 탐사는 매우 특수한 분야야. 연구자의 인생관에 큰 영향을 미치지. 사람 소리도 모두 끊긴 깊은 밤, 이어폰으로 우주에서 전해지는 생명이 없는 소리를 듣지. 어렴풋하게 들려오는 소리는 그 별들보다 더 영원한 것 같았어. 때로 그 소리는 다싱안링의 겨울에 끊임없이 몰아치는 바람처럼 차가워. 그 고독은 정말 뭐라고 표현할 수가 없어. 때로 야근을 마치고 나와서 밤하늘을 올려다보면 별들이 마치 빛나는 사막처럼 느껴졌어. 나는 그 사막에 버려진 불쌍한 아이 같고…… 이런 생각이 들어. 지구의 생명은 정말 우주의 우연 속의 우연이라고. 우주는 텅 빈 큰 궁전이고 인간은 그 궁전에 있는 유일한 하나의 작은 개미지. 이런 생각은 내 후반 생에 모순된 감정을 심어줬어. 때로 생명은 정말 귀해서 태산보다 무겁게 느껴지지만, 또 때로는 인간이 너무나 보잘것없이 미미하게 느껴져. 어쨌든 삶은 이런 이상한 감정 속에 하루하루 지나갔고 나도 모르는 사이에 늙었지……."

고독하지만 위대한 사업에 평생을 바친 존경스러운 노인에게 왕먀오는 위로의 말을 하고 싶었다. 하지만 예원제의 마지막 말에 같이 쓸쓸해져 결국 아무 말도 하지 못했다.

"예 선생님, 나중에 제가 홍안 기지 유적에 모시고 가겠습니다."

예원제는 고개를 저었다.

"왕먀오, 나는 자네와는 달라. 나이도 많고 몸도 안 좋아. 어떤 것도 장담할 수 없지. 그저 하루하루를 사는 것뿐이야."

예원제의 은발을 보면서 왕먀오는 그녀가 딸을 생각하고 있다는 것을 알았다.

삼체, 코페르니쿠스,
우주의 럭비, 세 개의 태양

예원제의 집에서 나온 왕먀오는 마음이 쉽게 가라앉지 않았다. 요 며칠 동안 일어난 사건과 홍안 관련 이야기는 서로 관계가 없지만 한데 섞여 하루아침에 세상이 너무나 낯설게 변한 느낌이었다.

집으로 돌아온 그는 무거운 마음을 떨쳐버리기 위해 컴퓨터를 켜고 V 장비를 입고 세 번째로 삼체에 접속했다. 그러자 무거운 마음이 조금 가라앉았다. 로그인 화면이 나타나자 왕먀오는 마치 딴사람이 된 것처럼 알 수 없는 흥분에 휩싸였다. 지난 두 번과 달리 이번에는 삼체 세계의 비밀을 밝히겠다는 사명이 있었기 때문이다. 왕먀오는 그에 부응하고자 아이디를 '코페르니쿠스'라고 바꿔서 로그인했다.

삼체에 로그인하자 왕먀오는 다시 광활한 평원에 서서 삼체 세계의 기이한 여명과 마주했다. 동쪽에서 거대한 피라미드가 나타났다. 하지만 그것은 주왕과 묵자의 피라미드가 아니었다. 고딕 양식의 탑 꼭대기가 새벽하늘을 꿰뚫고 있었다. 그 모습에 어제 새벽 왕푸징에서 보았던 로마식 성당이 떠올랐다. 그러나 그 성당도 피라미드 옆에 있었다면 작은 정자에 불과했을 것이다. 저 멀리 건조 창고처럼 생긴 건물이 보였지만 그것도 고딕 양식으로 변해 있었다. 뾰족하고 긴 지붕이 마치 대지에 돋아난 가시 같았다.

왕먀오는 흐릿한 불빛이 흘러나오는 피라미드 입구를 발견하고 그곳으로 들어갔다. 벽에는 까맣게 그을린 올림포스 제신 조각상들이 횃불을 들고 서 있었다. 대전은 입구보다 더 어두웠고 긴 대리석 탁자 위 은촛대에 꽂힌 촛불 두 개가 주위를 흐릿하게 비추었다. 탁자 옆에 몇 사람이 앉아 있었다. 불빛이 어두워 그들의 얼굴 윤곽만 겨우 알아볼 수 있었다. 그들의 움푹 들어간 두 눈은 그림자에 가려져 잘 보이지 않았지만 시선이 자신에게 쏟아지고 있다는 것은 알 수 있었다. 그들은 중세의 긴 옷을 입고 있었고, 자세히 보니 한두 사람의 복장은 더 단순한 고대 그리스식이었다. 긴 탁자 한쪽에 마르고 키 큰 남자가 앉아 있었다. 그가 머리에 쓴 금관만이 대전에서 촛불을 제외하고 유일하게 반짝였다. 촛불 속에서 힘겹게 바라보니 그는 다른 사람들과는 달리 붉은 옷을 입고 있었다.

그제야 왕먀오는 이 게임이 플레이어에 따라 개별적으로 진행되고, 지금 서 있는 곳은 중세 유럽 던전이며 소프트웨어는 아이디에 따라 선정된다는 것을 깨달았다.

금관을 쓰고 붉은 옷을 입은 사람이 말했다.

"늦었군. 회의가 시작된 지 오래요. 나는 그레고리우스 교황이다."

왕먀오는 익숙지 않은 중세 유럽 역사를 열심히 떠올렸다. 그 이름으로 이 문명의 진화 정도를 추측할 수 있지만 삼체 세계 속의 역사는 뒤죽박죽이라는 데 생각이 미치자 이런 노력이 별 의미가 없다고 느꼈다.

고대 그리스 복장을 한 사람이 말했다. 그는 하얀 곱슬머리였다.

"아이디를 바꾸었군요. 그래도 우리는 당신을 압니다. 과거에 당신은 동양을 여행했던 것 같은데……. 아, 나는 아리스토텔레스입니다."

왕먀오가 고개를 끄덕였다.

"그렇습니다. 그곳에서 문명이 멸망하는 것을 두 차례 목격했습니다. 한 번은 혹한 속에서, 한 번은 강한 태양 속에서 사라졌습니다. 그리고 태양의 운행 규칙을 알기 위한 동양 학자들의 위대한 노력도 봤습니다."

염소수염을 기르고 교황보다 더 마른 사람이 어둠 속에서 소리를 냈다.

"쳇! 동양 학자들은 명상과 깨달음 심지어 꿈속에서 태양 운행의 비밀을 깨달으려 한다니까. 가소로워!"

아리스토텔레스가 말했다.

"이쪽은 갈릴레이입니다. 그는 실험과 관측을 통해 세상을 인식해야 한다고 주장하는 장인 같은 사상가입니다. 우리는 그가 거둔 성과를 직시해야 합니다."

왕먀오가 말했다.

"묵자 역시 실험과 관측을 했습니다."

갈릴레이가 다시 코웃음을 쳤다.

"묵자의 사상은 동양의 것이야. 그는 과학의 탈을 쓴 현학자에 불과해. 자신의 관측 결과를 직시하지 않고 그저 주관적인 억측의 근거로 삼아 우주의 피라미드 모형을 건설했지. 가소로운 일이지! 정교한 설비들이 아까울 뿐이야. 우리는 달라. 많은 관측과 실험을 기초로 치밀하게 추론해 우주의 모형을 세운 다음 다시 실험과 관측을 해서 그것을 검증하지."

왕먀오가 고개를 끄덕였다.

"그렇게 하는 것이 맞습니다. 그것이 바로 제가 생각하는 방법입니다."

교황이 비꼬는 듯 물었다.

"만세력을 가져왔나?"

"만세력은 없고 관측 데이터를 기반으로 만든 우주 모형만 있습니다. 그러나 우선 이 모형이 맞다고 해도 이것을 근거로 태양 운행의 정확한 규칙을 파악해 만세력을 만들 수는 없습니다. 그러나 반드시 거쳐야 할 첫걸음임에는 분명합니다."

미약한 박수 소리가 어둡고 차가운 대전에 울려 퍼졌다. 그 박수는 갈릴레이가 친 것이었다.

"좋소, 코페르니쿠스. 당신의 현실적이고 실험 과학 사상에 부합하는 생각은 대다수 수학자들이 갖추지 못한 것이지. 그러니 당신의 이론은 들어볼 가치가 있겠군."

교황이 왕먀오에게 고개를 끄덕였다.

"말해보라."

왕먀오는 긴 탁자 한쪽으로 가서 마음을 안정시킨 다음 입을 열었다.

"사실 아주 간단합니다. 태양 운행이 불규칙한 것은 우리의 세계에 태양이 세 개이기 때문입니다. 그들은 상호 인력 작용 아래 예측할 수 없는 삼체 운동을 합니다. 우리의 행성이 그중 한 개의 태양을 따라 안정적으로 운행할 때가 바로 항세기입니다. 다른 한 개 또는 두 개의 태양이 일정한 거리 내로 들어오면 그 인력 때문에 행성은 기존 운행에서 벗어나 세 개 태양의 인력이 미치는 범위 안에서 불안정하게 움직입니다. 이때가 난세기입니다. 그 시기가 지나면 우리의 행성은 다시 한 개의 태양에 잡혀 잠시 안정적인 궤도를 돕니다. 다시 항세기가 오는 거지요. 이건 우주의 럭비 경기입니다. 운동선수는 세 개의 태양이고 공은 바로 우리의 행성입니다!"

어두운 대전에서 헛웃음이 일었다.

교황이 표정 없이 말했다.

"태워 죽여라."

문 앞에 서 있던 녹슨 갑옷을 입은 병사가 로봇처럼 왕먀오를 향해 걸어왔다.

갈릴레이가 한숨을 쉬며 손을 흔들었다.

"태워. 당신에게 조금 희망을 걸었건만 일개 현학자나 주술사에 불과했군."

아리스토텔레스가 고개를 끄덕이며 동의했다.

"이런 사람들은 공해가 된다니까."

왕먀오는 자신을 붙잡은 병사들의 철 장갑을 뿌리치며 말했다.

"제 말을 끝까지 들어보십시오!"

갈릴레이가 물었다.

"세 개의 태양을 본 적이 있나? 아니면 봤다는 사람이 있나?"

"모든 사람이 다 본 적이 있습니다."

"그렇다면 난세기와 항세기에 나타나는 태양 외에 나머지 두 개는 어디 있나?"

"우리가 다른 시간대에 보는 것은 같은 태양이 아니라 세 개의 태양 중 하나일 겁니다. 다른 두 태양은 바로 비성입니다. 태양이 먼 거리에서 운행하면 별처럼 보입니다."

갈릴레이가 못마땅하다는 듯이 고개를 흔들었다.

"기초적인 과학 훈련도 안 되어 있군. 태양은 연속적으로 운행해서 멀어지는 것이지 도약해서 갈 수가 없어. 때문에 당신 가설에 따른다면 제삼의 상황이 있어야 해. 태양은 정상 상태보다 작지만 비성보다는 크다.

태양은 운행하면서 점차 비성 크기로 변한다. 하지만 우리는 이런 태양을 본 적이 없어."

"과학 훈련을 받았으니 관측을 통해 태양 구조를 아시겠지요."

"태양은 엷은 기체가 두껍게 쌓인 외층과 조밀하고 작열하는 내핵으로 구성되어 있어. 이것은 내가 가장 자랑스러워하는 발견이지."

"맞습니다. 하지만 당신은 태양의 기체 상태인 외층과 우리 행성 대기층 간의 독특한 광학 작용은 발견하지 못한 것 같습니다. 이것은 편광(偏光)* 현상과 비슷합니다. 태양이 일정한 거리를 벗어났을 때 우리의 대기층에서 관찰하면 태양의 기체 외층이 갑자기 투명해져 안 보이고 빛나는 내핵만 볼 수 있게 됩니다. 이때 태양은 우리 시야에서 갑자기 내핵 크기로 줄어 비성으로 변합니다. 바로 이 현상에 미혹돼 각 문명의 연구자들이 세 개 태양의 존재를 인식하지 못한 겁니다. 이제 왜 세 개의 비성이 나타나면 긴 혹한이 이어지는지 아셨겠지요. 이때 세 개의 태양이 모두 멀리 있기 때문입니다."

짧은 침묵이 이어졌다. 모두가 생각에 잠겼다. 아리스토텔레스가 먼저 입을 열었다.

"당신은 기본적인 논리 훈련도 안 받은 모양이군. 좋네, 우리가 세 개 비성을 봤다고 하고 그것들이 나타나면 늘 치명적인 혹한이 온다고 하세. 하지만 당신 이론에 따르면 우리는 정상적인 크기의 태양 세 개를 본 적이 있어야 하네. 그런 일은 한 번도 발생한 적이 없었어. 이전 문명이 남긴 기록에도 없고!"

이상한 모양의 모자를 쓰고 긴 수염을 기른 사람이 일어나 처음으로

* 옮긴이 주: 한정된 방향으로만 진동하는 광파.

말했다.

"잠깐만요! 역사에 기록이 있습니다. 한 문명에서 두 개의 태양을 봤다고 되어 있습니다. 그 문명은 두 개의 맹렬한 화염 속에서 멸망했습니다. 하지만 이 기록은 매우 모호합니다. 아, 나는 다빈치입니다."

갈릴레이가 소리쳤다.

"우리가 지금 말하는 건 세 개의 태양이오, 두 개의 태양이 아니고. 당신 이론대로라면 세 개의 태양은 반드시 나타나야 해. 세 개의 비성처럼 말이야!"

왕먀오가 차분하게 말했다.

"세 개의 태양은 나타난 적이 있습니다. 본 사람도 있습니다. 하지만 그 정보를 기록할 시간이 없었을 것입니다. 그들이 이 위대한 광경을 본 순간은 겨우 몇 초에 불과했을 테니까요. 누구도 거기에서 도망치거나 운 좋게 살아남을 수 없었을 겁니다. '세 개의 태양이 하늘에 뜬' 것은 삼체 세계에서 가장 공포스러운 재난입니다. 세 개의 태양이 뜨면 행성 지표면은 순식간에 용광로로 변할 것입니다. 그 고온은 암석도 용해시킬 수 있습니다. '세 개의 태양이 하늘에 뜬' 가운데 멸망한 세계에서는 유구한 시간이 흘러야만 다시 생명과 문명이 출현할 수 있습니다. 역사 기록이 없는 것도 그 이유입니다."

침묵이 이어졌다. 모든 사람이 교황을 쳐다보았다.

교황이 온화하게 말했다.

"태워 죽여라."

그 얼굴에 익숙한 웃음이 떠올랐다. 그것은 주왕의 웃음이었다.

대전은 즉시 생기가 돌았다. 모두 무슨 기쁜 일이라도 생긴 것처럼 부산을 떨었다. 갈릴레이와 사람들은 어둠 속에서 십자가 형틀을 가져와 까맣게 탄 시체를 내려 한쪽에 던지고 십자가를 세웠다. 다른 사람들도 신나서 나무를 쌓아 올렸다. 다빈치만 무관심한 듯이 탁자 한쪽에 앉아 연필로 무엇인가를 계산했다.

아리스토텔레스가 불탄 시신을 가리키며 말했다.

"브루노*네. 당신처럼 제멋대로 지껄였지."

교황이 조용히 말했다.

"약한 불로."

병사 두 명이 내화성 석면 끈으로 왕먀오를 화형 틀에 묶었다. 왕먀오는 아직 움직일 수 있는 손으로 교황을 가리키며 말했다.

"당신은 분명 프로그램일 거야. 다른 사람들은 프로그램이 아니면 백치고, 나는 다시 로그인해서 들어올 수 있어!"

갈릴레이가 웃으며 말했다.

"당신은 돌아올 수 없어. 삼체 세계에서 영원히 사라질 거야."

"그러면 당신도 프로그램이겠군. 정상적인 사람이 인터넷 상식도 모르다니. 이곳은 내 맥 컴퓨터 정보를 저장했을 테니 다른 컴퓨터에서 아이디를 바꾸면 돼. 그때 내가 누군지 밝히겠어."

"시스템은 V 장비를 통해 당신의 망막 정보를 저장했소."

다빈치가 고개를 들어 왕먀오를 한번 쳐다본 다음 다시 고개를 숙이고 하던 계산을 계속했다.

왕먀오는 갑자기 공포가 몰려와 소리쳤다.

* 옮긴이 주:이탈리아의 철학자. 후에 칼뱅파로 개종해 반교회적인 범신론을 주장하다가 수감되었고 감옥 생활 7년 후 분형(焚刑)당했다. 모든 생물은 무한한 아톰(원자)으로 이루어진 모나드(단자)라는 그의 설은 스피노자와 라이프치히에게 영향을 주었다.

"당신들 이렇게 해선 안 돼! 놔줘! 내 말이 진리야!"

"당신 말이 진리라면 타 죽지 않아. 게임은 목표에 맞게 가는 사람과 함께하니까."

아리스토텔레스가 잔인하게 웃으며 은색 지포 라이터를 꺼내 손으로 한바탕 잔재주를 피우고는 댕그랑 소리를 내며 불을 붙였다.

그가 손을 뻗어 장작에 불을 붙이려는 순간 강렬한 붉은빛이 입구에서 쏟아져 들어왔다. 이어 연기와 먼지를 동반한 열기가 훅 하고 밀려왔다. 말 한 마리가 강렬한 빛을 뚫고 대전으로 뛰어들어왔다. 불공처럼 몸에 불이 붙은 말은 움직일 때마다 휙휙 화염 소리를 냈다. 말 위에는 무거운 갑옷을 입은 중세 기사가 타고 있었다. 그의 투구와 갑옷은 불에 벌겋게 달아올라 있었고 달릴 때마다 하얀 연기를 내뿜었다.

기사는 미친 듯이 소리를 질렀다.

"세계가 방금 멸망했다! 세계가 방금 멸망했다! 탈수! 탈수!"

말이 바닥에 쓰러지더니 커다란 모닥불로 변했다. 기사는 운 좋게 옆으로 넘어져 화형대 밑으로 굴러왔다. 붉은 투구와 갑옷은 움직이지 않고 하얀 연기만 계속 뿜어져 나왔다. 투구와 갑옷에서 흘러나온 사람 기름이 땅 위에 퍼져 마치 갑옷에서 뻗어 나온 불의 날개 같았다.

대전 안에 있던 사람들이 황급히 동굴 밖으로 빠져나왔지만 타오르는 붉은빛 속에서 사라졌다. 왕먀오는 있는 힘을 다해 줄을 풀고 불에 타버린 기사와 말을 피해 텅 빈 대전을 가로질러 열기가 가득한 복도를 지나 외부로 빠져나왔다.

대지는 이미 용광로 속 철판처럼 붉게 타오르고 있었다. 땅 위에 흐르는 검붉은 마그마 줄기가 하늘까지 뻗어 불그물을 만들었다. 붉은 불길에 휩싸인 대지 위에 가늘고 긴 불기둥이 높게 솟아올랐다. 간창 속

탈수된 사람들이 불기둥에 기이한 청록색을 더했다. 왕먀오는 멀지 않은 곳에서 같은 색 작은 불기둥 10여 개를 보았다. 그것은 방금 피라미드에서 뛰쳐나온 사람들이었다. 교황, 갈릴레이, 아리스토텔레스, 다빈치……. 그들을 집어삼킨 투명한 청록색 불기둥 속에서 그들의 얼굴과 몸이 천천히 변형되었다. 그들의 시선은 방금 나온 왕먀오에게 집중되어 있었다. 그들은 활활 타오르는 두 팔을 하늘을 향해 뻗으며 노래를 부르듯 외쳤다.

"세 개의 태양이 떴다!"

왕먀오가 고개를 들어 하늘을 보니 거대한 태양 세 개가 보이지 않는 구심점을 따라 천천히 회전하고 있었다. 마치 거대한 선풍기가 대지를 향해 죽음의 바람을 불어넣는 것 같았다. 하늘 대부분을 차지한 세 개의 태양이 서쪽으로 움직이더니 금세 지평선 아래로 반쯤 가라앉았다. '선풍기'는 여전히 회전하면서 눈부신 날개로 가끔 지평선을 그으며 멸망한 세계에 짧은 일출과 일몰을 가져왔다. 해가 지자 뜨겁게 달아오른 대지가 검붉은 빛을 발산했고 잠깐 동안 나타난 일출이 다시 강한 직사광선으로 모든 것을 집어삼켰다. 세 개의 태양이 완전히 지자 대지에 솟아오르는 증기가 만든 짙은 구름이 빛을 쏟아냈고 끊임없이 타는 하늘은 지옥 같은 참혹한 아름다움을 내뿜었다. 명멸하던 노을이 마지막으로 사라지고 구름 속에 지옥 같은 불기둥의 핏빛만 남자, 글씨 몇 줄이 나타났다.

— 제183호 문명은 세 개의 태양이 뜬 가운데 멸망했다. 이 문명은 중세 단계로 진화한다.

긴 시간이 흐른 뒤 생명과 문명은 다시 살아나 삼체 세계의 운명은 알 수 없는 진화를 시작할 것이다.

그러나 이번 문명에서 코페르니쿠스가 우주의 기본 구조를 밝히는 데 성공해 삼체 문명은 첫 번째로 도약해 게임은 제2단계로 들어간다.

— 제2단계 삼체로 로그인하십시오.

삼체문제

게임에서 로그아웃하자마자 전화벨이 울렸다. 스창이었다.

긴급한 일이 있으니 강력반으로 빨리 오라고 했다. 시계를 보니 어느덧 새벽 3시였다.

스창의 지저분한 사무실은 담배 연기가 자욱했다. 사무실에 있는 젊은 여경찰은 노트로 코앞을 부채질하고 있었다. 스창은 왕먀오에게 그녀를 소개했다. 이름은 쉬빙빙(徐冰冰), 컴퓨터 전문가로 정보부에서 근무한다고 했다. 사무실에 있는 제삼의 인물을 본 왕먀오는 깜짝 놀랐다. 선위페이의 남편 웨이청이었기 때문이다. 머리를 산발한 웨이청이 고개를 들어 왕먀오를 봤지만 예전에 만난 적이 있다는 사실을 잊은 듯했다.

"늦은 밤에 미안해. 그런데 당신도 자고 있던 것 같지는 않군. 일이 생겼는데 아직 작전센터에 보고하지는 않았어. 선생 조언이 필요한 듯해서."

스창은 이렇게 말하고는 웨이청을 향해 돌아섰다.

"그다음은 자네가 말하게."

웨이청이 멍한 표정으로 말했다.

"제가 생명의 위협을 받은 적이 있다고 말씀드렸지요."

"처음부터 말하게."

"좋습니다. 처음부터 말하죠. 괜찮습니다. 귀찮지 않아요. 요즘 누군가에게 정말 이야기하고 싶었거든요……."

웨이청은 쉬빙빙을 쳐다보며 물었다.

"기록 안 해도 됩니까?"

스창이 기회를 놓치지 않고 되물었다.

"지금은 필요 없네. 다른 사람한테는 말한 적 없고?"

"네. 저는 게으른 사람이라 말을 잘 안 합니다."

다음은 웨이청의 말이다.

나는 게으른 사람입니다. 어렸을 때부터 그랬습니다. 학교 기숙사에 있을 때 그릇도 안 씻고 이불을 갠 적도 없습니다. 어떤 것에도 흥미가 생기지 않았어요. 공부도 안 하고 그렇다고 놀지도 않았습니다. 매일 흐리멍덩하게 되는대로 살았죠. 하지만 나에게는 비범한 재능이 있었습니다. 예를 들어 누가 선 한 줄을 긋고 그 위에 내가 선을 그으면 그 위치는 반드시 0.618의 황금분할이 됩니다. 친구들은 내가 목수에 적합하다고 했지만 나는 이것이 더 높은 경지의 재능인 숫자와 형태에 대한 일종의 직감이라는 것을 알았습니다. 사실 내 수학 점수는 다른 과목과 마찬가지로 별로였습니다. 추론하는 게 귀찮아서 시험 볼 때 직감으로 대충 답안을 작성했거든요. 그래도 80~90점은 나왔어요. 하지만 이렇게 해서는 높은 점수를 얻기 힘들죠.

고2 때, 수학 선생님 한 분이 나를 주의 깊게 봤습니다. 당시 고등학교 선생님 중에는 실력 있는 분이 많았습니다. 문화대혁명 기간 동안 재능 있는 많은 사람이 고등학교로 배정되어 학생을 가르쳤잖아요. 그 선생님도 그런 분이었습니다. 하루는 선생님이 수업이 끝나고 나를 남게 했습니다. 칠판에 수열을 열몇 개 적더니 나에게 이 수열들의 합의 공식을 쓰라고 했습니다. 나는 빠르게 그중 일부분을 써냈고 모두 맞았습니다. 나머지는 한눈에도 발산인 것을 알겠더라고요. 선생님은 『탐정 셜록 홈스 단편집』을 꺼내 한 부분을 보여주었습니다. 아마 「주홍색 연구」였을 겁니다. 대충 이런 내용입니다. 왓슨이 건물 아래에서 평범한 옷차림의 사람이 편지를 부치고 있다고 홈스에게 말합니다. 그러자 홈스가 저 퇴역 해군을 말하는 거냐고 묻습니다. 왓슨이 어떻게 저 사람의 신분을 알았냐고 하자 홈스는 자신도 잘 모르겠다고 합니다. 한참을 생각하고서야 추리 과정을 정리합니다. 그 사람의 손과 자세 등을 보고 추리했다는 것이죠. 그는 그것이 이상한 일이 아니라고 말합니다. 사람들이 '2+2=4'라는 것을 어떻게 계산했는지 설명하기 어려운 것처럼 말입니다.

선생님은 책을 덮고 나도 그렇다고 말했습니다. 추론이 굉장히 빠르고 게다가 본능적이기 때문에 나 자신도 의식하지 못한다고요. 그는 이어서 나에게 숫자들을 보면 어떠냐고 물었습니다. 느낌을 묻는 거라고 했습니다. 나는 숫자 조합이 입체 형태로 보인다고 말했습니다. 물론 어떤 숫자가 어떤 모양이라고 분명히 말할 수는 없었지만, 어쨌든 입체 형태로 보였습니다. 그러면 기하도형을 볼 때는 어떠냐고 물었습니다. 저는 앞에서와는 반대로 머릿속 깊은 곳에 도형은 사라지고 모든 것이 숫자로 바뀐다고 말했습니다. 마치 신문에 있는 사진을 가까이에서 보면 작은 점으로 보이는 것처럼 말이죠. 물론 요즘 신문에 있는 사진은 그렇지 않지만요.

선생님은 내가 정말 수학적 자질을 타고났다고 말했습니다. 하지만, 하지만……. 선생님은 하지만이라는 말을 수십 번 반복했습니다. 골치 아픈 물건을 어떻게 처리해야 할지 모르는 것처럼요. "하지만 너는 네 재능을 귀하게 여기는 것 같지 않구나"라고 선생님이 말했습니다. 선생님은 오랫동안 생각한 끝에 마침내 포기한 것 같았습니다. 선생님은 다음 달에 구(區)에서 열리는 수학 경시대회에 나가라고 했습니다. 보충 수업은 하지 않겠다고 했습니다. 나 같은 사람에게는 필요 없다고요. 그저 답을 쓸 때 추론 과정을 써 내려가라고만 말했습니다. 그래서 경시대회에 참가했고 구에서 시작해 계속 올라가 결국 부다페스트 수학 올림피아드까지 출전해 1등을 했습니다. 돌아온 다음 저는 한 일류 대학 수학과에 무시험으로 입학하게 되었습니다.

제 말이 지겹지는 않으십니까? 아, 좋습니다. 뒤에 일어난 일을 말하려면 이 부분을 말씀드려야 해서요. 고등학교 선생님 말씀이 맞았습니다. 나는 나를 아끼지 않았어요. 학사, 석사, 박사 모두 빈둥댔지만 그래도 어쨌든 무사히 통과했습니다. 사회에 나오고 나서야 내가 정말 쓰레기라는 것을 알게 되었습니다. 수학 외에는 아무것도 할 줄 아는 게 없었죠. 복잡한 인간 관계에서는 반수면 상태였고 뭔가를 하면 할수록 꼬였습니다. 나중에 대학에서 학생들을 가르쳤지만 그것도 제대로 못했습니다. 도무지 열심히 할 수가 없었습니다. 칠판에 '쉬운 증명'이라고 써놓고 학생들에게 같은 말을 반복했습니다. 결국 평가에서 꼴찌를 해서 강의도 할 필요가 없어졌어요. 그렇게 되니 모든 것에 싫증이 나더군요. 그래서 간단히 짐을 꾸려 남쪽 지역 깊은 산에 있는 사찰로 들어갔습니다.

아, 출가한 것은 아니었습니다. 저는 게을러서 출가도 못 해요. 그저 깨끗하고 조용한 곳에서 지내고 싶었을 뿐입니다. 그곳 책임자가 아버지의 친구셨습니다. 학문이 깊었는데 말년에 속세를 떠나 불교에 귀의하셨습니다. 아버지는 그분과 같은 경지에 오르면 그 길밖에 없다고 말씀하셨습니다. 그분이 나를 받아주셨습니다. 나는 조용한 곳에서 근심 없이 이번 생을 살다 가는 것만으로 족하다고 말했습니다. 그러자 그분이 이곳은 관광지라 불공드리러 오는 사람이 많아 절대로 조용하지 않다고 했습니다. 또한 인재가 세상에 숨으려면 걱정을 내려놓고 자신이 텅 빈 공(空)의 상태가 되어야 한다고도 말했습니다. 나는 이미 충분히 비어 있다고 말했습니다. 나에게 명예와 욕심은 뜬구름만큼의 가치도 없고 이 절에 있는 스님들이 나보다 속념이 더 많을 것이라고. 하지만 그분은 고개를 저으며 공은 '무(無)'가 아니라고 했습니다. 공은 일종의 존재로, 공으로 자신을 채워야 한다고 했습니다. 나는 이 말에서 영감을 얻었습니다. 나중에 생각해보니 그것은 불교 교리가 아니라 현대물리학 이론과 비슷했습니다. 그분 역시 나에게 불교를 논하지 않을 것이라고 말했습니다. 이유는 고등학교 때 그 선생님처럼 '나 같은 사람에게는 필요가 없기' 때문이었습니다.

첫날 밤, 절에 있는 작은 방에 누웠지만 잠이 오지 않았습니다. 세상 밖 무릉도원이 그처럼 불편할 줄은 몰랐습니다. 이불은 산안개에 축축했고 침대는 딱딱했습니다. 잠이 들기 위해 나는 그분이 말한 것처럼 공으로 나를 채워봤습니다. 의식 속에 창조한 첫 번째 공은 무한한 우주였습니다. 그 안에는 아무것도 없었습니다. 빛도 없는 텅 빈 공간이었습니다. 나는 금세 아무것도 없는 이 우주가 나에게 평온함을 줄 수 없다는 것을 알았습니다. 그 속에서 나는 알 수 없는 불안과 초조를 느꼈습니다. 물에 빠진 사람이 아무것이나 잡으려고 하는 그런 욕망이었습니다.

그래서 나는 이 무한한 공간에 작고 질량이 있는 구체(球體) 하나를 창조했습니다. 하지만 기분이 나아지지 않았습니다. 이 구체는 공의 정중앙에 떠 있었습니다. (무한한 공간에서는 어디든 정중앙입니다.) 그 우주에는 구체에 작용하는 게 아무것도 없었고 구체 역시 작용할 수 있는 것이 없었습니다. 구체는 그곳에 떠서 영원히 움직이지 않고 영원히 변화하지 않을 것이었습니다. 죽음이라는 말이 가장 적합한 설명일 것입니다.

나는 첫 번째 구체와 크기와 질량이 같은 두 번째 구체를 창조했습니다. 거울로 되어 있어 자신을 제외한 우주의 모든 것을 비추었습니다. 그러나 상황은 그다지 나아지지 않았습니다. 만일 구체에 초기 운동, 즉 내가 첫 움직임을 주지 않으면 그들은 금세 각자의 인력으로 서로를 잡아당겨 두 구체가 서로에게 기대 움직이지 않고 그곳에 떠 있을 것이었습니다. 이것도 죽음과 다르지 않았습니다. 만일 초기 운동이 있고 서로 충돌하지 않으면 그들은 각자의 인력 작용 아래 상대를 중심으로 회전할 것입니다. 초기 설정을 어떻게 해도 구체의 회전은 고정되어 영원히 변치 않은 채 죽음의 춤을 출 것입니다.

세 번째 구체를 넣자 상황이 놀랍게 변했습니다. 앞에서 말했듯이 도형은 내 의식 깊은 곳에서 모두 숫자화됩니다. 세 번째 구체가 없는 상태, 즉 하나일 때와 두 개일 때의 우주는 하나 또는 몇 줄의 방정식만 그려냈습니다. 마치 늦가을 낙엽 몇 장처럼요. 하지만 세 번째 구체는 공이라는 눈을 그려 넣은 용이었습니다. 세 개의 구체가 있는 우주는 단숨에 복잡해졌고 초기 운동을 마친 세 개의 구체는 복잡하고 영원히 중복되지 않을 것 같은 운동을 진행하면서 폭우처럼 많은 방정식을 쏟아냈습니다. 나는 이렇게 꿈나라로 빠져들었습니다. 세 개의 구체가 꿈속에서 불규칙하고 영원히 중복되지 않는 춤을 추었습니다. 하지만 내 의식 깊은 곳에서 이 춤은 리듬이 있었습니다. 그저 중복되는 주기가 무한히 긴 것뿐이었습니다. 나는 이것에 사로잡혔고 이 주기의 일부분 또는 전부를 그려내고 싶었습니다.

다음 날도 나는 공에서 춤추는 세 개의 구체를 계속 생각했습니다. 모든 생각을 그렇게 쏟아본 적이 없었습니다. 한 스님이 그분에게 내 정신에 문제가 생긴 게 아니냐고 물어볼 정도였습니다. 그분은 괜찮다, 그가 공을 찾은 것뿐이라고 말해주었습니다. 그렇습니다. 나는 공을 찾았습니다. 나는 시장에서도 은둔할 수 있었습니다. 북적이는 사람들 속에서도 나의 마음은 더할 나위 없이 고요했습니다. 나는 처음으로 수학의 즐거움을 느꼈습니다. 삼체문제(三體問題)*의 물리 원리는 단순합니다. 사실 수학 문제죠. 그때 나는 반평생 화류계를 전전하던 탕자가 갑자기 사랑에 빠진 것 같은 느낌이 들었습니다.

왕먀오가 웨이청의 말을 끊고 물었다.
"푸앵카레**를 몰랐습니까?"

당시는 몰랐습니다. 수학을 공부하면서 푸앵카레를 모른다는 것은 말이 안 되지만 나는 대가들을 흠모하지 않았고 나 자신도 대가가 될 생각이 없었기 때문에 관심을 두지 않았습니다. 하지만 당시 푸앵카레를 알았어도 삼체문제를 계속 연구했을 것입니다. 전 세계가 모두 푸앵카레가 삼체문제를 풀 수 없다고 증명했다고 하는데 나는 그것이 오해라고 생각했습니다. 그는 그저 초기 조건의 민감성과 삼체 시스템은 적분할 수 없는 시스템이라는 것을 증명했을 뿐입니다. 그러나 민감성은 철저한 불확실

* 질량이 같거나 비슷한 물체 세 개가 상호 인력의 작용 아래 어떤 운동을 하는가 하는 문제로 고전 물리학의 중요 문제이고, 천체 운동 연구에 중요한 의의가 있어 16세기 이후 계속 관심을 받았다. 오일러, 라그랑주 및 근대 이후 학자들이 삼체문제에 관한 특수해를 찾아냈다.
** 프랑스의 이론물리학자, 수학자. 수학과 기하학, 천체역학 등 많은 분야에서 중요한 원리를 확립하는 업적을 남겼다. 삼체문제를 수학적으로 풀 수 없다는 것을 증명했다.

함과 같지 않습니다. 이런 확실성은 그저 수량이 더 방대한 다른 형태를 포함할 뿐입니다. 지금 해야 할 것은 새로운 계산법을 찾는 것입니다. 당시 나는 같은 것을 생각했습니다. 혹시 '몬테카를로법'이라고 들어보셨습니까? 아, 그것은 일종의 불규칙한 도형 면적을 계산하는 컴퓨터 프로그램 계산법입니다. 구체적인 방법을 말씀드리면 소프트웨어가 수많은 작은 구체를 불규칙한 도형에 무작위로 부딪히게 하는 것입니다. 부딪힌 자리는 다시 중복되지 않게 합니다. 이렇게 일정한 횟수에 도달하면 도형의 모든 부분이 전부 한 차례씩 부딪히게 되고 이것을 숫자로 환산하여 통계를 내면 도형의 면적을 구할 수 있죠. 물론 구체가 작을수록 정확합니다.

이 방법은 간단하지만 수학에서 무작위의 투박한 힘으로 정확한 논리에 대항하는 사유 방법과 수량으로 질량을 구하는 계산 방법을 보여줍니다. 이것이 바로 나의 삼체문제 해결 전략입니다. 나는 삼체 운동의 시간 단면을 연구했습니다. 그 단면에서 각 구체의 운동 벡터는 무한한 조합을 갖습니다. 나는 각 조합을 생물과 비슷한 것으로 보았습니다. 관건은 규칙을 확정하는 것이었습니다. 어떤 조합의 운동 추세가 '건강'하고 '유익'한가, 어떤 조합이 '무익'하고 '유해'한가를 확정해 전자는 생존에 유리하게 하고 후자는 생존이 어려워지게 하는 것이죠. 계산 과정에서 이렇게 도태시켜 최종적으로 생존한 것이 바로 삼체의 다음 단면 운동 상태에 대한 정확한 예측입니다.

왕먀오가 말했다.

"유전 알고리즘*이군요."

스창이 왕먀오에게 고개를 끄덕였다.

"당신을 부르길 잘했어."

그렇습니다. 나는 나중에야 그 단어를 들었습니다. 이런 계산법의 특징은 수많은 계산입니다. 계산량이 어마어마하게 많아서 기존의 컴퓨터로는 안 됩니다. 하지만 당시 내가 있던 절에는 계산기도 없었습니다. 회계실에서 가져온 빈 장부 한 권과 연필 한 자루가 전부였습니다. 나는 종이 위에 수학 모형을 구축하기 시작했습니다. 계산량이 많아서 10여 권의 빈 장부를 순식간에 다 썼습니다. 그래서 장부를 관리하는 스님이 단단히 화가 났죠. 하지만 그분의 부탁으로 그들은 나에게 계속 종이와 연필을 주었습니다. 나는 계산한 종이를 베개 밑에 놓고 파기된 것은 절에 있는 향로에 버렸습니다.

어느 날 저녁 젊은 여자 하나가 갑자기 내 방으로 들어왔습니다. 내 방에 여자가 들어온 것은 처음이었습니다. 그녀는 내가 버린 타다 만 종이 몇 장을 손에 쥐고 있었습니다.

그녀는 다급하게 물었습니다. 큰 안경 너머의 두 눈에 불이 붙은 것 같았습니다.

"이게 당신 것이라던데, 지금 삼체문제를 연구하고 있습니까?"

나는 깜짝 놀랐습니다. 나는 통례적이지 않은 수학 방식을 사용했고 추론에도 비약적인 부분이 많았는데, 버려진 종이 몇 장만 보고도 연구 대상을 알아낸 걸 보니 수학적 능력이 대단하다 싶었죠. 그녀도 나처럼 삼체문제에 주목하고 있다는 것을 알게 되었습니다. 나는 사찰에 놀러 오는 관광객이나 참배객에게 좋은 인상을 받지 못했습니다. 관광객은 자기가 뭘 보러 왔는지도 모른 채 이곳저곳 다니면서 사진을 찍어댔고 참배객들은 관

---

* 옮긴이 주: 생물의 유전과 진화 과정을 기반으로 한 계산 모델. 계산이 불가능하거나 복잡한 문제를 해결해야 할 때 가장 최적화된 답을 찾기 위해 이용한다.

광객보다 훨씬 형편없어 보였고 마비된 것처럼 지능이 억제된 상태였습니다. 하지만 그 여자는 달랐습니다. 학문적인 분위기가 물씬 풍겼습니다. 나중에 그녀가 일본 관광객들과 함께 왔다는 것을 알았습니다.

내 대답을 기다리지 않고 그녀가 말을 이었습니다.

"당신의 생각은 매우 출중합니다. 우리는 줄곧 삼체문제를 거대한 계산량으로 전환하는 이런 방법을 찾았습니다. 하지만 그건 매우 큰 컴퓨터가 있어야 가능합니다."

내가 솔직하게 말했습니다.

"전 세계의 대형 컴퓨터를 다 동원해도 안 됩니다."

"그래도 양호한 연구 환경이 필요하겠죠. 여기엔 아무것도 없잖아요. 제가 당신에게 대형 컴퓨터를 사용할 기회를 줄 수 있습니다. 그리고 당신에게 소형 컴퓨터를 제공하겠습니다. 내일 날이 밝으면 함께 산에서 내려가시죠."

그녀가 바로 선위페이입니다. 지금과 마찬가지로 독단적이었지만 그래도 매력적이었습니다. 그녀는 천성이 차가웠습니다. 나는 여자에 대해 주위에 있는 스님들보다 더 관심이 없었습니다. 하지만 그녀는 특별했습니다. 여성적인 매력이라곤 없는 여자이기에 더 끌렸습니다. 어쨌든 나는 한가한 사람이었으니 즉시 그러겠노라고 대답했습니다.

밤에 잠이 안 와 옷을 걸치고 사원으로 들어갔습니다. 멀리 어둠에 잠긴 불당에 선위페이의 모습이 보였습니다. 그녀는 불상 앞에 향을 올리고 있었습니다. 동작 하나하나가 경건하고 정성스러웠습니다. 나는 조용히 다가갔습니다. 불당 문밖에서 그녀가 작은 목소리로 하는 기도를 들었습니다.

"부처님, 우리 주(主)가 고해(苦海)에서 벗어나도록 해주세요."

나는 내가 잘못 들은 줄 알았습니다. 하지만 그녀가 다시 한번 읊었습니다.

"부처님, 우리 주가 고해에서 벗어나도록 해주세요."

나는 종교에 대해 전혀 관심이 없었지만 그렇게 이상한 기도는 처음이었습니다. 그래서 나도 모르게 말했습니다.

"지금 뭐라고 했습니까?"

선위페이는 내 존재를 전혀 아랑곳하지 않고 두 눈을 가볍게 감고 두 손을 합장했습니다. 마치 그녀의 기도가 향불 연기를 따라 부처님에게 올라가고 있는 것 같았습니다. 한참 뒤에야 그녀는 눈을 뜨고 나를 향해 돌아섰습니다.

그녀가 나를 쳐다보지도 않고 말했습니다.

"가서 주무세요. 내일 일찍 떠날 테니."

내가 물었습니다.

"방금 말한 '우리 주'가 불교에 있습니까?"

"없습니다."

"그러면……."

선위페이는 내가 물어볼 틈도 주지 않고 빠른 걸음으로 떠났습니다. 나는 그 기도를 속으로 말해보았습니다. 읊을수록 이상했고 나중에는 말할 수 없는 공포가 몰려왔습니다. 그래서 그분의 방으로 찾아갔습니다.

"누가 부처님한테 다른 신을 보호해달라고 한다면 그게 무슨 일일까요?"

이렇게 묻고는 자세한 상황을 설명했습니다.

그분은 들고 있던 책을 묵묵히 쳐다보았습니다. 하지만 읽지 않는 것이 분명했습니다. 내가 한 말을 생각하고 있었죠.

"생각 좀 해야겠으니 자네는 잠깐 나가 있게."

그분 말씀에 나는 예삿일이 아니라는 것을 알고 밖으로 나왔습니다. 그분은 학식이 깊은 분이었습니다. 일반적인 종교, 역사, 문화에 대한 질문에 즉시 대답하곤 했습니다. 문밖에서 담배 한 대 피울 정도의 시간이 지났을까, 그분이 나를 불렀습니다. 그리고 심각한 표정으로 말했습니다.

"한 가지 가능성밖에 없다는 생각이 드는군."

"네? 무슨 일인가요? 도대체 자기 신도에게 다른 종교의 신한테 가서 구원해달라고 하는 종교도 있나요?"

"그녀의 주는 실제로 존재하는 것이네."

그 말에 나는 조금 혼란스러웠습니다.

"그렇다면…… 부처는 존재하지 않습니까?"

말을 하자마자 나는 실례인 것을 깨닫고 사과했습니다.

그분은 천천히 손을 흔들며 말했습니다.

"내가 말했지 않나. 우리 사이에선 불교 철학을 논할 수 없다고. 부처의 존재는 자네가 이해할 수 없다네. 하지만 그녀가 말한 주는 자네가 이해할 수 있는 방식으로 존재하지……. 나는 이 일에 대해 더 설명할 능력이 없네. 그저 그녀와 같이 가지 말라는 말밖에는."

"왜 그렇습니까?"

"그저 느낌이야. 그녀 뒤에 자네와 내가 상상할 수도 없는 것이 있다는 느낌이 들어."

나는 그분의 방에서 나와 사원을 가로질러 내 숙소로 걸어갔습니다. 그날 밤은 보름이었습니다. 고개를 들어 달을 보았는데 은색의 괴상한 눈이 나를 주시하는 것 같아 소름이 돋았습니다.

다음 날, 그래도 나는 선위페이와 함께 절을 떠났습니다. 계속 사원에 있을 수는 없지 않겠습니까. 하지만 이어진 몇 년 동안 꿈같은 생활을 할 줄은 생각하지 못했습니다. 선위페이는 약속대로 나에게 소형 컴퓨터와 쾌적한 환경을 제공했습니다. 그리고 여러 차례 해외에 나가 대형 컴퓨터를 쓰게 해주었습니다. CPU를 정해진 시간만 사용하는 것이 아니라 어느때나 사용할 수 있었습니다. 그녀는 돈이 많았지만 나는 어디서 그렇게 많은 돈이 생기는지 몰랐습니다. 나중에 우리는 결혼했습니다. 사랑이나 열정 때문이 아니라 편리하게 생활하기 위해서였습니다. 우리는 각자 할 일이 있었으니까요. 이후의 내 생활은 한 문장으로 표현할 수 있습니다. 시간이 조용히 흘러갔습니다. 그 빌라에서 나는 의식주 걱정 없이 삼체문제 연구에만 집중하면 되었습니다. 선위페이는 절대 내 생활에 간섭하지 않았습니다. 차고에 있는 내 차로 어디든 갈 수 있었습니다. 장담하건대 내가 여자를 데리고 집에 와도 개의치 않았을 겁니다. 그녀는 그저 내 연구에만 집중했고 우리의 대화 내용은 삼체문제가 전부였습니다. 그녀는 매일 내 연구 진행 상황을 알고 싶어 했습니다.

스창이 물었다.
"선위페이가 하는 다른 일이 무엇인지 아나?"
"'과학의 경계' 아닙니까? 그녀는 하루 종일 그 일로 바빴고 매일 집으로 많은 사람이 찾아왔습니다."
"자네를 학회에 가입시키려 하지는 않았고?"
"한 번도 없었습니다. 심지어 그것에 대해 말한 적도 없었고, 저도 관심이 없었죠. 저는 여러 가지 일에 관심을 두지 않는 사람입니다. 그녀도 이 점을 잘 알고 있었고요. 나에게 사명감이라곤 없는 게으른 인간이라고 하면서 그곳은 나에게 적합하지 않고 오히려 내 연구에 방해가 될 것이라고 했습니다."

왕먀오가 물었다.

"삼체문제 연구는 진전이 있었습니까?"

현재 이 연구 분야의 일반적인 상황으로 보면 상당한 진전을 거뒀다고 할 수 있습니다. 지난 몇 년간 캘리포니아주립대학교의 리처드 몽고메리와 파리 제7대학의 산타 크루즈 그리고 프랑스 계량 연구기관의 연구원들이 '근사법'이라고 부르는 계산법을 이용해 삼체 운동의 가능한 안정 형태를 찾아냈다고 합니다. 적절한 초기 조건에서 삼체의 운행 궤도는 머리와 꼬리가 연결된 8자 형태를 띨 것입니다. 사람들은 이런 특수한 안정 상태를 찾는 데 열중했고 현재까지 서너 종류를 찾아냈습니다. 사실 나는 유전 알고리즘으로 100여 종의 안정 상태를 찾아냈고 그것의 궤도를 그려냈습니다. 그것은 포스트모더니즘 화가전을 열어도 될 만합니다. 하지만 이것은 내 목표가 아닙니다. 삼체문제의 진정한 해결 방법은 어떠한 시간 단면의 초기 운동 벡터를 알고 있을 때 삼체 시스템 이후의 모든 운동 상태를 정확히 예측할 수 있는 수학모델을 구축하는 것입니다. 이것은 선위페이도 갈망하는 목표였습니다.

하지만 조용한 생활은 어제로 끝났습니다. 골치 아픈 일이 생겼거든요.

스창이 물었다.

"그 사건이란 게 자네가 신고하려는 그것이고?"

"그렇습니다. 어제 어떤 남자가 전화를 걸어와 나에게 삼체문제 연구를 즉시 중단하지 않으면 나를 죽이겠다고 했습니다."

"누구였나?"

"모릅니다."

"전화번호는?"

"모릅니다. 내 전화는 상대방의 전화번호를 볼 수 없는 종류예요."

"다른 관련 상황은?"

"모릅니다."

스창은 웃으며 담배꽁초를 버렸다.

"앞은 장황하게 말하더니 이제는 겨우 모른다는 말뿐이야?"

"제가 미리 설명하지 않았다면 이 말을 알아들었겠습니까? 다시 말하지만 그 일만 있었으면 여기 오지도 않았습니다. 저는 게으르니까요. 오늘 밤에, 아, 그때는 한 12시쯤 됐겠군요. 어제인지 오늘인지 저도 모르겠습니다만, 어쨌든 잠을 자고 있는데 얼굴에 차가운 뭔가가 움직이는 게 느껴져 눈을 떴더니 선위페이였습니다. 놀라 자빠질 뻔했죠."

"밤중에 침대에서 부인을 본 게 뭐가 무섭다는 거지?"

"그녀는 이상한 눈빛으로, 한 번도 본 적이 없는 눈빛으로 나를 쳐다봤습니다. 정원 불빛에 비친 그녀의 얼굴이 마치 귀신 같았습니다. 그녀는 뭔가를 들고 있었는데, 총이었습니다. 그녀는 내 얼굴에 총을 겨누고 삼체 문제 연구를 꼭 계속하라고 했습니다. 그러지 않으면 죽이겠다고요."

스창이 담배에 불을 붙이고 만족스러운 듯 고개를 끄덕였다.

"음, 점점 재미있어지는군."

"뭐가 재미있다는 거죠? 이보세요, 나는 갈 곳이 없어 당신들을 찾아온 거라고요."

"그녀가 자네에게 말한 그대로 다시 말해보게."

"그녀는 이렇게 말했습니다. '만일 삼체문제 연구가 성공하면 당신은 구세주가 될 것이고, 지금 중단하면 당신은 죄인이 된다. 만일 누군가 인류를 구하거나 인류를 멸망시킨다면 당신의 공적과 죄는 모두 꼭 그의 두 배가 될 것이다'라고요."

스창은 짙은 담배 연기를 내뿜으며 웨이청을 한동안 바라보았다. 웨이청이 불안해할 때까지 계속 처다보다가 어질러진 탁자에서 공책과 연필을 찾았다.

"자네가 기록해야 된다고 하지 않았나? 방금 그 말을 다시 한번 말해보게."

웨이청이 다시 한번 말하고 나서 왕먀오가 물었다.

"그 말 정말 이상하네요. 어떻게 꼭 두 배가 된다는 거죠?"

웨이청은 눈을 깜박거리며 스창에게 말했다.

"꽤 심각한 것 같지요? 내가 여기 왔을 때 당직자가 나를 한번 보더니 바로 당신을 찾아가라고 했습니다. 보아하니 내가 일찌감치 여기에 등록되어 있었나 봅니다."

스창이 고개를 끄덕였다.

"한 가지 더 묻겠는데, 자네는 자네 부인의 총이 진짜라고 생각하나?"

웨이청이 우물쭈물하는 것을 보고 그가 다시 말했다.

"총에서 기름 냄새가 났나?"

"네, 분명 기름 냄새가 났습니다."

탁자 위에 앉아 있던 스창이 뛰어내려왔다.

"알았네. 마침내 기회를 하나 잡았군. 불법 총기 소지 혐의. 이건 수색 이유가 되지. 절차는 내일 밟고, 지금 즉시 행동하자고."

스창이 왕먀오에게 돌아서며 말했다.

"수고스럽겠지만 같이 가지."

그리고 계속 말이 없던 쉬빙빙에게 말했다.

"쉬빙빙, 지금 전담조 당직자는 두 명뿐인데 그들로는 부족해. 자네의 정보부 사람들이 모두 귀하신 몸이라는 것은 잘 알지만 그래도 오늘은 외근 좀 해야겠어."

쉬빙빙은 담배 연기가 자욱한 이곳을 빨리 떠나고 싶다는 듯이 고개를 끄덕였다.

수색에 나선 사람은 스창과 쉬빙빙 그리고 당직 형사 두 명과 왕먀오와 웨이청이었다. 여섯 명은 경찰차 두 대에 나눠 타고 여명이 밝기 전 짙은 어둠이 깔린 밤거리를 지나 도시 변두리에 있는 빌라 단지로 향했다.

쉬빙빙과 왕먀오는 뒷자리에 앉았다. 차가 움직이자마자 그녀가 작은 소리로 말했다.

"왕 선생님, 삼체에서 명성이 꽤 높더군요."

현실 세계에서 삼체를 말하는 사람이 있다는 사실에 왕먀오는 흥분했다. 경찰복을 입은 이 여자와의 거리가 한층 가까워진 것 같았다.

"그 게임 하십니까?"

"감시와 추적을 맡고 있어요. 고된 임무죠."

왕먀오는 다급하게 말했다.

"삼체에 관해 말해줄 수 있습니까? 정말 알고 싶습니다."

차창으로 들어오는 희미한 가로등 불빛 속에서 왕먀오는 쉬빙빙의 신비스러운 미소를 봤다.

"우리도 알고 싶어요. 하지만 게임 서버가 해외에 있고, 시스템과 방화벽이 견고해서 들어가기가 쉽지 않아요. 현재까지 알게 된 상황도 많지 않고요. 그 게임은 비영리 목적이고 게임 소프트웨어 수준이 매우 높아요. 아니, 높아도 너무 높다고 할 수 있죠. 게다가 그 정보량이라니, 선생님도 아시죠. 그건 더 비정상이에요. 그게 무슨 게임이에요!"

왕먀오는 심사숙고해서 말했다.

"그 속에 뭔가가 있지 않습니까……. 초자연 현상 비슷한."

"우리 생각에 그런 건 없는 것 같아요. 그 게임 프로그래밍에 참가한 사람은 많아요. 세계 각지에 분포되어 있죠. 개발 방식은 몇 년 전 유행했던 리눅스와 매우 비슷하지만 더 앞선 개발 툴을 사용한 게 틀림없어요. 그런 정보라면 그것들이 어디에서 왔는지 귀신이나 알걸요. 정말…… 선생님이 말한 대로 초자연적이죠. 하지만 우리는 스창 대장의 명언을 믿어요. 이 모든 것이 인위적이라는 말이요. 우리의 추적이 성과가 있으니 곧 결과가 나올 거예요."

쉬빙빙은 아직 노련하지 못했다. 마지막 말에서 왕먀오는 그녀가 자신에게 숨기는 게 많다는 걸 깨달았다.

왕먀오는 앞자리에서 운전하는 스창을 보며 말했다.

"그 말이 명언이 됐습니까?"

빌라에 도착할 때까지 아직 해가 뜨지 않았다. 빌라 위층의 방 하나에 불이 켜져 있었고 나머지는 모두 어두웠다.

왕먀오가 막 차에서 내리는데 위층에서 소리가 들렸다. 벽에 무엇인가가 부딪히는 소리였다. 차에서 내린 스창은 즉시 경계하더니 닫혀 있는 대문을 발로 열었다. 건장한 몸집에 어울리지 않게 나는 듯이 빌라로 들어갔고 그 뒤를 따라 동료 세 명이 들어갔다. 왕먀오와 웨이청도 따라 들어갔다. 거실을 지나 2층으로 올라가 빛이 새어 나오는 방으로 들어가자 발바닥에 철썩철썩 무엇인가가 밟혔다. 피였다. 예전 그날도 지금과 비슷한 시간이었다. 당시 왕먀오는 이 방에서 선위페이가 삼체를 하는 것을 보았다. 하지만 지금 그녀는 총을 맞은 채 방 정중앙에 누워 있었다. 총알 두 발이 뚫고 간 가슴에서 피가 솟아났고 세 번째 총알은 미간을 뚫고 들어가 얼굴 전체가 피범벅이 되어 알아볼 수 없었다. 그녀에게서 멀지 않은 곳에 권총 한 자루가 피 웅덩이 속에 떨어져 있었다.

왕먀오가 들어갔을 때 스창과 그의 남자 동료 한 명이 뛰어나와 문이 열려 있는 맞은편 방으로 들어갔다. 창문이 열려 있었고 곧 밖에서 자동차 시동 거는 소리가 들렸다. 남자 경찰 한 명이 전화를 걸었고, 쉬빙빙은 먼 곳에 서서 긴장한 표정으로 쳐다보고 있었다. 그녀는 왕먀오와 웨이청과 마찬가지로 이런 장면을 처음 본 듯했다. 스창은 금세 돌아왔다. 가슴에 찬 권총집에 총을 넣으면서 전화하는 동료에게 외쳤다.

"검정 산타나, 한 명, 차 번호는 못 봤어. 5환도로* 입구를 봉쇄해. 젠장, 빠져나가겠군."

주위를 살펴보던 스창은 벽에 생긴 총알 구멍과 바닥에 흩어진 탄피를 살펴보더니 말했다.

"상대는 다섯 발을 쏴서 세 발을 명중시켰군. 그녀는 두 발을 쐈지만 맞히지 못했고."

그러고는 무릎을 꿇고 동료와 함께 시신을 검사했다. 쉬빙빙은 멀찍이 서서 그녀 옆에 있는 웨이청을 훔쳐보았다. 스창 역시 고개를 들어 그를 쳐다보았다.

웨이청의 얼굴에 놀라움과 슬픔이 스쳐 갔다. 하지만 그것은 말 그대로 스쳐 간 것에 불과했다. 그의 전매특허인 멍한 표정은 변하지 않았다. 그는 왕먀오보다 더 침착해 보였다.

스창이 웨이청에게 말했다.

"아무렇지도 않아 보이는군. 그 사람은 자네를 죽이러 왔을 텐데."

* 옮긴이 주: 톈안먼 광장을 중심으로 베이징을 둘러싸고 있는 순환도로 중 하나.

웨이청은 뜻밖에 웃음을 지었다. 처량한 웃음이었다.

"내가 뭘 할 수 있겠습니까? 그녀에 대해 아는 것이 하나도 없는데요. 삶을 좀 단순하게 살라고 권한 적이 한두 번이 아닙니다. 하지만……. 아, 그때 그 밤에 그분이 나에게 했던 말이 생각납니다."

스창이 일어나 웨이청에게 다가가 담배를 건넸다.

"우리한테 말 안 한 것이 있지 않나?"

"조금요. 내키지 않아서요."

"이제는 빨리 말해야 할걸!"

웨이청이 곰곰이 생각했다.

"오늘, 아, 어제 오후에 그녀가 거실에서 남자와 싸웠어요. 그 사람은 판한이었습니다. 유명한 환경보호주의자. 그들은 예전에도 몇 번 말다툼을 했습니다. 일본어로요. 내가 들을까 봐 걱정했던 것 같습니다. 그러나 어제 그들은 아무것도 개의치 않는 듯 중국어로 말했습니다. 그래서 몇 마디 들을 수 있었습니다."

"최대한 그들이 말한 그대로 말해보게."

"그러지요. 판한이 '우리처럼 겉으론 같은 편 같아 보이는 사람이 사실 극단에 선 적이지!'라고 하자, 선위페이가 말했죠. '그래요. 당신들은 주의 힘을 빌려 인간에 반대하지요.' 그러자 판한이 '그렇게 생각하는 것도 완전히 틀린 건 아니지. 우리는 주가 세상에 강림해서 진작에 벌을 받았어야 할 인간들을 처벌해야 한다고 생각해. 하지만 당신이 강림을 막고 있지. 그러니 우리는 공존할 수 없어. 당신들이 중단하지 않으면 우리가 당신들을 중단시켜주겠어!'라고 했습니다. 선위페이가 '당신 같은 악마를 조직에 들여놓다니, 총사령관님도 눈이 멀었지!' 하고 말했습니다. 판한이 다시 말하더군요. '총사령관을 거론하니 말인데 총사령관은 어느 파인가?

강림파 아니면 구원파? 당신은 분명하게 말할 수 있나?' 이 말에 선위페이는 오랫동안 침묵했습니다. 그 뒤로 두 사람은 큰 소리로 말다툼하지 않아서 듣지 못했습니다."

"전화로 자네를 위협하던 사람 목소리는 누굴 닮았나?"

"판한을 말하는 겁니까? 모르겠습니다. 목소리가 작아서 분간할 수 없었습니다."

경찰차 몇 대가 사이렌을 울리며 밖에 도착했다. 흰 장갑을 끼고 카메라를 든 경찰들이 위층으로 올라왔다. 빌라 안이 분주해졌다. 스창은 왕먀오에게 돌아가 쉬라고 했다. 왕먀오는 소형 컴퓨터가 있는 방에서 웨이청을 찾았다.

"그 삼체문제 진화 알고리즘 모형에 관한 개요 같은 것을 줄 수 있습니까? 어떤 곳에서…… 소개하고 싶습니다. 좀 무례한 부탁이니, 거절해도 괜찮습니다."

웨이청은 3인치짜리 CD를 꺼내 왕먀오에게 주었다.

"거기에 다 들어 있습니다. 전체 모형과 부가 문서까지 다요. 나를 생각하신다면 선생님 이름으로 발표하세요. 그게 저를 돕는 겁니다."

"아닙니다, 아니에요. 어떻게 그럴 수가 있습니까!"

웨이청은 왕먀오의 손에 있는 CD를 가리키며 말했다.

"왕 교수님, 사실 예전에 선생님이 여기 왔을 때 선생님을 주의 깊게 봤습니다. 선생님은 좋은 사람입니다. 책임감 있는 사람이요. 그래서 이 물건에서 멀어지라고 권하고 싶습니다. 세상에 격변이 일어날 것입니다. 모든 사람이 여생을 평안하게 보낼 수 있다면 큰 행운이죠. 어쨌든 내겐 필요 없으니, 깊게 생각하지 마세요."

"더 많은 것을 알고 있습니까?"

"매일 그녀와 함께 있었는데 어떻게 아무것도 모르겠습니까."

"왜 경찰에 말하지 않습니까?"

웨이청은 가치가 없다는 듯 웃었다.

"경찰한테 말해봐야 무슨 소용입니까. 하느님이 와도 소용없습니다. 현재 전 인류는 '하늘을 불러도 대답이 없고, 땅에 소리쳐도 응답이 없는'* 지경에 이르렀습니다."

웨이청은 동쪽으로 난 창문 앞에 섰다. 도시의 마천루 너머 하늘에서 아침 햇살이 서서히 비추었다. 왜 그런지 알 수 없지만, 그 장면은 왕먀오가 삼체에 들어갈 때마다 보는 기이한 여명처럼 느껴졌다.

"사실 나도 그렇게 초월한 것은 아닙니다. 요 며칠 밤새 뒤척이다가 일어나 여기에 서서 일출을 보고 있으면 꼭 일몰 같다는 생각이 듭니다."

그는 왕먀오에게 돌아서서 한참 동안 침묵했다. 그리고 입을 다시 열었다.

"사실 이 모든 것이 하느님 또는 그녀가 말한 주 때문입니다. 그들은 스스로를 구원하기 어렵습니다."

* 옮긴이 주 : 규천천불응, 함지지불리(叫天天不應, 喊地地不理), 중국 속담.

삼체, 뉴턴, 폰 노이만, 진시황, 일직선으로 늘어선 세 개의 태양

삼체 제2단계 시작 장면은 큰 변화가 없었다. 기이하게 느껴지는 차가운 여명과 거대한 피라미드도 여전했다. 그러나 피라미드 형태는 다시 동양식으로 바뀌어 있었다.

왕먀오는 금속성 물체가 부딪치는 낭랑한 소리를 들었다. 차가운 여명의 정적 속에서 그 소리는 더욱 도드라졌다. 소리 나는 곳을 쳐다보니 피라미드 아래 검은 그림자 두 개가 움직이고 있었다. 어두운 아침 햇살 속에 금속의 차가운 빛이 검은 그림자 사이에서 번쩍거렸다. 두 사람이 검투를 하고 있었다. 눈이 어둠에 익숙해지자 검투 중인 두 사람의 모습이 보였다. 피라미드 모양을 보니 이곳은 동양인 듯했다. 하지만 검투 중인 두 사람은 유럽인인 듯 16~17세기 유럽 복장을 하고 있었다. 키 작은 사람이 고개를 숙이자 검이 그의 머리를 스치더니 은색 가발이 땅에 떨어졌다. 몇 번의 합이 지나자 또 다른 사람이 피라미드 구석에서 뛰어나와 검투를 중단시키려 했다. 하지만 두 사람이 휘둘러대는 검 때문에 앞으로 나가지 못했다. 그는 큰 소리로 외쳤다.

"멈추시오! 이 사람들아! 당신들은 책임감도 없나? 세계에 미래가 없다면 당신들의 그 알량한 명예도 소용없어!"

그러나 두 검객은 아랑곳하지 않고 검투에 전념했다. 키 큰 사람이 갑자기 비명을 지르더니 댕그랑, 하고 검을 바닥에 떨어뜨렸다. 그리고 팔을 감싸 쥔 채 달아났다. 다른 한 사람이 몇 발짝 쫓아가다가 도망가는 사람의 뒷모습에 대고 소리쳤다.

"쳇, 부끄러운 줄도 모르는 놈!"

그는 허리를 숙여 가발을 줍다가 왕먀오를 발견하고는 검으로 도망자가 가는 방향을 가리키며 말했다.

"저자가 미적분을 자기가 발명했다고 말했소!"

가발을 다시 쓴 그는 한 손을 가슴에 대고 왕먀오에게 허리를 굽히며 유럽식 예를 갖췄다.

"아이작 뉴턴이오."

왕먀오가 물었다.

"그러면 도망가는 저 사람은 라이프니츠겠군요?"*

"그렇소. 부끄러움을 모르는 놈이지! 쳇, 사실 나는 저자와 이 명예를 다툴 가치가 없다고 생각하오. 역학 3법칙을 발견해서 나는 이미 하느님에 버금가는 사람이 되었으니까. 천체 운행에서 세포분열까지 이 세 개의 위대한 법칙을 따르지 않는 것이 없지. 이제 미적분이라는 강력한 수

---

* 옮긴이 주:뉴턴과 라이프니츠의 미적분 전쟁을 빗댄 장면. 1675년 라이프니츠가 미적분학 연구 결과를 발표했다. 그러나 뉴턴이 미적분은 자신이 10년 전 사용한 것과 같은 개념이라고 주장하여 쌍방은 수십 년간 진실 공방을 벌였고, 이로 인해 영국과 유럽 과학계 또한 대립하게 되었다.

학 도구가 생겼으니 3법칙을 기초로 세 개 태양의 운행 법칙을 파악하는 것도 머지않았소."

그들을 말리던 사람이 말했다.

"그렇게 간단한 일이 아냐. 계산량은 고려해봤나? 내가 자네가 해놓은 미분방정식을 봤네. 해석해는 구하지 못하고 수치해만 구할 수 있는 것 같았어. 계산량이 많아 전 세계 수학자를 다 동원해 쉬지 않고 작업해도 세계의 마지막 날까지도 다 계산하지 못할 걸세. 물론 태양 운행 규칙을 빨리 알아내지 못한다면 세상의 마지막 날도 머지않겠지만."

그 역시 왕먀오를 향해 허리를 굽혔다. 자세가 좀 더 현대적이었다.

"폰 노이만*입니다."

"자네가 우리를 이렇게 먼 동양으로 데려온 것도 그 방정식 계산 문제를 해결하기 위해서가 아닌가?"

뉴턴이 이렇게 묻고는 왕먀오를 쳐다보았다.

"위너**와 방금 도망간 저 사람이 같이 왔지. 마다가스카르에서 해적을 만났을 때 위너는 우리를 보호하려고 혈혈단신으로 해적을 막았지. 용감한 희생이었어."

왕먀오가 이해가 안 된다는 듯이 폰 노이만에게 물었다.

"컴퓨터를 왜 동양에 와서 만듭니까?"

폰 노이만과 뉴턴은 어리둥절해하며 서로의 얼굴을 쳐다보았다.

"컴퓨터? 계산 기계? 그런 것이 있습니까?"

* 논리학, 양자물리학, 고속컴퓨터 이론, 게임 이론, 경제학 등에 위대한 업적을 남긴 수학자. 특히 컴퓨터 분야에서 가장 획기적인 업적으로 평가되는 노이만형 기계(프로그램 내장형 컴퓨터)와 컴퓨터 내에서의 이진법을 제안함으로써 현재의 디지털컴퓨터를 있게 한 장본인이다.
** '사이버네틱스의 아버지'로 불리는 미국의 수학자.

"컴퓨터를 모르십니까? 그럼 무엇으로 그렇게 많은 양의 계산을 할 생각입니까?"

폰 노이만이 눈을 동그랗게 뜨고 왕먀오를 쳐다보았다. 그리고 정말 모르겠다는 듯이 그에게 물었다.

"무엇으로 하나요? 당연히 사람이지요! 이 세계에 사람 말고 어떤 것이 계산을 할 수 있다는 말입니까?"

"하지만 선생께서 전 세계 수학자들을 다 동원해도 모자란다고 하셨 잖습니까?"

"우리는 수학자가 아니라 일반인을 동원할 겁니다. 평범한 노동력이라 서 수가 많아야 합니다. 최소 3000만 명이 필요합니다! 수학의 인해전술 이지요."

왕먀오는 매우 놀랐다.

"일반인요? 3000만 명? 제가 잘못 이해한 것이 아니라면, 90퍼센트가 문맹인 이 시대에 3000만 명에게 미적분을 시킨다고요?"

폰 노이만이 시가를 꺼내 앞부분을 깨물고 말했다.

"쓰촨(四川) 군인이 하는 농담을 들어본 적이 있습니까? 병사들에게 대 열 연습을 시키는데 지적 수준이 너무 낮아 장교가 하나, 둘, 하나, 둘 하 는 말도 못 알아듣더랍니다. 그래서 장교가 방법을 찾아냈지요. 각 사병 들에게 왼발에는 짚신을 신기고 오른발에는 헝겊 신발을 신긴 다음 행군 할 때 '짚신, 헝겊신, 짚신, 헝겊신……' 하고 외쳤답니다. 우리는 이런 수 준의 병사면 됩니다. 단, 3000만 명이 있어야 합니다."

이 말을 들은 왕먀오는 이 사람이 게임 내에 설정된 프로그램이 아니 라 실제 게이머, 그것도 중국인일 거라고 확신했다.

왕먀오가 고개를 저으며 말했다.

"그렇게 방대한 규모의 군대는 상상하기 어렵습니다."

뉴턴이 피라미드를 가리키며 말했다.

"그래서 진시황을 찾아왔지."

왕먀오가 주위를 돌아보며 물었다.

"아직도 그가 이곳을 통치하고 있습니까?"

피라미드 입구를 지키는 병사들은 확실히 진나라 때의 연갑(軟甲) 군복을 입고 긴 미늘창을 들고 있었다. 무질서한 삼체 세계의 역사에 왕먀오는 이미 익숙해졌다.

폰 노이만이 한 손으로 피라미드 입구를 가리키며 말했다.

"전 세계를 모두 통치하려고 합니다. 그는 3000만의 대군으로 유럽을 정복할 준비를 하고 있습니다. 좋습니다. 이제 그를 만나러 갑시다."

그리고 뉴턴에게 말했다.

"검을 버리게!"

뉴턴이 검을 버렸고 세 사람은 입구로 들어갔다. 복도 끝까지 걸어가 대전으로 들어가려는데 근위병이 그들을 막고 옷을 벗으라고 했다. 뉴턴이 자신들은 유명한 학자이며 위험한 무기 따위는 없다고 소리쳤다. 두 사람이 대치할 때 대전에서 남자의 낮은 목소리가 흘러나왔다.

"3법칙을 발견한 서양인가? 들어오게 하라."

대전으로 들어가자 진시황이 긴 옷과 유명한 장검*을 바닥에 끌면서 천천히 걷고 있었다. 그는 몸을 돌려 세 학자를 보았다. 왕먀오는 그것이 주왕과 그레고리우스 교황의 눈이라는 것을 알아챘다.

---

* 옮긴이 주:1978년 진시황 병마용에서 발굴된 청동검. 땅속에 2000년 동안 묻혀 있었는데도 녹이 슬지 않은 상태였다고 한다.

"당신들이 온 이유를 안다. 서양인이면 카이사르를 찾아가지 않고? 그의 제국은 매우 넓으니 3000만 대군쯤은 모을 수 있을 텐데."

"하지만 존경하는 황제여, 그들이 어떤 군대인지 아십니까? 그의 제국이 지금 어떤 모양인지 아십니까? 웅장한 로마 성안을 흐르는 강은 모두 심각하게 오염됐습니다. 왜 그렇게 됐는지 아십니까?"

"군수기업?"

"아닙니다. 위대한 황제여, 로마인이 폭음과 폭식을 해서 토한 구토물입니다! 연회에 참석한 귀족들은 탁자 아래에 들것을 놓고 먹다가 움직이지 못하면 하인에게 들게 해서 집으로 돌아갑니다. 제국 전체가 방탕과 무절제에 빠져 허우적거리고 있습니다. 3000만 대군을 조직한다고 해도 이 위대한 계산을 할 자질과 체력이 없습니다."

진시황이 말했다.

"짐도 알고 있다. 하지만 카이사르가 깨어나 군대를 정비하고 있지. 서양인의 지혜는 무서워. 동양인보다 똑똑하지는 않지만, 길을 맞게 찾았단 말이지. 그는 태양이 세 개라는 것을 알아냈고, 자네는 3법칙을 생각해냈어. 동양인은 할 수 없는 것이다. 하지만 나는 지금 서양으로 원정을 떠날 능력이 없다. 내 배로는 안 돼. 육지로 가려 해도 긴 공급선을 유지할 수 없고."

폰 노이만이 기회를 놓치지 않고 말했다.

"위대한 황제여, 그래서 황제의 제국은 더 발전해야 합니다! 만약 태양 운행 규칙을 파악한다면 항세기를 충분히 이용할 수 있고 난세기로 인한 손실을 피할 수 있습니다. 그렇게 하면 서양에 비해 훨씬 빠른 속도로 발전할 것입니다. 우리를 믿어주십시오. 우리는 학자입니다. 3법칙과 미적분으로 태양의 운행을 정확히 예측만 한다면 누가 세상을 정복해 통치하든 상관없습니다."

"짐은 당연히 태양의 운행 예측이 필요하다. 하지만 자네들이 짐에게 3000만 대군을 요구한다면 적어도 계산이 어떻게 이루어지는지 보여줘야 하지 않나?"

폰 노이만이 흥분해서 말했다.

"폐하, 저에게 병사 세 명을 주십시오. 시연해보겠습니다."

진시황은 못 믿겠다는 듯 폰 노이만을 쳐다보았다.

"셋? 겨우 세 명 말인가? 짐은 3000명도 내줄 수 있다."

"위대한 폐하, 방금 과학적 사유에서 동양인에게 부족한 점이 있다고 말씀하셨습니다. 그 이유는 복잡한 우주 만물이 사실 가장 간단한 단위로 구성되어 있다는 것을 인식하지 못했기 때문입니다. 세 명이면 족합니다, 폐하."

진시황은 손을 들어 병사 세 명을 오라고 했다. 그들은 모두 매우 젊었고 진나라의 다른 병사들처럼 명령에 복종하는 기계 같았다.

폰 노이만이 두 병사의 어깨를 치면서 말했다.

"당신들 이름은 알 필요 없습니다. 당신들은 입력 신호를 책임집니다. '입 1' '입 2'라고 외치면 됩니다."

그는 나머지 병사 한 명을 가리키며 말했다.

"당신은 출력 신호를 책임집니다. '출' 하고 외치면 됩니다."

그는 손을 뻗어 세 병사를 움직였다.

"이렇게 삼각형 형태로 섭니다. 출이 위쪽 꼭짓점에, 입 1과 입 2는 양옆 꼭짓점에 섭니다."

진시황이 무시하듯 폰 노이만을 쳐다보았다.

"흥, 쐐기 공격 대형으로 서라고 하면 되지 않은가?"

어디서 찾았는지 뉴턴이 흰색과 검은색의 작은 깃발을 각각 세 개씩 들고 왔다. 폰 노이만은 그것을 받아 들고 병사 세 명에게 백기 한 개와 흑기 한 개씩을 나눠 주었다.

"흰색은 0이고, 검은색은 1을 뜻합니다. 좋습니다. 이제 잘 들으세요. 출, 몸을 돌려 입 1과 입 2를 쳐다보세요. 그들이 모두 흑기를 들면 당신도 흑기를 듭니다. 다른 상황에서는 모두 백기를 듭니다. 이런 상황은 세 종류입니다. 입 1이 백기 입 2가 흑기, 입 1이 흑기 입 2가 백기, 입 1과 입 2가 모두 백기."

진시황이 말했다.

"색을 바꿔야 할 것 같네. 백기는 항복의 의미야."

흥분한 상태인 폰 노이만은 황제의 말에 아랑곳하지 않고 병사 세 명에게 계속 명령했다.

"이제부터 시작입니다! 입 1, 입 2, 마음대로 깃발을 드세요. 좋아요. 들어! 좋습니다. 다시 들어! 들어!"

입 1과 입 2가 동시에 깃발을 세 차례 들었다. 첫 번째는 흑흑, 두 번째는 백흑, 세 번째는 흑백이었다. 출은 모두 정확하게 반응했다. 첫 번째는 흑기를, 나머지 두 번은 백기를 들었다.

"아주 좋습니다. 정확했어요. 폐하, 폐하의 병사는 정말 똑똑합니다!"

진시황이 곤혹스러운 표정으로 물었다.

"바보라도 할 수 있는 일이지. 그들이 무엇을 한 것인지 짐에게 설명할 수 있나?"

"이 세 사람이 계산 시스템의 부품이 된 것입니다. 게이트 부품의 일종으로 '앤드 게이트(AND gate)'*라고 합니다."

폰 노이만은 말을 마치고 황제가 이해할 수 있도록 잠깐 멈추었다.

진시황은 무표정한 얼굴로 말했다.

"짐은 이제까지 충분히 무료했으니, 계속하게."

폰 노이만은 삼각형으로 선 병사 세 명을 향해 돌아서며 말했다.

"다음 단계를 해봅시다. 출은 입 1과 입 2 중 한 사람이 흑기를 들면 흑기를 듭니다. 이런 상황은 세 종류입니다. 흑흑, 백흑, 흑백. 백백일 때만 백기를 듭니다. 알겠습니까? 좋아요, 똑똑하군요. 게이트 부품에서 당신이 제일 중요합니다. 잘하면 황제께서 상을 내릴 겁니다. 운행 시작, 들어! 좋아요. 다시 들어! 다시! 아주 잘했습니다. 정상적으로 운행됐습니다. 폐하, 이 게이트 부품을 'OR 게이트(OR gate)'**라고 합니다."

폰 노이만은 병사 세 명을 이용해 낸드 게이트(NAND gate), 노어 게이트(NOR gate), XOR 게이트, XNOR 게이트인 '3상태 게이트'를 시연했다. 마지막으로 병사 두 명으로 구성된 제일 간단한 부정 게이트(NOT Gate)를 보여주었다. 이때 출은 언제나 입과 반대색 깃발을 들었다.

폰 노이만이 황제에게 허리를 굽히며 말했다.

"폐하, 모든 게이트 부품의 시연을 마쳤습니다. 매우 간단하지 않습니까? 누구라도 한 시간만 훈련하면 할 수 있습니다."

진시황이 물었다.

"더 많은 것을 배워야 하지 않는가?"

"필요 없습니다. 우리는 이런 게이트 부품을 1000만 개 조직할 것입니다. 그리고 이 부품들을 하나의 시스템으로 만들 것입니다. 이 시스템이

---

* 옮긴이 주: 자동 제어 논리 회로의 하나. 입력 신호가 전부 '1'일 때만 출력 신호의 값이 '1'(운전 신호)이 되며, 그 밖의 경우에는 '0'(운전 정지 신호)이 된다.
** 옮긴이 주: 자동 제어 논리 회로의 하나. 입력 신호 중 어느 하나의 값이 '1'이 되면 출력 신호가 '1'이 된다.

우리가 필요한 연산을 해서 태양 운행을 예측하는 미분방정식을 풀어낼 것입니다. 이 시스템을 우리는…… 음, 뭐라고 부르냐 하면…….”

왕먀오가 말했다.

“컴퓨터.”

폰 노이만이 왕먀오에게 엄지손가락을 들어 보였다.

“아, 좋습니다! 컴퓨터, 이름 좋군. 시스템 전체가 방대한 기계로, 유사 이래 가장 복잡한 기계입니다!”

게임 시간이 빨라져 석 달이 지났다.

진시황, 뉴턴, 폰 노이만과 왕먀오가 피라미드 꼭대기 단에 서 있었다. 이 단에는 묵자를 만났던 곳과 비슷하게 각종 천문 기구가 있었고 그중에는 유럽의 근대 설비도 있었다. 그 아래에는 진나라 군사 3000만 명이 방진(方陣)을 짜고 서 있었다. 한 변이 6킬로미터나 되는 정사각형이었다. 막 떠오른 태양 아래 방진은 고정된 듯 꼼짝도 하지 않았다. 그 모습이 마치 3000만 개 병마용(兵馬俑)으로 구성된 거대한 양탄자 같았다. 하지만 하늘을 날던 새 떼가 잘못해서 이 거대한 양탄자 상공에 진입하면 그들은 즉시 아래에서 올라오는 무서운 살기를 느끼고 잠시 혼란에 빠졌다가 놀라서 도망가거나 방진을 피해 돌아갔다. 왕먀오는 마음속으로 전 인류가 이런 방진으로 선다면 상하이 푸둥(浦東) 면적에 불과할 것이라고 생각했다. 하지만 그것과 비교하면 이 방진은 문명의 취약함을 더욱 선명하게 보여주었다.

폰 노이만이 진시황에게 감탄하며 말했다.

“폐하, 폐하의 군대는 정말 세상에 둘도 없는 대단한 군대입니다. 짧은 시간에 이렇듯 복잡한 훈련을 해내다니요.”

진시황이 장검의 칼자루를 잡은 채 말했다.

"병사들은 간단한 일만 하는데 뭘 그러나. 예전에 마케도니아 방진을 깨기 위해 했던 훈련에 비하면 아무것도 아니다."

뉴턴이 말했다.

"하느님이 보우하사 긴 항세기가 두 번 연속되었습니다."

진시황은 자랑스러운 듯이 방진을 훑어보았다.

"난세기라도 짐의 군대는 예정대로 훈련할 것이고, 당신들의 계산도 계속될 것이다."

폰 노이만이 격정에 차 떨리는 목소리로 말했다.

"그렇다면 폐하, 폐하의 위대한 명령을 내려주십시오!"

진시황이 고개를 끄덕이자 병사 하나가 달려왔다. 그리고 황제 자신은 뽑을 수 없는 청동 장검의 칼자루를 쥐고 뒤로 몇 걸음 물러나 검을 뽑았다. 그리고 앞으로 나아가 무릎을 꿇고 황제에게 검을 바쳤다. 진시황은 하늘을 향해 장검을 들고 소리쳤다.

"컴퓨터 대열로 서라!"

피라미드 사면에 있던 대형 청동솥 네 개에 동시에 불이 붙었고, 피라미드 한 면의 파손된 담장에 가득 서 있던 병사들이 거대한 합창으로 진시황의 명령을 전달했다.

"컴퓨터 대열로 서라!"

대지에 있는 방진이 출렁이더니 복잡하고 정밀한 회로 구조가 나타났다. 10분 뒤 대지 위에 36제곱킬로미터 규모의 컴퓨터 메인보드가 나타났다.

폰 노이만이 거대한 인간 회로를 소개했다.

"폐하, 우리는 이 컴퓨터 이름을 '진 1호'라고 지었습니다. 저기 중심

부분을 보십시오. 저것은 CPU로 컴퓨터의 핵심 계산 부품입니다. 폐하의 다섯 개 정예부대로 구성되어 있습니다. 이 그림과 대조해보면 그 안에 가산기(加算器), 레지스터, 스택 메모리를 볼 수 있습니다. 외부의 가지런한 부분은 메모리로, 이 부분을 구축할 때 우리는 사람이 부족하다는 것을 발견했습니다. 다행히 이 부분의 동작이 제일 간단해서 각 병사들에게 여러 색깔의 깃발을 갖도록 훈련시켰습니다. 한 사람이 동시에 20명이 하는 조작을 할 수 있었고, 그래서 메모리량을 '진 1.0' 운영체제의 최저 요구에 도달하도록 했습니다. 전 대열을 관통하는 통로를 보십시오. 통로에는 명령을 기다리는 경기병이 있습니다. 그들이 바로 여러 가지 신호가 들어가는 라인인 버스(BUS)입니다. 시스템 버스가 전체 시스템 간의 정보 전달을 책임집니다."

그는 이어서 말했다.

"버스 구조는 위대한 발명으로 플러그인이 있으면 최대 10개 군단으로 구성할 수 있고 매우 빠르게 마운트*할 수 있습니다. 이것은 '진 1호' 하드웨어 확장과 업그레이드에 매우 편리합니다. 다시 가장 먼 곳을 보시면, 망원경으로 봐야 잘 보이실 겁니다. 저것은 보조기억장치로 우리는 코페르니쿠스가 지은 이름을 사용해 이것을 '하드드라이브'라고 했습니다. 이것은 지능이 비교적 높은 300만 명으로 구성되었습니다. 앞서 분서갱유 때 그들을 남겨두신 것은 잘하신 일입니다. 그들은 모두 공책과 연필을 들고 연산 결과를 기록하는 일을 책임지고 있습니다. 물론 그들의 최대 업무는 가상 메모리 역할로, 중간 연산 결과를 저장합니다. 연산 속

---

* 옮긴이 주:컴퓨터에서 파일 시스템 구조 내에 있는 일련의 파일들을 사용자나 사용자 그룹들이 이용할 수 있도록 만드는 것.

도에 장애가 생기는 곳이 바로 그들이 있는 곳입니다. 여기, 우리와 가장 가까운 곳에 모니터 진열이 있습니다. 컴퓨터 운행 상태의 주요 매개변수를 보여줄 수 있습니다."

폰 노이만과 뉴턴은 사람 키만 한 종이 두루마리를 가져와 진시황 앞에 펼쳐놓았다. 아주 작은 크기로 빽빽하게 쓰여 있는 부호가 큰 종이에 가득했다. 그것은 아래의 컴퓨터 진열과 마찬가지로 어지러웠다. 폰 노이만이 아래에 있는 인간 컴퓨터를 가리키며 말했다.

"폐하, 이것은 우리가 개발한 '진 1.0' 버전 운영체제입니다. 컴퓨터 소프트웨어는 그 위에서 운행됩니다. 보십시오, 폐하. 진열은 하드웨어입니다. 그리고 종이에 쓰여 있는 것은 소프트웨어입니다. 하드웨어와 소프트웨어는 피아노와 악보의 관계입니다."

그와 뉴턴은 같은 크기의 다른 종이를 펼쳤다.

"폐하, 이것은 수치 해석을 이용한 미분방정식 소프트웨어입니다. 천문 관측으로 얻은 세 개 태양의 어떤 시간 단면의 운동 벡터를 입력하면 앞으로 태양 운행 상태를 예측할 수 있습니다. 이번 계산에서 우리는 앞으로 2년간의 태양 운행을 완벽하게 예측할 것입니다. 각 예측치의 시간 간격은 120시간입니다."

진시황은 고개를 끄덕였다.

"그럼 시작하라."

폰 노이만이 두 팔을 올려 엄숙하게 외쳤다.

"성상(聖上)께서 명을 내리셨다. 컴퓨터 가동! 시스템 자체 검사!"

피라미드 중간 부분에 있는 기수들이 깃발로 명령을 내렸다. 순간 3000만 명으로 구성된 초대형 메인보드가 액화된 것처럼 변했고 대지가 미세한 반짝거림으로 가득 찼다. 몇천만 개의 깃발이 움직여 만들어낸 것이었다. 피라미드에서 가장 가까운 곳에 위치한 모니터 진열에 무수한 녹색 깃발로 구성된 진행 정도를 나타내는 막대가 점점 길어지면서 검사 진행률을 표시했다. 10분 뒤에 막대가 끝까지 완성되었다.

"자체 검사 완료! 부트 로더 시작! 운영체제 로딩!"

다음으로 인간 컴퓨터 시스템 버스를 관통하는 경기병이 빠르게 움직이자 버스가 즉시 센 물살의 강물처럼 변했다. 강물은 길을 따라 다시 무수한 작은 지류로 나뉘어 각 모듈 진열로 들어갔다. 빠르게, 흰색 깃발과 검은색 깃발의 잔잔한 물결이 세찬 파도로 변해 메인보드 전체가 출렁였다. 중앙의 CPU 구역이 가장 격동적으로 움직여 마치 불타는 화약 같았다. 그런데 갑자기 화약이 다 탄 것처럼 CPU 구역의 움직임이 점점 잦아들더니 결국 완전히 정지되었다. 그것을 중심으로 각 방향의 움직임이 중지되었다. 빠르게 얼어붙는 바다 표면 같았다. 마지막에는 메인보드 대부분이 정지되었다. 산발적인 죽음은 일정한 리듬으로 생기 없이 반짝이는 붉은색 불빛으로 나타났다.

신호관이 소리쳤다.

"시스템 잠금!"

고장 원인은 금세 밝혀졌다. CPU 상태 레지스터 중 게이트 회로에서 오류가 발생한 것이었다.

폰 노이만이 자신만만하게 명령했다.

"시스템 다시 웜부팅!"

"잠깐!"

뉴턴이 신호관을 제지하더니 음험한 표정으로 진시황에게 말했다.

"폐하, 시스템의 안정적인 운행을 위해 고장률이 높은 부품은 보수를 해야 합니다."

진시황은 장검을 짚으며 말했다.

"오류가 발생한 부품을 교체하라. 그 부품에 속한 모든 병졸들을 참하라! 이후 고장은 이와 같이 처리한다."

폰 노이만은 뉴턴을 혐오스러운 눈빛으로 노려보았다. 날카로운 칼을 빼든 기병이 메인보드로 달려가 고장 부품을 '보수'한 다음 다시 웜부팅 명령을 내렸다. 이번 가동은 매우 순조로워 20분 뒤 삼체 세계에서 폰 노이만이 만든 인간 컴퓨터가 '진 1.0' 운영체제에서 운영 상태로 진입했다.

뉴턴이 있는 힘껏 외쳤다.

"태양 궤도 계산 소프트웨어 '스리 보디(Three-Body) 1.0' 가동! 메인 컨트롤러 가동! 차분법 모듈 로딩! 유한요소법 모듈 로딩! 스펙트럼법 모듈 로딩……. 초기 조건 매개변수 옮겨 오기! 계산 시작!"

메인보드에 물결이 잔잔하게 퍼지면서 대열 각각의 색 표지가 반짝거렸다. 인간 컴퓨터가 길고 긴 계산을 시작했다.

진시황은 장관을 이룬 컴퓨터를 가리키며 말했다.

"정말 재미있군. 각자의 간단한 행동이 이렇게 복잡한 것을 만들어내다니! 짐이 유럽인들은 독재와 폭정을 위해 사회의 창조력을 말살한다고 욕했지만 엄격한 기율로 구속된 많은 사람이 하나로 힘을 합쳐 위대한 지혜를 만들어내는 것이다."

뉴턴이 아부하듯 미소를 지으며 말했다.

"위대한 시황제여, 이것은 기계적인 운행일 뿐 지혜가 아닙니다. 저 평범하기 짝이 없는 사람들은 모두 0이고 맨 앞에 폐하 같은 1이 더해져야 그들 전체가 비로소 의의가 있는 것입니다."

폰 노이만이 뉴턴을 힐끗 쳐다보며 말했다.

"구역질 나는 철학 같으니. 만일 계산이 끝나고 당신의 이론과 수학모델에 따라 계산한 결과가 예측과 맞지 않으면 당신과 나는 0조차 되지 못할 것이오.”

“그래, 그때 당신들은 아무것도 아니게 되지!”

진시황은 이렇게 말하고 불쾌한 듯 옷소매를 탁 치고 가버렸다.

시간이 빠르게 흘렀다. 인간 컴퓨터는 1년 4개월 동안 운행되었다. 프로그램 테스트 기간을 제외한 실제 계산 시간은 1년 2개월이었다. 이 기간 동안 난세기의 열악한 기후 때문에 두 번 중단되었지만 컴퓨터가 데이터를 저장해 중단된 부분부터 다시 운행할 수 있었다. 진시황과 유럽 학자들이 피라미드 꼭대기에 다시 올랐을 때 제1단계 계산은 이미 끝난 상태였다. 앞으로 2년간의 태양 운행 궤도에 대한 계산 결과 데이터가 나왔다.

추운 새벽이었다. 밤새 거대한 메인보드를 밝히던 무수한 횃불도 이미 꺼졌다. 계산을 마친 ‘진 1.0’은 대기 상태로 들어갔고 메인보드 표면에서 일렁이던 파도는 잔잔한 물결로 변했다.

폰 노이만과 뉴턴은 운행 결과를 기록한 긴 두루마리를 진시황에게 바쳤다.

뉴턴이 말했다.

“위대한 시황제여, 계산은 사흘 전에 끝났으나 오늘에야 결과를 바치는 것은 계산 결과에 따라 길고 긴 추운 밤이 끝나고 오늘 긴 항세기의 첫 번째 일출을 맞이하기 때문입니다. 이 항세기는 1년 동안 계속될 것입니다. 태양 궤도의 매개변수를 보면 기후가 좋다고 나옵니다. 폐하의 왕국을 탈수 상태에서 부활시키십시오.”

“짐의 나라는 계산을 시작한 이후 탈수를 한 적이 없다!”

진시황이 두루마리를 쥐고 노한 기색으로 말을 이었다.

"짐은 국력을 다 쏟아 컴퓨터의 운행을 유지했다. 이미 모든 비축을 다 소모했다. 지금까지 굶어 죽고, 피곤해 죽고, 얼어 죽고, 더위에 죽은 사람이 부지기수다."

진시황은 두루마리로 먼 곳을 가리켰다. 아침 햇살 속에 메인보드 가장자리부터 수십 개의 백색 선이 사방으로 뻗어 멀고 먼 하늘가까지 향해 있는 것이 보였다. 그것은 전국 각지에서 메인보드로 물자를 운송해 오는 도로였다.

폰 노이만이 말했다.

"폐하, 이제 이것이 가치 있었다는 걸 알게 되실 겁니다. 태양의 운행 규칙을 파악하면 진나라는 비약적으로 발전해 계산 시작 전보다 몇 배는 강력해질 것입니다."

"곧 태양이 뜰 것입니다. 폐하, 영광을 누리소서!"

뉴턴의 말에 화답이라도 하듯 붉은 태양이 지평선 위로 솟아올라 피라미드와 인간 컴퓨터를 금빛으로 물들였다. 메인보드에서 환호성이 밀물처럼 몰려왔다.

그때 한 사람이 뛰어들어왔다. 너무 급하게 뛰어서 무릎을 굽히다가 바닥에 엎어졌다. 진나라의 천문 대신이었다. 그가 울면서 외쳤다.

"성상, 큰일 났습니다. 계산에 착오가 있습니다! 대재난이 닥쳐옵니다!"

진시황이 대답하기도 전에 뉴턴이 천문 대신을 걷어차며 말했다.

"무슨 헛소리인가? 태양이 계산 결과에 따라 정확한 시간에 떠오르는 것을 못 봤나?"

대신이 몸을 반 정도 일으키며 한 손으로 태양을 가리켰다.

"하지만…… 저게 몇 개의 태양입니까!"

모든 사람이 어리둥절한 표정으로 떠오르는 태양을 쳐다보았다.

폰 노이만이 말했다.

"대신, 당신은 케임브리지에서 정통 서양 교육을 받은 박사가 아니오. 숫자도 못 셀 정도로 멍청하진 않겠지. 태양은 당연히 하나지. 기온도 적당하고."

대신이 흐느끼며 말했다.

"아닙니다. 세 개입니다!"

"다른 두 개는 그 뒤에 있습니다!"

다시 한번 태양을 바라본 사람들이 모두 망연자실했다.

대신이 말을 계속했다.

"제국 천문대의 관측 결과 예로부터 희귀한 '일직선으로 늘어선 세 개의 태양'이 지금 나타났습니다. 일직선에 놓인 세 개의 태양이 같은 각속도(角速度)로 우리의 행성을 둘러싸고 운행하고 있습니다. 이렇게, 우리의 행성과 세 개의 태양, 네 개가 일직선상에 놓였습니다. 우리의 세계는 이 선의 꼭대기 부분입니다!"

뉴턴이 천문 대신의 먹살을 잡고 말했다.

"분명 제대로 관측한 것이겠지?"

"물론입니다. 제국 천문대의 서양 천문학자가 관측한 것입니다. 그중에는 케플러와 허셜도 있습니다. 그들이 유럽에서 수입한 세계 최대 망원경으로 관측한 것입니다."

뉴턴은 천문 대신의 먹살을 놓고 일어났다. 왕먀오는 하얗게 질린 그의 얼굴에서 광기 어린 표정을 놓치지 않았다. 그는 두 손을 가슴 앞에 모으고 진시황에게 말했다.

"가장 위대하고 가장 존경하는 황제여, 이는 길조 중의 길조입니다! 지금 세 개의 태양이 우리의 행성을 감싸고 회전하고 있습니다. 폐하의 제국이 우주의 중심이 된 것입니다! 이야말로 하늘이 우리의 노력에 보답해주신 것입니다! 제가 가서 계산 결과를 자세히 살펴보고 오겠습니다. 제가 이 점을 증명하겠습니다."

말을 마친 뉴턴은 사람들이 모두 망연자실한 틈을 타서 몰래 빠져나갔다. 얼마 후 뉴턴이 말을 타고 사라졌다는 보고가 전해졌다.

긴장된 침묵이 흘렀다. 왕먀오가 침묵을 깨고 말했다.

"폐하, 폐하의 검을 뽑아보십시오."

"뭐 하러?"

진시황은 영문을 모르겠다는 듯 묻고는 옆에 있는 병사에게 손짓했다. 병사는 즉시 황제의 장검을 뽑아 진시황에게 건넸다.

왕먀오가 말했다.

"한번 휘둘러보십시오."

칼을 받아 들고 몇 번 휘둘러본 진시황은 놀란 기색이 역력했다.

"아, 왜 이렇게 가볍지!"

"게임의 V 장비는 무중력상태를 모방할 수 없습니다. 그러지 않았다면 우리도 자신이 많이 가벼워졌다고 느꼈을 것입니다."

"아래를 보세요! 저 말과 사람을!"

누군가 놀라서 소리를 지르자 사람들이 일제히 아래를 내려다보았다. 피라미드 아래에서 행진 중이던 기병과 군마가 땅 위를 떠다녔다. 발을 한 번 내디디면 붕 떠올라서 공중에서 네 걸음 정도를 걷고 나서야 땅으로 내려올 수 있었다. 달리고 있는 사람도 몇 명 보였다. 한 발 내디디면 10여 미터를 뛰어올랐지만 내려오는 속도는 매우 느렸다. 피라미드에 있던 병사 한 명이 시험 삼아 뛰었더니 쉽게 3미터 이상 올라갔다.

진시황이 방금 뛰어올랐던 사람이 천천히 내려오는 모습을 보며 겁에 질려 물었다.

"어찌 된 일인가?"

천문 대신이 설명했다.

"성상, 세 개의 태양이 우리 행성을 향해 일직선으로 늘어서는 바람에 그들의 인력이 같은 방향으로 중첩되어 이곳에 미치게 되었습니다⋯⋯."

그와 동시에 그의 두 발이 땅에서 떨어져 하늘로 떠올랐다. 다른 사람들 역시 다른 각도로 기울어진 채 속속 떠올랐다. 두 발이 지면에서 떨어져 떠오르자 그들은 수영할 줄 모르는 사람이 물에 빠진 것처럼 허둥지둥 사지를 허우적거리며 안정을 되찾기 위해 발버둥 쳤다. 하지만 서로 부딪치는 건 어쩔 수 없었다. 바로 그때, 그들이 막 떠오른 지면에 거미줄처럼 금이 가더니 빠른 속도로 쩍쩍 갈라졌다. 뿌연 먼지가 용솟음치고 하늘이 무너지고 땅이 갈라지는 거대한 소리가 나더니 피라미드가 거대한 돌조각으로 분해되었다. 천천히 부유하는 거대한 돌의 갈라진 틈으로 왕먀오는 붕괴되고 있는 대전을 보았다. 복희를 삶아 죽였던 큰 솥과 그가 매달렸던 화형대가 대전 중앙에 둥둥 떠다니고 있었다.

태양이 하늘 중앙으로 떠오르자 부유하던 인간, 거대한 돌, 천문 기계, 청동솥 등 모든 것이 천천히 하늘로 떠오르더니 점차 속도를 냈다. 왕먀오는 무의식적으로 대지 위의 인간 컴퓨터를 훑어보았다. 악몽 같은 장면이 펼쳐지고 있었다. 메인보드를 이루었던 3000만 명이 지면에서 떠오른 자리에는 메인보드 회로의 흔적이 또렷하게 남아 있었다. 그것은 공중에서만 볼 수 있는 정밀하고 복잡한 문양이었고, 먼 훗날 다음의 삼체 문명을 곤혹스럽게 할 유적이었다. 왕먀오는 고개를 들어 위를 올려다보았다. 하늘이 얼룩덜룩하고 괴이한 구름층으로 덮여 있었다. 이 구름은 먼지, 돌, 인체와 다른 잡다한 것으로 구성된 것이었다. 태양이 구름 뒤에서 반짝였다. 멀리서 굽이굽이 이어진 투명한 산맥이 천천히 떠오르는 모습도 보였다. 그 산맥은 윤기 있고 투명했으며 반짝반짝 빛을 내면서 형태가 변했다. 그것은 태양으로 빨려들어가는 바다였다!

삼체 세계 표면의 모든 것이 태양으로 빨려들어갔다.

주위를 둘러보다가 왕먀오는 폰 노이만과 진시황을 발견했다. 폰 노이만이 떠오르면서 진시황에게 무언가 말하고 있었지만 소리가 나오지 않았다. 그저 작은 자막만 나타났다.

"……생각이 났습니다. 전자 부품을 사용하는 겁니다! 전자 부품으로 게이트 회로를 만들고 컴퓨터를 만드는 겁니다! 그러면 컴퓨터 속도가 몇 배는 빨라지고 부피도 많이 줄어들 겁니다! 작은 건물에 놓을 수도 있습니다…… 폐하, 제 말을 듣고 계십니까?"

진시황이 폰 노이만을 향해 장검을 휘두르자 그가 놀라서 떠오른 바위 뒤로 숨었다. 장검이 돌을 치자 불꽃이 튀더니 두 조각으로 갈라졌다. 이어 그 돌은 다른 돌과 부딪치면서 진시황이 그 중간에 끼어버렸다. 돌과 피와 살이 튀는 처참한 광경이 펼쳐졌다. 그러나 왕먀오는 부딪치는 큰 소리를 듣지 못했다. 주위가 쥐 죽은 듯 조용했다. 공기가 흩어져 소리도 존재하지 않았기 때문이다.

하늘로 떠오른 인체는 진공상태에서 터져 피가 튀고 내장이 튀어나와 결국에는 액체로 변했고, 수정 구름이 감싸고 도는 이상한 형체로 변했다. 대기층이 사라져 하늘도 검게 변했고 삼체 세계에서 우주로 흡수된 모든 것이 태양빛을 반사하며 우주에 찬란한 성운을 만들었다. 이 성운은 거대한 소용돌이가 되어 태양으로 향했다.

그때 왕먀오는 태양의 형태가 변하고 있는 것을 발견했다. 그것은 다른 두 개의 태양이었다. 그들은 첫 번째 태양 뒤에서 일부분을 드러냈다. 중첩된 세 개의 태양은 우주에서 유일하게 빛나는 눈 같았다. 세 개의 태양을 배경으로 자막이 나타났다.

— 제184호 문명이 '일직선으로 늘어선 세 개의 태양'의 인력 때문에 멸망했다. 이 문명은 과학혁명과 산업혁명으로 진화한다.

이번 문명에서 뉴턴은 저속 상태에서의 고전 역학 체계를 확립했고, 미적분과 폰 노이만이 구조화한 컴퓨터를 통해 삼체 운동을 정량 분석하는 기초가 마련되었다.

긴 시간이 흐른 뒤 생명과 문명은 다시 살아나 삼체 세계의 운명은 알 수 없는 진화를 시작할 것이다.

— 다시 로그인하십시오.

왕먀오가 게임에서 로그아웃하자마자 모르는 번호로 전화가 왔다. 남자였다.

"안녕하십니까. 우선 전화번호를 남겨주셔서 감사합니다. 저는 삼체 게임의 시스템 관리자입니다."

순간 왕먀오는 가슴이 뛰면서 긴장되었다.

관리자가 말했다.

"귀하의 나이, 학력, 직업과 직위를 여쭤봐도 되겠습니까? 회원 가입 시 입력하지 않으셨습니다."

"그것들이 게임과 무슨 상관입니까?"

"이 단계까지 오시면 반드시 정보를 알려주셔야 합니다. 거절하신다면 앞으로 삼체에 접속하실 수 없습니다."

왕먀오는 관리자의 질문에 사실대로 대답했다.

"좋습니다. 왕 교수님, 귀하는 삼체에 계속 로그인할 수 있는 조건을 갖추게 되었습니다."

왕먀오가 다급하게 물었다.

"감사합니다. 몇 가지 물어봐도 되겠습니까?"

"안 됩니다. 하지만 내일 삼체 회원들만의 모임이 있습니다. 참석해주시면 감사하겠습니다."

관리자는 왕먀오에게 주소를 알려주었다.

회합

삼체 회원 모임 장소는 외진 곳에 위치한 작은 커피숍이었다. 왕먀오는 인터넷 게임 회원 모임은 많은 사람이 모여 떠들썩할 것이라고 생각했다. 그러나 이 모임에는 왕먀오를 포함해 겨우 일곱 명이 출석했다. 자신과 마찬가지로 게임을 좋아할 것 같지 않은 사람들이었다. 비교적 젊은 사람은 둘뿐이었고 나머지 셋은 여성 하나를 포함해 모두 중년이었다. 그리고 60~70세는 되어 보이는 노인도 있었다.

왕먀오는 사람들이 모이면 즉시 삼체에 대해 열띤 토론을 벌일 것이라고 생각했지만 막상 와보니 그렇지 않았다. 삼체의 독특하고 심오한 내용이 플레이어에게 심리적 영향을 많이 끼쳐서 그런지 사람들은 그것을 쉽게 언급하지 못했다. 그들은 간단하게 자기소개를 했다. 노인은 정교한 담뱃대를 꺼내 담배를 넣곤 벽에 걸린 유화를 감상했다. 다른 사람들은 조용히 앉아서 모임 주최자가 오기를 기다렸다. 모두 약속 시간보다 일찍 왔다.

그중 두 명은 왕먀오가 알고 있는 사람이었다. 백발홍안의 노인은 동양철학에 현대 과학의 의미를 부여한 것으로 유명한 학자였다. 이상한 옷을 입은 여성은 보기 드문 스타일과 전위적인 작품 세계로 많은 독자를 거느린 소설가였다. 그녀가 쓴 책은 어느 페이지부터 읽기 시작해도 내용을 이해할 수 있는 것으로 유명했다. 나머지 네 명, 중년 두 사람 중 한 명은 소박한 차림새 때문에 그렇게 보이지는 않았지만 국내 최대 소프트웨어 기업의 부회장이었고, 나머지 한 명은 국가전력공사의 고위 간부였다. 젊은이 두 명 중 하나는 대형 언론사 기자였고 다른 한 명은 이과대학 박사과정 중이었다. 왕먀오는 삼체를 즐기는 사람 대부분이 사회 각계의 엘리트라는 것을 알게 되었다.

곧 모임 주최자가 왔다. 그를 보자 왕먀오의 심장박동이 갑자기 빨라졌다. 그 사람은 다름 아닌 판한이었기 때문이다. 선위페이 살해사건의 첫 번째 용의자. 왕먀오는 조심스럽게 휴대전화를 꺼내 탁자 아래서 스창에게 문자를 보냈다.

"하하, 모두 일찍 오셨군요!"

판한은 마치 아무 일도 없었던 것처럼 가볍게 인사했다. 그는 언론에서 늘 보여주던 지저분한 방랑자 모습이 아닌 양복을 갖춰 입고 품위 있는 태도로 사람들에게 말했다.

"여러분은 제가 생각했던 것과 크게 다르지 않군요. 모두 엘리트이시고요. 삼체는 여러분 같은 분들을 위해 준비한 것입니다. 삼체의 내용과 예술적 경지를 일반인은 이해하기 어렵지요. 삼체는 레벨이 높아질수록 내용이 깊어져 보통 사람은 할 수 없습니다."

왕먀오는 '판한 등장, 시청구(西城區) 윈허(運河) 커피숍'이라고 문자를 보냈다.

판한이 이어서 말했다.

"여기 계신 분들은 삼체에서 우수한 성적을 거둔 분들이십니다. 성적이 제일 좋고 가장 열심히 하신 분들이죠. 저는 삼체가 여러분 생활의 일부가 됐다고 믿습니다."

젊은 박사과정 학생이 말했다.

"생명의 일부죠."

원로 철학자가 파이프를 들며 말했다.

"저는 손자의 컴퓨터에서 우연히 삼체를 발견했습니다. 젊은이들은 몇 번 하다가 포기하더군요. 너무 심오하다나. 그것이 제 흥미를 끌었습니다. 심오한 내용과 기이한 공포, 미학적 경지도 높았고요. 논리적으로 빈틈이 없는 세계 설정, 간결한 표면 뒤에 숨어 있는 방대한 정보와 치밀한 세부 단계, 이 모든 것이 저를 매료시켰습니다."

왕먀오를 포함한 몇 명이 함께 고개를 끄덕였다. 그때 왕먀오는 스창의 문자를 받았다.

'우리도 봤음. 할 일 할 것. 주의, 그 앞에서는 최대한 급진적으로 보이도록. 하지만 너무 지나쳐선 안 됨. 이상해 보일 수 있음.'

여성 소설가가 고개를 끄덕이며 동의를 표했다.

"그래요. 문학적 각도에서 봐도 삼체는 매우 탁월해요. 173호 문명의 흥망은 정말 아름다운 한 편의 서사시였어요."

그녀는 173호 문명을 이야기했지만 왕먀오가 경험한 것은 184호 문명이었다. 이로써 왕먀오는 삼체는 플레이어마다 독립적으로 진행된다는 것을 다시 확인했다.

젊은 기자가 말했다.

"나는 현실 세계에 싫증이 났습니다. 삼체는 저에게 제2의 현실입니다."

흥미롭다는 듯 판한이 끼어들었다.

"그렇습니까?"

소프트웨어 기업 부회장이 말했다.

"저도 그렇습니다. 삼체에 비하면 현실은 너무 평범하고 저속합니다."

국가전력공사 고위 간부가 말했다.

"안타깝게도, 그저 게임일 뿐이지 않습니까."

판한이 고개를 끄덕였다.

"좋습니다."

왕먀오는 그가 흥분해 있다는 것을 눈빛에서 읽었다.

왕먀오가 말했다.

"질문이 있습니다. 여기 모인 모두가 궁금해하는 것일지도 모릅니다."

판한이 말했다.

"무엇을 물으려는 것인지 알겠지만, 말씀하세요."

"삼체는 그저 게임입니까?"

왕먀오의 질문에 회원들이 연신 고개를 끄덕였다. 역시 모두 궁금했던 것이다.

판한이 일어나서 정중하게 말했다.

"삼체 세계는 정말 존재합니다."

몇몇 회원이 동시에 물었다.

"어디에요?"

판한은 다시 자리에 앉아 한참 동안 침묵했다.

"일부는 대답할 수 있지만 일부는 할 수 없습니다. 하지만 여러분이 삼체 세계와 인연이 있다면 언젠가는 모든 문제의 해답을 얻을 수 있을 겁니다."

젊은 기자가 물었다.

"그렇다면 게임에는 실제 삼체 세계가 표현되어 있습니까?"

"우선, 삼체인의 탈수 기능은 진짜입니다. 변화무쌍한 자연환경에 적응하기 위해 그들은 언제든 자기 체내의 수분을 완전히 배출해 마른 섬유 상태로 변함으로써 생존에 적합하지 않은 열악한 기후를 피합니다."

"삼체인은 어떻게 생겼습니까?"

판한은 고개를 저었다.

"모르겠습니다. 정말 모르겠습니다. 각 문명에 나타나는 삼체인의 외모는 모두 전혀 다릅니다. 삼체 세계에서 진짜 존재하는 또 하나는 바로 인간 컴퓨터입니다."

소프트웨어 기업 부회장이 말했다.

"하, 저는 그게 제일 가짜 같던데. 제가 회사에서 100여 명의 직원을 놓고 간단한 테스트를 해봤습니다. 이런 생각이 정말 실현된다 해도 인간 컴퓨터의 연산 속도는 한 사람이 수작업으로 하는 것보다 느립니다."

판한은 신비한 미소를 띠며 말했다.

"그렇습니다. 하지만 컴퓨터를 구성하는 병사 3000만 명이 1초에 10만 번씩 흑백기를 든다면, 버스의 경기병이 뛰는 속도가 음속의 몇 배 더 빠르다면 결과는 달라지겠지요. 방금 삼체인이 어떻게 생겼냐고 물으셨지요. 추측컨대 삼체인의 몸은 전반사하는 거울로 덮여 있는 것 같습니다. 이런 거울은 열악한 일조 조건에서 생존하느라 진화된 것이겠지요. 거울면은 다양한 형태로 변화될 수 있으니 그들 사이에서는 거울을 통해 모인 광선으로 소통할 것입니다. 이런 광선 언어가 정보를 전달하는 속도는 매우 빠릅니다. 이것이 인간 컴퓨터가 존재할 수 있는 기초였을 테고요. 물론 그것은 효율이 매우 낮은 기계입니다. 하지만 인류가 수작업으로 할 수 없는 연산을 완료할 수 있지요. 삼체 세계에서 컴퓨터는 우선 인간 형태로 나타났고 그다음 기계식과 전자식이 나왔습니다."

판한은 일어나 회원들 뒤쪽으로 이동하며 말을 이었다.

"지금 여러분께 말씀드릴 수 있는 것은 게임 삼체는 인류를 배경으로 삼체 세계의 발전사를 시뮬레이션한 것이라는 점입니다. 이렇게 한 것은 플레이어들에게 익숙한 환경을 제공하기 위해서입니다. 진짜 삼체 세계와 게임은 차이가 큽니다. 하지만 세 개의 태양은 진짜입니다. 이것이 삼체 세계의 기본 자연 구조입니다."

소프트웨어 기업 부회장이 말했다.

"이 게임을 개발하는 데 분명 많은 공을 들였을 테지요. 하지만 수익이 목적은 아닌 것 같습니다."

판한이 말했다.

"삼체 게임의 목적은 매우 단순합니다. 우리와 뜻이 같고 생각이 일치하는 사람들을 모으기 위한 것입니다."

"무슨 뜻이고 무슨 생각 말씀입니까?"

왕먀오는 이렇게 묻고 즉시 후회했다. 질문에 적의가 드러나지 않았나 곰곰이 생각했다.

이 질문에 판한은 침묵했다. 그는 의미심장한 눈빛으로 자리에 있는 사람들을 죽 훑어보고는 조용히 말했다.

"만일 삼체 문명이 인간 세계에 들어온다면 여러분은 어떤 태도를 취하겠습니까?"

젊은 기자가 먼저 침묵을 깼다.

"매우 기쁘지요. 최근에 일어난 일들로 인해 저는 인류에 실망했습니다. 인류는 스스로 발전할 능력을 잃은 지 오랩니다. 외부의 힘이 개입되어야 합니다."

여성 소설가가 큰 소리로 말했다.

"찬성!"

그녀는 드디어 발산할 기회를 찾았다는 듯이 흥분해서 말을 이었다.

"인류가 뭡니까? 추악하기 그지없어요. 나는 반평생 문학이라는 해부용 칼로 인간의 추악함을 폭로했습니다. 하지만 이제 폭로도 싫증이 납니다. 나는 삼체 문명이 이 세계에 진정한 아름다움을 가져오길 갈망합니다."

판한은 말이 없었지만 두 눈은 흥분으로 반짝였다.

원로 철학자는 이미 꺼진 파이프를 흔들면서 엄숙한 표정으로 말했다.

"우리 이 문제를 한번 생각해봅시다. 여러분은 아즈텍 문명에 대해 어떤 인상을 갖고 있습니까?"

여성 소설가가 말했다.

"암흑과 피비린내요. 숲속에서 음산한 빛이 선혈이 낭자한 피라미드를 비추고 있어요. 이것이 아즈텍에 대한 제 인상이에요."

철학자가 고개를 끄덕였다.

"좋습니다. 그럼 만일 스페인 사람이 개입하지 않았다면 이 문명은 인류 역사에 어떤 영향을 끼쳤을까요?"

소프트웨어 기업 부회장이 철학자를 가리키며 말했다.

"그건 사실을 왜곡하는 겁니다. 그들은 강도, 살인자에 불과했습니다."

"그렇다고 합시다. 적어도 그들은 아즈텍 문명이 무한대로 발전해서 아메리카 대륙이 피비린내 나고 어두운 거대한 제국으로 변하는 것을 막았습니다. 안 그랬다면 아메리카와 전 인류의 문명 시대는 더 늦게, 심지어 나타나지도 않았을 겁니다. 이것이 문제의 핵심입니다. 삼체 문명이 어떤 모습이든 그들의 도래는 깊이 병든 인류 문명에는 복음입니다."

국가전력공사 고위 간부가 말했다.

"하지만 아즈텍 문명이 결국 멸망했다는 것은 생각해봤습니까?"

그리고 마치 이 사람들을 처음 보는 것처럼 주위를 둘러보며 덧붙였다.

"당신네들의 사상은 매우 위험합니다."

박사과정 학생이 손가락 하나를 들어 보이며 연신 고개를 끄덕였다.

"심오한 거지요. 저도 그렇게 생각했지만 어떻게 표현해야 할지 몰랐는데, 말씀 정말 잘하십니다!"

잠시 침묵이 흐른 뒤 판한이 왕먀오에게 물었다.

"여섯 분은 이미 자신의 태도를 표명했습니다. 선생님은 어떻습니까?"

왕먀오는 기자와 철학자를 가리키며 말했다.

"저는 이쪽입니다."

말이 많으면 실수가 있는 법, 왕먀오는 한마디로 간단히 대답했다.

"좋습니다."

판한이 소프트웨어 기업 부회장과 국가전력공사 고위 간부를 가리키며 말을 이었다.

"두 분은 이 모임에 적합하지 않군요. 또한 삼체 게임을 계속하는 것도 적당치 않고요. 두 분의 아이디는 삭제될 것입니다. 이제 가셔도 됩니다. 여기까지 와주셔서 감사합니다. 이만!"

두 사람은 일어나 서로를 한번 쳐다보고 곤혹스럽다는 듯이 주위를 둘러보더니 자리를 떠났다.

판한은 나머지 다섯 명에게 손을 내밀어 한 사람 한 사람과 악수하고 엄숙하게 말했다.

"우리는 이제 동지입니다."

삼체, 아인슈타인, 단진자, 대분열

다섯 번째로 들어온 삼체 세계는 새벽 여명 속에서 전혀 다른 모습이었다. 앞서 네 차례 로그인 때 있었던 피라미드는 '일직선으로 늘어선 세 개의 태양' 속에 파괴되었고 그 자리에는 현대적인 건물이 들어서 있었다. 흑회색 건물 외관이 어딘가 익숙했다. 유엔(UN) 본부였다. 먼 대지 위에 촘촘히 서 있는 것은 간창인 듯했다. 전반사 거울로 된 건물 표면이 아침 햇살을 받아 반짝이는 모습이 대지 위에 자라난 거대한 수정 식물 같았다.

바이올린 소리가 들렸다. 모차르트의 곡인 듯했다. 그다지 훌륭한 연주는 아니었지만 특별한 느낌을 주었다. 마치 스스로에게 들려주면서 즐기고 있는 것 같았다. 한 떠돌이 노인이 건물 정문 계단에서 바이올린을 켜고 있었다. 헝클어진 은발이 바람에 날렸고, 그의 발치에 놓인 낡은 모자 속에는 사람들이 넣어준 동전들이 있었다.

갑자기 일출이 시작되었다. 태양은 서광이 비치는 반대 방향의 지평선에서 올라왔지만 그쪽 하늘은 여전히 어두웠고 서광이 비치지도 않았다. 태양은 매우 컸다. 태양이 절반 정도 떠오르자 지평선의 3분의 1이 뒤덮였다. 왕먀오의 심장박동이 빨라졌다. 이렇게 큰 태양은 또 한 번의 대재앙을 의미했기 때문이다. 그러나 고개를 돌려 보니 노인은 아무렇지도 않다는 듯 계단에서 계속 바이올린을 켜고 있었다. 그의 은발이 햇빛에 불타는 것 같았다.

태양은 노인의 머리칼과 같은 차가운 은빛을 대지 위에 흩뿌렸다. 왕먀오는 그 빛 속에서 따뜻한 기운을 전혀 느끼지 못했다. 그는 지평선 위로 다 떠오른 태양을 바라보았다. 은빛을 쏟아내는 거대한 태양 표면을 똑똑히 보았다. 그것은 고체 상태의 산맥이었다. 왕먀오는 그것이 스스로 빛을 발하지 못하고 다른 방향에서 서광을 발산하는 진짜 태양의 빛을 반사할 뿐이라는 것을 깨달았다. 떠오른 것은 태양이 아니라 거대한 달이었다! 거대한 달은 육안으로도 관찰할 수 있는 속도로 광활한 하늘을 스쳐 갔다. 이 과정에서 거대한 달은 보름달에서 반달로, 다시 초승달로 변했다. 노인의 느릿느릿한 바이올린 소리가 차가운 새벽바람 속을 날아다녔고, 그것은 다시 우주의 웅장하고 아름다운 풍경으로 변해갔다. 왕먀오는 아름다운 두려움 속에 빠져들었다. 거대한 초승달이 아침 햇살 속에서 환하게 빛났다가 졌다. 지평선 위에 달이 두 개의 은색 뿔로만 남자, 왕먀오는 그것이 태양을 향해 달려가는 거대한 소뿔 같다고 생각했다.

거대한 달이 완전히 지자 노인이 고개를 들고 말했다.

"존경하는 코페르니쿠스, 바쁜 걸음을 잠시 멈추고 모차르트 한 곡 들어보게. 그러면 나도 점심이 생길 테고."

온화한 곡선을 이룬 주름 가득한 얼굴을 보며 왕먀오가 말했다.

"제가 잘못 본 게 아니라면 당신은……."

"잘 봤네. 나는 아인슈타인일세. 신을 향한 믿음으로 충만했지만 그에게 버려진 불쌍한 사람이지."

"방금 저 큰 달은 무엇입니까? 이전에는 한 번도 못 봤던 것입니다."

"이미 식어버렸다네."

"뭐가요?"

"아, 저 달. 내가 어릴 적에는 아직 타고 있어서 중천에 뜨면 달 중심에서 붉은빛을 볼 수 있었는데 지금은 식어버렸지……. 자네 대분열이라고 들어본 적 있나?"

"아뇨. 어떻게 된 일입니까?"

아인슈타인은 한숨을 내쉬며 고개를 저었다.

"됐네, 지나간 일을 말해서 뭐 하나. 나의 과거, 문명의 과거, 우주의 과거, 모두 돌이키기 싫어!"

왕먀오가 주머니를 뒤져 동전을 꺼내 모자에 넣었다.

"어쩌다 이렇게까지 되셨습니까?"

"고맙소, 코페르니쿠스 선생. 신이 당신을 버리지 않길 바라네. 장담할 수는 없지만. 나는 당신과 뉴턴이 동양에서 인간을 이용해 계산한 그 모델이 정확한 지점에 접근했다고 생각해. 하지만 소소한 차이는 뉴턴이나 다른 사람에겐 뛰어넘을 수 없는 벽이지. 나는 내가 아니라도 다른 사람이 특수 상대성 이론을 발견할 수 있다고 늘 생각했어. 그러나 일반 상대성 이론은 그렇지 않아. 뉴턴이 착오한 건 일반 상대성 이론이 묘사한 행성 궤도의 섭동(攝動)*으로, 그것이 일으키는 오차는 작지만 계산 결과는 치명적이지. 고전 방정식에 인력 섭동의 수정을 보태면 정확한 수학모델

* 옮긴이 주: 어떤 행성이나 위성이 중력 등 다른 천체의 힘 때문에 정상 궤도를 벗어나는 현상.

을 얻을 수 있어. 그것의 연산량은 자네들이 동양에서 했던 것보다 훨씬 많지만 현대적인 컴퓨터라면 문제도 아니지."

"연산 결과가 천문 관측으로 증명되었습니까?"

"그랬다면 내가 여기 있겠나? 하지만 미학적 측면에서 말하면 나는 틀리지 않았어. 우주가 틀렸지. 신이 나를 버렸고 이어 사람들도 나를 버렸네. 어디에서도 나를 받아주지 않아. 프린스턴대학교에서 내 교수 지위를 박탈했고, 유네스코에서는 과학 자문 자리도 주지 않았어. 예전에는 나한테 와서 무릎 꿇고 사정해도 안 했는데 말이야. 이스라엘 대통령이 되어달라고도 하더니 이젠 나더러 사기꾼이라는군. 흥."

말을 끝낸 아인슈타인은 다시 바이올린을 켰다. 음악은 조금 전 중단된 곳부터 정확하게 다시 시작되었다. 왕먀오는 조금 듣다가 건물 정문을 향해 걸어갔다.

아인슈타인이 바이올린을 켜며 말했다.

"안에 사람 없어. 이번 유엔 총회에 참석한 사람들은 다 건물 뒤에서 열리는 단진자 작동식에 갔어."

왕먀오는 건물을 돌아 뒤쪽으로 갔다. 놀라운 물건이 눈에 들어왔다. 하늘 높이 솟은 거대한 단진자였다. 건물 앞에서도 단진자가 살짝 보였지만 무엇인지 알아채지 못했다. 그것은 왕먀오가 삼체에 처음 들어왔을 때 전국 시대의 대지에서 봤던, 복희가 태양을 잠재우려고 만들었던 그 거대한 단진자였다. 눈앞에 놓인 대형 단진자는 현대화된 모습으로 바뀌었고 진자를 지탱하는 두 개의 높은 탑은 모두 금속 구조로 에펠탑만큼 높았다. 진자 역시 금속이고 표면은 매끈하게 도금된 거울이었다. 진자를 매단 고강도 케이블은 매우 가늘어 거의 보이지 않았다. 그래서 진자가 두 개의 높은 탑 사이 공중에 붕 떠 있는 것처럼 보였다.

거대한 단진자 아래에 양복을 입은 사람들이 모여 있었다. 유엔 총회에 참석한 각국 정상들인 듯했다. 삼삼오오 모여 작은 소리로 이야기를 나누는 모습이 무엇인가를 기다리고 있는 것 같았다.

"아, 코페르니쿠스. 다섯 개 시대를 건너온 사람!"

누군가 큰 소리로 외치자 사람들이 왕먀오에게 환영 인사를 했다.

선량하게 생긴 흑인이 왕먀오의 손을 잡으며 말했다.

"게다가 전국 시대에서 단진자를 눈으로 직접 본 사람이지요!"

누군가 그가 이번 유엔 사무총장이라고 소개했다.

왕먀오가 물었다.

"그렇습니다. 봤습니다. 그런데 왜 지금 다시 이걸 설치하는 겁니까?"

사무총장이 공중에 매달린 진자를 쳐다보며 말했다.

"이건 삼체 기념비입니다. 그리고 묘비지요."

여기서 보니 그것은 잠수함 크기만 했다.

"묘비요? 누구의 묘비 말입니까?"

"노력이오, 약 200개 문명이 지속한 노력이지요. 삼체문제를 해결하기 위한 노력, 태양 운행 규칙을 찾으려는 노력 말입니다."

"그 노력이 끝났습니까?"

"이제 완전히 끝났습니다."

왕먀오는 잠시 주저하다 자료를 꺼냈다. 웨이청이 만든 삼체문제 수학모델이었다.

"저는…… 이것 때문에 왔습니다. 삼체문제를 해결하는 수학모델을 가져왔습니다. 성공할 가능성이 매우 큽니다."

왕먀오의 말에 주위에 있던 사람들이 흥미를 잃었는지 원래 있던 자리로 돌아갔다. 웃으면서 고개를 절레절레 젓는 사람도 있었다. 자료를 받아 든 사무총장은 제대로 훑어보지도 않고 옆에 있던 키가 크고 마른, 안경 쓴 사람에게 건넸다.

"당신의 명성에 대한 존경의 표시로 제 과학 자문에게 보이도록 하겠습니다. 사실 모두가 당신에게 존경을 표했습니다. 다른 사람이었다면 즉각 비웃음을 샀을 겁니다."

과학 자문이 자료를 넘겨보고는 말했다.

"유전 알고리즘? 코페르니쿠스, 당신은 천재입니다. 이런 계산법을 생각해낼 수 있는 사람은 모두 천재지요. 높은 수학적 능력 외에도 상상력이 필요하니까요."

"누군가가 이미 이런 수학모델을 창조했다는 말입니까?"

"그렇습니다. 수학모델 몇십 개가 더 있습니다. 그중 절반 이상이 선생의 것보다 뛰어납니다. 모두 컴퓨터로 계산을 마쳤습니다. 지난 두 개 세기 동안 이 거대한 양의 계산을 하는 것이 세계의 주요 활동이었지요. 사람들은 최후의 심판일을 기다리는 것처럼 결과를 기다렸습니다."

"결과는요?"

"이미 확실하게 증명되었습니다. 삼체문제는 해결할 수 없습니다."

왕먀오는 아침 햇살 속에 반짝반짝 빛나는 거대한 진자를 올려다보았다. 주위의 모든 것을 반영하는 세계의 눈동자 같았다. 여러 개의 문명 이전, 아득히 먼 시대에 바로 이 자리에서 왕먀오와 주 문왕은 거대한 진자의 숲을 지나 주왕의 궁전으로 들어갔었다. 역사는 이렇게 크게 한 바퀴를 돌아 맨 처음으로 되돌아왔다.

과학 자문이 말했다.

"우리가 일찍이 예측했던 것처럼 삼체는 혼돈의 시스템입니다. 혼돈은 미세한 교란에도 무한히 확대되기 때문에 그 운행 규칙은 수학으로는 예측할 수 없습니다.”

왕먀오는 자신의 모든 과학적 지식과 사유 체계가 일순 모호해지고, 예전에는 없었던 아득함이 그 자리를 대체하는 것을 느꼈다.

“삼체처럼 지극히 간단한 시스템도 예측할 수 없는 혼돈에 놓여 있다면 우리가 어떻게 복잡한 우주의 법칙을 탐구하는 데 믿음을 가질 수 있습니까?”

아인슈타인이 언제 왔는지 바이올린을 내두르며 말했다.

“신은 뻔뻔한 도박사야. 그는 우리를 버렸어!”

사무총장이 천천히 고개를 끄덕였다.

“그렇습니다. 신은 도박사예요. 삼체 문명의 유일한 희망 역시 도박입니다.”

그때 거대한 달이 어두운 하늘 한쪽에서 떠올랐다. 거대한 은색 달이 진자의 미끈한 표면에 비쳐 기괴하게 꿈틀거렸다. 진자와 거대한 달이 신비한 정신적 교감을 나누는 것 같았다.

왕먀오가 말했다.

“당신이 말하는 문명은 이미 상당한 수준까지 발전했나 봅니다.”

“그렇습니다. 원자력을 정복했고 정보 시대에 도달했습니다.”

사무총장은 이렇게 말했지만 아직 불충분하다고 생각하는 것 같았다.

“그러면 희망은 있군요. 문명이 계속 발전해 높은 수준에 도달하면 태양 운행 규칙은 몰라도 난세기에도 생존할 수 있고 태양의 이상 운행으로 인한 치명적인 대재난을 막아낼 수도 있겠습니다.”

사무총장이 떠오르는 거대한 달을 가리키며 말했다.

“예전에는 모두 그렇게 생각했습니다. 그 역시 삼체 문명이 전진하고 굳세게 부활하는 원동력 중 하나였습니다. 하지만 그것은 우리의 생각이 얼마나 천진한 것인지를 깨닫게 해주었습니다. 선생은 아마 이렇게 큰 달은 처음 보실 겁니다. 저 달은 우리 행성의 4분의 1 크기 정도 됩니다. 달이 아니라 이 행성의 동반성이지요. 대분열의 산물입니다."

"대분열이요?"

"앞선 문명을 멸망시킨 대재난입니다. 예전 문명에 비해 이 재난은 경계 기간이 상당히 길었습니다. 기록을 보면 191호 문명의 천문학자가 예전부터 '비성부동(飛星不動)'을 예측했습니다."

마지막 네 자를 듣는 순간 왕먀오는 마음이 뜨끔했다. '비성부동'은 삼체 세계 최대의 흉조였기 때문이다. 비성 또는 먼 곳의 태양이 지면의 관찰 각도에서 봤을 때 우주를 배경으로 정지하는 것은 태양과 행성이 일직선상에서 운행된다는 것을 뜻하고, 여기에는 세 가지 가능성이 있었다. 첫째, 태양과 행성이 같은 속도와 같은 방향으로 운행한다. 둘째, 태양이 현재 행성에서 멀어지고 있다. 셋째, 태양이 현재 행성을 향해 오고 있다. 191호 문명 전에는 그저 상상 속 재난일 뿐이며 정말 발생한 적이 없었다. 그러나 사람들은 그에 대한 공포와 경계를 늦추지 않았고 '비성부동'은 삼체 문명에서 가장 불길한 주문이 되었다. 비성 한 개만 정지해도 사람을 덜덜 떨게 했다.

사무총장이 말했다.

"당시 세 개 비성이 동시에 정지했습니다. 191호 문명 사람들은 대지 위에 서서 세 개의 비성이 공중에 멈춘 것을 무력하게 바라봤습니다. 그들의 세계를 향해 곧바로 달려오는 세 개의 태양을 봤습니다. 며칠 뒤, 태양 하나가 대기층 바깥의 보이는 거리까지 다가왔습니다. 조용한 밤하늘에서 그 비성은 갑자기 사방으로 빛을 흩뿌리며 태양으로 변했습니다. 30여 시간 뒤 다른 두 개의 태양도 속속 모습을 드러냈습니다. 그건 일반적 의미의 '일직선으로 늘어선 세 개의 태양'이 아니었습니다. 마지막 비성이 태양으로 변할 때 첫 번째로 모습을 드러낸 태양이 아주 가까운 거리에서 행성을 스쳤고 바로 그 뒤를 이어 다른 두 개의 태양이 더 가깝게 스쳐 갔습니다! 세 개 태양이 행성에 미친 기조력(起潮力)은 모두 로시 한계*를 뛰어넘었습니다. 첫 번째 태양은 행성의 가장 깊은 지질 구조를 뒤흔들었고, 두 번째 태양은 행성의 내핵을 향해 직선으로 이어지는 대균열을 만들었으며, 세 번째 태양은 행성을 두 동강 냈습니다."

그가 하늘 한가운데에 뜬 거대한 달을 가리키며 말을 이었다.

"저것이 조금 작은 반쪽입니다. 위에 191호 문명의 폐허가 남아 있지요. 그러나 생명은 없습니다. 그건 삼체 세계 전체 역사 중에서 가장 놀랍고 무서운 재난이었습니다. 행성이 분열된 이후 불규칙한 형태의 두 부분이 자체 인력으로 다시 구체 형태로 변했고 뜨겁게 달궈진 행성 핵심 물질이 지면으로 용솟음쳤으며 바다는 마그마 위에서 끓었고 대륙은 용해된 강물처럼 둥둥 떠다녔습니다. 그것들이 서로 부딪치자 대지는 바다처럼 부드러워졌고 몇만 미터의 거대한 산맥이 한 시간 만에 솟았다가 짧은 시간 내에 사라졌습니다. 일정 기간 동안 분열된 행성 두 부분은 끊어진 것 같아도 이어져 있었습니다. 그들 사이에는 용암 강물이 우주를 가로질러 놓여 있었습니다. 이 용암이 우주에서 냉각되어 행성 주위에 테두리를 형성했지만 행성 양 부분의 인력의 방해로 테두리가 불안정해져 암석이 떨어지기 시작했습니다. 몇 세기에 걸쳐 운석 비가 내렸습

---

* 프랑스 천문학자 로시의 증명. 어떤 견고한 천체에 그보다 더 큰 다른 천체가 접근하면 강력한 기조력 작용을 받아 결국 붕괴된다. 작은 천체가 기조력에 붕괴되지 않고 큰 천체에 접근할 수 있는 한계 거리를 로시 한계라고 한다. 일반적으로 큰 천체의 적도 반경 기준으로 그것의 2.44배이다.

니다. 얼마나 지옥이었을지 상상해보십시오! 그 재난은 역사적으로 가장 심각하게 생태계를 파괴했습니다. 동반성의 생명은 멸종되었습니다. 모행성도 생명이 없는 세계로 변했습니다. 그러나 생명의 씨앗은 뜻밖에도 이곳에서 싹을 틔웠습니다. 모행성의 지질 상태가 안정되자 새로운 대륙과 바다에서 진화가 꿈틀거리며 걸음마를 시작했습니다. 192호 문명이 출현할 때까지는 9000만 년이 걸렸습니다.

삼체 세계가 속한 우주는 우리가 생각한 것보다 더 냉혹합니다. 다음 '비성부동'은 어떠냐고요? 우리의 행성은 이제 더 이상 태양 가장자리를 스치지 않고 태양의 불바다 속으로 곧장 달려갈 가능성이 큽니다. 시간이 흐르면서 이 가능성은 거의 기정사실이 되었습니다.

이것은 두려운 추측에 불과했지만 최근 천문학적 발견으로 인해 우리는 삼체 세계의 운명에 완전히 절망했습니다. 그 연구는 이 항성계 속에 잔류하는 흔적을 통해 항성계 중 항성과 행성의 역사를 추측하는 것이었습니다. 우연히 삼체 항성계에 아득히 먼 옛날 12개의 행성이 있었다는 것을 발견했습니다! 그러나 지금은 우리 행성 하나밖에 남지 않았습니다. 그 뜻은 하나입니다. 길고 긴 천문 역사에서 행성 11개가 세 개의 태양에 통째로 먹혔다는 겁니다! 우리 세계는 그저 우주의 대사냥 뒤에 남은 잔여물에 불과합니다. 문명이 192차례 부활할 수 있었던 것은 그저 행운이었을 뿐입니다. 더 연구한 결과 우리는 항성 세 개의 호흡 현상을 발견했습니다."

"항성 호흡이라고요?"

"비유입니다. 선생은 항성 주변의 기체층을 발견했겠지요. 그러나 선생은 이 기체층이 길고 긴 주기로 끊임없이 팽창하고 수축한다는 사실은 모르셨을 겁니다. 마치 호흡하는 것처럼요. 기체층이 팽창할 때는 두께가 몇십 배로 늘어나 항성 직경이 거대한 손바닥처럼 활짝 펴져 행성을 쉽게 포획합니다. 그렇게 되면 행성이 가까운 거리에서 태양을 스쳐 갈 때 태양의 기체층으로 들어가게 됩니다. 행성은 격렬한 마찰 속에서 급격하게 감속되다가 결국 유성처럼 긴 불꽃 꼬리를 남기고 태양의 불바다로 빨려들어갑니다. 고증에 따르면 태양 기체층이 한 번 팽창할 때마다 행성 두 개를 삼킨다고 합니다. 그 11개의 행성은 태양 기체층이 최대로 팽창했을 때 불바다로 빨려들어갔습니다. 지금은 세 개의 태양 기체층이 모두 수축 상태입니다. 그렇지 않았으면 지난번 태양을 스칠 때 우리 행성도 태양 속으로 빨려들어갔을 겁니다. 학자들은 가장 가까운 팽창은 150~200만 년 뒤에 발생할 것이라고 예측했습니다."

아인슈타인이 늙은 거지처럼 바이올린을 가슴에 안고 바닥에 쪼그려 앉으며 말했다.

"이 귀신 같은 곳은 더 이상 지속될 수 없지."

사무총장이 고개를 끄덕이며 말했다.

"기다릴 수도 없고 기다리지도 않을 겁니다! 삼체 문명의 유일한 출구는 이 우주와 도박을 하는 것입니다."

왕먀오가 물었다.

"어떻게요?"

"삼체 항성계를 벗어나 광활한 우주로 나가 은하계에서 신세계를 찾는 겁니다!"

그때 쫘악, 하는 소리가 들렸다. 거대한 진자가 권양기(券楊機)의 가느다란 케이블에 의해 비스듬히 올라갔다. 그 뒤쪽 하늘에 거대한 그믐달이 아침 햇살 속에 지고 있었다.

사무총장이 엄숙하게 선포했다.

"진자 가동!"

케이블이 풀리면서 거대한 진자가 활모양 궤도를 그리며 소리 없이 미끄러져 내렸다. 시작할 때는 천천히 내려왔지만 가속이 붙어 가장 아래쪽에 내려올 때는 속도가 최고에 이르렀고 공기와 부딪치면서 우렁찬 바람 소리를 냈다. 소리가 사라질 때 진자는 다시 활모양을 그리며 같은 높이로 올라갔다가 잠시 멈춘 다음 새로운 진동을 시작했다. 진자가 진동하자 대지도 따라서 흔들리는 것 같았다. 현실 세계 속의 단진자와는 달리 이 거대 진자의 진동주기는 일정하지 않았고 시시각각 변했다. 이것은 모행성을 도는 거대한 달이 만들어낸 중력 변화 때문이었다. 거대한 달이 모행성의 한 면에 있을 때 달과 모행성의 인력이 상쇄되어 중력이 감소됐다. 달이 모행성의 다른 한 면으로 운행하면 인력이 겹쳐서 중력은 거의 대분열 이전 수준으로 회복되었다.

삼체 기념비가 위풍당당하게 진동하는 것을 바라보며 왕먀오는 스스로에게 물었다.

'저것은 규칙에 대한 갈망의 표현일까 아니면 혼돈에 대한 굴복일까?'

진자는 거대한 금속 주먹 같았다. 냉혹한 우주를 향해 끊임없이 주먹을 휘두르면서 삼체 문명의 불굴의 의지를 소리 없이 외치는 것 같았다. 두 눈에 눈물이 고여 앞이 뿌옇게 되었을 때 거대한 진자를 배경으로 자막이 나타났다.

— 451년 뒤, 제192호 문명은 하늘에 떠오른 두 개 태양의 화염 속에서 멸망한다. 이 문명은 원자와 정보 시대로 진화한다.

제192호 문명은 삼체 문명의 이정표로 삼체문제는 해결할 수 없다는 것을 최종적으로 증명했고, 191개 문명 동안 지속된 헛된 노력을 포기했다. 그리고 앞으로 문명의 새로운 방향을 확정했다. 따라서 삼체 게임의 최종 목표에도 변화가 생겼다. **새로운 목표는 우주로 날아가 새로운 정착지를 찾는다.**

— 다시 로그인하십시오.

삼체에서 로그아웃한 왕먀오는 매번 그랬던 것처럼 매우 피곤했다. 정말 피곤한 게임이었지만 왕먀오는 30분 만에 다시 로그인했다. 삼체에 로그인하자 어두운 배경에 의외의 자막이 떴다.

— 긴급한 상황으로 삼체 서버가 곧 닫힙니다. 남은 시간 동안 자유롭게 로그인하십시오. 삼체는 곧장 마지막 장으로 이동합니다.

삼체, 원정

───────

차가운 여명 속에 대지는 텅 비어 있었다. 피라미드도, 유엔 본부도, 거대한 진자 기념비도 찾아볼 수 없었다. 그저 어두운 자갈 사막이 지평선 끝까지 뻗어 있을 뿐이었다. 맨 처음에 왕먀오가 도착했던 세계와 같았다. 그러나 그는 금세 이것이 자신의 착각이라는 것을 깨달았다. 자갈 사막 위에 빽빽하게 놓인 것은 다름 아닌 사람의 머리였다! 대지에 사람이 꽉 들어찼다. 조그만 언덕 위에서 아래를 내려다보니 인해(人海)가 끝없이 펼쳐져 있었다. 그 수를 대략 세어보니 눈으로 볼 수 있는 것만 수억은 되는 듯했다! 삼체 세계의 모든 사람이 이곳에 모여 있었다. 정적이 모든 것을 뒤덮었다. 수억 명이 빚어내는 적막에는 질식할 것 같은 기이한 힘이 있었다. 여명 속에서 사람들은 무언가를 기다리는 것 같았다. 주변을 둘러보니 모두 하늘을 쳐다보고 있었다.

왕먀오도 고개를 들어 하늘을 올려다보았다. 하늘은 놀랍게 변해 있었다. 별들이 정확하게 정사각형 대열로 늘어서 있었던 것이다! 그러나 왕먀오는 곧 정사각형 대열로 늘어선 별들이 행성과 같은 궤도에 위치하고 있다는 사실을 알아챘다. 그 뒤에는 그 배경 때문에 정사각형 대열의 별의 운행을 파악할 수 있었다. 정사각형 대열 중 아침 햇살을 받는 쪽이 제일 밝았고 그것이 내뿜는 은빛 때문에 대지 위에 사람들의 그림자가 드리워졌다. 빛은 뒤로 갈수록 점점 약해졌다. 수를 세어보니 한 변에 30여 개였다. 그렇다면 대열 속 별의 수는 1000여 개 정도였다. 별 무리를 배경으로 천천히 이동하는 이 대열에서 웅장한 힘이 느껴졌다.

그때 옆에 있던 남자가 왕먀오를 가볍게 치면서 말했다.

"아, 위대한 코페르니쿠스. 왜 이렇게 늦게 왔습니까? 문명이 세 개나 지나갔어요. 당신은 위대한 사업 여러 개를 놓쳤어요!"

왕먀오가 별의 대열을 가리키며 말했다.

"저건 뭡니까?"

"저건 위대한 삼체 행성급 함대입니다. 곧 원정에 나설 겁니다."

"그렇다면 삼체 문명은 행성 간 항해 능력을 갖췄단 말입니까?"

"그렇습니다. 저 웅장한 우주선은 10분의 1 광속까지 도달할 수 있습니다."

"10분의 1 광속에 도달한다는 것은 적어도 내 지식 범위에서는 위대한 성과입니다만, 그래도 행성 간 항해에서는 느립니다."

남자가 말했다.

"'천 리 길도 한 걸음부터'라는 말이 있지요. 관건은 목표를 정확하게 찾는 겁니다."

"목적지는 어디입니까?"

"4광년 떨어진 곳에 있는 행성을 거느린 항성입니다. 삼체 세계에서 가장 가까운 항성이지요."

왕먀오는 조금 놀랐다.

"우리와 가장 가까운 항성도 4광년 떨어져 있는데."

"당신들?"

"지구 말입니다."

"아, 이상한 일이 아닙니다. 거대한 은하계에서 항성의 밀도는 매우 균일하니까요. 별들의 인력이 긴 세월 동안 조정된 결과지요. 대부분의 항성 간 거리가 3~4광년입니다."

그 순간 사람들 속에서 거대한 환호성이 울려 퍼졌다. 고개를 들어 보니 정사각형 대열의 별들이 급격하게 밝아지고 있었다. 그것은 그들 자체가 뿜어내는 빛이었다. 그 빛은 아침 햇살을 빠르게 삼켰다. 1000여 개의 별이 1000여 개의 작은 태양으로 변하자 삼체 세계가 대낮같이 환해졌다. 하늘을 향해 두 팔을 쳐들고 있는 사람들의 모습이 끝없이 펼쳐진 초원 같았다. 삼체 함대가 가속을 시작했고 장엄하게 창공으로 이동해 갓 떠오른 거대한 달 꼭대기를 스치면서 달 표면의 산맥과 초원에 담청색 빛을 뿌렸다. 환호성이 멈추었다. 삼체 세계 사람들은 자신들의 희망이 서쪽 우주로 사라지는 것을 말없이 지켜보았다. 그들은 이번 생애에서 결말을 보지 못하리라. 하지만 400~500년 뒤에 그들의 후손은 신세계에서 온 소식을 받을 수 있을 것이다. 그것은 삼체 문명의 새 생명일 것이다. 왕먀오는 1000개의 별이 하나의 별이 되고, 그 별이 다시 서쪽 하늘로 사라질 때까지 말없이 하늘을 바라보았다.

자막이 나타났다.

— 삼체 문명은 신세계 원정을 시작했다. 함대는 항해 중이다…….

삼체 게임이 종료되었습니다. 귀하가 현실로 돌아가면 자신이 했던 약속을 충실히 이행하시기 바랍니다. 이후 귀하께 발송될 이메일에 기재된 주소로 찾아가 지구 삼체 조직 집회에 참석하십시오.

지구 반군

지난번 모임과 달리 이번에는 사람이 많았다. 장소는 폐쇄된 어느 화학 공장의 구내식당이었다. 곧 철거할 건물 내부는 매우 낡았다. 그러나 꽤 넓었다. 집회에 참석한 300여 명 중에는 왕먀오가 아는 얼굴도 여럿 있었다. 유명 과학자, 문학가, 정치가 등 모두 사회 유명 인사나 각 분야의 엘리트였다.

제일 눈에 띈 것은 홀 정중앙에 놓인 신기한 물건이었다. 볼링공보다 약간 작은 은색 구체 세 개가 금속 밑받침 위에 붕 떠 있었다. 왕먀오는 이 장치가 자기 부상 원리를 차용한 것이리라 생각했다. 세 개 구체의 운동 궤도는 완전히 제멋대로였다. 왕먀오는 진정한 삼체 운동을 직접 보았다.

다른 사람들은 삼체 운동을 표현한 예술품에 그다지 관심을 보이지 않았다. 그들은 홀 중앙, 낡은 탁자 위에 서 있는 판한에게 집중했다.

누군가 따졌다.

"당신이 선위페이 동지를 죽였소?"

판한이 차분하게 말했다.

"그렇습니다. 조직이 오늘날 이렇게 위험한 지경에 이른 것은 강림파 내부에 선위페이 같은 반역자가 있었기 때문입니다."

"누가 당신한테 사람을 죽일 권리를 주었소?"

"그건 조직에 대한 내 책임감이었습니다!"

"당신에게 책임감이 있다고? 당신은 원래 못된 사람이야!"

"말을 똑바로 하시오!"

"당신이 이끄는 환경 분파가 한 일이 뭐가 있소? 당신들의 책임은 환경 문제를 이용하거나 날조해서 사람들이 과학과 현대 공업을 혐오하게 만드는 것이잖소. 그런데 당신은? 주의 기술과 예측을 이용해 자신의 명예와 이익만 챙겼잖아!"

"내가 유명해지는 게 날 위해서입니까? 내 눈에 전 인류는 쓰레기에 불과한데 내가 명예에 연연해할 것 같습니까? 하지만 유명해지지 않으면 어떻게 사람들을 인도하겠습니까?"

"당신은 최대한 쉬운 것만 선택하고 어려운 것은 피하지 않소! 당신이 하는 일은 지금 사회에 있는 환경보호주의자들도 다 할 수 있어. 오히려 그들이 당신보다 더 진실하고 열정적이지. 그들을 조금만 이끌어주면 우리에게 필요한 일을 할 수 있을 거야. 당신의 환경 분파가 해야 할 일은 환경 재난을 일으키고 그것을 이용하는 거잖아. 댐에 독극물을 풀고 화학약품이 새어나가게 하고⋯⋯. 이런 일을 당신들은 했나? 하나도 안 했지!"

"우리도 많은 계획을 가지고 있었지만 총사령관님이 부결했습니다. 그리고 그런 행동은 어리석다는 것이 증명되지 않았습니까. 생물과 의료 분파가 항생제 남용을 일으켰지만 금세 발각되지 않았습니까. 제 몸에 불을 붙인 꼴이었습니다!"

"당신은 사람을 죽였어, 자기 몸에 이미 불을 붙였다고!"

"내 말을 들어보세요. 동지 여러분, 여러분도 아시겠지만 각국 정부가 이미 전쟁 상태에 돌입했습니다. 유럽과 북미 지역에서 삼체 조직에 대한 대대적인 검거가 시작됐습니다. 이곳이 폭로되면 구원파는 분명히 정부 편으로 돌아설 겁니다. 따라서 우리가 제일 먼저 해야 할 일은 조직에서 구원파를 축출하는 겁니다!"

"그건 당신이 신경 쓸 문제가 아니야."

"물론 총사령관님이 하셔야지요. 하지만 동지 여러분, 내가 장담하건대 총사령관님은 강림파입니다!"

"아무렇게나 지껄이지 마. 총사령관의 생각은 우리 모두 똑똑히 알고 있어. 당신 말대로라면 구원파는 일찌감치 축출됐을 거야!"

"총사령관님도 생각이 있겠지요. 오늘 회의도 그 때문에 개최한 건지도 모르고요."

그러자 사람들의 관심이 판한에서 현재의 위기로 옮겨 갔다. 튜링상을 수상한 유명 과학자가 탁자로 올라가 팔을 흔들며 말했다.

"여러분, 이제 우린 도대체 어떻게 해야 합니까?"

"전 세계적으로 봉기해야 합니다!"

"그것은 죽음을 자초하는 일 아닙니까?"

"삼체 정신 만세! 우리는 강한 씨앗이다! 산불을 말릴 수는 없다!"

"봉기하면 세계 정치 무대에 우리의 존재를 알릴 수 있습니다. 지구 삼체 조직이 인류 역사의 무대에 처음 공개적으로 등장하는 것입니다. 강령에 맞기만 하면 세계적으로 큰 반향을 일으킬 수 있습니다!"

마지막 말은 판한이 한 것으로, 일부 공감을 일으켰다.

"총사령관님 오신다!"

누군가 외치자 사람들이 길을 터주었다. 왕먀오는 고개를 들어 총사령관이 오는 쪽을 쳐다보았다. 순간 현기증이 일었다. 눈앞의 세상이 흑과 백 두 가지 색으로 변했고 방금 나타난 사람만이 유일하게 총천연색이었다.

젊은 경호원의 경호를 받으며 지구 삼체 반군의 최고사령관 예원제가 걸어 들어왔다.

예원제는 그녀를 위해 비워둔 자리로 걸어와 주먹 쥔 손을 들어 올리고 왕먀오가 상상도 하지 못했던 힘과 결연한 의지가 담긴 목소리로 외쳤다.

"인류의 폭정을 제거하자!"

인류의 반군들은 무수히 반복했을 구호를 힘차게 외쳤다.

"세계는 삼체의 것이다!"

예원제가 입을 열었다.

"동지 여러분, 안녕하십니까."

그녀의 목소리는 왕먀오가 알고 있는 온화하고 느린 말투로 돌아가 있었다. 그제야 왕먀오는 그녀가 예원제라는 것을 확신했다.

"최근 몸이 그다지 좋지 않아 여러분과 만나지 못했습니다. 현재 상황이 심각하고 여러분 모두 엄청난 압박을 받고 있다는 것을 잘 압니다. 그래서 이렇게 자리를 마련했습니다."

"몸조심하세요, 총사령관님……."

여기저기에서 걱정하는 소리가 들렸다. 진실된 말들이었다.

"중대한 문제를 토론하기 전에 먼저 처리해야 할 작은 일이 하나 있습니다, 판한."

그녀는 사람들에게서 시선을 거두지 않은 채 판한을 불렀다.

"네, 총사령관님. 여기 있습니다."

판한이 사람들 속에서 걸어 나왔다. 그는 사람들 틈에 숨어 있으려고 했다. 담담한 표정이었지만 겁을 먹고 있다는 것을 알 수 있었다. 총사령관은 그를 동지라고 부르지 않았다. 불길한 징조였다.

"자네는 조직의 기율을 심각하게 위반했네."

예원제는 말을 하면서도 판한에게 눈길 한번 주지 않았다. 그녀는 잘못한 어린아이를 대하듯 엄숙하고 온화한 목소리로 말했다.

"총사령관님, 현재 조직은 치명적인 재난에 직면해 있습니다. 과감한 조치를 취하지 않으면, 우리 내부의 반대파와 적을 제거하지 않으면 모든 것을 잃게 될 겁니다!"

예원제는 고개를 들어 판한을 쳐다보았다. 온화한 눈빛이었음에도 판한은 몇 초간 숨을 쉴 수 없었다.

"지구 삼체 조직의 최종 목표와 이상이 바로 모든 것을 잃는 거라네. 우리를 포함한 현 인류의 모든 것을 없애는 거지."

"하지만 총사령관님은 강림파시잖습니까! 총사령관님, 이 점을 명확하게 선포해주십시오. 우리에게는 매우 중요합니다. 그렇지 않습니까, 동지 여러분? 매우 중요하다고요!"

그가 한 손을 쳐들고 큰 소리로 외치며 주위를 둘러보았다. 하지만 아무도 반응하지 않고 침묵을 지켰다.

"그 요구는 자네가 제기할 것이 아니야. 자네는 조직의 기율을 심각하게 위반했어. 하소연하고 싶다면 지금 하게. 그러지 않으면 자네는 그에 대한 책임을 져야 해."

예원제는 아이가 못 알아들을까 봐 걱정하는 선생님처럼 한자 한자 천천히 분명하게 말했다.

"저는 그 수학 천재를 없애려고 했을 뿐입니다. 에번스 동지가 내린 결정이에요. 회의에서 전원이 찬성했습니다. 만약 그 천재가 삼체 운동의 완벽한 수학모델을 구한다면 주는 강림하지 않을 겁니다. 그러면 지구 삼체 사업도 끝장이고요. 그리고 선위페이는…… 저는 정당방위였어요. 선위페이가 먼저 총을 쐈다고요."

예원제가 고개를 끄덕였다.

"자네를 믿도록 하지. 지금 가장 중요한 문제는 그게 아니니까. 우리가 계속 자네를 믿을 수 있었으면 좋겠네. 방금 내게 한 요구를 다시 한번 말해보게."

판한은 어리둥절했다. 관문을 하나 넘겼지만 마음이 놓이지 않았다.

"저는, 총사령관님께서 자신이 강림파라는 것을 명확하게 선언해주셨으면 합니다. 어쨌든 강림파 강령도 총사령관님의 이상이지 않습니까."

"그럼 그 강령을 한번 말해보게."

"인류 사회는 이미 자신의 능력으로 자신의 문제를 해결할 수 없다. 또한 자신의 힘으로 자신의 광기를 억제할 수 없다. 때문에 주께서 세상에 강림하도록 청해야 한다. 주의 힘을 빌려 인류 사회를 강제적으로 감독하고 개조해서 전혀 새로운, 찬란하고 완벽한 인류 문명을 창조해야 한다."

"강림파는 이 강령에 충실했나?"

"물론입니다! 총사령관님, 헛소문을 쉽게 믿지 마십시오."

"헛소문이 아닙니다!"

유럽인 하나가 큰 소리로 외치며 앞으로 나섰다.

"저는 라파엘이라고 합니다. 이스라엘 사람이죠. 3년 전, 열네 살이었던 아들이 교통사고를 당했습니다. 저는 아들의 신장을 요독증에 걸린 팔레스타인 여자아이에게 기증했습니다. 두 민족의 평화로운 공존을 바라는 희망에서였죠. 저는 제 생명도 바칠 수 있었습니다. 그리고 많은 이스라엘 사람과 팔레스타인 사람 역시 저처럼 진실한 노력을 했습니다. 그러나 이 모든 게 소용없었습니다. 우리는 여전히 서로 죽고 죽이는 보복의 수렁에서 빠져나오지 못했습니다. 이런 사건들은 인간에 대한 제 믿음을 산산조각 냈습니다. 그래서 삼체 조직에 가입했습니다. 절망은 평화주의자였던 저를 극단주의자로 만들었습니다. 그래서 저는 조직에 거액을 기부했고 강림파의 핵심이 될 수 있었습니다. 이제 여러분께 말씀드리겠습니다. 강림파에는 비밀 강령이 있습니다. 인간은 사악한 동물이다. 인류 문명은 지구에 씻지 못할 죄를 지었다. 반드시 이에 대한 벌을 받아야 한다. 강림파의 최종 목표는 주께 이 신성한 처벌을 청하는 것이다. 전 인류 멸망!"

누군가 비웃듯 외쳤다.

"강림파의 진짜 강령은 공공연한 비밀일 뿐이오!"

"하지만 여러분이 모르는 것이 있습니다. 그건 최초의 강령에서 나온 것이 아니라 강림파가 탄생할 때 확정한 목표, 에번스의 평생 목표입니다. 그는 총사령관은 물론 조직의 모든 사람을 속였습니다. 에번스는 처음부터 이 목표를 향해 전진했습니다. 그는 강림파를 극단적인 환경보호주의자와 인류를 증오하는 미친 사람들의 테러 왕국으로 만들었습니다!"

예원제가 말했다.

"나도 나중에야 에번스의 진짜 생각을 알았지. 그렇다 해도 나는 균열을 봉합하고 지구 삼체 조직을 하나의 완전한 조직으로 만들어야 하네. 하지만 강림파가 벌인 또 다른 일들이 이런 노력을 물거품으로 만들었어."

판한이 말했다.

"총사령관님, 강림파는 지구 삼체 조직의 핵심입니다. 우리가 없으면 지구 삼체 운동도 없습니다!"

"그게 자네들이 조직과 주와의 통신을 독점할 이유는 아니지!"

"제2 홍안 기지는 우리가 세운 것입니다. 당연히 우리가 운행해야 합니다!"

"강림파는 그런 점을 이용해 조직에 돌이킬 수 없는 배신을 했어. 자네들은 주가 조직에 보낸 정보를 누락시켰지. 자네들은 수신한 메시지의 일부만 조직에 전달했을 뿐만 아니라 그걸 왜곡까지 했어. 또 제2 홍안 기지를 통해 조직의 심의를 거치지 않은 정보를 대량 발송했지.”

회의장에 침묵이 내려앉았다. 아주 무거운 물체가 왕먀오의 머리를 옥죄는 듯했다. 판한은 대답하지 않았다. 그의 표정이 차분히 가라앉았다. ‘좋아, 결국 발각됐군’ 하는 표정이었다.

“강림파의 배신에 대한 증거는 많아. 선위페이 동지가 제공자 중 한 명이었고. 그녀는 강림파의 핵심이었지만 마음으로는 구원파였어. 자네들도 나중에야 그것을 알았겠지. 그녀가 아는 게 너무 많으니 에번스가 사람을 보내 두 명 모두 처리하라고 했겠지. 한 명이 아니라.”

판한이 주위를 둘러보며 재빨리 상황을 파악했다. 그러나 예원제가 먼저 그의 행동을 알아차렸다.

“자네도 이제 알았겠지. 이번 회의에 참가한 대다수가 구원파 동지고 강림파는 소수라는 것을. 강림파도 결국엔 조직의 편에 서리라 믿지만 에번스나 자네에겐 이미 늦은 것 같군. 지구 삼체 조직의 강령과 이상을 수호하기 위해 우리는 강림파 문제를 확실하게 처리할 것이네.”

다시 한번 침묵이 이어졌다.

잠시 후 예원제의 경호원 중 한 명이 앞으로 나왔다. 가녀리고 아름다운 소녀가 매력적인 웃음을 지었다. 눈부신 웃음에 사람들은 시선을 빼앗겼다. 소녀가 판한을 향해 사뿐사뿐 걸어갔다.

판한의 얼굴이 잿빛으로 변했다. 한 손을 재킷 안주머니로 가져갔다. 그러나 옆에 있던 사람도 무슨 영문인지 모르는 사이에 소녀가 번개처럼 판한에게 달려들었다. 그러고는 담쟁이덩굴처럼 부드러운 팔을 뻗어 판한의 목을 조이고 다른 한 손으로 그의 머리를 잡았다. 그런 다음 그녀가 지녔으리라고는 상상도 할 수 없는 힘과 정교한 각도, 숙련된 솜씨로 판한의 머리를 180도 꺾었다. 정적 속에 목뼈 부러지는 소리가 낭랑하게 울려 퍼졌다. 그와 동시에 소녀는 마치 뜨거운 것에 데기라도 한 듯 두 팔을 재빨리 풀었다. 판한이 쓰러지자 선위페이를 죽였던 권총이 탁자 아래로 떨어졌다. 그의 몸은 계속 경련을 일으켰고, 두 눈이 튀어나오고 혀가 길게 나왔다. 그러나 목은 한 번도 그의 몸이 아니었던 것처럼 움직이지 않았다. 몇 사람이 나와 그를 밖으로 끌어냈다. 입에서 흘러나온 피가 바닥에 긴 흔적을 남겼다.

"아, 왕먀오도 왔군요. 안녕하세요."

왕먀오에게 시선을 던진 예원제는 미소를 지으며 고개를 끄덕였다. 그리고 사람들에게 말했다.

"중국 과학원의 왕먀오 교수입니다. 제 친구지요. 그는 나노 소재를 연구합니다. 주가 지구에서 가장 먼저 없애려는 기술이지요."

아무도 왕먀오를 쳐다보지 않았다. 왕먀오는 몸에서 힘이 쭉 빠지는 것을 느꼈다. 왕먀오는 저도 모르게 옆 사람의 옷깃을 잡아 중심을 잡으려 했지만 그 사람은 그의 손을 가볍게 떼어냈다.

"왕먀오, 지난번에 이어 자네에게 홍안 이야기를 계속 들려주지. 동지들도 들어보십시오. 시간 낭비는 아닐 겁니다. 이런 비상 시기에는 조직의 역사를 다시 한번 돌아볼 필요가 있으니까요."

왕먀오가 멍한 표정으로 물었다.

"홍안…… 이야기가 더 있습니까?"

예원제는 삼체 모형 앞으로 천천히 걸어가 공중에 떠 있는 은빛 구체를 넋을 잃고 쳐다보았다. 마침 부서진 창으로 석양이 들어와 모형을 비추었다. 춤추는 구체가 반군 총사령관의 몸을 어지러이 비추며 반짝이는 모습이 불꽃 같았다.

예원제가 조용히 말했다.

"끝나지 않았지. 이제 시작이라네."

홍안 5

홍안 기지에 들어온 이후 예원제는 밖으로 나갈 수 있으리라고 생각하지 못했다. 기지의 많은 중간 간부도 몰랐던 홍안 공정의 진짜 목적을 알고 난 이후 그녀는 외부와의 정신적인 연결도 다 끊고 일에만 매달렸다. 그녀는 홍안 시스템의 핵심 기술에 더 깊이 개입하게 되었고 점점 더 중요한 연구 과제를 수행했다. 레이즈청은 양웨이닝이 예원제를 신뢰하는 것을 전전긍긍해했지만 그도 중요한 과제를 종종 예원제에게 맡겼다. 기지에서 레이즈청만 천체물리학과 출신이었고 당시로서는 드문 지식인 정치위원이었다. 그는 연구 성과에 대해 어떠한 권리도 주장할 수 없는 예원제의 성과와 논문을 모두 차지해 부대 내 정치 공작 간부 중 제일 잘나가는 전문 간부가 되었다.

예원제가 홍안 기지에 들어오게 된 이유는 그녀가 대학원생 때 『천문학 학보』에 발표한 태양 수학모델 구축 논문 때문이었다. 사실 지구에 비해 태양은 더 단순한 물리 시스템을 가진다. 태양은 수소와 헬륨, 두 가지 원소로 구성되고 물리 과정은 격렬하지만 매우 단순한 수소와 헬륨의 열

핵반응이다. 그래서 예원제는 수학모델을 구축해 비교적 정확하게 태양을 묘사할 수 있었다. 그 논문은 매우 기초적인 것이었지만 양웨이닝과 레이즈청은 그 속에서 홍안 감청 시스템의 기술적 난제를 해결할 희망을 보았다.

태양 간섭 문제가 홍안의 감청을 늘 괴롭혔다. 이 용어는 통신위성기술에서 갓 출현한 것으로 지구, 인공위성, 태양이 일직선상에 놓일 때 지면에 있는 수신 안테나가 향하는 위성은 태양을 배경으로 존재하게 된다. 태양은 거대한 전자기 송신원이기 때문에 이때 지면에서 수신하는 위성 극초단파는 태양 전자기복사의 강한 간섭을 받는다. 이 문제는 21세기에 들어서도 해결되지 못했다. 홍안이 받은 태양 간섭도 비슷했지만 간섭의 근원인 태양이 대기권 밖의 송신원과 수신기 사이에 있다는 것이 더 큰 문제였다. 통신위성에 비해 홍안은 태양 간섭을 더 자주, 더 심각하게 받았다. 게다가 홍안 시스템은 원래 설계보다 규모가 많이 축소되어 안테나 하나를 감청과 발사 시스템이 공통으로 사용했다. 때문에 감청 시간이 매우 귀했고 태양 간섭을 반드시 해결할 필요가 있었다.

양웨이닝과 레이즈청의 생각은 단순했다. 태양이 발사하는 전자파의 감측 주파수상에서의 스펙트럼 규칙과 특징을 숫자로 파악해 그 숫자를 여과하면 간섭이 없어진다고 생각했다. 두 사람은 기술자였다. 이는 전문분야의 책임자들이 모두 해당 분야의 문외한이던 시대에 매우 드문 일이었다. 그러나 양웨이닝은 천체물리 전문가가 아니었고, 레이즈청은 정치공작의 길로 들어섰기 때문에 전문적인 내용까지 깊이 알지는 못했다. 사실 태양 전자기복사는 가시광선 내, 자외선에서 적외선까지의 주파수대에서만 안정되었고 다른 주파수대에서는 불안정했다. 예원제는 첫 번째 연구 보고서에 태양 흑점, 코로나 물질 방출 등 태양의 강한 폭발성 활동

기간에는 태양 간섭을 없앨 수 없다고 명시했다. 그래서 연구 대상은 태양이 정상 활동을 할 때 홍안 감측 주파수대 내의 전자기복사로 한정되었다.

기지 내 연구 조건은 그래도 좋은 편이었다. 자료실에는 프로젝트에 필요한 외국 자료가 잘 갖춰져 있었고, 유럽과 미국의 학술 잡지도 제때 비치해놓았다. 그 시대에는 쉽지 않은 일이었다. 예원제는 군대 전화로 중국 과학원에서 태양을 연구하는 과학 연구기관 두 곳과 연락하고 팩스를 통해 실시간 관측 데이터를 받을 수 있었다.

예원제의 연구는 반년간 지속되었지만 희망이 보이지 않았다. 그녀는 홍안의 관측 주파수 범위 내에서 태양의 복사가 변화무쌍하다는 것을 알게 되었다. 그러나 수많은 관측 데이터 분석을 통해 예원제는 신비한 것을 발견했다. 홍안의 관측 주파수 범위 내의 복사는 갑자기 변하는데 태양 표면의 활동은 오히려 평소처럼 조용할 때가 있었다. 1000여 번의 관측 데이터에서 모두 같은 결과가 나왔다. 정말 이해할 수 없는 일이었다. 단파와 극초단파 주파수대의 복사는 태양 핵에서 몇십만 킬로미터나 되는 태양 표면을 통과할 수 없고 태양 표면 활동으로 생길 수밖에 없다. 따라서 갑작스러운 변화가 발생할 때 이런 활동을 관측할 수 있어야 했다. 만일 상응하는 교란이 없다면 이 좁은 주파수대의 갑작스러운 변화는 무엇이 일으킨 것일까? 생각할수록 신기했다.

연구는 막다른 길에 이르렀고 예원제는 포기하기로 결정했다. 그녀는 마지막 보고서에서 자신의 능력이 모자란다고 썼다. 이 일은 잘 넘어갈 터였다. 군에서 중국 과학원의 몇몇 기관과 대학에 비슷한 연구를 의뢰했지만 모두 실패로 끝났고 양웨이닝도 그저 이 연구를 통해 예원제의 능력을 다시 한번 시험하고 싶었던 것뿐이었다. 레이즈청의 생각은 더 단순했다. 그는 예원제의 논문만을 원했다. 이론적 성격이 짙은 이 연구는 그의 수준과 능력을 더 잘 보여줄 수 있었기 때문이다. 이제 사회의 광기는 점차 사라져 간부에 대한 요구에도 변화가 생겼다. 레이즈청처럼 정치적으로 성숙하고 학술적으로도 조예가 깊은 사람은 매우 귀했기 때문에 전도가 유망했다. 그에게 태양 간섭 문제 해결 여부는 주된 관심사가 아니었다.

그러나 예원제는 보고서를 올리지 않았다. 연구가 끝나면 연구를 위해 제공하던 자료나 외국 잡지 구독이 중단되어 천체물리학 자료를 다시는 접촉할 수 없다는 데 생각이 미쳤기 때문이다. 그래서 그녀는 명목상으로는 연구가 진행되는 것처럼 했지만 실제로는 자신의 태양 수학모델 연구에 몰입했다.

그날 밤, 자료실의 썰렁한 열람실에 예원제 혼자 앉아 있었다. 그녀 앞에 놓인 긴 탁자에는 잡지와 문헌이 죽 깔려 있었다. 번거로운 행렬을 계산한 다음 언 손을 호호 불면서 최신 『천체물리학』 잡지를 집어 들었다. 그저 쉬려고 아무렇게나 몇 장 넘겼는데 목성 연구에 관한 논문이 그녀의 눈길을 끌었다. 논문 내용은 대충 이랬다.

지난 호 '태양계 내의 새로운 강력한 송신원' 단신 중 마운틴 윌슨 천문대의 해리 피터슨 박사는 6월 12일과 7월 2일 목성 행성 인력으로 인한 자전운동 관측 중 우연히 목성 자체가 내뿜는 강한 전자기복사를 발견해 데이터를 발표했다. 지속 시간은 각각 81초, 76초였다. 이 데이터에는 복사 주파수 범위와 기타 매개변수도 기록되어 있다. 피터슨 박사는 전파 폭발 기간에 목성 표면에서 대적점(大赤點)* 상태의 모종의 변화를 관측했다고 서술했다. 목성의 전파 폭발은 학술계에 큰 반향을 일으켰다. G. 매켄지는 이번 호에 이것을 목성 내부 핵융합이 시작됐다는 징조로 본다는 내용의 글을 실었다. 다음 호에는 이노우에 인세키가 목성 전파 폭발을 더 복잡한 메커니즘으로 귀납시킨 글을 실을 예정이다. 그는 목성 내부의 금속 수소 판의 운동과 완전한 수학 서술에 대해 쓸 것이다.

예원제는 이 두 날짜와 시간을 똑똑히 기억했다. 당시 홍안 감청 시스템이 태양 간섭을 강하게 받았기 때문이다. 그녀는 운행 일지를 찾아 자신의 기억을 확인했다. 태양에서 오는 태양 간섭은 항상 목성의 전자기복사가 지구에 도달하는 시간보다 16분 42초 느리다. 때문에 이 16분 42초가 관건이었다! 예원제는 빨라지는 심장박동을 억누르며 국가 천문대에 연락해 그 두 시간대의 목성과 지구의 위치 좌표를 알아냈다. 그녀는 칠판에 삼각형을 그렸다. 삼각형 각 꼭짓점에 태양, 지구, 목성을 배치하고 3변에는 거리를, 지구 꼭대기에는 두 복사의 도착 시간을 표시했다. 목성과 지구의 거리를 이용해 전자기복사가 목성에서 직접 지구로 오는 시간을 쉽게 계산할 수 있었다. 이어 전자기복사가 목성에서 태양까지 도달하는 시간과 다시 태양에서 지구로 도착하는 시간을 계산했다. 둘의 차이는 딱 16분 42초였다!

예원제는 과거 자신이 기록한 태양 구조 수학모델을 펼쳐 이론적 단서를 찾으려고 했다. 그녀는 태양 복사층의 '에너지 거울'이라고 불리는 곳에 눈길을 멈추었다. 태양 핵반응 지역에서 발사되는 에너지는 고에너지 감마선 형태로 나오지만 복사 지역에서는 이런 고에너지 입자가 흡수되었다가 다시 발사됨으로써 에너지를 전달한다. 이런 무수한 재흡수와 재

* 옮긴이 주: 목성 표면에 대기의 흐름 때문에 생겨난 붉은 점.

반사 과정 속에서(광자 하나가 태양을 벗어나려면 1000년이라는 시간이 필요하다) 고에너지 감마선은 엑스선, 극자외선, 자외선을 거쳐 점차 가시광선과 다른 형태의 복사로 바뀐다. 이는 태양 연구에서 이미 밝혀진 내용이다. 하지만 예원제의 수학모델이 내놓은 새로운 결과는 이런 복사의 전환 사이에 수많은 명확한 계면(界面)이 존재하고, 하나의 계면을 통과할 때마다 복사 주파수가 한 등급씩 떨어진다는 것이었다. 이것은 복사 지역의 주파수가 점점 변한다는 기존 관념과 다소 차이가 있다. 계산으로 이런 계면이 저주파 측에서 온 복사를 반사한다는 것을 증명했다. 그래서 논문 제목을 '태양 복사층 내 존재하는 에너지 계면과 반사 특성'이라고 한 것이다.

예원제는 태양 플라스마 바다에 불안정하게 떠다니는 박막(薄膜)을 자세히 연구했다. 그녀는 이것이 항성 내부의 고에너지 바다에서만 나타나며 신기한 성질이 많다는 것을 발견했다. 가장 놀라운 것은 박막이 복사를 증폭해 반사한다는 것이었다. 이것은 태양 전자기복사의 수수께끼와 관계가 있는 듯했다. 그러나 너무 불가사의했고 증명하기 어려웠다. 예원제 자신도 믿기 힘들었다. 어쩌면 복잡한 계산 과정에서 생긴 오차로 인한 것일 수도 있었다.

예원제는 태양에너지 거울반사 증폭에 관한 추측인 '에너지 거울은 저주파 측의 전자기복사를 단순히 반사하는 것이 아니라 그것을 증폭한다'를 기본적으로 증명했다. 예전에 관측한 좁은 주파수대의 갑작스러운 변화는 우주 간 반사가 증폭된 결과였고, 때문에 태양 표면에서는 그와 관련된 교란 현상이 관측되지 않은 것이다.

아마도 이번에는 태양이 목성의 전자기복사를 받은 후 다시 반사한 것일 터였다. 그저 세기가 억 배에 가까웠을 뿐이다! 지구는 16분 42초의 시간 차이를 두고 두 차례 복사를 받았다.

태양은 전파 증폭기다!

하지만 여기에는 문제가 있었다. 태양은 지구가 방출하는 무선 전파를 포함한 우주에서 온 전자기복사를 늘 받는데 어째서 그중 일부만 증폭할까? 이유는 명확했다. 에너지 거울이 반사 주파수를 선택할 수 있기도 하지만 태양 대류층의 차단 작용이 더 큰 이유였다. 표면에서 끊임없이 끓어오르는 대류층은 복사층 위에 위치한 태양의 가장 바깥에 있는 액체층이다. 우주에서 온 전파는 우선 대류층을 통과해야 복사층의 에너지 거울에 도달할 수 있고 더 나아가 증폭되어 발사될 수 있다. 이때 전파의 일률은 역치(閾値)를 초과해야 하지만 지구에서 보내는 대부분의 무선 발사는 이 역치보다 낮다. 그러나 목성의 전자기복사는 이를 뛰어넘는다.

그리고 홍안의 최대 발사 일률 역시 이 역치를 초과한다!

태양 간섭 문제는 여전히 해결되지 않았지만 다른 가능성이 나타났다. 인류가 태양을 초대형 안테나로 삼아 우주에 전파를 발사하면 그 전파는 항성급의 에너지로 증폭되어 발사되고 그 일률은 지구에서 사용 가능한 전체 발사 일률보다 몇억 배는 클 것이다.

지구 문명이 2형 문명급 발사를 할 수 있는 것이다!

이제 목성의 두 차례 전자기복사의 파형과 홍안이 받은 태양 간섭의 파형을 서로 대조해봐야 했다. 만일 두 파형이 맞물린다면 이 추측은 한 단계 더 증명되는 것이었다.

예원제는 상사에게 해리 피터슨에게서 목성의 전자기복사 파형 기록을 받아달라고 부탁했다. 쉬운 일은 아니었다. 그와 연락할 루트도 찾기 어려운 데다 관련 부처의 수속 절차도 까다로웠다. 게다가 외국과 내통한다는 혐의를 받을 수도 있었기 때문에 예원제는 그저 기다릴 수밖에 없었다.

그러나 더 직접적인 증명 방법이 있었다. 홍안 발사 시스템이 역치를 초과한 일률로 태양에 직접 전파를 발사하는 것이었다.

예원제는 지도자를 찾아가 이것을 요청했다. 그러나 자신의 생각을 솔직하게 이야기하지 않았다. 그것은 너무 심오해 부결당할 것이 분명했기 때문이다. 그녀는 이것이 태양 연구에 필요한 실험이라고 말했다. 홍안 발사 시스템을 관측 레이더 삼아 태양에서 수신한 전자파 반사를 통해 태양 전자기복사 정보를 분석하겠다고 이야기했다. 레이즈청과 양웨이닝은 기술을 잘 알고 있었기 때문에 속이기가 쉽지 않았다. 그러나 예원제가 말한 실험은 서양의 태양 연구에도 선례가 있었다. 사실 이것은 현재 진행 중인 지구와 비슷한 항성의 레이더 관측에 비해 기술적으로 더 간단했다.

레이즈청이 고개를 절레절레 흔들며 말했다.

"예원제, 갈수록 지나치군. 당신의 과제는 이론만으로도 충분해. 일을 이렇게 크게 벌일 필요가 있나?"

예원제가 애원했다.

"정치위원님, 큰 발견이 있을 겁니다. 실험은 꼭 필요합니다. 단 한 번입니다. 허락해주십시오."

양웨이닝이 거들었다.

"레이 정치위원, 한 번뿐이지 않습니까? 조작에도 큰 어려움이 없고 발사 후 원 상태로 돌리는 시간도……."

레이즈청이 말했다.

"10여 분이지. 홍안 시스템을 수신 상태로 전환하는 시간도 얼마 안 걸리니."

레이즈청은 다시 한번 고개를 저으며 말을 이었다.

"나도 기술적으로나 업무량으로나 별게 아니라는 것을 압니다. 하지만 양 총엔지니어, 당신 머리는 나사가 하나 빠졌어. 붉은 태양에 초강력 전파를 발사하는 행위가 정치적으로 어떤 의미를 지니는지 생각해봤습니까?"

양웨이닝과 예원제는 순간 할 말을 잃었다. 그들은 그 이유가 황당하다고 전혀 생각하지 않았다. 반대로 그것을 미처 생각하지 못한 데 두려움을 느꼈다. 그 시대에는 모든 사물에 대한 정치적 해석이 황당할 정도로 극단적이었기 때문에 예원제가 제출한 연구 보고서도 레이즈청이 반드시 꼼꼼하게 감수하고 태양 기술 용어를 반복해서 심사숙고한 뒤 수정해야 했다. 예를 들어 '태양 흑점' 같은 단어가 눈에 띄어서는 안 되었다. 태양에 초강력 전파를 발사하는 실험에 대한 긍정적 해석을 1000개도 더 말할 수 있다 하더라도 부정적인 해석이 단 하나라도 나온다면 누구든 대재앙을 맞을 것이었다. 레이즈청이 실험을 거절한 것도 바로 이 때문이었다. 확실히 반론의 여지가 없었다.

그러나 예원제는 포기하지 않았다. 모험을 하는 수밖에 없었다. 그것은 쉬웠다. 홍안 발사 시스템의 발사기는 초강력 일류 설비로 전부 문화대혁명 기간에 생산한 국산 부품을 사용했다. 품질이 나빠 고장률이 높았고 열다섯 번 발사하면 전면적으로 점검 수리를 해야 했다. 점검 수리가 끝나면 시운전을 하는데 이 시험 발사에 참여하는 사람은 매우 적었다. 목표와 기타 발사 매개변수 역시 비교적 자유로웠다.

어느 날, 당직을 서던 예원제는 점검 수리 후 시험 발사에 투입되었다. 시험 발사는 조작 과정을 많이 생략하기 때문에 현장에는 예원제 외에 다섯 명뿐이었다. 그중 세 명은 설비 원리에 관한 지식이 별로 없는 조작 담당자였고 나머지 기술자 한 명과 엔지니어 한 명은 이틀 동안 계속된 점검 수리로 피곤에 지쳐 시험 발사에 신경 쓰지 않았다. 예원제는 발사 일률을 태양 반사 증폭 이론상의 역치에 맞추고(이것은 홍안 발사 시스템의 최대 일률이었다) 에너지 거울에 증폭될 가능성이 가장 큰 주파수대로 주파수를 설정했다. 안테나 기계 성능 시험을 빌미로 안테나를 서쪽 태양으로 조준했다. 발사 내용은 정규 발사와 같았다.

1971년 가을, 화창한 오후의 일이었다. 이후 예원제는 당시를 여러 번 회상했지만 특별한 감정을 느끼지 못했다. 그저 초조하게 발사가 빨리 끝나기만 바랐다. 현장에 있는 동료들에게 발각될까 봐 두려웠다. 둘러댈 이유는 이미 다 생각해두었지만 부품을 손상시킬 수 있는 최대 일률로 발사 실험을 하는 것은 비정상적인 일이었기 때문이다. 게다가 홍안 발사 시스템 설비는 태양을 조준하기 위해 설계된 것이 아니어서 손으로 광학 시스템을 만져보니 델 것처럼 뜨거웠다. 만약 타버리면 일이 번거로워질 터였다. 태양이 서쪽으로 뉘엿뉘엿 지자 예원제는 수동으로 조작할 수밖에 없었다. 그러자 홍안 안테나가 거대한 해바라기처럼 지고 있는 태양을 향해 천천히 움직였다. 발사 완료를 알리는 붉은 등이 켜졌을 때 그녀의 몸은 땀으로 흠뻑 젖어 있었다. 고개를 돌려 보니 조작 담당자 세 명은 콘솔에서 매뉴얼에 따라 순서대로 설비를 끄고 있었다. 엔지니어는 통제실 한쪽에서 물을 마시고 있었고 기술자는 긴 의자에 기대 졸고 있었다. 나중에 역사학자나 작가들이 어떻게 묘사했든, 당시의 진짜 상황은 이렇게 평범했다.

발사가 완료되자 예원제는 통제실에서 튀어나와 양웨이닝 사무실로 뛰어들어가 헉헉거리며 말했다.

"기지 무선통신기를 1만 2000메가헤르츠로 수신하라고 하세요!"

양 총엔지니어는 땀범벅이 된 예원제의 얼굴을 이상하다는 눈으로 바라보며 말했다.

"뭘 수신해요?"

민감도가 높은 홍안 수신 시스템에 비하면 기지에서 외부 연락용으로 사용하는 무선통신기는 장난감에 불과했다.

예원제가 말했다.

"뭔가를 수신할 수 있을 거예요. 홍안 시스템은 수신 상태로 전환할 시간이 없어요!"

정상적인 상황이라면 홍안 수신 시스템의 예열과 전환에 10여 분 남짓 걸리지만 지금은 수신 시스템도 점검 중이었다. 모듈을 모두 분해한 채 아직 조립하지 않아 단기간 내에 운행이 불가능했다.

양웨이닝은 예원제를 몇 초 쳐다보더니 이윽고 전화기를 들어 통신실에 명령했다.

"무선통신기 정밀도로는 달에 사는 외계인의 신호 정도나 받을 수 있을 겁니다."

예원제가 말했다.

"신호는 태양에서 올 겁니다."

멀리 산 정상에서 끝 부분만 남은 태양이 붉은빛을 쏟아내고 있었다.

양웨이닝이 긴장된 목소리로 물었다.

"홍안 시스템으로 태양에 신호를 보냈다는 말입니까?"

예원제는 고개를 끄덕였다.

"이 일은 다른 사람에겐 말하지 마세요. 이번이 마지막입니다. 절대로 마지막이에요!"

양웨이닝이 경계의 눈초리로 문 쪽을 바라보았다.

예원제는 다시 고개를 끄덕였다.

"이게 무슨 의미가 있겠습니까. 돌아오는 전파는 미미해서 무선통신기의 수신 능력을 크게 벗어날 텐데."

"아니에요. 내 추측이 맞다면 돌아오는 전파는 강력할 거예요. 그 강도는…… 상상하기 어려울 정도입니다. 발사 일률이 역치를 초과하기만 하면 태양은…… 몇억 배로 전파를 증폭할 거예요!"

양웨이닝이 다시 예원제를 이상하다는 듯 쳐다봤다. 예원제는 침묵했다. 두 사람은 조용히 기다렸다. 양웨이닝은 예원제의 숨소리와 심장 뛰는 소리를 똑똑하게 들을 수 있었다. 방금 그녀에게 한 말은 건성으로 한 것이었다. 그저 오랫동안 감춰온 감정이 튀어나오는 것을 억제하기 위한 것이었다. 하지만 그는 자신을 억제하며 기다리는 수밖에 없었다. 10분 뒤 양웨이닝은 통신실에 전화를 걸어 두 가지만 간단하게 물었다. 그리고 전화기를 내려놓으며 말했다.

"아무것도 수신하지 못했답니다."

예원제는 길게 숨을 내뱉고는 한참 뒤에야 고개를 끄덕였다. 그런 예원제에게 양웨이닝이 두꺼운 편지 봉투를 건넸다.

"그 미국인 천문학자에게 답장이 왔습니다."

편지 봉투에는 세관 도장이 가득 찍혀 있었다. 예원제는 즉시 봉투를 뜯어 해리 피터슨의 편지를 쭉 훑어보았다. 편지에는 중국에도 행성 전자기학을 연구하는 사람이 있다니 놀랍고 자주 연락하며 협력하기를 바란다고 쓰여 있었다. 그가 보낸 종이 위쪽에는 목성에서 온 두 번의 전자기 복사 파형이 완벽하게 기록되어 있었다. 파형은 긴 신호 기록지를 복사한 것 같았다. 예원제는 복사된 자료 몇십 장을 바닥에 두 줄로 늘어놓았다. 반을 펼쳐놓았을 때 그녀의 희망은 사라졌다. 두 차례의 태양 간섭 파형은 너무나 잘 알고 있었다. 두 파형은 맞지 않았다.

예원제는 바닥에 두 줄로 늘어놓은 복사지를 다시 걸었다. 양웨이닝도 그녀를 도왔다. 주워 든 종이를 오랫동안 깊이 사랑해온 여자에게 건넬 때, 고개를 저으며 애잔하게 웃는 그녀의 얼굴이 그의 가슴을 떨리게 했다.

그가 가볍게 물었다.

"왜 그래요?"

그는 자신이 그녀에게 한 번도 이처럼 가볍게 말을 건넨 적이 없다는 것을 의식하지 못했다.

"아무것도 아니에요. 그저 꿈에서 깨어난 것뿐이에요."

예원제는 웃으면서 말한 뒤 복사지와 편지를 들고 사무실을 나갔다. 그녀가 숙소로 돌아와 저녁을 먹으러 갔을 때 식당에는 만터우(饅頭)*와 장아찌밖에 남아 있지 않았다. 식당 사람은 불쾌한 기색으로 지금 문을 닫을 거라고 말했다. 그녀는 만터우를 들고 나와 절벽가로 가서 땅에 털썩 주저앉아 식어빠진 만터우를 한입 베어 물었다.

태양은 이미 졌다. 희뿌연 다싱안링이 마치 예원제의 삶 같았다. 이 회색빛 속에 꿈이 찬란하게 빛난 적이 있었다. 그러나 꿈은 언젠가는 깨지는 것이었다. 태양은 또 뜨겠지만 그 태양은 새로운 희망을 가져오지 않을 것이었다. 예원제는 자신의 남은 생을 생각했다. 역시 끝없는 회색빛뿐이었다. 눈에 눈물이 가득 고였다. 그녀는 웃으며 식은 만터우를 계속 먹었다.

예원제는 몰랐지만 바로 그때 지구 문명이 우주로 발사한 첫 번째 목소리가 지저귐이 되어 태양을 중심으로 광속으로 우주 전체에 퍼졌다. 항성급 일류의 강력한 전파가 거대한 조수(潮水)처럼 목성 궤도를 지나고 있었다.

이때 1만 2000메가헤르츠 주파수대에서 태양은 은하계에서 가장 밝은 별이 되었다.

* 옮긴이 주: 밀가루 반죽을 발효시켜 쪄낸 소가 없는 찐빵.

홍안 6

이후 8년은 예원제 일생에서 가장 평온한 시간이었다. 문화대혁명 중에 겪은 놀람과 공포도 점차 가라앉아 그녀는 정신적인 긴장을 조금 늦출수 있었다. 홍안 공정은 실험과 적응기를 지나 정상 상태로 들어갔고 해결이 필요한 기술 문제도 줄어들어 일과 생활이 규칙적으로 변했다.

안정이 찾아오자 긴장과 공포로 억압되어 있던 기억이 깨어나기 시작했다. 진정한 고통은 그때부터가 시작이었다. 악몽 같은 기억이 죽었다 살아나는 불씨처럼 점점 더 왕성하게 타올라 그녀의 영혼을 불태웠다. 일반여성이었다면 시간이 흐르면서 상처도 점차 아물었을 것이다. 혁명 중에그녀 같은 경험을 한 여성은 많았다. 그들에 비하면 예원제는 운이 좋은편이었다. 하지만 예원제는 과학자였다. 그녀는 망각을 거부하고 이성의눈으로 자신에게 상처를 안겨준 광기와 편집을 직시했다.

예원제가 인류의 악한 일면을 이성적으로 생각하게 된 것은 『침묵의봄』을 본 그날부터였다. 양웨이닝과의 관계가 가까워지면서 예원제는 그를 통해 외국어로 된 철학과 역사 고전 작품을 구해 읽었다. 낭자한 유혈로 점철된 인류의 역사를 보면서 소름이 돋았고 사상가들의 위대한 사유는 그녀를 인간 본성의 가장 비밀스러운 곳으로 인도했다.

세상과 동떨어진 무릉도원 같은 레이더봉에서도 인간의 비이성적인 광기를 매일 눈으로 확인할 수 있었다. 예원제는 산 아래 숲이 과거 그녀의 전우였던 사람들에 의해 날마다 미친 듯이 벌목되어 황무지가 되어가는 것을 보았다. 마치 다싱안링의 피부가 벗겨진 것처럼 보였다. 오히려 조금 남아 있는 숲이 더 비정상적으로 보였다. 황무지를 태우는 불길이 벌거벗은 산과 들에서 솟아났고 레이더봉은 그 불바다에서 도망친 새들의 피난처가 되었다. 불길이 솟아오르면 기지의 새들이 처량하게 우는 소리가 끊이지 않았고 그들의 깃털도 모두 까맣게 탔다.

더 먼 외부 세계에서는 인간의 광기가 역사상 최고조에 달했다. 미국과 소련의 패권 다툼이 가장 치열했던 시기라 두 대륙에는 수많은 미사일 지하기지가 있었고 유령처럼 심해를 잠수하는 전략적 핵잠수함에는 지구를 수십 번 멸망시킬 수 있는 핵무기가 탑재되어 있었다. 그야말로 일촉즉발 상태였다. '폴라리스'나 '태풍'급 잠수함 한 척에 있는 다목표 핵탄두만으로도 도시 몇백 개를 날려 수억 명을 죽일 수 있었다. 그러나 사람들은 이것이 자기와는 상관없다는 듯 그저 웃어넘겼다.

천체물리학자인 예원제는 핵무기에 매우 민감했다. 그것이 항성에나 있는 힘이라는 것을 알았기 때문이다. 그러나 우주에는 더 무서운, 블랙홀과 반물질 등이 있다. 그에 비하면 수소폭탄은 촛불에 불과했다. 만일 인류가 그 힘 중 하나를 얻는다면 세상은 순식간에 격화될 것이며 광기 앞에 이성은 무력해질 것이다.

홍안 기지에 들어온 지 4년 뒤에 예원제와 양웨이닝은 가정을 꾸렸다. 양웨이닝은 예원제를 진심으로 사랑했다. 그는 사랑을 위해 자신의 앞날을 포기했다. 문화대혁명이 가장 치열했던 시기가 지나 정치 환경이 상대적으로 완화되었기 때문에 양웨이닝은 결혼으로 박해받지 않았다. 그러나 반혁명 분자라는 꼬리표를 단 아내 때문에 정치적으로 성숙하지 않다고 여겨져 총엔지니어 자리를 박탈당했다. 그는 부인과 함께 일반 기술자 신분으로 기지에 남을 수 있었다. 기지는 기술적인 문제 때문에라도 그들을 떠나보낼 수 없었다. 예원제가 양웨이닝의 사랑을 받아들인 것은 보답하고 싶은 마음 때문이었다. 가장 위험했던 순간에 그가 자신을 세상과 격리된 이 피난처로 데려오지 않았다면 그녀는 일찌감치 이 세상 사람이 아니었을 것이다. 양웨이닝은 재능이 많고 기품과 수양도 다 갖춘 사람으로 예원제가 싫어하는 부류는 아니었다. 그러나 그녀의 마음은 이미 까맣게 타버려 사랑의 불꽃을 다시 피우기는 어려웠다.

인간 본성에 대한 생각은 예원제를 심각한 정신적 위기로 몰아넣었다. 그녀가 직면한 위기는 우선 헌신할 목표가 없어졌다는 것이다. 이상주의자였던 그녀에게는 자신의 재능을 바칠 위대한 목표가 있어야 했다. 그러나 당시 그녀는 자신이 예전에 했던 모든 것이 아무 의미 없고 앞으로도 계속 그렇다는 것을 깨달았다. 이런 생각에 빠져들자 세계가 점점 낯설어졌다. 그녀는 이 세계에 속하지 않았다. 계속된 정신적 방황이 그녀를 괴롭혔다. 가정을 이룬 후 그녀의 영혼은 오히려 돌아갈 곳을 잃었다.

그날 예원제는 야간 당직조였다. 가장 고독한 시간이었다. 조용한 한밤중에 우주는 아득한 쓸쓸함만을 들려주었다. 예원제가 가장 보고 싶지 않은 것이 모니터에서 천천히 이동하는 곡선이었다. 그것은 홍안이 수신한 우주 전파 파형으로 늘 무의미한 잡음이었다. 예원제는 이 끝없는 곡선이 추상적인 우주라는 생각이 들었다. 한 줄은 무한히 이어지는 과거이고 다른 한 줄은 무한히 이어지는 미래, 그리고 중간에는 생명 없는 불규칙한 기복만 있었다. 높낮이가 들쭉날쭉한 파구는 크기가 제각각인 모래 같았고 곡선 전체는 모래 입자가 길게 늘어서서 생긴 사막 같았다. 황량하고 적막했으며, 참을 수 없을 만큼 길었다. 그것을 따라 앞으로 또는 뒤로 무한히 멀리 갈 수는 있지만 영원히 귀결점을 찾지 못할 것 같았다.

그러나 오늘, 파형 모니터를 살펴본 예원제는 조금 이상한 점을 발견했다. 전문가라고 해도 육안으로는 파형에 정보가 담겨 있는지 잘 알 수 없었다. 하지만 우주 잡음의 파형을 너무나 잘 알고 있는 예원제는 지금 눈앞의 파형에 무엇인가가 담겨 있다는 것을 알 수 있었다. 가느다란 선에 갑자기 영혼이 생긴 것 같았다. 그녀는 눈앞의 전파가 지능이 있는 생명체가 만든 것이라고 확신했다! 예원제는 다른 컴퓨터 앞으로 가서 지금 받은 내용의 식별 정도를 확인했다. 식별 정도가 AAAAA였다! 과거 홍안이 수신한 우주 전파는 식별 정도가 C를 넘은 적이 없었다. A에 도달하면 지능형 정보를 포함할 가능성이 90퍼센트 이상이었다. 그리고 A가 연속 다섯 개인 상황은 수신한 정보가 홍안이 사용한 언어로 되어 있다는 뜻이었다! 예원제는 홍안 자체 해석 시스템을 가동했다. 이 소프트웨어는 식별 정도 B 이상의 정보만 해석할 수 있는데 홍안 감청 과정에서 공식적으로 사용한 적이 한 번도 없었다. 소프트웨어를 시험 운행하면서 지능이 담긴 코드를 해석해보았지만 번역에 며칠, 심지어 몇 달의 연산 시간이 걸렸고 나온 결과는 대부분 실패였다. 그러나 이번에는 오리지널 문서를 넣자마자 즉시 모니터에 해석이 떴다. 예원제는 결과 파일을 열었다. 인류가 우주의 다른 세계에서 온 정보를 처음으로 읽는 순간이었다. 그러나 내용은 예상 밖이었다. 그것은 경고문이었다.

대답하지 마라!

대답하지 마라!

대답하지 마라!

머리가 아찔하고 눈앞이 캄캄해지는 흥분과 의문 속에 예원제는 다음 단락을 읽었다.

이 세계가 당신들의 정보를 받았다.

나는 이 세계의 평화주의자다. 내가 먼저 당신들의 정보를 수신한 것은 행운이다. 경고한다. 대답하지 마라! 대답하지 마라! 대답하지 마라!

당신들의 방향에는 1000만 개의 항성이 있다. 대답하지 않으면 이 세계는 송신원의 위치를 파악할 수 없다.

하지만 대답을 하면 송신원 위치가 파악되어 당신들의 행성계는 침략당하고 당신들의 세계는 점령당할 것이다!

대답하지 마라! 대답하지 마라! 대답하지 마라!

모니터에서 반짝이는 녹색 글자를 본 예원제는 냉정하게 생각할 수가 없었다. 흥분과 감동으로 억제된 이성은 한 가지 사실만 이해할 수 있었다. 지난번 태양으로 정보를 발사한 지 9년이 채 안 되었다. 그렇다면 이 정보의 송신원은 지구에서 겨우 4광년 정도 떨어져 있다는 것이었다. 그것은 우리와 가장 가까운 항성계인 켄타우루스자리 알파였다!

우주는 황량하지 않았다. 우주는 공허하지 않았다. 우주는 생기로 충만했다! 인간은 우주 끝까지 눈길을 주었지만 가장 가까운 항성에 지능을 가진 생명체가 존재하고 있다는 것은 상상도 못 했다.

예원제는 모니터에 나타나는 파형을 보았다. 홍안 안테나로 정보가 끊임없이 들어왔다. 그녀는 실시간 해석 소프트웨어를 가동해 받은 정보를 즉시 해석했다. 이후 네 시간여 동안 예원제는 삼체 세계의 존재를 알게 되었고 끊임없이 부활하는 문명이라는 것과 그들이 행성 간 이민을 준비하고 있다는 것도 알게 되었다.

새벽 4시 정도에 켄타우루스자리에서 오는 정보가 끊어졌다. 해석 시스템도 결과 없음 상태를 보여주었다. 다시 우주의 황량한 잡음만 들렸다.

그러나 예원제는 방금 벌어진 모든 일이 꿈이 아니라고 확신했다.

태양은 분명 초대형 안테나였다. 그러나 8년 전 실험에서는 반사 전파를 아무것도 받지 못했다. 어째서 목성의 복사 파형과 태양 복사는 맞아떨어지지 않은 것일까? 예원제는 나중에 여러 원인을 생각해냈다. 기지의 무선통신기가 그 주파수대의 전파를 전혀 수신하지 못했거나, 수신했지만 잡음과 섞여 아무것도 받지 못했을 수도 있었다. 후자라면 태양이 전파를 증폭한 동시에 파형이 겹친 것일 수도 있었다. 이 파형은 규칙적이어서 외계 문명의 해석 시스템에서 쉽게 제거되었을 것이다. 하지만 그녀가 육안으로 봤을 때 목성과 태양의 복사 파형은 크게 달랐다. 나중에 겹쳐진 것은 사인파(sine wave)임이 증명되었다.

그녀는 경계의 눈초리로 주위를 둘러보았다. 주 통제실 당직자는 세 명이었다. 두 명은 한쪽에서 이야기를 나누고 있었고 한 명은 단말기 앞에서 졸고 있었다. 감청 시스템 정보 처리 부분에서 수신 내용 식별 정도와 해석 시스템을 볼 수 있는 단말기는 그녀 앞에 있는 이 두 대뿐이었다. 그녀는 조용하고 신속하게 수신한 정보를 전부 다중 비밀번호로 된 보이지 않는 서브 목록으로 이동시켜 1년 전에 수신한 잡음 속에 넣었다. 그러고는 간단한 정보를 홍안 발사 시스템의 캐시에 넣었다.

예원제는 일어나 감청 주 통제실 문을 나섰다. 동쪽 하늘에서 아침 햇살이 퍼지고 있었고, 차가운 바람이 그녀의 상기된 얼굴을 향해 몰아쳤다. 그녀는 아침 햇살이 비치는 돌길을 따라 발사 주 통제실로 걸어갔다. 그녀의 머리 위로 홍안 안테나가 우주를 향해 소리 없이 거대한 손바닥을 펼치고 있었다. 아침 햇살이 문 앞에 서 있는 보초병의 검은 그림자를 비추었다. 보초병은 예전만큼 그녀가 출입하는 것에 신경을 쓰지 않았다. 발사 주 통제실은 감청 주 통제실보다 훨씬 어두웠다. 예원제는 일렬로 늘어선 캐비닛을 지나 곧장 콘솔로 걸어가 스위치 10여 개를 익숙하게 움직여 발사 시스템 예열을 시작했다. 콘솔 옆에 앉아 있던 직원 두 명이 고개를 들고 피곤한 눈으로 그녀를 쳐다보았다. 그중 한 명이 고개를 돌려 벽에 걸린 시계를 올려다보았다. 한 명은 계속 졸았고 다른 한 명은 이미 여러 번 본 듯한 신문을 넘겼다. 기지에서 예원제는 정치적으로는 어떠한 지위도 없었지만 기술적으로는 일정한 자유가 있었다. 그녀는 발사 전에 늘 설비를 점검했기 때문에 사람들은 의심하지 않았다. 아직 발사 시간이 세 시간이나 남아 조금 이른 감이 있었지만 사전에 예열하는 것은 이상한 일이 아니었다.

길고 긴 30분이 흘러갔다. 그동안 예원제는 태양에너지 거울반사에 가장 적합한 위치로 발사 주파수를 재설정하고 발사 일률을 최대치로 설정해놓았다. 그다음 광학 위치 시스템의 접안렌즈에 두 눈을 대고 태양이 솟아오르는 지평선을 보았다. 그녀는 안테나 위치 시스템을 가동하고 방향대를 천천히 움직여 태양을 향해 조준했다. 거대한 안테나가 움직일 때 내는 육중한 진동이 주 통제실에 전해졌고 직원 하나가 또 한 번 예원제를 쳐다보았지만 역시 아무 말도 하지 않았다.

끝없이 이어진 산등성이 위로 태양이 완전히 떠오르자 홍안 안테나 위치기의 십자선 중심이 태양 위를 향했다. 이것은 전파 운행 각도를 고려해 조준한 것이었다. 발사 시스템 준비가 끝났다. 붉은색 발사 버튼은 컴퓨터 자판의 스페이스 같았다. 예원제는 발사 버튼 2센티미터 위에 손가락을 올려놓았다.

인류 문명의 운명이 이 가느다란 두 손가락에 달려 있었다. 예원제는 한 치의 망설임도 없이 발사 버튼을 눌렀다.

당직자 한 명이 졸린 목소리로 물었다.

"지금 뭐 하는 겁니까?"

예원제는 아무 말도 하지 않고 그저 미소를 지었다. 그리고 노란색 버튼을 눌러 발사를 중지시키고 방향대를 다시 움직여 안테나 방향을 바꾸었다. 그러고는 콘솔에서 벗어나 밖으로 걸어 나갔다.

당직자는 시간을 확인하고는 퇴근 준비를 했다. 일지를 가져다 방금 예원제가 발사 시스템을 가동한 것을 기록하려고 했다. 이상한 점이 많았기 때문이다. 하지만 기록 종이테이프에 찍힌 발사 시스템 가동 시간이 3초도 안 된 것을 보고 일지를 제자리에 던지고 하품을 하면서 군모를 쓰고 밖으로 나갔다. 그때 우주를 향해 날아간 정보는 다음과 같았다.

이곳에 오십시오. 나는 당신들이 이 세계를 얻는 것을 돕겠습니다. 우리 문명은 이미 자신의 문제를 해결할 능력을 잃었습니다. 당신들의 힘이 필요합니다.

막 떠오른 태양을 마주하자 머리가 핑 돌고 눈앞이 캄캄해졌다. 문을 나와 몇 발짝 걷지도 못하고 그녀는 바닥에 쓰러졌다. 깨어나니 의무실이었다.

양웨이닝이 몇 년 전 헬기에서처럼 침대 옆에서 그녀를 따뜻하게 바라보고 있었다. 의사가 예원제에게 임신했으니 휴식을 취하라고 말했다.

죽음의 꽃

예원제의 말에 홀은 적막에 휩싸였다. 그 자리에 있던 대다수가 처음 듣는 이야기인 듯했다. 왕먀오 역시 깊이 빠져들어 위험과 공포를 잠시 잊고 자기도 모르게 물었다.

"그렇다면 삼체 조직은 어떻게 지금 같은 규모로 발전하게 되었습니까?"

예원제가 말했다.

"그것은 에번스부터 말해야겠지……. 하지만 그 역사는 이 자리에 계신 동지 여러분은 다 아실 테니 말하지 않겠습니다. 자네에겐 나중에 따로 말해주겠네. 그럴 기회가 있을지는 자네에게 달려 있어. 왕먀오, 이제 당신이 연구하는 나노 소재에 대해 말해주게나."

왕먀오가 물었다.

"당신들이 말하는…… 주는, 왜 나노 소재를 두려워합니까?"

"그것이 인간을 지구 인력에서 벗어나 대규모로 우주에 진입할 수 있게 하기 때문이라네."

왕먀오가 다시 물었다.

"우주 엘리베이터 말입니까?"

"그렇다네. 초고강도 소재가 대규모로 생산된다면 지표면에서 지구와 같은 궤도로 향하는 우주 엘리베이터를 건설하는 기술이 생기는 거야. 그것은 작은 발명에 불과하지만 인류에게는 중대한 의미가 있지. 인류는 이런 기술을 이용해 지구에서 가까운 우주에 쉽게 진입할 수 있게 되고 우주에 대규모 방위 체제를 건설하는 것이 가능해지거든. 그렇기 때문에 이 기술을 반드시 없애야 하지."

왕먀오는 자신이 가장 두려워하는 질문을 했다.

"카운트다운의 마지막은 무엇입니까?"

예원제가 미소를 띠며 답했다.

"나도 모른다네."

왕먀오가 큰 소리로 말했다.

"당신들이 이렇게 하는 건 의미 없습니다! 그건 기초 연구가 아닙니다. 누구나 할 수 있는 겁니다!"

"의미는 없어. 연구자의 사상을 교란시키는 것이 가장 효과적이지만 지금 우리는 그것조차 제대로 하고 있지 못해. 자네가 말한 것처럼 그것은 응용연구라 기초 연구처럼 그렇게 효과적이지 않고……."

"기초 연구라면, 당신 딸은 어떻게 죽은 것입니까?"

이 질문에 예원제는 몇 초 동안 침묵했다. 왕먀오는 그녀의 눈빛이 미세하게 어두워지는 것을 놓치지 않았다. 하지만 그녀는 이내 조금 전 화제로 돌아왔다.

"사실, 위대한 능력을 지닌 주 앞에서 우리가 하는 모든 일은 아무 의미가 없다네. 우리는 그저 우리가 하고 싶은 일을 하는 것뿐이지."

예원제의 말이 끝나자마자 쿵, 하는 굉음과 함께 식당 문 두 개가 열리면서 소총을 든 군인들이 쏟아져 들어왔다. 무장한 정규군이었다. 그들은 벽에 붙어 소리 없이 다가와 삼체 반군 주위를 포위했다. 맨 마지막에 스창이 들어왔다. 그는 주위를 훑어보고는 갑자기 앞으로 튀어나가 권총으로 뭔가를 내리쳤다. 그러자 금속이 머리뼈에 부딪치는 둔탁한 소리가 나고 삼체 전사 한 명이 바닥으로 쓰러졌다. 삼체 전사는 총을 뽑을 틈도 없이 나가떨어졌다. 군인들이 하늘에 대고 총을 몇 발 쏘자 천장이 내려앉으며 먼지를 일으켰다. 그 순간 누군가 왕먀오를 끌어당겨 삼체 반군 속에서 재빨리 끌어내 병사들 뒤로 데려갔다.

스창이 자신의 뒤에 소총을 들고 서 있는 군인들을 가리키며 말했다.

"무기 내려놔! 움직이면 총구멍을 내주겠다. 너희가 목숨을 아까워하지 않는다는 거 안다. 하지만 우리도 목숨을 버릴 각오로 들어왔다! 치외법권 따위는 너희에게 적용되지 않는다. 전쟁 관련 법률 역시 마찬가지다. 너희가 전 인류를 적으로 설정했으니 우리도 거리낄 것이 없다!"

삼체 반군 속에서 소란이 일어났지만 크게 허둥대지는 않았다. 예원제도 침착했다. 사람들 틈에서 갑자기 반군 세 명이 튀어나왔다. 그중에는 판한의 목을 비튼 아름다운 여자아이도 있었다. 그들은 계속 움직이는 삼체 예술품으로 달려가 떠 있는 금속 구체를 끌어안았다.

여자아이가 반짝이는 금속 구체를 두 손으로 받쳐 들었다. 가녀린 몸매가 리듬체조 선수 같았다. 그녀는 사람의 마음을 흔드는 아름다운 미소와 맑은 목소리로 말했다.

"경찰 여러분, 우리가 들고 있는 것은 원자폭탄입니다. 하나가 1500톤급이죠. 크지는 않아요. 우리는 작은 장난감을 좋아하거든요. 이게 폭발 스위치고요."

홀 안의 모든 것이 일순 얼어붙었다. 스창만이 유일하게 움직였다. 그는 총을 왼쪽 어깨에 찬 총집에 넣고 태연하게 손을 탁탁 털었다.

여자아이가 이어 말했다. 그 모습이 조금 요염해 보였다.

"우리의 요구는 간단해요. 총사령관을 내보내주세요. 그다음 우리 다 함께 놀죠."

예원제가 침착하게 말했다.

"나는 동지들과 함께할 겁니다."

스창이 옆에 있던 폭발물 전문가에게 낮은 소리로 물었다.

"저 여자애 말이 사실인가?"

폭발물 전문가가 구체를 들고 있는 사람들 앞에 비닐봉지를 던졌다. 봉지 안에는 용수철저울이 있었다. 금속 구체를 들고 있던 삼체 전사 한 명이 봉지를 들어 저울을 꺼낸 뒤 구체를 봉지에 담고 저울에 쟀다. 그러고는 봉지를 높이 들어 올려 흔들더니 구체를 꺼내 바닥에 던졌다. 여자아이가 하하, 하고 웃었다. 그 모습을 지켜보던 폭발물 전문가도 경멸의 웃음을 날렸다. 구체를 들고 있던 또 다른 사람도 똑같이 하고는 역시 바닥에 던졌다. 이번에는 여자아이가 웃으며 비닐봉지를 받아 구체를 넣었다. 저울에 재는 순간, 줄이 획 끝까지 내려갔다.

폭발물 전문가의 얼굴이 딱딱하게 굳었다.

"원자폭탄이 맞습니다."

스창은 아무 말도 하지 않았다.

폭발물 전문가가 이어 말했다.

"속에 중원소 분열 물질이 있을 겁니다. 기폭 시스템이 가능한지는 아직 모르겠습니다."

군인들의 레이저 조준경 불빛이 폭탄을 들고 있는 여자아이의 몸에 집중되었다. 죽음의 꽃은 손에 1500톤급 TNT*를 들고 환하게 웃었다. 무대에서 스포트라이트를 받으며 박수와 환호에 화답하는 것 같았다.

폭발물 전문가가 스창의 귀에 대고 말했다.

"방법이 하나 있습니다. 저 구체를 맞히는 겁니다."

"폭발하지 않나?"

"외부에 있는 폭약만 터지면 폭약이 흩어지기 때문에 내파를 일으키지 못해 중심에 있는 핵 폭약을 압축시키지는 못할 겁니다. 그러면 핵폭발이 일어나진 않습니다."

스창은 폭탄을 들고 있는 여자아이를 주시했다.

폭발물 전문가가 물었다.

"저격수는 배치했습니까?"

스창이 거의 보이지 않게 고개를 저었다.

"적당한 위치가 없어. 저 여자애는 귀신같이 눈치가 빨라 저격수를 배치했다간 금세 알아챌걸."

말을 마친 스창은 사람들을 헤치고 비어 있는 중앙으로 걸어갔다.

"멈춰."

핵폭탄을 든 여자아이가 스창에게 경계의 눈빛을 보냈다. 오른손 엄지 손가락으로 폭발 스위치를 단단히 잡고 있었다. 손톱의 매니큐어가 빛에 반짝였다.

스창은 여자아이에게서 7~8미터 떨어진 곳에 멈춰 옷에서 편지 한 통을 꺼냈다.

"천천히 하자고. 네가 궁금해할 일이 있는데…… 네 어머니를 찾았다."

---

* 옮긴이 주: 탄화수소인 톨루엔이 주원료인 폭발성 화학물질로 군용·공업용 폭약으로 많이 이용한다.

여자아이의 의기양양한 눈빛이 일순 어두워졌다. 두 눈이 그녀의 내면을 비추는 것 같았다.

그 틈을 타 스창이 두 발짝 다가가 여자아이와의 거리를 5미터 정도로 줄였다. 여자아이는 경계하며 폭탄을 들고 눈빛으로 그를 제지했다. 하지만 그녀의 주의력은 크게 분산되었다. 가짜 폭탄을 가지고 있던 두 사람 중 한 명이 스창에게 다가와 그가 쥐고 있는 편지를 가져가려고 손을 뻗었다. 순간 스창이 번개처럼 총을 뺐다. 하지만 그 동작은 편지를 빼앗으려는 사람에게 가려 여자아이에게는 보이지 않았다. 그녀는 편지를 가지러 간 사람의 귓가가 번쩍인 것과 들고 있던 폭탄이 눈앞에서 폭발한 것만 보았다.

굉음이 음울하게 울려 퍼지자 눈앞이 까매지면서 아무것도 보이지 않았다. 누군가 왕먀오를 식당 밖으로 밀어냈다. 누런색 짙은 연기가 문에서 쏟아져 나왔고 우당탕하는 소리와 총성이 몇 차례 오갔다. 연기 속에서 사람들이 끊임없이 쏟아져 나왔다. 왕먀오는 다시 안으로 들어가려 했지만 폭발물 전문가가 그의 허리를 잡았다.

"조심하세요. 방사능이에요!"

금세 혼란이 가라앉았다. 10여 명의 삼체 전사가 사살당했고 예원제를 포함한 200여 명이 잡혔다. 폭탄을 들고 있던 여자아이는 형체를 알아보기 어려웠다. 폭발이 좌절된 폭탄은 그녀 한 명만 죽였고 편지를 빼앗으려고 스창에게 다가온 사람은 중상을 입었다. 그가 방패막이가 된 덕분에 스창은 가벼운 상처만 입었지만, 그 안에 있던 다른 사람들과 마찬가지로 방사능에 피폭되었다.

왕먀오는 구급차의 작은 창을 통해 스창을 바라보았다. 머리에 난 상처에서 피가 흐르고 있었다. 그의 상처를 치료해주는 간호사는 투명한 방호

복을 입고 있었다. 스창과 왕먀오는 휴대전화로 이야기할 수 있었다.

왕먀오가 물었다.

"그 여자애는 누구였습니까?"

스창이 입이 찢어져라 웃었다.

"난들 아나. 그냥 때려맞힌 거지. 그런 여자애라면 오랫동안 엄마를 못 봤을 게 뻔해. 이 바닥에 20여 년 구르면 사람 보는 눈이 조금 생기거든."

"당신이 이겼습니다. 정말 누군가의 음모였어요."

왕먀오는 차 안에 있는 스창이 봤으면 하는 마음으로 웃음을 지어 보이려고 노력했다.

스창이 웃으며 고개를 저었다.

"뭘, 당신이 이겼지. 빌어먹을, 정말 외계인이 관련되었을 줄 누가 알았겠어!"

레이즈청과 양웨이닝의 죽음

―――――――――

심문관 : 이름?

예원제 : 예원제.

심문관 : 출생년월?

예원제 : 1947년 6월.

심문관 : 직업?

예원제 : 칭화대학교 물리학과 천체물리학 교수로 일하다 2004년 퇴직했습니다.

심문관 : 몸이 불편하면 대화 중간에 말하십시오. 쉬었다 하겠습니다.

예원제 : 고맙지만 괜찮습니다.

심문관 : 오늘 진행하는 심문은 일반 형사사건 조사입니다. 더 높은 차원의 내용까지는 묻지 않겠습니다. 그것은 이번 조사의 주요 부분이 아니기 때문입니다. 우리는 이 조사가 빨리 끝나기를 바라고 당신이 협조해주기를 바랍니다.

예원제 : 무슨 말인지 알겠습니다. 협조하겠습니다.

심문관 : 조사 중 훙안 기지에서 일하던 시기에 살해혐의가 있었던 것으로 밝혀졌습니다.

예원제 : 두 사람을 죽였습니다.

심문관 : 날짜는?

예원제 : 1979년 10월 21일 오후입니다.

심문관 : 피해자 이름은?

예원제 : 기지 정치위원 레이즈청과 기지 엔지니어이자 제 남편인 양웨이닝입니다.

심문관 : 살해한 동기를 말하십시오.

예원제 : 당신이 관련 배경을 알고 있다고 가정해도 되겠습니까?

심문관 : 기본적인 것은 알고 있습니다. 모르는 부분이 있으면 질문하겠습니다.

예원제 : 알겠습니다. 외계의 정보를 받고 답장을 보낸 그날, 그 정보를 받은 사람이 나 혼자가 아니라는 것을 알았습니다. 레이즈청도 받았습니다. 레이 정치위원은 그 시대의 전형적인 정치 간부로 정치적 신경이 매우 예민했습니다. 당시 말로 해서, 계급 투쟁이라는 신경이 바짝 조여졌지요. 그는 훙안 기지 대부분의 기술자들 모르게 메인 컴퓨터 속에 별도의 관리 시스템을 만들어 프로그램을 가동시켰습니다. 그 프로그램은 발사와 수신 정보를 읽고 읽은 내용을 기밀 파일에 저장했습니다. 이렇게 훙안 시스템에서 발사되고 수신된 정보를 복사본으로 만들어 자신만 읽을 수 있도록 했습니다. 바로 그 복사본 중에서 그는 훙안이 외계 문명 정보를 수신했다는 것을 발견했습니다. 내가 막 떠오르는 태양을 향해 답장을 발사한 그날 오후, 의무실에서 아이를 가졌다는 사실을 알게 된 그날, 레이즈청이 나를 자신의 사무실로 불렀습니다. 나는 그의 책상에 있는 모니터에 어제

삼체 세계에서 받은 정보가 나타나 있는 것을 보았습니다.

"첫 번째 정보를 수신하고 지금까지 여덟 시간이 지나도록 보고를 안 하고 오리지널 정보를 삭제하고 숨겼습니다. 왜 그랬습니까?"

나는 고개를 숙인 채 아무 말도 하지 않았습니다.

"다음에 할 일은 뻔하군요. 답신을 보내려고 했겠지. 내가 제때 발견했으니 망정이지 전 인류 문명이 당신 손에서 멸망할 뻔했군! 물론 이 말은 우리가 우주의 침입을 두려워한다는 말이 아니오. 만 보 양보해서 그런 일이 정말 발생한다면 그들은 인민전쟁의 망망대해에 빠질 것입니다!"

그제야 그가 아직 내가 이미 회신을 보냈다는 사실을 모른다는 것을 알았습니다. 회신 정보를 발사 버퍼에 넣을 때 무심코 평소 사용하는 미디어 컨트롤 인터페이스를 사용하지 않아 그의 감시 프로그램을 피할 수 있었던 것 같습니다.

"예원제, 이런 일을 한다는 건 당신이 당과 인민에게 계속 원한을 품고 있었다는 뜻입니다. 복수의 기회를 놓치지 않은 거지. 이 일의 결과를 알고 있습니까?"

물론 알고 있었습니다. 그래서 고개를 끄덕였습니다. 레이즈청은 잠시 침묵하더니 뜻밖의 말을 꺼냈습니다.

"예원제, 당신에겐 측은지심이 조금도 없소. 당신은 인민을 적으로 삼은, 인민 계급의 적이었소. 하지만 나와 양웨이닝은 여러 해를 같이한 전우요. 나는 그가 당신과 함께 철저히 파괴되는 것을 볼 수 없어. 그의 아이가 나락으로 함께 떨어지는 것은 더더욱 볼 수 없고. 당신 임신했지요?"

그의 말은 과장이 아니었습니다. 그 시대에는 그런 성격의 문제가 일단 발생하면 남편이 사건과 관계되었든 말든 무조건 같이 연루됩니다. 물론 아직 세상에 태어나지 않은 아이도 마찬가지고요.

레이즈청이 낮은 목소리로 말했습니다.

"지금 이 일은 당신과 나, 둘만 압니다. 지금 할 일은 이 사건의 영향을 최소한으로 줄이는 것입니다. 당신은 어떤 것에도 관여할 필요 없습니다. 그저 아무 일도 없었던 것처럼, 아무에게도 말하지 마세요. 물론 양웨이닝한테도. 나머지 일은 내가 알아서 처리할 겁니다. 예원제, 나를 믿어요. 당신이 협조만 한다면 무서운 결과는 피할 수 있습니다."

나는 그의 마음을 꿰뚫어 보았습니다. 그는 외계 문명을 처음으로 발견한 사람이 되려고 했습니다. 그것은 역사에 길이 남을 최고의 기회였지요.

나는 대답을 하고 사무실에서 나왔습니다. 그때 나는 이미 마음속으로 결정을 내렸습니다.

작은 스패너를 들고 수신 시스템 설비실로 들어가 메인 프레임 캐비닛을 열고 제일 아래에 있는 접지선 볼트를 느슨하게 풀었습니다. 자주 설비를 점검했기 때문에 아무도 내가 무엇을 하는지 주의 깊게 보지 않았습니다. 그러자 접지 저항이 0.6옴에서 단숨에 5옴으로 치솟고 수신 시스템의 간섭이 갑자기 커졌습니다.

당직 기술자들은 접지선 고장이라는 것을 즉시 알아차렸습니다. 그런 고장이 예전에도 몇 번 있었기 때문입니다. 하지만 그들은 기계실에 있는 접지선 설비가 잘못되었을 것이라고는 생각하지 못했습니다. 그곳은 단단하게 연결되어 있었고 보통 아무도 만지지 않기 때문입니다. 게다가 내가 방금 봤는데 괜찮았다고 말했으니 의심할 수 없었지요. 레이더봉 꼭대기는 특이한 지질 구조로 10여 미터 두께의 점토로 덮여 있었습니다. 그런 점토층은 전도성이 나빠 접지선을 묻고 나면 접지 저항이 요구 수준에 잘 도달하지 못했습니다. 접지 전극을 깊이 묻어도 소용없었습니다. 점토층이 도선을 금방 부식시켜 시간이 지나면 중간 부분부터 침식되어 절단되었습니다. 결국 접지선을 절벽 아래 점토층이 없는 곳까지 내려뜨려 접지 전극을 묻어야 했습니다. 그래도 접지가 불안정하고 저항은 늘 기준을 초과했습니다. 문제는 절벽에 있는 접지선이었습니다. 수리하는 사람이 밧줄에 매달린 채 내려가서 수리해야 했습니다. 당직반 기술자가 철기둥에 밧줄을 묶고 절벽으로 내려가 30분 뒤에 땀범벅이 되어 올라왔지만 고장 원인을 찾지 못했다고 했습니다. 감청부가 영향을 받게 되자 기지 지휘부에 보고하는 수밖에 없었습니다. 그때 나는 절벽 위 밧줄을 묶은 철기둥 옆에서 기다리고 있었습니다. 내가 예상한 대로 레이즈청이 그 기술자와 함께 왔습니다.

레이즈청은 존경할 만한 정치 공작 간부라고 말할 수 있을 겁니다. 시대가 그에게 요구하는 것을 충실히 수행했으니까요. 그는 '군중과 하나 되고 일선에 선다'라는 구호를 지켰습니다. 남들에게 보이려고 한 것이었겠지만, 그는 확실히 그랬습니다. 기지에서 위급하고 위험한 일이 발생하면 꼭 그가 있었습니다. 그리고 늘 잘해냈습니다. 그가 가장 많이 한 일이 접지선 수리라는 위험하고도 피곤한 일이었습니다. 그 일은 높은 기술을 요하는 것은 아니었지만 경험이 필요했습니다. 땅 위로 노출된 부분 가운데 눈에 잘 안 띄는 곳이 접촉 불량인 경우나 접지 전극을 매설한 부분이 건조해서 전도성이 떨어지는 경우도 있었기 때문입니다. 수리를 맡고 있던 지원병들은 기지에 온 지 얼마 안 되어 모두 경험이 없었습니다. 그래서 나는 레이즈청이 올 것이라 예상했습니다. 그는 안전 밧줄을 묶고 절벽을 내려갔습니다. 내가 존재하지 않는 것처럼, 내게는 눈길 한번 주지 않았습니다. 나는 핑계를 대서 기술자를 돌아가게 했고 절벽 위에는 나 혼자만 남았습니다. 나는 주머니에서 긴 쇠톱을 세 번 접어 만든 짧은 쇠톱을 꺼냈습니다. 이렇게 하면 밧줄이 끊어져도 톱으로 잘랐다는 것을 알 수 없기 때문이었습니다.

그때 남편 양웨이닝이 왔습니다.

상황을 물은 그는 절벽 아래를 보더니 접지 전극을 점검하려면 구멍을 파야 한다고 말했습니다. 레이즈청 혼자서는 힘들 테니 자기가 가서 도와주겠다고 했습니다. 그리고 기술자가 남겨놓은 밧줄을 몸에 맸습니다. 내가 가서 다른 밧줄을 가져오라고 했지만 그는 이 밧줄도 굵고 튼튼하니 괜찮다고 했습니다. 그래도 내가 계속 다른 밧줄이 있어야 한다고 하자 그는 내게 가져오라고 했습니다. 내가 급히 밧줄을 가지고 돌아오니 그는 이미 밧줄에 매달려 내려가고 있었습니다. 아래를 내려다보니 양웨이닝과 레이즈청이 이미 점검을 마치고 같은 밧줄로 절벽 위로 돌아오고 있었습니다. 레이즈청이 앞에 있었습니다.

두 번 다시는 기회가 없을 터였습니다. 나는 쇠톱을 꺼내 밧줄을 잘랐습니다.

심문관: 한 가지만 묻겠습니다. 대답은 기록하지 않겠습니다. 그때 기분이 어땠습니까?

예원제: 냉정하고 아무 감정 없이 한 일이었습니다. 내가 헌신할 만한 것을 찾았으니까요. 대가를 치러야 한다면 그게 내가 되었든 남이 되었든 상관없었습니다. 또한 나는 전 인류가 이 사업을 위해 막대한 희생을 대가로 치러야 할 것이며 그들의 죽음은 그것의 매우 미미한 시작에 불과하다는 것도 알았습니다.

심문관: 좋습니다. 계속하겠습니다.

예원제: 나는 두세 마디의 짧은 외침을 들었습니다. 그리고 절벽 아래

에 있는 돌 위로 몸이 떨어지는 소리도 들었습니다. 그리고 잠시 후 절벽 아래에 흐르는 작은 냇물이 붉게 변하는 것을 보았습니다……. 그 일에 대해 내가 말할 수 있는 부분은 여기까지입니다.

　심문관:좋습니다. 이건 기록입니다. 자세히 보고 잘못된 부분이 없으면 여기에 서명하십시오.

누구도 참회하지 않는다

사고 이후 상급 기관은 레이즈청과 양웨이닝의 일을 업무 중 사고로 처리했다. 평소 예원제와 양웨이닝의 사이가 좋았기 때문에 아무도 예원제를 의심하지 않았다.

기지에 금세 새로운 정치위원이 발령받아 왔고 생활은 다시 예전처럼 평온해졌다. 예원제의 배 속에 있는 작은 생명도 하루가 다르게 자랐고 동시에 그녀는 외부 세계의 변화를 피부로 느꼈다.

어느 날, 보초병이 예원제를 부르더니 초소로 가보라고 했다. 초소에 들어선 예원제는 깜짝 놀랐다. 아이 셋이 서 있었기 때문이다. 남자아이 두 명에 여자아이 한 명으로 모두 열대여섯 살 정도 되어 보였다. 낡아빠진 솜저고리에 방한모를 쓴 모양이 첫눈에도 현지인이라는 것을 알 수 있었다. 치자툰(齊家屯)에서 온 아이들로 레이더봉에는 학식 있는 사람들만 있다는 소문을 듣고 공부하다가 궁금한 것이 있어 물어보러 왔다고 했다. 예원제는 마음속으로 이 아이들이 어떻게 레이더봉까지 올라올 수 있었을까 생각했다. 이곳은 접근 금지 구역이 아닌가. 보초병은 이곳에 접근하는 사람들에게 경고 한 번만 하면 총을 쏠 수도 있지 않은가. 예원제의 표정을 읽었는지 보초병이 최근 홍안 기지의 보안 등급이 내려가 기지에 들어오는 것만 아니면 현지인도 레이더봉에 올라올 수 있게 되었다고 말했다. 어제는 현지 농민이 채소를 배달해주고 갔다고 했다.

한 아이가 다 닳아빠진 중학교 물리 교과서를 내밀었다. 검은 손이 나무껍질처럼 갈라져 있었다. 아이는 둥베이 지역 사투리가 강하게 섞인 말투로 중학교 물리 문제를 물어보았다. 교과서에 자유낙하가 시작할 때는 가속이 붙다가 마지막에는 같은 속도로 낙하한다고 되어 있는데 자기들이 며칠 밤을 새워가며 아무리 생각해도 이해되지 않는다는 것이었다.

예원제가 물었다.

"그걸 물어보려고 여기까지 왔니?"

여자아이가 신바람이 나서 말했다.

"예 선생님, 아직 모르세요? 대학 입시 제도가 부활했어요!"

"대학 입시?"

"네, 대학에 들어가는 거요! 공부 잘하고 시험 점수만 높게 받으면 대학에 들어갈 수 있어요. 1년 전부터 시작했는데, 아직 모르셨어요?"

"추천이 아니고?"

"네, 아니에요. 누구나 시험을 볼 수 있어요. 흑오류(黑五類)*의 자식들도 다 볼 수 있어요!"

예원제는 한동안 멍했다. 이런 변화에 감회가 새로웠다. 한참 후에야 예원제는 아이들이 책을 들고 기다리고 있다는 것을 깨달았다. 그래서 다급하게 그 이유는 공기저항과 중력이 균형을 이루기 때문이라고 설명해

* 옮긴이 주: 문화대혁명 시기에 지주, 부농, 반혁명 분자, 불량분자, 우파의 자녀를 일컫던 말.

주며 앞으로도 공부하다 모르는 것이 생기면 언제든 오라고 말했다.

사흘 뒤, 이번에는 일곱 명이 예원제를 찾아왔다. 지난번에 왔던 세 명 외에 다른 네 명은 더 먼 마을에서 왔다. 그다음에는 열다섯 명이 그녀를 찾아왔다. 이번에는 마을 중학교 선생님도 함께 왔다. 교사가 부족해 한 사람이 물리, 수학, 화학을 모두 가르치고 있다고 했다. 그는 예원제에게 수학을 지도해달라고 청했다. 쉰 살은 되어 보이는 그는 온갖 풍파를 다 겪은 것 같은 외모였지만 예원제 앞에서 쩔쩔매며 책을 떨어뜨리기도 했다. 예원제는 초소를 나서면서 그가 아이들에게 하는 말을 들었다.

"얘들아, 저분은 과학자시다. 진지하고 엄숙한 과학자셔!"

이후 이삼일에 한 번씩 아이들이 찾아왔다. 때로는 아이들이 너무 많아 초소에 다 설 수조차 없었다. 그녀는 기지 안전 책임자의 허락을 받아 아이들을 식당에 데리고 가 그곳에 칠판을 놓고 공부를 가르쳐주기도 했다.

1978년 마지막 날 밤, 예원제가 일을 마치고 나왔을 때 주위는 완전히 컴컴했다. 사람들은 모두 사흘 휴가를 받아 산에서 내려갔기 때문에 적막만 감돌았다. 숙소로 돌아왔다. 양웨이닝과 함께 쓰던 숙소였지만 지금은 텅 비었고 배 속의 아이만 그녀와 함께했다. 겨울밤, 다싱안링의 차가운 바람 소리가 처량하게 들렸다. 바람을 타고 저 멀리 치자툰에서 터지는 폭죽 소리가 간간이 들려왔다. 고독이 거대한 손바닥이 되어 예원제를 짓눌렀다. 그 손바닥에 눌려 작아지다가 결국 이 세상에서 볼 수 없는 구석에 떨어지는 것 같았다. 바로 그때 문 두드리는 소리가 들렸다. 문을 여니 맨 먼저 보초병이 보였다. 보초병 뒤로 불빛 몇 개가 차가운 바람 속에 흔들렸다. 아이들이 횃불을 들고 서 있었다. 아이들의 얼굴은 빨갛게 얼었고 방한모에는 얼음 조각이 잔뜩 붙어 있었다. 아이들은 한기를 가득 몰고 방으로 들어왔다. 그중에서도 남자아이 두 명은 심각하게 얼어 있었다. 그들은 얇은 옷만 걸친 채 두꺼운 솜옷 두 벌에 무엇인가를 싸서 품에 안고 있었다. 솜옷을 펼쳐보니 그릇 안에 따뜻한 고기만두가 들어 있었다.

그해, 태양을 향해 신호를 발사하고 8개월이 흘렀다. 예원제의 출산이 가까워졌다. 아이 위치가 거꾸로 되어 있고 그녀의 건강도 좋지 않아 기지 위생소에서는 아이를 낳을 수가 없었다. 그녀는 마을 병원으로 옮겨졌다.

출산을 하던 예원제는 난산으로 죽음의 문턱까지 갔다. 극심한 통증과 대량 출혈로 혼수상태에 빠졌다. 어둠 속에서 눈을 찌르는 강렬한 태양이 그녀 주위를 천천히 돌면서 그녀를 굽는 것 같았다. 그 상태가 오랫동안 이어졌다. 그녀는 몽롱한 가운데 이것이 자신의 영원한 안식처고 지옥이며, 세 개의 태양으로 이루어진 지옥의 불이 영원히 자신을 태울 것이고, 이것은 배반의 벌이라고 생각했다. 그녀는 강렬한 공포에 빠져들었다. 자기 자신 때문이 아니라 아이 때문이었다. 아이는 아직 배 속에 있나? 아니면 자신과 함께 이 지옥에서 영원히 고통을 겪을까? 시간이 얼마나 흘렀을까? 세 개의 태양이 조금씩 물러나 일정 거리를 유지한 다음 갑자기 작아져 반짝반짝 빛나는 비성이 되었다. 주위가 시원해지고 통증도 점차 가라앉으면서 마침내 정신이 들었다.

예원제는 귓가에서 크게 우는 소리를 들었다. 온 힘을 다해 고개를 돌려 축축한 몸으로 입을 삐죽삐죽거리는 아이의 작은 얼굴을 바라보았다.

의사 말이 그녀가 피를 2리터도 넘게 흘려 위험했는데 치자툰 주민 수십 명이 달려와 헌혈을 해줘서 살아났다고 했다. 그중에는 예원제가 공부를 가르쳐준 아이의 아버지도 있었지만 대부분 모르는 사람들이었다. 그저 아이와 어머니의 모습을 보고 그녀를 도와준 것이었다. 만일 그들이 없었다면 그녀는 죽었을지도 몰랐다.

출산 이후도 문제였다. 출산 후 극도로 허약해졌기 때문에 기지로 돌아와 혼자 아이를 돌보는 것은 무리였다. 그렇다고 부모 형제가 있는 것도 아니었다. 그때 치자툰의 한 노부부가 기지 지도자를 찾아와 자신들이 예원제와 아이를 자기들 집으로 데려가 돌봐주겠다고 말했다. 남자는 과거 사냥꾼이었는데 숲이 줄어들자 농사를 지었다. 그래도 사람들은 여전히 그를 사냥꾼이라고 불렀다. 그들은 2남 2녀를 두었다. 딸자식들은 모두 출가했고, 아들 하나는 외지에 나가 군인이 되었으며, 나머지 하나는 결혼해서 그들과 함께 살고 있었다. 그 집 며느리도 아이를 낳은 지 얼마 되지 않았다. 당시 예원제는 복권되지 않은 상태였기 때문에 기지 지도자는 난감해했다. 하지만 달리 방법이 없어 그들에게 예원제를 맡겼고, 그들은 그녀를 눈썰매에 실어 집으로 데리고 갔다.

예원제는 다싱안링의 농가에서 6개월 정도를 살았다. 산모 몸이 허약해 젖이 나오지 않자 온 동네 아기 엄마들이 양둥에게 젖을 물려주었다. 양둥에게 젖을 가장 많이 준 사람은 사냥꾼의 며느리 다펑(大鳳)으로 그녀는 건강한 둥베이 여자였다. 매일 수수쌀 찌꺼기를 먹고 두 아이에게 젖을 물리면서도 젖이 남아돌았다. 수유기에 있는 마을 여성들도 양둥에게 젖을 물려주었다. 그들은 양둥을 좋아했다. 그들 말이, 양둥이 엄마를 닮아 총기가 있다고 했다. 사냥꾼의 집은 점차 마을 여자들이 모이는 곳이 되었다. 나이 든 사람, 젊은 사람, 결혼한 사람, 나이 찬 처녀가 일이 있든 없든 언제나 이곳으로 모여들었다. 그들은 예원제를 무척 부러워했고 호기심이 많았다. 예원제는 자신도 그들과 할 이야기가 많다는 것을 발견했다. 쾌청한 날이 얼마나 있었는지 모르겠지만, 자작나무가 둘러싼 마당에서 양둥을 안고 있는 예원제와 마을 여자들 그리고 그 옆에서 장난치는 아이들과 한가롭게 엎드려 있는 검정개를 태양이 따뜻하게 감싸 안았다. 예원제는 구리 담뱃대를 들고 있는 여자들을 주의 깊게 보았다. 그녀들의 입에서 뿜어져 나오는 연기가 태양을 가리면서 솜털처럼 부드러운 은빛을 발산했다. 한번은 그들 중 한 명이 긴 백동 담뱃대를 예원제에게 건네며 '피로를 풀라'고 했다. 받아 들고 두 모금 빨았더니 어지럽고 머리가 팽창하는 것 같았다. 그 모습을 본 여자들은 몇 날 며칠을 놀려댔다.

예원제는 남자들과는 별다른 이야기를 하지 않았다. 그들의 관심사를 그녀는 잘 이해하지 못했다. 대충 정책이 느슨한 틈을 타서 인삼을 심고 싶은데 선뜻 할 수 없다는 내용들이었다. 그들은 예원제를 예의 바르고 정중하게 대했다. 처음에는 별로 개의치 않았는데 나중에 그들이 자신의 부인을 거칠게 대하고 마을의 과부에게 얼굴이 붉어지는 말로 수작 거는 것을 보고서야 그들의 정중함이 특별한 것임을 알았다. 그들은 이삼일에 한 번씩 야생 토끼나 산새를 잡아 사냥꾼 집에 보내주었고 양둥에게도 소박하지만 특별한 장난감을 직접 만들어주었다.

예원제의 기억 속에서 그때 그 시절은 자기 것이 아닌 것처럼 느껴졌다. 마치 다른 사람의 인생 한 토막이 깃털이 되어 자기 삶에 날아 들어온 것 같았다. 그때의 기억은 유럽의 고전 유화로 농축되었다. 이상했다. 중국화가 아닌 유화였다. 중국화에는 여백이 너무 많지만 치자툰에서의 생활은 여백이 없었다. 고전 유화처럼 짙은 색채로 충만했다. 모든 것이 강렬하고 뜨거웠다. 두꺼운 오랍초가 깔린 온돌, 담뱃대 속의 관둥옌(關東煙)*과 모하옌, 넉넉한 수수밥, 65도의 고량주……. 이 모든 것이 마을의 작은 냇물처럼 조용하고 평화롭게 흘러갔다.

* 옮긴이 주: 예전에 관둥 지역 사람들이 피우던 담배.

가장 기억에 남는 것은 사냥꾼과 아들이 도시로 버섯을 팔러 간 날 밤이었다. 그들은 마을에서 처음으로 외지에 돈을 벌러 나간 사람이었다. 예원제는 다평과 함께 방을 썼다. 당시 치자툰에는 전화가 없었다. 매일 밤 등잔불 앞에서 예원제는 책을 읽고 다평은 바느질을 했다. 예원제는 늘 자기도 모르게 등잔불에 가까이 다가가는 바람에 앞머리가 찌지직, 하고 탔다. 그러면 두 사람은 고개를 들고 서로를 쳐다보며 웃었다. 다평은 이런 일이 전혀 없었다. 그녀는 시력이 좋아 숯불 빛으로도 섬세한 일을 할 수 있었다. 생후 6개월도 안 된 아이 둘이 그녀 옆의 온돌에서 잠을 잤다. 아이들이 잠자는 모습은 한없이 평화스러워 사람을 매료시켰다. 방 안에는 아이들이 고르게 숨을 쉬는 소리만 들렸다. 예원제는 처음 온돌에서 잘 때 불 위에 있는 것처럼 영 불편했지만 차차 습관이 되었다. 꿈속에서 그녀는 늘 아이가 되었고 누군가의 따뜻한 품에 안겨 있었다. 너무나 생생해 꿈에서 깬 다음 얼굴이 눈물범벅이 된 적도 몇 번 있었다. 그러나 그녀를 따뜻하게 안아준 사람은 아버지도, 어머니도 아니었다. 죽은 남편도 아니었다. 누군지 알 수 없었다.

　한번은 다평이 바느질하던 신발 밑창을 무릎 위에 올려놓고 멍하니 등불을 바라보았다. 예원제가 책을 놓고 쳐다보자 눈길을 느꼈는지 갑자기 물었다.

　"언니, 하늘의 별들은 떨어지지 않겠죠?"

　예원제는 다평을 가만히 들여다보았다. 등잔불은 장중한 색채에 명쾌함이 느껴지는 고전 유화를 창조해내는 훌륭한 화가였다. 솜저고리에 앞치마를 두른 다평의 부드러운 어깨가 드러났다. 등잔불은 그녀의 형상을 두드러지게 했다. 가장 아름다운 부분에 눈에 띄는 색을 칠하고 나머지 부분은 어둠으로 감추었다. 모든 것이 부드러운 어둠 속에 잠겨 있지만 자세히 보면 검붉은 빛이 보였다. 바닥에 있는 숯불의 불빛 때문이었다. 바깥의 추위가 방 안의 따뜻한 공기와 만나 창문에 아름다운 무늬의 얼음 결정을 만들어놓았다.

예원제가 물었다.

"별들이 떨어질까 봐 겁나?"

다펑은 웃으며 고개를 저었다.

"무섭긴요. 저렇게 작은데."

예원제는 천체물리학자로서의 대답을 하지 않았다.

"별들은 너무 멀리 있어서 떨어질 수 없어."

다펑은 예원제의 대답이 만족스러웠는지 다시 고개를 숙이고 바느질을 계속했다. 하지만 예원제는 마음이 혼란스러워져 책을 놓고 따뜻한 온돌에 누워 두 눈을 감았다. 상상 속에서 등잔불이 작은 방의 대부분을 어둠으로 가리듯 이 작은 집을 제외한 우주 전체를 가렸다. 그다음 그녀는 그것을 다펑이 생각하는 우주로 바꾸었다. 그러자 밤하늘은 검은색의 거대한 구면(球面)이 되었다. 세계가 딱 들어갈 만한 크기였다. 구면에는 침대 옆 낡은 나무 탁자 위에 놓인 둥근 거울보다 작은 별들이 무수히 박혀 은빛으로 반짝거렸다. 세계는 평평했고 각 방향으로 멀리멀리 뻗어 있었지만 끝은 있게 마련이었다. 이 거대한 평면 위에는 다싱안링 같은 산맥이 가득했고 숲도 가득했다. 숲 사이에는 치자툰 같은 마을이 점점이 박혀 있었다. 장난감 상자 같은 우주가 그녀를 편안하게 했고, 우주는 상상에서 점점 꿈속 세계가 되었다…….

다싱안링 깊은 곳에 있는 작은 마을에서 예원제의 마음속 무엇인가가 사르르 녹아내렸다. 그녀의 마음속 설원에 맑고 투명한 작은 호수가 생겼다.

양둥이 태어나고 홍안 기지에서 2년이라는 시간이 긴장되고도 평안하게 흘러갔다. 어느 날, 예원제는 그녀와 아버지가 복권되었다는 통보를 받았다. 그리고 얼마 뒤 모교로부터 즉시 돌아와 모교에서 일하라는 편지와 함께 거액의 송금 영수증이 날아왔다. 그동안 밀린 아버지의 월급이었다. 기지 회의에서 정치위원은 마침내 그녀를 예원제 동지라고 불렀다.

예원제는 이 모든 것을 담담하게 받아들였다. 감동도, 흥분도 없었다. 그녀는 외부 세계에 흥미가 없었다. 홍안 기지에서 계속 있어도 좋았지만 아이의 교육을 위해 평생을 보내려 했던 그곳을 떠나 모교로 향했다.

깊은 산을 벗어나자 예원제는 봄기운을 가득 느꼈다. 문화대혁명이라는 추운 겨울이 확실히 끝나고 만물이 소생하고 있었다. 대재앙이 막 끝난 터라 고개를 들면 온통 폐허였고 사람들은 묵묵히 자신의 상처를 핥고 있었지만 그들의 눈에는 새로운 삶에 대한 희망이 있었다. 대학에는 아이를 데리고 오는 학생이 생겼고 서점에는 명작 문학이 동이 났다. 공장에서는 기술혁신이 가장 대단한 일이 되었고 과학 연구는 신성하게 여겨졌다. 과학과 기술은 일순간 미래의 문을 여는 유일한 열쇠가 되었고 사람들은 초등학생처럼 열심히 과학에 접근했다. 그들의 노력은 천진했지만 착실하고 진지했다. 제1차 전국 과학대회에서 궈모뤄(郭沫若)*는 과학의 봄이 도래했다고 선포했다.

이것은 광기의 완결인가? 과학과 이성이 회복되었는가? 예원제는 스스로에게 끊임없이 물었다.

홍안 기지를 떠날 때까지 예원제는 삼체 세계로부터 어떤 소식도 받지 못했다. 그녀는 그 세계로부터 회신을 받으려면 최소 8년을 기다려야 한

* 옮긴이 주 : 중국의 유명 문학가이자 사회운동가.

다는 것을 알았다. 게다가 기지를 떠난 뒤에는 외계의 회신을 받을 만한 여건도 안 되었다.

그 일은 정말 중대한 사건이었지만 그녀 혼자 조용히 끝냈다. 그래서 사실이라는 실감이 나지 않았다. 시간이 흐르면서 이런 비현실적인 느낌은 점점 더 강해져 그 일이 혼자만의 환상처럼, 꿈처럼 느껴졌다. 태양이 정말 전파를 증폭할 수 있을까? 자신이 정말 태양을 안테나 삼아 우주로 인류 문명 정보를 발사한 것일까? 외계 문명의 정보를 정말 받았을까? 인류 문명 전체를 배반한 그 핏빛 새벽이 정말 존재했었나? 그리고 그 살인도…….

예원제는 과거를 잊기 위해 일에 매달렸고 어느 정도 성공했다. 자신을 보호하려는 본능이 더 이상 과거를 기억하지 않게 했고, 외계 문명과 연락했다는 것도 생각하지 않았다. 그렇게 조용히 하루하루가 흘러갔다.

모교로 돌아온 지 얼마 되지 않아 예원제는 양둥을 데리고 어머니 사오린 집에 갔다. 남편이 비참하게 죽은 후 사오린은 정신착란에서 빠르게 회복해 격변 속에서 살아남았다. 그녀는 정세에 맞추어 큰 소리로 구호를 외친 보상을 받았다. 후에 '수업을 재개해 혁명을 하자'라는 정책이 발표되고 그녀는 다시 강단에 서게 되었다. 그러나 그때 사오린은 뜻밖의 선택을 했다. 박해받던 교육부 고위 간부와 결혼한 것이다. 당시 그는 간부학교의 '외양간'에서 노동을 통한 개조를 받고 있었다. 사오린은 심사숙고한 끝에 이런 결정을 내렸다. 그녀는 사회의 혼란이 영원할 것이라고 생각하지 않았다. 현재 권력을 쥐고 있는 젊은 조반파는 국가를 관리한 경험이 전혀 없기 때문에, 조만간 지금 박해받는 옛 간부들이 복권되어 다시 정권을 잡을 것임이 분명했다. 결국 그녀의 도박은 성공했다. 문화대

혁명이 끝나기도 전에 그녀의 남편은 직위를 회복했고 제11기 삼중전회*
이후 부부장급으로 빠르게 승진했다. 사오린은 남편의 배경과 지식인이
다시 예우를 받게 된 시기를 잘 타 출세 가도를 달렸다. 과학원 학부위원
이 된 그녀는 원래 있던 학교를 떠나 다른 유명 대학의 부학장이 되었다.

어머니는 잘 가꾼 지식 여성의 모습이었다. 그녀의 얼굴 어디에도 과
거 고생했던 흔적은 찾아볼 수 없었다. 그녀는 예원제 모녀를 반갑게 맞으
며 요즘 어떻게 지내냐고 물었고 양둥이 어쩌면 이렇게 총명하고 귀엽냐
며 감탄했다. 그리고 가정부에게 예원제가 좋아하는 음식을 세심하게 말
했다. 이 모든 행동이 매우 적절했고 자연스러웠다. 그러나 예원제는 그들
사이의 거리감을 똑똑하게 느꼈다. 그들은 민감한 화제를 조심스럽게 피
했고 아버지 이야기는 하지 않았다.

식사가 끝나고 사오린은 남편과 함께 예원제 모녀를 멀리까지 배웅했
다. 부부장이 예원제와 할 말이 있다며 사오린을 먼저 들여보냈다. 온화했
던 미소가 차갑게 변했다. 귀찮은 가면을 벗어던진 듯했다.

"앞으로도 아이와 함께 자주 놀러 오너라. 하지만 조건이 있다. 해묵은
과거 이야기는 하지 마라. 네 아버지의 죽음에 네 어머니는 아무 책임이
없다. 그녀도 피해자야. 네 아버지는 자신의 신념에 지나치게 집착했어.
가정에 대한 책임은 버리고 너희 모녀를 이렇게 고생시켰잖아."

예원제가 화가 나서 말했다.

"당신은 내 아버지에 대해 말할 자격이 없습니다. 당신과는 상관없는
우리 모녀의 일입니다."

부부장은 차가운 표정으로 고개를 끄덕였다.

* 옮긴이 주: 중국 공산당 제11기 중앙위원회 제3차 전체 회의의 준말.

"분명 나와는 상관없는 일이지. 나는 네 어머니의 뜻을 전달한 것뿐이다."

예원제가 고개를 돌려 마당이 딸린 부부장의 집을 보았다. 사오린이 커튼 사이로 그들을 훔쳐보고 있었다. 예원제는 양둥을 안고 말없이 걸었다. 그 뒤로 다시는 어머니를 찾아가지 않았다.

예원제는 과거 아버지를 때려죽인 홍위병 네 명을 수소문해 마침내 그 중 셋을 찾아냈다. 세 사람은 문화대혁명 시기에 산간 지역으로 가서 일하다가 다시 도시로 돌아와 있었다. 직업을 가진 이는 아무도 없었다. 예원제는 그들의 주소를 알아내 그들에게 과거 아버지가 죽은 운동장에서 만나자는 편지를 보냈다.

복수할 생각은 없었다. 태양이 막 떠오르던 그날 새벽 홍안 기지에서 그녀는 그들을 포함한 전 인류에게 복수를 했다. 그녀는 그저 그들이 참회하고 조금이라도 인간적인 모습을 보여주기를 바랐다.

약속한 날, 수업이 끝나고 예원제는 운동장에서 그들을 기다렸다. 큰 기대는 하지 않았다. 오지 않을 확률이 높았다. 그러나 옛 홍위병 세 명은 약속한 시간에 나타났다.

예원제는 멀리서도 그들을 알아볼 수 있었다. 요즘은 보기 힘든 녹색 군복을 입고 있었기 때문이다. 옛날 비판 대회에서 입었던 그 옷이었다. 옷은 이미 하얗게 바랬고 꿰맨 곳도 보였다. 옷을 제외하면 이 서른세 살 남짓한 여자들은 과거 늠름하고 씩씩한 홍위병과는 닮은 구석이 조금도 없었다. 세월은 그들에게서 청춘만이 아니라 더 많은 것을 앗아간 듯했다.

과거 획일적이던 모습과 달리 그녀들에게는 많은 차이가 생겼다. 그중 한 명은 너무 말라 당시 입었던 옷이 헐렁했고 등은 약간 굽었으며 머리카락이 누렇게 변해 늙어 보였다. 또 다른 한 명은 뚱뚱해져 웃옷 단추가 채워지지 않았고 머리는 산발에 얼굴은 검게 변해 있었다. 고생스러운 삶이 그녀의 여성성을 앗아가고 거칠고 무감각하게 만든 것 같았다. 마지막 여자는 그래도 젊음이 남아 있었지만 한쪽 소매가 비어 걸을 때마다 흔들렸다.

옛 홍위병 세 명이 예원제 앞으로 걸어와 일렬로 섰다. 과거에도 그들은 이렇게 아버지 예저타이 앞에 섰었다. 그들은 이미 잊은 지 오래인 위엄을 내세우려 했지만 예전의 악마 같은 정신적 힘은 사라지고 없었다. 마른 여자는 쥐 같은 표정을 지었고 뚱뚱한 여자는 무감한 표정이었으며 외팔이 여자는 하늘을 쳐다보고 있었다.

뚱뚱한 여자가 도발적으로 물었다.

"우리가 안 올 줄 알았지?"

예원제가 말했다.

"한 번은 만나서 과거의 일을 매듭지어야 한다고 생각했어요."

마르고 등이 굽은 여자가 말했다. 그녀의 날카로운 목소리에는 공포가 담겨 있는 듯했다.

"이미 끝난 일이야. 당신도 들었을 텐데."

"정신적인 것 말입니다."

"그러니까 우리한테 참회의 말이라도 듣고 싶다는 거야?"

"당신들은 참회해야 하지 않나요?"

침묵을 지키던 외팔이 여자가 말했다.

"그럼 우리한테는 누가 참회하지?"

뚱뚱한 여자가 말했다.

"우리 넷 가운데 세 명은 칭화대학교 부속중학교 대자보에 서명을 했어. 대천련, 대검열에서 대무력투쟁까지, 1사, 2사, 3사에서 연동, 서규, 동규에서 다시 신북대공사, 홍기전투대와 동방홍까지, 우리는 홍위병의 탄생에서 죽음까지 모든 과정을 다 겪었어."*

외팔이 여자가 이어서 말했다.

"칭화대학교 백일 대무력투쟁 당시 우리 네 명 중 두 명은 정강산**에, 두 명은 4·14***에 있었어. 그때 나는 수류탄을 들고 정강산의 재래식 탱크로 돌진했어. 이 팔은 그때 탱크 바퀴에 깔려 잃은 거야. 피와 살과 뼈가 땅에 짓이겨졌지. 그때 나는 겨우 열다섯 살이었어."

뚱뚱한 여자가 두 팔을 들고 말했다.

"나중에 우리는 광활한 땅으로 갔지! 우리 네 명 중 두 명은 산시(陝西)로, 두 명은 허난(河南)으로 갔어. 모두 가장 외지고 가난한 지역이었지. 갓 도착했을 때는 그래도 의욕이 충만했지. 하지만 시간이 지나자 하루 농사 일을 마치고 돌아오면 너무 힘들어서 빨래할 기운도 남아 있지 않았어. 비가 새는 초가집에 누워 있으면 멀리서 늑대 우는 소리가 들리고 천천히 꿈에서 현실로 되돌아오지. 우리는 산간벽지 궁핍한 곳에서 누구에게도 하소연할 수 없었어."

외팔이 여자가 멍하니 땅을 쳐다보면서 말했다.

"때론 황량한 산의 오솔길에서 옛 홍위병 전우나 무력투쟁 중에 만난 적과 마주치기도 했어. 둘 다 똑같이 낡고 해진 옷을 입고 온몸이 흙과 소

---

* 옮긴이 주: 홍위병 발전 과정에서 나타난 파벌과 투쟁 형식.
** 옮긴이 주: 칭화 정강산 병단. 칭화대학교 학생들이 설립한 조반파 조직으로 1966년 12월 19일에 공식 건립되었다. 이후 칭화대학교의 문화대혁명 작업을 주도했고 베이징의 다른 대학과 연합해 전국 대학의 문화대혁명을 이끌었다.
*** 옮긴이 주: 4·14파. 문화대혁명 시기의 극좌적 보수파. 4·14파의 기본 이념은 17년 전 공산정권 초기의 순수했던 시절로 되돌아가자는 것. 빈곤 농민들을 직접 찾아다니며 간고분투해야 한다는 내용이다.

똥투성이인 채 서로 말없이 쳐다보기만 했지."

뚱뚱한 여자가 예원제를 똑바로 쳐다보며 말했다.

"탕훙징(唐紅靜). 네 아버지의 머리에 치명타를 날린 아이 이름이야. 황허에 빠져 죽었지. 홍수로 부대 안의 양 몇 마리가 떠내려가자 부대 지부 서기가 지식 청년들에게 외쳤어. '혁명 소장들, 여러분을 시험할 시간이 왔다!' 그래서 훙징은 다른 지식 청년 세 명과 함께 양을 구하러 강으로 뛰어들었지. 마침 하천의 얼음이 녹아 수위가 급격히 높아진 시기라 강물 위에 얼음도 둥둥 떠 있었어! 네 명 다 죽었어. 빠져 죽었는지 얼어 죽었는지 누가 알겠어? 그들의 시신을 본 순간…… 나는…… 나는 제기랄, 더는 말 못 하겠어……."

살찐 여자가 얼굴을 감싸고 울음을 터뜨렸다.

마른 여자도 옆에서 같이 눈물을 흘리며 탄식했다.

"나중에 도시로 돌아와서는 또 어땠는지 알아? 아무것도 없었어. 돌아온 지식 청년들은 모두 사는 게 어려웠어. 우리 같은 사람에게는 가장 천한 일도 주어지지 않아. 일이 없으니 돈도 없고 미래도 없어. 아무것도 없다고."

예원제는 아무 말도 하지 않았다.

외팔이 여자가 말했다.

"최근에 〈바람(楓)〉이라는 영화가 개봉했어. 봤는지 모르겠는데 끝부분에 어른과 아이가 무력투쟁 중에 죽은 홍위병 묘 앞에 서 있는 장면이 있지. 아이가 '그들은 뭐예요?'라고 묻자 어른이 대답했어. '역사야.'"

뚱뚱한 여자가 팔을 흔들며 외쳤다.

"들었어? 역사! 역사라고!"

"지금은 새로운 시대야. 아무도 우리를 기억하지 않고, 우리를 알아주지 않아! 모두 깨끗이 잊었다고!"

　세 명의 옛 홍위병은 운동장에 예원제만 남겨놓고 떠났다. 10여 년 전 비가 내리던 오후처럼 그녀는 또 그렇게 홀로 그곳에 서서 죽은 아버지를 바라보았다. 옛 홍위병의 마지막 말이 머릿속에서 끊임없이 울려 퍼졌다…….

　석양이 예원제의 마른 몸에 긴 그림자를 드리웠다. 그녀의 마음속에서 갓 솟아오르던 희망이 뜨거운 태양 아래 이슬처럼 증발했다. 그리고 이미 저지른 자신의 반역을 의심하던 마음도 싹 사라졌다. 우주의 월등한 문명이 인류 세계로 들어오게 하는 것이 마침내 예원제의 확고부동한 이상이 되었다.

종의 공산주의

대학으로 돌아오고 반년 뒤, 예원제는 대형 전파천문관측기지 설계라는 중요한 프로젝트를 맡았다. 그리고 얼마 뒤 연구팀은 기지 부지 선정에 나섰다. 처음에는 순수하게 기술적인 부분만 고려했다. 기존 천문 관측과 달리 전파천문은 대기 질량과 가시광선 교란에 대한 기준은 높지 않았지만 비가시광선 주파수대의 전자기 간섭은 최대한 피해야 했다. 그들은 여러 곳을 다닌 끝에 전자기 환경이 가장 좋은 북서 지방의 외진 산간 지역을 선정했다.

황토산에는 식물이 거의 없었고 토사 유실로 인한 파임이 심해 멀리서 보면 주름 가득한 노인의 얼굴 같았다. 우선적으로 기지 건설 부지 몇 곳을 선정한 다음 연구팀은 토굴집이 옹기종기 모여 있는 마을에 머무르며 휴식을 취했다. 마을 생산부대 부대장은 예원제가 학식이 높다는 것을 알아보고 그녀에게 외국어를 할 줄 아느냐고 물었다. 그녀가 어느 나라 말이냐고 묻자 그는 잘 모르겠다면서 할 줄 안다면 자기가 산으로 사람을 보내 닥터 베순*을 데려오겠다고 했다. 부대 일로 그와 상의할 것이 있다고 했다.

뭔가 이상하다고 생각한 예원제가 물었다.

"베순?"

"우린 그 외국 사람 이름은 몰라요. 그래서 우리 마음대로 그렇게 부릅니다."

"그가 병을 고쳐주나요?"

"아니요. 뒷산에 나무를 심어요. 벌써 3년이나 됐어요."

"나무를 심는다고요? 왜요?"

"새를 보호한대요. 그 사람 말이 곧 멸종할 새랍니다."

예원제와 동료들은 매우 놀라 부대장에게 함께 가서 보자고 했다. 산길을 따라 작은 산 정상에 올라가자 부대장이 그들에게 손짓을 해 보였다. 예원제의 눈이 순간 빛났다. 헐벗은 황토산 사이에 푸른 숲으로 덮인 부분이 있었다. 누렇게 변한 낡은 화폭에 실수로 선명한 녹색 유화물감을 떨어뜨린 것 같았다.

예원제 일행은 그 외국인을 금방 찾았다. 금발에 푸른 눈, 낡아빠진 청바지를 제외하면 현지에서 평생 농사를 지은 농부와 다를 것이 없었다. 심지어 피부도 현지인처럼 검게 탔다. 그는 방문자에게 별다른 흥미를 보이지 않았다. 자신을 마이크 에번스라고 소개하면서 국적은 말하지 않았다. 하지만 그의 영어에는 미국식 억양이 묻어났다. 그는 숲에 두 칸짜리 단출한 흙집을 짓고 살았다. 집 안에는 나무 심을 때 사용하는 괭이, 삽, 가지치기용 줄톱 등 공구들이 가득했다. 모두 투박한 것들이었다. 침대와 간단

---

* 옮긴이 주 : 노먼 베순. 캐나다 출신의 외과의사이자 의료 개혁가. 스페인과 중국의 전장을 누비며 인도주의적인 의료 활동을 펼쳤다. 그의 중국식 이름은 '바이추언(白求恩)'이었으며, 중국에서는 그를 '바이추언 의사(白求恩大夫)'로 칭송하여 "중국 인민의 영원한 친구"로 기념한다.

한 조리도구에 북서 지방의 모래가 쌓여 있었고 침대 위에는 다양한 서적이 있었다. 대부분 생물학 관련 서적이었다. 피터 싱어의 『동물 해방』이라는 책이 눈에 들어왔다. 현대적인 분위기를 느낄 수 있는 것이라곤 작은 라디오가 전부였다. 라디오 내부에 있는 5호 건전지를 다 썼는지 밖에 1호 건전지를 연결해놓았다. 그리고 낡은 망원경도 있었다. 에번스는 대접할 만한 것이 없다면서 미안해했다. 커피는 예전에 다 떨어졌고 물도 한 컵밖에 없다고 했다.

동료 하나가 물었다.

"여기서 도대체 뭐 하시는 거예요?"

"구세주 노릇을 하고 있죠."

"네? 현지 사람을 구하는 겁니까? 이곳의 생태 환경은 확실히……."

에번스가 갑자기 버럭하며 말했다.

"당신들은 어째 다 그렇습니까? 인간만 구세주의 구원을 받을 자격이 있고 나머지는 상관이 없습니까? 누가 인간에게 그런 지위를 주었습니까? 아닙니다. 인간은 구세주가 필요 없어요. 인간은 그들이 누려야 할 것보다 훨씬 더 많이 누리고 있으니까요."

"새를 구한다고 들었습니다."

"그렇습니다. 제비의 한 종류예요. 학명은 길어서 말 안 하겠습니다. 매년 봄이면 태곳적에 형성된 고정된 노선을 따라 남쪽에서 올라옵니다. 이곳을 목적지로요. 하지만 이곳의 나무가 해가 다르게 소실되어 그들은 둥지를 짓고 살아갈 숲을 잃었습니다. 내가 여기서 그들을 발견했을 때는 1만 마리도 채 남지 않았습니다. 이렇게 가다가는 5년 내에 멸종될 것입니다. 다행히 내가 심은 나무들이 새들에게 임시 거처를 마련해주어 수가 조금씩 늘어나고 있습니다. 물론 나무를 더 심어 이 에덴동산의 면적을 넓혀야겠죠."

에번스는 예원제에게 망원경을 건네며 한번 보라고 했다. 그가 시키는 대로 한참을 살펴본 뒤에야 숲속에서 흑회색 새들을 볼 수 있었다.

"아주 보잘것없죠? 저 새들은 판다처럼 사람의 이목을 끌지 않습니다. 이 세계에서 매일매일 이렇게 사람들의 눈길을 끌지 않는 생물들이 멸종되고 있어요."

"이 나무들을 모두 당신 혼자 심은 거예요?"

"대부분은요. 시작할 때는 현지인을 고용했는데 돈이 다 떨어졌어요. 묘목이나 물을 끌어오는 데 돈이 많이 들거든요……. 하지만 그거 아십니까? 내 아버지는 억만장자입니다. 그는 다국적 석유회사 회장이죠. 하지만 아버지는 나에게 이제 돈을 주지 않아요. 나도 아버지에게 손 벌리고 싶지 않고요."

에번스는 말문이 트였는지 끊임없이 말했다.

"내가 열두 살이 되던 해, 내 아버지 회사 소속의 3만 톤급 유조선이 대서양 연안 구역에서 암초에 부딪혔습니다. 원유 2만 톤이 바다로 흘러들었죠. 당시 우리 가족은 마침 사고 발생 지역에서 멀지 않은 휴가용 별장에 있었습니다. 그날 오후 나는 그 지옥 같은 해안에 갔습니다. 바다는 온통 검게 물들었고 파도는 기름 막에 눌려 평평하고 무력하게 변했습니다. 해변 역시 온통 기름으로 덮여 있었습니다. 나는 자원봉사자들과 검은 해변에서 살아 있는 바닷새들을 찾았습니다. 기름 덩어리 속에서 몸부림치는 모습이 아스팔트로 만든 검은색 조각 같았습니다. 두 눈만이 자신이 살아 있는 생물이라는 것을 말해주고 있었습니다. 여러 해가 지나도 기름 덩어리 속 눈이 내 꿈에 나타났습니다. 우리는 바닷새들 몸에 붙은 기름 덩어리를 떼어주려고 세척액에 담갔지만 기름 덩어리가 깃털에 딱 달라붙어 조금만 힘을 줘도 깃털이 오염물과 한 덩어리가 되어 쑥쑥 뽑혔습니다. 저녁이 되자 바닷새 대부분이 죽었습니다. 나는 온몸에 기름을 잔뜩 묻힌 채 검은 해변에 앉아 석양이 검은 바다 위로 떨어지는 것을 보았습니다. 그 모습은 세상의 종말 같았습니다. 아버지가 언제 오셨는지 내 곁에서 나에게 작은 공룡 뼈를 기억하냐고 물었습니다. 물론 기억했지요. 그것은 석유 탐사 중에 발견한 것으로 완벽한 형태를 유지하고 있었습니다. 아버지는 큰돈을 들여 그것을 사다가 외할아버지의 농장에 설치했습니다. 아버지는 공룡이 어떻게 멸망했는지 말해주겠다고 했습니다. 어느 날 소행성이 지구에 부딪쳐 세상은 불바다가 되었고 그다음 길고 긴 어둠과 추위가 계속되었다고……. '그날 밤 너는 악몽에 놀라 잠이 깼다. 그러고는 꿈속에서 그 무서운 시대로 갔다고 말했지. 지금 너에게 그때 하고 싶었지만 하지 못했던 말을 해주마. 만일 네가 백악기 말기에 살았다면 그건 행운이다. 왜냐하면 우리가 지금 살고 있는 이 시대가 더 공포스럽기 때문이지. 현재 지구 생명의 종이 멸종하는 속도는 백악기 말기보다 더 빠르단다. 지금이야말로 대멸종의 시대야! 그러니 아들아, 네가 본 건 아무것도 아니다. 이건 큰 과정 속의 작은 에피소드일 뿐이야. 우리는 바닷새가 없어도 살지만 석유 없이는 못 산다. 너는 석유 없는 세상을 생각해본 적이 있니? 작년에 생일선물로 준 페라리만 해도 그래. 네가 열다섯 살이 되더라도 석유가 없다면 너는 영원히 그걸 몰 수 없어. 고철 덩어리에 불과하지. 지금 외할아버지 댁에 가고 싶다고 해보자. 내 전용기를 타고 바다를 건너면 10여 시간이면 도착하지만 석유가 없으면 너는 범선을 타고 한 달은 가야 할 거야……. 이게 바로 문명이라는 게임의 법칙이다. 인간의 생존과 그들의 편안한 생활을 확보하는 것이 우선이고 나머지는 두 번째다.' 아버지는 내게 많은 기대를 걸었지만 나를 당신이 바라는 사람으로 만들지는 않았습니다. 그 후 죽어가는 바닷새의 눈이 내 뒤에서 나를 계속 쳐다보는 것 같았고, 그렇게 내 인생이 결정됐죠. 열세 살 생일날 아버지는 나에게 앞으로 계획이 뭐냐고 물었지만 나는 별것 없고 구세주가 되고 싶다고 말했습니다. 정말 내 이상은 거대한 것이 아니에요. 그저 멸종 위기에 놓여 있는 동식물을 구하는 것이었습니다. 아름답지 않은 새, 잿빛 나비 또는 눈에 안 띄는 딱정벌레 같은 것 말이죠. 그리고 나는 자라서 생물학을 공부해 조류와 곤충학자가 되었습니다. 나는 내 이상이 정말 위대하다고 생각했습니다. 새나 곤충을 구하는 것은 인간을 구하는 것과 차이가 없었습니다. 생명은 평등하니까요. 이것이 바로 '종의 공산주의'의 기본 강령입니다."

예원제는 순간 무슨 말인지 알아듣지 못했다.

"뭐라고요?"

"종의 공산주의요. 제가 정립한 학설인데 일종의 신앙이라고도 할 수 있습니다. 이 학설의 핵심 이념은 '지구상의 모든 생명은 태어날 때부터 평등하다'입니다."

"그건 이상일 뿐이에요. 비현실적이고요. 농작물도 생명인데 인간이 생존하려면 그런 평등은 실현될 수 없습니다."

"먼 옛날, 영주들도 노예를 그렇게 생각했습니다. 기술을 잊지 마세요. 언젠가 인간은 합성 식량을 만들어낼 겁니다. 그 전에 우리는 사상과 이론상의 준비를 해놔야 합니다. 사실 종의 공산주의는 '인권 선언'을 자연으로 연장한 것에 불과합니다. 프랑스대혁명이 일어난 지 200년이 지났지만 우리는 한 발짝도 나아가지 못했습니다. 이것으로 인간의 이기심과 위선을 알 수 있죠."

"여기에 얼마나 더 머무를 생각입니까?"

"모르겠습니다. 평생 구세주가 되는 것도 가치 있는 일이고 기분도 좋습니다. 묘하다고 할까요. 물론 당신들의 이해를 바라지는 않습니다."

말을 마친 에번스는 갑자기 이야기가 따분해졌는지 일하러 가야 한다며 삽과 톱을 들고 자리를 떴다. 헤어질 때 그는 예원제에게 무엇인가 특별한 것이 있다는 듯 한 번 더 쳐다보았다.

"고상하고, 순수하며, 도덕적이고, 저속한 재미를 초월한 사람이다."

돌아오는 길에 예원제의 동료 한 사람이 「베순을 기념하다(紀念白求恩)」* 중의 한 구절을 암송했다.

그가 감탄하며 말했다.

"저렇게도 살 수 있구나."

다른 사람들도 공감과 감탄의 말을 쏟아냈다.

"저런 사람이 많았다면, 아니 조금만 있었어도 상황은 달라졌을 텐데."

예원제는 혼잣말처럼 중얼거렸다. 물론 그녀 말의 진짜 의미를 이해하는 사람은 없었다.

연구팀 책임자가 화제를 돌렸다.

"내 생각에 여기는 안 될 것 같아요. 상부에서 비준할 것 같지도 않고."

"왜요? 우리가 생각하는 곳 중에 이곳의 전자기 환경이 제일 좋은데요."

"인문 환경은요? 동지, 기술적인 측면만 생각하지 마세요. 이곳이 얼마나 궁핍한 곳인지 압니까? 척박한 곳에서는 간악한 사람만 나온다고, 앞으로 지방 정부와의 관계에 골칫거리가 많을 수도 있어요. 기지가 이곳의 당승육(唐僧肉)**이 될 수도 있다고요."

* 옮긴이 주: 1939년 12월 베순이 사망한 직후 마오쩌둥이 그를 기리며 발표한 글.
** 옮긴이 주: 당나라 승려의 인육. 서유기에서 이것을 먹으면 불로장생한다고 해서 잡귀들이 달려들었다.

아니나 다를까 그곳은 비준되지 않았다. 이유는 책임자가 말한 것과 똑같았다.

3년이 지났고 예원제는 에번스의 소식을 다시 듣지 못했다.

그해 봄 어느 날, 예원제는 엽서를 한 장 받았다. 에번스가 보낸 것으로 딱 한 줄만 쓰여 있었다.

이곳에 와서 어떻게 지냈는지 말해주세요.

예원제는 1박 2일 동안 기차를 타고 간 뒤 다시 차로 갈아타고 몇 시간을 달려 외진 북서 산간 마을에 도착했다.

작은 산에 올라가자 숲이 보였다. 면적은 3년 전과 별 차이가 없었지만 나무가 자라 더 빽빽해 보였다. 하지만 예원제는 곧 숲 면적이 많이 늘어났다가 다시 벌목되었다는 것을 알았다. 하늘을 찌를 듯한 기세로 벌목이 진행되고 있었다. 숲의 여러 방향에서 나무가 끊임없이 쓰러졌다. 숲 전체가 진딧물이 삼켜버린 푸른 잎 같았다. 이런 속도라면 곧 사라질 터였다. 벌목하는 사람들은 근처 두 마을에서 왔다. 그들은 도끼와 톱으로 성장하기 시작한 작은 나무들을 베어 트랙터나 소달구지에 실어 산 아래로 운반했다. 벌목하는 사람이 많다 보니 격한 분쟁도 자주 발생했다.

작은 나무는 넘어지면서 거대한 소리를 내지 않았고 전기톱의 요란한 소리도 들리지 않았다. 하지만 어디선가 본 듯한 장면에 예원제는 가슴이 저렸다.

누군가 그녀에게 알은체를 했다. 생산부대 대장이었다. 지금은 촌장이라고 했다. 그녀는 왜 나무를 베느냐고 물었다.

"이 숲은 법률의 보호를 받지 않아요."

"어떻게 그렇게 말할 수 있죠? 삼림법이 발표되었잖아요?"

"하지만 배순은 뭐 허가받고 나무를 심었나요? 외국인이 중국 산에 마음대로 나무를 심었는데 법률의 보호를 받겠어요?"

"그건 말이 안 되지요. 그는 민둥산에 나무를 심었고 농경지를 점유하지도 않았어요. 게다가 당신들도 그에게 아무 말 하지 않았고요."

"그래요. 나중에 현(縣)에서 그에게 조림 모범이라고 상까지 줬지요. 원래 마을에서는 몇 년 더 지난 뒤에 나무를 베려고 했어요. 돼지도 통통하게 살이 오른 다음에 죽이지 않습니까. 그런데 옆 마을 사람들이 기다리지 않고 베기 시작했어요. 그러니 우리도 가만히 있을 순 없었지요."

"즉시 중단하세요! 내가 정부 관련 부처에 가서 말하겠어요!"

촌장이 담배에 불을 붙이면서 먼 곳에서 나무를 싣고 있는 대형 화물차를 가리켰다.

"소용없습니다. 저길 보세요. 현 임업국 부국장 차입니다. 진(鎭)* 파출소 차도 있는걸요. 저 사람들이 나무를 제일 많이 가져가요! 제가 말했죠. 이 숲은 임자가 없다고. 그러니 보호도 받지 못하죠. 어디를 가도 소용없습니다. 그리고 예 동지, 당신은 대학교수잖아요. 그런데 이 일이 당신과 무슨 관계가 있어요?"

에번스의 흙집은 여전했다. 그러나 에번스는 안에 없었다. 예원제는 숲에서 그를 찾았다. 마침 그는 도끼로 정성스럽게 나뭇가지를 치고 있었다. 일한 지 한참 된 듯 피곤한 기색이 역력했다.

에번스가 구부러진 가지를 능숙하게 치면서 말했다.

* 옮긴이 주: 중국 현 이하의 행정구역 단위.

"의미가 있든 없든, 멈출 수가 없습니다. 멈추면 내가 무너질 것 같아요."

예원제는 애정 어린 시선으로 그를 바라보았다.

"우리 함께 현 정부에 가요. 안 되면 성(省) 정부로 가요. 누군가는 저들을 멈출 수 있을 거예요."

에번스는 일을 멈추고 놀란 듯이 예원제를 쳐다보았다. 석양이 겹겹으로 둘러싼 나무 사이를 비추었다. 그의 눈동자가 빛났다.

그는 웃으며 고개를 흔들고는 도끼를 내려놓았다. 그리고 나무에 기대앉았다.

"예원제, 내가 정말 이 숲 때문에 그러는 줄 알아요?"

"지금이라도 저들을 멈추게 할 수 있어요."

그가 빈 공구 자루를 땅에 깔더니 그녀에게 앉으라고 했다.

"나는 미국에서 갓 돌아왔어요. 아버지가 두 달 전에 돌아가셨거든요. 내가 아버지의 유산 대부분을 물려받았습니다. 형과 누나는 각각 500만 달러만 받았고요. 정말 의외였죠. 마지막에 나한테 이럴 줄은 정말 몰랐습니다. 아마도, 아버지는 마음 깊이 나를 중요하게 생각했나 봅니다. 아니면 내 이상을 존중했는지도 모르고요. 부동산을 빼고도 내가 현재 갖고 있는 돈이 얼마나 되는 줄 알아요? 45억 달러예요. 마음만 먹으면 벌목을 중단시키고 그들에게 나무를 심게 할 수도 있어요. 우리가 눈으로 볼 수 있는 황토산을 지금 이 속도로 숲으로 만들 수도 있어요. 쉽지요. 하지만 그게 무슨 의미가 있겠습니까? 당신이 보는 모든 것은 가난 때문이라고 할 수 있어요. 하지만 부유한 나라는 또 어떻습니까? 그들은 자신들의 나라는 좋은 환경으로 가꾸고 오염이 심한 공업은 가난한 나라로 이전시키고 있습니다. 당신도 알 겁니다. 미국 정부가 교토의정서 가입을 거절한 것을 요……. 인간의 본성은 똑같습니다. 문명이 이런 식으로 발전한다면 내가 구하고 싶은 제비도, 그리고 다른 제비들도 조만간 모두 멸종할 겁니다. 시간문제일 뿐이죠."

예원제는 말없이 앉아 일몰이 작은 나무 사이로 쏟아내는 빛들을 바라보았다. 저 멀리에서 벌목하는 소리가 들려왔다. 그녀의 생각은 20년 전 다싱안링의 숲으로 되돌아갔다. 그때 그녀는 다른 남자와 비슷한 대화를 나누었다.

에번스가 이어서 말했다.

"내가 왜 이곳으로 왔는지 알아요? 종의 공산주의 사상은 고대 동양에서 싹텄습니다."

"불교 말인가요?"

"그렇습니다. 기독교는 인간만 중요시합니다. 모든 동물을 노아의 방주에 실었다곤 하지만 다른 생명을 인간과 똑같은 위치에 둔 적은 없습니다. 그러나 불교는 모든 중생을 구제하려 하죠. 그래서 동양으로 왔습니다. 하지만…… 지금 보니 어디든 다 똑같군요."

"그래요, 어디나 다 똑같아요. 인간은 모두 똑같으니까요."

"지금 내가 무엇을 할 수 있겠습니까? 내 삶의 지주는 어디에 있습니까? 나는 45억 달러와 다국적 석유회사를 소유했지만 그게 또 무슨 소용입니까? 인간이 멸종 위기에 빠진 생물을 구하기 위해 쏟아붓는 돈은 분명 450억 달러가 넘을 것입니다. 악화된 생태환경을 구하기 위해서 투자하는 돈은 4500억 달러가 넘을 것이고요. 하지만 무슨 소용입니까? 문명은 여전히 자기 궤도대로 인간을 제외한 지구상에 있는 다른 생명을 멸망시키고 있는데요. 45억 달러면 항공모함 한 척을 건조할 수 있습니다. 하지만 항공모함 1000척을 만든다 해도 인간의 광기를 멈추게 할 수 없을 겁니다."

"마이크, 그것이 바로 내가 당신에게 하고 싶은 말입니다. 인류 문명은 스스로의 힘으로 개선할 수 없는 지경에 이르렀어요."

"하지만 인간 외에 다른 힘이 있습니까? 만약 신이 존재한다 해도 예전에 죽었을 겁니다."

"있습니다. 다른 힘이."

태양은 이미 산 아래로 졌고 벌목꾼들도 일을 끝내고 돌아가 숲과 주위의 황토 언덕은 적막에 휩싸였다. 예원제는 에번스에게 홍안과 삼체 세계의 일을 말해주었다. 에번스는 조용히 경청했다. 황혼에 덮인 숲과 주위의 황토 고원도 같이 듣는 듯했다. 예원제가 말을 끝냈을 때는 어느덧 밝은 달이 떠서 숲을 비추고 있었다.

"나는 아직 당신 말을 믿지 못하겠습니다. 어쨌든 너무 신기한 이야기니까요. 하지만 나한테 이 모든 것을 증명할 힘이 있으니 다행입니다. 만약 정말이라면요."

그는 예원제에게 손을 내밀며 삼체 조직의 모든 신입회원들이 반드시 하는 말을 했다.

"우리는 동지입니다."

제2의 홍안

다시 3년이 흘렀다. 에번스는 종적이 묘연한 채 아무 소식이 없었다. 예원제는 그가 세계의 어딘가에서 자기가 말한 것을 증명하고 있는지, 또는 어떻게 증명할 것인지 알 수 없었다. 우주적 차원에서 보면 4광년은 아주 가깝지만 미약한 생명에게 있어서는 상상할 수도 없이 먼 거리였다. 우주라는 강의 처음과 끝은 모두 거미줄처럼 섬세하게 연결되어 있었다.

그해 겨울, 예원제는 서유럽의 잘 알려지지 않은 대학에서 반년간 방문 학자로 와달라는 초청을 받았다. 런던 히스로 공항에 내리자 한 젊은이가 그녀를 마중 나왔다. 그들은 공항을 나가지 않고 다른 격납고로 갔다. 그곳에서 젊은이는 그녀를 헬기에 태웠다. 헬기가 굉음을 내며 런던의 안개 자욱한 하늘로 날아오르자 마치 시간이 거꾸로 흐르는 듯했다. 이 모든 것이 처음이 아닌 것처럼 익숙했다. 예전에 처음으로 헬기를 타면서 운명의 전환점을 맞이했듯이 이번에는 운명이 자신을 또 어디로 데려갈지 궁금했다.

젊은이가 말했다.

"우리는 제2의 홍안 기지로 갑니다."

헬기는 해안선을 넘어 대서양 깊은 곳으로 날아갔다. 바다 위를 약 30분 날아가자 헬기 아래에 대형 선박이 보였다. 대형 선박을 보자 레이더봉이 떠올랐다. 그제야 그녀는 선박이 레이더봉과 닮았고 주위의 대서양은 다싱안링의 숲과 비슷하다고 생각했다. 그러나 정말 홍안 기지를 연상시킨 것은 대형 선박 중간에 서 있는 거대한 파라볼라 안테나였다. 안테나는 대형 선박의 원형 돛 같았다. 6만 톤급 유조선을 개조한 대형 선박은 부유하는 작은 철섬 같았다. 에번스는 자신의 기지를 배 위에 건설했다. 최적의 감청과 발사 방위를 맞추기 위해서일 수도 있고, 무엇인가로부터 도피하기 위해서일 수도 있었다. 나중에야 그 배의 이름이 '심판일'호라는 걸 알았다.

헬기에서 내린 예원제는 익숙한 굉음을 들었다. 대형 안테나가 해풍을 맞는 소리였다. 그 소리는 그녀를 더 깊이 과거로 끌고 갔다. 안테나 아래 넓은 갑판에 2000명쯤 되는 사람이 빽빽하게 서 있었다. 에번스가 앞으로 걸어 나와 예원제에게 말했다.

"당신이 알려준 주파수와 방위로 우리는 삼체 세계의 정보를 수신했습니다. 당신이 말한 모든 것이 증명되었습니다."

예원제는 담담하게 고개를 끄덕였다.

에번스가 이어서 말했다.

"위대한 삼체 함대가 이미 출항했습니다. 목표는 태양계, 450년 뒤에 도착합니다."

예원제의 얼굴은 여전히 평온했다. 이제 그녀를 놀라게 할 것은 아무것도 없었다.

에번스는 뒤에 빽빽하게 서 있는 사람들을 가리켰다.

"지금 보는 것은 지구 삼체 조직의 첫 번째 회원들입니다. 우리의 이상은 삼체 문명의 힘을 빌려 인류 문명을 개조하고 인류의 광기와 사악함을 억제해 지구를 다시 한번 조화롭고 죄악 없는 세상으로 번영시키는 것입니다. 우리의 이상에 동조하는 사람이 점점 늘어나고 있습니다. 우리 조직은 전 세계적으로 빠르게 확대되고 있습니다."

예원제가 조용한 목소리로 물었다.

"내가 할 수 있는 일은 무엇입니까?"

"지구 삼체 운동의 총사령관을 맡아주십시오. 지구 삼체 전사들이 모두 당신의 자격을 인정했습니다!"

예원제는 몇 초간 침묵하다가 천천히 고개를 끄덕였다.

"최선을 다하겠습니다."

에번스가 주먹을 높이 들고 회원들에게 소리쳤다.

"인류의 폭정을 제거합시다!"

파도 소리와 바람을 가르며 안테나가 내는 굉음에 맞추어 삼체 전사들이 일제히 외쳤다.

"세계는 삼체의 것이다!"

이날은 지구 삼체 운동 탄생일로 공인되었다.

지구 삼체 운동

이렇듯 많은 사람이 인류 문명에 철저히 절망해 자신의 종(種)을 증오하고 배반하고 심지어 자기 자신과 자손을 포함한 인류를 멸망시키는 것을 최고의 이상으로 삼은 것이 지구 삼체 운동의 가장 놀라운 부분이었다.

지구 삼체 반군은 정신 귀족 조직이라고도 불렸다. 회원 대부분이 지식인 계층이었고 정재계 인사도 상당했기 때문이다. 삼체 조직도 일반인을 받으려 한 적이 있지만 그런 노력은 실패로 돌아갔다. 인류의 부정적인 면에 대해 지식인 계층처럼 심각한 인식이 없었기 때문이다. 더 중요한 것은 그들은 현대 과학과 철학의 영향을 비교적 적게 받아 자신이 속한 종의 본능에 동질감이 강해 인류 모두를 배반하는 것을 상상조차 하지 못했다. 하지만 지식인들은 달랐다. 그들 중 상당수는 이미 인류 외부의 입장에서 문제를 생각했다. 인류 문명은 자기 내부에 강력한 분열의 힘을 키우고 있었다.

삼체 반군은 놀라운 속도로 발전했다. 그러나 회원 수만으로 그들의 힘을 다 가늠할 수는 없었다. 조직 구성원 중 대부분이 사회 고위층으로 막

강한 권력과 영향력을 지니고 있었기 때문이다.

지구 삼체 반군의 총사령관인 예원제는 정신적 지도자일 뿐 조직의 구체적인 운영에는 관여하지 않았다. 그녀는 방대해진 삼체 반군이 어떻게 발전했는지, 심지어 조직의 인원수도 잘 몰랐다.

조직은 세력을 빠르게 확대하기 위해 반공개 상태로 활동했다. 하지만 각국 정부는 지구 삼체 반군을 주시하지 않았다. 정부의 보수적이고 부족한 상상력이 자연스럽게 보호막이 되어주었다. 국가의 힘을 장악한 관련 부처 중에 그들이 말하는 것을 믿는 사람은 없었다. 각국 정부는 그들을 헛소리나 해대는 급진 조직으로 생각했지만 구성원들의 지위가 높아 이 조직을 늘 조심스럽게 대했다. 삼체 반군이 자신들의 무력을 드러내 보이자 일부 국가의 안보기관이 그들을 주목하기 시작했고 더 나아가 이 조직이 심상치 않다는 것을 깨달았다. 그들에게 타격을 가하기 시작한 것은 최근의 일이었다.

지구 삼체 반군은 하나로만 구성되지 않았다. 내부에는 복잡한 파벌과 분파가 있었는데 크게 강림파와 구원파로 나뉘었다.

강림파는 삼체 반군의 가장 본질적이고 순수한 파벌로 에번스가 주창한 종의 공산주의 신봉자로 구성되었다. 그들은 인간 본성에 철저하게 절망했다. 이 절망은 현대 문명이 야기한 지구 종의 대멸종에서 비롯된 것으로 에번스가 대표적인 인물이다. 강림파에도 여러 파가 나타났다. 일부는 환경보호와 전쟁 등에만 국한되지 않고 상당히 추상적인 철학 단계로 나아가기도 했다. 사람들의 상상과는 달리 그들 중 대다수는 현실주의자였다. 그들은 자신들이 섬기는 외계 문명에도 큰 희망을 걸지 않았다. 그들이 인류를 배반한 것은 그저 인간에 대한 절망과 증오 때문이었다. 마이크 에번스의 말은 강림파의 좌우명이 되었다.

'우리는 외계 문명을 모른다. 그러나 인간은 안다.'

구원파는 삼체 반군이 결성되고 상당히 오랜 시간이 흐른 뒤 나타난 파벌로 본질은 종교단체이고 삼체교 신도들로 구성되었다.

인류 외의 다른 문명은 지식인에게는 매력적인 존재임에 틀림이 없었다. 때문에 다른 문명에 대한 갖가지 환상을 갖기 쉬웠다. 인류의 유치한 문명을 보면 더 고등한 다른 문명의 매력은 저항하기 힘든 것이다. 이 현상을 매우 적절하게 비유한 말이 있다. 인류 문명은 우주라는 황무지를 홀로 외롭게 걷는 세상 물정을 모르는 소년(소녀)이다. 어느 날 그(그녀)는 다른 이성의 존재를 알게 되었다. 그녀(그)의 얼굴과 생김새는 보지 못했지만 그녀(그)가 먼 곳에 있다는 것은 알아 그녀(그)에 대한 아름다운 상상이 들불처럼 번졌다. 아득히 먼 문명에 대한 상상력이 점점 풍부해져 구원파는 삼체 문명에 종교적인 감정을 갖게 되었고 켄타우루스자리 알파는 우주에 있는 올림포스산, 신들이 사는 곳이 되었다. 삼체교는 이렇게 탄생했다. 인류의 다른 종교와는 달리, 삼체교는 정말 존재하는 대상을 숭배한다. 또 다른 종교와는 달리 위기에 빠진 것은 주고 구원의 책임은 신도들에게 있다. 삼체 문화를 사회에 알리는 방법은 주로 삼체 게임을 통해서였다. 삼체 반군은 막대한 인적·물적 자원을 투입해 방대한 규모의 게임을 개발했다. 애초 목적은 첫째가 삼체교를 전도하기 위해서이고, 둘째는 게임을 통해 수준 높은 지식인 계층에 국한된 삼체 반군의 촉각을 사회 기층으로 뻗어 사회 중하층의 젊은 회원을 모집하기 위해서였다. 게임은 인류 사회와 역사를 빌려 삼체 세계의 역사와 문화를 서술했다. 플레이어들에게 낯선 느낌을 덜 주기 위해서였다. 플레이어들이 일정 수준에 도달하고 삼체 문명에 매력을 느끼면 삼체 조직은 그에게 연락해 사상 경향을 알아보고 합격한 사람은 지구 삼체 반군 회원으로 받아들였다. 그러나 삼체 게임은 사회에서 큰 파장을 일으키지는 못했다. 이 게임을 하려면 지식과 사고 수준이 높아야 하는데 젊은이들은 게임의 평범한 겉모습에서 놀라운 내막을 발견할 능력과 인내심이 없었다. 게임에 매료된 사람은 대부분 지식수준이 높은 사람들이었다.

구원파가 모집한 회원은 대부분 삼체 게임을 통해 삼체 문명을 알게 되어 결국 지구 삼체 반군에 투신한 사람들이었다. 따라서 삼체 게임이 구원파의 요람이라고 할 수 있었다.

구원파는 삼체 문명에 종교적인 감정을 가진 것과 동시에 인류 문명에 대한 태도도 강림파처럼 극단적이지 않다. 그들의 최종 이상은 주를 구원하는 것이다. 주의 생존을 위해 인류 세계를 어느 정도 희생시킬 수 있다. 하지만 그들 중 대다수는 주가 켄타우루스자리 알파 항성계에서 생존하도록 함으로써 태양계로 침입하는 것을 피하는 게 가장 이상적인 결말이라고 생각했다. 그들은 물리로 삼체문제를 해결하면 삼체와 지구 두 세계를 동시에 구할 수 있다고 순진하게 생각했다. 사실 이것을 순진한 생각이라고만은 할 수 없었다. 삼체 문명 자체도 상당히 오랜 시간 동안 이런 생각을 했다. 삼체문제를 해결하려는 노력은 몇백 차례의 삼체 문명에 걸쳐 시도되었다. 구원파에 속한 실력 있는 물리학자와 수학자들은 삼체문제를 해결하기 위해 노력했다. 수학적으로 삼체 문제를 해결할 수 없다는 말을 들은 다음에도 노력을 멈추지 않았다. 삼체문제 해결을 위한 노력은 삼체교에게 일종의 종교의식이었다. 하지만 연구는 진척이 없었다. 그러다 웨이청 같은, 삼체 반군과 삼체교와 무관한 천재가 그들이 희망을 가질 수 있는 돌파구를 찾아내기도 했다.

강림파와 구원파는 첨예한 대립 상태에 놓여 있었다. 강림파는 구원파를 지구 삼체 운동의 큰 위협으로 생각했다. 일리 있는 생각이었다. 각국 정부가 구원파 속에 심어둔 사람을 통해 삼체 반군의 놀라운 실체를 알아냈기 때문이다. 조직 내에서 두 파의 실력은 엇비슷했고 두 파의 무력 수준도 전쟁을 벌일 수 있을 정도까지 발전했다. 예원제는 자신의 위엄으로 조직 내 균열을 막으려고 애썼지만 효과는 크지 않았다.

삼체 운동이 발전하면서 삼체 반군에는 제삼의 파벌이 출현했다. 생존파였다. 태양계를 침략하는 외계 함대의 존재가 증명된 이후 그 최후의 전쟁에서 생존하는 것이 사람들의 가장 자연스러운 바람이 되었다. 물론 전쟁은 450년 이후의 일이라 이번 생과는 무관하지만 사람들은 450년 뒤 자신의 자손들이 생존하기를 바랐다. 지금 삼체 침략자를 위해 일하는 것은 이러한 목표를 달성하는 데 도움이 되었다. 다른 두 주류파에 비해 생존파는 비교적 낮은 사회계층의 회원들로 구성되었고 동양인, 특히 중국인이 가장 많았다. 현재 그들의 수는 적지만 회원 수가 급격하게 늘어나고 있기 때문에 삼체 문화가 더욱더 보급될 미래에는 무시할 수 없는 힘이 될 것이다.

인류 문명 자체의 결함으로 생겨난 분열된 힘, 더 고등한 문명에 대한 동경과 숭배, 최후의 전쟁에서 자손들이 생존했으면 하는 강한 욕망, 이 세 개의 강력한 동력이 지구 삼체 운동의 빠른 발전을 이끌었고, 삼체 반군이 수면 위로 드러났을 때는 이미 맹렬한 기세로 세를 불린 후였다.

이때, 외계 문명은 아직 4광년 밖의 우주 깊은 곳에서 인류 세계와 450년이라는 긴 비행을 남겨두고 있었다. 그들이 지구에 보낸 것은 전파밖에 없었다.

빌 매슈의 '접촉 부호' 이론은 공포스러울 정도로 완전무결하게 증명되었다.

두 개의 양성자

심문관: 지금부터 오늘의 조사를 시작하겠습니다. 지난번처럼 협조를 바랍니다.

예원제: 내가 알고 있는 것은 당신들도 모두 알고 있습니다. 어떤 것은 당신이 나에게 알려주어야 할 겁니다.

심문관: 그럴 수는 없습니다. 우리가 우선 알고 싶은 것은 삼체 세계가 지구에 보낸 정보 중 강림파가 누락시킨 부분에 관한 내용입니다.

예원제: 모릅니다. 그들의 조직은 빈틈이 없습니다. 나는 그들이 정보를 누락했다는 것 정도만 압니다.

심문관: 화제를 바꿔봅시다. 삼체 세계와의 통신을 강림파가 독점한 다음에 당신은 제3의 홍안 기지를 건설하지 않았습니까?

예원제: 그런 계획이 있었지만 수신 부분만 완성했습니다. 그 후 건설이 중단되었고 설비와 기지 역시 모두 철거했습니다.

심문관: 왜 그랬습니까?

예원제: 켄타우루스자리 알파 방향에서는 아무런 반응이 없었습니다.

모든 주파수대를 찾아보았지만 없었습니다. 그것은 당신들도 알 겁니다.

심문관 : 그렇습니다. 이 말은 적어도 4년 전에 삼체 세계가 지구와의 연락을 중단했다는 것을 뜻합니다. 때문에 강림파가 누락한 정보가 더 중요한 것입니다.

예원제 : 그렇습니다. 거기에 대해서는 정말 할 말이 없습니다.

심문관 : (몇 초 침묵) 그러면 말할 수 있는 부분에 대해 이야기해봅시다. 마이크 에번스가 당신을 속였지요?

예원제 : 그렇다고도 할 수 있지요. 그는 자신의 마음속 가장 깊은 곳에 있는 진짜 생각을 나에게 말한 적이 한 번도 없습니다. 그저 지구의 다른 종에 대한 사명감만 말했습니다. 나는 그런 사명감 때문에 인류에 대한 증오가 이렇게 극단적인 상태까지 이르러 인류 문명의 멸망을 자신의 최종 이상으로 삼으리라고는 생각하지 못했습니다.

심문관 : 지구 삼체 조직의 현재 상황을 보면 강림파는 외계의 힘을 빌려 인류를 멸망시키려 하고, 구원파는 외계 문명을 신으로 숭배하고, 생존파는 동포를 팔아 구차하게 목숨을 부지하고자 합니다. 이 모든 것이 외계 문명의 힘을 빌려 인류를 개조하겠다는 당신의 이상과는 다릅니다.

예원제 : 나는 불씨만 지폈지 그들을 통제할 수는 없습니다.

심문관 : 당신은 삼체 조직 내부에서 강림파를 없앨 계획을 세우고 행동에 옮겼습니다. 하지만 '심판일'호는 강림파의 핵심 기지이자 지휘센터입니다. 에번스를 비롯한 강림파 핵심 인물이 그곳에 상주하는데 당신은 어째서 '심판일'호를 먼저 공격하지 않았습니까? 구원파 대부분이 당신에게 충성하니 선박을 격침시키거나 점령할 수도 있지 않습니까?

예원제 : 누락된 주의 정보를 보존하기 위해서입니다. 그 정보는 제2 홍안 기지, 그러니까 '심판일'호의 컴퓨터에 저장되어 있습니다. '심판일'호

를 공격한다면 강림파는 모든 정보를 삭제할 것입니다. 그 정보들은 정말 중요하기 때문에 우리는 그것을 잃을 수 없습니다. 구원파에게 정보의 소실은 기독교가 성경을 잃는 것이고 이슬람교가 코란을 잃는 것이나 다름없습니다. 내 생각엔 당신들도 같은 문제에 부딪힌 것 같습니다. 강림파는 주에 대한 정보를 인질로 잡고 있습니다. 그것이 바로 '심판일'호가 여전히 존재하는 이유입니다.

심문관 : 그것에 대해 우리에게 의견을 제시할 것은 없습니까?

예원제 : 없습니다.

심문관 : 당신도 삼체 세계를 주라고 부르는군요. 당신도 구원파처럼 삼체 세계에 종교적인 감정을 갖고 있습니까? 아니면 이미 삼체교에 귀의했습니까?

예원제 : 아닙니다. 그저 습관일 뿐입니다……. 이 문제는 다시 말하고 싶지 않습니다.

심문관 : 그러면 다시 누락된 정보로 돌아갑시다. 당신은 상세한 내용은 몰라도 어떤 대강의 것은 듣지 않았을까요?

예원제 : 아마 뜬소문일 겁니다.

심문관 : 예를 들면?

예원제 : …….

심문관 : 삼체 세계가 강림파에게 인류의 현재 과학기술 수준보다 더 높은 기술을 전수했을 가능성이 있습니까?

예원제 : 그럴 가능성은 많지 않습니다. 그랬다면 당신들 손에 넘어갈 가능성이 높으니까요.

심문관 : 마지막 질문입니다. 그리고 가장 중요한 질문입니다. 삼체 세계에서 지구에 보낸 것이 전파뿐입니까?

예원제:거의 그렇습니다.

심문관:거의?

예원제:지금의 삼체 문명은 우주 비행 속도가 광속의 10분의 1에 도달했습니다. 이런 기술 도약은 지구 시간으로 수십 년 전에 일어났습니다. 그 전 그들의 우주 비행 속도는 광속의 몇천 분의 1에서 왔다 갔다 했지요. 그들이 지구를 향해 발사한 소형 탐측기는 지금 켄타우루스자리와 태양계 사이 거리의 100분의 1도 오지 못했습니다.

심문관:질문이 하나 있습니다. 이미 출발한 삼체 함대가 10분의 1 광속으로 비행한다면 40년 정도 뒤면 태양계에 도착하지 않겠습니까? 그런데 왜 당신들은 400년이 넘게 걸린다고 합니까?

예원제:대형 우주선으로 구성된 삼체 행성급 함대는 질량이 커서 가속이 매우 느립니다. 10분의 1 광속은 그들이 도달할 수 있는 최고 속도입니다. 이 속도로는 아주 짧은 시간만 운항하고 감속해야 합니다. 그리고 삼체 우주선의 추진 동력은 물질과 반물질의 소멸입니다. 우주선 앞부분에 거대한 자력장이 있어 깔때기 모양의 자력 덮개가 형성됩니다. 이것은 우주에 있는 반물질 입자를 수집하는 데 쓰입니다. 이런 수집 과정은 매우 더뎌서 오랜 시간이 지나야 우주선이 일정 기간 가속할 수 있는 반물질을 얻을 수 있습니다. 때문에 삼체 함대가 태양계에 도착하는 데 필요한 시간은 소형 탐측기보다 10배 더 늘어납니다.

심문관:그렇다면 방금 말한 '거의'는 무슨 뜻입니까?

예원제:우주 비행 속도에 대해 우리는 한정된 범위 내에서 토론했습니다. 이 범위를 벗어나면 낙후된 인류라도 일부 물질의 실체를 광속에 가깝게 가속할 수 있습니다.

심문관:(잠시 침묵) 당신이 말한 한정된 범위란 거시적 범위를 말하는

것입니까? 미시적 범위에서 인류는 고에너지 가속기로 입자를 광속에 가깝게 가속시킬 수 있습니다. 입자가 당신이 말한 그 물질의 실체입니까?

예원제: 똑똑하군요.

심문관: (이어폰을 가리키며) 제 뒤에는 세계적인 전문가들이 있습니다.

예원제: 그렇습니다. 입자입니다. 6년 전, 아득히 먼 켄타우루스자리 행성계에 있는 삼체 세계가 수소 원자핵 두 개를 광속에 가깝게 가속시켰고 그것을 태양계로 발사했습니다. 이 두 개의 수소핵, 그러니까 바로 양성자가 2년 전 태양계에 도달한 다음 지구에 도착했습니다.

심문관: 두 개의 양성자? 그들이 겨우 양성자 두 개만 보냈다고요? 그것은 거의 아무것도 보내지 않은 것과 다름없지 않습니까?

예원제: (웃음) 당신도 '거의'라는 말을 사용하는군요. 삼체 세계는 그 정도 능력밖에는 없습니다. 양성자 크기의 것만 광속에 가깝게 할 수 있어요. 4광년 거리에서 그들은 양성자 두 개만 보낼 수 있었습니다.

심문관: 거시적 세계에서 양성자 두 개는 아무것도 없다는 것과 같습니다. 세균의 털 한 가닥에도 수십억 개의 양성자가 있으니까요. 그게 어떤 의미가 있습니까?

예원제: 그건 자물쇠입니다.

심문관: 자물쇠요? 무엇을 잠그는 자물쇠입니까?

예원제: 인류 과학에 족쇄를 채우는 것입니다. 삼체 함대가 도착하기 전인 450년 동안 이 두 개의 양성자 때문에 인류의 과학은 어떤 중대한 진전도 거두지 못할 것입니다. 에번스가 이런 말을 한 적이 있습니다. '두 개의 양성자가 지구에 도착하는 날이 바로 인류 과학이 사망하는 날이다.'

심문관: 조금 황당하군요. 어떻게 그렇게 되는 겁니까?

예원제: 모르겠습니다. 정말 모르겠습니다. 삼체 문명의 눈에 우리는

야만인조차 못 되는 벌레일 뿐입니다.

　왕먀오와 딩이가 예원제의 말을 모두 듣고 작전센터를 나왔을 때는 이미 자정에 가까운 시간이었다.

　왕먀오가 물었다.

　"예원제의 말을 믿습니까?"

　"왕 교수는요?"

　"최근 일어난 일들은 정말 불가사의했습니다. 하지만 두 개의 양성자로 인류의 과학을 봉쇄할 수 있습니까? 이것도……."

　"우선 삼체 문명이 켄타우루스자리 알파에서 지구를 향해 두 개의 양성자를 발사했고 모두 지구에 도착했다는 데 주목해야 합니다! 4광년 밖에서요. 조준이 정말 정확하다는 뜻입니다. 길고 긴 과정에서 행성 간 먼지 등 수많은 교란이 있고 태양계와 지구 모두 운동 중인데 말입니다. 그것은 명왕성에서 총을 쏴 여기에 있는 모기를 맞히는 것보다 더 정확해야 한다는 말입니다. 정말 대단한 저격수입니다."

　'저격수'라는 단어를 듣자 왕먀오는 자기도 모르게 긴장되었다.

　"그게 무엇을 뜻하는 걸까요?"

　"저도 모르겠습니다. 선생은 양성자, 중성자, 전자 같은 미시적 입자가 어떤 모양이라고 생각합니까?"

　"거의 하나의 점이죠. 구조가 있는 점이요."

　"다행이네요. 제가 생각하는 이미지가 선생보다는 구체적이니까요."

　딩이는 들고 있던 담배꽁초를 멀리 던졌다. 그리고 땅에 떨어진 담배꽁초를 가리키며 물었다.

　"저게 무엇으로 보입니까?"

"담배꽁초요."

"좋습니다. 이 거리에서 저 작은 물건을 보면 어떤 느낌이 듭니까?"

"거의 점처럼 보입니다."

"그렇습니다."

딩이는 걸어가 담배꽁초를 주워다가 왕먀오의 눈앞에서 그것을 찢었다. 안에는 누렇게 변한 필터가 있었고 타르 냄새가 풍겼다.

"보세요. 이렇게 작은데 흡착 면적을 펼쳐보면 거실만큼 커집니다."

딩이는 손에 들고 있던 필터를 던지며 다시 물었다.

"파이프 사용합니까?"

"담배 안 피웁니다."

"파이프 담배는 더 고급 필터를 사용합니다. 하나에 3위안이지요. 직경은 담배 필터와 비슷하지만 좀 더 긴 활성탄을 넣은 작은 종이 통입니다. 안에 있는 활성탄을 꺼내 보면 쥐똥만 한 흑탄 알갱이가 한 줌 있습니다. 하지만 그 내부의 미세 구멍으로 구성된 흡착 면적을 펴보면 테니스장 크기 정도 됩니다. 이것이 바로 활성탄이 강한 흡착력을 지닐 수 있는 이유입니다."

"무슨 말을 하고 싶은 겁니까?"

왕먀오는 주의 깊게 들었다.

"꽁초 안의 필터나 활성탄은 3차원입니다. 그것들의 흡착면은 2차원이고요. 이로써 아주 작은 고차원 구조에 막대한 양의 저차원 구조를 저장할 수 있다는 것을 알 수 있습니다. 하지만 거시적 세계에서 고차원 공간의 저차원 공간 수용은 여기까지입니다. 신은 인색해서 세상을 창조한 대폭발 중 거시 우주에 세 개 차원만 주었습니다. 그러나 이것이 더 높은 차원이 존재하지 않는다는 뜻은 아닙니다. 여덟 개 차원이 미시 속에 갇혀 있

습니다. 거시의 3차원을 더하면 기본 입자 속에 11차원의 공간이 존재합
니다."

"그것이 또 어떻다는 말입니까?"

"다음의 사실만 말해드리죠. 우주에서 어떤 기술 문명의 등급은 그 문
명이 통제하고 사용할 수 있는 미시적 차원에 의해 결정됩니다. 기본 입자
의 1차원 사용은 우리 조상이 동굴에서 햇불을 켜던 때부터 시작되었습니
다. 화학반응의 통제는 1차원 수준에서 입자를 통제한 것입니다. 물론 이
런 통제도 낮은 급에서 높은 급까지, 햇불에서 이후의 증기기관까지, 더
이후의 발전기까지 이어집니다. 현재 입자의 1차원 통제 수준은 최고조에
달했습니다. 컴퓨터도 있고, 당신이 연구하는 나노 소재도 있지요. 하지만
이 모든 것은 미시 차원의 1차원 통제에 국한됩니다. 우주의 더 고급 문명
이 보았을 때 햇불과 컴퓨터, 나노 소재 등은 본질적으로 차이가 없는 같
은 단계입니다. 이것이 그들이 인류를 벌레로 보는 이유입니다. 유감스럽
게도, 그들이 맞습니다."

"좀 더 구체적으로 설명해줄 수 있습니까? 그것이 두 개의 양성자와 무
슨 관계가 있습니까? 지구에 도착한 그 두 개의 양성자가 도대체 뭘 할 수
있단 말입니까? 심문관이 말한 것처럼 세균의 털 한 가닥에도 수십억 개
의 양성자가 있을 텐데, 양성자 두 개는 우리의 손가락 끝에서 백이면 백
에너지로 변해 가장 크게 느껴도 침에 찔린 것 정도일 겁니다."

"느끼지 못할 겁니다. 그것이 세균의 털 위에서 전부 에너지로 변해도
세균은 아무것도 느끼지 못할 겁니다."

"그러면 방금 말하려던 것은 무엇입니까?"

"아닙니다. 나는 아무것도 모릅니다. 벌레가 뭘 알겠습니까?"

"하지만 당신은 벌레 중 물리학자잖습니까. 저보다는 더 많이 알지 않

겠어요? 당신은 적어도 나처럼 막연하지는 않을 것 아닙니까? 부탁입니다. 아니면 오늘 밤 잠을 못 이룰 것 같습니다."

"내가 말하면 당신은 더 못 잘 겁니다. 됐습니다. 신경 써봐야 무슨 소용이 있어요. 우리는 웨이청과 스창처럼 달관하며 자기 일만 잘하면 됩니다. 갑시다. 뭐 좀 마십시다. 그리고 집에 가서 벌레처럼 잡시다."

작전명 '쟁'

———————————

스창이 맞은편에 앉은 왕먀오에게 말했다.

"괜찮아, 방사능은 이제 없어. 요 며칠 밀가루 포대처럼 뒤집혀 몇 번이나 씻겼다고. 이번 회의는 원래 자네가 참석하지 않아도 되지만 내가 왕 교수도 참석시켜야 한다고 했지. 헤이, 이번에 우리 한 건 할 수 있을 거야."

스창은 말을 하면서 회의 탁자 위에 놓인 재떨이에서 피우다 버린 시가를 들어 불을 붙였다. 그리고 한 모금 빨더니 고개를 끄덕이며 기분 좋은 듯 맞은편 회의 참석자에게 훅, 하고 연기를 내뱉었다. 그 시가의 원래 주인인 스탠턴 미 해군 장교가 경멸하는 듯한 눈초리로 스창을 쳐다보았다.

이번 회의에는 외국 군인이 많이 참석했고 모두 군복을 입고 있었다. 인류 역사상 처음으로 전 세계가 공동의 적을 맞이하게 된 것이다.

창웨이쓰 장군이 말했다.

"동지 여러분, 여기 계신 분들은 현 상황을 기본적으로 알고 있을 겁니다. 스창의 말대로 정보 평등이지요. 인류와 외계 침략자들의 전쟁은 이미 시작되었습니다. 450년 뒤 우리의 자손들은 다른 별에서 온 삼체 침입자와 마주할 것입니다. 현재 우리가 전쟁을 벌이는 상대는 같은 인류지만 본질적으로 말하면 인류의 반역자로 그들 역시 지구 문명 밖에서 온 적이라고 할 수 있습니다. 우리는 처음으로 이런 적과 마주했습니다. 다음 작전 목표는 매우 명확합니다. 바로 '심판일'호에 있는 누락된 삼체 정보를 빼앗는 것입니다. 그 정보는 인류 문명의 존망에 중요한 의미가 있습니다. 우리는 아직 '심판일'호를 놀라게 하지 않았습니다. '심판일'호는 합법적으로 대서양을 운항하고 있고 파나마운하 관리국에 나흘 후 운하를 통과하겠다고 신청했습니다. 그날이 우리가 행동할 수 있는 최적의 기회입니다. 그날을 놓치면 기회는 다시 오지 않을 것입니다. 현재 전 세계 작전센터가 행동 방안을 마련하고 있습니다. 이들 방안 중 본부가 열 시간 내에 하나를 선택해 확정할 것입니다. 이번 회의에서는 행동 방안을 토론하고 실행 가능성이 제일 높은 방안 두세 개를 확정해서 본부에 보고할 것입니다. 시간이 촉박하므로 효율적으로 일해야 합니다. 주의할 점은, '심판일'호에 있는 삼체 정보를 안전하게 확보하는 것을 전제로 해야 한다는 것입니다. '심판일'호는 유조선을 개조한 것으로 선체 상부와 내부에 복잡한 구조를 더해 선원이라도 자주 가는 구역이 아니면 지도를 가지고 가야 할 정도라고 합니다. 우리는 선체 구조에 대해 아는 것이 거의 없습니다. '심판일'호 컴퓨터센터의 정확한 위치도 모르고 누락된 삼체 정보가 컴퓨터센터의 서버에 저장되어 있는지 복사본은 몇 개나 되는지조차 모릅니다. 우리가 목표를 달성할 수 있는 유일한 방법은 '심판일'호를 통째로 점령하고 통제하는 것입니다. 이 과정이 가장 어렵습니다. 공격 과정에서 적이 삼체 정보를 삭제하는 것을 막아야 합니다. 정보를 삭제하는 것은 매우 쉽습니다. 적은 급박한 순간, 일반적인 방법으로 삭제하지는 않을 것입니다. 현재의 기술로 복구하기가 쉬우니까요. 서버 하드드라이브나 다른 저장장치를 총으로 한 번 쏘기만 해도 모든 게 끝입니다. 10초면 끝날 겁니다. 때문에 우리는 10초가 지나기 전에 저장장치 근처의 적을 제압해야 합니다. 저장장치의 위치를 알 수 없으므로 복사본 수량도 파악이 안 됩니다. 때문에 지극히 짧은 시간 내에 발각되지 않고 '심판일'호에 있는 적 전체를 없애야 합니다. 동시에 내부에 있는 다른 설비, 특히 컴퓨터 설비가 파괴되지 않도록 해야 합니다. 이번 임무는 너무 어려워 누군가는 불가능한 임무라고도 합니다."

일본 자위대의 한 장교가 말했다.

"성공 가능한 유일한 방법은 '심판일'호 내부에 잠복해서 삼체 정보가 저장되어 있는 위치를 파악해 잠복 요원이 행동 전 저장 설비를 통제하거나 이동하도록 하는 것뿐입니다."

누군가 물었다.

"'심판일'호 감시와 정찰은 나토 군사정보기관과 CIA가 맡아왔는데 이런 잠복 요원이 있습니까?"

나토 조정관이 말했다.

"없습니다."

"그렇다면 이제부터 하는 얘기는 모두 잠담이 되겠군."

스창이 끼어들자 사람들이 눈을 흘겼다.

스탠턴이 입을 열었다.

"폐쇄된 조직의 내부 인력을 없애면서 동시에 그 안에 있는 설비도 파괴하지 않으려면 우선 구형(球形) 번개 무기가 떠오르는군요."

딩이가 고개를 저었다.

"안 됩니다. 그 무기는 잘 알려진 것이고 선체에 구형 번개를 차단하는 자기장 벽이 있을 수도 있습니다. 게다가 선내 모든 사람을 없앨 수 있다

해도 동시성은 장담할 수 없습니다. 또한 구형 번개는 선체 내부에 던져넣어도 공중에서 일정 시간 흔들려야 에너지를 방출합니다. 그 시간은 짧게는 10여 초에서 길게는 1분, 그 이상일 수도 있습니다. 그러면 적이 우리의 습격을 눈치채고 정보를 삭제할 것입니다."

스탠턴이 물었다.

"그러면 중성자탄은 어떻습니까?"

한 러시아 장교가 말했다.

"그건 안 된다는 것을 알고 있을 텐데요. 중성자 복사는 순식간에 죽음에 이르게 할 수 없습니다. 중성자탄으로 공격해도 적은 회의 한 번 정도는 할 시간이 남습니다."

한 나토 장교가 말했다.

"신경가스도 있지만 선내에 퍼지는 데 시간이 걸려 장군이 말한 목표는 달성하기 어려울 것입니다."

"남은 선택은 진동폭탄과 저음파뿐이네요."

스탠턴이 말하자 모두 그의 다음 말을 기대했다. 하지만 그는 말을 잇지 않았다.

스창이 말했다.

"진동폭탄은 우리 경찰이 사용하는 장난감인데. 건물 안에 있는 사람을 진동으로 한 번에 기절시키지요. 하지만 방 한두 개 정도에만 사용할 수 있습니다. 배 전체에 탄 사람을 기절시킬 만한 크기의 폭탄이 있나요?"

스탠턴은 고개를 저으며 대답했다.

"없습니다. 있다고 해도 그렇게 큰 폭발물은 선내 설비를 파괴할 겁니다."

누군가 물었다.

"그러면 저음파 무기는 어떻습니까?"

"아직 실험 단계라 실전에 사용할 수 없습니다. 특히 그렇게 큰 곳에서는요. 현재 실험 중인 저음파 무기의 일률로 '심판일'호 전체를 동시 공격해도 그 안에 있는 사람들에게 어지럼증과 구토나 유발하고 말 겁니다."

스창이 땅콩만큼 남은 시가를 비틀어 끄고는 말했다.

"하! 내가 말했잖아요. 남은 얘기는 잡담일 뿐이라고. 잡담을 이렇게 오랫동안 하다니. 장군의 말을 기억해야지요. 시간이 촉박하다!"

그러고는 불편한 표정을 짓고 있는 통역 중위에게 비웃는 듯한 표정을 지으며 말했다.

"동지, 통역하기 어렵죠. 의미만 대충 전달하면 됩니다."

그러나 스탠턴은 알아듣기라도 한 듯 방금 꺼내 든 시가로 스창을 가리켰다.

"저 경찰은 무슨 자격으로 우리한테 연설을 하는 겁니까?"

스창이 되물었다.

"그러는 당신의 자격은?"

한 나토 장교가 말했다.

"스탠턴 장교는 특수작전 전문가입니다. 그는 베트남 이후 중요한 군사 행동에 거의 다 참가했습니다."

"그러면 내 자격을 말해드리지. 20여 년 전, 내가 소속된 정찰대가 베트남군 주둔지 깊숙한 곳까지 몇십 킬로미터를 뚫고 들어가 경비가 삼엄한 수력발전소를 점령했지. 그래서 베트남인이 댐을 폭파해 우리 군의 진격로를 차단하려는 계획을 중단시켰어. 이게 내 자격이오. 나는 당신들이 패한 적을 이겼지."

창웨이쓰 장군이 탁자를 치며 말했다.

"됐습니다, 스창! 본론에서 벗어나지 마시오. 좋은 방안이 있으면 말해봐요."

스탠턴이 경멸하듯 말을 던지며 시가에 불을 붙였다.

"저 경찰한테 시간을 낭비할 필요는 없어 보이는군요."

통역을 다 하기도 전에 스창이 일어나 말했다.

"폴리스, 내가 이 단어를 두 번 들은 것 같은데, 뭐야, 경찰 무시하는 거야? 폭탄을 날려 그 배를 가루로 만드는 거라면 당신들 군인이 할 수 있겠지. 하지만 그 안에 있는 걸 완전하게 꺼내는 것은 당신들이 어깨에 별을 몇 개나 달고 있다고 해도 좀도둑만 못할걸? 그런 일은 사술(邪術)이 필요하지, 절대적인 사술이! 그리고 사술은 당신들보다 범죄자들이 훨씬 잘할 거야. 그들이야말로 사술의 대가거든! 그 수법이 얼마나 사악한 줄 아나? 내가 맡은 절도사건 범인은 운행 중인 열차 중간의 한 칸을 훔치고 앞뒤 열차를 완벽하게 연결해서 종점까지 운행하게 했어. 와이어로프와 쇠갈고리만 이용해서 말이야. 이게 바로 특수작전 전문가 아닌가? 나처럼 밑바닥에서 기면서 20여 년을 구른 강력반 형사는 그들에게 제일 좋은 교육을 받았지."

창웨이쓰 장군이 스창에게 말했다.

"방안을 말하지 않을 거라면 발언권을 주지 않겠습니다!"

"높으신 분들이 많아 내 차례까지는 안 올 줄 알았는데, 내가 의견을 안 내면 장군이 또 나에게 예의가 없다고 하겠군."

"예의가 사라진 지는 이미 오래잖소! 어서 당신의 사술을 말해봐요!"

스창이 펜을 꺼내 탁자에 평행선을 그렸다.

"이게 운하."

그다음 재떨이를 두 선 사이에 놓았다.

"이게 '심판일'호."

그다음 몸을 탁자 앞으로 쑥 내밀어 스탠턴이 방금 불붙인 시가를 빼앗

왔다.

장교가 소리치며 일어났다.

"더 이상 저 무뢰한을 참을 수가 없소!"

창웨이쓰 장군이 엄격하게 말했다.

"스창, 나가세요."

"말 끝나고요. 1분이면 됩니다."

스창은 말을 하면서 스탠턴에게 다른 손을 내밀었다.

장교가 이해할 수 없다는 듯이 물었다.

"뭐요?"

"한 대 더 주시오."

스탠턴은 망설이더니 나무 상자에서 시가를 하나 꺼내 스창에게 건넸다. 스창은 첫 번째 시가 끝을 탁자에 눌러 탁자에 그린 파나마운하 옆에 세우고 다른 하나도 끝을 평평하게 해서 '운하'의 다른 쪽에 세웠다.

"운하 양쪽에 기둥을 세우고 기둥 사이에 가는 줄 여러 개를 평행으로 설치해 잡아당기는 겁니다. 간격은 50센티미터 정도. 줄은 왕 교수가 제작한 '비도'라고 하는 나노 소재로."

말을 끝낸 스창은 몇 초간 서 있다가 두 손을 들었다.

"이게 끝이에요."

스창은 반응이 없는 사람들을 둘러보고는 몸을 돌려 회의장을 나갔다.

공기가 얼어붙었다. 모든 사람들이 화석처럼 꼼짝도 하지 않았다. 주위에 있던 컴퓨터의 웅웅거리는 소리도 조심스러운 것 같았다. 한참이 지나서야 누군가 쭈뼛거리며 침묵을 깼다.

"왕 교수, '비도'는 줄 형태입니까?"

왕먀오가 고개를 끄덕였다.

"현재 우리의 분자 건축 기술로는 줄 상태의 소재만 생산할 수 있습니다. 두께는 머리카락의 10분의 1 정도 됩니다……. 스창 대장이 일전에 나한테 물은 적이 있습니다."

"현재 보유하고 있는 수량으로 충분합니까?"

"운하 너비가 얼마나 됩니까? 선박 높이는요?"

"가장 좁은 곳이 150미터고 '심판일'호의 높이는 31미터입니다. 홀수는 8미터 정도고요."

왕먀오는 탁자 위에 놓인 시가를 바라보며 재빨리 계산을 해보았다.

"충분할 것 같습니다."

다시 긴 침묵이 흘렀다. 참석자들은 모두 놀라움을 가라앉히려고 애를 쓰는 듯했다.

누군가 물었다.

"삼체 정보를 저장한 설비가, 하드드라이브 디스크나 뭐 그런 것들이 절단되어 파괴되는 것 아닙니까?"

"확률이 낮습니다."

컴퓨터 전문가가 거들었다.

"절단된다 해도 문제는 크지 않습니다. 그렇게 가는 줄은 매우 예리해서 절단면이 고르지요. 그런 상태라면 하드드라이브 CD든 집적회로 저장체든 대부분 복구할 수 있습니다."

"실행 가능한 다른 방안이 있습니까?"

창웨이쓰 장군이 회의장을 둘러보며 물었지만 아무도 대답하지 않았다.

"좋습니다. 그러면 이제 이 방안의 세부 사항을 집중 논의해봅시다."

침묵을 지키던 스탠턴이 일어났다.

"그 경찰을 불러오겠소."

창웨이쓰 장군은 손을 들어 앉으라고 손짓했다. 그런 다음 소리쳤다.

"스창!"

스창은 회의실로 들어와 음흉한 미소를 지으며 사람들을 둘러보았다. 그리고 탁자 위의 '운하' 옆에 놓인 시가 두 개를 가져다가 불붙은 것은 입에 물고 다른 하나는 주머니에 넣었다.

누군가 물었다.

"'심판일'호가 통과할 때 기둥이 '비도'를 지탱할 수 있습니까?"

왕먀오가 대답했다.

"그것은 해결할 수 있습니다. 넓적한 상태의 '비도'가 소량 있습니다. 기둥에 가는 줄을 고정할 때 이걸 나사받이로 쓸 수 있습니다."

뒤에 이어진 토론은 주로 해군 장교와 항해 전문가 사이에 진행되었다.

"'심판일'호는 파나마운하를 통과할 수 있는 최대 톤급 선박입니다. 흘수가 깊어 나노 소재의 물밑 설치도 고려해야 합니다."

"물에 잠기는 부분은 조금 어렵습니다. 시간이 없다면 포기하는 게 낫습니다. 아래에는 주로 엔진, 연료 등이 있고 소음, 진동, 교란이 매우 많습니다. 환경이 열악해서 컴퓨터센터와 비슷한 기관을 그 부분에 설치할 가능성은 낮습니다. 물 위에 나노 줄의 간격을 좁히면 효과가 더 커질 것입니다."

"그렇다면 운하의 세 개 갑문 중 하나에 설치하는 게 제일 좋겠습니다. '심판일'호는 파나맥스*이기 때문에 통과할 때 갑문에 꽉 차서 '비도'의 길이는 32미터 정도면 됩니다. 그러면 간격을 좁힐 수도 있고요. 기둥을 세우고 줄을 잡아당기는 작업도 상대적으로 쉽습니다. 특히 물밑은요."

* 파나마운하의 32미터 너비 갑문을 통과할 수 있는 최대치인 31미터 폭으로 건조한 선박의 총칭.

"안 됩니다. 갑문은 상황이 복잡합니다. 선박이 갑문에 들어가면 궤도 기관차 네 대가 끌어서 통과시키기 때문에 속도가 매우 느립니다. 그리고 이때는 '심판일'호도 가장 경계하고 있을 겁니다. 절단하는 과정에서 발견 될 가능성이 큽니다."

"미라플로레스 갑문 밖의 아메리카 다리는 어떻습니까? 교각을 줄을 당기는 기둥으로 사용할 수 있을 것입니다."

"안 됩니다. 교각 간격이 너무 넓어 줄이 부족할 겁니다."

"그렇다면 이렇게 합시다. 행동 위치는 게일라드 수로*의 가장 좁은 곳 으로, 너비 150미터입니다. 기둥 건설에 필요한 여분까지 계산해서 170미 터로 합시다."

왕먀오가 말했다.

"그렇게 하면 줄 간격은 50센티미터 정도로 해야 합니다. 더 좁히면 줄 이 부족합니다."

스창이 담배 연기를 내뿜으면서 말했다.

"그리고, 반드시 배가 낮에 지나가게 해야 합니다."

"왜죠?"

"밤이면 사람들이 자려고 누울 것 아닙니까. 50센티미터 간격은 너무 커. 하지만 낮이면 대부분 앉아 있거나 쭈그리고 있을 테니 충분하지."

산발적으로 웃음이 터졌다. 무거운 압박 속에 있던 사람들이 살짝 긴장 을 풀었다.

유엔 여성 사무관이 스창에게 말했다.

* 파나마운하에서 인공적으로 파서 만든 부분으로 폭이 가장 좁다. 원래 이름은 '쿨레브라 수로'이나 굴착 감독자의 이름을 기념하여 게일라드 수로라고 한다.

"당신은 정말 악마군."

왕먀오가 떨리는 목소리로 물었다.

"무고한 사람이 희생되지는 않겠지요?"

한 해군 장교가 대답했다.

"갑문을 지날 때 밧줄을 받는 인부 열 명 정도가 배에 오릅니다만 배가 지나가면 바로 내립니다. 파나마 도선사는 선박이 82킬로미터 운하를 다 지날 때까지 함께 지나가니까 희생될 겁니다."

CIA 요원이 덧붙였다.

"그리고 '심판일'호에 있는 선원 중 일부는 그 배가 뭘 하는 배인지도 모를 겁니다."

창웨이쓰 장군이 말했다.

"교수님, 그런 건 지금 생각할 일이 아닙니다. 교수님이 생각할 문제도 아니고요. 우리가 획득할 정보에 인류 문명의 존망이 달려 있습니다. 누군 가는 최후의 결정을 해야 합니다."

회의가 끝나자 스탠턴이 정교한 만듦새의 시가 상자를 스창 앞으로 밀었다.

"스창, 최상급 아바나요."

나흘 뒤, 파나마운하 게일라드 수로를 본 왕먀오는 이국에 와 있다는 느낌이 전혀 들지 않았다. 서쪽 가까운 곳에 아름다운 가툰 호수가 있고 동쪽에는 웅장한 아메리카 다리와 파나마시티가 있다는 것을 알았지만 볼 기회가 없었다. 이틀 전 그는 국내에서 직항으로 파나마시티 근처의 토쿠멘 군용 비행장에 내려 헬기로 이곳에 왔다. 눈앞의 풍경은 너무나 평온했다. 운하 확장 공사가 진행 중인 양쪽 언덕 위의 열대우림은 듬성듬성하게 변해 황토가 그대로 드러나 있었다. 그 색 때문에 이곳이 익숙하게 느껴졌다. 운하 역시 평범해 보였다. 아마도 수로가 매우 좁아서 그런 것 같았다. 이 구간의 수로는 지난 세기 초에 10만여 명이 한삽 한삽 파서 만들었다고 했다.

왕먀오와 스탠턴 장교는 관광객처럼 꽃무늬 셔츠 차림에 커다란 밀짚모자를 쓰고 산중턱의 시원한 정자에 앉아 있었다. 그곳에서는 운하가 한눈에 보였다.

운하 양쪽에는 높이 24미터의 강철 기둥이 각각 놓여 있었다. 160미터 길이의 초강도 나노 줄 50가닥이 50센티미터 간격으로 두 강철 기둥에 연결되었고 각각의 나노 줄은 오른쪽에 와이어를 연결했다. 다행히도 운하는 왕먀오가 생각한 것처럼 혼잡하지 않았고 하루 평균 40척 정도의 대형 선박만 통과했다. 강철 기둥은 모두 접이식으로 연결되어 운하 양옆에 누워 있었다. '심판일'호의 앞 선박이 통과하면 와이어를 잡아당겨 나노 줄을 오른쪽 언덕 강철 기둥에 마지막으로 고정시킨 다음 기둥을 세울 예정이었다. 작전명은 '쟁(箏)'이었다. 이것은 자연스럽게 떠오른 이름이었다. 그리고 나노 줄로 이루어진 절단 그물은 '금(琴)'이라고 불렸다.

한 시간 전에 '심판일'호가 가툰 호수에서 게일라드 수로로 진입했다.

스탠턴이 파나마에 와본 적이 있는지 왕먀오에게 묻자, 그는 없다고 대답했다.

"나는 1990년에 왔지요."

"전쟁 때문에요?"

"그렇습니다. 하지만 가장 인상적이지 않은 전쟁이었어요. 바티칸 대사관 앞에서 포위당한 노리에가 대통령밖에 기억나질 않으니."

아래쪽 운하에서 선체가 새하얀 프랑스 여객선이 천천히 들어오고 있었다. 초록색 카펫을 덮은 갑판에서 화려한 옷을 입은 관광객들이 햇살을 즐기고 있었다.

스탠턴의 워키토키가 울렸다.

"2호 관찰 보초 보고, 현재 전방에 어떤 선박도 없음."

스탠턴이 명령했다.

"'금'을 올려라."

인부처럼 안전모를 쓴 몇 사람이 양쪽 언덕에 나타났다. 왕먀오가 일어서자 장교가 그를 잡았다.

"교수님, 당신이 관여할 일이 아닙니다. 그들이 알아서 잘할 겁니다."

왕먀오는 오른쪽 언덕에 있는 사람이 나노 줄과 연결된 와이어를 민첩하게 잡아당겨 팽팽해진 나노 줄을 강철 기둥에 고정시키는 것을 보았다. 그다음 양쪽 언덕에 있는 사람이 동시에 케이블 와이어 몇 줄을 잡아당기자 강철 기둥 두 개가 천천히 세워졌다. 위장을 위해 강철 기둥에 항로 표지와 수위를 표시해놓았다. 그들은 침착하게 일했다. 언뜻 보면 무료하고 평범한 일을 하는 듯 느릿느릿했다. 왕먀오는 강철 기둥 사이의 공간을 주시했다. 아무것도 없어 보이지만 '죽음의 금'이 이미 자리를 잡은 상태였다.

워키토키에서 말이 들렸다.

"목표, 금에서 4킬로!"

스탠턴이 워키토키를 내려놓고 방금 하던 말을 이어서 했다.

"두 번째로 파나마에 온 것은 1999년이었소. 운하 운항권 이양식이었지. 우리가 관리국 건물 앞에 도착했을 때 성조기가 이미 내려져 있지 뭐요. 미국 정부가 많은 사람들 앞에서 성조기를 내리는 곤혹스러운 장면을 피하기 위해 하루 전에 내려달라고 했다더군……. 그때는 역사의 현장을 두 눈으로 본다고 생각했는데 지금 생각하면 얼마나 하찮은 것인지."

"목표, 금에서 3킬로!"

왕먀오가 맞장구쳤다.

"그래요. 하찮죠."

하지만 그는 스탠턴의 말에 전혀 귀를 기울이지 않았다. 지금 그에겐 그 어떤 것도 중요하지 않았다. 온 신경이 아직 시야에 들어오지 않은 '심판일'호에 집중되었기 때문이다. 새벽 태평양 동해안에서 뜬 태양이 태평양 서해안을 향해 지면서 운하를 금빛으로 물들였다. 더 가까운 아래쪽에는 '죽음의 금'이 조용히 일어서고 있었다. 검은색 강철 기둥은 햇빛을 전혀 반사시키지 않아 그들 사이를 지나는 운하보다 더 오래된 것처럼 보였다.

"목표, 금에서 2킬로!"

스탠턴이 워키토키 소리를 못 들은 것처럼 계속 말했다.

"외계인 함대가 지구를 향해 날아온다는 소식을 들은 뒤에 나는 기억상실증에 걸렸습니다. 참 이상하지요. 과거의 일이 전혀 기억나지 않는 겁니다. 내가 겪은 전쟁들이 하나도 기억나지 않더군요. 방금 말한 것처럼 그 전쟁들은 하나같이 하찮았어요. 그 일을 알게 된 사람들은 모두 정신적으로 새사람이 될 겁니다. 세계도 새로운 세계가 될 것이고요. 만일 2000년 전이나 그보다 더 일찍 사람들이 외계의 침략 함대가 몇천 년 뒤에 도착한다는 것을 알았다면 지금의 인류 문명은 어떤 모습이었을까, 하고 나는 줄곧 생각했습니다. 교수님, 당신은 상상이 됩니까?"

왕먀오는 건성으로 대답했다.

"아, 아니요……."

"목표, 금에서 1.5킬로!"

"교수님, 내 생각에 당신이 신세기의 게일라드가 될 겁니다. 우리는 당신의 '파나마운하'를 기대하고 있습니다. 그렇지 않습니까? 우주 엘리베이터도 운하지요. 파나마운하가 두 바다를 잇는 것처럼 우주 엘리베이터는 지구와 우주를 연결하지요…….”

왕먀오는 그제야 장교가 계속 떠드는 이유가 왕먀오가 이 어려운 시간을 보낼 수 있게 도와주는 것임을 깨달았다. 왕먀오는 그 배려에 감격했지만 효과는 크지 않았다.

“목표, 금에서 1킬로!”

‘심판일’호가 드디어 모습을 드러냈다. 산등성이에서 비추는 석양 속에. ‘심판일’호는 금빛 파도 위에 검은 실루엣으로 나타났다. 6만 톤급 대형 선박은 왕먀오가 상상했던 것보다 훨씬 컸다. 마치 서쪽에서 산봉우리가 갑자기 툭 튀어나온 것 같았다. 7만 톤급 선박도 운하를 통과할 수 있다는 것을 알았지만 이렇게 큰 선박이 좁은 수로를 운항하는 모습을 직접 보니 느낌이 새로웠다. 선박의 거대함에 비하면 아래의 강물은 거의 존재하지 않는 것 같았다. 선박은 육지 위에서 이동하는 큰 산 같았다. 햇빛에 익숙해지자 ‘심판일’호의 선체는 검은색이고 위의 건축물은 하얀색인 것이 보였다. 그러나 대형 안테나는 보이지 않았다. 선박 엔진의 거대한 소리와 함께 거친 물소리도 들렸다. 둥근 뱃머리가 일으킨 물살이 운하 양쪽을 때리는 소리였다.

‘심판일’호가 ‘죽음의 금’으로 다가오자 왕먀오의 심장박동이 갑자기 빨라지고 호흡도 거칠어지기 시작했다. 그는 도망치고 싶은 충동을 느꼈지만 힘이 빠져 몸을 제어할 수 없었다. 갑자기 스창에 대한 분노가 솟았다. 그 빌어먹을 인간이 이런 생각을 해낸 것이다! 유엔 사무관의 말대로 그는 악마였다! 그러나 이런 감정은 곧 사라졌다. 그는 스창이 옆에 있었다면 자신의 상태가 훨씬 좋았을 것이라고 생각했다. 스탠턴이 스창도 같이 갈 것을 요청했지만 창웨이쓰 장군이 허락하지 않았다. 왕먀오는 장교가 그의 손을 치는 것을 느꼈다.

"교수님, 모든 게 다 지나갈 겁니다."

'심판일'호가 서서히 '죽음의 금'을 통과했다. 뱃머리가 강철 기둥 사이를 지날 때 왕먀오는 머리칼이 쭈뼛했다. 하지만 아무 일도 일어나지 않았다. 거대한 선체가 두 개의 강철 기둥 사이를 천천히 지나갔다. 선체가 반쯤 지났을 때 왕먀오는 심지어 기둥 사이에 나노 줄이 정말 존재하지 않는 줄 알았다. 그러나 작은 조짐들이 그의 의심을 가라앉혔다. 그는 선체 상층 건축물 가장 높은 곳에 있는 길고 가는 안테나 하단이 절단되어 아래로 떨어지는 것을 보았다.

뒤이어 두 번째 조짐이 나타났다. 그 장면은 왕먀오의 정신을 거의 무너뜨렸다. '심판일'호의 넓은 갑판은 텅 비어 있었고 뒤쪽 갑판에 선원 하나가 수도꼭지에 호스를 연결해 계선주(繫船柱)를 씻고 있었다. 왕먀오는 높은 곳에서 똑똑히 보았다. 선원의 몸이 갑자기 굳어지더니 호스가 그의 손에서 미끄러졌다. 그와 동시에 수도꼭지와 연결된 호스도 두 동강이 나면서 물이 뿜어져 나왔다. 선원이 똑바로 서서 몇 초간 있다가 바닥으로 고꾸라졌다. 그의 몸은 갑판에 닿는 동시에 두 동강이 났다. 그는 피가 흘러나오는 상반신과 반밖에 남지 않은 팔로 기어가고 있었다. 그의 팔도 두 부분으로 잘렸기 때문이다.

선미가 기둥을 다 통과했어도 '심판일'호는 똑같은 속도로 전진해서 이상한 장면은 더 이상 보이지 않았다. 그러나 곧이어 뒤틀린 엔진 소리가 들렸다. 이어 어수선하고 거대한 소리가 났다. 마치 대형 모터 회전부에 스패너 하나를 던져 넣은 것 같은 소리였다. 아니, 여러 개를 던져 넣은 듯했다. 엔진 회전부가 절단되어 나는 소리였다. 귀를 찌르는 파열음이 울리고 '심판일'호의 선미 한쪽에 구멍이 생겼다. 거대한 금속 구조재가 부딪쳐 생긴 구멍이었다. 구멍을 뚫고 날아온 구조재가 물속에 빠지면서 높은 물줄기를 일으켰다. 구조재가 휙, 하고 날아갈 때 왕먀오는 그것이 엔진의 크랭크축이라는 것을 알아보았다.

구멍으로 짙은 연기가 뿜어져 나왔고 오른쪽 언덕으로 직선 운항하던 '심판일'호가 선미를 끌면서 방향을 바꾸어 물 위로 올라와 왼쪽 언덕에 부딪쳤다. 왕먀오는 언덕에 부딪친 대형 선박의 뱃머리가 급격히 변형되고 물을 가르듯 언덕을 덮치면서 흙파도를 일으키는 것을 보았다. 동시에 '심판일'호는 50센티미터 두께의 40여 개 얇은 판으로 흐트러지기 시작했다. 멀리서 그 모습을 보니 윗부분의 판이 가장 빨리 부딪치고 아랫부분은 한층 한층 엇갈리게 퍼져 마치 앞을 향해 펼쳐진 포커 카드 같았다. 40여 개의 거대한 얇은 판이 미끄러지면서 마찰을 일으켜 날카로운 끼음이 쏟아졌다. 수많은 거대한 손가락이 손톱을 세워 유리를 긁는 것 같았다. 참을 수 없는 소리가 가라앉자 '심판일'호는 언덕 위에서 얇은 판으로 변해 있었다. 앞의 것이 더 멀리 나간 모양이 마치 넘어지는 서빙 직원의 손에서 미끄러져 앞으로 쓰러진 쟁반 더미 같았다. 얇은 판은 천같이 부드러워 보였지만 금세 복잡한 형태로 변해 그것이 원래 선박이었다는 것을 알아볼 수 없을 지경이 되었다.

언덕에서 수많은 병사들이 강기슭으로 뛰어나왔다. 왕먀오는 언제 어디에 저렇게 많은 사람이 숨어 있었는지 놀라웠다. 헬기가 요란한 소리를 내며 무지갯빛 기름막이 뒤덮인 강을 날아다니면서 '심판일'호 상공에 백색 소화 약품과 거품을 살포해 잔해 속의 번지는 불길을 잡았다. 다른 헬기 세 대는 신속하게 밧줄을 내려 수색대원을 보냈다.

스탠턴 장교는 이미 자리를 떠났다. 왕먀오는 그가 밀짚모자 위에 남겨놓은 망원경을 들고 떨리는 손으로 '비도'가 40여 조각으로 만들어버린

'심판일'호를 관찰했다. 대부분 소화 약품과 거품에 덮여 있었지만 노출된 부분도 있었다. 거울처럼 매끈한 절단면은 하늘의 붉은 노을을 전혀 변형시키지 않고 비추었다. 그는 거울 위에서 검붉은 동그란 자국도 보았다. 그것이 피인지 아닌지는 알 수 없었다.

사흘 뒤.

심문관: 당신은 삼체 문명을 압니까?

예원제: 모릅니다. 내가 받은 정보는 제한적이었습니다. 사실 삼체 문명의 진실과 자세한 면모는 에번스 등 삼체 정보를 누락한 강림파 핵심 인원을 제외하고는 아무도 몰랐습니다.

심문관: 그러면 당신은 왜 그들이 인류 사회를 개조하고 완전하게 해줄 수 있을 것이라고 기대했습니까?

예원제: 그들이 행성 사이를 뛰어넘어 우리 세계에 올 수 있다면 그들의 과학은 이미 상당한 단계로 발전했을 것이고 과학이 그토록 발전한 사회라면 더 높은 문명과 도덕 수준을 갖고 있을 것이라 생각했습니다.

심문관: 그 결론이 과학적이라고 생각합니까?

예원제: ……

심문관: 제가 주제넘게 추측해보겠습니다. 당신의 아버지는 과학으로 나라를 구한다는 당신 조부의 사상에 영향받았습니다. 그렇다면 당신은 아버지의 영향을 많이 받았겠군요.

예원제: (느낄 수 없을 정도로 한숨을 한번 내쉬고) 모르겠습니다.

심문관: 우리는 이미 강림파가 누락한 삼체 정보 전부를 얻었습니다.

예원제: 아……. 에번스는 어떻게 되었습니까?

심문관 : '심판일'호 작전 중에 사망했습니다.

(에번스는 '비도'에 의해 세 동강이 났다. 그는 '심판일'호 지휘센터에 있었다. 몸이 잘린 그는 가장 높은 부분을 향해 1미터 정도 기어갔다. 죽을 때 그의 두 눈이 주시한 바로 그 방향에 컴퓨터가 한 대 있었고 그 안에서 누락된 삼체 정보를 찾았다.)

예원제 : 정보가 많았습니까?

심문관 : 많았습니다. 약 28기가였습니다.

예원제 : 그럴 리가요. 행성 간 초원거리 통신 효율은 매우 낮은데 어떻게 그렇게 많은 양을 보낼 수 있습니까!

심문관 : 시작할 때는 우리도 그렇게 생각했습니다. 하지만 실제는 모두의 상상을 훨씬 뛰어넘었습니다. 가장 대담하고 가장 특이한 상상도요. 이렇게 하겠습니다. 정보 중 일부를 보여드릴 테니 당신의 아름다운 상상 속 삼체 문명이 어떤 것인지 직접 보십시오.

1379호 감청원

삼체 정보 가운데 삼체인의 생물학적 특징에 대한 묘사는 없었다. 인류는 400여 년 뒤에야 진짜 삼체인을 볼 수 있을 것이다. 정보를 읽으면서 예원제는 삼체인을 인간의 이미지로 상상하는 수밖에 없었다.

1379호 감청소는 설립된 지 1000년이 넘었다. 삼체 세계에 이런 감청소는 몇천 개가 있다. 그들은 온 신경을 곤두세우고 우주에 존재할 수 있는 지능을 가진 문명 정보를 듣기 위해 노력했다.

최초의 감청소에는 감청원 100여 명이 일했지만 기술이 발전하면서 현재는 단 한 명이 지키게 되었다. 감청원은 직위가 낮은 직업이었다. 항온에 생필품 공급이 보장되는 감청실에서 근무하고 난세기에도 탈수할 필요가 없었지만 그들의 삶은 이 작은 공간에 국한되었다. 그들은 항세기의 즐거움도 다른 사람보다 적게 누릴 수밖에 없었다.

1379호 감청원은 작은 창문을 통해 바깥의 삼체 세계를 보았다. 지금은 난세기의 컴컴한 밤이었다. 거대한 달이 아직 뜨지 않았고 대부분의 사람은 탈수 상태로 동면하고 있었다. 심지어 식물도 본능적으로 탈수해서 지표면에는 생명이 없는 섬유 뭉치만 다닥다닥 붙어 있었다. 별빛 아래 대지는 꽁꽁 얼어붙은 금속 같았다.

이때가 가장 고독한 시간이었다. 조용한 한밤중에 우주는 자신을 향해 귀를 기울이고 있는 사람에게 광활한 황야를 보여주었다. 1379호 감청원이 가장 보기 싫은 것이 모니터에서 천천히 이동하는 곡선이었다. 그것은 감청 시스템이 수신한 우주 전파 파형으로 무의미한 잡음이었다. 그는 이 끝없는 곡선이 추상적인 우주라는 생각이 들었다. 한 줄은 무한히 이어지는 과거이고 다른 한 줄은 무한히 이어지는 미래로, 그리고 중간에는 생명이 없는 불규칙한 기복만 있었다. 높낮이가 들쭉날쭉한 파구는 크기가 제각각인 모래 같았고 곡선 전체는 모래 입자가 길게 늘어서서 생긴 사막 같았다. 황량하고 적막했으며, 참을 수 없을 만큼 길었다. 그것을 따라 앞으로 또는 뒤로 무한히 멀리 갈 수는 있지만 영원히 귀결점을 찾지 못할 것 같았다.

그러나 오늘, 파형 모니터를 훑어본 감청원은 조금 이상한 점을 발견했다. 전문 인력이라고 해도 육안으로 파형에 정보가 담겨 있는지 잘 알 수 없었다. 하지만 우주 잡음의 파형을 너무나 잘 알고 있는 감청원은 지금 눈앞의 파형에 말로 표현하기 어려운 무엇인가가 담겨 있다는 것을 알 수 있었다. 선에 영혼이 있는 것 같았다. 그는 눈앞의 전파가 지능이 있는 생명체가 만든 것이라고 확신했다! 그는 다른 컴퓨터 앞으로 가서 지금 받은 내용의 식별 정도를 확인했다.

식별 정도가 적색 10이었다! 과거 감청 시스템이 수신한 우주 전파는 식별 정도가 청색 2를 넘은 적이 없었다. 식별 정도가 적색에 도달하면 지능형 정보를 포함할 가능성이 90퍼센트 이상이었다. 적색 10은 수신한 정보에 자체 해석 시스템이 포함되어 있다는 뜻이었다. 해석 컴퓨터가 최대 일률로 작업에 들어가 정보 속에 있는 자체 해석 시스템을 발견했다. 그리고 그것을 이용해 해석을 완료했다는 표시가 나타났다. 감청원은 결과 파일을 열었다. 삼체인 중에서 처음으로 다른 세계에서 온 정보를 읽는 것이었다.

이 정보를 받을 세계에 축복을 기원합니다.

다음 정보를 통해 당신들은 지구 문명에 대해 기본적으로 이해할 수 있게 될 것입니다. 인류는 길고 긴 노동과 창조를 거쳐 찬란한 문명을 건설했고 다양한 문화를 탄생시켰습니다. 또한 자연계와 인류 사회 운영 발전의 규칙을 기본적으로 이해했습니다. 우리는 이 모든 것을 소중하게 여깁니다.

그러나 우리의 세계에는 여전히 큰 단점이 있습니다. 원한과 편견, 전쟁이 존재합니다. 생산력과 생산 관계의 모순, 부의 심각한 불균형으로 많은 인류 구성원이 빈곤과 어려움 속에서 생활하고 있습니다.

인류 사회는 현재 우리가 직면한 각종 어려움과 문제를 열심히 해결하고 있으며 지구 문명의 아름다운 미래를 창조하기 위해 노력하고 있습니다. 이 정보를 발송하는 나라가 하는 사업이 바로 이런 노력의 일부분입니다. 우리는 모든 인류 구성원의 노동과 가치가 충분히 존중받고, 모든 사람의 물질과 정신 수요가 충분히 만족되며, 지구 문명이 더욱 아름다운 문명이 되는 이상적인 사회를 건설하기 위해 노력하고 있습니다.

우리에게는 아름다운 꿈이 있습니다. 우주의 다른 문명 사회와 연락을 하고 당신들과 함께 광활한 우주에서 더 아름다운 삶을 창조하기를 바랍니다.

머리가 띵하고 눈앞이 어지러워진 감청원은 모니터의 파형을 다시 살펴보았다. 우주에서 정보가 끊임없이 들어오고 있었다. 자체 해석 시스템이 컴퓨터가 수신한 정보를 실시간으로 해석해 즉시 모니터에 띄웠다. 삼체시간으로 두 시간 뒤 감청원은 지구 세계의 존재와 그곳에는 태양이 하나밖에 없고 늘 항세기라는 사실을 알게 되었다. 좋은 날씨가 계속되는 천국에서 탄생한 인류 문명이었다. 태양계에서 오는 정보는 끝이 났다. 해석 시스템도 이제 '결과 없음'을 나타냈고 감청 시스템에서는 다시 우주의 황량한 잡음만 들려왔다. 그러나 감청원은 방금 벌어진 모든 일이 꿈이 아니라고 확신했다. 그는 세계 곳곳에 있는 몇천 개의 감청소 역시 삼체 문명이 억만 년 동안 기다렸던 정보를 수신했으리라는 것을 알았다. 200번의 문명이 암흑 같은 터널 속을 헤매다가 이제야 비로소 한 줄기 빛이 나타난 것이다.

감청원은 지구에서 온 정보를 다시 읽어보았다. 그의 영혼은 지구의 영원히 얼지 않는 푸른 바다와 초록빛 숲과 들판 사이를 날아다니며 부드러운 햇빛과 산뜻한 바람이 자신을 어루만지는 것을 만끽했다. 얼마나 아름다운 세계인가. 200여 차례의 문명이 꿈꾸던 천국이 정말 존재하는 것이다!

그러나 흥분과 감동은 금세 가라앉고 실망과 처량함만이 남았다. 지나간 길고 긴 고독한 세월 속에서 감청원은 스스로에게 '설령 언젠가 외계 문명의 정보를 수신한다 한들 그것이 나와 무슨 상관인가? 그 천당은 내 것이 아니고 나의 이 고독하고 비루한 삶은 전혀 변하지 않을 텐데'라고 수도 없이 물었다.

하지만 적어도 꿈속에서는 그것을 소유할 수 있다……. 감청원은 이런 생각을 하면서 잠이 들었다. 열악한 환경에서 삼체인은 수면 온오프 기능을 갖도록 진화되어 몇 초 안에 수면 상태로 들어갈 수 있었다.

하지만 그는 꾸고 싶었던 꿈을 꾸지 못했다. 푸른 지구가 꿈에 나타났지만 거대한 행성급 함대의 포화 속에 지구의 아름다운 대륙이 불타고 푸른 바다가 끓어 증발했다…….

감청원은 악몽에서 깨어나 방금 떠오른 거대한 달이 내뿜는 차가운 빛이 작은 창문으로 들어오는 것을 보았다. 창문 밖 차가운 대지를 바라보면서 그는 자신의 고독한 인생을 되돌아보았다. 현재 그는 삼체시간으로 60만 시간을 살았다. 삼체인의 수명은 평균 70만~80만 삼체시간이었지만 대부분 그 전에 일할 능력을 잃었고 그렇게 되면 그들은 강제로 탈수되어 한꺼번에 소각되었다. 삼체 사회는 일하지 않는 사람을 부양하지 않았다.

감청원은 갑자기 다른 가능성을 떠올렸다. 외계 정보 수신이 자신에게 아무 영향을 끼치지 않을 것이라는 생각은 틀렸다. 목표가 확정되면 삼체 세계는 감청소 일부를 줄일 것이고 자기가 있는 낙후된 감청소는 첫 번째 감축 대상이 될 터였다. 그렇게 되면 자신은 실업자가 될 것이고 5000삼체시간 내에 다른 일을 찾지 못하면 그는 강제 탈수 후 태워지는 운명에 처할 터였다.

그 운명을 피하는 유일한 방법은 이성과의 결합이었다. 이성과 결합하면 그들의 몸에 있는 유기물질이 하나로 융합되고 그중 3분의 2는 생화학 반응의 에너지가 되어 남은 3분의 1의 세포를 갱신시켜 완전히 새로운 몸으로 탄생한다. 그다음 이 몸은 분열되어 3~5개의 새로운 생명체로 재탄생한다. 이것이 바로 그들의 아이였다. 그들은 부모의 기억을 일부 이어받아 그들의 생명을 이어가고 새로운 인생을 시작한다. 그러나 감청원이라는 비천한 사회적 지위와 고독하게 갇혀 있는 업무 환경, 게다가 나이까지 많은데 어떤 이성이 자기를 쳐다보겠는가?

이 나이가 되도록 감청원은 자기 자신에게 '이것이 내 인생인가?' 하는 질문을 수천만 번도 더 했다. 그리고 '그래, 이것이 네 인생이다. 이 생에서 가진 것이라곤 이 작은 공간에서의 무한한 고독뿐이다'라고 수천만 번 대답했다.

그는 아득히 먼 천국을 잃을 수 없었다. 설령 꿈속에서라도 말이다.

감청원은 우주적 차원에서 우주의 저주파 전파는 측량 기준선이 충분히 길지 않아 송신원의 방향만 알 수 있을 뿐 거리는 알 수 없다는 것을 알았다. 그 방향의 먼 거리에서 높은 일률로 발사했을 수도 있고 가까운 거리에서 낮은 일률로 발사했을 수도 있었다. 그 방향에만 억만 개의 항성이 있고 각 항성은 거리가 제각각 다른 별들이 모인 은하수를 배경으로 하고 있었기 때문에 송신원의 거리를 모르면 위치 좌표를 확정할 수 없었다.

거리, 관건은 거리다!

사실 송신원의 거리를 확인하는 방법은 매우 간단했다. 상대방에게 회신을 보내면 된다. 만일 상대가 이 회신을 받고 단시간 내에 회신하면 시간 간격과 광속으로 거리를 알 수 있다. 문제는 상대가 회신을 할 것인지였다. 아니면 아주 오랜 시간 뒤에 회신을 하면 삼체인은 전파 신호가 오는 길에 시간을 얼마나 소모했는지 알 수 없었다. 하지만 발사원이 먼저 우주에 소리쳤으니 그들이 삼체 세계의 정보를 받으면 회신할 가능성이 높았다. 감청원은 현재 삼체 정부가 그 아득히 먼 세계에 정보를 보내 그들이 회신하도록 유인하라는 명령을 내렸을 것이라고 확신했다. 이미 정보가 발사되었을 수도, 아니면 아직 아닐 수도 있었다. 후자라면 자신의 비루한 생명을 불사를 기회가 있었다.

지구의 홍안 기지처럼 삼체 세계 감청소도 대부분 우주를 향해 동시에 정보를 발사함으로써 존재 가능한 외계 문명을 찾았다. 삼체 과학자는 항성이 전파를 증폭하는 기능이 있다는 것을 예전에 발견했다. 그러나 안타깝게도 켄타우루스자리의 세 개의 태양은 인류의 태양과는 구조적으로 큰 차이가 있었다. 거대한 플라스마 기체층이 바깥층을 둘러싸고 있었고 (바로 이 기체층이 삼체 세계의 태양이 일정 거리에서 갑자기 비성이나 비성 군집으로 변하는 이유였다) 이 기층이 전자파를 차단해 태양에너지 거울에 도달한 전파 일률에 거대한 역치가 생겨 태양을 안테나 삼아 정보를 발사할 수 없었다. 그래서 지면 안테나를 이용해 직접 목표를 향해 발사하는 수밖에 없었다. 그렇지 않았다면 인류는 훨씬 이전에 삼체 문명의 존재를 알았을 것이다.

감청원은 모니터 앞으로 달려가 컴퓨터에 간단한 정보를 입력하고 수신한 지구 정보와 같은 언어로 번역했다. 그다음 감청소의 발사 안테나를 지구 정보가 온 방향에 맞추었다. 발사 버튼은 붉은색 직사각형이었다. 감청원은 그 위에 손가락을 올려놓았다.

삼체 문명의 운명이 이 가느다란 두 손가락에 달려 있었다.

감청원은 조금도 망설이지 않고 발사 버튼을 눌렀다. 고일률 전파가 다른 문명을 구할 정보를 싣고 어두운 우주를 향해 날아갔다.

이 세계가 당신들의 정보를 받았다.

나는 이 세계의 평화주의자다. 내가 먼저 당신들의 정보를 수신한 것은 행운이다. 경고한다. 대답하지 마라! 대답하지 마라! 대답하지 마라!

당신들의 방향에는 1000만 개의 항성이 있다. 대답하지 않으면 이 세계는 송신원의 위치를 파악할 수 없다.

하지만 대답을 하면 송신원 위치가 파악되어 당신들의 행성계는 침략당하고 당신들의 세계는 점령당할 것이다!

대답하지 마라! 대답하지 마라! 대답하지 마라!

우리는 삼체 세계 원수(元首)의 관저가 어떤 모양인지 정확히 알 수 없지만 외부 세계와 차단하는 두꺼운 벽이 있어 그 세계의 냉혹한 기후에 적응하도록 되어 있다고 확신할 수 있다. 삼체 게임 속 피라미드는 일종의 추측이고 지하에 건설되었을 가능성도 있다.

원수는 삼체시간으로 다섯 시간 전 외계 문명 정보를 수신했다는 보고를 받았다. 그리고 두 시간 전 1379호 감청소에서 정보가 온 방향으로 경고 메시지를 발사했다는 보고도 받았다.

앞의 보고를 받고도 그는 기쁘지 않았고 뒤의 보고를 받고도 슬프지 않았다. 경고 메시지를 발사한 감청원에게도 분노하지 않았다. 공포, 슬픔, 행복, 아름다움 등 모든 감정은 삼체 문명에서는 있는 힘을 다해 피하고 없애야 할 것이었다. 감정은 개인과 사회를 정신적으로 취약하게 만들어 이 세계의 열악한 환경에서 살아남는 데 불리해지기 때문이다. 삼체 세계에서 필요한 정신은 냉정함과 무감각이었다. 지난 200여 차례 문명의 역사가 이 두 가지 정신을 주체로 삼은 문명이 생존 능력이 제일 강하다는 것을 증명해주었다.

원수가 앞에 서 있는 1379호 감청원에게 물었다.

"왜 그런 짓을 했지?"

감청원이 냉담하게 대답했다.

"인생을 헛되게 하고 싶지 않아서입니다."

"네가 발사한 메시지는 삼체 문명의 생존 기회를 앗아갈 수도 있다."

"하지만 지구 문명에는 기회를 준 것입니다. 원수님, 제가 이야기를 해도 되겠습니까? 약 1만 삼체시간 전 난세기에서 감청소 순회 공급 차량이 제가 있는 1379호 감청소를 누락시켰습니다. 그것은 앞으로 100삼체시간 동안 식량이 중단된다는 것을 의미했습니다. 저는 감청소 안의 먹을 수 있는 것을 모두 먹어치웠습니다. 심지어 제 옷까지도요. 그렇게 했어도 공급 차량이 다시 왔을 때 저는 배고파 죽을 지경이었습니다. 상부에서 보상 차원으로 제 일생 중 가장 긴 휴가를 주었습니다. 공급 차량을 타고 도시로 돌아오는 길에 저는 줄곧 차 안의 모든 음식물을 다 차지하고 싶다는 강한 욕망을 억눌러야 했습니다. 차 안의 사람들이 음식을 먹으면 제 마음속에 분노가 차올랐습니다. 그 사람을 정말 죽이고 싶었습니다! 저는 계속해서 차 안의 식품을 훔쳐 옷 속에, 자리 아래에 쑤셔 넣었습니다. 차 안의 직원들은 제 꼴이 우스웠는지 그 식품들을 선물이라며 제게 주었습니다……. 물론 나중에는 이런 이상한 정신 상태에서 회복했습니다. 하지만 그 강렬한 점유욕은 제게 깊은 인상을 남겼습니다. 삼체 문명도 생존 위기에 놓인 집단입니다. 삼체 문명의 생존 공간에 대한 점유욕은 당시 제가 식품에 가졌던 욕망과 마찬가지로 매우 강렬합니다. 삼체 문명은 절대 지구인과 세계를 공유할 수 없습니다. 조금도 망설이지 않고 지구 문명을 멸망시키고 그 항성계의 생존 공간을 차지할 것입니다……. 제 생각이 맞습니까?"

"맞다. 지구 문명을 멸망시키려는 또 다른 이유가 있다. 그들은 호전적이라 매우 위험하다. 우리가 그들과 하나의 세계에서 공존한다고 하자. 그들은 기술적으로 학습이 빠르다. 그렇게 되면 두 문명 모두 잘 지낼 수 없다. 우리 삼체 함대가 태양계와 지구를 점령하고 나면 지구 문명에 지나치게 간섭하지 않을 것이다. 지구인은 삼체 점령자가 존재하지 않는 듯 예전처럼 생활할 수 있다. 단 한 가지, 영원한 금지 사항이 있다. '출산.' 우리는 이런 내용의 정책을 이미 확정했다. 너에게 묻고 싶은 것이 있다. 너는 지구의 구세주가 되려고 하면서 왜 자신의 문명에는 책임감을 조금도 느끼지 않는가?"

"삼체 문명에 염증을 느낀 지 오래입니다. 우리의 삶과 정신에는 생존을 위해 싸우는 일 말고 다른 것은 아무것도 없습니다."

"그것이 잘못되었나?"

"물론 잘못된 것은 없습니다. 생존은 다른 모든 것의 전제니까요. 하지만 원수님, 우리의 삶을 보십시오. 모든 것이 문명의 생존을 위해 존재합니다. 전체 문명의 생존을 위해 개인의 존엄은 거의 존재하지 않습니다. 일할 수 없으면 죽어야 합니다. 삼체 사회는 극단적인 억압 정치에 놓여 있습니다. 법률도 유죄 아니면 무죄, 딱 두 가지뿐입니다. 유죄면 사형, 무죄면 석방됩니다. 제가 가장 견딜 수 없는 것은 정신의 획일화와 메마름입니다. 정신을 허약하게 하는 모든 것이 죄악으로 치부됩니다. 우리는 문학도 예술도, 아름다움을 추구하고 향유하는 것도 없습니다. 심지어 사랑도 고백할 수 없습니다……. 원수님, 이런 삶이 무슨 의미가 있습니까?"

"네가 말한 그런 문명이 삼체 세계에도 있었다. 자유와 민주가 있던 사회였고 풍부한 문화유산을 남겼다. 네가 볼 수 있는 것은 극히 일부분이다. 대부분은 봉쇄되고 금서가 되었다. 삼체 문명의 윤회 속에서 그런 문명이 가장 허약하고 가장 단명했기 때문이다. 난세기의 작은 재난에도 멸망해버렸지. 이제 네가 구하려고 했던 지구 문명을 보자. 영원히 봄 같은 아름다운 온실 속에서 곱게 자란 사회를 삼체 세계에 옮겨놓는다면 100만 삼체시간도 버티지 못할 것이다."

"그 꽃은 연약하지만 아름답지 않습니까. 그 꽃은 천국의 한적함 속에서 자유롭고 아름답습니다."

"삼체 문명이 그 세계를 점령하면 우리도 그와 같은 삶을 누릴 수 있다."

"원수님, 저는 회의적입니다. 금속처럼 딱딱한 삼체 정신은 이미 우리의 세포 하나하나에 깊숙이 뿌리박혔습니다. 원수님은 정말 그것이 융해

될 것이라고 생각하십니까? 저는 사회의 밑바닥에서 보잘것없이 살았습니다. 아무도 저에게 관심을 갖지 않았고 평생 고독했습니다. 재산도, 지위도, 사랑도, 희망도 없습니다. 이런 제가 사랑하는 아득히 먼 아름다운 세계를 구할 수 있다면 적어도 이 생은 헛산 게 아닐 것입니다. 물론 원수님, 그래서 제가 원수님을 뵐 수 있었던 것이고요. 제가 그런 짓을 하지 않았다면 저처럼 보잘것없는 인물은 TV에서나 원수님을 우러러봤을 겁니다. 때문에 이 자리에서 제 생각을 말씀드릴 수 있도록 허락해주셔서 큰 영광입니다."

"너는 두말할 나위 없이 유죄다. 너는 삼체 세계에서 윤회한 모든 문명 중 최고의 범죄자다. 하지만 삼체 법률은 지금 예외 하나를 두겠다. 너는 자유다."

"원수님, 어떻게 그러실 수가 있습니까?"

"너에게 탈수 후 소각은 너무 미약한 처벌이다. 너는 늙어서 지구 문명의 최후 멸망을 볼 수 없을 것이다. 그러나 최소한 네가 그들을 구할 수 없다는 것은 알게 될 것이다. 나는 너를 지구가 희망을 다 잃는 그날까지 살게 할 것이다. 됐다, 가라."

1379호 감청원이 나간 다음, 원수는 감청 시스템 책임자를 불렀다. 그에게도 원수는 분노를 표현하지 않고 규정대로 공무를 처리했다.

"너는 어떻게 이런 허약하고 사악한 놈을 감청 시스템에 들여놨는가?"

"원수님, 감청 시스템에는 직원이 수십만 명이나 됩니다. 엄격한 선발은 어렵습니다. 1379호는 그 감청소에서 반평생을 일하는 동안 한 번도 잘못한 적이 없습니다. 물론 이번에 발생한 가장 심각한 잘못의 책임은 저에게 있습니다."

"삼체 세계의 우주 감청 시스템 중 이 일과 관련된 책임자는 또 몇 명이나 있나?"

"상하 각 부문에 6000명 정도 됩니다."

"그들 모두 유죄다."

"네."

"6000명 모두 탈수시켜 수도 중심 광장에서 태워라. 너도."

"감사합니다, 원수님. 제 양심의 가책을 조금 덜었습니다."

"그 전에, 다시 묻겠다. 경고 메시지가 어디까지 날아갔나?"

"1379호는 소형 감청소라 발사 일률이 작습니다. 약 1200광년까지 전달되었을 것입니다."

"멀리까지 갔군. 삼체 문명의 다음 행보에 대해 건의할 것이 있나?"

"그 외계에 치밀하게 편집한 정보를 발사해 그들의 회신을 유도하실 겁니까?"

"아니, 그러면 일을 더 그르칠 수 있다. 다행히 경고 메시지가 짧으니 우리는 그들이 그것을 흘려버리거나 내용을 오해하길 바라는 수밖에……. 됐다, 나가봐."

감청 책임자가 나가자 원수가 삼체 함대 총사령관을 불렀다.

"첫 함대의 마지막 출항 준비는 언제 끝나나?"

"원수님, 함대 건설은 아직 마지막 단계에 있습니다. 운항 능력을 갖추려면 최소한 6만 삼체시간이 더 있어야 합니다."

"집정관 연석회의에서 내 계획을 심의해주기 바란다. 함대 건설 후 즉시 출항한다. 방향은 바로 여기다."

"원수님, 이 수신 주파수상에서는 설령 방향을 정하더라도 정확하지 않습니다. 함대는 100분의 1 광속으로 운행할 수 있고 비축한 동력으로 감속 한 번만 할 수 있을 뿐 그 방향을 대규모로 수색할 수도 없습니다. 목표 거리가 불확실하면 함대 전체가 우주의 심원에 빠질 수 있다는 것을 아서야 합니다."

"하지만 우리 항성계의 세 개의 태양을 보라. 그중 어떤 것도 언제든 기체층이 팽창해 우리의 마지막 남은 행성을 삼킬 수 있다. 때문에 다른 선택은 없다. 이 위험은 반드시 감수해야 한다."

지자 프로젝트

8만 5000삼체시간(지구 시간으로 약 8년 7개월) 후.

원수가 삼체 세계 전체 집정관 긴급 회의를 소집했다. 이는 일반적이지 않은 것으로 중대한 사건이 발생한 것이 틀림없었다.

2만 삼체시간 전, 삼체 함대가 출항했다. 그들은 목표의 대략적인 방향은 알았지만 거리는 몰랐다. 목표는 아마도 1000광년 밖이나 은하계 다른 쪽에 있을 수도 있었다. 망망한 은하계에서 희망도 아득한 원정이었다.

집정관 회의는 거대한 진자 기념비 아래에서 진행되었다. (왕먀오는 이 단락을 읽으면서 문득 삼체 게임 속 유엔 본부가 떠올랐다. 거대한 진자 기념비는 게임 속에서 드물게 나타나는, 삼체 세계에서 진짜 존재하는 것 중 하나였다.)

대다수 참석자들은 원수가 왜 이곳을 회의 장소로 택했는지 의아해했다. 난세기가 아직 끝나지 않아 하늘에 막 떠오른 작은 태양은 언제든지 질 수 있었다. 날씨는 이상할 정도로 추워 회의 참석자는 전체가 다 막힌 전열 옷을 입어야 했다. 거대한 금속 진자가 기세등등하게 흔들리면서 차가운 공기를 갈랐고 하늘의 작은 태양빛을 받아 대지 위에 그림자를 길게

드리웠다. 움직이는 그림자가 마치 하늘을 떠받치고 선 거인이 걷는 것 같았다. 사람들이 눈을 크게 뜨고 쳐다보는 가운데 원수가 거대한 진자의 기단으로 걸어가 붉은색 스위치를 당겼다. 그리고 집정관들을 돌아보며 말했다.

"나는 방금 거대한 진자의 동력 전원을 껐다. 공기저항으로 천천히 멈출 것이다."

한 집정관이 물었다.

"원수님, 왜 그러십니까?"

"우리는 모두 이 거대한 진자의 역사적 의미를 알고 있다. 이것은 하늘을 잠재우기 위한 것이었다. 그러나 지금 우리는 하늘이 깨어 있는 것이 삼체 문명에 더 유리하다는 것을 알았다. 그가 우리를 돕기 시작했다."

사람들은 침묵하며 원수가 한 말의 의미를 생각했다. 거대한 진자가 세 번 움직인 뒤 누군가 물었다.

"지구 문명에서 회신이 왔습니까?"

원수가 고개를 끄덕였다.

"그렇다. 삼체시간 30분 전에 보고받았다. 경고 메시지에 대한 회신이었다."

"그렇게 빨리요! 메시지를 보낸 지 겨우 8만여 시간 만에. 그렇다면 그것은, 그것은 바로……."

"지구 문명이 우리와 겨우 4광년 떨어져 있다는 뜻이지."

"우리와 가장 가까운 항성이 아닙니까?"

"그렇다. 그래서 내가 하늘이 우리 삼체 문명을 돕는다고 말한 것이다."

회의장이 한순간 환희로 넘쳤지만 표정으로 나타낼 수는 없었다. 그 모습이 마치 억눌린 화산 같았다. 원수는 이런 허약한 기분을 표출하는 것이

유해하다는 것을 알았다. 그래서 즉시 '화산'에 찬물을 끼얹었다.

"나는 이미 삼체 함대를 이 항성으로 운항하도록 명령했다. 하지만 상황은 너희가 상상하는 것처럼 낙관적이지만은 않다. 지금 상황으로 보면 우리 함대는 무덤을 향해 나아가고 있다고 해야 할 것이다."

원수의 말에 집정관들은 즉시 냉정을 되찾았다.

원수가 물었다.

"내 말뜻을 이해한 사람이 있나?"

과학 집정관이 말했다.

"제가 이해했습니다. 우리는 처음 수신한 지구 정보를 세밀히 연구했습니다. 그중에서 가장 주의를 끈 것은 그들의 문명사였습니다. 인류는 수렵 시대에서 농업 시대까지 발전하는 데 지구시간으로 십수만 년이 걸렸습니다. 농업 시대에서 산업 시대까지 몇천 년이 걸렸습니다. 반면 산업 시대에서 원자력 시대까지는 200년밖에 안 걸렸습니다. 그 후 겨우 몇십 년만에 그들은 정보 시대로 진입했습니다. 이 문명은 무서운 진화 능력을 갖고 있습니다! 삼체 세계에서 우리를 포함한 200개 문명 가운데 이렇게 빠른 발전을 경험한 문명이 없습니다. 모든 삼체 문명의 과학과 기술은 같은 속도로 발전하거나 심지어 감속되었습니다. 우리 세계의 각 기술 시대는 모두 긴 발전 시간이 필요합니다."

원수가 이어서 말했다.

"현실은 이렇다. 450광년 이후 삼체 함대가 지구가 속한 행성계에 도착할 때쯤이면 그 문명의 기술 수준은 급속히 발전해 우리를 초월할 것이다! 삼체 함대는 오랜 항해를 하는 동안 항성 사이에 있는 먼지 지대를 두 개나 넘으면서 겨우 절반가량만 태양계에 도착할 것이다. 나머지는 소실되겠지. 그때가 되면 삼체 함대는 지구 문명이 가하는 공격을 당해내지 못할 것이다. 우리는 원정을 떠난 것이 아니라 죽음을 향해 떠난 것이다!"

군사 집정관이 말했다.

"정말 그렇다면 원수님, 더 두려운 것은……."

"그렇다. 쉽게 알 수 있을 것이다. 삼체 문명의 위치는 이미 노출되었다. 미래의 위협을 제거하기 위해 지구의 항성급 함대가 우리 항성계에 반격을 해올 것이다. 태양이 팽창해 우리의 행성을 집어삼키기 전에 삼체 문명은 지구 문명에 의해 멸망할 가능성이 높다."

찬란한 미래가 돌연 암담하게 변하자 회의장에 침묵이 흘렀다.

원수가 다시 입을 열었다.

"이제 우리가 해야 할 일은 지구 문명의 과학 발전을 억누르는 것이다. 첫 정보를 받자마자 우리는 관련 계획을 세우기 시작했다. 이제 그 계획을 시행할 조건이 마련되었다. 이번에 받은 회신은 지구 문명의 배반자가 보낸 것이다. 이로써 우리는 지구 문명 내부에 반대 세력이 상당하다는 것을 알 수 있다. 우리는 이 세력을 충분히 이용해야 한다."

"원수님, 말은 쉽지만 우리와 지구는 가느다란 선 정도로 연결되어 있고 8만여 시간에 한 번씩만 응답할 수 있습니다."

"반드시 그런 것은 아니다. 우리와 마찬가지로 지구 세계도 외계 문명의 존재는 거대한 충격이고 문명 내부에 큰 영향을 미칠 것이다. 그래서 우리는 지구 문명 내부의 반대 세력이 결집하고 성장할 것이라고 생각한다."

"그들이 무엇을 할 수 있습니까? 파괴를 합니까?"

"4광년이라는 시간 간격에서 전통적인 전쟁과 테러는 전략적 의미가 작다. 회복이 가능하기 때문이다. 이렇게 긴 시간 간격에서 한 문명의 발전을 효과적으로 억누르고 무장을 해제시키는 가장 좋은 방법은 딱 하나다. 과학을 말살하는 것이다. 다음은 과학 집정관이 우리가 제정한 삼체 계획을 간단히 소개할 것이다."

과학 집정관이 말했다.

"첫 번째 계획의 코드는 '염색(染色)'입니다. 과학과 기술의 부작용을 이용해 대중이 과학에 공포와 염증을 느끼도록 합니다. 예를 들어 우리 세계에서 기술의 발전으로 발생한 환경문제가 지구상에도 존재할 것입니다. 염색 계획은 이 점을 십분 이용할 겁니다. 두 번째 계획의 코드는 '기적'입니다. 지구인에게 초자연적인 힘을 보여주는 것입니다. 이 계획은 일련의 '기적'을 통해 과학의 논리로 설명할 수 없는 가짜 우주를 구축하는 것입니다. 이런 허상이 일정 기간 지속되면 그 세계에서 삼체 문명은 종교 신자의 숭배 대상이 될 것이고, 지구의 사상계에서는 비과학적인 사유 방식이 과학적 사유를 압도할 것이며 더 나아가 과학 사상 체계가 모두 붕괴될 것입니다."

"기적은 어떻게 만듭니까?"

"기적이 기적인 이유는 지구인이 절대 간파할 수 없기 때문입니다. 이를 위해 우리는 지구의 반대 세력에 그들의 현 수준보다 높은 기술을 주어야 합니다."

"너무 위험합니다. 그 기술을 얻게 되는 자가 불장난을 할 것입니다!"

"물론 어떤 차원의 기술로 기적을 만들지는 더 연구해야 합니다……."

군사 집정관이 일어나 말했다.

"과학 집정관, 멈추십시오! 원수님, 제 생각을 말씀드리겠습니다. 이 두 계획은 인류의 과학을 말살하는 데 큰 역할을 하지 못할 것입니다."

과학 집정관이 원수가 대답하기 전에 변론했다.

"그래도 안 하는 것보다는 낫습니다."

군사 집정관이 가차 없이 말했다.

"그때뿐입니다."

"내 생각도 같다. '염색'과 '기적'은 지구 과학 발전을 방해할 뿐이다."

원수는 군사 집정관에게 말한 다음 회의 참석자를 바라보았다.

"우리는 결정적인 행동이 필요하다. 지구의 과학을 철저히 질식시켜 현재 수준에 머무르게 하는 것 말이다. 우리가 명심해야 할 것이 있다. 과학 기술의 전면적인 발전은 기초과학의 발전에 달려 있다. 기초과학의 기초는 물질의 심층 구조에 대한 탐색이다. 이는 지구 문명에 국한되는 것이 아니라 삼체 문명이 정복하려는 모든 목표를 겨냥한 것이다. 처음으로 외계 정보를 받기 전부터 우리는 이 분야에 대한 노력을 해왔고 최근 그 발걸음이 더 빨라졌다. 저게 무엇으로 보이나?"

원수가 하늘을 가리키자 집정관들이 그 방향을 향해 고개를 들었다. 하늘에 둥근 고리가 햇빛 속에서 금속성 빛을 내뿜고 있었다.

"저것은 제2차 함대를 건설하는 독(dock) 아닙니까?"

"아니다. 저것은 건설 중인 대형 입자가속기이다. 제2차 우주 함대 계획은 취소되고 그 자원을 전부 '지자(智子) 프로젝트'에 투자했다."

"지자 프로젝트?"

"그렇다. 여기 있는 사람들 중 절반은 이 계획을 모를 것이다. 과학 집정관이 소개할 것이다."

공업 집정관이 말했다.

"계획은 알았지만 이 정도까지 진행되었을 줄은 몰랐습니다."

문화 교육 집정관이 말했다.

"저도 알고 있었지만 그래도 신화 같은 느낌입니다."

과학 집정관이 말했다.

"지자 프로젝트는 간단히 말해 양성자를 슈퍼 스마트 컴퓨터로 개조하는 것입니다."

농업 집정관이 말했다.

"크게 유행한 공상과학으로, 여기 있는 사람들도 다 들어봤을 겁니다. 하지만 현실이 되다니 조금 갑작스럽습니다. 저는 물리학자들이 미시 세계의 11차원 구조 중 9차원을 컨트롤할 수 있다는 걸 알고 있습니다만 그래도 상상이 안 됩니다. 당신들이 작은 핀셋을 양성자에 찔러 넣어 그 속에 대규모 집적회로를 만들 수 있다니요."

"물론 할 수 없습니다. 미시 집적회로의 식각(蝕刻)은 거시 속에서만 할 수 있습니다. 게다가 거시의 2차원 평면에서만 진행할 수 있습니다. 때문에 우리는 양성자를 2차원으로 펼쳐야 합니다."

"9차원 구조를 펴서 2차원으로 만든다고요? 면적은 얼마나 됩니까?"

과학 집정관이 미소를 지으며 말했다.

"큽니다. 곧 볼 수 있을 겁니다."

시간은 빠르게 흘러 6만 삼체시간이 더 지났다. 대형 입자가속기가 완공되고 2만 삼체시간이 흐르면 양성자를 2차원으로 펼치는 작업이 삼체 행성과 같은 궤도에서 진행될 것이었다.

항세기의 바람과 태양이 아름다운 날이었다. 하늘은 매우 맑고 깨끗했다. 8만 삼체시간 전에 함대가 출항하던 때처럼 삼체 세계의 사람들이 모두 고개를 들어 거대한 둥근 고리를 쳐다보았다. 거대한 진자 기념비 아래 다시 모인 원수와 집정관들은 오래전에 멈춘 거대한 진자가 반석처럼 높은 받침대에 고정되어 있어, 그것이 한때 움직였다는 것이 믿기지 않았다.

409

과학 집정관이 2차원 펼침 시작 명령을 내렸다. 하늘에 뜬 둥근 고리 주위에 있는 정육면체 세 개는 가속기에 에너지를 제공하는 융합 발전소였다. 긴 날개처럼 생긴 냉각핀이 점점 검붉은 빛을 내뿜었다. 과학 집정관이 원수에게 펼침이 진행되고 있다고 보고했다. 사람들은 긴장된 표정으로 하늘 위에 있는 가속기를 올려다보았지만 아무것도 나타나지 않았다.

10분의 1 삼체시간이 지난 후 과학 집정관이 이어폰을 귀에 꽂고 잠시 듣더니 입을 열었다.

"원수님, 안타깝게도 펼침이 실패했습니다. 차원을 한 개 더 감소시켜 목표 양성자가 1차원이 되었습니다."

"1차원? 실?"

"네, 그렇습니다. 무한히 가느다란 실 한 줄입니다. 이론적으로 계산하면 길이가 1.5광년입니다."

군사 집정관이 콧방귀를 뀌었다.

"흥! 우주 함대 한 대 값을 쓰고 이런 결과를 내놓다니!"

"이것은 과학 실험입니다. 테스트 과정이지요. 이제 첫 번째고요."

사람들은 실망해서 흩어졌다. 하지만 상황은 여기서 끝나지 않았다. 1차원으로 펼쳐진 양성자는 행성과 같은 궤도에서 영원히 운행될 것이라고 생각했지만 태양 폭풍으로 인한 저항 때문에 양성자 줄이 감속해 1차원 줄 일부가 대기층에 떨어졌다. 6삼체시간 뒤, 야외에서 들어온 삼체인들은 주위에서 이상한 빛을 발견했다. 빛은 가는 실 모양이었다가 눈 깜짝할 사이에 사라지기도 하는 등 불규칙하게 나타났다. 삼체인들은 뉴스를 통해 이것이 1차원으로 펼쳐진 양성자가 인력 때문에 지면으로 떨어진 것이라는 사실을 알게 되었다. 1차원 실은 무한히 가늘지만 그것의 핵력장은 가시광선을 반사할 수 있었고 눈에 보이기도 했다. 삼체인들은 원자로 구성된 물질이 아닌 그 자체가 양성자인 물질을 처음 보았다.

원수가 손으로 계속 얼굴을 털면서 말했다.

"정말 짜증 나는군. 얼굴이 계속 간지럽단 말이야."

그는 과학 집정관과 함께 정부 건물 앞 넓은 계단 위에 서 있었다.

"원수님, 그저 느낌일 뿐입니다. 1차원 줄의 질량을 다 합해도 양성자 하나에 해당합니다. 때문에 거시 세계에 거의 작용하지 않습니다. 물론 해로운 점도 없습니다. 존재하지 않는 거나 마찬가지입니다."

그러나 공중에서 떨어진 1차원 줄이 점점 늘어나 햇빛을 받은 지면은 작은 빛으로 가득했고, 태양과 별이 은빛 융털로 둘러싸인 것처럼 보였다. 외출해서 돌아온 삼체인의 몸에는 1차원 실이 잔뜩 붙어 있어 걸을 때마다 작은 빛이 반짝였다. 실내로 들어오면 1차원 실은 불빛에 반사되어 움직이는 모습대로 흔들리는 공기 형상을 보여주었다. 1차원 줄은 빛이 있는 곳에서만 보이고 감촉이 느껴지지 않았지만 정신을 산란하게 하기에는 충분했다.

1차원 실 폭우는 20여 삼체시간이 흐르고서야 그쳤다. 가는 실이 모두 지면에 떨어져서가 아니었다. 그들의 질량은 상상할 수 없을 만큼 작지만 그래도 존재했기 때문에 중력 속에서 가속도는 일반 물체와 같았다. 그러나 대기층에 진입하면 기류로 인해 바로 떨어지지 않았다. 1차원으로 펼쳐진 이후 양성자 내부의 강한 상호작용이 크게 감소하고 강도가 약한 1차원 실이 점점 작게 부서져 반사하는 빛을 육안으로 볼 수 없게 되었고, 때문에 삼체인은 그것들이 사라졌다고 생각했다. 1차원 실 먼지는 삼체 세계 공간에서 영원히 떠다녔다.

50삼체시간 후, 양성자의 2차원 펼침이 두 번째로 진행되었다. 이번에는 이상한 징조를 금세 느낄 수 있었다. 융합 발전소의 냉각핀에서 붉은빛이 난 다음 가속기에서 갑자기 거대한 물체가 나타났다. 구체, 사면체, 정육면체, 원추 등 모두 규칙적인 기하 형태였다. 그것들의 표면은 복잡한 색인 것 같았지만 자세히 보면 색깔이 없었다. 전반사 거울로 된 표면이 행성 표면을 비추어 왜곡된 이미지를 보여주었다.

원수가 물었다.

"이번은 성공인가? 저것이 2차원으로 펼쳐진 양성자인가?"

과학 집정관이 대답했다.

"원수님, 이번에도 실패했습니다. 가속기 통제센터에서 이번에는 차원 하나를 덜 빼서 목표 양성자가 3차원이 되었다고 보고해왔습니다."

거대한 거울면으로 된 기하 형태는 빠른 속도로 계속 나타났고 형태도 더 다양해졌다. 고리 모양, 입체 십자 모양, 심지어 뫼비우스의 띠와 비슷한 모양이 나타나기도 했다. 기하 형태가 가속기가 있는 곳에서 계속 흘러나왔다. 약 반 삼체시간 뒤 이 기하 형태가 하늘을 거의 뒤덮었다. 마치 거인 아이가 하늘에 블록을 흩어놓은 것 같았다. 기하 형태가 반사하는 햇빛이 지면의 밝기를 두 배 증가시켰고 불규칙하게 반짝거렸다. 거대한 진자의 그림자가 보였다 안 보였다 하며 좌우로 흔들렸다. 변형은 점점 더 심해졌고 형태도 복잡해져 이제 하늘에는 삼체인이 상상하지도 못한 블록이 나타났다. 해체된 거인의 사지와 내장 같았다. 형태가 불규칙해 그것들이 지면으로 난반사하는 햇빛은 조금 균일하고 부드러워졌지만 기하 형체 표면의 색깔은 더 이상하고 변화무쌍해졌다.

하늘을 가득 덮은 뒤죽박죽된 3차원 형태 중에 지면 관찰자들의 눈길을 끈 것이 있었다. 그 3차원 형체들은 매우 비슷했다. 얼마 후 삼체인들은 그것들을 알아볼 수 있었다. 거대한 공포가 삼체 세계 전체를 휩쓸었다.

그것은 눈이었다! (삼체인의 눈이 어떻게 생겼는지 모르지만 지능을 가진 모든 생명체는 눈 이미지에 매우 민감하다는 점은 확신할 수 있다.)

원수는 침착함을 유지했다. 그는 과학 집정관에게 물었다.

"미시 입자의 내부 구조는 얼마나 복잡해질 수 있나?"

"그것은 어떤 차원의 시각으로 보느냐에 달려 있습니다. 1차원 시각으로 미시 입자를 보면 일반인의 감각으로 하나의 점에 불과합니다. 2차원과 3차원의 시각으로 보면, 입자에 내부 구조가 나타나기 시작합니다. 4차원 시각의 기본 입자는 거대한 세계입니다."

"거대하다는 말을 양성자 같은 미시 물체에 쓰다니 상상이 안 되는군."

과학 집정관은 원수의 말에 아랑곳하지 않고 말을 이어나갔다.

"더 높은 차원에서 입자 내부의 복잡한 정도와 구조 수량은 급격히 상승합니다. 제가 말하는 다음의 유추는 정확하지 않은 그저 이미지를 설명하는 것뿐입니다. 7차원 시각의 기본 입자는 3차원 공간에 삼체 항성계가 있는 것 정도입니다. 8차원 시각에서 입자는 은하계처럼 거대한 존재입니다. 9차원이 되면 기본 입자 내부 구조의 수량과 복잡함은 우주 전체에 맞먹습니다. 더 높은 차원은 우리 물리학자가 아직 관측하지 못해 그 복잡함은 상상할 수도 없습니다."

원수가 우주에 떠 있는 거대한 눈을 가리켰다.

"지금 이것은 펼쳐진 양성자가 포함하고 있는 미시 우주 속에 지능을 가진 생명이 존재하고 있음을 나타내는 것인가?"

"생명이라는 정의는 고차원 미시 우주에 적당하지 않을 것 같습니다. 더 정확하게 우리는 그 우주 속에 지능 또는 지혜가 존재한다고 말할 수밖에 없습니다. 과학자들이 예전에 예측한 것이지요. 그렇게 복잡하고 방대한 세계에 지능 같은 것이 진화되지 않는 게 오히려 비정상입니다."

"저것들은 왜 눈의 형태로 변해 우리를 쳐다보지?"

원수가 고개를 들어 하늘을 쳐다보았다. 우주에 떠 있는 눈은 정교한 조각 같았고 살아 있는 것처럼 생생했다. 그들은 모두 기이한 눈빛으로 아래 행성을 쳐다보았다.

"자신의 존재를 드러내고 싶어 하는 것입니다."

"저것들이 지면으로 떨어질 가능성이 있나?"

"없습니다. 원수님, 안심하십시오. 떨어진다 해도 지난번 1차원으로 펼쳐진 가는 줄처럼 저 거대 물체도 질량을 다 합해봐야 양성자 하나에 불과합니다. 우리 세계에 어떤 영향을 끼치지는 않을 겁니다. 우리가 해야할 일은, 이 이상한 광경에 적응하는 것뿐입니다."

그러나 이번에는 과학 집정관이 틀렸다.

삼체인은 하늘을 가득 메운 3차원 물체 중에서 그 '눈'들의 이동 속도가 다른 모양의 기하 물체보다 빠르다는 것을 감지했다. 그리고 그것들이 같은 곳으로 모여들더니 눈 두 개가 하나로 합쳐졌다. 합쳐진 뒤에는 크기만 커졌을 뿐 여전히 눈 모양을 유지했다. 더 많은 '눈'들이 합쳐지면서 크기도 빠르게 커졌다. 결국 모든 '눈'이 하나로 합쳐져 우주 전체가 삼체 세계를 쳐다보는 것 같았다. 그것의 눈동자는 맑았다. 중심은 태양을 비추었고 광활한 눈꺼풀 위에는 다양한 색채가 홍수처럼 넘실거렸다. 얼마 뒤 '거대한 눈' 표면이 연하게 바뀌다가 점점 사라졌다. '거대한 눈'은 눈동자가 없는 눈이 되었다. 그리고 형태가 변하기 시작하더니 결국 눈의 형태가 사라지고 둥근 원이 되었다. 이 거대한 원이 천천히 움직이자 삼체인은 그것이 평면이 아니라 포물면이라는 것을 알았다. 마치 거대한 구체에서 떨어져 나온 일부분 같았다.

공중에서 천천히 회전하는 거대 물체를 보던 군사 집정관이 갑자기 무엇인가를 깨달았는지 소리를 질렀다.

"원수님, 어서요. 다른 사람도 지하 엄폐실로 들어가세요!"

그가 위쪽을 가리키며 또 말했다.

"저것은……."

원수가 침착하게 말했다.

"반사경이지. 우주방위부대에게 즉각 저것을 파괴하도록 명령하라. 우리는 아무 데도 가지 않을 것이다."

반사경에 집중된 햇빛이 삼체 행성으로 쏟아졌다. 처음에는 광반(光斑) 면적이 매우 컸지만 집중된 열량은 그래도 살상력이 있었다. 광반은 대륙을 이동하면서 목표를 찾았다. 반사경은 최대 도시인 수도를 찾아냈고 그곳으로 이동했다. 수도가 금세 반사경이 비추는 빛 속으로 들어갔다. 거대한 진자 기념비 아래에 있던 삼체인은 우주에 거대한 빛이 나타났다는 것만 알 수 있었다. 강렬한 빛이 모든 것을 집어삼켰기 때문이다. 동시에 삼체인은 폭염이 몰려오는 것을 느꼈다. 수도를 뒤덮은 광반이 빠르게 수축했다. 이것은 반사경이 햇빛을 더 모으는 것으로, 빛이 점점 더 강해져 머리를 들 수 없었다. 그 안에 있던 삼체인들은 열기가 급격히 강해지는 것을 느꼈다. 더 이상 열기를 견디지 못할 때쯤 광반의 경계선이 거대한 진자 기념비를 훑고 지나갔고 주위가 갑자기 어두워졌다. 한참이 지나서야 정상적인 빛에 눈이 적응되었다. 고개를 들었을 때 맨 처음 눈에 띈 것은 하늘을 떠받치고 우뚝 서 있는 빛의 기둥이었다. 그것은 뒤집힌 송곳 모양이었다. 우주에 있는 반사경은 빛 송곳의 아랫부분이고 빛 송곳의 머리 부분은 수도의 중심에 꽂혀 그곳의 모든 것을 눈 깜빡할 사이에 가열해 그곳에서 연기 기둥이 솟았다. 빛 송곳의 불균형한 열량으로 생긴 회오리바람이 하늘 끝까지 솟은 먼지기둥을 만들어내 빛 송곳을 둘러싸며 춤을 추었다.

눈부신 불덩이가 반사경 여기저기에서 나타났다. 그것들은 반사경이 발산하는 빛과 달리 파란색을 띠었다. 삼체 세계 우주방위부대가 발사한 핵미사일이 목표를 명중시켜 생긴 것이었다. 폭발은 대기권 밖에서 일어나 소리는 들리지 않았다. 불덩이 몇 개가 사라지자 반사경에 구멍이 몇 개 생기더니 반사경이 10여 개 조각으로 파괴되었다. 동시에 죽음의 빛 송곳도 사라졌고 세계는 정상적인 모습을 되찾았다. 순간 모든 것이 달밤처럼 어두워졌다. 지능을 상실한 조각들은 변형을 거듭하다가 우주에 있는 다른 기하 형체와 합쳐졌다.

원수가 비웃는 듯한 표정으로 과학 집정관에게 물었다.

"다음에 진행할 실험은 어떤가? 양성자를 4차원으로 펼치는 것은 아닌가?"

"원수님, 설령 그렇게 된다 해도 문제는 크지 않습니다. 4차원으로 펼쳐지면 양성자의 체적은 훨씬 작습니다. 우주방위부대가 준비만 잘하고 있다면 그것이 3차원 공간에 투영되어 공격한다 해도 파괴할 수 있습니다."

군사 집정관이 분노에 차 과학 집정관에게 따졌다.

"당신은 원수님을 기만하고 있어! 진짜 위험에 대해서는 입을 다물고 있어! 만일 양성자가 0차원으로 펼쳐지면 그땐 어떻게 하지?"

원수가 흥미진진하다는 듯이 물었다.

"0차원? 그건 크기가 없는 점이잖아."

"그렇습니다. 특이점입니다! 양성자는 그것에 비해 무한히 큽니다. 양성자의 모든 질량은 이 특이점에 포함되고 그것의 밀도는 무한히 커집니다! 원수님, 원수님은 이것이 무엇인지 상상할 수 있으시죠?"

"블랙홀?"

과학 집정관이 서둘러 설명했다.

"그렇습니다. 원수님, 우리가 중성자가 아닌 양성자를 선택해 2차원으로 펼치는 것은 바로 이런 위험을 피하기 위해서입니다. 만일 0차원 펼침이 정말 나타난다면 양성자가 갖고 있는 전하도 펼쳐진 이후에 형성된 블랙홀로 이동할 것입니다. 그러면 우리는 전자기력으로 그것을 잡아 통제할 수 있습니다."

군사 집정관이 의심스럽다는 듯이 물었다.

"만약 당신들이 그것을 찾지 못하고 통제하지 못한다면? 그것은 지면으로 떨어질 것이고 떨어지면서 부딪치는 모든 물질을 흡수해 질량이 빠르게 증가할 것입니다. 그다음 우리 행성의 중심으로 가라앉아 결국 삼체 세계 전체를 빨아들일 것입니다!"

"그런 상황은 발생하지 않습니다! 제가 보장합니다. 당신은 왜 사사건건 시비를 걸어? 내가 말했잖소. 과학 실험이라고……."

원수가 말했다.

"됐다! 다음번 성공률은?"

"거의 100퍼센트입니다! 원수님, 저를 믿어주십시오. 이번 실패를 통해 우리는 이미 미시에서 거시까지 펼침의 법칙을 파악했습니다."

"좋다. 삼체 문명의 생존을 위해서라면 이만한 위험은 감수해야지."

"감사합니다, 원수님!"

"단, 다음번에도 실패하면 너와 지자 프로젝트에 참여한 과학자 모두 유죄다."

"네, 물론입니다. 유죄지요."

만일 삼체인이 땀을 흘릴 수 있다면 과학 집정관은 식은땀을 흘렸을 것이다.

같은 궤도에 있는 3차원으로 펼쳐진 양성자를 처리하는 일은 1차원으로 펼쳐진 양성자를 치우는 것보다 훨씬 쉬웠다. 작은 우주선으로 행성의 가까운 공간에 있는 양성자 뭉치들을 끌어내 그것들이 대기층으로 진입하는 것을 막기만 하면 되었다. 산맥 같은 물질은 질량이 거의 없어 마치 거대한 은색 환영 같았다. 어린아이도 그것들을 가볍게 끌어낼 수 있었다.

원수가 과학 집정관에게 물었다.

"이번 실험에서 우리가 미시 우주의 문명을 멸망시켰나?"

"적어도 하나의 지능체는요. 그리고 원수님, 우리가 멸망시킨 것은 미시 우주 전체입니다. 그 우주는 고차원에선 매우 거대합니다. 존재하는 지능이나 문명이 하나만은 아닐 것입니다. 그저 그들이 거시 세계에 자신들을 보여줄 기회가 없었을 뿐입니다. 물론 미시 차원의 고차원 공간에서의 지능과 문명의 형태는 우리가 절대 상상할 수 없습니다. 그건 완전히 다른 종류지요. 이런 일은 처음 발생한 것도 아닙니다."

"뭐라고?"

"길고 긴 과학사에서 물리학자들이 가속기로 양성자를 몇 개나 충돌시켰겠습니까? 그리고 중성자와 전자는 또 얼마나 충돌시켰겠습니까? 1억 번은 넘을 것입니다. 한 번 충돌할 때마다 그 미시 우주 속의 지능이나 문명은 멸망했을 것입니다. 사실 대자연 속에서도 미시 우주의 멸망은 시시각각 일어납니다. 예를 들어 양성자와 중성자의 붕괴 그리고 대기층에 들어오는 고에너지 우주선(宇宙線)은 1000만 개 이상의 미시 우주를 멸망시킬 것입니다…… 이것 때문에 감상적이 된 것은 아니시죠?"

"재미있군. 즉시 홍보 집정관에게 이 과학적 사실을 전 세계에 반복해서 집중 홍보해 삼체 국민에게 문명의 멸망은 그저 우주에서 매 순간 일어나는 아주 보편적인 일이라는 것을 알려라."

"그렇게 하시는 이유가 무엇입니까? 삼체 문명이 멸망할 수 있다는 사실을 담담하게 받아들이라는 것입니까?"

"아니다. 지구 문명의 멸망을 담담하게 받아들이도록 하는 것이다. 너도 알 것이다. 우리가 지구 문명에 대한 기본 정책을 발표한 이후 매우 위험한 평화주의 정서가 나타났다는 것을. 우리는 삼체 세계에 1379호 감청원 같은 사람이 많다는 걸 이제야 알았다. 때문에 이런 허약한 정서는 반드시 통제하고 제거해야 한다."

"원수님, 이런 정서는 최근 지구에서 온 새로운 정보 때문에 일어난 것입니다. 원수님의 예측이 맞았습니다. 지구상의 반대 세력이 성장해 자신이 통제할 수 있는 발사기지를 건설해서 우리에게 지구에 관한 정보를 계속 보내오고 있습니다. 저는 지구 문명이 삼체 세계에 살상력을 가졌다는 것을 인정해야겠습니다. 우리 국민들에게 그것은 천국에서 오는 성가입니다. 지구인의 인문 사상은 많은 삼체인을 잘못된 길로 빠지게 할 것입니다. 지구에서 삼체 문명은 이미 하나의 종교가 되었습니다. 반대로 삼체 세계에서도 지구 문명이 그렇게 될 가능성이 있습니다."

"네가 매우 위험한 사항을 지적했다. 지구에서 오는 정보, 특히 문화 정보가 민간에 유입되지 않도록 철저히 막아라."

양성자 2차원 펼침의 제3차 실험은 30삼체시간 뒤에 진행되었다. 이번에는 밤이었다. 지면에선 우주에 있는 가속기의 둥근 고리가 보이지 않았고 옆에 있는 융합 발전기 냉각핀의 붉은빛이 위치를 알려주었다. 가속기가 가동되고 얼마 뒤, 과학 집정관이 펼침 성공을 선포했다.

삼체인은 고개를 들어 밤하늘을 바라보았지만 아무것도 보이지 않았다. 그러나 금세 신기한 현상이 나타났다. 밤하늘이 두 부분으로 나뉜 것이다. 나뉜 성군(星群)의 도안이 서로 딱 들어맞지 않아 마치 밤하늘 그림 두 장을 겹쳐놓은 것 같았다. 작은 것이 큰 것의 위에 있고 은하가 두 개의 가장자리에서 잘려 있었다. 작은 부분의 하늘은 원형으로 정상적인 밤하늘을 배경으로 빠르게 확대되었다.

문화 교육 집정관이 확대되고 있는 원형의 밤하늘을 가리키며 말했다.

"안에 있는 별자리는 남반구입니다!"

사람들이 자신의 상상력을 총동원해 행성 다른 쪽에서 보이는 밤하늘이 북반구의 밤하늘을 어떻게 겹쳐놓았는지 생각하고 있을 때 놀라운 광경이 펼쳐졌다. 확대되고 있는 남반구의 밤하늘 끝에 거대한 구체의 일부분이 나타났다. 갈색 구체가 출력 속도가 느린 스크린에 나타나는 이미지처럼 스캐닝되고 있었다. 그것은 모두에게 익숙한 대륙의 형태를 나타내었다. 구체가 다 나타나자 하늘의 3분의 1을 덮었고 표면의 세부적인 모습이 더 똑똑히 보였다. 갈색 대륙 위에는 산맥의 습곡이 가득했고 구름층은 대륙에 붙어 있는 잔설 같았다…… 그제야 누군가 소리쳤다.

"우리 행성이다!"

그랬다. 우주에 또 다른 삼체 세계가 나타났다. 이어 하늘이 밝아지더니 우주에 있는 제2의 삼체 행성 옆에 확대된 남반구 밤하늘 가장자리에 태양이 나타났다. 이 태양은 현재 남반구를 비추는 그 태양 같았지만 크기는 그것의 절반밖에 안 되었다.

마침내 누군가 이 현상을 깨닫고 외쳤다.

"저건 거울이다!"

삼체 세계 위에 나타난 거대한 거울은 2차원 평면으로 펼쳐지고 있는 양성자로, 두께가 없는 진정한 의미의 기하 평면이었다.

2차원 펼침이 완료되자 하늘은 남반구의 밤하늘로 완전히 뒤덮였다.

하늘 정중앙에 삼체 행성과 태양이 보였다. 이어 지평선 주위의 밤하늘이 변형되면서 별무리가 녹아 이동하는 것처럼 길게 늘어났다. 이런 변형은 주변에서 위로 확대되었다.

과학 집정관이 밤하늘에 방금 나타난 빛무리를 가리키며 말했다.

"원수님, 양자 평면이 현재 우리 행성의 인력에 의해 휘고 있습니다."

그것은 마치 누군가 손전등을 흔들면서 동굴 위를 비추는 듯했다. 그가 이어서 말했다.

"저것은 지면에서 뿜어내는 전자기복사입니다. 평면의 인력 휘어짐을 조절해 양성자 평면이 우리 행성을 완전히 둘러싸도록 합니다. 그 뒤에도 전자기복사가 계속 발사되어 여러 개의 수레바퀴살처럼 구체 표면의 안정을 유지시킵니다. 이렇게 삼체 행성은 2차원 양성자의 고정 작업대가 되고 양성자 평면 위에 집적회로 식각을 시작할 수 있습니다."

양성자의 2차원 평면이 삼체 행성을 둘러싸는 작업은 오랜 시간이 걸렸다. 변형된 밤하늘이 삼체 행성 영상에 가까워지자 별이 위에서 아래로 차례대로 사라졌고 행성 다른 쪽으로 휘어진 양성자 평면이 밤하늘을 가렸다. 이때까지도 햇빛은 곡선 면으로 휘어진 평면 양성자 내로 들어왔고 삼체 세계의 모습이 우주에 떠 있는 '우주 요술 거울' 속에서 이상하게 변하는 모습을 볼 수 있었다. 최후의 햇빛이 사라지자 끝없는 암흑이 시작되었다. 삼체 세계 유사 이래 가장 어두운 밤이었다. 행성의 인력과 인공 전자기복사의 균형으로 양성자 평면은 같은 궤도에 있는 대형 구체 껍질을 형성해 행성을 완전히 감쌌다.

혹한이 찾아왔다. 전반사하는 양성자 평면은 햇빛을 우주로 반사시켰고 삼체 세계의 온도가 급격히 내려가 결국 여러 번의 문명을 멸망시켰던 세 개 비성이 동시에 나타날 때와 비슷한 수준이 되었다. 삼체 세계의 삼체인 대부분이 탈수 과정을 거쳐 저장되었다. 어둠이 내려앉은 대지 위에는 죽음의 적막이 감돌았다. 하늘에는 거대한 양성자 막을 유지하는 전자 기복사가 내는 미세한 불빛만 흔들렸고 그 불빛과 같은 궤도에 가끔 등불 몇 개가 보였다. 거대한 막에 집적회로를 식각하고 있는 우주선의 불빛이었다.

미시 집적회로의 원리는 일반 집적회로와는 전혀 달랐다. 기본 소재가 원자로 구성된 것이 아니고 그 자체가 양성자였기 때문이다. 회로의 PN 접합*은 양성자 평면 일부분의 강한 상호작용을 얽히게 해 형성한 것으로 도선(導線)도 핵력 중간자를 전도한다. 회로 평면이 커서회로의 거시적 크기도 크고 회로는 머리털 굵기만 해서 가까이 가면 육안으로도 볼 수 있었다. 양성자 평면에 가깝게 날아가면 정교하고 복잡한 집적 회로로 구성된 광활한 평원을 볼 수 있었다. 회로의 총면적은 그것이 싸고 있는 삼체 행성 육지 면적의 수십 배가량이었다.

양성자 회로 식각은 방대한 공정으로 1000여 척의 우주선이 1만 5000삼체시간을 작업하고서야 완성되었다. 소프트웨어 테스트에 다시 5000삼체시간을 쓴 다음 마침내 지자 제1차 시운행 시각이 다가왔다.

지하 깊은 곳에 있는 지자 통제센터의 대형 스크린에 지루한 시스템 자체 검사 프로그램이 흐르고 디스플레이 시스템의 로딩 과정이 이어졌다. 마지막으로 빈 스크린에 자막이 나타났다.

'미시 지혜 2.10' 로딩 완료, 지자 1호 명령 대기 중.

* 옮긴이 주: P형과 N형 양쪽의 결정 영역을 가진 반도체의 경계면.

과학 집정관이 말했다.

"지금, 지자가 탄생했습니다. 우리가 양성자 하나에 지혜를 부여했습니다. 이것은 우리가 제작할 수 있는 가장 작은 인공지능체입니다."

원수가 말했다.

"내가 보기엔 가장 큰 인공지능체 같은데."

"원수님, 이제 우리는 이 양성자의 차원을 높일 것입니다. 그러면 곧 작아질 겁니다."

말을 마친 과학 집정관이 통제 단말기에 질문을 입력했다.

—지자 1호, 공간 차원 통제 기능은 정상인가?

—정상, 지자 1호 언제든 공간 차원 통제 기능 가동할 수 있음.

—3차원으로 수축하라.

명령을 내리자 삼체 세계를 감싸던 2차원 양성자의 거대한 막이 빠르게 수축되었다. 우주의 거대한 손이 이 세계를 덮었던 천을 확 잡아당긴 것처럼 한순간 햇빛이 대지를 뒤덮었다. 양성자는 2차원에서 3차원으로 수축되면서 같은 궤도에 있는 거대한 구체로 변해 마치 거대한 달 같았다. 그것은 마침 천체의 어두운 밤 한쪽에 있었지만 거울로 된 구체가 햇빛을 반사해 어두운 밤을 대낮으로 바꾸어놓았다. 현재 외부 세계는 여전히 혹한 속에 있었고 통제센터에 있는 삼체인들은 스크린으로만 이 모든 것을 볼 수 있었다.

—차원 수축 성공, 지자 1호 명령 대기 중.

—4차원으로 수축하라.

우주에서 거대한 구체가 빠르게 수축하더니 비성 크기로 줄어들었다. 밝아졌던 천체에 어둠이 다시 내려앉았다.

"원수님, 지금 보이는 저 구체는 진정한 지자가 아닙니다. 그저 3차원 공간에 투영된 것입니다. 저것은 4차원의 거인이고 우리의 세계는 3차원의 얇은 종이입니다. 그것은 이 종이 위에 서 있고 우리는 그것의 발바닥이 종이와 접촉된 부분만을 보는 것입니다."

—차원 수축 성공, 지자 1호 명령 대기 중.

—6차원으로 수축하라.

우주에 있는 작은 구체가 사라졌다.

원수가 물었다.

"6차원 양성자는 얼마나 큰가?"

과학 집정관이 말했다.

"반지름이 50 정도 됩니다."

—차원 수축 성공, 지자 1호 명령 대기 중.

—지자 1호, 우리를 볼 수 있는가?

—그렇다, 나는 통제실을 볼 수 있고 그 안에 있는 사람들을 다 볼 수 있다. 모든 사람의 내장과 더 나아가 당신들 내장의 내장도 볼 수 있다.

원수가 이상하다는 듯이 물었다.

"뭐라고 하는 건가?"

"지자는 6차원 공간에서 3차원 공간을 보고 있습니다. 우리가 2차원 평면 위의 그림을 보는 것처럼 말입니다. 그래서 우리의 내부를 볼 수 있는 것입니다."

—지자 1호, 통제실로 진입하라.

"지층을 통과할 수 있나?"

"원수님, 통과하는 것이 아니라 고차원에서 진입하는 것입니다. 지자는 우리 세계의 봉쇄된 공간 어디라도 진입할 수 있습니다. 이 역시 3차원 속에 있는 우리와 2차원 평면의 관계입니다. 우리는 쉽게 평면 위에 있는 원으로 진입할 수 있지만, 평면 위에 있는 2차원 물체는 영원히 불가능합니다. 그 원을 파괴하지 않는 한요."

과학 집정관이 말을 끝내자마자 거울 구체가 통제실 정중앙에 나타나 공중에 떴다. 원수가 다가가 전반사 구체 면에 비추는 변형된 자신의 형상을 보았다.

원수는 신기하고 감탄스러운 어조로 물었다.

"이것이 양성자인가?"

"원수님, 이것은 그저 양성자의 6차원 실체가 3차원 공간에 투영된 것일 뿐입니다."

원수가 손을 뻗었다. 과학 집정관이 제지하지 않자 지자의 표면을 가볍게 건드렸다. 그의 손에 닿은 지자가 저만큼 밀려나갔다.

원수가 이해할 수 없다는 듯이 말했다.

"아주 매끄러운 것 같군. 겨우 양성자 하나의 질량이라는데 손에서 저항감이 느껴진 것 같다."

"공기 저항이 구체에 작용했기 때문입니다."

원수가 물었다.

"저것을 11차원으로 수축시켜 일반 양성자 크기로 만들 수 있나?"

그 말이 채 끝나기도 전에 과학 집정관이 공포스러운 듯이 지자에게 소리쳤다.

"주의, 이것은 명령이 아니다!"

—지자 1호, 알겠다.

"원수님, 11차원으로 수축되면 우리는 영원히 이것을 잃습니다. 지자가 일반 미시 입자 크기로 수축되면 내부의 감응 신호 장치와 입출력 인터페이스가 모든 전자파의 파장보다 작아집니다. 이는 지자가 거시 세계를 감지할 수 없고 우리의 명령을 받을 수 없다는 것을 뜻합니다."

"하지만 최종적으로 그것을 미시 입자로 만들어야 하지 않나."

"그렇습니다. 하지만 지자 2호, 3호, 4호를 만들 때까지 기다려야 합니다. 한 개 이상의 지자는 모종의 양자 반응으로 거시 세계를 감지하는 시스템을 구축합니다. 예를 들어보겠습니다. 원자핵 내부에 양성자 두 개가 있다고 가정하면 그들은 일정한 운동 법칙을 따릅니다. 스핀*을 예로 들면 두 개의 양성자 스핀 방향은 반드시 상반될 것입니다. 이 두 개의 양성자가 원자핵에서 분리되면 그 둘이 얼마나 멀리 떨어져 있든 이 법칙은 계속 유효합니다. 그중 한 양성자의 스핀 방향을 변화시키면 나머지 하나의 스핀 방향도 즉시 상응하게 변화할 것입니다. 이 양성자 두 개가 지자로 만들어진다면 그들 사이의 이러한 반응을 기반으로 서로 감응하는 세트를 구성합니다. 지자 여러 개로도 이런 감응 대열을 만들 수 있습니다. 이 대열은 임의의 크기에 도달할 수 있고 모든 주파수대의 전자파를 수신할 수 있으며 거시 세계도 감지할 수 있습니다. 물론 지자 대열의 양자 반응을 구성하는 것은 매우 복잡합니다. 제 설명은 비유에 불과합니다."

그 뒤 세 개 양성자의 2차원 펼침은 모두 한 번에 성공했다. 그리고 지자 제작 시간 역시 1호의 절반으로 줄었다. 지자 2호, 3호, 4호 제작 이후 네 개의 지자로 구성된 양자 감응 대열도 순조롭게 구축되었다.

원수와 집정관들이 거대한 진자 기념비 아래에 다시 모였다. 그들 위에 6차원으로 수축된 지자 네 개가 떠 있었다. 매끈한 거울면으로 된 구체가 각각 떠오르는 태양을 비추자 삼체인들은 자신도 모르게 예전에 보았던

* 옮긴이 주: 입자의 고유한 각운동량으로 모형적으로는 입자의 자전으로 본다.

3차원 눈을 떠올렸다.

— 지자 대열, 11차원으로 연속 수축하라.

명령이 떨어지자 거울면으로 된 구체 네 개가 사라졌다.

과학 집정관이 말했다.

"원수님, 지자 1호와 2호는 지구를 향해 날아갔습니다. 지자 1호와 2호는 미시 회로에 방대한 양의 지식 베이스가 저장되어 있어 공간의 성질을 제 손바닥처럼 잘 알고 있습니다. 그들은 진공 중에서 에너지를 순식간에 고에너지 입자로 변해 광속에 가까운 속도로 운항할 것입니다. 이것은 에너지 보존 법칙에 위배되는 것처럼 보입니다. 지자는 진공 구조에서 에너지를 '빌리'지만 반환은 기약이 없습니다. 그러려면 양성자가 붕괴될 때까지 기다려야겠지만 그때는 우주의 종말과도 머지않습니다. 양성자 두 개가 지구에 도착해서 수행할 첫 번째 임무는 인류가 물리학 연구에 사용하는 고에너지 가속기의 위치를 파악해 그 속으로 잠복해 들어가는 것입니다. 지구 문명의 과학 수준에서 물질의 심층 구조 연구에 사용하는 기본 방법은 가속을 거친 고에너지 입자 충돌로 선택된 과녁 입자를 이용하는 것입니다. 과녁 입자가 충돌로 부서진 후의 결과를 분석해 물질 심층 구조를 반영한 정보를 찾아냅니다. 실제 실험에서 과녁 입자를 함유한 충돌 목표의 내부는 거의 대부분 비었습니다. 원자 하나가 극장만 하다면 원자핵은 극장에 떠 있는 호두입니다. 때문에 충돌 성공은 매우 드뭅니다. 대량의 고에너지 입자를 장시간 과녁에 충돌시킨 후에야 한 번 성공하기도 합니다. 이런 실험은 여름의 폭우 속에서 색이 다른 빗방울 하나를 찾는 것이나 다름없습니다. 바로 이것이 지자에게 기회를 줍니다. 지자가 과녁 입자를 대신해 충돌을 받아내는 것입니다. 지자는 높은 지능을 가지고 있어 양자 감응 대열을 통해 지극히 짧은 시간 내에 충돌한 입자의 궤도를 정확히 판단하고 적당한 위치로 이동합니다. 따라서 지자에 충돌할 확률은 일반 과녁 입자에 비해 수억 배는 높습니다. 지자에 충돌하면 지자는 의도적으로 잘못되거나 혼란스러운 결과를 내놓습니다. 설령 우연히 예정된 과녁 입자에 정확히 충돌한다 해도 지구 물리학자들은 산더미 같은 잘못된 결과 속에서 정확한 결과를 분별해낼 수 없습니다."

군사 집정관이 물었다.

"그러면 지자도 소모되지 않습니까?"

"소모되지 않습니다. 양성자는 물질의 기본 구조로 구성되어 일반 거시 물질과는 본질적인 차이가 있습니다. 그것은 충돌로 부서질 수는 있지만 소멸되진 않습니다. 지자 하나가 여러 부분으로 부서지면 몇 개의 지자가 생깁니다. 그리고 그들 간에는 여전히 튼튼한 양자 관계가 존재합니다. 자석이 부러지면 자석 두 개가 되듯이 말입니다. 부서진 지자의 기능은 완전한 지자에 비해 크게 떨어지지만 회복 소프트웨어가 가동되면 부서진 조각들이 신속하게 모여 충돌 전과 똑같은 완전한 지자로 재조합됩니다. 이 과정은 충돌이 발생하고 조각난 지자가 고에너지 가속기 기포상자*나 감광필름에 잘못된 결과를 나타낸 후에 진행되며 100분의 1초밖에 안 걸립니다."

누군가 물었다.

"지구인이 지자를 식별해내고 강력한 전자장을 사용해 그것을 잡아 가둘 가능성은 없습니까?"

"그건 더더욱 불가능합니다. 인류가 물질 심층 구조 연구에 획기적인

* 옮긴이 주: 액체 중의 기포를 이용해 입자의 경로를 검출하는 장치로 입자의 운동량과 속도를 구할 수 있다.

진전을 거둬야 지자를 식별할 수 있습니다. 하지만 고에너지 가속기가 모두 고철로 변하면 이런 연구가 어떻게 진행되겠습니까? 사냥꾼의 눈이 맞혀야 할 목표물에 의해 멀었는데요."

공업 집정관이 말했다.

"지구인에게는 멍청한 방법도 있습니다. 가속기를 대량으로 만들어 우리가 지자를 만드는 속도를 뛰어넘는다면 지자가 잠복하지 않은 가속기가 생기고 그러면 정확한 결과를 얻을 수도 있습니다."

과학 집정관은 흥분하기 시작했다.

"바로 그것이 지자 프로젝트에서 가장 흥미로운 부분입니다! 공업 집정관님, 지자를 대량으로 만들어 삼체 세계의 경제가 붕괴될 걱정은 할 필요가 없습니다. 그럴 필요가 없어요. 우리는 지자 몇 개를 더 만들겠지만 그렇게 많이 만들지는 않을 것입니다. 사실 이 두 개로도 충분합니다. 각 지자의 행위는 멀티스레드로 이뤄집니다."

"멀티스레드?"

"이것은 오래된 직렬 컴퓨터 용어로 당시 컴퓨터의 중앙처리장치는 한 번에 프로그램 하나만 운행할 수 있었습니다. 그러나 속도가 빨라지고 컨트롤이 가능해지면서 여러 프로그램을 동시에 돌릴 수 있게 되었습니다. 지자가 광속에 가까운 속도로 운동할 수 있다는 것을 알 겁니다. 지구는 광속을 하기엔 작은 지역입니다. 지자가 이 속도로 지구상의 여러 가속기 사이를 순회하면 지구인의 눈에는 그것이 동시에 모든 가속기에 존재하는 것처럼 보일 것이고 거의 동시에 모든 가속기 속에서 잘못된 충돌 결과를 만들 수 있습니다. 우리는 각각의 지자가 고에너지 가속기 1만 대를 컨트롤할 수 있고 지구인이 이런 가속기 한 대를 만드는 데 사오 년의 시간이 걸린다는 것을 계산해냈습니다. 경제적인 측면에서 봐도 대량으로 건설할 수는 없습니다. 물론 그들이 가속기 간의 간격을 넓힐 수도 있습니다. 그들 항성계의 각 행성에 가속기를 건설한다면 지자의 멀티스레드를 파괴할 수도 있겠지만 그동안 삼체 세계는 다시 더 많은 지자를 만들어낼 겁니다. 점점 더 많은 지자가 그 항성계를 떠다니겠지요. 그것들은 하나로 합해도 세균의 억만분의 1 크기밖에 안 됩니다. 지구 물리학자들은 물질 깊은 곳의 비밀을 영원히 엿볼 수 없고 지구인의 미시 차원의 통제는 5차원 이하로 제한될 것입니다. 450만 시간은 말할 것도 없고 450조 시간이 지나도 지구 문명의 과학기술은 획기적인 발전을 이루지 못할 것입니다. 그들은 영원히 원시 시대에 머무를 겁니다. 지구의 과학은 이미 철저히 봉쇄되었고 인류 자신의 힘으로는 영원히 벗어날 수 없을 겁니다."

군사 집정관이 진심으로 사과했다.

"정말 절묘합니다! 예전에 지자 프로젝트 실패를 논했던 것을 용서하십시오."

"현재 지구에는 혁명적인 연구 성과를 얻을 수 있는 데 필요한 에너지 준위에 도달하는 가속기가 세 대뿐입니다. 지자 1호와 2호는 지구에 도착하면 대기 상태에 있을 것입니다. 지자를 충분히 이용하기 위해 그 가속기 세 대를 교란하는 것 외에 다른 계획도 준비해놓았습니다. 그들은 '기적'을 시행할 것입니다."

"지자가 기적을 만들 수 있습니까?"

"지구인에게는 그렇습니다. 모두 알고 있겠지만 고에너지 입자는 필름을 감광시킬 수 있습니다. 이 역시 지구의 원시적인 가속기가 단일 입자를 보여주는 방법 중 하나입니다. 지자는 고에너지 상태에서 필름을 한 번 통과할 때마다 감광 점을 만들어냅니다. 그들이 계속 왕복하면서 통과하면 점들을 글자나 숫자 열로 만들거나 더 나아가 도형을 만들 수도 있습니다.

수를 놓는 것과 같습니다. 그리고 지구인의 망막은 삼체인과 비슷합니다. 그래서 고에너지 지자는 같은 방식으로 그들의 망막에 글자와 숫자 또는 도형을 그릴 수 있습니다……. 만일 이런 작은 기적이 지구인을 미혹시키고 공포스럽게 한다면 나중에 일어나는 큰 기적은 지구의 벌레 같은 과학자들을 놀라 자빠지게 할 것입니다. 지자는 그들의 눈 속에서 우주배경복사가 전부 빛나게 할 수도 있습니다."

"그것은 우리의 과학자들에게도 공포스러운 일인데, 어떻게 합니까?"

"간단합니다. 우리는 이미 지자가 자체적으로 2차원으로 펼치게 하는 소프트웨어를 만들었습니다. 펼침이 완료되면 그 거대한 평면으로 지구를 감쌉니다. 이 소프트웨어는 또한 펼쳐진 평면을 투명하게 할 수 있습니다. 그리고 우주배경복사의 주파수대에서 투명도를 조절할 수 있습니다. 물론 지자가 각종 차원으로 펼칠 때는 더 위대한 '기적'을 보여줄 수 있습니다. 관련 소프트웨어 역시 개발 중입니다. 이런 '기적'은 인류의 과학 사상을 잘못된 길로 유도하기에 충분합니다. 이렇게, 우리는 '기적'을 통해 지구 세계의 과학을 강력하게 억제할 수 있습니다."

"마지막 질문입니다. 왜 지자 네 개를 전부 지구에 보내지 않았지요?"

"양자 감응은 거리를 초월합니다. 지자 네 개를 우주의 양 끝에 놓아둔다고 해도 감응은 그대로 순식간에 전달될 수 있습니다. 그들이 구성한 양자 대열이 여전히 존재하기 때문입니다. 3호와 4호 지자를 여기에 남겨두면 그것들은 지구에 있는 지자 1호와 2호와 실시간으로 정보를 주고받을 수 있습니다. 이렇게 하면 삼체 세계는 지구를 실시간으로 감시할 수 있게 됩니다. 동시에 지자 대열도 삼체 세계가 지구 문명의 배반자와 실시간으로 통신할 수 있도록 합니다."

"여기에는 중요한 전략적 순서가 있다."

원수가 끼어들었다.

"우리는 지자 대열을 통해 삼체 세계의 지구 문명에 대한 진짜 의도를 지구인에게 알릴 것이다."

"삼체 함대가 앞으로 지구인의 출산을 금지시켜 지구인이라는 종을 지구상에서 멸종시키겠다는 것을 그들에게 알리겠다는 것입니까?"

"그렇습니다. 그렇게 하면 두 가지 결과가 나타날 겁니다. 지구인이 모든 환상을 버리고 결전을 벌이거나, 그들의 사회가 절망과 공포에 빠져 타락하고 붕괴되는 것입니다. 이것은 이미 수신한 지구 문명 정보를 세밀하게 분석한 결과입니다. 우리는 두 번째 가능성이 더 크다고 생각합니다."

의식하지 못한 사이에 막 떠오른 태양이 다시 지평선 아래로 떨어졌다. 일출이 일몰로 바뀐 것이다. 또 한 번의 난세기가 시작되었다.

예원제가 삼체 세계의 정보를 읽고 있을 때 작전센터에서는 획득한 정보를 연구할 회의가 열리고 있었다. 회의 전, 창웨이쓰 장군이 말했다.

"동지 여러분, 아마 지자가 우리의 회의를 감시하고 있을 겁니다. 더 이상 어떤 비밀도 존재하지 않습니다."

그는 이렇게 말했지만 그래도 주위의 모든 것이 익숙했다. 커튼에는 여름의 무성한 나무 그림자가 드리워져 있었다. 그러나 모든 참석자에게 이 세계는 더 이상 예전과 같지 않았다. 그들은 어디에나 있는 눈이 자신들을 주시한다는 것을 느꼈다. 그 눈 아래 숨을 곳은 없었다. 이런 느낌은 그들의 일생을 따라다닐 것이고 그들의 후대 역시 벗어나지 못할 것이다. 오랜 시간이 지나야 인류는 이런 상황에 정신적으로 적응할 수 있을 것이다.

창웨이쓰가 이 말을 하고 3초 뒤, 삼체 세계는 지구 반군 외의 인류와 첫 번째 교류를 했다. 이후 그들은 지구 삼체 반군의 강림파와의 통신을 중단했다. 모든 참석자가 살아 있는 동안 삼체 세계는 어떤 정보도 보내오지 않았다.

이때 작전센터에 있는 모든 이의 눈에 왕먀오에게 카운트다운이 보였던 것처럼 정보가 떴다. 정보는 2초 남짓 짧게 반짝거리고는 사라졌다. 하지만 모든 사람들이 정확하게 그 내용을 보았다. 그것은 겨우 여섯 자였다.

너희는 벌레다!

벌레

"3년 전 구전(球電)을 연구하다 발견한 굉원자가 생각나겠습니다. 그때가 당신에게 가장 눈부신 시절이었죠."

왕먀오가 딩이에게 말했다. 그들은 딩이의 넓고 텅 빈 거실 당구대 옆에 기대 있었다.

"그래요. 저는 굉원자 이론을 구축해왔습니다. 굉원자는 아마도 일반 원자가 저차원에서 펼쳐진 것일 것입니다. 이런 펼침은 우리가 모르는 어떤 자연적인 에너지에 의해 이뤄지는 것이고 우주 대폭발 이후 얼마 지나지 않아 발생했을 것이며 지금도 계속 진행되고 있겠죠. 아마도 이 우주의 모든 원자는 긴 시간 속에서 결국 저차원으로 펼쳐질 겁니다. 우리 우주의 최후는 저차원 원자 구조로 변한 거시 우주일 것이고 이것은 엔트로피의 성장 과정이라고도 볼 수 있을 것입니다……. 그때 나는 굉원자의 발견이 물리학에 돌파구를 마련할 것이라고 생각했지만 지금 보니 전혀 그렇지가 않군요."

딩이는 일어나 서재로 들어가 무엇인가를 찾았다.

"어째서요? 굉원자를 잡을 수 있게 되었는데 고에너지 가속기를 쓰지 않고 직접 굉원자에서 물질의 심층 구조를 연구할 수 없다는 말입니까?"

딩이가 서재에서 은색 테두리로 된 액자를 들고 나왔다.

"저도 처음엔 그렇게 생각했습니다. 지금 보니 가소로워요."

그는 허리를 숙여 더러운 바닥에서 담배꽁초를 주우며 말을 이었다.

"다시 이 담배 필터를 봅시다. 우리는 필터의 2차원 면적을 펼치면 거실만 하다고 생각했습니다. 그러나 이걸 펼쳤을 때 선생은 이 평면에서 필터의 3차원 구조를 알아낼 수 있습니까? 못 할 겁니다. 그 3차원 구조 정보는 펼쳐질 때 이미 사라졌습니다. 마치 깨진 컵을 원래대로 돌릴 수 없는 것처럼요. 자연 상태에서 원자의 저차원 펼침은 불가역 과정입니다. 삼체 과학자가 대단한 것은 그들이 입자를 저차원으로 펼치면서도 동시에 고차원 구조의 정보를 유지해 전체 과정을 원 상태로 되돌릴 수 있다는 점입니다. 하지만 우리는 물질의 심층 구조를 연구하려면 11차원의 미시 차원에서 시작할 수밖에 없습니다. 한마디로 가속기를 빼놓을 수 없다는 말이죠. 예를 들어볼까요? 가속기는 우리의 주판이고 계산자인 셈입니다. 그것들을 통해서만 우리는 컴퓨터를 발명해낼 수 있습니다."

딩이는 왕먀오에게 액자 속 사진을 보라고 했다. 사진 속에는 젊은 여성이 아이들과 함께 서 있었다. 맑은 눈에 아름다운 미소를 짓고 있었다. 그녀와 아이들은 잘 정리된 잔디 위에 서 있었고 하얗고 작은 동물 몇 마리도 있었다. 그들 뒤에는 공장처럼 생긴 거대한 건물이 있었고 건물 벽에는 형형색색의 동물, 풍선, 꽃 등이 그려져 있었다.

"양둥 전에 알았던 사람입니까?"

"그녀의 이름은 린윈(林雲)입니다. 구전 연구와 굉원자 발견에 큰 공헌을 했지요. 그녀가 없었다면 그 발견도 없었을 것입니다."

"저는 그녀의 이름을 들어본 적이 없습니다."

"네, 선생이 듣지 못한 일이 있기 때문이죠. 하지만 저는 줄곧 그것이 그녀에게 불공평하다고 생각했습니다."

"그녀는 지금 어디에 있습니까?"

"한 곳…… 아니면…… 몇 곳에 있습니다. 아, 그녀가 지금 나타날 수 있다면 얼마나 좋겠습니까."

왕먀오는 딩이의 이상한 대답에 개의치 않았다. 그는 사진 속 여성에게 흥미가 없었다. 딩이에게 액자를 건네며 말했다.

"부질없습니다. 모든 게 다 부질없습니다."

"그래요, 모든 것이 다 부질없죠."

딩이는 액자를 당구대에 놓고 술병으로 손을 뻗었다.

스창이 문을 열고 들어왔을 때 두 사람은 이미 거나하게 취해 있었다. 스창을 보자 그들은 신이 나는지 왕먀오가 일어나 스창의 두 어깨를 잡고 "아, 스창, 스 대장……" 하고 외쳤고, 딩이는 비틀거리며 일어나 컵을 가져다가 당구대 위에 놓고 술을 따랐다.

"당신의 그 사술은 안 하느니만 못했어. 그 정보는 말이야, 우리가 보든 안 보든 400년 뒤의 결과는 같잖아."

스창은 당구대 앞에 앉아 두 사람을 쓱 훑어보았다.

"당신들이 말한 것처럼 정말 모든 게 끝장난 건가?"

"물론이지. 모든 게 끝났어."

"가속기를 이용할 수도, 물질 구조를 연구할 수도 없으니까 이제 모두 끝이라고?"

딩이가 되물었다.

"그럼, 당신 생각은?"

스창이 말했다.

"기술은 진보하고 있지 않나. 왕 교수 팀은 여전히 나노 소재를 개발하고 있고……. 고대 왕국을 상상해보자고. 그들의 기술도 발전해서 병사들에게 더 좋은 칼과 검, 긴 창은 물론 심지어 기관총 같은 연발식 활과 화살을 만들어주었지. 하지만……."

스창은 무슨 생각에 잠긴 듯 고개를 끄덕였다.

"하지만 만일 그들이 물질이 원자, 분자로 구성된 것을 모르면 미사일과 위성을 영원히 만들 수 없고 과학 수준은 제한된다."

딩이가 스창의 어깨를 두드리며 말했다.

"내 진작에 스 대장이 똑똑하다는 걸 알아봤다니까."

왕먀오가 말했다.

"물질의 심층 구조 연구는 모든 과학의 기초 중의 기초로 여기서 진전이 없으면 모든 건, 당신 말처럼 잡담에 불과해."

딩이가 왕먀오를 가리키며 말했다.

"왕 교수는 그래도 이 생이 허무하지는 않지요. 칼이나 검이나 긴 창을 계속 만들 수 있으니까. 하지만 빌어먹을, 나는 앞으로 뭘 하냐고! 하늘이나 알까!"

그는 빈 술잔을 탁자 위에 놓고 당구공을 들어 병을 맞혔다.

왕먀오가 술잔을 들고 말했다.

"좋은 일이라고! 어쨌든 우리는 이 생에서 열심히 했잖아. 앞으로 무너지고 타락해도 이유가 있다고! 우리는 벌레니까! 멸종할 벌레, 하하……."

딩이도 술잔을 들었다.

"옳소! 벌레를 위해 건배! 세계 종말이 이렇게 상쾌하다니. 벌레 만세! 지자 만세! 종말 만세!"

스창은 고개를 흔들더니 앞에 놓인 술잔에 담긴 술을 한 번에 털어 넣고 다시 고개를 저었다.

"꼬락서니들하고는."

딩이가 술 취한 눈으로 스창을 쳐다보며 말했다.

"그럼, 당신은 뭘 어쩔 건데? 당신이 우리를 일으켜 세울 수 있나?"

스창이 일어났다.

"가자고."

"어딜?"

"당신들을 일으켜 세울 걸 찾아서."

"됐네, 됐어. 앉아서 더 마시기나 해요."

스창이 두 사람의 어깨를 잡아당겼다.

"가자고. 안 되겠으면 술도 가져가고."

집에서 나온 세 사람은 스창의 차에 올라탔다. 왕먀오가 혀 꼬부라진 소리로 어디로 가냐고 물었다.

"내 고향. 멀지 않아."

차는 도시를 벗어나 징스(京石) 고속도로를 타고 서쪽으로 질주했다. 허베이(河北)에 진입하자마자 고속도로를 빠져나왔다. 스창은 차를 세우고 두 사람을 끌어 내렸다. 차에서 내리자 오후의 찬란한 햇빛에 딩이와 왕먀오는 눈을 찡그렸다. 보리로 뒤덮인 화베이(華北) 대평원이 그들의 눈앞에 펼쳐졌다.

왕먀오가 물었다.

"여기는 왜 데려온 겁니까?"

스창이 스탠턴 장교가 준 시가에 불을 붙이더니 그 시가로 앞에 있는 보리밭을 가리켰다.

"벌레 보러."

왕먀오와 딩이는 그제야 밭이 메뚜기 떼로 뒤덮인 것을 보았다. 보릿대마다 메뚜기가 다닥다닥 붙어 있고 지면에는 더 많은 메뚜기가 꿈틀대는 모양이 마치 걸쭉한 액체 같았다.

왕먀오가 밭두렁에 있는 메뚜기를 쫓아내고 앉았다.

"이곳도 메뚜기 떼가 날아왔군요."

"황사 같아. 10년 전에도 나타났는데 올해가 제일 극성이야."

딩이가 술기운이 가라앉지 않은 상태로 말했다.

"이게 뭐 어떤데? 스창, 모든 게 부질없어."

"지구인과 삼체인의 기술 수준 차이가 클까, 아니면 메뚜기와 우리의 기술 차이가 클까? 나는 자네들이 이 문제를 한번 생각해봤으면 좋겠군."

그 말에 두 사람은 찬물 세례를 받은 것처럼 정신이 번쩍 들었다. 눈앞에 펼쳐진 메뚜기 떼를 보면서 그들의 표정이 점점 심각해졌다. 두 사람은 이내 스창의 말뜻을 이해했다.

보라, 이것이 바로 벌레다. 벌레의 기술과 우리의 차이는 우리와 삼체 문명의 차이보다 훨씬 크다. 인간은 온갖 방법을 동원해 이것들을 박멸하려고 했다. 각종 살충제를 비행기로 분사하기도 하고 천적을 키워 뿌리기도 하고 알을 찾아 없애고 유전자 변형으로 번식을 근절하기도 했다. 태워도 보고 수몰시키기도 하고 각 가정에 살충제를 비치해놓고 사무실 책상에는 파리채같이 그들을 없앨 무기도 준비해놓았다. 이 긴 전쟁은 인류 문명과 늘 함께했고 아직까지도 승패가 결정 나지 않았다. 벌레는 멸종되지 않았을뿐더러 예전처럼 여기저기에서 횡행한다. 그 수도 인간이 나타나기 전보다 줄어들지 않았다. 인류를 벌레로 보는 삼체인은 벌레는 한 번도 정복되지 않았다는 사실을 모르는 것 같다.

태양이 검은 구름에 가려졌고 대지에 드리운 그림자가 움직였다. 구름이 아니라 이제 막 도착한 메뚜기 떼였다. 그들은 금세 근처 들판에 내려앉았다. 세 사람은 생명의 폭우를 흠뻑 맞으며 지구 생명의 존엄을 느꼈다. 딩이와 왕먀오가 들고 있던 술병을 발아래 화베이 평원에 쏟았다. 벌레에게 바치는 술이었다.

왕먀오가 스창에게 손을 내밀었다.

"고마워요, 스창."

딩이는 스창의 다른 손을 잡았다.

"저도 고맙습니다."

왕먀오가 말했다.

"빨리 돌아갑시다. 할 일이 많습니다."

에필로그 · 유적

***

예원제가 자신의 체력만으로 레이더봉에 다시 올랐다는 것을 아무도 믿지 않겠지만 그녀는 결국 해냈다. 오르는 길에 누구의 부축도 받지 않고 이미 폐허가 되어버린 산 중턱의 초소에서 두 차례 쉬었을 뿐이다.

삼체 문명의 진상을 안 예원제는 침묵했다. 그녀는 딱 한 가지만 요구했다. 홍안 기지 유적을 보고 싶다는 것이었다.

일행이 산에 올랐을 때 레이더봉 정상이 구름층에서 갓 모습을 드러냈다. 안개 속을 하루 종일 걷다가 갑자기 서쪽 하늘에서 찬란하게 비치는 태양과 푸른 하늘이 나타나자 정말 다른 세상에 온 것 같았다.

봉우리 정상에서 바라보니 햇빛 아래 은색으로 펼쳐진 운해가 움직이는 모습이 다싱안링의 형이상학적인 무엇인가를 표현하는 것 같았다.

사람들이 상상하던 폐허는 존재하지 않았다. 기지는 깨끗이 철거되었고 봉우리 정상은 잡초가 무성한 황야 같았다. 홍안의 모든 것이 없었던 일 같았다.

그러나 예원제는 금세 유적을 발견했다. 거대한 암석 곁으로 걸어가 무성하게 자란 덩굴을 치우자 녹슨 철이 나타났다. 그제야 사람들은 그 '암석'이 원래 거대한 금속 받침이라는 것을 알았다.

"안테나 받침대로군."

예원제가 중얼거렸다. 외계가 처음으로 들은 지구 문명의 외침이 바로 이 받침대 위에 놓인 안테나를 통해 태양으로 발사되었고 태양에서 증폭된 다음 우주 전체로 퍼져나갔다.

사람들은 받침대 옆에서 잡초로 뒤덮인 작은 비석을 발견했다.

홍안 기지 옛터(1968~1987)

중국 과학원

1989. 03. 21.

비석은 너무 작았다. 기념하기 위해서라기보다 잊기 위해 세운 것 같았다.

예원제는 절벽으로 걸어갔다. 그녀는 그곳에서 자기 손으로 두 명의 생명을 끝냈다. 그녀는 함께 간 다른 사람들처럼 운해를 쳐다보지 않았다. 그녀의 눈길은 구름 아래, 치자툰이라는 작은 마을을 향해 있었다.

예원제의 심장이 금방이라도 끊어질 것 같은 거문고 줄처럼 심하게 뛰었고 눈앞에 검은 안개가 피어올랐다. 그녀는 마지막 힘을 다해 버텼다. 모든 것이 영원한 어둠 속으로 사라지기 전에 그녀는 홍안 기지의 일몰을 다시 한번 보고 싶었다.

서쪽 하늘가에서 석양이 녹아내리듯 운해 아래로 가라앉았다. 운해에 태양의 피가 퍼지면서 장엄한 선홍빛이 떠올랐다.

예원제가 조용히 말했다.

"이것이 인류의 석양이다……."

작가의 말

우주에는 공동의 도덕 준칙이 있을까?

이것은 작게는 과학소설 팬들이 흥미를 갖는 문제고, 크게는 인류 문명의 생사와 존망에 관한 것이다.

1980년대의 중국 과학소설 작가들은 긍정적인 대답을 하는 경향이 많았다. 당시의 과학소설 속 외계인은 인자하고 선한 이미지로, 하느님 같은 은혜와 관용으로 인류라는 길 잃은 양을 인도했다. 진타오(金濤)의 소설 『월광도(月光島)』에 나오는 외계인은 상처받은 인간의 마음을 위로해준다. 퉁언정(童恩正)의 소설 『요원적애(遙遠的愛)』에는 인간과 외계인의 사랑이 장엄하고 애처롭게 그려진다. 정원광(鄭文光)의 소설 『지구경상(地球鏡像)』에서는 기술 수준이 몇 배나 높고 보살 같은 마음을 지닌 외계 문명이 저속한 인류 문명에 놀라 도망간다!

인류 세계도 '인간의 본성은 선하다'라는 말에 의심을 표하는데 이는 우주적으로 봐도 마찬가지일 것이다.

우주 범위의 도덕 문제에 대답하려면 과학을 통한 이성적 사고로만 사람들을 설득할 수 있다. 그렇다면 우리는 인류 세계의 다양한 문명 진화사로 우주 대문명을 유추해볼 수 있지 않을까 하는 생각을 할 수 있다. 하지만 전자에 관한 연구도 매우 어렵다. 방대한 요소들이 복잡하게 얽혀 있기 때문이다. 그러나 상대적으로, 우주 문명의 관계에 대한 연구는 더 정량적이고 수학화되지 않을까. 행성 간 먼 거리 때문에 각 문명은 점의 형태가 되었기 때문이다. 축구장 맨 뒷줄에서 축구를 보는 것처럼 말이다. 축구 선수의 복잡한 기술은 거리가 멀어 거의 보이지 않고 23개의 점으로 구성된 계속 변화하는 행렬만 보인다. (점 중에서 특수한 점은 공이다. 구기 스포츠에서 축구만이 뚜렷한 수학 구조를 나타낸다. 이 역시 축구의 매력 중 하나다.)

한때 우주 문명을 점 상태로 만드는 생각에 빠져 헤어 나오지 못했다. 1990년대 초, 나는 시간을 내서 다른 사람에게는 무료하겠지만 스스로는 흥미가 있는 소프트웨어 프로그램을 만들었다. 요즘 인터넷에서 다시 유행하는 전자시인*이 바로 그 시대의 산물이다. 당시 나는 우주에 점 상태로 있는 문명의 전체적인 상태를 나타내는 시뮬레이션 소프트웨어를 만들었다. 우주에 있는 지능 문명을 점으로 설정하고 점에 해당 문명의 특징 10여 개를 간단한 매개변수로 부여했다. 그다음 소프트웨어에서 수많은 문명의 전체 진화 과정을 시뮬레이션했다. 이 작업을 위해 나는 존경할 만한 학자를 모셨다. 전력 계통 이론을 연구하는 분으로 수학모델 구축의 고수였다. 팬은 아니었지만 나름의 SF 애호가였던 그는 허점투성이인 내 모델을 수정해주었다. 소프트웨어를 가장 많이 운행시켰을 때는 반경 10만

---

* 옮긴이 주: 류츠신 작가가 만든 시(詩) 쓰기 소프트웨어로 키워드를 입력하면 자동으로 시를 지어 보여준다.

광년 내에 30만 개 문명을 설정했다. 이 작업은 지금은 단순하기 짝이 없는 TUBO C로 만든 프로그램으로 286컴퓨터에서 몇 시간 동안 이루어졌다. 그리고 마침내 흥미로운 결과를 얻었다. 물론 나는 그저 엔지니어로, 이런 레벨의 연구를 할 능력이 없었다. SF 팬으로 취미 삼아 하는 것뿐이었다. 과학의 측면에서 보면 도출한 결과는 별 의미 없겠지만 '공상과학'의 측면에서 보면 큰 가치가 있었다. 우주의 점 상태로 있는 문명의 진화 상상도는 정확성을 떠나 그 특이함이 공상으로는 생각해낼 수 없는 것이었기 때문이다.

나는 도덕감 제로인 우주 문명이 존재할 가능성이 100퍼센트라고 생각한다. 그렇다면 도덕이 있는 인류 문명은 이 우주에서 어떻게 생존해야 하는가? 이것이 바로 내가 '지구의 과거' 연작을 집필하게 된 이유이다.

물론 『삼체』에서는 그런 우주 문명의 모습이 나타나지 않았다. 소설에 등장하는 두 개의 문명도 그 모습을 의식하지 않고 일부분만을 드러냈다. 예를 들어, 우리와 제일 가까운 항성에 지능 문명이 있다면 우주는 매우 복잡할 것이지만 왜 그렇게 광활해 보일까? '지구의 과거' 연작 다음 편에서 계속 묘사할 기회가 있기를 바란다.*

'지구의 과거' 연작은 도덕에 대한 경외심이 있는 독자들이 보면 불편할 것이다. 하지만 상상일 뿐이니 진짜로 여기지 않기 바란다.

『삼체』를 연재하면서 중국 과학소설 독자들이 우주의 궁극적인 모습을 그린 과학소설을 좋아한다는 것을 알게 되었다. 정말 의외였다. 나는 1980년대 과학소설 붐을 겪은 세대에 속한다. 개인적으로 나는 그 시대

---

* 옮긴이 주: 『삼체』는 '지구의 과거' 연작의 제1부에 해당하는 작품으로, 『암흑의 숲』 『사신의 영생』으로 이어진다.

작가들이 진실되었으며, 앞으로 다시는 그만한 스케일의 중국식 SF를 창조해낼 수 없다고 생각한다. 그런 과학소설의 눈에 띄는 특징은 기술을 섬세하게 묘사했다는 점이다. 형이상학적인 모습은 보이지 않았다. 그러나 요즘 과학소설 팬들은 사상으로 우주 전체를 포용하고자 한다. 이 역시 과학소설 작가에게 더 높은 요구를 하는 계기가 되었다. 그러나 안타깝게도 『삼체』는 그런 '궁극적인 과학소설'이 아니다. 『2001 스페이스 오디세이』식 SF 세계를 창작하기란 매우 어렵다. 특히 장편일 경우 소설적 생동감도 없고 과학 지식도 정확하지 않으며 논문적인 진지함도 없는 속 빈 강정이 되기 쉽다. 나는 이에 대해 자신이 없다.

아, 시리즈 이름을 '지구의 과거'라고 한 것에 큰 의미가 있는 것은 아니다. 과학소설이 다른 환상문학과 다른 점은 그것이 진실과 가늘게라도 연결되어 있다는 것이다. 바로 이 때문에 과학소설이 현대의 신화이지 동화가 아닌 것이다. (고대 신화는 당시 독자들의 마음속에서는 진실이었다.) 잘 쓴 과학소설이란 제일 변화무쌍하고 제일 정신 나간 상상을 뉴스 보도처럼 진실하게 쓴 것이라고 나는 늘 생각했다. 과거의 기억은 언제나 진실하다. 나는 역사학자가 과거를 진실하게 기록하는 것처럼 소설을 쓰고 싶다. 할 수 있을지는 별개의 문제지만.

구상 중인 '지구의 과거' 다음 편 제목은 '암흑의 숲(黑暗森林)'이다. 이것은 1980년대 유행했던 '도시는 숲이다. 남자는 모두 사냥꾼이고, 여자는 모두 함정이다'라는 말에서 따왔다.

아, 당연히 마지막 말이 제일 중요하다.

여러분 고맙습니다!

미디어 리뷰

우리가 꼭 읽어야 할 중국 SF.

_ **로스앤젤레스 북 리뷰**

중국 문학에 통합적 사유와 초월적인 시야를 제공해준 최고의 소설.

_ **신화왕**

이제 중국 과학소설 독자들은 아이작 아시모프, 아서 C. 클라크, 로버트 하인라인 급의 눈부신 세계를 모국어로 만날 수 있게 되었다.

_ **난팡더우스바오**

가상현실 게임, 천체 물리학, 문화대혁명 그리고 외계인에 관한 멋진 소설. 이 걸작을 영어로 번역하게 되어 영광이다.

_ **켄 리우(휴고상, 네뷸러상, 월드판타지상 수상자)**

류츠신은 '위로는 구천에 올라 달을 따고 아래로는 오대양에서 자라를 잡을 수 있다'라는 전설의 경지에 이른 것 같다. 나는 이 작가가 중국 과학소설을 세계적인 수준으로 올려놓았다는 데 조금도 의심이 없다.

_ **옌펑(푸단대학교 중문과 교수, '신파셴' 편집장)**

류츠신은 독자들에게 중국의 과거와 미래에 대한 심원한 시각을 제공해준다. 『삼체』는 세계 과학소설계의 새로운 강자로 떠오른 류츠신 최고의 작품이다.

_ **벤 보버(전 미국 과학소설 작가 협회 회장)**

독자 리뷰

과학소설의 팬이건 아니건 소설을 좋아하는 사람이라면 결코 놓을 수 없는
흥미진진한 작품. 작가의 지식과 상상력은 끝이 없는 듯하다.

_ 七色白光, 중국 아마존 리뷰

중국은 부의 불균형, 인구 포화, 철학의 부재와 낙후된 정치 등 여러 문제가
쌓여 부패하고 있다. 그 속에서 류츠신은 소설을 통해 다양한 가능성의 도래에
대한 예행연습을 제안한다. 『삼체』는 인류의 문제를 극한까지 끌고 가 중국
과학소설에 새로운 논쟁을 불러일으키고 거기에서 현실 문제의 해법을
모색하게 만든다.

_ 蒙蒙, 중국 아마존 리뷰

격정이 휘몰아치는 시대, 숨 막히는 군사 첩보전, 기이한 가상현실 게임, 한 여인에
의해 시작되는 두 문명의 상잔. 『삼체』는 전통적 SF 작법을 따르지 않고 현실과
환상을 넘나들며 과학과 인문을 심도 깊게 아우르는 최고 수준의 작품이다.

_ 西林太淸春, 당당왕 리뷰

물리 과목 성적이 엉망이던 내가 『삼체』에 푹 빠져버렸다. 단숨에 다 읽게
되고, 읽고 나서는 여러 생각에 잠기게 하는 뛰어난 소설이다.

_ offisher, 당당왕 리뷰

문화대혁명은 사람들의 상상력마저 약탈해 갔다. 풍부한 지식, 빼어난 문체,
다양한 플롯 변화와 뛰어난 상상력을 가진, 『삼체』는 기적 같은 소설이다.

_ 沉香眉, 당당왕 리뷰

옮긴이 ———————————————— 이현아

이화여자대학교 통역번역대학원 한중번역학과를 졸업했다. 잡지사와 출판사 편집자로 일하다가 현재는 전문번역가로 활동하고 있다. 『미미일소흔경성』『천 명의 눈 속에는 천 개의 세상이 있다』『텐센트, 인터넷 기업들의 미래』『이것이 마윈의 알리바바다!』『괜찮아, 하룻밤 자고 나면 좋아질 거야』 등을 한국어로 옮겼다.

과학 감수 ———————————————— 고호관

서울대학교 과학사 및 과학철학 협동 과정에서 과학사로 석사학위를 받은 뒤 (주)동아사이언스에서 『과학동아』 기자로 일했다. 현재 SF와 과학 분야에서 작가·번역가로 활동하고 있다. 『청소년이 꼭 알아야 할 과학이슈 11 – SEASON 2』(공저)를 썼으며, 『아서 클라크 단편 전집(1953~1960, 1960~1999)』과 윌리엄 깁슨의 『카운트 제로』, 필립 K. 딕의 『닥터 블러드머니』, 래리 니븐의 『링월드』를 한국어로 옮겼다.

삼체
1부 삼체문제

ⓒ 류츠신, 2013

초판 1쇄 발행일   2013년 9월 15일
개정 초판 1쇄 발행일   2020년 7월 6일
개정 초판 18쇄 발행일   2024년 12월 20일

지은이 류츠신 옮긴이 이현아 펴낸이 정은영

펴낸곳 (주)자음과모음
출판등록 2001년 11월 28일 제2001-000259호
주소 (우10881) 경기도 파주시 회동길 325-20
전화 편집부 (02)324-2347, 경영지원부 (02)325-6047
팩스 편집부 (02)324-2348, 경영지원부 (02)2648-1311
이메일 munhak@jamobook.com

ISBN 978-89-544-4269-5 (04820)
       978-89-544-4268-8 (set)